Von Michael Burk

Das Tribunal

Die Partei

Keine Stunde ist zuviel

Träume haben ihren Preis

Michael Burk

Ein Wunsch bleibt immer

Roman

Schneekluth

CIP-Kurztitelaufnahme der Deutschen Bibliothek

Burk, Michael
Ein Wunsch bleibt immer: Roman. – 1. Aufl.
München: Schneekluth, 1977.
ISBN 3-7951-0359-2

ISBN 3-7951-0359-2

Satz: IBV Lichtsatz KG, Berlin
Gesamtherstellung: Salzer-Ueberreuter Wien
Printed in Austria 1977

Aus rechtlichen Gründen ist mir empfohlen worden, an dieser Stelle des Buches eine Erklärung abzugeben:
Dieser Roman spielt im eindrucksvollen Leben der großen Industriebosse und der Weltstars des Showbusiness.
Eine Ähnlichkeit von Peter Stolberg mit einem der führenden Industriellen sowie eine Ähnlichkeit von Diana Lester mit einem der Stars der internationalen amerikanischen Showszene ist nicht beabsichtigt.

Michael Burk, 1977

Die Wünsche des Mannes gehen zu Fuß.
Die Wünsche der Frau fliegen.

Aus Persien

Wir fürchten als sterbliche Geschöpfe
und wünschen, als wären wir unsterblich.

La Rochefoucauld

Erstes Buch
Die Freundschaft

Amicus est tamquam alter idem –
ein Freund ist gleichsam ein anderes Ich.
Cicero, Laelius

1

Die beiden Männer betraten das Plaza durch den Haupteingang am Central Park. In ihrem Äußeren unterschieden sie sich durch nichts von den anderen Menschen, die noch um Mitternacht die Hallen des Hotels füllten. Doch sie kamen, um einen Mann zu töten. Den Mann von Zwölfeinundvierzig.

Sie wußten von ihm nicht viel mehr als seinen Namen. Peter Stolberg. Ein Deutscher. Fünfundvierzig Jahre alt, groß, schlank, zäh und von überlegener Intelligenz.

Zielbewußt nahmen sie ihren Weg, als sei ihnen das Hotel vertraut. Vorbei an den Lifts mit den goldbronzierten Gittern, dem Zigarren- und Bücherstand, dem Palm Court mit seiner überladenen Pracht, wo auch noch um diese nächtliche Zeit die Geigen erklangen, vorbei an der Halle auf der Seite zur Fifth Avenue, an der Freitreppe, die hinauf zur Terrace führte, und dann zweimal links zu den Lifts, die hinten lagen.

Der ältere der beiden Männer, Donaldson, untersetzt und breitschultrig, drückte die weiße Lichtscheibe. Sowie er den Job hier in New York erfolgreich abgeschlossen hatte, wollte er wieder zurück nach Santa Monica. Nicht allein wegen des Asthmas, das ihn von Winter zu Winter stärker plagte, sondern vor allem weil es mit Mary in ein paar Wochen soweit sein würde und er es kaum noch erwarten konnte, Vater zu werden.

Der andere, ein Filipino mit dem Namen Mandaya, mit strähnigen schwarzblauen, exakt gescheitelten Haaren, war noch sehr jung. Seine eiskalte Brutalität aber hatte ihm innerhalb der Branche schon einen Namen eingebracht. Er hatte zwei Schwüre getan: Sein Vater sollte so bald wie möglich eine Taxiflotte in New York besitzen. Und er selbst wollte eines Tages mächtiger sein als der legendäre Lucky Luciano.

Zur Zwölfeinundvierzig gehörte auch die Zwölfdreiundvierzig. Es war die Suite mit dem großen Erker hoch über der Fifth Avenue und der Achtundfünfzigsten Straße.

Wie gewöhnlich um diese Zeit war der Flur menschenleer. Donaldson hatte sich durch einen Anruf vergewissert, daß Peter Stolberg noch nicht da war.

Er steckte den Dietrich ins Schloß, und Mandaya deckte ihn ab, die rechte Hand in der Außentasche des Jacketts.

Ein kaum vernehmbares Knacken, die Tür ließ sich öffnen, und sie glitten lautlos in den Raum.

Niemand hatte ihr Kommen beachtet.

2

Als Peter Stolberg ins Hotel kam, war es kurz vor zwei Uhr morgens. Der Palm Court war schon geschlossen.

Vor dem Lift traf er auf Steve, den alten, grauhaarigen Bellman, der einen vollbeladenen Kofferkuli hielt.

»Guten Morgen, Sir.« Steve ließ ihn voran in den Lift treten.

»Guten Morgen, Steve.«

»Es ist kalt draußen, habe ich recht, Sir? Fast wie im Winter.« Steve war der dienstälteste Angestellte des Plaza. Er konnte sich gegenüber den Stammgästen eine gewisse Vertraulichkeit erlauben.

»Ja, es ist bitter kalt.« Peter Stolberg warf einen Blick auf den Kofferkuli. »Hast du so spät noch Ankünfte, Steve?«

»Nein, Sir.« Steve lächelte breit. »Die Koffer sind beschlagnahmt. Der Gast konnte nicht zahlen. Sie kommen in den Keller. Ins Lager.«

»Zweites Tiefgeschoß neben der Wäscherei«, sagte Stolberg und lächelte auch.

»Sie kennen sich bei uns ja gut aus, Sir.« Steve tat überrascht. Er wußte, daß der deutsche Industrielle mit dem ehemaligen Resident Manager bekannt gewesen war. Warum also sollte er nicht auch den Keller des Hauses kennen?

»Wohin fahren wir zuerst?« fragte Stolberg gutgelaunt.

»Natürlich aufwärts, Sir. Das Lager hat Zeit. Mein Dienst geht heute bis drei.«

Bis zum zwölften Stockwerk standen sie schweigend nebeneinander.

Vor Peter Stolberg rollte noch einmal der vergangene Tag ab. Das Klopfen an seiner Zimmertür. Das nackte Mädchen in seinem Bett. Die samtene hellbraune Haut, die nach Marzipan roch. Die Zärtlichkeit der Hände, die weichen Lippen. Die Unbekümmertheit, mit der sie ihn verführt hatte.

Dann das Vogelgesicht des Doktor Hedgepeth und die fadenscheinigen Angaben über den Totenschein.

Der Besuch bei Vincent Evans, der sich Direktor eines Krematoriums nannte und völlig verstört war, als er ihm auf den Kopf zugesagt hatte, daß er im Verdacht stand, an einem Mord mitgewirkt zu haben.

Der maulfaule Lieutenant Sanabria, der vermutlich aus der Karibik stammte und der sich gezwungen gesehen hatte, eine eindeutige Bankrotterklärung abzugeben.

Und endlich Nelson Roger Largever, der überarbeitete kleine Mann, der ihm den ersten handfesten Beweis geliefert hatte.

Ein aufregender, ein seltsamer Tag.

Er wunderte sich über sich selbst. Seit zwei Tagen war er ein völlig anderer. Einer, den er nie in sich vermutet hatte.

Seit zwei Tagen tat er nichts anderes, als in der Steinwüste von Manhattan einem Geheimnis nachzujagen, von dem er nicht einmal wußte, ob es auch tatsächlich eins war.

Er lief durch halbverfallene Häuser, wurde handgreiflich, um Geständnisse zu erpressen, verabredete sich in dunklen Lokalen in Uptown und hetzte quer durch die halbe Stadt, nur um eine Spur aufzunehmen.

Er vertraute auf seine Unnachgiebigkeit und seine körperliche Verfassung. Der tägliche harte Frühsport kam ihm jetzt zugute. Er war zwar übernächtigt, aber mit sich zufrieden.

Hatte er tatsächlich schon Licht in das Dunkel um den mysteriösen

Tod gebracht? Er vertagte die Antwort auf morgen. Er mußte zuerst einmal schlafen. Er konnte sich vor Müdigkeit kaum noch auf den Beinen halten.

»Gute Nacht, Sir.«

»Gute Nacht, Steve.«

Die paar Schritte zur Zwölfeinundvierzig. Er hörte, wie der Lift mit Steve nach unten fuhr, und schloß die Tür zu seiner Suite auf.

Von da an ging alles blitzschnell. Eine Hand, die ihn brutal ins Zimmer zog, daß er taumelte. Grelles Licht, daß seine Augen schmerzten. Eine bellende Stimme, die ihm befahl: »Keine Bewegung!«

Er gehorchte.

»Hände hoch, umdrehen und Hände an die Wand!«

Eine Hand tastete ihn nach Waffen ab.

»Umdrehen!«

Er drehte sich von der Wand weg.

»Du bist Stolberg! Peter Stolberg! Stimmt's?« bellte die Stimme.

Er nickte.

»Mach's Maul auf!«

»Ja. Ich bin Peter Stolberg. Ich mache Sie darauf aufmerksam...«

»Verdammter Kraut!« Eine Stimme wie ein Mädchen. Und dann ein Fausthieb in die Magengrube, der ihm für Sekunden den Atem nahm.

Er hielt sich die Hand schützend vor die Augen.

»Du sollst die Pfoten oben lassen!«

Ein neuer Fausthieb in die Magengrube. Ihm war, als müsse er gleich vornübersacken. Doch er biß die Zähne zusammen und hielt sich mühsam aufrecht.

Er hatte erkannt, daß es zwei Männer waren. Ein Bulliger und ein Filipino, in der Hand eine Smith-and-Wesson. Der Bullige schien der Wortführer mit der bellenden Stimme zu sein und der Filipino der Schläger mit der Mädchenstimme.

»Wer hat dir die Sache mit dem Toten gesteckt?« Die Frage kam vom Bulligen.

»Welche Sache?«

Wieder ein Hieb. Diesmal ins Gesicht. Er wollte aufschreien vor Schmerz. Er fühlte, wie ihm Blut aus der Nase lief.

»Los! Antworte!«

»Ich weiß wirklich nicht...« Er hatte das Gefühl, den Mund voll loser Zähne zu haben.

Noch ein Hieb. Wieder in die Magengrube. Er sackte nach vorne und fiel auf die Knie.

»Los hoch! Oder soll ich dir deine hübsche Visage noch mal polieren?« Es war die Stimme des Filipino.

Peter Stolberg nahm alle Kraft zusammen und kam wieder auf die Beine.

»Also: Wer hat dir die Sache mit dem Toten gesteckt?« Die Stimme des Bulligen.

»Ich... bin... von... selbst... draufgekommen.« Wort für Wort, schleppend, kaum vernehmlich und mit dicken, aufgesprungenen Lippen.

»Du Kraut!« Der Filipino holte von neuem zum Schlag aus.

»Stop!« Die kräftige Hand des Bulligen hielt ihn zurück.

»Laß mich!« Der Filipino versuchte wütend den Bulligen wegzudrängen, doch der war ihm kräftemäßig überlegen.

»Come off it!« Der Bullige zischte den Filipino ärgerlich an, er solle mit dem Schlagen aufhören, und wandte sich an Peter Stolberg: »Ich will wissen, ob es Evans Sekretärin war!«

»Nein«, antwortete Peter mit schwacher Stimme.

»Doch, du Hund! Sie war es! Es kann niemand anderes gewesen sein! Gib's zu!«

Peter senkte den Kopf und schwieg.

»Also du gibst es zu!«

»Nein.«

»Du kannst mir nichts vormachen! Dein Schweigen hat dich verraten!«

»Das wär's.« Die Stimme des Filipino. »Jetzt laß ihn mir! Wir müssen hier weg.«

»Okay. Mach schnell.« Der Bullige trat ein paar Schritte zurück. »Hast du den Schalldämpfer drauf?«

»Fuck you!« Der Filipino machte zum Bulligen hin eine abfällige Handbewegung und hob die Smith-and-Wesson. Der Lauf zeigte auf Peter.

Für einen Augenblick war es still im Raum. Peter starrte wie hypnotisiert auf die Waffe. Noch einen Atemzug, dann würde der Filipino abdrücken.

Seine Gedanken überschlugen sich.

Die Lampe!

Er wußte, daß ihre Schnur straff zum Steckkontakt gespannt war.

Die Lampe war seine einzige Chance.

Jetzt! Jetzt würde der Filipino abdrücken!

Jetzt!

Peter schnellte mit seinem Oberkörper nach vorne und ließ sich auf die Schnur fallen. Im gleichen Augenblick war es dunkel im Raum.

Mündungsfeuer blitzte auf. Der Filipino schoß ungezielt in die Richtung, in der er Peter vermutete. Einmal, zweimal, dreimal.

Peter hatte die Lampe zu fassen bekommen und warf sie mit voller Kraft nach dem Filipino. Ein Krachen, Splittern, ein Aufschrei. Ein Sprung.

Die Tür.

3

Peter gelang es, die Tür hinter sich zuzuschlagen. Er hastete den Flur vor zum Lift. Er hörte, wie die beiden Männer ihm nachkamen.

Der Lift war nicht da. Er überlegte blitzschnell. Sollte er die allgemeine Treppe nehmen? Auf die Gefahr hin, daß die beiden sich trennten und einer ihm mit dem Lift den Weg abschnitt? Nein, er mußte sich seine genaue Ortskenntnis zunutze machen und über die Treppe der Angestellten den Keller erreichen. Und im Gewirr des Kellers würde er sich einen genügend großen Vorsprung verschaffen und sich in Sicherheit bringen.

Das EXIT-Leuchtschild. Das enge, dunkelbraun gestrichene Stiegenhaus mit der hölzernen Treppe, die sich steil von Stockwerk zu Stockwerk hinunterwand.

Zehntes Stockwerk, achtes, sechstes, drittes, zweites, erstes. Der Eingang zum Ballraum. Gegenüber der Abstellraum.

Peter war sich darüber im klaren, daß die beiden Männer den Auftrag hatten, ihn zu beseitigen. Und daß sie kein Risiko scheuen würden, ihren Auftrag zu erfüllen. Er durfte ihnen nicht die geringste Chance lassen.

Das Mezzanin. Die Tür zur Terrace und gegenüber der Abstellraum, in dem Essenswagen und Leitern standen und Stühle und aufgerollte Teppiche bis unter die Decke gestapelt waren.

Das Erdgeschoß. Der Ausgang zur Oyster Bar, gegenüber der Packraum und die Küche der Bar. Die Bar war schon geschlossen.

Das Tiefgeschoß. Die Kantine für die Angestellten. Im Vorüberhasten erkannte er durch das Blickfenster der Tür, daß gerade niemand im Raum war. Sinnlos, hier Hilfe zu suchen. Die eiligen Schritte der beiden Verfolger hallten durch das Treppenhaus.

Der weißgekachelte niedrige Flur. Rechts der Innenhof für den Abfall. Links der lange niedrige Gang, der am großen Raum für die Geschirrspülung vorbeiführte. An den Decken Röhren, Leitungen und nackte Glühbirnen.

Peter hielt sich links. Er hatte einen Plan, mit dem er die Verfolger ausschalten wollte.

In der Ecke der große Verkehrsspiegel. Er war in den Stoßzeiten unerläßlich, wenn Kellner mit Essenswagen, Küchenhilfen mit Handkarren voll Geschirr, Büromädchen, Köche und Kellner mit Schiebewagen voller Wein die Gänge zu verstopfen drohten.

Jetzt nach Mitternacht herrschte hier dagegen eine geradezu beängstigende Ruhe. Nur ein paar Angestellte kamen Peter entgegen, allerdings ohne ihn zu beachten. Sie waren müde und warteten offenbar nur darauf, daß ihr Dienst zu Ende war und sie nach Hause gehen konnten.

Die vergitterte Service Bar für alle Getränke. Das gläserne Office für die Annahme der Bestellungen des Etagenservices. Es war jetzt nur noch mit einer Sekretärin besetzt.

Die aufgereihten, frisch gedeckten Servicetische mit den Schiebewagen. Die großen Container, in denen Essen warm gehalten werden konnte.

Die Küche! Endlich hatte Peter die Küche erreicht. Im Dschungel der riesigen Küche fühlte er sich einen Augenblick sicher. Von den ungefähr neunzig Köchen waren jedoch allenfalls noch zwanzig im Dienst. Sie verteilten sich derart auf die einzelnen Abteilungen, daß kaum einer von ihnen zu sehen war.

Peter duckte sich hinter die Salat-Waschanlage und den Roaster, der zur Abteilung für das Kalte Buffet gehörte. Von hier aus konnte er die Verfolger beobachten, ohne daß sie ihn sahen. Mit dem Taschentuch tupfte er sich das Blut vom Gesicht.

Der bullige Donaldson war auf der Höhe des Büros für den Etagenservice angelangt. Der Filipino hingegen, Mandaya, ging gerade in Richtung des kleinen, gläsernen Verschlags, in dem tagsüber Joe Trombetti, der Küchenchef, residierte. Jetzt allerdings war sein Büro leer.

Sobald beide in seinem Rücken waren, wollte sich Peter in Richtung Treppe davonstehlen. Das zweite Tiefgeschoß war noch mehr verwinkelt als die Küche. Dort würde er endgültig in Sicherheit sein.

Donaldson befand sich jetzt an der langen metallenen Theke neben der Gemüse- und Eierküche. Er warf einen Blick in die Runde, ohne Peter zu bemerken, und ging dann zurück und in Richtung der Ice-Cream-Abteilung weiter. Mandaya stand inzwischen vor der Fleischbank. Die Gelegenheit war günstig.

Peter lief geduckt an der Maschine vorbei, die dazu diente, Hummerschalen zu zermalmen und daraus den Extrakt für die Hummersuppe zu gewinnen. Dann vorbei am leeren Büro von Trombetti, die paar Schritte hinter den aufgereihten Servicewagen entlang, hinein in den Gang, vorbei an der Getränkebar und dann mit schnellen Schritten vor zur Treppe, die ins zweite Tiefgeschoß führte.

Keiner der Angestellten hatte sich um ihn oder um seine Verfolger gekümmert.

Das House Keeping. Die Schneiderei. Die Annahme für Beschwerden. Die Polsterei. Unverputzte Backsteinwände. Nackte Glühlampen an der niedrigen Decke. Hier unten war es um diese Zeit noch ruhiger als im Küchengeschoß.

Der Raum, in dem der Schacht endete, durch den die ganze Schmutzwäsche des Hotels geworfen wurde. Bettücher, Servietten, Handtücher, Tischtücher, Schuhlappen, Kissenbezüge, alles wurde hier tagsüber von ein paar Arbeitern, die für diese Tätigkeit einen Nasenschutz trugen, sortiert und nach Farben geordnet in große Container geworfen. Jetzt war auch dieser Raum menschenleer. Die Schmutzwäsche allerdings türmte sich hoch neben der Öffnung des Schachts.

Sollte Peter sich hier verstecken und abwarten, bis er durch einen der Angestellten die Hausdetektive verständigen konnte? Nein, der Geruch war unerträglich. Die Wäscherei bot gewiß ein günstigeres Versteck.

Die Materialausgabe für die Techniker. Der Weinkeller. Die Schreinerei. Die Installationsabteilung. Der Raum für das Ausbessern und Bügeln der Uniformen von Angestellten. Ein mannshoher Container, gefüllt mit defekten Lampen, bei denen sich eine Reparatur nicht mehr lohnte. Die Reinigung. Die unübersehbar große Wäscherei mit Büglerei und mächtigen Mangeln.

Die Luft war feucht und stickig. Peter preßte sich neben die Tür. Anscheinend hatte er die Verfolger abgehängt. Er wischte sich mit dem Ärmel kurz über die Stirn.

Eine der wenigen Wäscherinnen, die um diese Zeit noch Dienst hatten, trat heran. »Hier unten ist der Aufenthalt für Gäste verboten, Sir.«

»Woher wissen Sie denn, daß ich ein Gast bin?« antwortete er leise und scharf. Er wollte sie einschüchtern. Gleichzeitig ließ er den schmalen, halbdunklen Gang nicht aus den Augen.

»Weil Sie sonst eine ›Pass contractor‹-Plakette anstecken hätten, Sir.«

»Auch wenn ich zum Management des Hauses gehören würde?« zischte er sie an, um sie loszuwerden.

»Verzeihen Sie, Sir, daß ich Sie nicht gleich erkannt habe.« Die Wäscherin war verwirrt und entfernte sich.

Im gleichen Augenblick sah er die beiden Verfolger. Sie kamen von der Schreinerei her, direkt auf ihn zu. Doch sie schienen ihn noch nicht gesehen zu haben.

Er sprang hinter eines der fahrbaren Gestelle, das voll mit weißen Uniformjacken für Kellner hing, und fuhr es als Deckung vor sich her, bis er im toten Winkel war, lief dann in den Nebenraum, in dem sich die deckenhohen Drahtbehälter für die frisch gebügelte Wäsche befanden, von dort hinaus auf den Gang und links vor zur Materialausgabe der Technik.

Er atmete tief durch. Wenn sich die beiden trennten und ihn in die Zange nahmen, war er verloren. Er horchte angestrengt, um ihre Schritte unterscheiden zu können.

Nichts. Nur das dumpfe Rollen der Maschinen aus der Wäscherei war zu hören.

Er lief bis zur nächsten Ecke und spähte vorsichtig den Gang entlang. Keiner der beiden war zu sehen.

Sein Entschluß stand fest. Er wollte durch den Eingang für die Angestellten ins Freie fliehen, in die Subway Station Neunundfünfzigste Straße. Wenn er Glück hatte, fuhr gerade ein Zug ein. Dann war er gerettet.

Er spähte noch einmal in den Gang hinein. Niemand war zu sehen. Er setzte zum Sprung an. Ein Satz, und er war drüben auf der anderen Seite des Ganges. Er lief vor, dann nach rechts weiter und war endlich bei den drei Stufen, die zur Pendeltür aus Glas hinaufführten. Der Tisch des Time Keepers. Peter atmete auf.

Der Time Keeper im dunkelblauen Anzug, ein junger Mann irischer Abstammung mit dem Namen O'Connor, las gerade in der *Village Post*. Er hob den Blick. »Sir?«

»Ich weiß nicht, ob Sie mich kennen«, sagte Peter hastig und sah über die Schulter zurück, um festzustellen, ob ihm die Verfolger auf den Fersen waren.

»Nein, Sir, ich kenne Sie nicht. Darf ich fragen, was Sie hier unten suchen, Sir?« Der Time Keeper erhob sich.

»Ich brauche Ihre Hilfe, und zwar schnell.«

»Sie haben mir meine Frage nicht beantwortet, Sir.« Der Time Keeper kam um den Tisch herum und stellte sich Peter in den Weg.

»Ich bin Stammgast. Zwölfeinundvierzig, wenn Ihnen das etwas sagt.«

»Nein, das sagt mir nichts, Sir«, erwiderte der Time Keeper unbeeindruckt.

Peters Blick fiel auf die schwarze Stecktafel an der Wand gegenüber. Da kam ihm ein Gedanke.

»Ich bin ein guter Freund von Mister Hume«, log er, »und ich wollte über den Keller zwei Männern aus dem Weg gehen. Wollen Sie mir helfen?«

»Natürlich, Sir.« Die Miene des Time Keepers wurde freundlicher. »Aber Sie müssen zugeben, Sir, es ist immerhin ungewöhnlich, wenn ein Gast sich um diese Zeit im Keller...«

»Ja, ich gebe es zu«, unterbrach Peter ihn ungeduldig, »aber bitte werfen Sie einen Blick aus der Tür, ob draußen zwei Männer stehen. Ein Bulliger und ein Filipino.«

»Allright, Sir.« Der Time Keeper ging zur Eisentür, durch die täglich etwa eintausenddreihundert Angestellte des Hotels aus und ein gingen.

Peter stand an die Wand gepreßt, um nicht durch die Glastür gesehen zu werden. Sein Blick fiel von neuem auf die Stecktafel. Er las: ›Guten Morgen. Gestern war unser Hotel zu fünfundneunzig Prozent belegt, mit neunhundertsiebenundsiebzig Gästen. Dreitausendsiebenhundertzwanzig Gedecke wurden serviert. Morgen erwarten wir eine Belegung von sechsundneunzig komma drei Prozent, mit eintausendundzwei Gästen. Ich wünsche Ihnen einen angenehmen Tag. Brian P. Hume, General Manager.‹

Der Time Keeper kam zurück. »Sir, es ist niemand zu sehen. Der Aufgang ist leer. Auch auf der Straße sind kaum Menschen.«

»Danke.« Peter warf einen Blick zurück zur Glastür. Die Verfolger schienen ihn verloren zu haben.

Er drückte die Klinke der Eisentür und spähte hinaus. Der Time Keeper hatte richtig beobachtet. Niemand war zu sehen.

Er schob sich durch die Tür und ließ sie hinter sich zufallen. Noch ein Blick die Treppe hoch, dann lief er rechts in den Subway-Eingang hinein.

Er erstarrte. Der Zugang zu den Zügen war geschlossen. Die Drehkreuze waren blockiert. Nachts konnte man den Bahnhof nur von der Neunundfünfzigsten Straße her betreten. Kurz entschlossen sprang er über ein Kreuz und rannte den Schacht vor. In der Ferne donnerte ein Zug heran. Aber auf welcher Seite? Uptown? Downtown? Er konnte es nicht ausmachen. Es war wie verhext. Es dröhnte und schallte aus allen Ecken, als wollte ihn das Gedröhne zum Narren halten.

Einen Augenblick lang stand er unschlüssig. Seine Schläfen pochten wie wild. Er mußte von hier weg. Hier gab es keine Deckung, keine Hilfe. Er mußte zu einem Entschluß kommen. Uptown? Downtown?

Er entschloß sich für Downtown.

Doch gerade als er losrennen wollte, kam der Schlag.

Hart, wie von einer eisernen Faust, ins Genick. Ein stechender, rasender Schmerz. Er rang nach Luft. Er sackte zusammen. Aus. Es war aus. Dunkelheit überfiel ihn.

Er hatte Donaldson nicht herankommen sehen.

Er hatte nur noch gespürt, daß es wohl das Ende sein mußte.

Das Ende einer Geschichte, die ihn nicht mehr losgelassen hatte.

Und diese Geschichte hatte vor einem Jahr ihren Anfang genommen.

4

Es war der Vormittag des 8. Dezember 1975. Ein Montag. In der barocken State Suite des Plaza saßen vier Männer um den ovalen Tisch aus Palisander. Sie hatten die Tür von innen abgeschlossen.

Draußen, in den Straßen von Midtown Manhattan, tobte ein eisiger Blizzard. Wer nicht unbedingt auf der Straße sein mußte, hatte sich in einen Hauseingang geflüchtet. Auch die Hallen des Plaza waren voller fremder Menschen, vor allem auf der Seite zur Fifth Avenue.

Peter Stolberg rang nach Luft, als er endlich den Hoteleingang erreichte. Er hatte, zusammen mit Bob Kellermann, die letzten zweihundert Meter zum Plaza zu Fuß laufen müssen. Der Taxifahrer war nicht mehr zu bewegen gewesen, auch nur einen Meter weiter zu fahren. Der Blizzard hatte ihm die Windschutzscheibe vollkommen vereist.

Peter war zwar in bester körperlicher Verfassung, aber der kurze Weg vom Taxi die Fifth Avenue hoch bis zum überdachten Eingang des Hotels hatte ihn viel Kraft gekostet. Denn Bob Kellermann hatte sich von ihm wie ein Sandsack mitziehen lassen, den peitschenden Sturmböen hilflos ausgeliefert.

Doch trotz des tobenden Orkans hatte Peter plötzlich wieder die vergangene Nacht vor sich gehabt. Bobs Appartement. Die zwei Mädchen, eine Chilenin und eine Mulattin, ihre wunderschönen, nackten Körper. Die teuersten Callgirls, die greifbar gewesen waren. Die Chilenin, die sich Peter sofort nach allen Regeln der Kunst gewidmet hatte, und die Mulattin, die von Bob nichts hatte wissen wollen. Dann der Wechsel. Aber auch die Chilenin hatte Bob abgelehnt. Und selbst mit einem zusätzlichen Hunderter hatte Bob die Mädchen einfach nicht für sich begeistern können. Peter hatte der Freund leid getan.

Die deckenhohen Flügeltüren zum Palm Court. Mit klammen Fingern schob Peter seine Manschette zurück. Sieben Minuten nach zehn Uhr. Die vier Männer würden bestimmt schon auf sie warten.

Er haßte es, wenn jemand zu spät kam. Pünktlichkeit gehört zur Zuverlässigkeit, und Zuverlässigkeit ist eine der entscheidenden Voraussetzungen für Topmanager. Es war einer seiner Grundsätze. Er bezog ihn auch auf sich.

Sie fuhren ins erste Stockwerk, gingen an der White-and-Gold-Suite und am Crystal Room vorbei, gaben ihre eisstarren Mäntel an der Garderobe ab, und Peter klopfte an die Tür der State Suite. Zweimal kurz, zweimal lang.

Dr. Hilmar Tönissen öffnete ihnen persönlich. Er war ein Mann, der mit seinen fünfundsechzig Jahren noch die Spannkraft eines Vierzigjährigen zu haben schien. Beinahe so groß und sehnig schlank wie Peter, gab er mit seinem ledernen, stets sonnengebräunten Gesicht und dem silbergrauen, vollen Haar eine eindrucksvolle Erscheinung ab.

Ein knappes, förmliches Vorstellen der beiden Zuspätkommenden. Tönissen wies Peter den Platz ihm gegenüber und Bob Kellermann den rechts neben ihm zu. Kaum saßen die beiden, ergriff Tönissen das Wort: »Wir kommen zur Sache.«

Er wandte sich zunächst an die anderen drei: Dr. Konrad Hiss, Leiter der Forschungsabteilung der Tönissen Pharmacie Heidelberg Deutschland. Dr. Veit von Benthaus, Leiter des Werkes Mannheim der Tönissen Pharmacie Heidelberg Deutschland. Und Dr. Paul Mittelstadt, Leiter des Werkes Berlin der Tönissen Pharmacie Heidelberg Deutschland.

Tönissen sprach in seiner ruhigen, verhaltenen Art: »Es war gewiß etwas ungewöhnlich, meine Herren, daß ich Ihnen Amerika zeigte. Das heißt natürlich, nur das Amerika, das uns als Konkurrenz interessiert hat. W. R. Grace, Du Pont und Crawford in Delaware. Heute, am Ende unserer vierzehntägigen Reise, will ich mit Ihnen zu einem Ergebnis kommen. Sie haben vielerlei Erkenntnisse gewonnen. Rechnen Sie bitte jetzt alle gegeneinander auf. Die Erkenntnis, daß die Produktionsleistung, die in diesem Land von der pharmazeutischen Industrie erbracht wird, bei weitem die Produktionsleistung bei uns in Deutschland übersteigt. Die Erkenntnis, daß hier in diesem

Land die Kosten für Labors und Sozialleistungen weit niedriger als bei uns liegen. Die Erkenntnis, wie großzügig hier Öl und Energie verbraucht werden – als ob es in diesem Bereich nie eine weltweite Krise gegeben hätte. Aber auch die Erkenntnis, daß der Konkurrenzkampf hier gnadenlos ist.«

Er legte eine Atempause ein, um dann die Stimme anzuheben: »Das Fazit unserer Reise also lautet: Investieren wir hier? Setzen wir uns hier fest? Nehmen wir es als europäischer Mittelkonzern mit der amerikanischen Weltkonkurrenz auf?«

Er atmete tief durch, als ob er sich zu einer Entscheidung durchringen müsse, und hob die Stimme noch mehr an: »Treten wir an, Amerika zu erobern?«

Stille breitete sich aus. Die Männer saßen einen Augenblick lang bewegungslos. Nur Bob Kellermann senkte den Kopf. Er wollte sich bewußt hier heraushalten.

Tönissen sah in die Runde. Die Reaktion der Männer war unterschiedlich. Peter Stolberg zeigte nicht die kleinste Regung.

Er dachte von neuem an die letzte Nacht. Wer war die bessere gewesen, die Chilenin oder die Mulattin? Die kaum zwanzigjährige Chilenin mit dem makellosen Körper, den sinnlichen Oberschenkeln, den kleinen Brüsten, dem heiser hervorgestoßenen »Love me!«, sie hatte ihn in hohem Maß erregt. Aber auch die Mulattin war äußerst reizvoll. Auch ihr Körper war makellos, ja ihre Brüste waren ungleich voller als die ihrer Freundin, und als Besonderheit bot sie eine rasierte Scham. Bob war geradezu wild nach ihr gewesen.

Peter wußte, daß er sie eigentlich hätte zwingen sollen, sich Bob hinzugeben. Er hörte noch Wort für Wort, wie er sich mit ihr auseinandergesetzt hatte:

»Süße, das hier ist dein Job, ist dir das klar?«

»Mein Job muß mir aber Spaß machen.«

»Nicht für drei Hunderter.«

»Zwei Hunderter sind Grundpreis. Den dritten kann sich dein Freund an den Hut stecken.«

»Und was zeigst du für den Grundpreis?«

»Okay, ich mach's ihm. Mehr ist aber nicht drin.«

Peter schwor sich, Bob beim nächstenmal ein Mädchen zu verschaffen, das sich ihm freudig schenken und ihm obendrein so etwas wie Zuneigung entgegenbringen würde, sollte es kosten, was es wolle.

Tönissen wandte seinen Blick von Peter Stolberg zum Leiter der Forschungsabteilung.

Konrad Hiss, der untersetzte lebhafte Chemiker, auf dessen Vollglatze sich die Deckenbeleuchtung spiegelte, strahlte erwartungsvolle Zuversicht aus. Das pflegte er bei allen Fragen zu tun, die Tönissen außerhalb des unmittelbaren Forschungsbereiches anschnitt.

Veit von Benthaus zog die Mundwinkel nachdenklich nach unten. Er enthielt sich meistens der Stimme und ließ andere vorpreschen.

Nur im schwammigen Gesicht Paul Mittelstadts, des Mannes aus Berlin, breitete sich offener Unmut aus. Bei den Kollegen hieß er »der Bremser«. Sein Ehrgeiz gestattete ihm kein Risiko. Er ging auf Nummer Sicher.

Tönissen fuhr fort, als habe er schon die Zustimmung der anderen erlangt: »Unser Ansatzpunkt ist natürlich die Crawford Pharmacie Corporation. Einmal, weil wir wahrscheinlich sowohl bei Du Pont als auch bei Grace kaum einen Fuß in die Tür bekommen. Zum anderen, weil sich natürlich Crawford durch seine neuen Forschungsergebnisse auf dem Gebiet der Geriatrie anbietet.«

Er warf Peter Stolberg einen fragenden Blick zu. »Es ist richtig«, bestätigte der, »Crawford hat als einziger sozusagen eine Bombe in der Hand, mit der er einmal den gesamten Weltmarkt beherrschen kann.«

»Meine Herren«, sprach Tönissen daraufhin noch einmal ausschließlich zu Hiss, Benthaus und Mittelstadt, »Sie kennen lange genug meinen dynamischen Altersstarrsinn, der bisher Berge versetzt hat. Doch diesmal traue ich mir allein das nicht mehr zu. Deshalb habe ich Ihnen einen Mann zur Seite gestellt, der in Europa zu den besten seines Fachs zählt. Einen Mann, dessen Erfahrung jetzt der Tönissen Pharmacie zugute kommen soll.«

Er deutete eine Verbeugung zu seinem Gegenüber hin an. »Peter Stolberg, der heute das erstemal in unserer Mitte weilt. Er wird Chef des Vorstands werden. Ich werde die Geschäfte nur noch als eine Art Aufsicht beobachten.« Er setzte lachend mit erhobenem Zeigefinger hinzu: »Das heißt nicht, daß ich mich in den Aufsichtsrat abdrängen lasse! Denn ich habe auch noch Pläne.« Er änderte den Ton und wurde sachlich: »Sagen wir also besser: nicht ›Aufsicht‹, sondern ›Beobachter mit Mitspracherecht‹.« Und trocken: »Jedenfalls bleibe ich im Vorstand.«

Hiss, Benthaus und Mittelstadt trommelten, zum Zeichen ihres Einverständnisses, mit ihrer Faust mehrmals kurz auf den Tisch.

Mit einer Handbewegung gab Tönissen das Wort an Peter Stolberg. Der erhob sich und begann ruhig: »Meine Herren, ich danke für Ihr Vertrauen. Ich will mich kurz vorstellen. Nach meinen bisherigen Erfahrungen halte ich das für angebracht. Als ich für General Motors in Deutschland bei Opel einstieg und sagte, daß meine Liebe überschallschnelle Düsenjäger und hochgezüchtete Sportwagen seien, sagte mir der Präsident: ›Meinetwegen fahren Sie Formel-I-Rennen. Wichtig ist nur, daß Sie unsere Marktanteile vergrößern.‹ Und als mich Mannesmann als Verkaufschef holte, verlangte man von mir nicht, daß ich meine Maßanzüge künftig nicht mehr aus London beziehe, sondern aus dem heimischen Ruhrgebiet, man verlangte nur, daß der Umsatz, und mit ihm der Gewinn, stieg.«

Auf seinem Gesicht zeichnete sich ein flüchtiges Lächeln ab. »Ich bin überzeugt, bei Tönissen denkt man nicht anders. Deshalb verzeihen Sie mir, wenn ich schon aktiv wurde, ehe ich Sie noch kennenlernte. Ich habe mir erlaubt, meinen Freund Bob Kellermann in Ihre Runde mitzubringen. Bob gilt als einer der bedeutendsten Broker an der größten Börse der Welt, der New York Stock Exchange. Seine Zeit ist kostbar. Ich mußte ihn mitten aus der Arbeit reißen. Er ist nur mitgekommen, weil ihn das Projekt interessiert. Und er ist für uns deshalb der richtige Mann, weil er einer der wenigen großen Solobroker ist. Er holt uns die von uns gewünschten fünf Prozent der Crawford-Aktien diskret zusammen. Wenn andere ihre Brokerfirmen, wie zum Beispiel Merril Lynch, auf etliche tausend Mitarbeiter anwachsen lassen, sagt sich Bob, er allein ist sein bester Mann. Und er hat recht. Wenigstens für uns. Sein ganzer Stab besteht nur aus einem Telefon und seinem Kopf. Und ein einziger Kopf kann ein Geschäft top secret behandeln. Tausend Köpfe können es nicht.«

Er gab Bob Kellermann ein Zeichen, und dieser nickte ihm zu. Wie immer wirkte er schläfrig, obwohl er ganz konzentriert war.

»Meine Herren«, sagte Peter ohne Übergang, »ich bitte um Ihr Handzeichen. Erstens zur Entscheidung für Amerika. Zweitens zur Entscheidung für Bob Kellermann.«

Wieder trafen sich die Blicke der beiden Freunde. Und wie in stummer Übereinkunft unterstellten sowohl Peter als auch Bob den Worten ›Entscheidung für Bob Kellermann‹ eine doppelte Bedeutung. Ihre Blicke schienen einander zu sagen: Heute abend wollen wir es noch mal mit zwei Mädchen wissen, aber nicht mehr mit Mädchen wie der Chilenin und der Mulattin, sondern mit Mädchen, mit denen sich die Welt problemlos aus den Angeln heben läßt.

»Halt.« Mittelstadts helle Stimme füllte den Raum. Alle sahen ihn an.

»Brauchen wir einen einstimmigen Beschluß?« fragte Peter kühl. Die Frage galt Tönissen.

»Nein«, sagte Tönissen ruhig, »aber in diesem Fall wäre mir ein einstimmiger lieber.«

»Dann bitte ich um Ihren Einwand, Doktor Mittelstadt«, sagte Peter.

»Ich habe mehrere Einwände. Erstens: die Geriatrie. Wir alle wissen, wie lange schon in dieser Richtung geforscht wird. Aber die Verjüngungspille gibt es nicht und wird es nie geben.«

»Crawford ist kurz davor«, entgegnete Peter gelassen, »Doktor Hiss konnte sich einen genauen Überblick verschaffen.«

»Kurz davor waren wir auch schon«, sagte Mittelstadt herausfordernd.

»Nein«, widersprach Hiss, »so nahe am Ziel wie Crawford waren wir noch nie.«

»Ach? Und warum ist Du Pont nicht schon lange bei ihm eingestiegen?« Mittelstadt zog die Stirn in Falten.

»Weil Crawford keinen 'reinläßt. Er wehrt sich mit Händen und Füßen dagegen«, sagte Peter.

»Und uns läßt er?« Mittelstadt konnte sich kaum noch beherrschen.

»Für dieses Problem haben wir eben Bob. Den könnte sich Du Pont gar nicht leisten, denn wir sind beweglicher.« Peter war sich seiner Sache sicher.

»Heißt das, wir setzen Crawford unter Druck?« Mittelstadt verschränkte die Arme.

»Nein, das könnte ich nie verantworten. Mein Prinzip ist Offenheit und Ehrlichkeit. Sagen wir, Bob hat Beziehungen. Er ist nicht unbedingt auf das angewiesen, was die Börse notiert. Habe ich es richtig gesagt?« Peter sah Bob Kellermann an, und Bob nickte. Dann wandte sich Peter an Mittelstadt: »Noch ein Einwand?«

»Ja«, sagte Mittelstadt erregt. »Berlin. Das ist mein sozialer Einwand. Wie viele Arbeitsplätze verlieren wir in Berlin?«

»Wenn unsere deutschen Konkurrenten wie BASF im letzten Jahr siebzig Millionen, Bayer dreihundert Millionen und Hoechst sechsundneunzig Millionen Dollar in Amerika investiert haben, müssen wir mitziehen. Das darf überhaupt nicht zur Diskussion stehen. Und in Berlin verlieren wir keinen Arbeitsplatz«, antwortete Peter gelassen, »im Gegenteil, ich hoffe, daß wir für Berlin welche hinzugewinnen. Darf ich jetzt um Ihr Handzeichen bitten, meine Herren?«

Tönissen, Hiss, Benthaus und Peter hoben die Hand. Nach einem Augenblick, der den anderen wie eine Ewigkeit vorkam, hob auch Mittelstadt die Hand.

Die Eroberung des amerikanischen Marktes durch die deutsche Tönissen Pharmacie war in die Wege geleitet.

5

Mit einer routinierten Handbewegung schaltete die Stewardeß den Projektor ab. Die Filmvorführung war zu Ende. Die Passagiere, die an den Fenstern saßen, ließen die Rollos wieder nach oben schnellen. Tief unten lag der spiegelglatte Atlantik. In absehbarer Zeit würde man in New York sein.

Peter Stolberg zog sich wie abwesend die weißen Gummihörer aus den Ohren. Er hatte sich den neuen Film mit Charles Bronson nur angesehen, um seine quälenden, grauenvollen Gedanken zu vertreiben.

New York! Wie oft wohl war er in den vergangenen Jahren schon hier gewesen? Zuerst für Opel General Motors, dann für Mannesmann und jetzt seit elf Monaten für die Tönissen Pharmacie. Beim besten Willen, er wußte es nicht mehr.

Er wußte nur noch, daß er in den letzten Jahren ausschließlich mit der Lufthansa geflogen war. Der Service, die freundliche Crew, das Vertrauen in die Sicherheit. Er fühlte sich in den Jumbos der Lufthansa wie zu Hause.

Nach *Newsweek* und *Time* war er der zur Zeit erfolgreichste Industrieboß des europäischen Kontinents, und die pharmazeutische Fachpresse hatte ihn einstimmig zum ›Mann des Jahres‹ gewählt.

Er verbrachte seine Tage in Flugzeugen und Dienstwagen, an Konferenztischen, bei Arbeitsessen und auf Empfängen. Seine Zeit wurde mit viel Geld aufgewogen, und er unterlag der minutiösen Verplanung durch einen prall gefüllten Terminkalender.

Und seit er bei Tönissen war, flog er die Route Frankfurt–New York regelmäßig alle drei Wochen.

Elf Monate Tönissen! Peter sah sich noch einmal zu Fuß durch den eisigen Sturm ins Hilton laufen, an seiner Seite den schwer atmenden Bob. Eine deutsche Vorstandssitzung mitten im Herzen der Geldgiganten von Manhattan! So etwas hatte es bis dahin noch nie gegeben. Als die Presse davon Wind bekam, hatte die Sache natürlich auch gewaltiges Aufsehen erregt.

Der bescheidene Bob, der selbst in dieser Sitzung so geistesabwesend wie immer gewirkt hatte und doch ganz bei der Sache gewesen war. Etwa sieben Monate später hatte er die in ihn gesetzten Erwartungen erfüllt: er hatte Tönissen wie abgesprochen fünf Prozent der Crawford-Aktien herbeigeschafft.

Bob Kellermann, mit dem Peter in den fünfziger Jahren in Frankfurt Betriebswirtschaft studiert hatte. Mit dem ihn seit damals eine echte Freundschaft verband. Wahrscheinlich war er sogar Bobs einziger Freund, wenn nicht überhaupt der einzige Mensch, der Bob nahestand.

Denn Bob war ein Einzelgänger, der sich nur schwer an jemanden anschloß. Und gegenüber Frauen tat er sich besonders schwer. Er führte es auf sein Äußeres zurück, seine gedrungene Statur, die krummen Beine, die »verbaute Physiognomie«, wie er halb im Scherz sagte, und er litt darunter. Doch es war wohl mehr seine allzu linkische Art, mit der er den Frauen begegnete, seine Hemmungen, die er mit rüder Plumpheit zu überspielen versuchte.

FASTEN SEAT BELT. Der Anflug zur Landung. Peter legte sich den Gurt um und schnallte sich an. Eine Stewardeß trat an seinen Klapptisch und servierte ein Glas Champagner ab, das er überhaupt nicht beachtet hatte.

Aber bei weitem überwogen Bob Kellermanns gute Eigenschaften. Er war eine ehrliche Haut und ein Kumpel, wie Peter noch keinem begegnet war.

Und wenn Peter nach New York kam, zogen zwei Junggesellen los, um die Stadt zu erobern. Theater, Konzerte, alles genossen sie gemeinsam, die Metropolitan Opera und die New York City Opera, die guten Restaurants und auch die Dancings, und wenn Bob darauf bestand, auch einmal ein Musical, obschon Peter sich dafür nicht sonderlich begeistern konnte.

Ja, das war New York für Peter. Trotz der anstrengenden geschäftlichen Besprechungen.

Heute aber flog er zum erstenmal unter anderen Voraussetzungen hin. Unter bestürzenden Voraussetzungen. Heute würde ihm die

Stadt fremd erscheinen, ihm abweisend und ernüchternd begegnen. Heute hatte er Angst vor einem Wiedersehen mit New York.

Das Telex, das am frühen Morgen von seinem Büro eingetroffen war. Die Rückfrage und die Bestätigung der schrecklichen Nachricht. Die danach eilig angesetzte Vorstandssitzung. Die Sache war ihm an die Nieren gegangen.

NO SMOKING. Die Skyline von Manhattan. Der John F. Kennedy Airport. Die Landung. Die geschlossene Gangway. Der fensterlose, katakombenartige, lange Flur, dessen Fußboden mit einem weichen, roten Teppich ausgelegt war.

Die lange Reihe der gläsernen Kabinen. Der schwammige junge Beamte der Paßbehörde, der mechanisch in dem vor ihm aufrecht stehenden großen Fahndungsbuch blätterte.

Seine stereotype Frage: »How long are you staying here?«

Peter Stolbergs Antwort: »Diesmal nur vierundzwanzig Stunden.«

Das ausdruckslose Gesicht des anderen, als er ihm die Zollerklärung in den Paß heftete.

Die Menschenschlangen bei der umständlichen Zollabfertigung. Die Anfahrtstraße für die Busse, die Passagiere von Terminal zu Terminal des Kennedy Airports fuhren.

Und endlich der Firmenwagen, ein großer schwarzer Continental Mark V, am Steuer der gewöhnlich redselige kubanische Chauffeur Sam. Doch heute erkannte Sam sofort, daß sein Fahrgast in Gedanken versunken war. Die Fahrt verlief in Schweigen.

Endlos über den Highway, vorbei an den eng aneinanderstehenden kleinen bunten Holzhäusern. Dann quer durch den unüberschaubaren, trostlosen Friedhof von Queens. Und schließlich im Midtown Tunnel unter dem East River hindurch, und mit einemmal mitten im Trubel von Manhattan.

Die Park Avenue. Die Wolkenkratzer. Das die Avenue wie abschließende PAN AM-Gebäude über dem Grand Central Terminal, durch den die Straße hindurchführt.

Und dann das Plaza. Peter hatte das Hotel vor sechs Jahren gewählt, weil es Bobs Appartement gleich schräg gegenüber lag.

Das pompöse Vordach. Die wuchtigen vergoldeten Kandelaber. Die Doormen in ihren dunkelgrünen Uniformen. Seine vertraute Suite, die Zwölfeinundvierzig.

Der Bellman, der ihm die Tür aufgesperrt hatte und nun mit gelangweilter Miene seinen Spruch herunterleierte. In anderen Hotels der Stadt, den neugebauten, hieß dieser Spruch: ›Sobald Sie die Zimmertür öffnen, um den Raum zu betreten, ertönt in kurzen Abständen ein Alarmton. Dann stecken Sie die Sicherheitskarte, die an Ihrem Schlüssel hängt, in den Schlitz am Aufsatz über dem Fernsehapparat. Der Alarm endet, und die Zentrale registriert Ihre Anwesenheit im Zimmer. Bevor Sie das Zimmer verlassen, drücken Sie den versteckten Knopf, so daß zwar der Alarmton einsetzt, wenn Sie die Tür öffnen, aber endet, wenn Sie die Tür hinter sich schließen.‹

Das Plaza aber vertraute ausschließlich auf die überall unentbehrliche kleine Kette an der Tür. Hier hatte der Bellman deshalb nur zu erklären, wie die Air-Conditioning funktionierte. Er murmelte es undeutlich vor sich hin.

Peter hörte nicht zu. Er war nicht mehr fähig, an etwas anderes zu denken als an Bob. Er spürte, wie seine Schläfen pochten, wie sein Gehirn trommelte: Bob! Bob! Bob!

Wie im Fieber stand er am Fenster mit dem zartblauen, schweren Querbehang, preßte seine Stirn gegen das kühle Glas, und sein Blick ging hinaus auf die Riesen aus Stahl und Glas, ohne sie wahrzunehmen. Bob! Bob! Bob!

Und als das Zimmermädchen klopfte, um das Bett aufzudecken, dachte er einen Augenblick, daß es Bob war, der geklopft hatte.

Doch es war nicht Bob. Er würde es nie mehr sein. Nie mehr.

Denn Bob Kellermann war tot. Von einem Tag auf den anderen. Ohne Vorwarnung. Es war für Peter unfaßbar.

Und er war diesmal nur hier, um morgen der Beerdigung des Freundes beizuwohnen.

Morgen, das war Mittwoch, der 13. Oktober 1976.

6

Das Belasco Theater zählt zu den großen Broadwaytheatern. Es liegt an der Vierundvierzigsten Straße West zwischen dem Broadway und der Avenue of the Americas. Eine rote, angestaubte Fassade aus Backstein. Über die ganze Front ein gläsernes Vordach und in der Mitte vier rote Flügeltüren, durch die man in die Vorhalle gelangt, in der sich die beiden Kassenschalter befinden.

Am Vormittag des 13. Oktober 1976 waren wie an jedem Vormittag nur zwei der Flügeltüren geöffnet. Aus ihnen wand sich je eine Menschenschlange bis auf den Gehsteig hinaus, Leute, die nach Karten anstanden.

Diana Lester hatte ihren Wagen nebenan im Parkhaus abgestellt. Der Anblick der Menschenschlangen vor den Kassen hob ihre Stimmung etwas. Der weltbekannte Name Diana Lester sorgte eben für ausverkaufte Vorstellungen. Sie entschloß sich für den Publikumseingang.

Sie schritt mit ihren langen Beinen weit aus. Die Wartenden, die sie erkannten, machten ihr bereitwillig Platz, einige riefen erfreut: »Hi, Diana!«, andere kramten schnell irgend etwas zum Schreiben aus ihren Taschen, um ein Autogramm zu ergattern, doch Diana Lester winkte lachend ab – »Leider! Muß zur Probe« – und ging schnell durch die Vorhalle, wo ihr ein Angestellter hilfsbereit eine der weißen Flügeltüren aufhielt. Sie grüßte ihn im Vorbeigehen: »Hi, Conny!« und verschwand im Halbdunkel des Foyers.

»Du kommst zu spät!« Jeff Austin stand an der Rampe der offenen Bühne und hielt sich die Hand vor die Augen, um vom Bühnenlicht nicht geblendet zu werden. Er sah angestrengt in den leeren Zuschauerraum, wo Diana Lester gerade von hinten den Seitengang entlang zur Bühne vorlief. Jeff Austin war der Ballettmeister der Truppe und leitete heute die Probe.

»Entschuldige«, rief Diana Lester ihm im Laufen zu, »es kann ja mal vorkommen.«

»Bei dir nicht!« rief Austin gespielt aufgebracht.

»Ich bin noch nie zu spät gekommen«, antwortete Diana trocken und setzte dann eindringlich ein weiteres »Entschuldige, bitte!« hinzu.

»Oh, ich weiß«, rief Austin, und Diana erkannte, daß er nur Spaß gemacht hatte.

Doch sie ging darauf nicht ein. Sie stieg die paar Stufen hinauf zur Bühne und stand Austin außer Atem gegenüber. »Ich bin noch nie zu spät gekommen.«

Mit einer Kopfbewegung warf sie ihre schulterlangen rotblonden Haare zurück.

»He, Diana! Hast du deinen Humor verloren?« Austin nahm sie an den Schultern und gab ihr flüchtig einen kollegialen Begrüßungskuß auf die Wange.

»Wartet ihr schon lange auf mich?« Sie löste sich von ihm und wandte sich an die anderen Mitglieder der Truppe, die in lockerer Reihe im Hintergrund der matt erleuchteten Bühne standen. »Entschuldigt bitte, daß ich euch habe warten lassen«, rief sie ihnen zu, und ein allgemeines »Schon gut« oder »Nicht schlimm« war die Antwort.

»Diana, du hast wirklich deinen Humor verloren«, sagte Austin erstaunt, und dann fügte er mitfühlend hinzu: »Hast du Ärger gehabt?«

»Nein.« Sie sagte es mit Nachdruck und verschwand über eine der Seitengassen in Richtung ihrer Garderobe, um wenig später wieder auf der Bühne zu sein, jetzt im Probendress. »Wir können.«

»Okay. Band ab!« Austin griff sich das Mikrofon, das an einem langen Kabel hing, setzte sich in die fünfte Parkettreihe und gab seine Anweisungen: »Erste Nummer... Und!«

Das »... Und!« war sein ganz persönliches Zeichen zum Einsatz des Tanzes. Obwohl ›Die Lady von Colorado‹ jetzt schon mehrere Monate mit Erfolg lief, war dennoch jede Woche eine sogenannte Überholungsprobe angesetzt, um die Tanzszenen straff und lebendig zu halten.

Diana Lester war als Star der Truppe auch bei der Arbeit am ehrgeizigsten. Sie war die erste beim Training und auf der Probe und die letzte, die heimging. Sie war ein Muster an Fleiß und Präzision, schenkte sich nichts, probte unermüdlich, ordnete sich jeder Anweisung unter, half Kollegen, wenn ihnen einmal Schritte oder Bewegungen nicht auf Anhieb gelingen wollten, half darüber hinaus überall, wo sie nur konnte, und war alles andere als der eingebildete, überhebliche Star, den es bei anderen Produktionen zur Genüge gab.

Die Kritik stellte sie auf eine Stufe mit Julie Andrews und Liza Minelli, das Publikum raste in jeder Vorstellung bei ihren Auftritten vor Begeisterung, und die Kollegen sowie der übrige Stab, einschließlich des General Managers und des Produzenten, waren sich darin einig, daß sie noch nie mit einer derart angenehmen und kollegialen großen Könnerin zusammengearbeitet hatten.

»Diana, was ist? Konzentrier dich! Wach auf!« Austin rief über das Mikrofon seinen Ärger mitten hinein in die Szene, denn Diana schmiß heute jede Nummer. Es war für ihn unerklärlich. »Diana, reiß dich zusammen!«

Diana biß die Zähne zusammen, daß sich in ihrem schmalen weißen Gesicht die Backenknochen noch stärker als ohnehin schon abzeichneten, verausgabte sich, als wollte sie sich die Seele aus dem Leib tanzen, und tanzte und sang, bis ihr der Schweiß in Strömen über die Wangen lief.

»Stop! Band aus!« brüllte Austin. Die Probe lief noch keine halbe Stunde. Er legte das Mikrofon beiseite und kam auf die Bühne.

»Diana, was ist mit dir? Fühlst du dich nicht gut?« Er war jetzt ganz mitfühlender Kollege.

Diana stand beschämt da. Nach einer Weile zuckte sie hilflos die Schultern. Sie wußte genau, was mit ihr war, doch sie wollte es nicht wahrhaben.

»Sollen wir kurz unterbrechen? Soll ich dir einen Becher Kaffee holen lassen?« Austin legte ihr seinen Arm um die Schulter.

»Nein, es geht schon.« Ihre grünen Augen blitzten wieder voller Tatendrang.

»Nein, es geht nicht!« sagte Austin beschwörend und stellte sich vor sie. »Du steckst die ganze Truppe an. Es ist sinnlos. Du warst schon gestern abend nicht top.« Und leise: »Soll ich abbrechen?«

Auf der Bühne hatte sich Grabesstille ausgebreitet, und Austins Worte schienen von den Wänden widerzuhallen. Die Blicke sämtlicher Anwesenden waren auf Diana gerichtet. Es war, als hielten alle wegen der geradezu provozierenden Frage den Atem an. Diana eine Probe abbrechen? Nein, das hatte es noch nie gegeben und würde es auch nie geben! Was hatte sich Jeff bei dieser absurden Frage nur gedacht.

Diana sah Jeff Austin einen Augenblick lang an, als betrachte sie die Frage als eine Beleidigung. Doch dann senkte sie den Blick und sagte mit schwacher Stimme: »Ja, es ist wohl das beste, wenn wir abbrechen.«

Sie drehte sich zu den anderen hin: »Entschuldigt, bitte. Entschuldigt tausendmal.« Und zu Austin: »Entschuldige.«

Dann verließ sie die Bühne.

7

Pünktlich um sieben Uhr hatte der Reisewecker geklingelt. Eine Stunde später prüfte Peter Stolberg im weiß eingekachelten Spiegel des Badezimmers sein Äußeres mit einem letzten Blick. Das weiße Hemd, der schwarze Anzug, die schwarze Krawatte, der exakte Scheitel seiner glatten dunklen Haare.

Mit seinen Gedanken war er bei Bob. Wie konnte es nur geschehen sein? Bob war mit seinen sechsundvierzig Jahren genauso alt wie er. Er war kräftig, gesund und lebensfroh. Hätte er ein Problem gehabt, das ihn bedrückte, eine bedrohliche Krankheit, er hätte auf jeden Fall mit ihm darüber gesprochen.

Nein, er hatte an Bob nicht die geringste Veränderung bemerkt.

Noch vor drei Wochen war Bob das blühende Leben gewesen.

Es war zum Verrücktwerden! Da arbeitet jemand für ein Weltunternehmen, das wahrscheinlich schon in naher Zukunft der Menschheit so etwas wie das »ewige Leben« versprechen kann, und dann stirbt er von einer Stunde auf die andere, vielleicht an Kreislaufschwäche oder Herzversagen oder sonst einen alltäglichen Tod.

Oder war es ein Unfall gewesen? Ein tragischer Unfall? Peter warf einen Blick auf den Reisewecker. Eine Minute vor acht Uhr. Ab acht sollte ihm Karin Mebius Genaueres darüber sagen können.

Karin Mebius, die vierunddreißigjährige vollschlanke Blondine, war Tönissens vorläufiges Ein-Mann-Büro in New York. Ein kleiner Vorraum, ein Hauptraum mit Nebenraum im 37. Stockwerk des Time and Life Building, das zum Rockefeller Center gehörte, sozusagen im Herzen von Midtown Manhattan gelegen. Vor elf Monaten in Betrieb genommen, eben seit Peter für Tönissen arbeitete und Tönissen sich entschlossen hatte, bei der Crawford Pharmacie in Delaware einzusteigen.

Milton Werrick Crawford. Ein Mann wie ein Bär. Mit dem Gehirn eines Computers. Und dem Gemüt eines Schoßhundes. Schon bei ihrem ersten Zusammentreffen hatte Peter das so empfunden.

Es war im vergangenen April gewesen, also vor etwa sechs Monaten. Durch ein Telex hatte Crawford ihn um seinen Besuch gebeten. Dringend. Zwei Tage später war Peter in New York gewesen. Im 40. Stockwerk des supermodernen Grace Building, dessen sechs Stockwerke hoher marmorner Sockel breit geschwungen war, im Chefbüro der Crawford Pharmacie Company, das einem Saal glich.

Milton W. Crawford stand hinter seinem zwei Meter tiefen und fünf Meter breiten weißen Schreibtisch. Wuchtig und selbstgefällig. Mächtiger Schädel mit Bürstenhaarschnitt, graumeliert. Obwohl er vier Jahre jünger war als Peter, sah er wesentlich älter aus. Crawford bewegte sich nicht von der Stelle, als Peter in der hohen Flügeltür erschien, und sah ihm abschätzig entgegen. Er wollte dem anderen gleich von Anfang an vor Augen führen, wie hier die Rollen verteilt wurden.

Doch Peter durchkreuzte sein Vorhaben. Er blieb nach ein paar Schritten mitten im Raum stehen, und ihre Blicke fraßen sich ineinander fest.

Zwei Gegner, die eine Machtprobe austrugen.

»Wenn Sie es wünschen, können wir sofort zur Sache kommen«, eröffnete Peter das Gespräch ohne jede Begrüßung. Er sprach mit ruhiger, fester Stimme, als würden sie sich schon eine Ewigkeit kennen.

»Ziehen Sie sich einen Stuhl an den Schreibtisch.« Es klang wie ein Befehl.

Peter tat nichts dergleichen. Er stand reglos da wie sein Gegenüber. Gelassen sagte er: »Ich sitze nicht gern an Schreibtischen. Und schon gar nicht davor.« Um seine Mundwinkel spielte ein Lächeln. Er spürte, daß er dem anderen überlegen war.

»Aber ich bin es gewöhnt, mit meinen Besuchern am Schreibtisch zu sprechen.«

»Mag sein. Aber in diesem Fall wollen Sie etwas von mir. Nicht ich von Ihnen.«

Sie sahen sich unverwandt an, als gelte es, dem Blick des anderen standzuhalten. Sekunden verstrichen.

Dann sagte Crawford: »Allright, Stolberg. Wir setzen uns an den kleinen runden.« Sein Gesicht war steinern.

Der »kleine runde« Tisch bot immerhin noch für etwa zehn Personen Platz. Hinter ihm hing ein wertvoller Wandteppich. »Von Chagall entworfen«, sagte Crawford. Es sollte wie nebenbei klingen. Peter aber hörte die Absicht heraus.

Noch während sie sich setzten, begann Crawford: »Ich habe erfahren, daß die deutsche Tönissen Pharmacie sich für mein Unternehmen interessiert.« Und herausfordernd: »Stimmt das?«

»Ja, das stimmt.«

»In welchem Ausmaß?«

»Durchaus innerhalb der vorgeschriebenen Grenzen.«

»In Zahlen. Wieviel halten Sie schon?«

»Drei komma eins Prozent.«

»Ein teurer Spaß.«

»Es ist kein Spaß. Wir vertrauen der Crawford Company. Und im besonderen Ihnen, Crawford. Für uns sind Sie ganz allein die Company.«

»Die sogenannte Lebensverlängerungspille, ich weiß. Aber Sie irren sich, Stolberg. Genauso wie sich auch die anderen geirrt haben. Ihre großen deutschen Konkurrenten oder Grace oder wie sie alle heißen.« Er beugte sich vor, und seine Stimme wurde eindringlich leise: »Meine Forschungsarbeit war zu mühselig, Stolberg. Es war meine ganz persönliche Arbeit. Und den Erfolg teile ich mit niemandem. Weder mit Bayer oder BASF oder Takeda in Japan und auch nicht mit der Tönissen Company. Merken Sie sich das!«

»Ich kann Sie beruhigen, Crawford. Wir haben nicht die Absicht, Ihnen Ihren Erfolg streitig zu machen. Wir wollen nur investieren zum Wohle Ihres Erfolges. Wir wollen freundschaftlich zu Ihnen stehen. Nicht als Konkurrenten.«

»Wir Amerikaner sind es gewohnt, offen zu sprechen. Und ich sage Ihnen offen: Ich mißtraue Ihnen, Stolberg. Ihr Ziel wird der Vorstand sein. Und der Aufsichtsrat.«

»Nein, Crawford. Den Plan haben wir nicht. Wir wollen uns nur ein wenig aus Deutschland lösen.«

»Und warum?« Die Frage kam hart.

»Aus mehreren Gründen. Die allgemeine wirtschaftliche Unsicherheit. Man kann in der heutigen Zeit nicht mehr nur auf einem Bein stehen. Und wir wollen Geld anlegen. Ich kenne Ihren Einwand...« Peter hob abwehrend die Hände. »Ihr Amerikaner legt eure Dollars zum Teil bei uns an. Aber wir vertrauen eben der amerikanischen Wirtschaftsmacht, wie Sie sehen. Wir bringen unsere harte D-Mark zu Ihnen.«

Das Gespräch wurde zusehends verbindlicher, und als sich die beiden Männer nach etwa einer Stunde erhoben, gab Crawford seinem Besucher sogar einen freundschaftlichen Schlag gegen den Arm. »Ich will Ihnen die Crawford-Werke zeigen, Stolberg. Wir fliegen mit dem Hubschrauber zum Airport. Dort wartet meine Maschine startbereit. Am Abend sind wir wieder hier. Einverstanden?«

Peter nickte und spürte, daß der andere sein Mißtrauen gegen ihn noch immer nicht abgelegt hatte.

Die Crawford-Werke lagen im Staat Delaware, außerhalb des Ortes Wilmington. Als die beiden Männer die einzelnen Abteilungen besichtigten, war Peter sehr beeindruckt. Crawford sah es voll Genugtuung.

Die Werke waren zwar genauso organisiert wie andere pharmazeutische Werke – Forschung, Herstellung, Verwaltung –, aber die Unterschiede zu Tönissen waren dennoch verblüffend.

Die Anlage war großzügig und zweckgebunden vor kaum zehn Jahren neu erstellt. Grund und Boden waren in überreichem Maß vorhanden.

Die Leistung der Arbeiter und Angestellten war bis ins kleinste Detail rationalisiert. Es gab so gut wie keinen Arbeitsausfall.

Das Programm verzettelte sich nicht in Pharmaprodukten, Diagnostika, Chemikalien, Backmitteln, Gesundheitspflege, Hauthygiene, Pflanzenschutzmitteln und Farben. Es war allein auf die Pharmaproduktion ausgerichtet, und fünf Produkte standen im Mittelpunkt.

Und dann natürlich: Die Erforschung der sogenannten Lebensverlängerungspille hatte die behördliche Genehmigungspflicht, die Prüfung durch die Food-and-Drug-Administration, längst passiert und befand sich wirklich schon im Stadium der Klinik-eins-Phase. Hier wurde am Menschen die Aufnahmefähigkeit, die Verteilung im Körper, der Abbau und das Ausscheiden des Stoffes geprüft.

In spätestens drei bis vier Jahren konnte das Mittel auf dem Markt sein. Dann würde die Welt nicht nur aufhorchen, nein, die Welt würde sich in der Tat verändern.

Und die Crawford Pharmacie Company würde eine geradezu unvorstellbare Größenordnung erreichen.

In Crawfords Privatbüro, das ganz in Weiß gehalten war, nahmen sie einen Drink.

»Es stimmt also, daß Sie in der Erforschung der Antioxydantien führend sind«, begann Peter.

Crawford war einen Augenblick lang wie versteinert. »Woher nehmen Sie diese Vermutung? Nur aus der Tatsache, daß wir schon in der Klinik-eins-Phase sind?« Es klang feindlich.

»Nein, nicht nur daraus. Ich habe mich informiert. Eingehend.« Peter setzte versöhnlich hinzu: »Sie haben doch von mir sicher nichts anderes erwartet?«

»Was wissen Sie im einzelnen?« Crawford kniff die Augen zusammen.

»Ich weiß, daß der Antioxydanz-Therapie in der Geriatrie die Zukunft gehört.« Peter sah dem anderen offen in die Augen. »Die Antioxydanz-Behandlung wurde ausschließlich von der amerikanischen Pharmazie entwickelt, und hier vor allem von Ihnen, Crawford.

Sie geht von der Erkenntnis aus, daß die Altersveränderungen am Menschen ihren Ursprung an der Zelle nehmen. Eine alternde Zelle nämlich braucht mehr Sauerstoff als eine junge, um ihre Funktionen aufrechtzuerhalten.«

Peter entschloß sich, ins Detail zu gehen. »Die Lunge aber muß allen Sauerstoff in den Körper pumpen. Mit zunehmendem Alter sinkt jedoch die Leistungskraft der Lunge. Im Alter von sechzig Jahren zum Beispiel erreicht sie höchstens noch siebzig Prozent der Leistung, die sie dreißig Jahre früher erbracht hat.«

»Ich bin Fachmann, Stolberg.« Crawford war unbeeindruckt.

»Sekunde, Crawford. Die alternden Zellen also erhalten nicht die für sie notwendige Menge mehr Sauerstoff, sondern sogar von Jahr zu Jahr weniger. Sie sind zum Absterben verurteilt.«

»Okay. Machen wir es kurz.«

»Sie, Crawford, entwickelten nun Stoffe, die es den alternden Zellen ermöglichen, mit ihrem Sauerstoff sparsamer hauszuhalten: die sogenannten Antioxydantien.«

Crawford schwieg, als erwarte er weitere Erklärungen, und Peter fuhr fort: »Sie haben nicht nur sehr richtig erkannt, daß zum Beispiel Vitamin E und Ginseng Antioxydantien sind, die der Körper verträgt. Sie haben nicht nur erforscht, daß bei alternden Menschen fortlaufende Sauerstoffmessungen überhaupt erst die Voraussetzungen schaffen, Ihr Zukunftspräparat erfolgreich anzuwenden. Nein, Sie sind bei der Altersforschung – oder bleiben wir besser bei dem Begriff ›Lebensverlängerungsforschung‹ – sozusagen auf den entscheidenden Punkt gestoßen. Das heißt, auf die Erkenntnis, daß das Problem des Alterns vordringlich ein Problem des Gehirns ist. Denn die Gehirnzellen sind ja bekanntlich die einzigen Zellen, die sich nicht teilen und damit vermehren. Das Gehirn also produziert keine neuen Zellen. Das Gehirn muß sozusagen mit seinen alten Zellen leben. Bekommen nun aber die alten Gehirnzellen notgedrungen weniger Sauerstoff…«

»Allright, Stolberg, es genügt.«

»Lassen Sie mich ruhig ausreden, Crawford.« Peter vollendete den begonnenen Satz: »Bekommen nun aber die alten Gehirnzellen notgedrungen weniger Sauerstoff als früher, sterben sie ab. Und ohne Gehirn ist auch der ganze Mensch tot. Oder möchten Sie etwa ohne Gehirn weiterleben?«

Crawford schwieg, und Peter setzte fort: »Sie sind also auf dem besten Weg, ein Präparat für die Gehirnzellen zu entwickeln.« Er sah den anderen triumphierend an. »Das ist das Entscheidende, was ich weiß, Crawford. Antioxydantien für die Gehirnzellen sind nirgends sonst in der Welt so weit erforscht. Und bei uns in Deutschland schon gar nicht.«

»Sie haben sich wirklich verdammt gut informiert, Stolberg.« Crawfords Augen wurden schmal. »Aber Sie täuschen sich. Das Präparat wird aus vielen Antioxydantien bestehen. Aus vielen, Stolberg! Aber aus welchen, das ist mein Geheimnis. Und dieses Geheimnis ist nicht zu kaufen. Auch nicht von Ihnen, Stolberg.«

»Beantworten Sie mir nur eine Frage, Crawford: Glauben Sie, im Gegensatz zur deutschen Schulmedizin, daß eine Verlängerung des menschlichen Lebens durch pharmazeutische Mittel möglich sein wird?«

Crawford ließ sich mit der Antwort Zeit. Schließlich sagte er nachdenklich: »Ja. In der jetzigen Phase meiner Forschung kann ich Ihre Frage vollauf bejahen.«

Als sie durch das große Werkstor hinausgingen, warf Peter noch einmal einen Blick zurück auf die weißen Hallen, die graphisch schön in der grünen, sanft hügeligen Landschaft lagen.

Und als sich die beiden Männer in New York zum Abschied die Hände reichten, fragte Crawford selbstbewußt: »Na, konnte ich Sie jetzt davon überzeugen, daß ich fremdes Kapital nicht nötig habe?«

»Nein«, sagte Peter überlegen, »denn jeder gute Kaufmann arbeitet nie ausschließlich mit eigenem Kapital.«

»Okay.« Crawford gab sich geschlagen, um gleich darauf wieder herausfordernd zu werden: »Sie halten also bis jetzt drei komma eins Prozent? Wie weit wollen Sie gehen?«

»Nicht über fünf. Aber ich kann Sie noch einmal beruhigen: Wir sind uns nicht einmal im klaren, ob wir überhaupt über drei komma eins hinaus weiterkaufen.«

»Ich werde Sie beim Wort nehmen.« Crawford schlug Peter ein weiteres Mal freundschaftlich gegen den Arm. Es schien, als meine er es diesmal tatsächlich freundschaftlich.

8

Jetzt, am Morgen des 13. Oktober, stand Peter Stolberg also in seinem Hotelzimmer im Plaza. Es waren wenige Minuten nach acht Uhr. Karin Mebius würde ihm nun wohl schon sagen können, wann und wo Bob beerdigt wurde.

Sein Blick ging auf das General Motors Building, in das jetzt von allen Seiten die Angestellten strömten.

Er trat an das kompakte, beigefarbene Telefon und tippte die LR81190.

»Tönissen Company.« Die helle klare Stimme, die ihm bekannt war.

Er meldete sich: »Karin, ich bin seit gestern hier in New York.«

»Hallo, Herr Stolberg, ich weiß. Aber Heidelberg hat mich gestern leider nicht vor drei Uhr nachmittags erreicht. Der Fünf-Stunden-Zeitunterschied, Sie wissen ja. Ich konnte nichts mehr erfahren. Bis ich endlich das richtige Büro hatte, war es geschlossen. Die Beamten sind hier nicht arbeitsfreudiger als die in Europa. Ich habe Ihnen eine Nachricht darüber ins Hotel gegeben.« In ihrer Stimme schwang ein Hauch von Erotik mit.

»Ich habe sie erhalten. Und heute morgen?«

»Heute hatte ich Erfolg. Ich bin schon seit sieben Uhr hier.«

»Haben Sie auch herausbekommen, von welcher amtlichen Stelle Sie gestern die Nachricht von Mister Kellermanns Tod erhalten haben? Welche Person Sie davon verständigt hat?« Peter drängte auf Zeitgewinn.

»Am Telefon war eine Miß Miller vom Einwohneramt. Sie hatte eine volle dunkle Stimme.«

»Und sonst wissen Sie nichts?«

»Doch. Beim Einwohneramt arbeitet keine Miß Miller.«

»Soll das etwa heißen, Mister Kellermann ist unter Umständen gar nicht...?« In Peter stieg ein Hauch von Hoffnung auf.

»Nein, das heißt es nicht«, zerstörte Karin Mebius die schwache Zuversicht des anderen, »das Amt V hat mir seinen Tod vor einer Viertelstunde bestätigt.«

Als er nicht gleich antwortete, setzte sie fort: »Und ich weiß auch inzwischen, wo er beigesetzt wird.«

»Und... wo?« fragte er kaum hörbar.

»Auf dem Armenfriedhof.«

»Was sagen Sie da? Auf dem Armenfriedhof?«

»Ja. Potter's Field. Ein Robert Leo Kellermann, geboren am dreiundzwanzigsten Juli neunzehnhunderteinunddreißig in Bad Homburg in Deutschland.«

»Ja, das ist er. Und er wird auf dem Armenfriedhof...?« Er war entsetzt.

»Das ist hier anscheinend nichts Ungewöhnliches. Wenn jemand keine Angehörigen hat oder niemanden, der die Beerdigungskosten übernimmt...«

»Aber Bob hatte doch... ich meine, Mister Kellermann hatte doch Vermögen. Es ist doch genug Geld da.«

»Ich kann Ihnen leider keine andere Auskunft geben. Man sagte mir, es wäre für Mister Kellermann entweder die Anatomie in Frage gekommen oder der Armenfriedhof.«

»Absurd. Vollkommen absurd.« Er überlegte. »Und wann findet die Beerdigung statt?«

»Dort gibt es keine Beerdigungen. Dort werden sie ohne Zeremoniell beigesetzt. Einfach eingegraben.«

»Und die Adresse?« fragte er mit belegter Stimme.

Karin Mebius nannte sie ihm, und er notierte sie sich. »Und schikken Sie mir bitte sofort Sam mit dem Wagen.« Er legte auf.

9

Peter saß neben Sam im Wagen und hatte die Augen geschlossen. Er war in Gedanken noch einmal in der überstürzt angesetzten Vorstandssitzung von gestern vormittag. Der alte Tönissen hatte sich mehr als eigenartig benommen.

Eine scharfe Linkskurve. Peter nahm nicht wahr, daß sie Manhattan schon hinter sich gelassen hatten. Sie bogen in die Westchester Avenue ein, fuhren schier endlos quer durch die Bronx, durch den weitläufigen Pelham-Bay-Park, dann über die City-Island-Bridge hinüber nach City Island, hielten hart an der Anlegestelle der Fähre, und Peter sah noch immer die Vorstandssitzung vor sich.

Der große helle Raum. In der Mitte der riesige schwere Tisch aus dunkler Eiche. Um ihn herum die elf Stühle mit der hohen Rückenlehne, mit braunem Leder gepolstert.

Die Vorstandsmitglieder Hiss und von Benthaus hatten ihre Plätze schon eingenommen. Mittelstadt hielt sich in seinem Berliner Büro bereit für eine telefonische Stellungnahme.

Peter stand an einem der Fenster und hielt Ausschau nach Tönissen. Endlich kam er über die Hauptstraße des Werkes herangehastet. Eigentlich kommt er zu einer Vorstandssitzung nie zu spät, dachte Peter flüchtig, doch er maß dem weiter keine Bedeutung bei.

»Ich will mich kurz fassen«, sagte Peter, als Tönissen seinen Stuhl umständlich zurechtgerückt hatte, »Sie alle wissen um die traurige Nachricht. Ich habe Sie nur deshalb zu dieser ungewöhnlich frühen Stunde zusammengebeten, um einen gemeinsamen Beschluß über den Beitrag unseres Unternehmens zu den Trauerfeierlichkeiten zu fassen. Ich glaube, einen gemeinsamen Beschluß sind wir Mister Kellermann schuldig. Um Zeit zu gewinnen, will ich Ihnen ohne Umschweife meine Vorschläge unterbreiten und bitte Sie um Ihre Zustimmung.«

Peter war seiner Dynamik wegen bekannt und geschätzt. Heute aber galt es für ihn, noch schneller als gewöhnlich zu sein, denn der Jumbo der Lufthansa flog mittags pünktlich in Frankfurt ab.

»Ich werde die Firma bei den Trauerfeierlichkeiten vertreten«, sagte er sachlich, und sein Blick ging von einem zum anderen. Tönissen wich dem Blick aus, und Peter fuhr fort: »Jeder von uns wird mit einem Kranz vertreten sein. Zusätzlich schickt auch die Firma einen Kranz. In der *Washington Post*, der *New York Times*, im *New York Stock Market Magazine*, in der *FAZ*, der *WELT* und in der *Süddeutschen* werden wir je eine viertelseitige Traueranzeige schalten.«

»Etwas ungewöhnlich, meinen Sie nicht auch?« ließ sich Tönissen vernehmen.

»Ich bitte um Ihr Einverständnis durch Handzeichen«, überging Peter den Einwand und sprach zu allen.

»Ich bin dagegen«, sagte Tönissen hart, »dagegen, daß wir jeder durch einen Kranz vertreten sein sollen, dagegen, daß wir so einen Aufwand an Anzeigen... und dagegen, daß Sie, Stolberg, Ihre und unsere Zeit mit dieser Reise nach New York unnötig vergeuden. Es stehen weiß Gott wichtigere Dinge an.« Er streckte sein Kinn vor und sah aus schmalen Augen zu Peter hin.

»Mister Kellermann hat hervorragend für unsere Firma gearbeitet«, entgegnete Peter mit unbewegtem Gesicht und sprach weiterhin zu allen, »er hat präzise gearbeitet, makellos und diskret. Auf diese makellose und diskrete Arbeit kam es uns besonders an. Ich bezweifle, daß wir ohne ihn unseren Fuß jetzt schon so sicher auf amerikanischem Boden hätten. Das gilt es zu würdigen. Das heißt, wenn wir uns selbst nicht als armselige, kleine Krämerseelen sehen wollen. Und ich werde ihm das letzte Geleit geben, welche wichtigen Dinge hier auch anstehen mögen. Denn ich war sein Freund. Sein einziger. So, und jetzt bitte ich um Ihr Handzeichen, und dann entschuldigen Sie mich, die Zeit drängt.«

Tönissen enthielt sich der Stimme, doch die drei anderen stimmten Peter zu.

Warum Tönissen diesmal verspätet zur Sitzung erschienen war, hatte Peter durch Zufall auf dem Weg nach Frankfurt erfahren. Der Chauffeur, der an diesem Morgen auch Tönissen gefahren hatte, erzählte Peter beiläufig, daß Tönissen eigentlich überhaupt nicht zur Sitzung hatte erscheinen wollen. Seine Frau hatte ihn schließlich überredet, doch noch zu kommen.

Feigheit, dachte Peter, sie war eine von Tönissens unerfreulichen Eigenschaften.

10

New Yorks Potter's Field, der Friedhof der Toten, deren sich niemand annimmt, liegt auf Hart's Island, der kleinen Insel vor City Island.

Auf Potter's Field gibt es weder Grabsteine noch Kreuze noch irgendwelche anderen Anzeichen, die auf einen Friedhof hindeuten.

Potter's Field ist eine Wildnis aus hohem Gras, steiniger Erde, Gestrüpp und ab und zu einem kümmerlichen Baum.

Gefangene aus der Strafanstalt vom nahen Riker's Island verrichten hier die Arbeit der Totengräber. Sie heben die fünfhundert Fuß langen Gräben aus. Sie laden die einheitlich sieben Fuß langen, schmucklosen Särge aus Kiefernholz, in denen die Toten hier ankommen, von den blauweißen Leichenlastwagen. Sie ritzen mit dem Messer Nummern an die Stirnwände der Särge und schreiben mit einem Magic Maker den Namen des Toten auf die Seitenwand. Das heißt, natürlich nur, wenn der Name des Toten bekannt ist. Sonst wird er nur als Nummer registriert. Und sie versenken die Särge in die Gräben, schaufeln die Gräber wieder zu und markieren mit einem hölzernen Pfosten die Gräberreihe.

Auf diese Weise beerdigen sie im Jahr ungefähr zehntausend Menschen aus New York.

Hart's Island ist für das allgemeine Publikum gesperrt. Eine altersschwache, knarrende Fähre ist die einzige Verbindung zur Außenwelt.

Peter Stolberg erkaufte sich die kurze Überfahrt mit einer Zwanzig-Dollar-Note. Der Wärter ließ sie behend und ausdruckslos in seiner Jackentasche verschwinden.

Das Office von Potter's Field befand sich in einem zweistöckigen schmucklosen Steinhaus, an dessen Fassade der ehemals weiße Anstrich kaum noch zu erkennen war.

Der Friedhofsdirektor hieß William Zoloto. Ein kleiner, weißhaariger Mann mit einem viel zu weiten Hemdkragen, schlechten Zähnen und einem Hängebauch. An einem eisernen Schreibmaschinentisch in der Ecke seine Sekretärin, eine füllige ältliche Blondine, anscheinend in ihr körperliches Schicksal ergeben und zwei Cruller mit Sahne auf einem Pappteller neben sich.

Es roch nach abgestandener Luft. Peter reichte Zoloto seine Karte. Er wirkte in dieser Umgebung, im modisch geschnittenen schwarzen Anzug, sportlich fit und gepflegt, wie ein Außenseiter und wurde von Zoloto und seiner Sekretärin auch als solcher betrachtet.

Nachdem er sein Anliegen vorgebracht und ihm auch für Zoloto mit einer Zwanzig-Dollar-Note Nachdruck verliehen hatte, warf Zoloto der Blondine stumm einen fragenden Blick zu. Sie drehte sich auf ihrem Drehstuhl zu einem Regal hin, holte daraus einen prall gefüllten Schnellhefter, blätterte eine Weile darin, sah dann ihren Chef kopfschüttelnd an, und der sagte, ohne die Lippen zu bewegen, zu seinem Besucher: »Wir haben keinen Kellermann.«

»Aber Sie müssen ihn haben«, entgegnete Peter und ließ keinen Zweifel daran, daß er sich mit dieser Antwort nicht zufriedengeben würde.

»Nein.« Für Zoloto war die Angelegenheit erledigt. Er gab Peter die Karte zurück. Er hatte es gewöhnlich nur mit armen Schluckern zu tun oder mit seinesgleichen, mit städtischen Beamten. Denen genügte seine maulfaule Art. Er war nicht gewillt, bei dem eleganten Besucher, der sich hierher nur verirrt haben konnte, eine Ausnahme zu machen.

»Hören Sie!« Peter trat einen Schritt auf ihn zu, als könne er ihn dadurch beeinflussen. »Robert Leo Kellermann! Geboren am dreiundzwanzigsten Juli neunzehnhunderteinunddreißig in Bad Homburg in Deutschland!«

»Wo?«

»In Bad Homburg, Deutschland.«

»Nie gehört.«

»Er ist aber Ihnen zugeteilt worden. Und die Beerdigung sollte heute vormittag sein.«

Zoloto zuckte bedauernd die Schultern und vergrub sein Gesicht in die Akten, die vor ihm lagen. Er wollte mit dem Besucher nichts mehr zu tun haben.

»He, so kriegen Sie mich nicht los! Bevor Sie der Sache nicht auf den Grund gegangen sind, werde ich Sie in Ihrem Büroschlaf stören!«

Zoloto gab keine Antwort. Er ging aus dem Zimmer.

Peter ging hinter ihm her. Am Ausgang des Hauses hatte er ihn eingeholt. Er hielt ihn an der Schulter fest. »Hören Sie, ich werde Ihnen so lange auf den Zehen stehen, bis Sie sich endlich bequemen, mir...«

»Ich bin ja schon auf dem Weg.« Mißmutig, mit einer abfälligen Handbewegung.

»Okay. Aber ich komme mit.«

»Wenn es Ihnen nicht zu weit ist.«

Sie gingen gut fünfzehn Minuten schweigend nebeneinander her, bis sie an eine frisch ausgehobene Gräberreihe kamen. Zwei Gefangene waren mit dem Eingraben von Särgen beschäftigt. Sie trugen dicke, wattierte Westen und hatten ihre wollenen Mützen tief ins Gesicht gezogen. Als sie Zoloto kommen sahen, legten sie eine Pause ein und stützten sich auf ihre Schaufel.

Zoloto trat heran und fragte den einen: »He, Ben, ist dir heute morgen ein...«, und wandte sich an Peter: »Wie hieß der Mann?«

»Kellermann. Robert Leo Kellermann. Sechsundvierzig Jahre.«

»Schon gut.« Zoloto winkte müde ab und sagte zu Ben: »Kellermann. Hast du ihn gehabt?«

»Kellermann?« Ben, abgearbeitet und müde wie sein Vorgesetzter, dachte eingehend nach und wandte sich dann an Peter: »Kellermann, sagen Sie? Sechsundvierzig? Nein. Müßte ich wissen.«

»Kellermann?« Der andere Arbeiter trat heran. Es war ein schmalbrüstiger Puertoricaner. »Kellermann? Wurde der nicht wieder abgeholt?«

»Abgcholt? Von wem?« Zoloto gähnte.

»Ich erinnere mich jetzt«, sagte Ben, »stimmt. Kellermann. Wurde abgeholt. Von einem privaten Beerdigungsinstitut.«

»Von einem privaten? Von welchem?« Die Angelegenheit langweilte Zoloto.

»Keine Ahnung«, sagte Ben, »ging über Zwei A.«

»Und jetzt?« fragte Peter und sah Zoloto an.

»Jetzt gehen wir den Weg wieder zurück«, sagte Zoloto und fuhr sich müde durchs weiße Haar.

11

Das Hullingford Appartementhaus lag an der Park Avenue Ecke Vierundachtzigste Straße. Es hatte einen in hellem Marmor gefaßten Eingang, von dem aus die übliche Vordachmarkise bis zum Bordstein reichte. Die Tür war weiß, ihre Beschläge waren aus blinkendem Messing.

Diana Lester stieg aus dem Wagen, ohne den Schlüssel abzuziehen, und trat unter der Markise auf den Eingang zu.

Arthur, der weißhaarige Doorman in der eleganten hellblauen Uniform, hatte sie kommen sehen. Er öffnete ihr diensteifrig die Tür, zog seine Mütze: »Ma'm« und fragte mechanisch: »Der Schlüssel steckt?«

»Ja, Arthur, wie immer. Ich brauche den Wagen nicht vor heute abend.« Sie schenkte Arthur ein freundliches Lächeln, obwohl ihr im Augenblick nicht danach war. Sie mochte ihn. Er war ein Stück des Hauses und verlieh ihm menschliche Wärme.

Sie ging durch die niedrige Halle, die mit einem großen schweren Teppich und antiken Möbeln reich ausgestattet war, und stieg schleppend die zwei Marmorstufen zu den beiden Lifts hoch. Einer der Lifts stand immer fahrbereit im Erdgeschoß, so verlangten es die Sicherheitsvorschriften.

»Sie können ihn nehmen, Ma'm«, rief Bruce, der dunkelhäutige Liftman, deutete eine Verbeugung an und ließ sie in den Lift treten.

»Danke, Bruce. – Arthur, geben Sie Naka Bescheid?« rief sie über die Schulter zurück.

»Ja, Ma'm, selbstverständlich«, antwortete Arthur.

Der Lift hielt im 19. Stockwerk, und Naka, Dianas Hausdame, öffnete die Lifttür. »Ma'm, Sie sind schon zurück? Ist die Probe denn schon zu Ende?« Naka, eine hagere Chinesin von einundvierzig Jahren, deren Gesicht kaum einmal eine Regung preisgab, schien überrascht zu sein.

»Ja, die Probe ist zu Ende«, sagte Diana in sich gekehrt und betrat das Appartement.

Es bestand aus einer Diele, fünf großen, erlesen ausgestatteten Räumen, den üblichen Nebenräumen sowie zwei Bädern, wobei Dianas Bad besonders luxuriös eingerichtet war. Eine große runde, rosafarben gekachelte Wanne, zu der zwei Stufen hochführten. Ringsum Spiegel, an den Wänden und an der Decke. Die Armaturen vergoldet. Der Fußboden mit einem flauschigen, rosafarbenen Teppich ausgelegt. Die Beleuchtung indirekt und in verschiedenen Farbnuancen zu schalten.

Das Badezimmer war Dianas bevorzugter Aufenthaltsraum.

»Laß mir bitte ein Bad ein, Naka. Ein Erdbeerenbad. Und zieh alle Vorhänge zu.«

»Ja, Ma'm.«

Naka zögerte, bis Diana sie aus ihren Gedanken riß: »He, was ist?«

»Wir haben noch immer einen herrlichen indian summer, Ma'm. Es scheint die Sonne.«

»Egal. Die Vorhänge zu. Und kein Licht. Ich mag jetzt kein Licht.« Diana versuchte ein Lächeln, aber es mißlang.

»Ja, Ma'm.« Naka tat, wie ihr geheißen wurde. Dianas exzentrische Wünsche konnten sie nicht mehr erschüttern. Künstler hatten nun einmal Launen, man mußte sich damit abfinden.

Heute aber entsprang Dianas Benehmen nicht nur einer Laune, Naka spürte es deutlich. Heute mußte etwas Außergewöhnliches vorgefallen sein. Dianas Gesicht war noch blasser als gewöhnlich. Sie war traurig. Auch wenn sie es nicht zeigte. Sie verstand sich eben zu beherrschen. Wie es ihr Beruf erforderte.

»Das Badewasser ist fertig, Ma'm. Und alle Vorhänge sind zugezogen.«

»Auch die in der Küche?«

»Auch die Jalousien in der Küche, Ma'm.«

»Danke, Naka, du hast jetzt frei.« Diana stand im seidenen chinesischen Morgenmantel vor der Hausdame.

»Aber heute ist nicht Donnerstag, Ma'm.«

»Dann hast du eben in dieser Woche zwei freie Nachmittage. Bitte geh jetzt.«

»Danke, Ma'm. Brauchen Sie mich, bevor Sie ins Theater fahren, Ma'm?«

»Nein. Du kannst bis morgen wegbleiben.«

»Danke, Ma'm. Dann besuche ich meine Eltern, Ma'm.«

»Mach, was du willst, Naka. Aber bitte geh jetzt.«

Als Diana in der Wanne lag, hörte sie, wie die Wohnungstür ins Schloß fiel. Sie war allein. Endlich. Sie seufzte so tief, daß sich ihre Brüste aus dem Schaum hoben. Dann füllten sich ihre Augen mit Tränen.

Die beiden letzten Tage hatten sie zu sehr aufgewühlt.

12

›Friedenspalme Krematorium. Eines der führenden Krematorien New Yorks. Unser Angebot: Kapelle mit Air Condition. Orgel. Ia Särge. Verbrennungsurnen. Moderne Nischen. Gesangbücher frei. Besucher willkommen.‹

Peter Stolberg beachtete das Schild kaum. Er betrat die Halle des zweiundzwanzig Stockwerke hohen Gebäudes in der Fünfundfünfzigsten Straße West, in der Nähe des Broadways und der Eighth Avenue, zwängte sich mit anderen Fahrgästen in den vollen Lift und tippte auf den Lichtknopf für das fünfte Stockwerk.

Über die Längswand des Besucherraums zog sich ein großes, künstliches Palmenblatt. Sechs Türen führten in andere Räume. Über eine der Türen war eine schwarze Fahne drapiert. Mitten im Raum stand ein mannshohes Schild, das in großer Schrift das Angebot des Krematoriums wiederholte, und in einer Ecke befand sich ein Regal mit Prospekten, Formularen, Gesangbüchern und künstlichen Blumen. Die Atmosphäre war bedrückend.

Ehe sich Peter zurechtgefunden hatte, trat aus einer der Türen eine junge Dame auf ihn zu. »Ich bin Lillie Flam«, sagte sie burschikos, »sozusagen die rechte Hand von Mister Evans.«

»Und wer ist Mister Evans?« Er mußte ein Schmunzeln unterdrükken. Sie hatte ihn mit ihrem frischen Auftreten ein wenig aus der Fassung gebracht. Alles andere hätte er hier erwartet, nur nicht ein kaum zwanzigjähriges, aufgewecktes dunkelhäutiges Mädchen in hellem modischen Kleid und mit unverkennbarem Charme.

»Mister Evans ist unser Funeral Director. Womit kann ich Ihnen behilflich sein, Sir?«

Außerdem ist sie hübsch, dachte er, und die Afrofrisur bringt ihre milchkaffeefarbene Haut vorteilhaft zur Geltung. Er sagte: »Bei Ihnen wird heute vormittag ein Mister Kellermann beerdigt.«

»Ein Mister Kellermann?« Sie überlegte, und auf ihren Wangen zeichneten sich zwei Grübchen ab. »Ah, ja, ein Mister Kellermann!«

»Danke, Lillie, ich bin schon da. Sie können gehen.« Beinahe lautlos hatte ein Mann den Raum betreten. Er war sehr klein und sehr blaß. Er trug einen schwarzen Anzug mit schwarzer Krawatte, und seine Oberlippe zierte ein schmales schwarzes Bärtchen, das seine Blässe noch unterstrich. Er verbeugte sich leicht vor Peter. »Ich bin Vincent Evans. Sie kommen wegen Mister Kellermann, Sir?«

»Ja. Er wird doch heute hier beerdigt?«

»Darf ich Sie um Ihren Namen bitten, Sir?«

»Natürlich.« Peter reichte ihm seine Karte.

Der andere warf einen kurzen Blick darauf. »Sind Sie ein Verwandter von Mister Kellermann, Sir?«

»Ich bin ein Freund.«

Evans verzog keine Miene. Er versenkte die Karte in die Außentasche seines Jacketts und sagte salbungsvoll, als betrachte er das Gespräch für abgeschlossen: »Die Trauerfeier für Mister Kellermann ist schon zu Ende, Sir. Schon seit einer Stunde.«

»Schon zu Ende? Aber das ist doch nicht möglich. Heute morgen noch...«

»Sie ist zu Ende, Sir. Schon seit einer Stunde.«

»Und jetzt? Wo ist der Sarg jetzt?«

»Es gibt keinen Sarg, Sir. Die Leiche von Mister Kellermann wurde verbrannt.«

»Verbrannt? Aber das kann doch nicht... wer hat das angeordnet?«

»Wir sind ein Krematorium, Sir.«

»Ja, natürlich. Ich bin etwas durcheinander.«

Evans lächelte nachsichtig.

»Und wer ist mit Ihnen in Verbindung getreten?« fragte Peter.

»Der Auftraggeber, Sir.«

»Und wer war der Auftraggeber?« Peter blieb hartnäckig.

»Sie stellen sehr viele Fragen, Sir. Ich kann Ihnen nur sagen, daß die Trauerfeier zu Ende ist. Und jetzt entschuldigen Sie mich bitte, Sir.« Evans wandte sich zum Gehen.

Mit einem schroffen: »Ich werde noch mehr Fragen stellen!« hielt Peter den anderen von seinem Vorhaben ab.

Evans, der schon die Hand auf dem Knopf der Tür zu seinem Büro hatte, drehte den Kopf: »Ich kann Ihnen keine Frage verbieten, Sir. Aber ich muß sie nicht beantworten.«

»Ich werde Sie so lange mit Fragen belästigen, bis Sie mir antworten, Evans! Ich bin nicht aus Europa herübergekommen, um mich mit der Feststellung zufriedenzugeben, daß die Trauerfeier zu Ende und Mister Kellermanns Leiche verbrannt ist! Dafür ist mir die ganze Angelegenheit zu undurchsichtig! Entweder Sie beantworten mir jetzt meine Fragen, oder...!« Peters Stimme nahm einen drohenden Ton an.

»Stellen Sie Ihre Fragen, Sir.« Evans lenkte ein. Er nahm die Hand vom Türknopf.

»Erstens: Wo befindet sich die Urne mit Mister Kellermanns Asche?«

»In Queens, Sir. Auf dem Friedhof der Evergreens.«

»Hm. Zweitens: Wer war bei der Trauerfeier anwesend?«

»Niemand, Sir. Nur unser Personal.«

»Niemand?« Peter überlegte kurz. »Ist das nicht ziemlich ungewöhnlich?«

»Nein, Sir. Das kommt oft vor, wenn ein Verstorbener keine Angehörigen hat oder wenn sein Testament bestimmt, daß ...«

»Aber in diesem Fall gab es einen Auftraggeber! Wer war es?«

»Ich kenne ihn nicht.«

»Sie kennen ihn nicht?« Peter atmete tief durch. Er versuchte, seinen Ärger zu unterdrücken. »Hören Sie, Evans, das nehme ich Ihnen nicht ab.«

»Aber ich sage die Wahrheit, Sir. Der Auftrag wurde telefonisch übermittelt.«

»Evans, Ihr Institut ist kein behördliches Institut, sondern ein rein geschäftliches Unternehmen. Sie wollen mir doch nicht etwa einreden, daß ...«

»Natürlich wurden die Kosten vor Beginn der Trauerfeier bezahlt.«

»In welcher Form?«

»Natürlich bar.« Evans lächelte. »Das Kuvert wurde von einem Boten gebracht.«

»Hm.« Peter war unschlüssig. Er hatte sich seit jeher für einen besonders guten Psychologen gehalten. Nicht zuletzt verdankte er seine beruflichen Erfolge seiner Menschenkenntnis. Jetzt zweifelte er plötzlich an sich selbst. Vincent Evans konnte er nicht einordnen.

Er wollte sich schon mit der Erklärung des anderen begnügen und zur Tür gehen, da kam ihm ein Gedanke. »Eins würde mich interessieren: Beerdigen oder verbrennen Sie auch ohne amtlichen Totenschein?«

»Aber, Sir, wo denken Sie hin! Wir sind ein seriöses Unternehmen!« Evans hob entrüstet beide Hände.

»Ich glaube Ihnen. Dann habe ich noch eine Frage: Sie sagten, der Auftrag wurde telefonisch durchgegeben. Haben Sie ihn selbst angenommen?«

»Ja, Sir. Ich nehme alle Aufträge selbst entgegen. Ich bilde mir ein, ich kann die Kunden am besten beraten. Das kann ich keinem Angestellten überlassen.« Evans schien erleichtert zu sein.

Wahrscheinlich hätte es ihn bedrückt, wenn ich ihm nicht geglaubt hätte, dachte Peter und stellte seine letzte Frage, ohne daß er wußte, was er mit ihr wollte: »Wenn Sie den Auftrag entgegengenommen haben, dann haben Sie doch auf jeden Fall die Stimme des Auftraggebers gehört. War sie irgendwie charakteristisch?«

»Es war die Stimme einer Frau. Aber mehr weiß ich wirklich nicht, Sir.« Evans drehte sich um und verließ den Raum.

13

Sam hielt Peter Stolberg die Wagentür auf. Peter hatte gerade einen Fuß im Fond, da zupfte ihn jemand am Ärmel: »Hello, Sir!« Er sah über die Schulter. Es war Lillie Flam. Er fuhr herum.

»Sir! Sie haben vorhin nach der Frauenstimme gefragt, die am Telefon war. Ich habe das Gespräch angenommen.« Lillie brachte die Worte nur stoßweise hervor, so sehr war sie gerannt.

»Wissen Sie denn Näheres?« fragte Peter sie erstaunt.

»In zehn Minuten im Doral. Broadway Ecke Zweiundfünfzigste.« Sie war schon wieder einige Meter weg, da drehte sie sich im Laufen um und rief: »Und parken Sie Ihren Wagen nicht dort!«

Obwohl Sam dicht neben Peter stand, tat er, als habe er den ganzen Vorfall nicht bemerkt. Er hatte sein Gesicht weggedreht. Er war nicht mehr der Jüngste. In Kuba hatte er bessere Tage gesehen. Aber hier mußte er Tag für Tag um seinen Job bangen. Er wußte sehr gut, wann Diskretion angebracht war.

»Was hältst du von ihr, Sam?« fragte Peter, nachdem sie losgefahren waren. »Ist sie vertrauenswürdig oder nicht?«

»Wen meinen Sie, Sir?« Sams Blick ging durch die Windschutzscheibe auf die Straße.

»Tu doch nicht so! Das Mädchen mit der Afrofrisur. Deine Meinung interessiert mich. Du bist hier zu Hause. Also?« Peter beugte sich vor. Er sah, wie sich die Backenmuskeln des anderen spannten. »Also?« wiederholte er.

»Sie ist noch jung«, versuchte Sam auszuweichen. Sein Blick ging weiter geradeaus.

»Los, Sam!«

»Ja, Sir. Sie scheint mir vertrauenswürdig zu sein.«

»Danke, Sam.«

Das »Doral« war eines der vielen Coffee Houses in dieser Gegend. Hier nahmen die Angestellten der umliegenden Bürohäuser ihr Frühstück ein, Kaffee und Rühreier oder Toast mit Butter und Marmelade oder einen Honey Dip, und manche aßen auch zum Lunch hier ein paar Bissen, ein Omelett vielleicht oder sonst eine Kleinigkeit.

Es lag neben einer kleinen Pizzeria, einem leerstehenden Laden, einem Zigarettenladen und einem winzigen African Bazaar und hatte den Eingang, einen gläsernen Windfang, direkt an der Ecke.

Unmittelbar links neben der schmalen Eingangstür war die Kasse. Dahinter saß auf einem hohen Hocker ein Kassierer mit schütterem weißem Haar und kränklichem Gesicht.

Der Raum war nichtssagend viereckig und wurde von zwei hufeisenförmigen braunen Theken beherrscht, vor denen die Barhocker fest montiert waren. Dahinter war die offene Küche mit dem dunkelfarbigen Koch. Und Rita, die Serviererin, Mitte vierzig, wasserstoffblonde Locken, im kurzen weißen Kittel.

Entlang der Fensterfront steckten Künstlerpostkarten an der Wand, es gab halbhohe Boxen mit jeweils einem kleinen Tisch, und über die ganze Rückfront des Lokals zog sich eine naive Wandmalerei, ›Broadway vor hundert Jahren‹, die Peter sofort ins Auge fiel und ihn eigenartigerweise an Paris erinnerte.

Lillie saß an der hinteren Theke und winkte ihn zu sich heran. Sie hatte einen Kaffee vor sich. Er setzte sich neben sie und bestellte auch einen.

»Ich hatte es vorhin eilig.« Lillie sah ihn abschätzend von der Seite an. Als er nichts sagte, fuhr sie fort: »Ich mußte noch mal zurück ins Büro. Ich hatte meine Tasche vergessen. Ich habe ja nicht gewußt, ob ich Sie noch erreichen würde.« Und als er noch immer nichts antwortete: »Jetzt ist meine Lunchzeit.« Sie genoß es offenbar, mit ihm hier zu sitzen.

»Weiß Mister Evans, daß ich hier bin?« fragte er, zog sich von der Ecke der Theke die Kanne heran und goß sich Milch in die Tasse, die Rita ihm gerade mit einem »You're welcome, Sir!« serviert hatte.

»Nein«, sagte sie unbefangen, und dann mit gespieltem Schrecken: »Oh, hoffentlich nicht!«

Er trank einen Schluck und stellte die Tasse auf die Theke. »Und warum sind wir hier?« Es klang beiläufig.

Sie dachte eine Weile nach. »Sagen wir, aus verschiedenen Gründen.«

»Und aus welchen?«

»Wie soll ich das sagen? Erstens, weil Sie... na ja, Sie sind ein gutaussehender Mann. Ein richtiger Mann. Aber ich sage Ihnen bestimmt nichts Neues. Oder?« Ein lauernder Blick.

»Und zweitens?«

»Wollen Sie auf Erstens gar nicht eingehen?«

»Ist das alles, was Sie mir sagen wollten?«

»Nein.« Sie war verlegen und trank ihre Tasse leer. Als Rita es bemerkte, kam sie mit der großen, gläsernen Gemeinschaftskanne heran und schenkte Kaffee nach.

Lillie suchte Peters Blick. »Nicht nur, weil Sie ein richtiger Mann sind.« Es klang unsicher.

»Was können Sie mir über die Frauenstimme am Telefon sagen?« fragte er gereizt.

»Ich habe das Gespräch angenommen und an Mister Evans übergeben.«

»Und die Stimme...?«

»Es war eine dunkle Stimme. Eine sympathische. Und ich glaube, ich habe sie erkannt.« Sie war nach wie vor freundlich. Sie nahm ihm seine Verstimmung nicht übel.

»Sie haben sie erkannt?« Ruckartig wandte er sich ihr zu.

»Ja. Mir war gestern, als hätte ich die Stimme ein paar Stunden vorher schon einmal gehört.«

»Wo?«

»Im Fernsehen.«

»Im Fernsehen?« Er war sichtlich enttäuscht. Wenn Leute heutzutage glaubten, ein Gesicht oder eine Stimme komme ihnen bekannt vor, ordneten sie sie nur allzugern ohne lange Überlegung dem Fernsehen zu. Nein, Lillie Flam brachte ihn nicht weiter.

»Ja«, sagte sie beharrlich, »im Fernsehen! Kanal vier. In der Today-Show. Um sieben Uhr früh.«

»Dann haben Sie ja die Frau sogar gesehen.« Er meinte es ironisch.

»Nein, gesehen habe ich sie nicht«, entgegnete sie ungerührt, »früh um sieben bin ich nämlich gewöhnlich im Bad. Da höre ich das Fernsehen nur.«

»Hm.« Er war sich unschlüssig, was er von ihrer Erzählung halten sollte.

»Es wurden zwei Frauen interviewt«, fuhr sie fort und sagte wie zur Erläuterung: »Von Jane Pauley. Es ging um Frauenprobleme«, und dann mit betont sicherer Stimme: »Und eine der beiden Frauen hatte diese Stimme.«

Er schwieg. Sie sah ihm an, wie seine Gedanken arbeiteten. Nach einer Weile sagte er ohne Übergang: »Und woher wußten Sie, daß ich nach der Stimme gefragt habe?«

»Die Tür stand einen Spalt offen. Ich habe Ihr Gespräch mit Evans mitgehört.«

»Hat Evans es bemerkt?«

»Ich glaube nicht.«

»Auch nicht, daß Sie mir nachgegangen sind?«

»Nein. Ich war vorsichtig. Mister Evans kennt da keinen Spaß.«

»Und warum sind Sie dann dieses Risiko eingegangen?«

»Erstens, weil...« Sie stockte. Wieder schoß ihr das Blut ins Gesicht.

»Und zweitens?« Er lächelte still in sich hinein.

»Zweitens reiche ich nie mit dem Geld. Egal, wieviel ich verdiene«, sagte sie schnell und wich seinem Blick aus.

»Sind zwanzig genug?« fragte er leise, entnahm seiner Brieftasche eine Zwanzig-Dollar-Note und steckte sie ihr unter der Theke zu, so daß niemand es sehen konnte.

»Zwanzig? Aber ja! Ich habe mit zehn gerechnet.« Und ohne daß er etwas dagegen machen konnte, gab sie ihm einen Kuß auf die Wange.

»Und das ist für den Kaffee. Bitte bezahlen Sie meinen mit.« Er legte eine Fünf-Dollar-Note vor sie auf die Theke und erhob sich.

»Aber das ist zuviel!«

»Ich habe zum Wechseln keine Zeit.« Er machte ein paar Schritte auf den Eingang zu, hielt inne und kam noch mal zurück. »Wie kann ich Sie erreichen, Lillie?«

»Sie wollen mich wiedersehen?«

»Also wie? Übers Institut? Oder auch zu Hause?«

»Ich stehe im Telefonbuch.«

»Nur für alle Fälle.« Er verließ das Lokal.

14

Das Büro ist erschreckend freudlos, dachte er. Es war ihm bisher nie aufgefallen. Er trat ans Fenster. Aus dem 37. Stockwerk ging sein Blick, wie in eine Schlucht, hinunter auf die Avenue of the Americas und die gegenüberliegende Radio City Music Hall. Dort hatte er einmal mit Bob und zwei Begleiterinnen einer Filmpremiere beigewohnt. Inmitten von rund sechstausend Besuchern. Den stärksten Eindruck hatte damals bei ihm die Bühnenschau hinterlassen. Sechsunddreißig Girls, ein Orchester von mehr als sechzig Mann und was noch alles dazugehörte. Und dann die riesigen Tüten voll Popcorn, mit denen das Publikum im Zuschauerraum saß.

»Herr Stolberg.« Karin Mebius riß ihn aus seinen Gedanken. Sie war hinter ihn getreten. Eine kleine, unscheinbare Person, die ständig im Kampf mit ihrem Übergewicht lag. Dennoch trat sie selbstbewußt auf. Nur gegenüber Peter war sie verlegen. Ihn verehrte sie heimlich.

»Ich hatte jetzt endlich die Programmabteilung von NBC am Apparat«, sagte sie, »es wird noch ein wenig dauern, bis man die Namen herausgefunden hat.«

Er drehte sich um. »Und Sie sind sicher, daß auch diese angebliche Miß Miller vom Einwohneramt eine volle, dunkle Stimme hatte?«

»Ja. Soweit ich mich erinnern kann, ja.«

»Gut. Wenn Sie die Namen haben, erreichen Sie mich im Hotel.« Er ging zur Tür.

»Und dann sind da noch die Kränze.« Sie hielt ihren Notizblock in der Hand.

»Kränze?«

»Ja, die Kränze der Vorstandsmitglieder und der Firma für die Trauerfeier von Mister Kellermann.«

»Hm. Lassen Sie die Schleifen entfernen und die Kränze nach Potter's Field schicken.«

»In Ordnung. Und Ihren Rückflug werde ich also um vierundzwanzig Stunden verlegen.« Sie warf einen flüchtigen Blick auf den Notizblock und setzte hinzu: »Und Heidelberg werde ich per Telex davon verständigen.«

Er nickte wie abwesend und verließ das Büro. Er ging den nüchternen Flur zu den Lifts vor. Heidelberg! Tönissen! Ihm war, als läge das alles auf einem anderen Planeten.

15

Dennoch ging ihm Tönissen nicht aus dem Kopf. Er fuhr hinunter, stieg in den Wagen, betrat das Plaza, fuhr auf sein Zimmer und dachte ununterbrochen an Tönissen.

Ein eigenartiger Mann, dieser Tönissen. Mehrheitsaktionär eines Weltunternehmens, aber schon geschmeichelt, wenn er sich mit zweifelhafter Prominenz umgeben konnte. Predigte Toleranz, aber verdammte sofort jeden, der sich seinem Einfluß zu entziehen versuchte.

Natürlich würde er innerlich vor Wut schäumen, wenn er wüßte, daß Peter seinen Aufenthalt hier nur deshalb um vierundzwanzig Stunden verlängert hatte, weil er die Frau finden wollte, die Bob vielleicht nahegestanden hatte. Die einzige Frau offenbar.

Tönissen war kleinlich. Er war ein Verwaltungsmensch. Ein Mann, der nur sein Unternehmen im Kopf hatte. Der alle seine Vorfahren, die seit nunmehr fünf Generationen die Tönissen Pharmacie zur heutigen Größe geführt hatten, übertrumpfen wollte.

Das aber war zugleich Peters Chance gewesen. Er hatte ihn sofort dafür gewinnen können, bei Crawford einzusteigen. Und das sogar, obwohl Tönissen sich der Bedeutung dieser Investition nicht einmal in vollem Umfang bewußt gewesen war, wie sich später in einem Gespräch mit ihm herausstellen sollte.

Peter erinnerte sich an dieses Gespräch noch genau. Es hatte vor sechs Monaten stattgefunden, als er gerade von seinem ersten Besuch bei Crawford nach Heidelberg zurückgekehrt war. Tönissen hielt zu diesem Zeitpunkt die bewußten 3,1 Prozent Crawford-Aktien.

Tönissen und Peter waren über das Werksgelände gegangen, nach langer Zeit einmal beide allein. Die Unterhaltung hatte sich zuerst in allgemeinen Organisationsfragen erschöpft – Erweiterung des chemischen Labors und Neubesetzung in der graphischen Abteilung –, als Tönissen Peter unvermittelt am Arm genommen hatte. »Ich will Ihnen hier etwas zeigen.« Sie waren vor dem Kleintierhaus, einem einstöckigen, hellen Neubau, angelangt.

Sie betraten es auf der ›unreinen‹ Seite. »Es geht mir nur um Zahlen«, hatte Tönissen gesagt, »die kann ich Ihnen auch auf der nichtsterilisierten Seite demonstrieren«, und er hatte hinzugesetzt: »Ich hasse nämlich Schutzmasken, Plastikhandschuhe und ähnlichen Kram.«

Vor einer der Zellen für Ratten blieb er stehen. Sie warfen beide einen Blick durch das kleine Fenster.

»Ungefähr hundert Stück«, sagte Tönissen mit einem ärgerlichen Unterton, »hundert in einem Raum, der für die fünffache Anzahl ausreichen würde.« Er wandte sich Peter zu: »Wenn wir die Räume halbieren, können wir die doppelte Anzahl züchten.«

»Ihr Argument ist nicht stichhaltig«, entgegnete Peter.

»Oh, ich kenne die Einwände! Die Ratten dürfen nicht zu schreckhaft werden. Deshalb füttert man sie auch mit Musik!« Verächtlich setzte er hinzu: »Mit klassischer!« Und aufgebracht: »Zwanzigtausend von diesen Dingern züchten wir pro Jahr! Und keine zweihundert sind völlig gesund und brauchbar!« Er wurde nachdenklich: »Wenn wir vierzigtausend züchten könnten auf gleichem Raum, mit gleichem Aufwand an Personal, kämen wir über die Runden.« Er hob den Blick zu Peter: »Einverstanden?«

»Ich lasse es prüfen.«

»Mehr wollte ich hier nicht.« Tönissen nahm erneut Peters Arm. »Gehen wir hier raus. Der Geruch macht mich ganz krank. Außerdem habe ich noch ein Anliegen. Ein schwerwiegenderes. Sie hängen allerdings beide indirekt zusammen, finanziell...« Er schob Peter hinaus ins Freie. Er war sichtlich nervös, Peter spürte es. »Und jetzt ins Versuchslabor drei!« Tönissen ging voran.

Das Versuchslabor III unterstand Dr. Elisabeth Henrich, einer jungen Frau mit blassem Gesicht, die allgemein Betty genannt wurde. Sie trat ihnen im weißen Mantel an der Tür entgegen.

Tönissen kam ohne Übergang zur Sache: »Wie weit sind wir?«

»Nicht entscheidend weiter«, antwortete Betty trocken und nickte den beiden Männern einen stummen Gruß zu.

»Was heißt, nicht entscheidend?« sagte Tönissen grob und warf Peter einen Blick zu, der um Zustimmung warb, doch Peter tat, als habe er ihn nicht bemerkt.

»Wir studieren immer noch die Fehlerquelle beim Drücken der Taste«, sagte Betty als Erklärung für beide Männer, und bereitwillig: »Soll ich es Ihnen vorführen?«

»Nein«, sagte Tönissen, »Sie könnten Ihren Ratten höchstens Beine machen.«

»Okay«, sagte Peter dagegen ungerührt zu Betty, »zeigen Sie es mir.«

Als er mit Betty vor dem gläsernen Käfig stand, kam auch Tönissen heran. Betty schaltete den Strom ein. Sie warteten, bis die Ratte sich endlich bequemte, auf die unter Strom stehende Seite zu treten, dann einen Stromstoß bekam und schnell mit der Schnauze die Taste drückte, die den Strom abschaltete.

»Was wollen Sie denn?« sagte Tönissen. »Es hat doch funktioniert!«

»Aber heute erst das zweite Mal«, sagte Betty. »Abgesehen davon, steht das Tier noch nicht unter dem dämpfenden Einfluß von Neuroleptica.«

»Dann brauchen Sie eben mehr Tiere!« sagte Tönissen triumphierend. »Mehr vollwertige.«

»Sinnlos«, antwortete Betty, »es sind die Berechnungen...«

»Um es abzukürzen, Frau Doktor Henrich«, unterbrach Tönissen sie grob, »wann kommen wir frühestens zu einem brauchbaren Ergebnis?«

»Sie meinen die pharmakologische Untersuchung?« fragte Betty und strich sich nachdenklich eine Strähne ihres blonden Haars aus dem Gesicht. »Hm. Wenn überhaupt, dann nicht vor zwei, drei, ja vielleicht sogar vier Jahren. Das heißt, wenn überhaupt.«

»Das wollte ich nur noch einmal hören«, sagte Tönissen, und zu Peter: »Wir gehn am besten wieder nach draußen. Hier stinkt es kaum weniger als drüben im Tierhaus.«

Im Freien zog Tönissen Peter in den kleinen Park und auf eine der leerstehenden Bänke. »Hier sind wir ungestört.« Er schlug die Beine übereinander und begann, den Blick ins Grüne gerichtet: »Ich muß Ihnen ein Geständnis machen.«

Peter schwieg und sah geradeaus.

»Ich bin mir darüber im klaren, daß ich einen Fehler begangen habe. Einen unverzeihlichen Fehler. Ja, daß ich gegen das Gesetz verstoßen habe.« Tönissen wartete, ob Peter antworten würde, doch da Peter nach wie vor schwieg, sprach er weiter: »Sie wissen wie ich, daß ohne Bereitschaft zum Risiko wohl kaum jemals ein Arzneimittel hätte erforscht werden können.«

Er warf Peter aus den Augenwinkeln heraus einen flüchtigen Blick zu, doch Peter reagierte nicht.

Tönissen fuhr fort: »Und nach dem heute geltenden Arzneimittelgesetz wären weder Penicillin noch Cortison oder Insulin oder Adrenalin oder Streptomycin jemals auf den Markt gekommen.«

Er machte eine Pause, um Peter Gelegenheit zu einer Entgegnung zu geben. Aber Peter schwieg noch immer.

»Auch die Deklaration von Helsinki ist mir bekannt«, setzte Tönissen fort.

Die Deklaration von Helsinki! Peter lächelte in sich hinein. Anscheinend nahmen die Apotheker sie ausschließlich als Alibi. Die Deklaration wurde 1974 international beschlossen und gab den Ärzten und Apothekern Empfehlungen für die Durchführung der klinischen Forschung. Die Erprobung von noch nicht freigegebenen Arzneimitteln am Menschen wurde durch sie in genaue Bahnen gelenkt. Doch in den Forschungslabors legte man die Deklaration sehr großzügig aus.

Er wandte den Blick. Tönissen schien in sich zusammengesunken. Aus seinem Gesicht war alle Farbe gewichen. Peter ahnte, was den anderen bedrückte.

»Haben Sie etwa gegen die Deklaration verstoßen?« Er sah von neuem geradeaus, als erwecke ausschließlich die Baumreihe ihnen gegenüber sein Interesse.

»Nicht nur gegen die Deklaration. Auch gegen das deutsche Arzneimittelgesetz.«

»Das kommt wohl alle Tage vor«, sagte Peter, um den anderen zu beruhigen. »Sie haben ja selbst gesagt, ohne Risiken gäbe es keine Arzneimittelforschung. Nehmen Sie es nicht allzu tragisch.«

»Doch. Denn es hat einen Toten gegeben.«

»Einen Toten?« Peter schnellte herum.

»Ja. Und ich trage dafür die Verantwortung.« Tönissens Stimme klang belegt.

»Erzählen Sie.«

Es verging eine Weile, ehe Tönissen begann: »Ich habe Frau Doktor Henrich übergangen. Doktor Henrich und unsere anderen Versuchslabors hier. Sie wissen von nichts.«

»Es handelt sich um die ›Lebensverlängerungspille‹?« Peter war bestürzt.

Tönissen nickte. »Doktor Henrich hat es ja bestätigt. Sie stößt frühestens in zwei Jahren zur pharmakologischen Untersuchung vor.«

»Und Sie haben diese Phase und die toxikologische Prüfung übersprungen?«

»Ja. Ich wollte Zeit gewinnen. Ich habe die Versuche vorantreiben lassen.«

»In welchem Labor?«

»In Berlin. Bei Mittelstadt. Er hat mitgemacht.«

»Hm.« Peter erhob sich und ging gedankenversunken auf und ab. »Und Sie haben Versuche an Menschen angeordnet?« Die Frage war überflüssig, es war ihm klar. Er wollte nur Tönissens Antwort noch einmal hören. Der Vorfall war einfach unvorstellbar.

»Wir sind von der Erfahrung ausgegangen, daß es für viele Krankheiten, vor allem für psychische Störungen, keine gültigen Experimente an Tieren gibt.«

»Haben Sie die Versuche an Menschen angeordnet?« fragte Peter beharrlich.

»Ja. Aber wir haben uns weitgehend an den Paragraphen vierzig des Arzneimittelgesetzes gehalten.«

»Was heißt, weitgehend?« Peter blieb vor Tönissen stehen, der nach wie vor vornübergebeugt auf der Bank saß.

»Wir hatten die schriftliche Einwilligung der Betreffenden, und wir hatten Punkt acht berücksichtigt und eine Versicherung abgeschlossen.«

»Aber Punkt sechs haben Sie außer acht gelassen?« Peter ging von neuem auf und ab.

»Ja, natürlich. Wir konnten ja unmöglich die Unterlagen über eine pharmakologisch-toxikologische Prüfung bei der Bundesoberbehörde hinterlegen.«

»Einen Husarenritt nennt man so etwas.« Peter stand wieder vor Tönissen. »Einen unverantwortlichen Husarenritt.« Als Tönissen schwieg, setzte er hinzu: »An wie vielen Menschen haben Sie experimentiert?«

»An fünf.«

»In welchem Alter?«

»Zwischen siebzig und fünfundsiebzig.«

»Und was war die Todesursache?«

»Vielleicht Amphetamin, wir wissen es nicht.«

»Und wie schnell nach der ersten Behandlung trat der Tod ein?«

»Keine vierundzwanzig Stunden später.«

»Und die anderen vier sind frei von Schäden?«

»Nein. Nicht ganz. Die Gehirnmessungen sind weitgehend negativ.«

Peter dachte nach. »Haben Sie den Fall gemeldet?«

»Nein. Und ich habe auch nicht die Absicht, es zu tun.«

»Dann sind Sie Mittelstadt ein für allemal ausgeliefert. Ist Ihnen das bewußt?«

»Mittelstadt ist vertrauenswürdig.«

»Und warum haben Sie jetzt mich mit hineingezogen?«

»Ich konnte die Verantwortung nicht mehr länger allein tragen. Sie hat mich fast erdrückt.«

»Aber Sie können sie unmöglich auf mich abwälzen. Sie müssen sie auch weiterhin allein tragen.«

»Aber mir ist jetzt leichter.« Tönissen stand auf. »Kommen Sie, wir wollen hinüber ins Casino gehen.«

Sie gingen eine Weile schweigend nebeneinander her. Dann sagte Tönissen: »Ich zweifle allmählich, ob es überhaupt jemals eine Art Lebensverlängerungspille geben wird.«

»Es gibt Mittel zur Steigerung der Leistungsfähigkeit«, antwortete Peter, »gerade für alternde Menschen. Diese Mittel entscheiden zum

Teil darüber, ob der alternde Mensch nur an Jahren gewinnt oder ob er diese gewonnenen Jahre auch voll nutzen kann. Und es gibt Adaptogene, also jene Substanzen, die die Widerstandskraft des menschlichen Organismus erhöhen, ohne seine physiologischen Funktionen zu stören.« Peter warf Tönissen einen flüchtigen Blick zu. »Warum soll es also eines Tages nicht eine Pille, oder sagen wir besser, ein Mittel geben, das imstande ist, die menschlichen Zellen zu regenerieren?«

»Die Schulmedizin lacht uns aus.«

»Die Schulmedizin hat schon oft gelacht und sich hinterher eines Besseren belehren lassen müssen.«

»Ich habe eine direkte Frage«, sagte Tönissen und drehte sich zu Peter hin. »Sollen wir noch länger auf die Lebensverlängerung setzen?«

»In Amerika ist man weiter. Dort befassen sich sehr, sehr viele Forschungsstellen mit dem Problem des Alterns, mit der Altersmedizin. Und zwar mit Erfolg, wie wir wissen.«

»Aber das Mittel zur Verlängerung des Lebens haben sie auch dort noch nicht gefunden.«

»Crawford ist weiter als irgendein anderer.«

»Genau darauf wollte ich hinaus.« Tönissen sah Peter an, und seine Augen wurden schmal. »Sollen wir bei Crawford weiterkaufen oder wieder abstoßen?«

»Die Frage stellt sich für mich nicht. Ich setze auf ihn.«

»Aber wir blockieren auf diese Weise Millionen.«

»Wenn er den Durchbruch schafft, gehören wir dazu.«

»Und wenn er ihn nicht schafft?«

»Crawford ist auch ohne die Lebensverlängerungspille eine gute Anlage.«

»Also weiterkaufen?«

»Unbedingt. Bis zu den zulässigen fünf Prozent.«

»Und Ihr Mann? Was meint Ihr Mann drüben?«

»Sie meinen, Bob Kellermann? Der handelt so, wie wir es von ihm verlangen. Sind Sie mit ihm etwa nicht zufrieden?«

»Doch. Sehr. Kellermann erwies sich als gute Geschäftseinlage von Ihnen. Die beste wohl, die Sie uns bringen konnten.« Tönissen wandte den Blick weg von Peter, sah von neuem geradeaus ins Grüne und wiederholte gedankenversunken: »Eine ausgezeichnete Einlage.«

Jetzt, in seinem Zimmer im Plaza, hatte Peter diesen letzten Satz wieder im Ohr. Ein eigenartiger Mensch, dieser Tönissen. Noch vor wenigen Monaten war er von Bob begeistert gewesen, und gestern morgen hatte er ihm zur Beerdigung nicht einmal einen persönlichen Kranz zugestehen wollen.

Ein wirklich eigenartiger, ein kleinlicher Mensch. Und ein unberechenbarer.

16

Das Telefon schrillte.

Obwohl Peter den Anruf erwartet hatte, erschrak er.

Das Hupkonzert der Autos, das die ganze Zeit über von der Fifth Avenue heraufgeklungen war und die Stille im Zimmer mit einer angenehmen, gleichbleibenden Melodie untermalte, hatte ihn in Schlaf gewiegt.

Er saß in einem der Sessel und brauchte eine Weile, um zu sich zu kommen. Draußen dämmerte es bereits, und der Raum lag im Halbdunkel.

Das Telefon schrillte von neuem.

Peter stemmte sich hoch und drehte nacheinander die vier weißen Stehlampen an. Der blaue tiefe Teppich. Das große blaue Bett mit dem gelben Bezug. Der antike Sekretär. Der verspielte gläserne Lüster. Die Biedermeierkommode. Er dehnte sich wohlig.

Das Telefon schrillte ein weiteres Mal, und er hob ab.

Es war Karin Mebius. Der Anruf, auf den er gewartet hatte.

»Ich höre.«

»Es war ein hartes Stück Arbeit«, sagte sie selbstbewußt, »aber ich hatte Erfolg.«

»Haben Sie die Namen?« Er war jetzt voller Spannung.

»Sie haben richtig vermutet, es ging gestern in der Talkrunde der Today-Show tatsächlich um Frauenprobleme.« Sie kostete ihren Erfolg aus.

»Waren es zwei Hausfrauen? Haben Sie auch ihre Adressen?« Er drängte.

»Es waren keine Hausfrauen. Und ich habe auch nicht nach ihren Adressen gefragt.« Und nach einer wirkungsvollen Pause: »Es waren Stars. Musicalstars.« Sie war überzeugt, daß sie ihn beeindruckte.

Doch er sagte ernüchtert: »Stars?« Für ihn war die Angelegenheit damit erledigt. Mit Musicalstars, noch dazu mit weiblichen, konnte er Bob unmöglich in Zusammenhang bringen.

»Ja, Stars«, antwortete sie unbeirrt, »sie treten zur Zeit im Belasco Theater auf. In ›Lady von Colorado‹. Prudence Gonzak und Diana Lester. Das heißt, Prudence Gonzak ist natürlich bei weitem nicht so bekannt wie Diana Lester. Wollen Sie sich die Namen notieren? Dann buchstabiere ich sie.«

»Nein. Nein, nein, ich will sie nicht notieren.« Er wollte das Gespräch schon beenden, da kam ihm ein Einfall. Warum eigentlich sollte er dieser Spur nicht nachgehen, so wenig erfolgversprechend sie ihm auch erschien? Er würde mit dem heutigen Abend ohnehin nichts anzufangen wissen. Er sagte: »Wenn Sie das Stück noch nicht gesehen haben, dann lade ich Sie heute abend dazu ein.«

Sie war für einen Augenblick sprachlos. Sie kannte ihn jetzt immerhin fast ein Jahr. Noch nie hatte er ein persönliches Wort an sie gerichtet. Und plötzlich wollte er sie ins Theater einladen.

»Na? Wissen Sie vielleicht gar nicht mehr, ob Sie es schon gesehen haben?« fragte er wie abwesend.

»Nein. Ich habe es noch nicht gesehen.« Ihre Stimme zitterte leicht.

»Also gut. Heute abend. Haben Sie Zeit?«

»Ja... das schon... aber... wir werden unmöglich Karten bekommen. Das Theater ist seit Wochen im voraus ausverkauft.«

»Dann besorgen Sie welche. Egal wie. Sie schaffen es schon. Es kommt nur auf die Höhe des Tips an, den Sie geben.« Für ihn gab es grundsätzlich keine Hindernisse. Man konnte sie alle mit Geld überwinden. Er hatte den Hörer schon vom Ohr genommen, um aufzulegen, da kam ihm ein weiterer Gedanke. »Hören Sie noch?«

»Ja.«

»Besorgen Sie drei Karten.«

17

Er stand unter dem pompösen schweren Vordach, auf der obersten Stufe neben einer der Drehtüren, und hielt Ausschau nach dem Wagen mit Sam.

Noch nie war Sam zu spät gekommen, doch heute, da es um Minuten ging, ließ er ihn warten. Peter schob die Manschette zurück und warf einen Blick auf seine Armbanduhr. Er gab Sam noch zwei Minuten, dann wollte er sich ein Taxi nehmen.

In diesem Augenblick trat eine Frau auf ihn zu und sprach ihn unbeholfen an: »Entschuldigen Sie bitte, Sir. Sind Sie Mister Stolberg?«

Sie war klein, trug einen abgenutzten graubraunen Mantel, und ein paar Strähnen ihrer grauen Haare klebten ihr im verhärmten Gesicht. Ihr Atem ging schwer. Sie war offenbar angestrengt gelaufen. Er hatte sie nicht herankommen sehen.

»Ja. Ich heiße Stolberg.«

»Ich bin Sams Frau«, stieß sie hervor.

»Ich habe es mir fast gedacht. Suchen Sie Ihren Mann?« Und wie um sie zu trösten: »Er hat sich ein bißchen verspätet.«

»Nein, ich suche ihn nicht.« Sie hob den Blick, und er sah, daß sie rotgeweinte Augen hatte.

»Ist etwas mit Sam?«

Sie nickte. »Er hat mich zu Ihnen geschickt. Ich soll ihn entschuldigen. Es tut ihm furchtbar leid, aber er kann heute nicht...« Ihre Stimme versagte. Sie setzte von neuem an: »Er kann heute nicht kommen, weil...« Die Worte gingen in ein Schluchzen über.

»Hat er verschlafen? Aber das ist doch weiter nicht schlimm.« Er legte ihr beruhigend die Hand auf die Schulter.

Sie senkte den Kopf. Sie schluckte, nahm all ihre Kraft zusammen und sagte: »Man hat ihn überfallen.«

»Überfallen? Wer?«

»Ein paar Jugendliche. Sie haben ihn zusammengeschlagen. Er wollte gerade in den Wagen steigen.«

»Überfallen? Auf offener Straße? Um diese Zeit?«

»Wir wohnen nicht gerade in der vornehmsten Gegend, Sir.«

»Aber aus welchem Grund haben sie ihn...?« Seine Frage war unsinnig, er wußte es. In New York hatte man es längst aufgegeben, bei einem Überfall nach dem Grund zu fragen.

»Sie wollten Geld. Wahrscheinlich Geld für Drogen, Sir.«

»Hm. Wie geht es ihm? Kann ich etwas für ihn tun?«

»Danke, Sir. Sie sind sehr gütig, Sir. Aber man kann nichts für ihn tun. Er ist ins Hospital eingeliefert worden. Er war auf den Hinterkopf gefallen. Der Doktor sagt, er muß ein paar Tage liegen.« Sie wischte mit dem Handrücken über ihre Augen und fuhr mit fester Stimme fort: »Nach ein paar Tagen steht er Ihnen wieder zur Verfügung, Sir.«

»Es hat keine Eile. Er soll sich ruhig Zeit lassen. Bitte sagen Sie es ihm. Und lassen Sie sich wenigstens ein kleines bißchen helfen.« Er zog seine Geldtasche aus dem Jackett und drückte ihr einen Hunderter in die Hand. »Fürs erste. Ich werde mich um Sie kümmern, Madam. In welchem Hospital liegt er?«

»Im Saint Lukes. Bei uns in Uptown West, Sir. Sie sind zu gütig, Sir.« Ihre Hand umschloß den Schein.

»Richten Sie ihm bitte meine besten Wünsche aus.« Er winkte ein Taxi heran, gab dem Fahrer eine Fünf-Dollar-Note und sagte zu ihr: »Das Taxi wird Sie zu ihm bringen, Madam.«

Sie bedankte sich bei ihm überschwenglich, und er hielt ihr die Wagentür auf. »Und hat man die Täter...?«

»Nein«, sagte sie, während sie einstieg, »die Polizei war zwar da. Aber sie ist ja einfach überlastet. Hier muß sich jeder selber schützen, Sir.«

Er sah dem abfahrenden Wagen nach und dachte: Ja, hier versucht sich jeder selbst zu schützen. Der New Yorker lebt nach eigenen Gesetzen: Verbarrikadiere deine Wohnungstür mit Schlössern, Ketten und Eisenstangen. Öffne nur jemandem, den du kennst und der sich vorher telefonisch angesagt hat. Vermeide es, in bestimmten Situationen allein mit einem Fremden in einem Lift zu fahren. Gehe bei Dunkelheit nie an Hauseingängen entlang. Betrete abends nie einen Park, vor allem nicht den Central Park. Benütze in der Subway nur die beiden ersten Waggons, denn nur sie sind bewacht. Besuche nie Harlem. Auch nicht im Taxi. Wenn, dann nur im eigenen Wagen, und halte am besten nicht. Und vor allem: Trage nie mehr als zwanzig Dollar Bargeld bei dir. Kurzum, gehe jeglichem Risiko aus dem Weg.

Und wie zur Untermalung seiner Gedanken klang in der Ferne das Jaulen einer Polizeisirene auf und kam näher und näher.

Er stieg in ein Taxi. »Zum Belasco Theater.« Es war sechs Minuten vor halb acht Uhr, und um halb acht begann die Vorstellung.

18

Mit dem letzten Klingelzeichen zwängte er sich durch seine Reihe. Karin Mebius und Lillie Flam saßen schon auf ihrem Platz. Sie hatten den Sitz in der Mitte zwischen sich für ihn freigelassen.

Er begrüßte sie flüchtig, sagte zu Lillie, die rechts von ihm saß: »Wie schön, daß Sie kommen konnten«, und zu Karin: »Danke, daß Sie alles arrangiert haben.«

Die Lichter erloschen, und das Orchester setzte mit der Ouvertüre ein. Er neigte sich zu Karin und fragte flüsternd: »Haben Sie Lillie schon eingeweiht?«

»Nein«, flüsterte sie zurück, »ich wollte Ihnen nicht vorgreifen.«

Der Vorhang öffnete sich, und die Handlung begann furios. Ein Rausch in Farben und Licht. Die erste Szene spielte in einem Filmstudio von Hollywood. Die Beleuchter, die Bühnenarbeiter, die Kameramänner, der Aufnahmeleiter, der Regisseur und sein Assistent, das Scriptgirl, die Maskenbildner, die Direktrice für die Kostüme – die ganze an einem Film beteiligte Crew vollführte die einzelnen Handgriffe ihrer Arbeit in hektischen Tanzrhythmen und mit einem hämmernden Song und steigerte sich von Arrangement zu Arrangement in ein Crescendo, auf dessen Höhepunkt die Musik abrupt abbrach und der Auftritt der Schauspieler im Film begann.

Peter flüsterte Lillie zu: »Bitte schließen Sie jetzt die Augen und achten Sie nur auf die Stimmen der Frauen.« Und Karin gab er ein entsprechendes Zeichen. Sie war darauf vorbereitet und machte die Augen ebenfalls zu.

Prudence Gonzak trat auf und hatte ihren ersten Dialog. Karin und Lillie reagierten nicht. Dann aber, als Diana Lester in der Rolle des weiblichen Filmstars als letzte die Szene betrat und ihr Auftrittslied ›I am from Colorado‹ sang, sagte Lillie sofort leise zu Peter: »Das ist sie! Da gibt es keinen Zweifel.«

Karin hielt die Augen noch eine Weile geschlossen, um vollkommen sicherzugehen. Doch dann bestätigte auch sie, daß sie Diana Lesters Stimme als die der angeblichen Miß Miller vom Einwohneramt wiedererkannt hatte.

»Na, schön«, flüsterte er, »dann genießt jetzt die Vorstellung.«

Er selbst aber hatte kein Ohr für das Geschehen, das auf der Bühne abrollte. Seine Gedanken kreisten um Bob.

Sollte in der Tat eine Verbindung zwischen ihm und Diana Lester bestanden haben? Nein, Peter konnte es nicht glauben. Beim besten Willen nicht. Und selbst wenn so eine Verbindung auch nur ganz lose bestanden hatte, Bob würde ihm davon erzählt haben. Nein, die Mädchen mußten sich geirrt haben. Wahrscheinlich hatten sie Diana Lesters Stimme von ihren vielen Radio- und Fernsehauftritten her, von ihren Filmen und Schallplatten so stark im Ohr, daß sie zu einem objektiven Urteil gar nicht mehr fähig waren.

Daß Diana Lester sich sowohl als Miß Miller vom Einwohneramt ausgegeben und außerdem auch noch Bobs Begräbnis arrangiert haben sollte, war einfach undenkbar. Es ergab keinen Sinn. Er kannte Bobs Leben zu gut, in allen Einzelheiten. Da führte kein Weg zu einer Frau wie Diana Lester. Nicht einmal der kleinste Nebenweg.

Die Pause kam. Sie standen zu dritt an der Bar und tranken Champagner.

»Ist sie nicht phantastisch!« schwärmte Lillie. »Sie ist wirklich der ganz große Hit! Nicht umsonst hat sie dafür drei Tony und drei Grammy Awards bekommen.« Und zu Peter: »Meinen Sie nicht auch?« Sie warf ihm einen glühenden Blick zu.

»Was sagten Sie? Entschuldigen Sie, aber ich habe eben nicht zugehört.«

»Mister Stolberg hat die Vorstellung gar nicht mitbekommen«, schaltete Karin sich anzüglich ein, und als Lillie sie nicht gleich verstand, setzte sie hinzu: »Mister Stolberg hat während des ganzen ersten Teils nur unbeweglich geradeaus gesehen. Stimmt es, Mister Stolberg?« Sie meinte es als Scherz.

»Ja, Sie haben recht«, entgegnete Peter trocken, »ich war nicht ganz bei der Sache.«

Ihm tat Lillie ein wenig leid. Sie hatte seine Einladung sicher ganz persönlich aufgefaßt. Vielleicht hätte er ihr schon am Telefon sagen sollen, worum es ihm bei dem Theaterbesuch ausschließlich gehen würde. Er hob ihr sein Glas entgegen: »Cheers! Es freut mich, daß es Ihnen gefällt, Lillie.« Und zu beiden: »Nach der Vorstellung aber müssen Sie mich leider entschuldigen.« Er nahm Karin beiseite und sagte leise, so daß Lillie es nicht hören konnte:

»Machen Sie sich mit Lillie noch einen schönen Abend. Auf Spesen der Firma.«

Obwohl er sich nicht den geringsten Erfolg davon versprach, hatte er sich mit einemmal entschlossen, der Spur, die zu Diana Lester führte, nachzugehen. Er wollte einfach nichts unversucht lassen, um die mysteriösen Vorgänge bei Bobs Begräbnis aufzuklären.

19

So berauschend die Vorstellung gewesen war, so ernüchternd zeigte sich das Leben hinter der Bühne.

Kahle Gänge, rote Backsteinwände, von nackten Glühbirnen erhellt, Rohre und Leitungen, die sich an der Decke entlangzogen, ein paar vergilbte Theaterplakate, eine große schwarze Anschlagtafel, übersät von Zetteln mit irgendwelchen Bekanntmachungen, feuersichere eiserne Türen, fahrbare Gestelle für die Kostüme, Menschen, die scheinbar ziellos hin und her liefen, braun gebeizte abgenützte Türen zu den einzelnen Künstlergarderoben.

Peter bewegte sich in einer fremden Welt. Niemand beachtete ihn. Er klopfte an die Tür von Diana Lesters Garderobe.

Eine ältliche Blondine öffnete sie einen Spaltbreit. Er fragte, ob er Diana Lester sprechen könne. »Warten Sie einen Moment«, sagte sie kurz und schloß die Tür vor ihm.

Nach einer Weile kam sie wieder. »Wie ist Ihr Name, Sir? Sind Sie von der Presse?«

»Ja«, log er, »ich bin von der Presse. Mein Name ist Stolberg.«

»Einen Moment, Sir.« Wieder schloß sie die Tür, um sie wenig später erneut zu öffnen. Diesmal ließ sie ihn eintreten.

Er blieb neben der Tür stehen. Ein Geruch von Schweiß und Parfum umfing ihn.

Ein niedriger Raum. Der Fußboden aus Holz. Zwei fahrbare Gestelle mit Kostümen. Über die ganze Längswand ein Spiegel. Davor ein ebenso langer, schmaler Tisch voller Schminkutensilien. Zwei Sessel. In der einen Ecke ein Waschbecken. In der anderen ein graugrüner Paravent, hinter dem sich Diana Lester gerade umkleidete.

Im Spiegel sah Peter, daß sie halbnackt war.

»Machen Sie es kurz, ich bin abgespannt«, sagte sie hinter dem Paravent. Sie stieg in eine dunkle lange Hose.

Peter antwortete nicht. Er wollte Zeit gewinnen. Er wollte ihr in die Augen sehen können, wenn er mit ihr sprach.

»Na los, stellen Sie schon Ihre Fragen! Um welches Blatt handelt es sich?« kam es vom Paravent her. Und ehe Peter etwas sagen konnte, gab sie ihm gleich ungehalten Auskunft: »Ja, ich bin als Kind armer Eltern geboren, und ich weigere mich auch jetzt noch, genauere Einzelheiten über meine Herkunft zu sagen. Ich bin einfach da, das muß euch genügen!«

Als Peter noch immer schwieg, hob sie ihre Stimme an: »Los, ich habe keine Zeit, ich falle gleich um vor Müdigkeit! Was also wollen Sie wissen? Meine Auszeichnungen?« Und sofort die heruntergeleierte Antwort: »Drei Tonys, drei Grammys, jeweils einen Award von *Drama Critics Circle*, von *Theatre World*, von *Dance Magazine* und von *Front Page*. Und im vorigen Jahr den Oscar für ›Little Season‹. Genug?«

»Ja«, sagte Peter, »genug. Ich gratuliere Ihnen.«

Sie kam hinter dem Paravent hervor, begann sich vor Peter ungeniert die schieferfarbene Seidenbluse über dem nackten Busen zuzuknöpfen und hob flüchtig den Blick. »Noch mehr? Oder wollten Sie mir nur gratulieren?« Es klang spöttisch.

»Ich habe gelogen«, sagte Peter, »ich bin nicht von der Presse. Ich bin privat bei Ihnen.« Sie war eine starke Persönlichkeit, er spürte es sofort. Und sie war ungewöhnlich schön.

»Privat?« Sie hielt inne und sah ihn mißtrauisch an. Die Bluse gab einen Blick auf ihren wohlgeformten Busen frei.

»Ja«, sagte er, »nur mein Name hat gestimmt. Peter Stolberg. Sagt er Ihnen etwas?« Er sah ihr scharf in die Augen. Und er dachte: Ich habe noch nie so schöne grüne Augen gesehen.

»Nein«, antwortete sie zögernd, und herausfordernd: »Soll mir denn der Name etwas sagen?«

»Nicht unbedingt. Nur haben Sie vor zwei Tagen mein Büro angerufen.«

»Ihr Büro? Welches Büro?« Während sie ihre Bluse ganz zuknöpfte, ging sie hinter den Paravent und kam gleich danach mit ihrem Mantel zurück. »Rose, hilf mir bitte.« Es galt der Garderobiere, die ihr sofort den Mantel hielt.

Peter wartete, bis Diana wieder ihren Blick zu ihm hob. Dann sagte er ruhig: »Ich bin ein Freund von Bob Kellermann.«

»Von wem?«

»Von Bob Kellermann«, wiederholte er und beobachtete jede ihrer Regungen.

»Kellermann? Kenne ich nicht.« Sie nahm ihre Tasche von einem der Sessel und ging zur Tür. »Bis morgen, Rose. Mach dir noch einen schönen Abend.« Und zu Peter: »Tut mir leid, ich bin wirklich zu müde, um mich noch länger mit Ihnen zu unterhalten.«

Sie drehte ihm den Rücken zu und hatte die Hand schon auf dem Türknopf, da sagte er, ohne die Stimme zu heben: »Sie haben seine Leiche verbrennen lassen.«

Sie stand einen Augenblick unbeweglich da, wandte sich dann mit einer graziösen Bewegung halb um und sah ihn amüsiert an. »Was? Was sagen Sie da?« Und zu Rose: »Rose, hast du das gehört?« Und wieder zu ihm: »Ich wünsche auch Ihnen noch einen schönen Abend.« Sie machte sich über ihn lustig.

Dann verließ sie mit einem kurzen Auflachen die Garderobe.

20

Als Peter ins Hotel zurückkam, war es gegen ein Uhr morgens. Er war ziellos durch die Straßen gegangen. Sie hatten sich zusehends geleert. Zuerst hatte er die Richtung zur Grand Central Station eingeschlagen, dann die Lexington Avenue hoch bis zur Fünfundfünfzigsten und hinüber zur Third Avenue. Bei P. J. Clarke herrschte an der Bar noch Gedränge. Er trank ein Bier und setzte seinen Fußmarsch fort. Die Third Avenue hoch bis zu Loew's Tower East Cinema, dann die Zweiundsiebzigste durch bis zur Fifth Avenue und schließlich entlang der niedrigen Steinmauer des Central Parks bis Grand Army Plaza. Er brauchte einen klaren Kopf.

Bob war tot, seine Leiche verbrannt, die Urne mit seiner Asche auf einem Friedhof in Queens. Ein Arzt hatte den Tod ordnungsgemäß beglaubigt. Das waren Fakten, an denen nicht zu rütteln war. Fakten, die ihm Lillie Flam bestätigt hatte. Und ihr vertraute er.

War es unter diesen Umständen überhaupt wichtig, wer an Karin Mebius die Nachricht von Bobs Tod durchgegeben hatte? Wer seine Beerdigung arrangiert hatte?

Diana Lester war es jedenfalls nicht gewesen. Sie hatte die Wahrheit gesagt. Er hatte sie scharf beobachtet.

Vielleicht aber war es ein völlig fremder Mensch, ein Unbeteiligter, eine fremde Frau, die durch Zufall mit Bobs Tod konfrontiert worden war. Und die bei ihm die Adresse von Tönissens New Yorker Büro fand. Und die sich aus Menschlichkeit seines Begräbnisses annahm. Oder aus einem Grund, den Peter wohl nie erfahren würde. Und die selbstverständlich nicht tiefer in die Angelegenheit hineingezogen werden und unbekannt bleiben wollte.

Hatte es also Sinn, die Sache noch länger zu verfolgen? Nein. Er würde heute vormittag Blumen zur Urne auf den Friedhof der Evergreens bringen und am Nachmittag, wie gebucht, zurückfliegen.

Er kam am Parc Five Appartementhaus vorbei, und unwillkürlich ging sein Blick zum siebten Stockwerk hinauf. Im rechten Teil war es dunkel.

Nie mehr würde er von dort ein Lichtzeichen erhalten. Ein nicht allzu großes Appartement, aber ein gemütliches. Bob hatte viel Zeit und Mühe darauf verwendet, bis es so war, wie er es sich seit seiner Jugend gewünscht hatte.

Peter wollte es noch nicht fassen, daß es den Freund nicht mehr gab. Er fühlte sich ohne ihn wie amputiert. Er konnte den Anblick vom Parc Five nicht länger ertragen.

Wenn er wiederkommen würde, wollte er diese Gegend meiden. Als er nun gegen ein Uhr morgens die Halle betrat, sah er das Hotel, in dem er so viele Stunden verbracht hatte, plötzlich in einem erschreckend nüchternen Licht.

Er fuhr ins zwölfte Stockwerk und sperrte seine Zimmertür auf. Das Zimmer lag im Dunkeln. Vom Telefonapparat her blinkte in gleichbleibendem Rhythmus die rote Lampe auf und tauchte den Raum in ein gespenstisches Licht.

Peter knipste den Lüster an. Dann warf er einen Blick ins Bad und in den Ankleideraum. Nichts Verdächtiges.

Er hob den Hörer ab und tippte die Vier.

Es lag eine Nachricht von Lillie Flam vor. Er sollte dringend bei ihr zurückrufen, egal zu welcher Nachtzeit.

Er tippte die Neun, wartete, bis der Dial Ton kam, und tippte ihre Nummer.

Jetzt erst wurde ihm bewußt, daß er noch immer den Anzug für die Beerdigung trug. Morgen wollte er sich legerer kleiden.

21

Diana Lester betrat ihr Appartement, ging von Zimmer zu Zimmer und machte überall Licht. Als sie es im Salon tat, schrak sie zurück. In einem der tiefen Sessel um den Louis-Seize-Tisch saß Naka. Die

Beine von sich gestreckt, die Augen geschlossen, das Kinn auf der Brust, einen Arm schlaff über der Lehne hängend. Sie wirkte wie leblos.

»Naka!« rief Diana leise und wagte kaum zu atmen. »Naka!«

Doch Naka rührte sich nicht.

»Naka!« Diana fürchtete Schlimmes. Ihr Gesicht wurde kalkweiß, und sie zitterte am ganzen Körper. Sie ging auf Naka zu und faßte sie vorsichtig am Arm. »Naka!«

Ganz allmählich kam Leben in die Chinesin. Sie hob den Kopf, blinzelte ins Licht, erkannte Diana und stemmte sich hoch. »Entschuldigen Sie, Ma'm, ich muß eingeschlafen sein.«

»Es sieht so aus«, sagte Diana nachsichtig. »Aber ich habe gedacht, du bist bei deinen Eltern?« Sie hatte sich wieder in der Hand.

»Ich habe mir Sorgen um Sie gemacht, Ma'm. Deshalb bin ich zurückgekommen.«

»Sorgen? Um mich?«

»Ja, Ma'm. Sie waren heute mittag so... wie soll ich sagen? ... so anders.«

»Ich war nur müde.«

»Und ich habe gedacht, Sie seien krank.«

»Nein, Naka, es ist alles gut. Mach dir um mich keine Gedanken. Geh jetzt schlafen.«

»Ja, Ma'm. Gute Nacht, Ma'm.«

»Gute Nacht, Naka.«

Diana ging in ihr Schlafzimmer und zog sich ermattet aus. Sie fühlte sich hundeelend. Sie war nicht einmal mehr fähig, sich im Bad für die Nacht zurechtzumachen.

Mit den Resten der Abschminke im Gesicht und ungeduscht, ließ sie sich, nackt wie sie war, kraftlos auf das breite Bett fallen. Sie vergrub ihr Gesicht in den Kissen und zog sich das türkisfarbene Leintuch über die Schultern. Sie konnte sich nicht erinnern, jemals ungeduscht schlafen gegangen zu sein.

Schlafen! Schlafen und alles vergessen! Sie sehnte sich nach nichts anderem.

Doch ihre Gedanken gönnten ihr keinen Schlaf. Sie marterten und quälten sie bis zum körperlichen Schmerz.

Peter Stolberg. Wer war das? Woher kam er? Was wollte er? Peter Stolberg. Sie hatte den Namen noch nie gehört. War er Amerikaner? Polizeiagent? Anwalt? Oder nur einer der vielen Verrückten in dieser Stadt? Nein, ein Verrückter war er nicht. Er war einer, der genau wußte, was er wollte. Was aber wollte er?

Ihre Gedanken drehten sich im Kreis.

Ob sie die vier-sieben-acht-neun-neun-neun anrufen sollte? Auf direktem Weg? Sie hatte es seit Jahren nicht mehr getan. Und sie hatte sich auch geschworen, es niemals wieder zu tun. Es gab keine Verbindung mehr zwischen ihnen. Alle Brücken waren abgebrochen und sollten es auch bleiben.

Obwohl sie immer noch an ihm hing. Und gegen dieses Gefühl wehrte sie sich auch nicht. Es würde wohl ihr ganzes Leben über andauern.

Sollte sie ihn also anrufen? Schließlich war ein Umstand eingetreten, mit dem sie nicht gerechnet hatte. Sie war nur noch ein einziges Nervenbündel. Sie konnte keine Leistung mehr bringen. Sie merkte es bei jeder Szene. Nein, so konnte es nicht weitergehen. Sie stand kurz vor dem Zusammenbruch, das war ihr bewußt.

Peter Stolberg. Ein sehr männlicher Mann. Hart und voll Energie. Aber auch sensibel. Sie hatte es seinen Händen angesehen. Wenn sie erst einmal ausgeruht und wieder ganz bei Kräften war, würde sie es vielleicht mit ihm aufnehmen können.

Ihr Entschluß stand fest. Sie wollte die vier-sieben-acht-neun-neun-neun nicht anrufen.

22

»Spreche ich mit Lillie Flam?«

»Ja.« Mit schwacher Stimme, beinahe unverständlich, aus tiefem Schlaf kommend. Und dann ein freudiges Erkennen, bleiern müde: »Oh, Mister Stolberg! Entschuldigen Sie, daß ich Sie nicht gleich erkannt habe. Und daß ich nicht sofort am Apparat war. Wie oft hat es geläutet?«

»Nicht oft. Aber ich habe Sie mitten aus dem Schlaf gerissen, stimmt's? Schlafen Sie weiter, Lillie, ich lege wieder auf. Und melde mich morgen.«

»Nein! Nicht! Bleiben Sie dran. Ich komme gleich zu mir.« Und nach ein paar flachen Atemzügen: »Schön, daß Sie anrufen.«

»Es ist vielleicht doch besser, wenn ich Sie jetzt schlafen lasse.«

»Nein! Nicht! Geben Sie mir nur ein paar Sekunden. Ich steck mir schnell eine Zigarette an, okay?«

»Wenn Sie meinen.« Er hörte ein Rumoren, irgend etwas fiel zu Boden, ein Stuhl wurde geschoben, ein Streichholz angezündet, der erste Zug genüßlich eingeatmet.

»So, jetzt bin ich wieder da. Und wach. Es hat nur etwas gedauert, bis ich am Telefon war. Es steht nämlich leider nicht am Bett. Die Schnur ist zu kurz. Und da dauert es immer etwas, bis ich rankomme.« Sie zog den Rauch tief in die Lunge.

»Sie haben für mich hinterlassen, es sei dringend?« Er war nicht an einer allgemeinen Unterhaltung interessiert.

»Ach so, ja! Ich habe befürchtet, daß ich Sie verpassen könnte. Karin hat mir gesagt, daß Sie heute schon zurückfliegen.«

»Ja, das stimmt.« Er sagte es kurz angebunden, machte eine Pause, um ihr Gelegenheit zu geben, zur Sache zu kommen.

»Mir ist da noch etwas eingefallen«, sagte sie mit klarer Stimme, nachdem sie ein weiteres Mal an der Zigarette tief gezogen hatte, »etwas, das Sie vielleicht interessiert.«

»Hat es mit Ihnen zu tun?« Es klang ungehalten.

»Nein, nicht mit mir. Keine Angst, ich habe Sie schon abgeschrieben. Nein, es hat mit Ihrem Bekannten zu tun. Wie hieß er doch? Kellermann, ja?«

»Ja, Kellermann«, sagte er sachlich, »und was wollten Sie mir sagen?«

»Ich wollte es Ihnen eigentlich persönlich sagen. Nicht am Telefon.«

»Also hat es doch mit Ihnen zu tun?«

»Nein.« Sie zögerte: »Nur...«

»Ich verstehe.« Er mußte lächeln. »Natürlich bekommen Sie Ihr Honorar.«

»Sagen Sie mir eine Zeit.«

»Ich lade Sie zum Frühstück ein. Hier im Plaza. Wann ist es Ihnen recht?«

»Um acht? Ist das zu früh?«

»Nein. Also um acht. Im Palm Court.«

23

Er war kaum wieder eingeschlafen, da klopfte es heftig. Er fuhr hoch. Unwillkürlich hielt er den Atem an. Solange er im Plaza wohnte, hatte es noch nie nachts an seine Suite geklopft.

Er glitt lautlos vom Bett, zog sich leise den Morgenmantel über und tastete sich in der Dunkelheit zur Tür. Ein Blick durch den Spion. Weitwinkelig verzerrt lag der erleuchtete Flur vor ihm. Draußen stand Lillie Flam. Sie trug einen hellen Regenmantel, den sie sich zuhielt, als friere sie.

Er ließ sie herein. »Ist etwas passiert?« Er knipste eine der Tischlampen an.

»Ja«, sagte sie gutgelaunt, »ich habe mich endlich überwunden und tue das, wonach mir ist.«

Ehe er die Situation voll begriff, schlang sie ihre Arme um seinen Hals und küßte ihn auf den Mund.

Einen Augenblick lang stand er wie versteinert. Doch dann fand er Gefallen an ihr. An der Wärme ihrer Lippen, an der animalischen Umarmung und an den weichen Händen, die ihm zärtlich übers Gesicht strichen, über den Hals, über die Brust und bis hinunter zu den Schenkeln.

Er spürte ihren Atem, ihre bronzefarbene Haut, die nach Marzipan roch, und merkte, wie sich ihr Mantel öffnete. Sie war nackt.

»Komm!« Sie streifte ihm den Morgenmantel ab und zog ihn zum Bett.

Nach dem Höhepunkt lagen sie eine Zeitlang schweigend nebeneinander.

»Hast du unter deinem Mantel nicht gefroren?« Er legte seinen Arm um ihre Schultern.

»Ich habe mich erst im Lift ausgezogen.« Als er sie fragend anschaute, setzte sie hinzu: »Dort!« und wies mit dem Kopf zu einem Bündel Kleidungsstücke, das er nicht bemerkt hatte.

Dann beugte sie sich aus dem Bett und stellte das Fernsehen an. Auf Kanal dreizehn erstürmten gerade Soldaten der Südstaaten ein Fort der Yankees. Sie schaltete um, und Johnny Carson interviewte in seiner täglich gesendeten Nacht-Talkshow Larry Czonka, den Fullback der New York Giants.

Sie fingerte sich eine Packung Zigaretten aus der Manteltasche und warf Peter über die Schulter einen flüchtigen Blick zu: »Darf ich?«, und als er nickte, steckte sie sich eine an.

»Du warst fabelhaft, Peter. Du hast wirklich alles mit dir machen lassen.« Sie meinte es ehrlich.

»Ich gebe das Kompliment zurück. In deinem Jahrgang bist du sicher ohne Konkurrenz.«

»Sag das nicht! Oder hast du etwa noch nichts von der Misere der New Yorker Frauen gehört?« Sie wartete seine Antwort nicht ab: »Wenn hier eine zu etwas kommen will, muß sie verdammt aktiv werden. Die Männer hier sind wie aus Gummi. Innerlich.« Und mit einem Augenzwinkern: »Und leider auch der beste Teil ihres Körpers.« Dann wieder sachlich: »Hier muß sich eine schon selbst übertreffen. Na ja – und die Konkurrenz blüht.«

»Hm. Und was wolltest du mir…?«

»Ich hab es heute zum erstenmal getan. Ich meine, daß ich einfach zu einem Mann gekommen bin. Aber was blieb mir anderes übrig?« Sie zuckte die nackten Schultern. »Anders hätte ich dich nie bekommen.« Sie tat noch einen tiefen Zug an der Zigarette und drückte sie aus.

»Und was wolltest du mir über Bob sagen?«

»Nicht jetzt. Morgen früh. Dafür bin ich schließlich zum Frühstück eingeladen. Im Palm Court.« Sie schob ihren Arm unter seinen Nakken und schmiegte sich so eng an ihn, daß ihre Afrofrisur ihn an der Nase kitzelte.

Nach einer Weile schliefen sie ein. Im Fernsehen interviewte Johnny Carson gerade Telly Savalas.

24

Das Frühstück wurde zu einer vergnüglichen Angelegenheit. Peter hatte zwar vorgeschlagen, es aufs Zimmer servieren zu lassen, denn er wollte Zeit gewinnen. Lillie aber hatte auf seiner Einladung in den Palm Court bestanden. Sie hatte sich vorgenommen, das Plaza eingehend zu genießen, und so hatten sie sich den schönsten Tisch an der inneren Balustrade geben lassen.

Sie hatte sich auffallend dunkle Lidschatten gemalt und ihre Bluse bis zum unteren Knopf geöffnet. »Stört es dich, daß meine beiden Möpse auch etwas von der eleganten Welt zu sehen kriegen?« hatte sie ihn gefragt, und er hatte lachend verneint.

Sie freute sich über die bewundernden Blicke ihrer Umgebung, und ihre gute Laune wirkte auf ihn ansteckend. Ihre gemeinsam verbrachte Nacht erwähnten sie beide nicht.

»Wir bieten heute ›Continental‹, ›Sportsman‹ oder ›Frühaufsteher‹«, las er mit großer Geste aus der Karte vor.

»Mir ist das fremd«, sagte sie mit gespielter Vornehmheit, »ich frühstücke gewöhnlich nur in Las Vegas.«

»Das ›Continental‹ besteht aus Melone, Pariser Croissants oder dänischen Pasteten. Der ›Sportsman‹ braucht frische Erdbeeren und zwei weichgekochte Eier auf Toast. Und der ›Frühaufsteher‹ will Fruchtsaft, Poached Egg Benedict und selbstverständlich auch Melone.« Er ahmte ihre gespielte Sprechweise nach, und sie wollte sich ausschütten vor Lachen.

»Was darf ich also der Königin von Las Vegas servieren lassen?«

»Ich frühstücke immer Rühreier mit Hominy grits« antwortete sie, unter Tränen lachend.

»Bravo! Wir werden die Küche in Verlegenheit bringen.«

»Zur Not können sie die Hominy grits ja aus Harlem holen lassen«, sagte sie und prustete wieder los. Dann nahm sie sich zusammen. »Und du?«

»Ich brauche nur eine Tasse Kaffee, sonst nichts.«

»Im Ernst?«

»Ja. Ich bin kein großer Frühstücker.«

»Ah, du bist also ein kleiner Frühstücker!« sagte sie mit übertriebener Strenge, und sie mußten beide von neuem lachen.

Sie trocknete sich mit der Serviette die Tränen ab. Ihre Lidschatten waren völlig verwischt. Es war ihr egal. Sie lehnte sich behaglich in den kleinen grünen Sessel zurück und warf einen Blick in die Runde. »Schön ist es hier.« Sie meinte es ernsthaft. »Schön und wirklich vornehm.«

»Es freut mich, daß es dir gefällt«, sagte er, und plötzlich sah er sich wieder das erstemal hier sitzen. Mit Bob, der ihm das Hotel gezeigt hatte.

Der Palm Court. Ein auf drei Seiten offener, großer Raum inmitten der hohen Halle. Marmorne Pracht. Vollendete Nostalgie.

Im Hintergrund hohe Bogen mit Spiegeln und vier nackte Grazien aus Stein, die mit ihren Schultern auf die Wand gemalte Kapitelle trugen.

An der Frontseite vier wuchtige Säulen aus Marmor und als Begrenzung des Raums eine Balustrade von steinernen Blumenkrippen mit kleinen Palmen.

Zierliche Tische mit marmornen Platten. Auf marmornen Sockeln hohe, zwölfarmige Kerzenleuchter. Die Decke des Raums von breiten Stuckstreifen wie aus Kuchenteig unterteilt und in rosafarbenem magischem indirektem Licht angestrahlt.

Ein Podium mit einem Piano. Die Ober in eine enge weiße Weste gezwängt, mit grünen Aufsätzen und Schulterklappen. Die Serviererinnen in Schwarz mit rosafarbener Bluse.

Eine wohltuende, exklusive Atmosphäre.

Lillie schloß für einen Moment die Augen. Sie war glücklich.

Das Frühstück stand auf dem Tisch.

»Was wolltest du mir über Bob sagen?« fragte er ohne Übergang.

»Ich wußte nicht, daß er ein Bekannter von dir war. Das hat mir erst Karin erzählt. Sonst hätte ich es dir schon gestern gesagt.« Sie schob eine Gabel voll Bratkartoffeln in den Mund.

»Was hättest du mir gestern schon gesagt?«

»In welchem Zustand er bei uns eingeliefert worden war.«

»Und wie war er eingeliefert worden?« Er beugte sich vor und sah sie erwartungsvoll an.

»Er war offenbar nicht eines natürlichen Todes gestorben.«

»Weißt du, was du da sagst?«

Sie legte die Gabel weg, und ihr Blick war ernst. »Er hatte zum Beispiel eingeschlagene Zähne.«

»Eingeschlagene Zähne?« Er wiederholte die Worte, als habe er nicht richtig gehört. Seine Stimme klang auf einmal belegt.

Sie nickte. »Ja. Und dann...« Ein Zögern. Sie bemerkte, daß es ihm naheging. Sie wollte ihm nicht weh tun.

»Erzähl alles. Bitte, Lillie.«

»Na ja... er sah... grauenhaft aus.« Sie schaute ihn aus den Augenwinkeln heraus an. Als er nichts entgegnete, sprach sie weiter: »Er sah aus, als ob er überfahren worden war. Oder sehr tief gestürzt. Oder...« Sie zögerte erneut.

»Sag es schon. Oder wie zusammengeschlagen. Das wolltest du doch sagen, Lillie?« Er griff in die Innentasche seines Jacketts und zog eine Fotografie heraus. Sie zeigte Bob in Großaufnahme. Er lachte gerade aus vollem Hals. Peter konnte sich an die Situation noch genau erinnern.

Sie waren in der Wildtier Reservation Jungle Habitat in West Milford gewesen. Und sie waren ausgelassen wie zwei Kinder gewesen. Bob hatte einen Bären gespielt, der auf Peter losging. Doch Peter mimte einen Löwen, griff Bob an, und der konnte sich vor Lachen kaum auf den Beinen halten. Und Peter hatte ein paar Fotos geschossen.

»Hier.« Er hielt ihr das Foto hin. »Erkennst du ihn?«

»Ja. Das ist er.« Sie senkte den Kopf.

»Hast du mir wirklich alles gesagt, Lillie?« fragte er eindringlich leise.

Sie verneinte stumm, ohne aufzusehen.

»War es so... so schlimm?«

Sie nickte unmerklich.

Er sagte mehr zu sich selbst: »Ich muß es unbedingt wissen.«

Sie hielt noch immer den Kopf gesenkt und schwieg.

Er ergriff ihre Hand. »Also... wie war es?«

»Sein Rückgrat...« Sie hob kurz den Blick, um gleich darauf wieder nach unten zu sehen, als betrachte sie aufmerksam das Muster des Teppichs. Sie bewegte kaum die Lippen: »Das Rückgrat war gebrochen.« Und nach einer langen Pause: »Es muß ein grauenvoller Unfall gewesen sein.«

»Oder ein Mord.« Er sagte es kaum hörbar.

»Vielleicht. Aber es kann auch ein Unfall gewesen sein.« Sie fuhr sich wie abwesend durch die Afrofrisur. Dann nahm sie einen Bissen Bratkartoffeln zu sich.

Er beugte sich erneut vor, stützte die Ellenbogen auf die Knie und den Kopf in beide Hände. Er versuchte, nicht an Bobs Schicksal zu denken. Er mußte einen klaren Gedanken fassen.

Er richtete sich wieder auf und atmete tief durch. Mit beherrschter Stimme sagte er: »Lillie, woher weißt du das? Das mit dem Rückgrat? Von Evans?«

»Nein. Einer der beiden Träger hat es zu Evans gesagt.«

»Träger von Potter's Field?« Doch er wußte sofort, es konnten keine Träger von Potter's Field gewesen sein. Denn dort hatte man ihm ja gesagt, Bobs Leiche sei abgeholt worden. Nicht weggebracht.

»Ich weiß es nicht«, antwortete sie. »Ich kam nur zufällig in den Raum, um mir ein Formular aus dem Regal zu holen. Evans hat mich sofort wieder hinausgeschickt.«

»Und woher weißt du dann, daß Bobs Zähne...?«

»Ich bin neugierig. Von Natur aus. Wahrscheinlich viel zu neugierig. Das meint meine Mutter jedenfalls.« Sie wollte lächeln, doch es mißlang.

»Du bist also im Raum geblieben?«

»Nein. Ich habe die Tür einen Spalt offengelassen. Und einer der Männer hat zu Evans gesagt: ›Sie sollen ihn so verbrennen, wie er ist. Mitsamt dem Sack.‹ Es war derselbe, der auch das mit dem Rückgrat gesagt hat.«

»›So, wie er ist‹, hat er gesagt? ›Mitsamt dem Sack‹? Wörtlich?«

»Ja.«

»Und Evans?«

»Der wollte wohl nicht so recht. Der hat gesagt, das ginge doch nicht. Mitsamt dem Leichensack.«

»Und die Männer?«

»Die haben darauf bestanden.«

»In welcher Form? Ich meine, wie haben sie sich ausgedrückt?«

»Sie haben gar nicht viel gesagt. Nur eben, daß sie darauf bestehen.«

»Und Evans?«

»Der war dann einverstanden.« Sie sah ihn mit großen Augen an. »Obwohl ich so etwas noch nicht erlebt habe. Mitsamt dem Leichensack, meine ich. Und ich bin immerhin schon einige Zeit im Geschäft.«

»Und dann hast du dir später die Leiche angesehen? Aus reiner Neugierde.«

»Ja. Weil die Männer eben so eigenartig waren. Da hat mich die Sache interessiert. Und da habe ich es riskiert. Nur ganz kurz.« Und wie zur Entschuldigung: »Ich habe den Reißverschluß nur so weit aufgezogen, daß ich das Gesicht sehen konnte.«

»Und Evans hat es nicht bemerkt? Oder jemand anderer?«

»Nein. Niemand. Das weiß ich genau.«

Peter dachte angestrengt nach. Die Geschichte, die Lillie ihm erzählte, war geradezu ungeheuerlich. Aber er nahm sie ihr ab. So lükkenhaft sie ihm auch schien. Denn er vertraute auf seine Menschenkenntnis.

Dennoch gab es ein paar Fragen zu klären. Er holte weit aus und sagte behutsam: »Lillie, wie alt bist du?«

»Neunzehn.« Sie wußte mit der Frage nichts anzufangen.

»Und seit wann arbeitest du?«

»Seit fast drei Jahren. Warum?«

»Nur so. Seit drei Jahren bei Evans?«

»Nein. Ich war vorher Verkäuferin in einem Drugstore. Warum fragst du?«

»Und seit wann bist du bei Evans?«

»Nicht ganz drei Monate. Ah, jetzt weiß ich, warum du fragst! Ich habe vorhin gesagt, ich sei immerhin schon einige Zeit im Geschäft. Du glaubst mir nicht.«

»Doch Lillie, ich glaube dir. Das schließt aber die Fragen nicht aus. Darf ich also noch weiter...?«

Sie zögerte. »Ja. Frag ruhig.« Sie lächelte vertraulich, und auf ihren Wangen zeichneten sich zwei Grübchen ab.

»Wie viele Verbrennungen hast du schon erlebt, Lillie?«

»Oh, eine ganze Menge. Auf jeden Fall genug, um mich auszukennen.«

»Und wie geht bei euch eine Verbrennung vor sich? Ich meine, wieviel Leute vom Personal sind daran beteiligt? Ohne die im Trauersaal.«

»Nur der Funeral Manager und der Funeral Director. Also nur Ric Lisciandrello und Evans. Und natürlich Max. Er macht bei uns alles.«

»Und du, Lillie? Wie warst du beteiligt?«

»Ich mache die Registratur. Name. Tag. Zeit. Nummer der Urne. Ringe. Und der ganze Kleinkram. Da muß ich schon manchmal bei Ric nachfragen. Und da steh ich dann dabei.«

»Und bei… bei Bob? Wie war es da?«

»Da hat es Evans ganz allein gemacht. Das heißt natürlich, zusammen mit Max.«

»Und Ric? Der hat das einfach so hingenommen?«

»Der war nicht da. Irgendwo unterwegs.«

»Und du?«

»Ich war auch unterwegs.«

»Zufällig?«

»Ich weiß nicht. Evans hat mich zu einem Kunden geschickt.«

»Tut er das öfter?«

»Du willst ja wirklich alles wissen.«

»Also?«

»Nein, er tut es nicht öfter. Genau gesagt: er hat es noch nie getan.« Und mit fragendem Blick: »Kann ich noch etwas Kaffee haben?«

»Aber natürlich.« Er winkte einen der Ober heran.

Nachdem der Kaffee nachgeschenkt war und sie einen Schluck genommen hatte, setzte er sein Fragen fort. »Ist Ric ein zugänglicher Mann? Zugänglicher als Evans?«

»Ich glaube, ja. Ich versteh mich mit ihm sehr gut.«

»Glaubst du, daß ich ihn einmal allein sprechen kann, ohne daß Evans davon erfährt?«

»Soll ich ihn fragen?«

»Ja.« Er beugte sich wieder vor, wie um seinen Worten Nachdruck zu verleihen. »Weißt du, ob Evans Bobs Leiche wirklich im Sack verbrannt hat?«

»Ich weiß es nicht. Aber ich glaube es.«

»Warum glaubst du es?«

»Als ich von meinem Kundenbesuch zurückgekommen war, hatte ich den Eindruck, daß Evans anders als sonst war. Etwas abwesend. Durcheinander. Ich kann es schwer beschreiben, aber er war wirklich anders.«

»Außerdem müßte es doch Max wissen, ob er den Sack mitverbrannt hat oder nicht. Habe ich recht?«

»Recht schon. Aber von Max wirst du in diesem Fall kaum etwas erfahren. Er ist schon bald sechzig. Und hat Familie. Er ist auf diesen Job angewiesen.« Sie holte sich ihre Umhängetasche, die hinter ihr auf ihrem Sessel lag, zog eine Packung Zigaretten hervor, klopfte zwei heraus, nahm sich eine davon und hielt ihm die andere hin.

Er wehrte ab, zündete ein Streichholz an und gab ihr Feuer. »Ich habe noch mehr Fragen, Lillie.«

»Macht nichts. Ich habe noch etwas Zeit.«

»Du hast vorhin gesagt, Bobs Gesicht sah grauenvoll aus. Wie hast du das im einzelnen gemeint?«

»Ich habe ihn mir ja nur kurz angesehen. Ich hatte Angst, daß jemand kommen könnte. Aber ich habe deutlich gesehen, daß sein Gesicht blutverkrustet war. Vor allem um den Mund herum. Und im Ausdruck entstellt. Irgendwie schief. Na ja, und die Zähne.«

»War denn sein Mund nicht geschlossen?«

»Nur halb. Es sah aus, als ob er sich nicht völlig hatte schließen lassen.«

»Hm. Hast du dir die beiden Träger genau angesehen?«

»Nur flüchtig.«

»Waren sie uniformiert?«

Sie überlegte. »Nein, uniformiert waren sie nicht.«

»Trugen sie auch keine Uniformmützen?«

»Nein. Sie trugen überhaupt keine Kopfbedeckung.«

»Und was hatten sie an?«

»Nichts Auffälliges. Normale Jacken.«

»Denk bitte scharf nach, Lillie. Vielleicht fällt dir irgendeine Besonderheit ein. Waren es Weiße?«

»Ja.«

»Wie alt ungefähr?«

»Ich kann das Alter von Leuten sehr schwer schätzen.«

»So alt wie ich vielleicht?«

»Ja, vielleicht.«

»Jedenfalls nicht ausgesprochen jung oder ausgesprochen alt?«

»Nein, das nicht.«

»Fiel dir an einem der beiden etwas besonders auf? War einer besonders groß, kräftig, klein oder dick? Hatte einer vielleicht eine Narbe im Gesicht? Oder trug einer eine Brille?«

Sie dachte angestrengt nach, und er ließ ihr Zeit.

»Ja, natürlich!« Sie war außer sich vor Erstaunen. »Das hatte ich ja völlig vergessen! Der eine hatte eine platte Nase wie Sammy Davies! Und in etwa auch seine Statur!« Und erklärend setzte sie hinzu: »Es war der, der auch das mit dem Rückgrat gesagt hat und daß Evans die Leiche mitsamt dem Sack verbrennen soll.«

»Sehr gut. Noch etwas?«

Sie schloß die Augen, um sich zu konzentrieren. »Nein«, sagte sie dann, »mehr weiß ich nicht.« Sie sah auf ihre Armbanduhr. »Es wird allmählich Zeit für mich. Evans schaut sehr auf Pünktlichkeit.« Sie drückte die Zigarette im Aschenbecher aus.

»Dann will ich mich beeilen. Der Arzt, der den Totenschein ausgefüllt und unterschrieben hat – kennst du seinen Namen?«

»Ja. Weil er so eigenartig klingt. Hedgepeth. Irgendwo unten in der Dritten West.«

»Arbeitet er öfter mit Evans zusammen?«

»Mir ist nichts bekannt.«

»Und der Totenschein? Hast du ihn noch?«

»Wir bekommen immer nur eine Kopie davon.«

»Konntest du diese Kopie einsehen?«

»Nur kurz. Eigentlich nur den Stempel des Arztes. Daher kenne ich auch seinen Namen.«

»Hast du die Kopie denn nicht abgelegt?«

»Das hat Evans selbst besorgt.«

»Ist das üblich?«

»Nein.«

»Hat er eine Begründung dafür gegeben?«

»Nein.«

»Hast du schon öfter eine Stimme identifiziert?«

Die Frage traf sie unvorbereitet. »Ich weiß nicht, warum du das …« Und in plötzlicher Erkenntnis: »Oh, ich weiß es sehr gut!«

»Die Sache geht mir schon seit gestern abend durch den Kopf, Lillie. Bei Diana Lester habt ihr nämlich beide völlig daneben getippt. Das ist natürlich ohne weiteres verständlich. Eine solche Stimme ist einem zu stark im Ohr. Bist du dir wirklich heute auch noch sicher?«

»Du führst ja ein schärferes Verhör als die CIA in einem Agententhriller.« Und nachgiebig: »Ja, ich bin mir noch genauso sicher wie gestern abend. Beschwören aber könnte ich es natürlich nicht.« Sie nahm ihre Tasche und stand auf. »Und jetzt muß ich gehn.«

Sie zögerte.

Sie war verlegen, er sah es ihr an. »Na?« fragte er lächelnd.

»Darf ich dir zum Abschied einen Kuß geben?« Eine leichte Röte überzog ihr Gesicht, und sie setzte schnell hinzu: »Auf die Stirn vielleicht?«

»Nein, auf den Mund«, sagte er lächelnd, erhob sich, nahm sie in seine Arme und küßte sie.

»Oh!« sagte sie anerkennend, indem sie sich sanft aus seiner Umarmung löste. »Du bist ja noch besser, als ich es mir je hätte träumen lassen.«

»Noch eine Frage, Lillie.« Es klang entschuldigend. »Du hast heute nacht am Telefon gesagt, dir sei das alles erst eingefallen. Diese ganze ungeheuerliche Geschichte.« Sie gingen in Richtung Ausgang.

»Das war nicht genau ausgedrückt, das gebe ich zu. Verzeih bitte. Aber gestern hast du mich ja nur nach der Stimme der Frau gefragt. Außerdem haben wir uns ja gar nicht gekannt. Und ich habe auch nicht gewußt, in welcher Weise du mit der Sache zu tun hast. Seit gestern abend weiß ich es. Von Karin.«

»Okay. Darf ich dich noch mehr fragen, wenn mir etwas einfällt?«

»Aber ja«, sagte sie, »jetzt kennen wir uns ja schon ganz gut.«

Sie hatten unter dem Vordach schon die vorletzte Stufe erreicht, da hielt er sie am Arm fest. »Eine letzte Frage, Lillie. Würdest du mir auch als Zeugin zur Verfügung stehen?«

»Vor der Polizei?«

»Unter Umständen.«

»Eine schwere Frage.« Sie lächelte unsicher und löste sich sanft aus seinem Griff. Und dann ungeduldig: »Jetzt muß ich aber wirklich gehn. Sonst komme ich zu spät.«

Sie lief in Richtung der Avenue of the Americas davon, winkte ihm nach ein paar Schritten über die Schulter noch mal zu und verschwand im Gewühl der Fußgänger.

Er sah ihr gedankenversunken nach. War er nun Industriemanager, der ein Weltunternehmen dirigierte, oder war er Detektivagent, der einen Mordfall aufzuklären hatte?

Er stieß einen unwilligen Seufzer aus und ging die mit dem grünen Teppich bespannten Stufen hinauf zurück ins Hotel. Gleich heute vormittag würde sein Weg ihn jedenfalls zu diesem Doktor Hedgepeth führen. Vorher aber wollte er noch Frants Nemecek, den Doorman vom Parc Five sprechen.

25

Er ließ das Taxi am Washington Square halten. Das letzte Stück Weg wollte er zu Fuß gehen. Der frische Wind würde seinen Gedanken guttun. Den Doorman vom Parc Five hatte er nicht angetroffen.

Trotz der kühlen Witterung wurde im Park an ein paar der steinernen Schachtische gespielt. Allerdings saßen die Spieler nicht wie gewöhnlich an den Tischen, sondern standen daneben und schlugen sich ab und zu mit gekreuzten Armen warm.

Die Fassade des Hauses an der Dritten Straße West war heruntergekommen. Es war ein Haus mit nur zwei Stockwerken. Die Tür war angelehnt, das untere Stockwerk unbewohnt. Eine schmale hölzerne Stiege führte steil hinauf in die obere Etage. Am Geländer war ein Emailleschild angebracht, auf dem der Name Hedgepeth stand, mit dem Zusatz ›Physician – By Appointment Only‹. Ein Pfeil zeigte nach oben.

Peter ging hinauf. Stille lag über dem Haus. Niemand schien da zu sein. Doch auch die Tür mit dem Schild ›Hedgepeth, M. D.‹ war nur angelehnt.

Er trat ein. Der Raum glich mehr einem Wohnraum als dem Vorzimmer eines Arztes. In der Ecke befand sich eine Liege, über die nachlässig eine Decke gebreitet war. Peter hob im Vorbeigehen die Decke kurz an und hatte richtig vermutet. Sie verdeckte Bettzeug.

»Oh, ich habe Sie gar nicht kommen hören.« Eine dünne hohe Stimme.

Ruckartig drehte er sich um. Vor ihm stand eine Nurse. Geknöpftes weißes Kleid, weiße Strümpfe, weiße Schuhe. Sie war klein und korpulent.

Sie könnte Anfang vierzig sein, überlegte er, aber vielleicht auch zehn Jahre jünger. Sie war zu unförmig, als daß sich ihr Alter genau schätzen ließ.

»Ich bin Pamela. Sind Sie angemeldet, Sir?« Sie lächelte ihm stumpfsinnig freundlich zu.

»Ja«, log er und nannte seinen Namen.

»Einen Augenblick, Sir.« Sie zog die Schublade einer Kommode auf und entnahm ihr ein großes Notizbuch. Sie blätterte umständlich und las leise Namen für Namen. »Ich kann leider Ihren Namen nicht finden, Sir.« Sie lächelte ihn von neuem an.

»Aber es hat seine Richtigkeit, Pamela. Sagen Sie dem Doc nur, ich komme vom Krematorium Friedenspalme.«

»Ich werde es versuchen, Sir. Aber ich kann Ihnen nichts versprechen, da Ihr Name nicht im Buch steht.« Ein weiteres Lächeln, und sie verschwand durch die Tür mit dem Schild ›Behandlungsraum‹.

Peter sah sich im Raum genauer um. Ein halbhohes Bücherregal voll mit Unterhaltungsmagazinen, einschließlich Pornos. Daneben ein Fernsehapparat. Eine offene Kiste mit einem zerschlissenen Kissen und etwas Sägemehl, offenbar das Lager einer Katze. Ein runder Tisch, auf dem eine benützte Tasse, eine Kanne und ein Mikroskop standen.

»Der Doktor erwartet Sie, Sir.« Pamelas Lächeln wirkte ermüdend.

Peter erging es wie jedem, der Jerome Hedgepeth zum erstenmal begegnete. Er sah zunächst nur das Vogelgesicht. Nach und nach dann den langen, dürren Hals mit der schlaffen Haut, die schmalen hängenden Schultern und schließlich den ganzen Menschen, groß, hager, mit schlechter Haltung.

Hedgepeth war in Hemdsärmeln und Krawatte. Er schien gerade geschlafen zu haben. Sein ›Behandlungsraum‹ deutete auf keinerlei Behandlung hin. Es war ein Wohnraum gleich dem Vorzimmer, nur etwas größer und mit mehr Mobiliar.

»Sie kommen von Mister Evans, Sir?« Ein lauernder Blick über die randlose Brille.

»Ich komme aus eigenem Antrieb und will mich kurz fassen. Sie haben den Totenschein für Bob Kellermann ausgestellt. Erinnern Sie sich?«

»Nicht sofort, Sir.«

»Es war vor drei Tagen. Das ist nicht sehr lange her.«

»Kellermann, sagen Sie?« Hedgepeth nahm die Brille ab, um sie mit dem Ende seiner Krawatte zu putzen. Ohne Brille glich sein Gesicht noch mehr dem eines Vogels.

»Die Leiche Bob Kellermanns wurde Evans mit Ihrem Totenschein eingeliefert. Stellen Sie denn so viele Totenscheine aus, daß Sie sich gar nicht mehr daran erinnern können?« Peter wurde ungeduldig.

»Doch, jetzt weiß ich es wieder. Kellermann. Natürlich. Der Mann mit dem Herzversagen.«

»Herzversagen? Ich glaube, Sie täuschen sich, Hedgepeth. Bob Kellermann hatte das Rückgrat gebrochen.«

»Sind Sie von der Polizei?« fragte Hedgepeth unsicher.

»Nein. Ich war ein Freund von Mister Kellermann. Und will von Ihnen nur hören, ob...«

»Es war Herzversagen. Einwandfrei Herzversagen«, unterbrach Hedgepeth schnell. Er war offenbar erleichtert, daß Peter kein Polizeibeamter war.

»Und die eingeschlagenen Zähne?« Peter sah ihn durchdringend an. »Lassen die auch ohne weiteres auf Herzversagen schließen?«

»Hören Sie, was soll diese Fragerei? Ich bin zu keinerlei Auskunft verpflichtet.«

»Ich weiß. Aber Sie könnten mir helfen. Der Tod meines Freundes war ziemlich mysteriös.«

»Ich kann Ihnen nicht helfen. Ich kann Ihnen eine Kopie des Totenscheins zeigen, das ist alles, was ich für Sie tun kann.« Hedgepeth öffnete einen eingebauten Wandschrank und entnahm ihm eine Briefablage. Die Kopie des Totenscheins lag obenauf. Er reichte sie Peter, und der vergewisserte sich über die Angaben.

»Die Leiche wurde demnach zu Ihnen hergebracht?« Peter gab Hedgepeth die Kopie zurück.

»Ja. Von ein paar Männern.«

»Kannten Sie die Männer?«

»Nein.«

»Welche Erklärung gaben sie Ihnen?«

»Sie hatten den Toten auf der Straße gefunden.«

»Und wo?«

»Das geht aus dem Totenschein hervor.« Hedgepeth tat, als werfe er einen Blick darauf. »Im Central Park. In der Nähe des Eingangs zum Zoo. Hier steht es ja deutlich genug.« Unwillig hielt er Peter den Schein hin, doch Peter reagierte nicht.

»Sind Sie nun zufrieden, Sir?« Es klang wie eine Verabschiedung. Hedgepeth verschloß die Briefablage mitsamt dem Schein wieder im Wandschrank.

»Nein, ich bin nicht zufrieden.«

»Tut mir leid. Meine Zeit ist bemessen.« Hedgepeth machte eine Handbewegung zur Tür hin.

»War unter den Männern, die Ihnen die Leiche gebracht haben, zufällig einer mit einer platten Nase wie Sammy Davies?« Peter übersah Hedgepeths Handbewegung.

»Sir, ich bin Arzt und kein Polizist.«

»Trotzdem könnten Sie mal scharf nachdenken.«

»Okay. Es war keiner dabei. Genügt das?«

»Und das Rückgrat war nicht gebrochen?« Peter hob die Stimme an.

»Das habe ich Ihnen schon bestätigt, Sir. Darf ich Sie jetzt bitten.« Hedgepeth öffnete die Tür.

»Eine bewußt falsche Angabe der Todesursache kann gefährlich für Sie werden, Hedgepeth. Sie kann Sie Ihre Zulassung kosten.« Peter ging zur Tür, die zum Vorzimmer führte.

»Eine leere Drohung, Sir. Mich kann so etwas nicht erschüttern.« Hedgepeth schloß hinter Peter die Tür.

Im Vorzimmer lächelte Pamela. Sie hielt einen Apfel in der Hand, von dem sie gerade ein Stück abgebissen hatte.

»Hi, Pamela!« sagte Peter. »Sie kennen doch sicher die Nase von Sammy Davies, habe ich recht?«

»Na, wer kennt die nicht, Sir?« antwortete sie kauend.

»Eben. Ist Ihnen ein ähnliches Exemplar in letzter Zeit einmal in Weiß begegnet?«

»Oh, natürlich, Sir!« Sie schaute zu ihm hoch, als sei er ein Hellseher. »Vor ein paar Tagen, als die Männer den Toten gebracht haben!« Sie war freudig erregt, und ihr Lächeln zog sich über das ganze Gesicht.

»Kann es am Montag gewesen sein?«

Sie überlegte kurz. »Ja, am Montag! Oh, Sir, Sie sind ein ganz besonderer Mann!«

»Pamela!« Eine schneidende Stimme. Hedgepeth stand in der offenen Tür zum ›Behandlungsraum‹. Er sah Peter feindselig an.

»Ja, Sir?« Sie wandte sich dem Doktor freundlich lächelnd zu.

»Machen Sie Ihre Arbeit, Pamela!« Es klang wie ein Befehl.

»Ja, Sir.« Sie lächelte unschlüssig.

Offenbar hat sie hier nichts zu arbeiten, dachte Peter und sagte zu ihr: »Ihre Nursekleidung fällt direkt aus dem Rahmen, Pamela.«

»Oh, die gönne ich mir privat, Sir.« Ein letztes Lächeln, und dann ging sie an Hedgepeth vorbei in dessen Zimmer.

Als Peter sich wieder unten auf der Straße befand, stand sein Entschluß fest: Er würde Licht in das Dunkel um Bobs Tod bringen. Egal, wieviel Zeit er darauf verwenden mußte. Er war es dem Freund schuldig.

Und auf einmal fühlte er sich gar nicht mehr als Manager, der ein Industrieunternehmen lenkt. Das Jagdfieber eines Kriminalisten hatte ihn gepackt.

Er winkte sich ein Taxi. Er ließ sich in den Fond fallen. »Fünfundfünfzigste West, zwischen Broadway und der Eighth Avenue.«

Dort war das Krematorium ›Friedenspalme‹.

Und während der Fahrer sich in den Verkehr einreihte, schloß Peter die Augen. Seine Gedanken waren bei Bob.

26

Die Landstraße nach Bad Homburg. Das Gaspedal des Volkswagens voll durchgetreten. Plötzlich die Frau mit dem Kinderwagen. Ihr panikartiges Entsetzen. Der Baum. Der Graben. Das Überschlagen, der Aufprall, das Krachen, Knallen, Bersten, Splittern.

Der brüllende Schmerz. Der neblige Schleier. Die Hand.

Näher und näher die Hand. Ihr Druck. Kraftvoll und bestimmt. Das Ziehen, das Schneiden, das Stechen. Das Sehnen nach Ohnmacht. Das Gefühl, als rissen und brächen die Glieder, als platzte das Gehirn.

Der Himmel. Nichts als der Himmel. Blau und weit und sanft. Die Ruhe. Dröhnend und unendlich. Das Atmen. Das Formen von Bildern und Empfindungen. Die Teilnahmslosigkeit. Das Sich-fallen-

Lassen. Und plötzlich die Explosion, ohrenbetäubend, grell und brutal.

Die Dunkelheit. Das Erwachen. Die Augen von Bob. Seine Stimme: »Da haben wir noch mal Glück gehabt. Gottverdammtes Glück.« Und wie durch Watte: »Es ging um Sekunden. Wenn ich es nicht geschafft hätte, dich herauszuziehen, wären wir beide schon da oben.«

Es war Peters erster eigener Wagen. Er hatte ihn genau fünf Stunden. Er wollte Bob zeigen, welche Kraft im Motor steckte, und Bob war sofort Feuer und Flamme. Die Fahrt verlief wild und ausgelassen, aber Peter war ein guter Fahrer und hielt das Steuer sicher in der Hand. Auch als auf einmal die Frau auftauchte. Denn nur seiner Geistesgegenwart war es zu verdanken, daß weder der Frau noch dem Kind etwas geschehen war.

Und Bob hatte Peter das Leben gerettet. Das vergaß Peter ihm nie.

Bob, der damals, 1954, als Angehöriger der US-Army in Deutschland, in Frankfurt, stationiert war. Und der es durchgesetzt hatte, als G.I. in Deutschland studieren zu dürfen, in der Heimat seiner Eltern.

Er hatte keine Geschwister. Sein Vater war Beamter. 1933 wanderte er mit Frau und Sohn in die USA aus.

Bobs Jugend war freudlos. Er mußte hart arbeiten und verdienen, um zu überleben. Sein Vater konnte ihn nur wenig unterstützen. Bob war ein unglücklicher Mensch. Jeden Tag mußte er sich mühevoll erkämpfen.

Als er 1957 wieder zurück in die USA ging, offenbarte er Peter beim Abschied sein Lebensziel: »Ich werde Geld machen, Peter. Ohne Geld sehe ich für mich keine Chance.« Er stand damals kurz vor seinem sechsundzwanzigsten Geburtstag.

27

Vincent Evans war genauso gekleidet wie am Tag zuvor. Schwarzer Anzug, schwarze Krawatte. Als er Peter eintreten sah, strich sich der kleine Mann verlegen mit dem Mittelfinger über das schmale schwarze Bärtchen über der Oberlippe. Er war sichtlich überrascht, daß Peter noch einmal erschien.

»Was kann ich für Sie tun, Sir?« Er brachte seinen ganzen professionellen Charme ins Spiel, um Zeit zu gewinnen, und tat, als habe er Peter noch nie gesehen.

»Sie können mir bestätigen, daß Mister Kellermanns Rückgrat gebrochen war und ihm die Zähne eingeschlagen waren«, sagte Peter ohne Begrüßung und Einleitung.

»Ich verstehe nicht, wovon Sie sprechen, Sir.« Salbungsvoll wie immer.

»Oh, Sie verstehen sehr gut, Evans. Sie verstehen auch sofort, wenn man von Ihnen unmißverständlich fordert, daß Sie eine Leiche mitsamt dem Leichensack verbrennen sollen. Soll ich noch deutlicher werden?«

»Ich verstehe zwar noch immer nicht, aber bitte, kommen Sie in mein Privatbüro, Sir.« Mit einer Handbewegung deutete Evans die Richtung an, ging voraus und hielt Peter die Tür zu einem kleinen, fensterlosen Raum auf.

Im Raum standen nur drei Möbelstücke: Ein billiger Schreibtisch und zwei ungleiche Stühle. An der Decke eine Neonröhre. Evans schob seinem Besucher den Stuhl hin, der vor dem Schreibtisch stand und nahm selbst hinter dem Schreibtisch Platz. Peter blieb stehen.

»Zigarette, Sir?« Er hielt Peter ein vergoldetes Etui über den Tisch entgegen und ließ es aufspringen. Als Peter verneinte, steckte er sich allein eine an. Seine Hand zitterte ein wenig.

»Ich erinnere mich jetzt«, begann er das Gespräch, »es handelt sich um den Fall, den uns eine Fremde telefonisch durchgegeben hatte.«

»Und den dann zwei Männer Ihnen ins Haus geliefert haben«, vollendete Peter.

Evans ließ sich mit einer Entgegnung Zeit. Sein Blick war voll Argwohn. »Sie sind wirklich sehr informiert, Sir.« Gallig setzte er hinzu: »Nur leider falsch.«

»Ich an Ihrer Stelle würde mir so eine Behauptung sehr genau überlegen.« In Peters Stimme schwang ein drohender Unterton mit.

»Sie können mich nicht einschüchtern, Sir. Darf ich fragen, worauf Sie Ihre Information stützen?«

»Auf Zeugen«, antwortete Peter gelassen, »nur werden Sie mich vergeblich nach Namen fragen.«

»Zeugen, die im Hintergrund bleiben, sind wertlos.«

»Es sei denn, sie treten im richtigen Augenblick ins Licht.« Peter spürte, daß er bei Evans so nicht weiterkam. Er entschloß sich zu einer Lüge. »Doktor Hedgepeth hat es mir auch bestätigt, Evans.« Er stützte sich auf den Schreibtisch auf und beugte sich weit vor, als wolle er den anderen hypnotisieren.

»Hedgepeth? Was?«

»Das gebrochene Rückgrat. Die eingeschlagenen Zähne. Und die zwei Männer, die Ihnen den Toten angeschleppt haben. Einer der beiden hatte eine Nase wie Sammy Davies. Na, dämmert es jetzt?«

»Hedgepeth kann so etwas gar nicht zugeben.« Evans war sich seiner Sache nicht sicher. Sein Blick war unruhig.

»Warum wollen Sie nicht die Wahrheit sagen, Evans?« Peter ließ sein Gegenüber nicht aus den Augen. »Je mehr Sie sich sträuben, um so stärker bringen Sie sich in Verdacht.«

»In was für einen Verdacht?« Evans lächelte gezwungen.

»In den Verdacht, bei einem Mord mitgewirkt zu haben«, sagte Peter ruhig. Und auf einmal hatte er Evans an der Hemdbrust gepackt, zog ihn über den Tisch, so daß er den Atem des anderen spürte, und sagte drohend leise: »Sagen Sie endlich die Wahrheit, Evans, oder ich breche Ihnen alle Knochen!« Dann stieß er ihn hart zurück auf den Stuhl, wobei der Aschenbecher zu Boden fiel und zerbrach.

Peter kannte sich selbst nicht mehr. Wann zuletzt hatte er seine körperliche Kraft derart ausgespielt? Wahrscheinlich in der Schule beim Boxunterricht, ging es ihm durch den Kopf.

Evans richtete sich das Hemd und die Krawatte. Seine Hände zitterten noch stärker als vorher.

»Also los, Evans!« Peter ließ keinen Zweifel daran, daß er gewillt war, noch drastischer zu werden.

»Okay«, sagte Evans kleinlaut, »ich gebe zu, daß Mister Kellermanns Leiche ein paar Verletzungen aufgewiesen hat. Aber sie waren geringfügig.«

Peter hörte nicht hin. Er hatte den Notizblock, der auf dem Tisch lag, an sich genommen, eine leere Seite herausgerissen und einen Kugelschreiber aus der Tasche gezogen. Schnell notierte er Evans Worte. Dann schob er ihm den Zettel hin und reichte ihm den Kugelschreiber. »Los, unterschreiben Sie!« Und Evans unterschrieb unwillig.

Peter wußte zwar im Augenblick nicht, ob ihm diese schriftliche Bestätigung jemals etwas nützen könnte. Jedenfalls aber hatte er mit ihr Evans stark erschüttert. Vielleicht entwickelte sich daraus ein Vorteil, dachte er, man konnte nie wissen. Schließlich mußte er erst allmählich in seine Rolle als Kriminalist hineinwachsen.

Er verließ das Krematorium. Lillie Flam war ihm nicht begegnet. Die Tür des Lifts hatte sich hinter ihm gerade geschlossen, da griff Evans nach dem Telefonhörer und wählte hastig eine Nummer, die er auswendig kannte.

Peter fuhr nach unten. Es regnete. Er winkte sich ein Taxi heran und ließ sich zum Plaza fahren. Dort rief er Karin Mebius an und trug ihr auf, seinen Flug vorläufig abzubestellen. Danach suchte er sich aus dem Telefonbuch den nächsten Polizeibezirk heraus.

28

Schräg gegenüber lag Saint George Tropeforos, der schmale griechisch-orthodoxe Betsaal mit der kleinen blauen Markise, zu dessen Eingang fünf steile Stufen hinaufführten.

Auf der anderen Seite der Straße parkten sechs blauweiße Plymouth-Polizeiwagen nebeneinander, einsatzbereit, vor dem Office des Achtzehnten Polizeibezirks, Midtown North.

Ein grau verwaschener Kasten mit drei Stockwerken und zwei Eingängen. Die Eingänge waren jeweils flankiert von zwei steinernen Sockeln mit großen, eisernen Löwentatzen, auf denen geschmacklose Kandelaber angebracht waren, die grünes Licht verströmten.

Die Fenster waren grün und vergittert, und im Parterre waren zwei davon hochgeschoben. Von dort drangen Stimmengewirr und das Klappern von Schreibmaschinen heraus auf die Straße.

Peter hatte einige Mühe, bis er endlich auf einen Mann traf, der ihn anhörte.

Lieutenant Sanabria saß behäbig an seinem Tisch. Er stammte aus Jamaica und strahlte die Ruhe der Karibik aus. Er ließ Peter reden und malte unterdessen mit einem Bleistift Kringel auf ein Blatt Papier. Als Peter geendet hatte, hob Sanabria müde den Blick.

»Tut mir leid, Sir. Aber ich kann Ihnen nicht helfen.« Er schob den Bleistift von sich. Das Gespräch war für ihn abgeschlossen.

»Und wenn es Mord war? Auch dann nicht?« Peter gab nicht auf.

»Mord! Das sagt sich so leicht. Aber solange keine handfesten Beweise vorliegen...« Sanabria zuckte bedauernd die Schultern.

»Sind das etwa keine Beweise, die ich anführe?«

»Nein, Sir. Ich muß Sie enttäuschen. Das sind nur Vermutungen. Und mit Vermutungen werden wir überschwemmt, Sir. Sehen Sie hier.« Sanabria deutete auf den Stoß Akten, der neben ihm lag. »Lauter Anzeigen. Die meisten sogar mit echten Beweisen. Aber wir kommen nicht nach. Wir ertrinken in ihnen.« Ein erneutes Achselzucken: »Tut mir leid, Sir.«

Peter machte keine Anstalten zu gehen. Sanabria bemerkte es mißmutig. Und um Peter loszuwerden, sagte er seufzend: »Okay. Ich nehme eine Anzeige auf.« Er zog sich ein Blatt Papier heran. »Name des Toten?«

Nachdem Peter alle Fragen beantwortet hatte, erhob sich Sanabria, als wolle er gehen. »Okay, Sir. Das wär's. Sie werden von uns hören. Das heißt, wenn sich irgend etwas ergeben sollte. Entschuldigen Sie mich jetzt bitte.« Er hielt Peter die Klapptür auf.

Als Peter wieder auf der Straße stand, ging sein Blick gedankenverloren hinüber zur blauen Markise von Saint George Tropeforos. Er besann sich noch einmal auf die Fragen, die Sanabria gestellt hatte.

Name. Geburtsdatum. Staatsangehörigkeit. Adresse. Job. Wo. Seit wann. Angehörige. Datum, Ort und Uhrzeit des Vorfalls. Eventuelle Zeugen. Ihre Adressen, Telefonnummern. Besonderheiten.

Job? Wo? Seit wann? Ihm war, als leuchte in seinem Gehirn die bewußte rote Lampe auf: Job. Job. Job.

Natürlich, das war vielleicht ein Anhaltspunkt! Die einzigen ständigen Kontakte, die Bob in der Tat gehalten hatte, waren die zu seinen Kollegen. Und einen Namen davon hatte er ihm gegenüber sogar mehrmals erwähnt. War es nicht Lareser oder so ähnlich?

Peter atmete befreit auf. Optimismus durchdrang ihn.

29

Um diese Tageszeit bot der riesige Saal das gewohnte Bild mit der immer gleichbleibenden Geräuschkulisse. Ein Durcheinander von Stimmen in allen Lautstärken: die Anweisungen der Spezialisten an ihre Assistenten, die sogenannten ›Zwei-Dollar-Brokers‹, die Zurufe der Assistenten untereinander an den u-förmigen Verkaufsständen, das Entgegennehmen und Weitergeben von Aufträgen der Phone Clerks, das »I'll buy it!« der Käufer und das knappe »Sold!« der Verkäufer, die Rufe der Angestellten an die Berichterstatter und Boten – ein Schwirren und Summen, aber auch ein Gestikulieren, Gehen, ruckartiges Stehenbleiben und sichtbares Nachdenken, ein Laufen, Gruppenbilden, Auseinandergehen, alles in allem an die dreitausend Menschen, wie in einem ununterbrochen in Bewegung befindlichen unüberschaubaren Ameisenhaufen.

Die Assistenten der Brokerfirmen an den Verkaufsständen mit ihren roten Plaketten, die Telefonsachbearbeiter mit ihren gelben, die Spezialisten mit den weißen Abzeichen, die Berichterstatter der Börse in schwarzen, die Boten in blauen, uniformähnlichen Jacken, ihre Namen in weißer Schrift auf schwarzen Plaketten.

Der ›Trading floor‹ hat eine Höhe von etwa fünf Stockwerken. Die Frontseite wird von einer mehrfarbigen Glaswand gebildet, die von der Galerie bis hinauf zur Decke reicht. Hinter ihr zeichnen sich die Umrisse der sechs wuchtigen marmornen Säulen ab, die draußen auf der Wallstreet den Eingang der New York Stock Exchange beherrschen.

Die drei übrigen Wände des ›Trading floors‹ sind aus Marmor. An jeder dieser Wände ist eine überdimensionale grüne Digitaluhr angebracht. Die Fahne der USA hängt neben der des Staates New York.

An allen vier Seiten befinden sich große Projektionsbänder, über die ständig die neuen, vom Computerzentrum zusammengestellten Verkaufsinformationen – Firmensymbole, Umsätze und Kurse – laufen.

Der Fußboden zwischen und hinter den Verkaufsständen ist vom späten Vormittag an jedesmal übersät von weggeworfenen Zetteln, Slips, auf denen Kurse, Namen, Aufträge und ähnliches notiert wurden.

Peter Stolberg war sich im klaren, daß man in diesem Tollhaus eine bestimmte Person eigentlich nicht suchen und herausbitten lassen konnte. Aber ihm war es schon einmal gelungen. Seinerzeit, als er Bob mitten aus seiner Arbeit gerissen und dann durch den eisigen Sturm zu Tönissen ins Plaza gebracht hatte.

Auch heute gelang es ihm. Ein paar überzeugende Worte zu einem der Wächter in grauer Uniform, ein Zwanzig-Dollar-Schein, und nach einiger Zeit kam der Wächter zurück und fuhr mit Peter hinauf in das siebente Stockwerk, das für Besucher gesperrt war.

»Ihr Mann heißt nicht Lareser, Sir«, sagte der Wächter kurz angebunden, als sie nebeneinander den fensterlosen Flur entlanggingen, »er heißt Largever.« Er öffnete die Tür zu einem der Aufenthaltsräume für Mitglieder der Börse.

Nelson Ronald Largever erwartete den Besucher schon. Er stand gerade mit einer Gruppe von Kollegen zusammen und hielt einen Becher Kaffee in der Hand. Als er den Wächter und Peter herankommen sah, trat er ihnen entgegen. Ein flüchtiges Vorstellen. Der Wächter ging seines Weges.

Largever hat im Aussehen etwas von Bob, dachte Peter sofort. Klein, gedrungen, grobe Gesichtszüge, äußerst gepflegt gekleidet. Er war für einen Augenblick verblüfft. Dann kam er ohne lange Vorrede zur Sache.

Largever hatte noch nichts von Bobs Tod gewußt und war entsetzt. Peter erzählte ihm in wenigen Worten, was vorgefallen war, und Largever hörte aufmerksam zu, ohne ihn zu unterbrechen. Sie standen an einem der Fenster, die hinaus auf die Häuserschlucht der Broadstreet führten.

»Und jetzt wollen Sie von mir wissen, ob ich Ihnen weiterhelfen kann?« Largever streckte sein Kinn vor und dachte kurz nach. »Aber ich wüßte nicht, was ich Ihnen Wichtiges sagen könnte.«

»Was wissen Sie über Bob?« fragte Peter eindringlich.

»Ja, was weiß ich über ihn? Ich weiß, daß er hier zwölf Jahre lang mein Kollege war. Daß er seine Mitgliedschaft bei der Stock Exchange damals mit rund zweihundertzwanzigtausend Dollar bezahlt hat. Daß er dazu einen Kredit hatte aufnehmen müssen. Außerdem weiß ich, daß er seit ungefähr acht Jahren nur noch als Jobber tätig war.« Und da er annahm, Peter den Ausdruck erklären zu müssen: »Jobber ist ein Broker, der auf eigene Rechnung kauft und verkauft.«

»Ich weiß«, antwortete Peter mit einem verbindlichen Lächeln, und ernsthaft: »Was wissen Sie über sein Privatleben, Nelson?«

»So gut wie nichts. Hatte er denn eins? Zu mir hat er jedenfalls davon nie gesprochen. Ich weiß nur, daß er in letzter Zeit für Sie tätig war. Seit ein paar Monaten, stimmt's?«

»Hat er Ihnen Näheres gesagt?« Peter wurde hellhörig. Sollte Bob Kollegen gegenüber doch nicht so verschwiegen gewesen sein, wie er angenommen hatte?

Doch Largever zerstreute seine Zweifel: »Wo denken Sie hin! Bob war in diesen Dingen verschwiegen wie ein Grab.« Er trank den Rest seines Kaffees.

Peter war erleichtert. Und im gleichen Atemzug fand er es beschämend, daß er einen Augenblick lang an der Vertrauenswürdigkeit des Freundes gezweifelt hatte.

»Nein«, fuhr Largever fort, »von der geschäftlichen Verbindung mit Ihnen hat er nur nebenbei erzählt. Daß Sie miteinander befreundet waren, hat er mir allerdings schon vor vielen Jahren gesagt.«

»Und in welchem Zusammenhang hat er Ihnen von unserer geschäftlichen Verbindung erzählt?« Peter wollte auch nicht mehr die kleinste Spur von Mißtrauen aufkommen lassen.

»Durch Zufall. Vor ein paar Wochen. Er hat seinen Mantel in seine Box gehängt, und dabei ist ihm ein Brief aus der Tasche gerutscht. Er hat es nicht bemerkt. Und ich habe mich nach dem Brief gebückt. Es war ein Brief aus Deutschland. Als Absender stand darauf ›Dr. H. Tönissen‹. Bob hat mir den Brief fast aus der Hand gerissen. Na ja, und da hat er wohl gemeint, er sei mir eine Erklärung schuldig, und hat erzählt, daß Sie beide jetzt auch Geschäftspartner seien. Mehr nicht.«

»Schon gut«, sagte Peter. Er wollte das Thema beenden. Er dachte: Tönissen hat mir gegenüber nie einen persönlichen Briefwechsel mit Bob erwähnt. Vielleicht war es aber auch gar kein persönlicher Brief gewesen. Auf jeden Fall war die Angelegenheit unbedeutend. Wichtig war nur, daß Bob nichts von den geschäftlichen Transaktionen mit Crawford hatte verlauten lassen.

Mit einemmal schoß es ihm durch den Kopf: die Box! Und er sagte: »In die Box würde ich gern einen Blick werfen. Ist das erlaubt?«

»Erlaubt ist auch nicht, daß der Wächter Sie heraufgebracht hat und daß wir hier zusammen reden.« Largever zuckte geringschätzig die Schultern, zog aus der Uhrentasche seiner Weste eine Uhr, die an einer Kette hing, warf einen Blick auf sie, zuckte von neuem die Schultern, diesmal resignierend, und streckte das Kinn vor. »Kommen Sie mit! Die Boxen sind ein Stockwerk tiefer.« Er ging voran.

Im Fahrstuhl fuhren nur ein Bote und der Fahrstuhlführer mit ihnen. Largever sprach zu Peter mit gedämpfter Stimme: »Versprechen Sie sich davon etwas? Es sind winzige Boxen. In ihnen hat gerade ein Mantel Platz.«

»Es ist nur so ein Gedanke. Das heißt, wenn es Ihre Zeit erlaubt.«

»Meine Zeit! Gott sei Dank wohne ich nicht weit von hier. Brooklyn. Aber die Zeit eines Block Traders ist immer zu knapp. Daran habe ich mich schon gewöhnt.« Und erläuternd: »Pakete von Aktien sind eben nicht immer leicht aufzuspüren.«

Sie gingen den Flur vor bis zur Ecke und dann rechts weiter, bis sie an eine Tür mit der Aufschrift ›Checkroom B‹ kamen. Es war ein sehr großer Raum. Die Boxen waren in Reihen angeordnet.

Nelson Largever bedeutete Peter zu warten. Er verschwand in der vierten Reihe und kam mit einem Wächter zurück. »Hans wird uns die Box aufschließen.«

Die Box war so gut wie leer. Nur im oberen Fach lagen eine aufgerissene Packung Zigaretten, ein Kamm und eine Postkarte.

»Darf ich?« Peter warf Largever einen fragenden Blick zu, und als dieser nickte, nahm Peter die Karte aus dem Fach.

Sie hatte mit der Rückseite nach oben gelegen. Sie war unbeschriftet, bis auf eine siebenstellige Zahl, die mit der Hand in großen Ziffern quer über die ganze Seite geschrieben war.

Er drehte die Karte um und erschrak. Doch er beherrschte sich und fragte Largever, ob er sie an sich nehmen dürfe.

»Warum nicht, wenn Sie mit ihr etwas anfangen können«, antwortete Largever gleichgültig und sah erneut auf seine Uhr. »Es tut mir leid, aber ich muß wieder nach unten.«

Im unteren Stockwerk verabschiedete er sich: »Viel Glück. Halten

Sie mich auf dem laufenden.« Er war schon an der Tür, die in Richtung ›Trading floor‹ führte, da drehte er sich noch mal um. »Fast hätte ich es vergessen: Wo kann ich Sie erreichen, wenn sich noch etwas ergeben sollte?«

Peter rief es ihm zu, und Largever winkte flüchtig zurück und verschwand.

Als Peter im Taxi saß, holte er die Karte hervor und betrachtete sie nachdenklich. Es war ein Foto: das Porträt von Diana Lester. Darunter stand eine handschriftliche Widmung: ›Für Bob mit den besten Grüßen. Diana.‹

30

Das Taxi hielt am Eingang Central Park South. Die fünf breiten Stufen, bespannt mit dem grünen Teppich, der bis zu den Drehtüren reichte.

Seine Menschenkenntnis hatte ihn schmählich im Stich gelassen. Er hätte seinen Kopf verwettet, daß es zwischen Diana Lester und Bob keine Verbindung gegeben hatte. Wie konnte er nur so kurzsichtig gewesen sein!

Die Boutique. Der Tabak- und Bücherstand. Der Theatre Ticket Service. Die Halle. Der Palm Court. David's Laden mit Herrenmoden. Der Aufgang zur Terrace. Zweimal links, dann die drei Lifts.

Diana Lester war auch im Leben eine perfekte Schauspielerin. Doch er würde sie festnageln.

Im Lift ein grauhaariges Paar, beide klein und mit zufriedenem Gesichtsausdruck, ein dicker Bellman in seiner blauen, goldverzierten Uniform, sein Name ›James‹ auf die Brusttasche gestickt, ein farbiger Arbeiter im Overall mit einem Werkzeugkasten in der Hand.

Die Zahl auf der Rückseite des Autogrammfotos konnte eine Telefonnummer sein. Ihre Telefonnummer? Er wollte es auf einen Versuch ankommen lassen.

Die Zwölfeinundvierzig. Der Lüster. Der Sekretär. Das blaue Bett mit der hellen, blau durchwirkten Tagesdecke. In gleichen Farben und Mustern der Vorhang am Fenster, schwungvoll drapiert und schwer fallend.

Peter schob das Fenster hoch. Er brauchte Luft. Er trat ans Telefon, tippte die Neun, und als der Dial Ton einsetzte, die Zahl, die auf der Rückseite der Karte stand.

Es dauerte eine Weile, dann wurde abgehoben. »Yes?« Eine hohe Stimme.

»Mit wem spreche ich?«

»Wen wollen Sie denn sprechen?« Die Stimme klang selbstbewußt.

»Miß Lester«, sagte er zögernd und wartete gespannt auf die Reaktion.

»Und wer sind Sie?« fragte die hohe Stimme beharrlich.

»Mein Name ist Snyder«, log er, »ich bin von der Presse.« Der Trick mit der Presse zog bei Leuten vom Showgeschäft noch immer am besten, das hatte ihm der gestrige Abend bewiesen.

»Einen Moment, Mister Snyder.« Naka legte den Hörer neben den Apparat und ging den Flur vor zu Dianas Arbeitsraum.

Wenig später nahm Diana das Gespräch entgegen. »Hello?« Ihre Stimme klang verschlafen.

Peter nannte seinen richtigen Namen.

»Der Mann von gestern abend?« Es klang ärgerlich.

»Ja, der Mann von gestern abend. Er hat heute eine Überraschung für Sie.«

»Sparen Sie sich Ihre Worte, ich habe keine Zeit.«

»Ich bin sicher, daß Sie Zeit haben werden. Es ist nämlich eine sehr große Überraschung. Ich lasse mich nicht mehr abschütteln.«

»Sagen Sie, was Sie von mir wollen. Aber machen Sie schnell, sonst lege ich auf.«

»Das werden Sie nicht tun. Und was ich von Ihnen will, das werde ich Ihnen persönlich sagen.«

»Worum geht es, verdammt noch mal?« Sie hob die Stimme an.

»Um Bob«, antwortete er kurz. »Also wann?«

Sie schwieg.

»Wann?« wiederholte er. »Heute nach der Vorstellung?«

»Okay«, antwortete sie kaum vernehmlich.

»Soll ich Sie abholen?«

»Nein. Nein, das auf keinen Fall.«

Sie dachte kurz nach. »Kennen Sie Dorrian's? Vierundachtzigste Ecke Second Avenue.«

»Ich werde es finden. Und wann?«

»Um zehn.«

31

Eine dunkle Sonnenbrille verdeckte ihre Augen völlig. Als sie durch die beiden Pendeltüren das nur schwach erleuchtete Lokal betreten hatte, blieb sie einen Moment stehen. Sie mußte sich erst an das dämmerige Licht gewöhnen.

Peter ging auf sie zu. »Gut, daß Sie gekommen sind.« Er dämpfte die Stimme.

Sie sah ihn nur flüchtig an und gab keine Antwort.

»Wir sitzen in der hintersten Ecke«, sagte er, »ist es Ihnen recht?« Er tat, als nehme er ihre Abneigung gegen ihn nicht wahr.

Als sie auch weiterhin schwieg, sagte er: »Dort hinten neben dem Kamin« und ließ sie mit einer Geste vorangehen.

Das Lokal hatte nicht mehr als dreißig kleine Tische. Die Wände, die Decke und die langgestreckte Theke waren in sehr dunklem Holz gehalten, nur die dicken, polierten Tischplatten waren hell. Von der Decke hingen Tiffanylampen aus Favrile-Glas mit gelben Glühbirnen, und auf den Tischen standen Kerzen in offenen roten Gläsern.

Die fünf Tische um den weißgekalkten offenen Kamin, in dem Holzfeuer prasselte, waren vom übrigen Lokal durch eine halbhohe Barriere getrennt.

Peter nahm Diana den Mantel ab und legte ihn neben sich auf die Eckbank. Er hatte bemerkt, daß ein paar Gäste den Blick kurz gehoben hatten, als Diana durch das Lokal gegangen war. Doch sie hatten sich sofort wieder abgewandt. Hier oben in Yorkville war man diskret. Diana hatte richtig entschieden, als sie das ›Dorrian's‹ vorgeschlagen hatte.

»Hier gibt es eine vielversprechende Speisekarte«, sagte Peter, während er sich setzte.

»Ich esse nichts.«

»Aber Sie müssen doch hungrig sein, nach der anstrengenden Vorstellung.«

»Ich bin nicht gekommen, um mit Ihnen zu essen. Ich bin nur gekommen, um mir anzuhören, was Sie mir zu sagen haben.«

»Die Fronten sind also klar verteilt.«

»Welche Fronten?« fragte sie streitbar.

»Sie sind gegen mich, und ich bin, na, sagen wir, noch nicht gegen Sie.«

»Mir ist egal, ob Sie gegen mich sind oder nicht. Sie interessieren mich nicht. Mich interessiert nur, was Sie mir zu sagen haben. Fangen Sie an.«

Die Bedienung trat heran. Eine junge, gutgewachsene Puertoricanerin.

»Darf ich Ihnen wenigstens einen Drink bestellen?« fragte Peter Diana.

»Sweet vermouth on the rocks with a twist of lemon«, sagte Diana zur Bedienung, die die Bestellung zuvorkommend wiederholte. Er bestellte sich einen Whisky.

»Also, was haben Sie mir zu sagen?« Diana lehnte sich zurück. Die Sonnenbrille ließ nicht erkennen, ob sie ihn ansah.

»Sie haben gestern nicht die Wahrheit gesagt.« Sein Blick schien an der Sonnenbrille abzuprallen.

Sie schwieg.

Da er nicht weitersprach, sagte sie anzüglich: »Sind Sie ein Richter? Ein deutscher Richter?«

»Nein«, sagte er ruhig und ließ keinen Blick von ihr.

Es trat eine Pause ein. Sie schienen einander abzuschätzen.

»Sie spielen sich aber so auf«, setzte sie scharf fort.

Er schwieg und sah gegen die Sonnenbrille.

»Sie spielen sich auf wie ein gottverdammter deutscher Richter.« Sie ärgerte sich, daß er nicht reagierte. Sie spürte, daß sie ihm unterlegen war, und wollte ihn verletzen.

Er sagte noch immer nichts. Er sah sie nur unbeweglich an und dachte: Ja, sie hat wirklich die schönsten grünen Augen, die ich kenne.

»Sie spielen sich auf wie ein gottverdammter deutscher Nazirichter!« Sie hatte sich kaum noch in der Gewalt.

Wieder trat eine Pause ein.

»So sagen Sie doch endlich was, Sie deutscher Nazirichter!« In ihrer Stimme schwangen Haß und Angst mit.

Er antwortete nicht. Doch nach wie vor ruhte sein Blick auf ihr.

Die Getränke kamen. Er hob ihr sein Glas entgegen: »Cheers!«, doch sie trank, ohne ihn zu beachten.

»Ich mag die Deutschen nicht. Sie haben recht, ich bin gegen Sie.« Sie hatte sich wieder gefangen. Ihre Stimme klang leise, aber bestimmt.

»Und warum nicht?« Er sah sie unaufhörlich bewegungslos an.

»Warum? Das fragen Sie noch! Haben denn die Deutschen nicht Millionen von unschuldigen Menschen umgebracht?«

»Ich nicht. Ich war zu Beginn des Krieges gerade acht Jahre alt. Und am Ende gerade vierzehn.«

»Aber Sie sind Deutscher!«

»Und Sie sind Amerikanerin« sagte er leidenschaftslos.

»Na und?« Es klang herausfordernd.

»Hat Amerika denn nicht auch den Tod von Hunderttausenden unschuldiger Menschen auf dem Gewissen?«

Wieder trat eine Pause ein, und sie ließen keinen Blick voneinander.

Dann sagte sie: »Aber die Deutschen haben grundlos gemordet!«

»Und die Amerikaner?« entgegnete er. »War deren Alibi denn immer stichhaltig?«

Als sie nicht antwortete, fuhr er fort: »Und bleibt Mord denn nicht Mord? Gibt es für Mord überhaupt eine Entschuldigung?«

»Aber Sie versuchen doch gerade die Kriegführung von Amerika gegen das sinnlose Morden der Deutschen aufzurechnen.« Aus ihr sprach Feindschaft.

»Nein«, sagte er besonnen, »das versuche ich nicht. Ich verurteile jeden Mord. Jeden einzelnen. Egal, wer ihn auf dem Gewissen hat. Und das sinnlose Morden, dessen sich viele Deutsche unter Hitler schuldig gemacht haben, verurteile ich genauso abgrundtief wie Sie, Diana. Ich wollte nur aufzeigen, daß man nie ein pauschales Urteil fällen sollte. Und schon gar nicht über Generationen hinweg.« Er ließ sie nicht aus den Augen und sagte leise: »Meine Eltern sind beide bei einem Luftangriff ums Leben gekommen. In einem Hospital. Bei einem amerikanischen Luftangriff auf Frankfurt.« Er setzte hinzu, ohne die Stimme anzuheben: »Kann ich für ihren Tod denn Sie verantwortlich machen, Diana? Nur weil Sie Amerikanerin sind?«

Sie schwiegen, und ihre Blicke gingen ineinander über.

Und nach einer schier endlosen Pause sagte sie: »In welchem Zusammenhang soll ich gestern nicht die Wahrheit gesagt haben?« Es klang beinahe versöhnlich.

»Im Zusammenhang mit Bob Kellermann natürlich. Sie haben so getan, als hätten Sie den Namen noch nie gehört.«

»Und ich bleibe auch dabei: Ich kenne keinen Bob Kellermann.«

»Ich habe eine Bitte.« Er zog ein leeres Blatt Papier und einen Bleistift aus seiner Jackentasche und schob ihr beides hin. »Schreiben Sie bitte die Zahlen von eins bis zehn auf das Blatt. Dann können Sie mich vielleicht überzeugen.«

»Ich wüßte nicht, warum.« Sie schob das Blatt mitsamt dem Bleistift von sich.

»Nur so. Zum Spiel.«

»Ich bin auch nicht zum Spielen gekommen.«

»Aber Sie sind freiwillig gekommen.« Er beobachtete sie scharf. »Oder etwa nicht?«

Sie überlegte. Dann sagte sie: »Okay, geben Sie her« und schrieb die Zahlen schnell hintereinander. »Und jetzt? Habe ich Sie jetzt überzeugt?« Sarkastisch, von oben herab.

Er nahm das Blatt an sich. »Wir werden sehen.« Er griff noch mal in seine Tasche und holte die Karte mit ihrem Porträt und ihrer Widmung hervor. »Bleiben Sie auch jetzt noch dabei, daß Sie Bob nicht gekannt haben?« Er legte die Karte vor sie auf den Tisch.

Sie warf nur einen flüchtigen Blick darauf. »Eine Autogrammkarte! Ein schlagender Beweis!« Sie verhöhnte ihn und konnte kaum an sich halten, ihm deutlich zu zeigen, wie sehr sie sich ihm mit einemmal überlegen fühlte.

»Immerhin eine Autogrammkarte mit einer sehr persönlichen Widmung.« Er las die Widmung vor: »›Für Bob mit den besten Grüßen. Diana.‹ Schreiben Sie denn jede Widmung so persönlich?«

»Viele. Sehr viele.« Und geringschätzig: »Sie haben ja keine Ahnung.«

»Und verschenken Sie auch zu jeder Widmung Ihre Telefonnummer?« Er drehte die Karte um, so daß die Telefonnummer zu sehen war, und legte das Blatt, das sie eben beschrieben hatte, daneben. »Ich glaube, auch ein Laie sieht es: Die Telefonnummer hat Ihre Handschrift.«

Sie schwieg. Ihr Blick war haßerfüllt. Sie fühlte sich hintergangen.

Er glaubte, ihre Gedanken zu kennen, und sagte ernsthaft: »Es blieb mir nichts anderes übrig. Ich mußte Sie die Zahlen vorher schreiben lassen. Verzeihen Sie bitte.«

Sie antwortete noch immer nicht, und er sprach weiter: »Können Sie sich jetzt vielleicht an Bob Kellermann erinnern?«

»Nein.« Sie sah an ihm vorbei und nahm einen großen Schluck aus ihrem Glas.

»Ich glaube Ihnen nicht.« Er sprach leise.

»Das ist mir egal.«

»Das bezweifle ich. Sie haben immerhin einen guten Namen zu verlieren.«

»Ich möchte jetzt gehn.«

»Bob ist wahrscheinlich ermordet worden. Sein Rückgrat war gebrochen. Seine Zähne waren eingeschlagen. Dafür gibt es eine Zeugin.«

»Ich möchte jetzt gehn!« Sie wollte sich ihren Mantel von der Bank nehmen, doch seine Hand hielt den Mantel fest.

»Bobs Leiche ist verbrannt worden«, sagte er, ohne sie aus den Augen zu lassen, »auf eine telefonische Anweisung hin, die eine Frau gegeben hat. Die Stimme der Frau hat geklungen wie Ihre Stimme, Diana. Ich habe die Aussagen der Zeugin getestet.«

»Lassen Sie meinen Mantel los!«

»Und auf dieser Autogrammkarte steht Ihre Telefonnummer in Ihrer Handschrift.« Er hielt ihr die Karte flüchtig entgegen und steckte sie ein. »Und Sie bestreiten beharrlich, den Namen Bob Kellermann zu kennen. Ist das nicht eigenartig genug für eine interessante Meldung in der Presse?«

»Lassen Sie endlich meinen Mantel los!«

»Nach unserem Telefongespräch heute am Spätnachmittag bin ich nach Queens hinübergefahren und habe Blumen auf seine Urne gelegt. Es lag schon ein Strauß dort. Der Friedhofswärter sagte mir, der Strauß sei von dem Boten eines Blumenladens gebracht worden. Soll ich der Sache nachgehen, Diana?«

Er erhob sich, hielt ihr den Mantel auf, und sie schlüpfte hinein, ohne ihn anzusehen.

Sie schlug den breiten Kragen hoch, als wolle sie sich in ihm verkriechen, und ließ Peter grußlos stehen.

Draußen auf der Straße ging sie zwei Blocks in Richtung Midtown, dann winkte sie sich ein Taxi heran. Ihre Gedanken überschlugen sich.

Peter Stolberg. Ein Mann, den sie verfluchte. Warum nur hatte sie sich dazu überreden lassen, die Zahlen auf den Zettel zu schreiben?

Warum hatte sie ihn angehört? Warum war sie nicht einfach ohne Mantel aus dem Lokal gegangen?

Peter Stolberg. Ein Mann, der sie beunruhigte. War es seine ruhige, überlegene Art? Seine Unerbittlichkeit, mit der er den Tod seines Freundes aufzudecken versuchte? Seine Männlichkeit? Seine Empfindsamkeit? Wer war dieser Peter Stolberg?

Er beunruhigte sie nicht nur, er beeindruckte sie auch. Sie wollte es sich nur nicht eingestehen. Sein Aussehen. Das kraftvolle Gesicht. Die dunklen, klaren Augen. Die angenehme Stimme.

Nein, sie wollte ihn nicht mehr wiedersehen. Sie hatte Angst vor ihm. Sie fühlte sich ihm nicht gewachsen.

Als Peter aus dem Lokal trat, zeigte seine Armbanduhr kurz nach halb elf Uhr. Diana war fort. Er überquerte die Second Avenue. Er ging gern noch ein paar Schritte durch die frische Nachtluft.

Trotz all ihrer Feindseligkeit hatte Diana ihm, wie schon bei der ersten Begegnung, ein wohliges Gefühl vermittelt. Wäre es nach ihm gegangen, er hätte das Gespräch endlos fortgesetzt. Er genoß ihre Nähe. Ihren wilden Zorn. Aber auch ihren verdeckten Charme und ihre Natürlichkeit.

Diana Lester. Er mußte sich immer wieder vorsagen, warum er mit ihr in Verbindung getreten war. Es ging ausschließlich darum, Bobs Tod aufzuklären. Nur darum. Und um nichts anderes.

Er entschloß sich, noch an P. J. Clarke's Bar vorbeizuschauen. Er brauchte jetzt Ablenkung.

32

Aufgewühlt kam Diana Lester zu Hause an. Schon im Taxi war ihr klargeworden, daß sie heute die vier-sieben-acht-neun-neun-neun anrufen würde.

Sie konnte es nicht mehr allein verkraften.

In Nakas Zimmer brannte kein Licht mehr. Diana stürzte hastig einen doppelten Whisky hinunter, um sich Mut für das Telefongespräch zu machen.

Dann entkleidete sie sich betont langsam und nahm ein heißes Bad, nur um das Gespräch noch ein wenig hinauszuschieben.

Als sie sich endlich das Telefon ans Bett zog, zeigte die schmale silberne Weckuhr auf dem Nachttisch ein Viertel nach elf Uhr.

Mit zitternder Hand tippte sie die Nummer und preßte den Hörer ans Ohr.

Es schien eine Ewigkeit zu dauern, dann wurde auf der Gegenseite abgenommen.

»Hello?« Ärgerlich die volle, männliche Stimme, die ihr nach wie vor durch und durch ging.

Sie nahm all ihren Mut zusammen und meldete sich: »Ich bin es, Boy.«

»Baby?« Mit einemmal klang die Stimme voller Interesse.

»Ja, ich, Boy. Entschuldige, wenn ich so spät...«

»Wo bist du, Baby? Bist du okay, Baby? Sag sofort, daß du okay bist!« Hastig und in Sorge.

»Ja, ich bin okay, Boy. Und ich rufe von zu Hause aus an.«

»Dann bin ich beruhigt.« Er atmete auf. »Erzähl, was passiert ist. Es ist doch was passiert? Wenn du diese Nummer nach Jahren plötzlich anrufst, muß doch was passiert sein, habe ich recht?«

»Ja, du hast recht, Boy.«

»Nach wieviel Jahren rufst du hier an, Baby? Nach fünf? Oder mehr?«

»Ist doch egal.«

»Und ich habe schon geglaubt, du kennst die Nummer gar nicht mehr. Also erzähl, was passiert ist.«

»Das weißt du besser als ich.« Sie wollte sich zur Kühle zwingen, aber es gelang nicht.

»Was meinst du? Die Geschichte vor ein paar Tagen?«

»Ja.«

»Aber die ist doch ausgestanden, Baby. Völlig ausgestanden.«

»Nein, Boy. Nicht für mich.«

»Du hast nichts zu befürchten. Nicht das geringste. Glaub mir, Baby.«

»Nein, ich glaube dir nicht mehr.«

»Es ist alles ein Irrtum. Ein verteufelter Irrtum. Du mußt mir vertrauen, Baby. Hörst du? Du mußt!«

»Nein, Boy, das ist aus.«

»Wie kann ich es dir nur beweisen, Baby…« Es klang verzweifelt.

»Du kannst mir nichts mehr beweisen. Das weißt du sehr gut.«

»Verrückt. Es ist einfach verrückt!« Und mit einschmeichelnder Stimme: »Haben wir uns nicht immer vertraut? Blind vertraut! Haben wir uns jemals einander etwas beweisen müssen? Na, siehst du! Komm zu dir, Baby! Sieh mal, wenn schon wir beide einander nicht mehr vertrauen würden – wer könnte es wohl dann noch?« Und eindringlich leise: »Baby!«

»Sein Rückgrat war gebrochen. Seine Zähne waren eingeschlagen.«

»Es ist ein Irrtum! Ein verteufelter Irrtum!« Beschwörend, als könne er sie auf diese Weise beeinflussen.

»Es war Mord. Und es gibt eine Zeugin!«

»Was?« Er war verwirrt, und es dauerte ein paar Sekunden, bis er fragte: »Was sagst du da? Eine Zeugin?«

»Ja, eine Zeugin. Eine Zeugin, die meine Stimme erkannt hat.«

»Deine Stimme? Erzähl im einzelnen.« Argwöhnisch und im nächsten Atemzug wieder schmeichelnd: »Hörst du, Baby? Du mußt mir alles ganz genau erzählen.«

»Ja, du sollst es wissen«, antwortete sie leise und angewidert, und dann berichtete sie ihm von ihren beiden Begegnungen mit Peter Stolberg.

Nachdem sie geendet hatte, blieb es ein paar Augenblicke still in der Leitung. Dann sagte er mitfühlend: »Du hast Angst vor ihm.«

Als sie keine Antwort gab, fragte er: »Hast du Angst vor ihm, Baby?«

»Ja, ich habe Angst vor ihm«, sagte sie fast unhörbar.

»Ich werde die Sache in Ordnung bringen«, antwortete er mit beruhigender Stimme. »Du sollst keine Angst mehr haben müssen, Baby. Wenn du morgen erwachst, ist der ganze Spuk vorbei. Du kannst mich beim Wort nehmen.«

»Boy!« Es klang wie ein verzweifelter Aufschrei.

»Ja, Baby?« fragte er betont ruhig.

»Boy! Du willst ihn doch nicht...? Nein, Boy, das darfst du nicht! Nein, das darfst du nicht tun! Sag, daß du es nicht tun wirst! Nicht noch einmal, Boy!«

»Du verrennst dich da in was, Baby. Ich habe diesen Kellermann nicht getötet. Hörst du? Ich habe es nicht getan!«

»Du kannst mir erzählen, was du willst. Jetzt geht es um Stolberg. Und ich lasse es nicht zu, daß du ihn... du würdest alles zerstören! Dein Leben und auch meins! Alles!«

»Keine Angst, Baby, es wird alles gut.«

»Schwöre sofort, daß du ihn nicht...«

»Allright, ich schwöre. Ist dir jetzt wohler?«

»Nein. Denn du hast mich schon viel zu sehr in die Sache mit hineingerissen. Ich bin nur noch ein Schatten meiner selbst.« Sie machte eine Pause, ehe sie fortfuhr: »Und du hast...« Sie kämpfte mit den Tränen.

»Sprich dich ruhig aus, Baby. Ich bin für dich da.«

»...und du hast mir noch vor vier Tagen geschworen, daß die Sache für mich ausgestanden ist! Geschworen bei deinem Leben!«

»Ja. Und sie wird für dich auch ausgestanden sein, Baby. Du brauchst keine Angst mehr zu haben.« Und rücksichtsvoll: »Hast du dir denn Gedanken gemacht, wie ich dich vor diesem Stolberg schützen könnte? Soll ich ihn zur Rede stellen? Ihm drohen?«

»Ich weiß es nicht.« Sie schluckte. »Ich weiß nur, daß ich durch dich in eine Sache hineingeraten bin, aus der ich nicht mehr herausfinde. Und nur das wollte ich dir sagen. Sonst nichts. Nur deshalb habe ich dich jetzt angerufen. Aber es war das letztemal. Ich werde mich nie wieder bei dir melden. Und ich habe nur eine einzige Bitte: Laß mich in Frieden.« Sie schluckte von neuem. »Wir werden nie mehr zusammengehören. Nie mehr!«

«Aber, Baby! Mach keine Dummheit, Baby! Hörst du?«

»Zwecklos, Boy. Du bist für mich gestorben.«

»Baby! Versprich mir, daß du keine Dummheit...«

»Ich verspreche dir gar nichts. Nie mehr!«

»Stop! Nur eine Frage noch, bevor du auflegst!« Seine Stimme klang mit einemmal fremd.

»Beeil dich.«

»Als du in diesem Krematorium angerufen hast – am Montag –, mit wem hast du da gesprochen?«

»Was soll das?«

»Mit wem, Baby? Ich muß es wissen!«

»Mit dem Funeral Director«, sagte sie zögernd.

»Und mit sonst niemandem? Denk mal nach.«

»Zuerst natürlich mit der Sekretärin.«

»Danke, Baby. Und bitte mach keine Dummheit! Wenn du eine Dummheit begehst, müßte ich sehr, sehr traurig sein. Hörst du?«

Doch sie hörte seine letzten Worte nicht mehr. Sie hatte aufgelegt.

33

Als er erkannte, daß die Leitung tot war, drückte er mit der einen Hand die Gabel hinunter, ließ sie wieder los, zog sich mit der anderen vom Nachttisch einen Zettel heran, auf dem er eine Nummer notiert hatte, und tippte sie.

»Hier Evans. Wer spricht?« Evans kam aus dem ersten Schlaf. Doch er witterte sofort ein Geschäft.

»Das geht Sie nichts an, Evans. Sie haben nur zuzuhören.«

»Für Scherze bin ich jetzt nicht...« Evans war unsicher.

»Das ist kein Scherz, Evans. Sie haben mich gestern angerufen. Erinnern Sie sich?«

»Ja, ich erinnere mich jetzt.« Evans klang kleinlaut. Er hatte die Stimme des Anrufers wiedererkannt.

»Also, dann hören Sie gut zu, Evans: Wie viele Sekretärinnen haben Sie?«

»Nur eine.«

»Name?«

»Lillie Flam.«

»Adresse?«

»Fünfundvierzig West Hundertundzweite Straße.«

»Erinnern Sie sich auch noch an das Telefongespräch am Montag? Als Sie den Auftrag bekamen?«

»Der Anruf der Frau?«

»Ja. Wer hat ihn entgegengenommen?«

»Ich.«

»Nicht vielleicht zuerst Ihre Sekretärin?«

»Doch, ja, natürlich.«

»Und Sie haben mir auch von diesem Stolberg berichtet.«

»Ja.«

»Kann es sein, daß Stolberg mit Ihrer Sekretärin heimlich Kontakt aufgenommen hat?«

»Davon ist mir nichts bekannt.«

»Hat er in Ihrem Büro mit ihr gesprochen?«

»Nur kurz. Nur das übliche unwichtige Zeug.«

»Kann sie seinen Namen kennen?«

»Nein. Sicher nicht.«

»Und dieser Arzt?«

»Hedgepeth?«

»Ja, Hedgepeth. Ist er zuverlässig?«

»Hundertprozentig«, sagte Evans unterwürfig.

»Das wär's.« Das Gespräch war zu Ende.

Unmittelbar darauf tippte er eine andere Nummer.

Eine rauchige, bellende Stimme meldete sich: »Was gibt's?«

»Donaldson, sind Sie's?«

»Ja.«

»Es haben sich zwei unangenehme Dinge ergeben. Stolberg. Und die Sekretärin von Evans.«

Zweites Buch

Das Mißtrauen

Fluchwürdger Argwohn! Unglückselger Zweifel!
Es ist ihm Festes nichts und Unverrücktes,
Und alles wanket, wo der Glaube fehlt.

Schiller, Wallensteins Tod

1

Der Raum war abgedunkelt. Peter Stolberg kam allmählich zu sich. Wie aus weiter Ferne hörte er ein paar Stimmen, die sich flüsternd unterhielten. Er versuchte, die Augen aufzuschlagen. Doch die Lider waren schwer und fielen ihm gleich wieder zu. Zögernd tastete er mit den Händen die nähere Umgebung ab. Er lag in einem Bett. Von neuem öffnete er die Augen. Am Fußende erkannte er schemenhaft vier Menschen.

Der erste, der zu ihm sprach, war Raoul Loussier, der Resident Manager. Rundes Gesicht. Hängebacken. Lebhafte Augen. Er hielt die Hände vor seinen Bauch und sagte väterlich leise: »Gott sei Dank, Sie leben.«

Als Peter nicht reagierte, wandte sich Loussier an seine Assistentin, eine Italienerin: »Seien Sie so lieb, Paula, und verständigen Sie Nummer elf.« Nummer elf war das Büro des General Managers. Loussier dämpfte die Stimme: »Mister Hume freut sich sicher, daß die Sache noch mal gut abgelaufen ist.« Paula nickte und verließ den Raum.

Loussier warf einen Blick zum Arzt des Hauses, Dr. Angus Gwynne, einem kleinen, schmalbrüstigen, kaum dreißigjährigen Engländer, der neben ihm stand, und sagte leise: »Sobald Sie Ihr Okay geben, wird das Haus Mister Stolberg Champagner servieren.« Und wie zu sich selbst: »Der Anlaß ist es wert.«

Gwynne beachtete Loussiers Hinweis nicht und trat ans Bett heran. Er prüfte zuerst Peters Puls und danach die Reflexe der Augen. »Gehirnerschütterung«, murmelte er kaum verständlich, ohne den Blick zu heben.

Loussier sagte als Erklärung für Peter: »Sie waren immerhin fast fünfzehn Stunden bewußtlos«, und Gwynne ergänzte: »Sagen wir lieber, Sie haben fünfzehn Stunden tief und fest geschlafen.«

Er untersuchte Peter so eingehend, wie es ihm unter den gegebenen Umständen möglich war. »Irgendwelche Schmerzen?« Leise, nur für Peter bestimmt, und Peter verneinte stumm.

Vorsichtig kontrollierte Gwynne die Halswirbel. »Alles okay?«

»Ja«, antwortete Peter, »ich fühle mich nur todmüde.«

»Das ist verständlich«, sagte Gwynne. »Ist Ihnen übel?«

»Ein wenig.«

»Können Sie den Kopf bewegen?«

Peter bewegte den Kopf. »Ja, es geht.«

»Dann wird jetzt Mister Icking ein paar Fragen an Sie stellen.« Gwynne war mit der Untersuchung zu Ende.

Barry Icking war einer der vier Hausdetektive. Ein Durchschnittstyp. Nur die Augen, hinter dicken Brillengläsern verborgen, ließen den hellwachen Beobachter erkennen.

»Ich habe Sie gefunden, Mister Stolberg«, begann Icking, »das heißt, O'Connor hat mich sofort geholt und auf Sie aufmerksam gemacht. Mein Büro ist ja direkt am Eingang für die Angestellten. Sie erinnern sich an Ihr Gespräch mit O'Connor? Er hatte in der letzten Nacht Dienst als Time Keeper. Erinnern Sie sich?«

»Ja«, sagte Peter unbestimmt.

»Sie hatten ihn gebeten nachzusehen, ob sich auf der Treppe zur Central Park South ein paar verdächtige Männer aufhalten. Ein Filipino und ein Bulliger. Erinnern Sie sich?«

Peter mußte seine Gedanken ordnen. »Ja, ich erinnere mich.«

»Ich bin Ihnen gefolgt, Sir. In den Subway Eingang. Ich bin gerade noch im letzten Augenblick dazugekommen. Ein paar Sekunden später, und...« Barry Icking zuckte die Schultern.

Loussier ergänzte für Peter: »Barry hat Ihnen wahrscheinlich das Leben gerettet. Er und seine neun Millimeter Llama. Er hat ein paar Warnschüsse abgegeben, und die Kerle haben den Rückzug angetreten.«

»Danke, Barry.« Peter versuchte ein Lächeln.

»Nichts zu danken, Mister Stolberg«, sagte Barry Icking nüchtern. »Können Sie mir bitte schon ein paar Fragen beantworten?«

»Fragen Sie.« Peter schloß kurz die Augen.

»Sind Ihnen die beiden Männer bekannt, die Sie niedergeschlagen haben? Ich meine, der Filipino und der Bullige?«

»Nein.«

»Haben Sie eine Ahnung, aus welchem Grund die beiden Sie durch das ganze Haus verfolgt haben?«

Peter zögerte mit der Antwort und entschloß sich zur Lüge: »Nein.«

»In Ihrer Suite hat einiges darauf hingedeutet, daß dort ein Kampf stattgefunden hat.«

»Ja. Die beiden haben mir dort aufgelauert.«

»Und sie haben nicht durchblicken lassen, worum es ihnen ging? Um Geld oder um was auch immer?«

»Nein.« Peter stockte. Dann sagte er mühsam: »Sie wollten mich offenbar töten.«

»Woraus schließen Sie das?«

Peter erzählte in wenigen Worten die Situation, wie der Filipino den Revolver auf ihn gerichtet und der Bullige den Filipino gefragt hatte, ob er einen Schalldämpfer auf der Waffe habe.

»Danke, Mister Stolberg.« Barry Icking kratzte sich verlegen am Hinterkopf und wandte sich an Loussier und Gwynne: »So ähnlich habe ich die Sache auch der Polizei gemeldet.« Er ließ offen, ob er Peters Angaben glaubte oder nicht.

Loussier sah Gwynne an. »Und der Champagner?«

»Nicht, solange Mister Stolberg noch eine Gehirnerschütterung hat«, antwortete Gwynne mit einem bedauernden Achselzucken für Peter und wandte sich sachlich an Loussier und Icking: »Der Patient braucht jetzt unbedingte Ruhe. Mindestens vierundzwanzig Stunden.«

»Ich muß nur noch einen Punkt klären«, sagte Loussier zu Gwynne und sprach danach zu Peter: »Ihre Suite wird selbstverständlich vorläufig bewacht. Tag und Nacht. Unsere Hausdetektive werden sich dabei abwechseln. Aber Sie werden verstehen, Mister Stolberg, daß wir Ihnen diese Bewachung nicht für immer…«

»Das ist klar«, sagte Peter. »Ich habe über das Problem schon nachgedacht. Ich möchte hier im Hotel wohnen bleiben. Hier kenne ich mich aus. Und fühle mich sicher. Aber ich möchte die Suite wechseln.

Das heißt, es ist vielleicht sogar besser, wenn Sie mich irgendwo unterbringen können, wo mich niemand vermutet.« Er sprach langsam, und die anderen spürten, daß ihm jedes Wort schwerfiel.

»In einem Einzelzimmer auf dem Büroflur vielleicht«, schlug Loussier vor.

»Irgendwo – es soll nur geheim bleiben. Jedenfalls so lange, bis ich...« Peter brach ab. ›So lange, bis ich die beiden Kerle unschädlich gemacht und Bobs Tod gerächt habe‹, wollte er sagen. Doch er behielt es für sich.

Er war fest entschlossen, die verordnete Bettruhe nicht einzuhalten. Wenn Bobs Tod überhaupt gerächt werden konnte, dann nur von ihm. Und er durfte keine Zeit verlieren. Seit seiner Ankunft in New York waren nun schon drei Tage vergangen.

Er hatte den Gedanken noch nicht zu Ende gedacht, da beugte sich Gwynne über ihn, streifte ihm ohne ein Wort der Erklärung den Ärmel hoch, und Peter spürte den Einstich einer Spritze.

»Doktor, was tun Sie da?« Ärgerlich versuchte er, sich aufzubäumen.

»Nur eine kleine Hilfe«, antwortete Gwynne freundlich, »damit Sie besser schlafen können.«

2

Ein paar Stunden nachdem Peter Stolberg wieder zu sich gekommen war, läutete in Lillie Flams kleinem Studio das Telefon. Lillie hatte es schon im Hausflur gehört. Überstürzt hatte sie die Wohnungstür aufgesperrt.

Sie meldete sich außer Atem: »Hier ist Lillie Flam.« Sie war guter Laune. Die Nacht mit Peter hatte sie den ganzen Tag über beflügelt.

»Hier ist McNelsen«, sagte Donaldson mit seiner bellenden

Stimme, doch betont freundlich, »spreche ich mit Miß Flam vom Krematorium Friedenspalme?«

»Ja, das bin ich. Ich bin gerade nach Hause gekommen.«

»Dann habe ich ja Glück. Ich bin ein Freund von Mister Stolberg und soll Ihnen eine Nachricht von ihm übermitteln.«

»Von Peter?« fragte sie freudig erregt.

Donaldson stutzte. Sie hatte ›Peter‹ gesagt! Sie kannte tatsächlich Stolbergs Namen. Sogar seinen Vornamen! Das war ein noch schlagenderer Beweis, als ihn Donaldsons Auftraggeber vermutet hatte.

Mit ihrer Frage nach ›Peter‹ hatte sie sich Donaldson ausgeliefert.

Er sagte: »Ja, von Peter.«

»Und was läßt er mir bestellen? Soll ich zu ihm kommen?« Es klang unbekümmert.

»Sie haben ihm doch geholfen, die Stimme dieser Frau zu identifizieren?« Er stellte die Frage so unverfänglich wie möglich. Lillies Antwort sollte ihm seinen Verdacht bestätigen.

»Ja, das habe ich«, antwortete sie arglos, doch im nächsten Augenblick wurde sie nachdenklich: »Warum fragen Sie?«

»Peter will Sie deshalb noch einmal sprechen.« Donaldson war sich seiner Sache jetzt völlig sicher.

»Und wo?« Mißtrauen stieg in ihr hoch.

»Nicht im Plaza. Er kommt zu Ihnen. In genau einer halben Stunde. Sie sollen unten auf ihn warten.«

»Unten?« Ihr Mißtrauen verstärkte sich.

»Ja. An der Telefonzelle Ecke West End Avenue. Er holt Sie dort ab.«

»An der Telefonzelle? Und warum kommt er nicht herauf? Oder ruft selbst an?«

»Er ist in Schwierigkeiten und braucht Sie. Er wird Ihnen dann alles erklären. Also an der Telefonzelle. In einer halben Stunde.«

»Okay«, sagte sie zögernd, und er hängte ein.

Sie steckte sich eine Zigarette an und setzte sich in ihren weichen Sessel. Sie merkte, daß sie noch den Mantel trug. Es war ihr gleichgültig. Sie dachte jetzt nur an Peter. Welche Schwierigkeiten hatte er wohl, daß er nicht selbst anrief? Und warum würde er nicht heraufkommen? Und wer war dieser McNelsen? Ein Geschäftsfreund?

Sie drückte die Zigarette halbgeraucht aus. Ein eigenartiger Anruf. Ob sie im Plaza anrufen sollte? Und wenn sie Peter dadurch in noch mehr Schwierigkeiten brachte? Unruhig trommelten ihre Finger auf der Tischplatte.

Sie zündete sich eine neue Zigarette an. Sinnlos, noch weitere Vermutungen anzustellen. Peter würde ihr bestimmt alles genau erklären.

Sie warf einen Blick auf den Küchenwecker, der zwischen den Kochbüchern auf dem kleinen Bord stand. Sie mußte los. Sie durfte Peter nicht warten lassen.

Die Telefonzelle war frei. Lillie stellte sich so, daß sowohl die Wagen, die von oben kamen, als auch die von unten sie schon von weitem sehen konnten.

Sie wartete noch keine fünf Minuten, als ein Wagen direkt auf sie zufuhr. Er hatte die Scheinwerfer grell aufgeblendet. Unwillkürlich hielt sie sich die Hand schützend vor die Augen, doch trotzdem konnte sie einen Atemzug lang nichts mehr erkennen.

Sie hörte nur, wie der Wagen neben ihr so hart bremste, daß die Reifen quietschten, und wie noch im Fahren die Tür aufgestoßen wurde.

Sie wollte zur Seite springen, da wurde sie von einer eisenharten Männerhand in den Fond gezogen.

3

Als er erwachte, lag er nicht mehr in seinem gewohnten Bett. Während er schlief, hatten sie ihn in ein anderes Zimmer gebracht.

Er stemmte den Oberkörper hoch und fühlte sich hundeelend.

Seine Armbanduhr, die auf dem Nachttisch lag, zeigte ein paar Minuten nach sieben Uhr. Er glitt vom Bett. Ihm wurde schwindelig. Auf wackeligen Beinen ging er zum Fenster und schob den schweren Vorhang zurück.

Wie die Zwölfeinundvierzig ging auch dieser Raum auf die Fifth Avenue hinaus, nur viele Stockwerke tiefer. Er schätzte, daß er sich höchstens im dritten Stockwerk befand. Draußen dämmerte der Morgen. Er hatte noch mal ungefähr fünfzehn Stunden geschlafen.

Er inspizierte den Raum. Ein Einzelzimmer, luxuriös eingerichtet wie die Suite. Im Ankleideraum hingen seine Anzüge. Im Badezimmer lagen seine Toilettensachen.

Er sah prüfend in den Spiegel. Sein Bart sproß. Er drehte den Hahn voll auf und ließ sich das kalte Wasser über den Nacken laufen, um zu sich zu kommen. Dann rasierte er sich und kleidete sich an.

Er war nicht gewillt, die Forderung des Arztes zu erfüllen und mindestens vierundzwanzig Stunden zu ruhen. Er spürte, daß die Zeit drängte, wollte er die Hintergründe um den Tod des Freundes aufklären.

Übelkeit überkam ihn. Ermattet ließ er sich in einen der tiefen Sessel fallen. Seine Stirn war von kaltem Schweiß bedeckt. Die Augenlider wurden ihm bleiern schwer.

Er zwang seine Gedanken, ihm zu gehorchen. Zwei Männer hatten versucht, ihn zu töten. Männer, die ihm fremd waren. Keiner der beiden hatte eine Nase wie Sammy Davies. Männer, denen er bei seinen Ermittlungen zu nahe gekommen war? Gedungene Killer?

Im Auftrag von Evans? Von Hedgepeth, dem Arzt? Von Diana Lester?

Er erschrak. Diana Lester, Auftraggeberin für einen Mord? Nein, er weigerte sich, auch nur einen Augenblick daran zu denken.

Gewiß, sie spielte nicht mit offenen Karten. Aber Mord? Nein, sie war nicht die Frau, die ein derart doppeltes Spiel trieb. Ihre Augen bewiesen es.

Die Killer aber blieben eine Tatsache, aus welcher Ecke sie auch kamen. Sie würden ihn weiterhin jagen. Er mußte sich vor ihnen schützen. Er durfte sich nicht mehr frei und leichtgläubig bewegen. Und er brauchte eine Waffe.

Er war in eine Situation geraten, die für ihn gefährlich enden konnte.

Er zog sich den Hotelblock und den Bleistift vom Schreibtisch heran. In Stichworten notierte er, was er bisher über Bobs Tod in Erfahrung gebracht hatte. Eine direkte heiße Spur war nicht darunter.

Noch am aussichtsreichsten war zweifellos die Verbindung zu Lillie Flam. Sie konnte ihm den versprochenen Kontakt zu Ric Lisciandrello vermitteln, dem Funeral Manager des Krematoriums ›Friedenspalme‹, der nicht in Evans' dunkle Geschäfte verwickelt zu sein schien.

Außerdem gab es noch den Hinweis von Hedgepeth, daß die Leiche angeblich in der Nähe des Central Park Zoos entdeckt worden war. Unter Umständen wußte einer der Wärter etwas Näheres.

Und mit Diana Lester wollte er wieder nach ihrer Vorstellung sprechen. Nicht nur weil er ihre Nähe suchte. Auch weil er glaubte, sie könne ihn selbst jetzt noch auf eine Spur bringen. Glaubte er es wirklich?

Der Doorman vom Parc Five! Ihn hatte er vergessen! Er spürte, wie es ihn heiß durchfuhr. Wie konnte er den Doorman nur vergessen! Seine Aussage war wichtig. Gleichgültig, was sie ergeben sollte. Schließlich war er der Mann, der zu Bob täglichen Kontakt gehabt hatte.

Peter setzte ihn an die erste Stelle seiner Liste.

Er ging in den Ankleideraum und zog sich den Mantel über. Zuerst würde er sich auf der Lexington Avenue eine Webley siebenkomma-fünfundsechzig kaufen und dann zum Parc Five gehen.

Er nahm die Kette von der Tür und schloß auf.

»Entschuldigen Sie, Sir! Ich dachte, Sie schlafen.« Barry Icking versperrte ihm den Weg.

»Sie sehen, ich bin wieder auf den Beinen.«

»Aber Sie wollen doch nicht etwa…?« Icking deutete mit dem Daumen über die Schulter zum Lift.

»Doch, ich will.« Peter machte Anstalten, an Icking vorbeizugehen, doch der stellte sich ihm von neuem in den Weg.

»Tut mir leid, Sir, aber ich habe den strikten Auftrag, Ihnen unseren Schutz...«

»Und ich bin immer noch Hotelgast und gehe hin, wohin ich will.«

»Auf Ihre Verantwortung, Sir.« Icking zuckte bedauernd mit den Schultern. »Dann werden wir also Ihre Bewachung aufheben.« Doch er blieb vor Peter stehen.

»Allright. Und nun lassen Sie mich vorbei.«

»Ich will Sie nur noch darauf hinweisen, daß Sie zu Ihrer eigenen Sicherheit möglichst nicht einen der Hauptausgänge benützen sollten.«

»Keine Angst. Ich nehme den Transporteingang.«

4

Das Parc Five war eines der überaus vornehmen Appartementhäuser an der Fifth Avenue, dort, wo der Central Park seinen Anfang nimmt.

Frantisek Karel Nemecek war mit dem Parc Five sein Leben lang verbunden. Schon sein Vater war dort angestellt, als eine Art Hausdiener, wenige Zeit nachdem er mit seiner Frau von Prag nach New York ausgewandert war.

Frantisek Karel, der in Brooklyn geboren wurde, begann im Parc Five als Laufbursche, wurde später Liftman, und seit nunmehr zwanzig Jahren bildete die luxuriöse Eingangshalle sein unumschränktes Reich; er war Doorman. Alle, die ihn kannten, nannten ihn nur kurz Frants, wobei sie das ›a‹ wie ›ä‹ aussprachen.

Zu Bob Kellermann hatte Frants Nemecek keine besondere Beziehung gehabt. Bob war für ihn ein Bewohner des Hauses, nichts anderes. Und den Hausbewohnern trat er respektvoll zuvorkommend entgegen und erledigte manchmal auch ihre persönlichen Wünsche, doch stets nur nach dem Prinzip, nicht in ihr Privatleben einzudringen.

»Sie erinnern sich an mich, Frants?« Peter stand vor ihm neben dem Empfangstisch.

»Ja, Sir. Sie waren ein Freund von Mister Kellermann.«

»Das erleichtert unser Gespräch«, sagte Peter und erzählte ihm mit ein paar Worten, warum er hier war.

»Tut mir leid, Sir, aber ich werde Ihnen kaum weiterhelfen können.«

»Aber Sie können mir vielleicht ein paar Fragen beantworten, Frants, zum Beispiel, wann Sie Mister Kellermann zuletzt gesprochen haben.«

»Oh, damit berühren Sie gleich den entscheidenden Punkt, Sir.« Frants schob sich die Uniformmütze aus der Stirn. »Ich habe Mister Kellermann am Sonntag abend das letztemal gesprochen. Er war ziemlich... na ja, ziemlich mitgenommen.« Er überlegte kurz, ob er die Begegnung im einzelnen schildern sollte, entschloß sich aber anders und sagte wie abschließend: »Und dann habe ich ihn nie mehr gesprochen, Sir.«

»Wann haben Sie erfahren, daß er tot ist?« Peter hatte das unbestimmte Gefühl, daß Frants ihm etwas verschwieg.

»Noch in der Nacht zum Montag.«

»Noch in der gleichen Nacht? Durch wen?« Peter sah den anderen ungläubig an.

»Durch die zwei Männer, die seine Leiche geholt haben, Sir«, antwortete Frants unbefangen.

»Zwei Weiße?«

»Ja, Sir.«

»Hatte einer der beiden eine platte Nase wie Sammy Davies?«

»Lassen Sie mich nachdenken, Sir. Ja, Sie haben recht.«

»Kannten Sie die beiden?«

»Nein, Sir.«

»Was haben die beiden gesagt?«

»Sie waren vom städtischen Beerdigungs-Department. Sie haben nur gesagt, daß sie beauftragt seien, Mister Kellermanns Leiche abzuholen. Das ist alles, was ich Ihnen sagen kann, Sir.«

»Moment mal, Frants! Sie sprechen noch am Abend mit Mister Kellermann, und nichts deutet darauf hin, daß er wenig später tot sein könnte. Ein paar Stunden danach aber läuten zwei fremde Männer Sie nachts heraus, um Mister Kellermanns Leiche abzuholen, und Sie sagen vielleicht nur: ›Okay, Appartement sieben D‹ und händigen den Fremden womöglich auch noch die Schlüssel aus. Ist das nicht reichlich ungewöhnlich?«

»Es war etwas anders, Sir«, sagte Frants verlegen.

»Na, sehen Sie, Frants, dann können Sie mir ja doch weiterhelfen.« Peter hatte den anderen dort, wo er ihn haben wollte. »Erzählen Sie mir alles, Frants. Ohne etwas auszulassen.«

»Am Sonntagabend... ich meine, als ich Mister Kellermann zuletzt gesprochen habe...« Frants stockte. Das Blut schoß ihm in den Kopf. Er wußte nicht, wie er beginnen sollte.

Peter kam ihm zu Hilfe: »Um wieviel Uhr war das, Frants?«

Frants überlegte. »Etwa gegen halb sieben Uhr, Sir.«

»Sie haben vorhin angedeutet, Mister Kellermann sei ziemlich mitgenommen gewesen. Erklären Sie es mir.«

»Wie soll ich sagen... er konnte sich kaum noch auf den Beinen halten, Sir.«

»Heißt es, daß er betrunken war?«

»Nein, Sir, auf keinen Fall.«

»Oder fühlte er sich elend?«

»Das eher, Sir. Deshalb mußte er wohl auch gestützt werden.«

»Von Ihnen?«

»Nein, von seiner Begleiterin.«

»Von seiner Begleiterin?« Peter glaubte, einen Schlag gegen den Magen erhalten zu haben. Im nächsten Augenblick aber war er verdrossen und hoffnungsfroh zugleich. Warum nur hatte er nicht sofort am ersten Tag ein Gespräch mit Frants geführt! Denn er war sich jetzt sicher, durch ihn entscheidend voranzukommen.

»Kannten Sie seine Begleiterin, Frants?« Peter sah den anderen durchdringend an.

»Sie ist eine sehr schöne Dame. Aber sie hatte ihr Gesicht immer mit einer großen dunklen Sonnenbrille verdeckt.«

»Ob sie Ihnen bekannt war, will ich wissen.«

»Ja, Sir. Sie ist eine bekannte Persönlichkeit. Eine Schauspielerin.«

»Wissen Sie auch ihren Namen?«

»Nein, Sir. Ich interessiere mich nicht für die Schauspielerei.«

»Und woher wollen Sie dann wissen, daß sie eine Schauspielerin ist?«

»Joe hat es mir gesagt. Joe ist einer unserer Liftmen.«

»Hat diese... Begleiterin am Sonntagabend... irgendeine Erklärung abgegeben, warum sie Mister Kellermann stützte?« fragte Peter.

»Nein. Sie hat nie etwas gesagt.«

»Sie ist also öfter hier ein und aus gegangen?«

»Ja.«

»Wie lange schon?«

»Ein paar Wochen schon. Und vielleicht ein-, zweimal in der Woche.«

»Zurück zum Sonntagabend, Frants. Was hat Mister Kellermann zu Ihnen gesagt?«

»Er hat nur gesagt: ›Schnell den Lift, Frants. Mir geht es nicht gut.‹ Das war alles, Sir.«

»Deuteten irgendwelche Anzeichen darauf hin, daß es ihm nicht gut ging? Außer daß er sich auf seine Begleiterin stützen mußte?«

»Ja, Sir. Sein Gesicht war blutverschmiert.«

»Blutverschmiert? Das Gesicht? Und das sagen Sie erst jetzt?«

»Entschuldigen Sie, Sir, es war mir nicht gleich eingefallen.« Frants Nemecek war völlig durcheinander.

»Noch etwas, was Ihnen an ihm auffiel?«

»Sein Jackett war zerrissen, Sir. Ziemlich zerrissen.«

»Noch etwas?«

»Nein, Sir.«

»Und dann, Frants? Was geschah dann? Erinnern Sie sich bitte an jede auch noch so unwichtige Kleinigkeit.«

»Es geschah nicht allzuviel, Sir. Ich führte Mister Kellermann zum Lift, und seine Begleiterin brachte ihn nach oben.«

»Und Sie haben ihn gar nicht gefragt, ob Sie ihm nicht sonst irgendwie helfen könnten? Zum Beispiel, indem Sie einen Arzt angerufen hätten?«

»Doch, Sir. Natürlich habe ich ihn gefragt. Aber er hat es abgelehnt.«

»Na, sehen Sie Frants. Sie haben eben doch eine wichtige Sache nicht erwähnt. Denken Sie noch einmal nach. Vielleicht fällt Ihnen noch etwas ein.«

»Nein, Sir. Es war nichts mehr.«

»Können Sie sich noch erinnern, mit welchen Worten Mister Kellermann Ihre Hilfe abgelehnt hat?«

»Nicht genau, Sir. Aber mit dem Hinweis, daß er nur Ruhe brauche und ich mit niemandem über seinen Zustand sprechen solle.«

»Und die Begleiterin... wie lange blieb sie oben?«

»Nicht sehr lange, Sir. Vielleicht zehn Minuten. Oder auch fünfzehn.«

»Und als sie das Haus verließ, hat sie da irgend etwas...?«

»Sie hat mich nicht beachtet, Sir. Sie schien es sehr eilig zu haben.«

»Und dann haben Sie nichts mehr von oder über Mister Kellermann gehört, bis die beiden fremden Männer Sie nachts herausgeholt haben?«

»Ja, so war es, Sir.«

»Wie lange hatten Sie Dienst, Frants?«

»Um acht Uhr abends wurde ich abgelöst, Sir.«

»Von wem?«

»Von Hillary.«

»Und Hillary hatte Nachtdienst?«

»Eigentlich hätte er Nachtdienst gehabt, ja. Aber seine Frau hatte um Mitternacht Geburtstag. Deshalb habe ich ab elf Uhr seinen Dienst übernommen.«

»Hatten Sie Hillary, als er sie abgelöst hat, von dem Vorfall mit Mister Kellermann erzählt?«

»Wo denken Sie hin, Sir! Mister Kellermann hatte mich doch ausdrücklich gebeten...«

»Schon gut, Frants. Und Hillary? Hat er um elf Uhr irgend etwas im Zusammenhang mit Mister Kellermann berichtet?«

»Hillary ist nicht sehr gesprächig, Sir. Er hat mir nur gesagt, daß sie wieder da war.«

»Mister Kellermanns Begleiterin?«

Frants nickte. »Als ich kam, war sie aber schon wieder weg.«

»Und die beiden Männer, die angeblich vom Beerdigungs-Department waren, um wieviel Uhr kamen sie?«

»Oh, ziemlich spät, Sir. Oder sagen wir eher, ziemlich früh am Morgen. So gegen drei vielleicht. Oder vier.«

»Haben Sie ihnen denn tatsächlich die Schlüssel ausgehändigt?«

»Aber nein, Sir. Ich bin mit den beiden nach oben gefahren.« Frants war verlegen.

Peter schien es, als rücke Frants noch immer nicht recht mit der Sprache heraus. Deshalb forderte er ihn unmißverständlich auf: »Los, Frants, erzählen Sie die Sache im einzelnen.«

»Allright, Sir. Die beiden haben also geläutet und mir über die Sprechanlage gesagt, was sie wollen. Und ich habe die Tür bei geschlossener Kette geöffnet. Sie haben einen Ausweis durch den Türspalt gehalten, und ich konnte mich von der Richtigkeit ihrer Angaben überzeugen.« Frants schien Angst zu haben, daß Peter ihn bei einem Fehler ertappen könnte.

»Wie viele Sekunden etwa konnten Sie den Ausweis betrachten?«

»Ich habe ihn genau gesehen, Sir, darüber gibt es keinen Zweifel.«

»Na schön.« Peter war sich im klaren, daß es ihm nicht nützte, wenn er Frants eine Unachtsamkeit nachwies. Er ließ das Thema fallen und sagte: »Hatten die Männer eine Tragbahre bei sich oder etwas Ähnliches?«

»Einen Leichensack, Sir. Nur einen Leichensack, sonst nichts.«

»Und Sie sind dann mit den beiden nach oben gefahren, weil...«

Peter gab Frants Gelegenheit, den Gedankengang zu vollenden, und Frants tat es auch.

Er sagte: »Mich hat Mister Kellermanns Schicksal interessiert. Ich wollte mich selbst davon überzeugen, daß er...« Er stockte.

»...daß er wirklich tot war. Ja, Frants?«

»Ja, Sir.«

»Und... konnten Sie sich davon überzeugen?«

»Ja, Sir. Mister Kellermann war tot. Ein schrecklicher Anblick. Sein Gesicht war verzerrt, seine Augen weit geöffnet.«

»Sie haben es genau gesehen, Frants?«

»Ja, Sir. Ich stand dabei, als die Männer ihn in den Leichensack schoben.«

»Dann sind Sie bisher der einzige Mensch, Frants, der bezeugen kann, daß Mister Kellermann wirklich tot ist.«

»Ich...? Der einzige...? Aber, Sir, das ist doch...! Nein, Sir, das will ich nicht sein!« Frants sprach mit kehliger Stimme. Sein Gesicht war mit einemmal wachsbleich.

»Ich kann Ihnen da nicht helfen, Frants. Sie sind wirklich der einzige Zeuge. Es ist nicht weiter schlimm.« Peter wollte ihn beschwichtigen. Doch Frants hatte den Blick niedergeschlagen und schwieg. Peter fuhr fort: »Und der wichtigste Zeuge, Frants.«

»Nein, Sir. Ich scheide als Zeuge aus.« Frants stand die nackte Angst in den Augen. »Ich stelle mich nicht als Zeuge zur Verfügung, Sir.« Und zu sich selbst: »Nein, das kann niemand verlangen.«

Peter erkannte, daß es ratsamer war, Frants Nemecek jetzt allein zu lassen. Er ging zur Tür. In der Manteltasche schlug die Webley an seinen Oberschenkel. »Vielleicht melde ich mich noch mal, Frants.«

Doch Frants gab ihm keine Antwort. Er hatte sich wieder an den Empfangstisch gesetzt und tat, als sei er in das Besucherbuch vertieft. Seine Hände zitterten.

5

Schon nach seinem ersten Gespräch mit Karin Mebius, am Mittwoch, hatte Peter sich bei dem Gedanken ertappt, der alles in Frage stellte: Ist Bob tatsächlich tot, oder ist er nur, aus welchen Gründen auch immer, irgendwo untergetaucht? Und je mysteriöser sich ihm die Begleitumstände von Bobs Tod dargestellt hatten, um so hartnäckiger hatte sich ihm dieser Gedanke aufgedrängt.

Jetzt aber, nachdem er mit Frants Nemecek gesprochen hatte, war es endgültige Gewißheit: Bob war tot.

Peter ging zurück ins Hotel. In seinem Zimmer legte er sich, wie er war, aufs Bett und schloß die Augen. Er brauchte eine Weile, um die unumstößliche Aussage des Doorman zu verkraften.

Das schrille Läuten des Telefons ließ ihn hochfahren. Am Apparat war Raoul Loussier, der Resident Manager.

»Wir haben einen Anruf für Sie, Sir. Von einer Miß Mebius. Ich habe angeordnet, daß alle Anrufe für Sie in mein Büro geleitet werden. Sie verstehen, Sir?«

»Ja. Miß Mebius ist meine Sekretärin.«

»Die Frage ist nun, sollen wir sie wissen lassen, daß Sie noch hier wohnen, Sir, oder...?«

»Danke für Ihre Bemühungen. Bitte stellen Sie das Gespräch durch.«

Ein paar Sekunden später meldete sich Karin. Er erklärte ihr, warum er sich seit beinahe achtundvierzig Stunden nicht mehr bei ihr gemeldet hatte. Als er ihr von dem Überfall berichtete, war sie entsetzt, doch es gelang ihm, sie zu beruhigen.

»Sie wissen also als einzige, wo ich zu erreichen bin, Karin.«

»Ja.« Ihre Stimme versagte vor Mitgefühl.

»Und Sie können mich jederzeit anrufen oder eine Nachricht hinterlassen. Gibt es etwas Neues?«

»Nein, Herr Stolberg. Nur schon das fünfte Telex von Heidelberg. Sie sind in Sorge um Sie. Es scheint fast, als würden sie mich dafür verantwortlich machen.«

»Lassen Sie ihnen den Spaß, Karin.« Er lachte. »Und was haben Sie ihnen zurückgetelext?«

»Ich habe sie hingehalten. Hab ihnen mitgeteilt, daß ich Sie im Moment nicht erreichen kann.«

»Das werden wir auch vorläufig beibehalten.«

»Ich habe da so meine Bedenken, Herr Stolberg. Es sieht so aus, als würde dann von Heidelberg jemand hierherkommen. Gewissermaßen, um nach dem Rechten zu sehen.«

»Das fehlte mir gerade noch.« Es klang unwillig. Ihm kam ein Gedanke: »Sagen Sie ihnen, ich habe einen Termin mit Crawford und muß noch ein paar Tage hierbleiben.«

»Geht in Ordnung, Herr Stolberg.« Sie lächelte in sich hinein. Männer wie ihn gab es sicher nicht allzu viele. Er parierte wahrhaftig jede Situation blitzschnell. »Und dann ist da noch Ihr Rückflug offen«, sagte sie sachlich, »soll ich ihn buchen?«

»Nein.« Er dachte: Wie lange werde ich wohl noch hier sein? Ein paar Tage? Wochen? Jedenfalls so lange, bis ich am Ziel bin. Egal, was dabei auf dem Spiel steht. Und zu Karin sagte er: »Ist das alles?«

»Ja.«

»Halten Sie mich auf dem laufenden.« Er legte auf und tippte gleich danach die Nummer von Evans' Krematorium.

Eine ihm unbekannte weibliche Stimme meldete sich, und er fragte nach Lillie Flam. Sie gab ihm die Auskunft, daß Lillie nicht mehr bei Evans arbeite. Er war verwundert, überlegte einen Augenblick und tippte dann Lillies Privatnummer.

Nach dreimaligem Läuten wurde abgenommen. »Wer spricht?« fragte eine fette Männerstimme gleichgültig.

»Kann ich bitte Lillie Flam sprechen?« sagte Peter. Er verschwieg absichtlich seinen Namen.

»Wer sind Sie? Ein Freund von Miß Flam?«

»Tut das etwas zur Sache?«

»Wenn Sie meine Fragen nicht beantworten, dann...«

Peter erkannte, daß der andere auflegen wollte, und unterbrach ihn schnell: »Ja, ich bin ein Freund von Lillie Flam.«

»Okay. Dann kommen Sie her. Aber innerhalb von... na, sagen wir, zwanzig Minuten.« Ein Knacken in der Leitung, und die Verbindung war unterbrochen.

Für Lillie war etwas Ungewöhnliches vorgefallen, soviel war ihm klar. Von einem Tag zum anderen den Job aufgegeben, ein Mann in der Wohnung, der sie am Telefon abschirmte – es ergab keinen Reim.

Peter nahm den Mantel und schloß die Tür hinter sich zu. Wenn er in zwanzig Minuten auf der Einhundertundzweiten Straße sein wollte, mußte er sich beeilen.

Er hatte über die Treppe schon das Mezzanin erreicht, auf dem die Büros und Empfangsräume lagen, da blieb er ruckartig stehen. Und wenn er in eine Falle lief? Wenn sie Lillie als Lockvogel benützten und seine Stimme erkannt hatten?

Er dachte angestrengt nach. Nein, die Stimme des Mannes an Lillies Telefon deckte sich mit keiner von den Stimmen der beiden Männer, die ihn hatten töten wollen. Na und? Es besagte nichts. Er mußte auf der Hut sein.

Er verließ das Plaza wieder über den Transporteingang und winkte sich ein Taxi heran. Niemand war ihm gefolgt. Siebzehn Minuten später erreichten sie die Einhundertundzweite Ecke Broadway. Er ließ anhalten. Über die Fußgängerinsel und die Fahrbahn ging er in die Einhundertundzweite hinein und die letzten dreißig Meter die Straße hinauf.

Womöglich war Lillie krank und der Mann am Telefon ein Bekannter, der sie betreute? Oder ein Verwandter? Ihr Vater?

Peter vergewisserte sich, daß niemand ihm nachging.

Die Fünfundvierzig war eines der in dieser Gegend üblichen achtstöckigen unbedeutenden Häuser mit grauer Fassade und ein paar Stufen zum Eingang hoch. Neben den Stufen türmten sich die verschnürten schwarzen Plastiksäcke voller Abfall und verstellten den Gehsteig.

Die Haustür war abgeschlossen, und es gab keine Klingeln. Er kannte das: eine Vorsichtsmaßnahme in besonders gefährdeten Wohngegenden.

Er klopfte an eines der vergitterten Fenster im Parterre, aber niemand zeigte sich. So nahm er sich vor, an der Ecke zu warten und den Eingang im Auge zu behalten, denn irgendwann würde schließlich jemand heraus- oder hineingehen, und vielleicht konnte er dann auf diese Weise ins Haus gelangen. Er setzte auf den Mann an Lillies Telefon, der ihm ja nur zwanzig Minuten zugebilligt hatte.

Er streifte die Manschette zurück. Seine Frist war schon um zwei Minuten überschritten.

Wenig später wurde die Haustür von innen geöffnet, und drei Polizisten erschienen.

Er ging mit weit ausholenden Schritten auf den Eingang zu und erreichte die Haustür gerade noch, ehe sie hinter den Polizisten wieder ins Schloß fallen konnte.

»Halt, Sir! Wohin wollen Sie?« Eine fette Stimme in seinem Rükken.

Er hatte schon einen Fuß in der Tür, blieb stehen und drehte sich ihnen zu.

»Wohnen Sie hier, Sir?« Die fette Stimme gehörte einem stämmigen Sergeant. Der drohende Unterton war unüberhörbar.

»Nein.« Peter entschloß sich zur Wahrheit. Sie wäre ohnehin mühelos nachzuprüfen gewesen.

»Und wohin wollen Sie, Sir?«

»Zu Miß Flam.«

Der Sergeant wurde hellhörig. »Sind Sie der Mann, der angerufen hat?«

»Ja.«

»Dann kommen Sie mit!« Es war ein Befehl.

Ehe Peter es sich versah, hatten sie ihn in ihre Mitte genommen. Ihm blieb keine andere Wahl, als mit ihnen zu gehen. Er dachte an die Webley in seiner Manteltasche. Hoffentlich untersuchten sie ihn nicht nach Waffen.

Sie gingen die Straße weiter hinauf. An der Ecke des nächsten Blocks stand ihr Streifenwagen.

»Steigen Sie ein!« Der Sergeant hielt Peter die Tür auf.

Peter war sich unschlüssig. Hatte er es wirklich mit Polizisten zu tun? Oder war es eine äußerst geschickte Falle, und er sollte besser so schnell wie möglich weglaufen?

»Los, steigen Sie schon ein!« Es klang grob.

Peter zögerte noch immer. Sollte er nicht doch jedes Risiko vermeiden und weglaufen? Ein geradezu selbstmörderischer Gedanke!

Er stieg ein.

6

Schreibmaschinengeklapper, Stimmengewirr, Türenschlagen, und mitten im großen, freudlosen und in einem wässrigen Grün gestrichenen und überheizten Raum das verglaste Büro des Lieutenants Pringle, eines jungen Hageren, der beinahe so groß wie Peter Stolberg war. Er war Leiter des vierundzwanzigsten Polizeibezirks.

Pringle hatte sich in seinen Stuhl zurückgelehnt und hielt einen Becher mit heißem Kaffee in der Hand, von dem er ab und zu einen kurzen Schluck trank. Das Verhör überließ er dem Sergeant mit der fetten Stimme, den er Jeff nannte.

Nachdem Peter seine ›Angaben zur Person‹ gemacht hatte, begann Jeff mit den ›Fragen zur Sache‹.

»Sie haben sich als Freund von Miß Flam bezeichnet. Erklären Sie mir das näher.«

»Ich kenne Miß Flam erst ein paar Tage.«

»Wie haben Sie sie kennengelernt?«

»Wie man ein junges attraktives Mädchen eben kennenlernt. In einem Coffee House«, log Peter. Er hatte sich vorgenommen, alles, was mit Bob zusammenhing, zu verschweigen und auch das Gespräch mit Lieutenant Sanabria nicht zu erwähnen. Er wollte erst einmal abwarten, was er hier erfahren würde.

»Warum haben Sie sie angerufen?«

»Weil ich eine Verabredung mit ihr treffen wollte.«

»Wann haben Sie sie zuletzt gesehen?«

»Vor zwei Tagen.«

»Ist Ihnen bekannt, ob Miß Flam in irgendeiner Beziehung zu Ossining gestanden hat? Ob sie vielleicht dort Freunde hatte oder Verwandte? Oder ob sie dort vielleicht einen Abendkurs besucht hat oder sonst irgendwas?«

»Sie sprechen in der Vergangenheit. Hat das was zu bedeuten?« Peter überkam eine schreckliche Ahnung.

»Beantworten Sie die Frage!«

»Ossining?«

»Eine Bahnstation der Hudson-Line.«

»Nein, ich weiß nichts davon, daß Miß Flam irgendeine Beziehung zu Ossining...« Peter stockte. »Bitte beantworten auch Sie mir jetzt meine Frage. Ich mache mir Sorgen um Miß Flam.«

»Begründete Sorgen?«

»Nur soweit sie Ihre Andeutungen betreffen.«

»Hm.« Jeff warf seinem Vorgesetzten einen fragenden Blick zu. Pringle nickte flüchtig und stürzte schnell einen Schluck Kaffee hinunter, als wollte er damit seine Verantwortung hinwegspülen.

»Miß Flam ist tot«, sagte Jeff ohne den Ton zu ändern, »sie ist in der Nähe der Bahnstation von Ossining von einem Transporter überfahren worden.«

Peter war für einen Augenblick wie versteinert. Dann sah er von einem zum anderen und sagte tonlos: »Sind Sie... sind Sie sicher, daß es sich um Miß Flam gehandelt hat?«

»Ja. Und Sie wissen ganz bestimmt nicht, weshalb Miß Flam nach Ossining gekommen sein könnte?« Jeff sah Peter durchdringend an.

»Leider nein.« Peter entschloß sich nun, seine Geschichte in allen wichtigen Einzelheiten zu erzählen. Für ihn galt es als erwiesen, daß Lillies angeblicher Unfalltod in engem Zusammenhang mit seinen Nachforschungen stand. Ausführlich schilderte er deshalb den Überfall auf sich selbst und gab von dem Bulligen und dem jungen Filipino eine klare Personenbeschreibung.

Die zwei Polizeibeamten ließen ihn gewähren. Doch ihm war, als hörten sie nur mit einem Ohr zu.

Als er geendet hatte, sagte Pringle gelangweilt: »Es war ein Unfall. Und Miß Flam hatte Schuld. Es gibt sogar eine Zeugenaussage.«

»Und warum eigentlich haben Sie mich verhört?« Peter war ungehalten.

»Belanglos.« Pringle winkte ab. »Uns hat nur interessiert: Weshalb war Miß Flam in Ossining?«

»Belanglos nennen Sie das?«

»Wir werden der Sache nachgehen, Sir.« Pringle seufzte, und es klang wie eine Verabschiedung.

»Und Sie wollen meine Angaben gar nicht zu Protokoll nehmen?« Peter sah die beiden verständnislos an.

»Okay«, sagte Pringle ungeduldig, und zu Jeff: »Spann einen Bogen ein.« Für ihn war die Angelegenheit erledigt.

Jeff öffnete für Peter die verglaste Tür. Dann ging er voraus durch den großen Raum zu seinem Schreibtisch. Peter folgte ihm. In der Manteltasche spürte er die Webley. Er dachte an Lillie. Und auf einmal überkam ihn ein Frösteln.

7

Er nahm sich ein Taxi bis zur Ecke von Tiffany's. Er wollte mögliche Verfolger abschütteln.

Von Tiffany's aus überquerte er die Fifth Avenue, ging zunächst in Richtung Rockefeller Center, bog dann schnell ab in die Sechsundfünfzigste, vergewisserte sich, daß ihm niemand folgte, ging dann mit weitausholenden Schritten die Avenue of the Americas hoch bis zur

Achtundfünfzigsten und betrat das Plaza wieder durch den Transporteingang.

Auf seinem Zimmer ließ er sich in einen der Sessel fallen.

Lillie Flam, das fröhliche hübsche dunkelhäutige Mädchen mit der Afrofrisur, war tot.

Ermordet im Zusammenhang mit dem geheimnisvollen Geschehen um Bobs Tod.

Und der Vorstandschef eines großen deutschen Industrieunternehmens war von der New Yorker Polizei vor dem Haus der Ermordeten aufgegriffen worden und hatte Rede und Antwort stehen müssen, in welcher Beziehung er zu der Sekretärin eines Krematoriums gestanden hatte.

Eine absurde Situation.

Auf einmal war er in Gedanken in Wien.

Ein Tag im Juli des vergangenen Jahres, unerträglich schwül.

Es war Peters erste Begegnung mit Hilmar Tönissen.

Er war damals noch Chef der Verkaufsabteilung von Mannesmann und hatte in dieser Eigenschaft eine Besprechung mit dem österreichischen Wirtschaftsminister im Hotel Sacher.

Zwischen Tönissen und Peter hatte ein mehrmaliger Briefwechsel stattgefunden. Tönissen hatte Peter das Angebot unterbreitet, bei ihm Chef des Vorstandes zu werden.

Da Peters Terminplan keine andere Möglichkeit ließ, waren sie übereingekommen, sich in Wien zu einem persönlichen Kennenlernen zu treffen.

Tönissen war im Imperial abgestiegen, und Peter hatte ihn dort aufgesucht. Im ›Blauen Salon‹ waren sie zu einer Übereinstimmung ihrer Interessen gekommen, und Tönissen hatte vorgeschlagen, er wolle Peter zurück zum Sacher begleiten.

Sie traten hinaus in die stickig heiße Luft und gingen zu Fuß, unter den ein wenig Schatten spendenden Bäumen des Kärntnerrings entlang, zu beiden Seiten vom Verkehr umgeben.

Tönissen, groß wie Peter, stattlich, sehnig schlank, mit würdevollen grauen Haaren und sonnengebräuntem Gesicht, führte das Wort.

Ab und zu blieben sie beide abrupt stehen und verliehen ihren Worten mit Gesten den nötigen Nachdruck. Dann wurden sie von Fußgängern angegafft, was sie aber nicht störte.

»Sie waren schon in der Chemie tätig«, begann Tönissen das Gespräch und hob die Stimme an, um den Verkehrslärm zu übertönen.

»Bei Dow Chemical«, sagte Peter.

»Aber soweit ich orientiert bin, nur beim New Yorker Management?«

»Ja. Genauso wie ich bei Xerox war und eigentlich nur mit Zahlen zu tun hatte und nicht mit der Herstellung von hochempfindlichen Fotokopierapparaten. Der Pharmazie stehe ich also verhältnismäßig jungfräulich gegenüber.«

»Dann werden Sie sich zunächst einmal an den Geruch gewöhnen müssen, der ständig über unserem Gelände liegt«, erwiderte Tönissen und lachte.

»Süßlich dumpf«, sagte Peter, »ich kann es mir vorstellen.«

»Pharmazie und Pharmazie sind nicht in einen Topf zu werfen«, sagte Tönissen übergangslos, als wollte er zu einem ausführlichen Vortrag ausholen.

»Meine Jungfräulichkeit hält sich natürlich in Grenzen«, entgegnete Peter lachend, »die Grundbegriffe der Pharmazie sind mir bekannt.« Und sachlich fügte er hinzu: »Die Unternehmen haben sich weitgehend spezialisiert.«

»Ja, das trifft auch auf uns zu«, sagte Tönissen, »wir produzieren Mittel gegen Herz- und Kreislauferkrankungen, Verschlußkrankheiten im allgemeinen, Asthma, Lunge, Bronchien, krampflösende Mittel, Hormone und natürlich für das Gebiet der Zukunft, die Geriatrie.«

»Auch in der Geriatrie kenne ich mich ein wenig aus. Einmal durch meine Tätigkeit bei Dow Chemical. Zum anderen, weil sie mich persönlich interessiert.«

»Ein ungemein interessantes Gebiet«, warf Tönissen ein.

»Ich glaube, ein ebenso interessantes wie weitläufiges und vor allem ein nicht im entferntesten ausgeschöpftes Gebiet«, sagte Peter.

»Ein Gebiet, für dessen Zielsetzung nicht einmal eine einheitliche Richtung besteht.«

»Aber Sie haben recht«, sagte Peter, »der Geriatrie gehört die Zukunft. Die Menschen werden eines Tages einfach von uns fordern, daß wir ihnen zu einem erfüllteren und auch zu einem längeren Leben verhelfen.«

Unbewußt machte Peter schon jetzt Tönissens Sache zu seiner eigenen. Er wußte, daß die Geriatrie ihn faszinieren und packen konnte. Letztlich hatte Tönissens starkes Engagement für die Geriatrie auch den Ausschlag gegeben, daß er Tönissens Angebot angenommen hatte.

Er sagte: »Wenn Sie in der Geriatrie Erfolg haben wollen, müssen Sie Ihr Hauptgewicht auf die Forschung legen.«

»Das ist auch meine Meinung«, sagte Tönissen. »Wir haben alle Voraussetzungen geschaffen, die Forschung noch stärker als bisher zu aktivieren. Fünfundzwanzig Prozent unseres gesamten Personals gehören allein der Forschungsabteilung an.«

»Ein ungewöhnlich hoher Prozentsatz.«

»Absolut. Bei den Konkurrenten sind es kaum mehr als fünfzehn Prozent.«

Die Ampel zeigte Rot.

Sie standen am Bordstein, umgeben von fremden Menschen. Doch das Gespräch lief weiter.

»Haben Sie keine Angst vor Werkspionage?« Peter warf Tönissen einen fragenden Blick zu.

»Nein.«

»Aber mit Geld ist jeder zu kaufen. Bestimmt auch ein Forscher der Pharmazie.«

»Das Problem stellt sich uns nicht. In der pharmazeutischen Forschung liegen die Dinge anders als bei manchen anderen Forschungsgebieten.«

»Ist der Schutz stärker?«

»Wenn Sie so wollen, ja. Der indirekte Schutz. Wir kennen nur das Team. Der Forscher, der für sich allein seinen Weg geht, wäre für ein

Unternehmen unserer Größenordnung ein nicht vertretbares Risiko.«

»Weil er vielleicht abgeworben werden könnte?« Peter sagte es wie nebenbei.

»Nein, das nicht. Aber unsere Forschung ist besonders kostspielig. Allein für ein Produkt läuft eine Forschungsreihe oft über viele Jahre, ja manchmal über ein Jahrzehnt. Stellen Sie sich nur einmal vor, die Reihe würde von einem einzigen Forscher betreut und ihm würde, sagen wir im zweiten Jahr, in einem einzigen winzigen Punkt ein nicht erkennbarer Irrtum unterlaufen, und er führt die Reihe zu Ende, sagen wir, noch weitere acht Jahre. Und dann würde der Irrtum erst sichtbar werden. Und niemand könnte feststellen, in welcher Forschungsphase sich der Irrtum eingeschlichen hat. Millionen wären verpulvert. So etwas könnten wir uns nicht leisten. Wenigstens nicht auf die Dauer.«

»Die Aufgaben sind also verteilt«, stellte Peter fest.

Die Ampel sprang auf Grün, und sie setzten ihren Weg fort.

»Ja«, sagte Tönissen. Er versuchte, in der Menschentraube mit Peter Schritt zu halten, und zählte auf: »Erforschung der Substanzen, Prüfung, pharmakologische Untersuchung, Kontrolle am Tier, am Menschen.«

»Die Stationen liegen in verschiedenen Händen, ich verstehe«, sagte Peter und wich einem alten Mann aus, der ihm mit einer schweren Aktentasche entgegenkam und ihn nicht beachtet hatte.

»Es gibt viele Stationen und Zweige«, sagte Tönissen, »und sie laufen Gott sei Dank nicht bei einer einzigen Person zusammen.«

»Werkspionage hat also wenig Sinn.« Für Peter war das Thema abgeschlossen.

»Die Konkurrenz könnte höchstens Ergebnisse eines Teilgebietes erhalten. Würde sie das Endergebnis erhalten, wäre es zu spät. Da wäre unser Vorsprung schon zu groß.« Tönissen setzte hinterher: »Trotzdem ist natürlich das persönliche Können, Wissen und der Erfolg des einzelnen Forschers entscheidend.«

»Was verteuert, Ihrer Meinung nach, Ihre Forschung am meisten?« Peter war schon mitten in seinem neuen Aufgabenbereich. Die Verkaufsabteilung von Mannesmann lag weit zurück.

»Einwandfrei die Fehlerquellen bei der Entscheidungsfindung von Stufe zu Stufe«, sagte Tönissen.

Er nahm an, daß er es Peter näher erklären müsse und holte aus: »Die Forschung an einem Objekt wird, wie gesagt, über Jahre hinweg, von Stufe zu Stufe geführt. Und von Stufe zu Stufe erhöhen sich die Investitionskosten. Allein schon aufgrund des weiter anwachsenden Zeitraums. Auch wenn noch kein Ergebnis sichtbar ist, und es kann in den unteren Stufen kaum ein Ergebnis sichtbar sein, muß von Stufe zu Stufe neu entschieden werden, ob die Forschung weitergeführt oder ergebnislos abgebrochen werden soll.«

»Eine verdammt problematische Entscheidung«, warf Peter ein.

»Das kann man wohl sagen. Schon deshalb, weil ja auch ein mögliches positives Zwischenergebnis noch lange kein positives Endergebnis garantiert.«

»Ein Weg voller Stolpersteine.«

»Ja. Unter Umständen zieht man also eine Forschungsreihe zehn Jahre lang durch, investiert Millionen, und das Ergebnis ist Null.«

»Sind nicht auch die Prüfungsphasen am Tier und am Menschen äußerst kostspielig?« Peter öffnete den Kragen. Er fühlte sich wie in einem Treibhaus. Sein Hemd klebte ihm am Körper.

»Die Prüfung am Tier bietet natürlich auch eine gehörige Menge Fehlerquellen«, antwortete Tönissen, tat es Peter gleich und öffnete ebenfalls den Hemdkragen, »zwar ist man inzwischen so weit, daß man an den Tieren Veränderungen auslösen kann, die menschlichen Krankheiten weitgehend entsprechen. Aber eben nur weitgehend. Und für psychische Störungen, zum Beispiel, gibt es überhaupt noch kein einziges gültiges Tiermodell.«

»Ergebnisse von Tierversuchen sind also nur bedingt auf den Menschen übertragbar«, sagte Peter.

»Leider, ja. Es ist eine unserer hauptsächlichen Fehlerquellen. Mensch und Tier zeigen eben doch oft sehr unterschiedliche Reaktionen. Beim Baldrianöl zum Beispiel. Auf den Menschen wirkt es beruhigend, bei der Katze löst es starke Erregungszustände aus. Oder beim Atropin zum Beispiel, dem Gift, das die Tollkirsche enthält. Beim Menschen kann es zum Tod führen, und Tiere vertragen es. Oder nehmen Sie Hexobarbital.«

»Das Narkosemittel?«

»Ja. Es wird von der Maus schon nach neunzehn Minuten zur Hälfte abgebaut, vom Menschen aber erst nach dreihundertsechzig Minuten, also achtzehnmal langsamer.«

Sie waren jetzt an der Ecke vor der Oper, überquerten den Ring und gingen in den platzartigen Anfang der Kärntnerstraße hinein.

»Die Wirkung des Placebos ist Ihnen sicher bekannt.« Tönissen blieb wieder einmal stehen.

»Natürlich. Das Placebo ist ein sogenanntes Leerpräparat.«

»Ein Scheinmedikament«, ergänzte Tönissen.

Peter überging es und setzte fort: »Es entspricht äußerlich dem echten Medikament, enthält aber eine medizinisch unwirksame Substanz. Und trotzdem hat es mitunter erstaunliche Wirkungen erzielt.«

»Äußerst erstaunliche sogar«, nahm Tönissen den Gedankengang auf, »und nicht zuletzt in der Geriatrie. Denn der Heilerfolg des Placebos beruht einzig und allein auf dem Vertrauen zum Arzt, dem Glauben an das Medikament und eben in der Geriatrie auf der Hoffnung auf die Wiedergewinnung von jugendlicher Spannkraft und auf Verlängerung des Lebens. Wissen Sie, daß zum Beispiel bei Kopfschmerzen die Erfolgsquote des Placebos bei über sechzig Prozent liegt?«

»Nein, das ist mir neu.« Peter war erstaunt. Er sagte unvermittelt: »Mein Interesse gilt der Forschung. Neben meinem eigentlichen Aufgabenbereich werde ich mich besonders in die Problematik der Forschung einarbeiten.«

»In kurzem kann ich Ihnen die Problematik vermitteln«, sagte Tönissen. »Unsere Forschung umfaßt drei Abschnitte: die Substanzfindung. Die Entwicklung. Die klinische Prüfung.«

Sie standen an der Kreuzung beim Hotel Sacher und wollten gerade die Straße überqueren, als ein Wagen in schneller Fahrt herankam. Tönissen packte Peter am Arm und hielt ihn zurück.

Ungerührt sprach er weiter: »Am Anfang der Substanzfindung steht oft eine Synthese einer neuen chemischen Verbindung. Ist es ein Stoff, der aus Naturprodukten isoliert wurde, dann muß er analysiert und gereinigt werden. Das heißt, er wird von etwaigen Nebenstoffen befreit. Erst danach wird der entscheidende Schritt getan.«

»Das ›Screening‹«, sagte Peter, »zu deutsch das grobe ›Aufschirmen‹ der möglichen Wirkungen.«

Sie überquerten die Kreuzung.

Im schmalen Straßencafé vom Sacher war ein Tisch frei.

Sie setzten sich und bestellten sich jeder einen kleinen Braunen.

Der Kellner brachte den Kaffee, und sie setzten ihr Gespräch fort.

»Sie kennen den Begriff ›Screening‹?« In Tönissens Stimme lag eine Spur von Anerkennung.

Peter nickte

Tönissen sah ihn fragend an. »Sie wissen, daß es sich dabei um ganz grobe Versuche an isolierten Organen und an Versuchstieren handelt? Selbstredend um möglichst viele Versuche? Damit man sich erst einmal einen ungefähren Überblick über das sogenannte ›pharmakologische Profil‹ einer Substanz machen kann?«

Peter nickte, während er einen Schuck Kaffee trank. Er stellte die Tasse auf den Tisch zurück und schränkte Tönissens Schilderung lächelnd ein: »Das heißt, wenn die Substanz überhaupt wirksam ist.«

Tönissen war verblüfft. »Sie wissen mehr, als Sie sich vorhin zugestanden haben.« Er nahm Peters Lächeln auf.

»Mein pharmakologisches Wissen ist absolut überschaubar.« Peter schlug die Beine übereinander.

»Aber Sie kennen natürlich auch den Begriff ›drug design‹?«

»Das exakt konstruierte Arzneimittel, bei dessen Entwicklung der Zufall weitgehend ausgeschaltet wird. Die konsequente chemische Variation eines Wirkstoffs. Die Verringerung oder gar Beseitigung von Nebenwirkungen. Oder die mögliche Umwandlung einer Nebenwirkung in eine Hauptwirkung. Die planmäßige Zusammenarbeit von Chemie, Biochemie, Physiologie, Pharmakologie, Pharmazie bis zur klinischen Medizin.« Peter sagte es wie auswendig gelernt herunter.

Er setzte seufzend hinterher: »Ein Begriff, den unsere Zeit geboren hat. Die glasklare Machbarkeit.«

»Für die Pharmazie eine unumgängliche Form.«

»Die Pharmazie braucht sich nicht zu verteidigen«, sagte Peter beruhigend. »Das ›drug design‹ ist ohne Zweifel eine der hoffnungsvollsten Erkenntnisse unser Zeit.« Er fügte leidenschaftlich hinzu: »Oder hat es für die Pharmazie je eine bessere Lösung gegeben, als das heutzutage ganz auf endgültige Sicherheit und Zweckmäßigkeit entwickelte Medikament?«

»Gewiß nicht. Vor allem, wenn man bedenkt, wie manches andere Mittel entstand und manchmal auch heute noch entsteht.« Tönissen führte seine Tasse nachdenklich zum Mund und trank.

»Zum Beispiel das Mittel gegen die Parkinsonsche Krankheit, das nur der Zufall bescherte. Wie heißt es noch mal?«

»Amantadin.«

»Richtig.« Peter erinnerte sich.

»Ein Mittel, das ursprünglich nur als Vorbeugungsmittel gegen Grippe gedacht war«, ergänzte Tönissen. »Oder das Iproniazid, das zunächst nur als Mittel zur Bekämpfung der Tuberkulose galt und dann auf einmal gegen Depressionen wirkte.« Er änderte den Ton: »Um noch mal auf die Stationen zurückzukommen, die ein Medikament zurücklegt, bis es endgültig in den Handel kommt. Sind sie Ihnen bekannt?«

»Nach dem Screening wird die akute Toxizität bestimmt.«

Jetzt war es an Tönissen, lächelnd einzuschränken: »Das heißt, wenn sich im Screening Anzeichen für medizinisch nützliche Wirkungen ergeben.«

»Natürlich«, sagte Peter lachend, »sonst kann man sich die Tierversuche sparen. Und nach den Tierversuchen kommt meines Erachtens die Klinik-eins-Phase.«

»Richtig.«

»Der Beginn der Prüfungen am Menschen.«

»In der Klinik-eins-Phase an ungefähr zehn bis fünfzehn Versuchspersonen.«

»Dabei wird vor allem auf die Verträglichkeit der Substanz geachtet.«

Sie versuchten, sich gegenseitig mit ihrem Wissen zu überbieten.

Tönissen sagte: »Die Klinik-zwei-Phase läuft fast nur im Klinikbereich ab.«

»Ungefähr zweihundert Menschen werden in die Prüfung einbezogen«, warf Peter ein.

»Die Phase soll klären, ob sich die bisher pharmakologisch festgestellte Wirkung auch in der Praxis nutzen läßt.«

»Dann kommt die Klinik-drei-Phase«, sagte Peter.

»Die erweiterte klinische Prüfung«, erläuterte Tönissen, »an mehreren tausend Patienten. Hierbei wird beobachtet, in welchem Maß Häufigkeit und Art der bis dahin erkannten Nebenwirkungen variieren.«

»Ich glaube, die Klinik-drei-Phase kann sowohl in der Klinik als auch beim niedergelassenen Arzt erfolgen.« Peter warf Tönissen einen fragenden Blick zu.

Tönissen nickte und sagte: »Entscheidend bei all den Prüfungen ist die exakte Formulierung der Fragestellung und das exakte Erkennen der Stärke der Symptome, die nach der Behandlung sichtbar werden. Gereiztheit, nervöse Erschöpfung, motorische Unruhe, Erregtheit, innere Unruhe, Deprimiertheit, somatische Symptome, Ängstlichkeit, Selbstunsicherheit, Kontaktstörungen, Schlafstörungen, Blutdruck.« Er setzte hinzu: »So steht es wörtlich auf dem Fragebogen.«

»Ein langer Weg für ein Arzneimittel.«

»Und ein risikoreicher Weg«, sagte Tönissen und fügte hinzu, als wollte er sich entschuldigen: »Wir konnten ihn verständlicherweise nur in Bausch und Bogen aufzeigen.«

»Ein risikoreicher? In welcher Weise?«

»Wir haben uns einmal die Mühe gemacht und die Ergebnisse von rund zwanzig Jahren zusammengefaßt. Wir hatten einhundertachtundachtzig neue Substanzen und dreihundertsiebenundachtzig Kombinationen und Zubereitungen entwickelt und einer Prüfung unterzogen. Wieviel davon, glauben Sie, sind schließlich in den Handel gekommen?«

»Von insgesamt...« Peter rechnete im stillen, »...von fünfhundertfünfundsiebzig Arzneimitteln?«

»Ja. Wieviel davon?«

»Zwanzig Prozent?«

»Weit gefehlt. Noch keine fünf Prozent.«

»Ein wirklich gewissenhafter Weg«, sagte Peter.

»Vom Standpunkt des Patienten aus, ja«, entgegnete Tönissen, »von unserem Standpunkt aus ist er risikoreich.«

»Aber Medikamente müssen nun einmal gewissenhaft geprüft werden«, antwortete Peter. »Wie hat Paracelsus gesagt? ›Jeder Arzneistoff ist ein Gift.‹«

»Man kann sich auch mit Salz umbringen«, sagte Tönissen, und es wurde für Peter nicht deutlich, ob er es scherzhaft meinte oder streitbar.

Als er nichts entgegnete, setzte Tönissen unmißverständlich hinzu: »Die Pharmazie wird oft zu Unrecht zum Prügelknaben gestempelt.«

»Wird sie nicht aber wesentlich öfter als Retter gefeiert?«

»Nehmen Sie das Beispiel Contergan«, sagte Tönissen unbeeindruckt. »Es hatte alle Prüfungen bestanden. Und warum? Weil bei den Tierversuchen niemand an das australische Kaninchen gedacht hat. Nun frage ich Sie: Wer wohl hätte an das australische Kaninchen denken sollen? Glatter Humbug. Risiken müssen eben durchgestanden werden. Auch aus der Sicht des Patienten gesehen.«

Etwas später hatte Tönissen sich verabschiedet.

Bis die Besprechung mit dem österreichischen Wirtschaftsminister begonnen hatte, war Peter noch etwas Zeit geblieben.

Er hatte sich einen zweiten kleinen Braunen bestellt. In Gedanken hatte er noch einmal das Gespräch mit Tönissen an sich vorüberziehen lassen.

Als sie vom Imperial aufgebrochen waren, war ihm Tönissen nach und nach fast sympathisch geworden.

Ausgenommen am Schluß des Gesprächs.

Da hatte er ihn unerträglich gefunden.

8

Zwischen den fest verankerten Drei- und Viermastern hindurch blies ein eisiger Wind. Die paar Menschen, deren Interesse an Segelschiffen das Verlangen nach einem wärmenden Raum überwog, verkrochen sich mit dem Gesicht im aufgestellten Mantelkragen, rieben sich die Hände warm oder suchten unzureichenden Schutz an der Rückwand des kleinen Informationskiosks, der in der Mitte der breiten Pier aus abgetretenen hölzernen Planken stand.

Die alte deutsche ›Peking‹ mit ihren wie Pfeiler gegen den verhangenen Himmel ragenden vier Masten, neben ihr die nicht weniger beeindruckende ›Wavertree‹ und die ›Ambrose‹, 1908 gebaut, die als Leuchtschiff über Jahrzehnte hinweg vor der Einfahrt zum Hafen gelegen hatte, sie alle schwankten sichtbar hin und her vor der mächtigen Kulisse der Wolkenkratzer von Bond- und Wallstreet und dem übrigen Bankenviertel.

Auf der anderen Seite der Pier lag die weiß gestrichene ›Robert Fulton‹, das Restaurationsschiff.

Diana Lester ließ das Taxi auf der Straße vor dem Eingang halten. Über dem Eisengitter wölbte sich das Schild mit der verschnörkelten Aufschrift ›South-Street-Seaport-Museum‹.

Sie schlug den Kragen ihres hellen langen Luchsmantels hoch und ging zielstrebig über die Planken auf den Kiosk zu. Sie hatte das ›Museum im Wasser‹ schon einmal besucht, als sie noch an Off-Broadway-Bühnen als Anfängerin auftrat.

Sie klopfte ungeduldig ans geschlossene Fenster. Es wurde geöffnet, und der Kopf eines Mannes erschien.

»Für mich ist bei Ihnen eine Nachricht hinterlegt«, stieß sie hastig gegen den Wind hervor, »mein Name ist...«

»Oh, ich kenne Sie, Miß Lester«, unterbrach sie der Mann, »ich verehre Sie. Ja, ich habe eine Nachricht für Sie.« Er sah sie bewundernd an.

»Und?« sagte sie drängend.

»Robert Fulton Cocktail Lounge, erster Tisch rechts«, las er von einem Zettel ab.

»Danke.« Sie hatte sich schon weggedreht, um ihr Gesicht vor einer neuen Windbö zu schützen.

Mit schnellen Schritten ging sie die Gangway der ›Robert Fulton‹ hinauf. In der Cocktail Lounge holte sie tief Luft. Der Wind hatte ihr den Atem genommen.

Die Lounge war menschenleer. Nicht einmal jemand vom Personal war zu sehen. Diana schlug den Mantel auf und setzte sich an den ersten Tisch rechts neben der Tür, den eine Wand vor den Blicken möglicher anderer Gäste verbarg.

Sie warf einen Blick auf ihre Armbanduhr, ein Modell von Cartier. Es war genau halb fünf Uhr. Sie war also pünktlich.

Ein »Good afternoon, Ma'm« ließ sie ruckartig aufblicken. Ein Kellner stand vor ihr. Sie hatte ihn nicht herankommen hören. Sie bestellte sich Tee mit Milch.

Sie sah unbewegt durch das Bullauge hinaus in den Sturm, nippte ein paarmal wie abwesend von dem Tee und schaute in immer kürzer werdenden Abständen auf ihre Uhr. Seit ihrem Kommen war eine Viertelstunde vergangen.

Nervös fuhr sie sich durch ihre langen rotblonden Haare. Noch zwei Minuten, dann wollte sie wieder gehen.

Sie hatte den Gedanken noch nicht zu Ende gedacht, da hörte sie Schritte vor der Tür, dann wurde die Tür aufgestoßen, noch zwei Schritte hinter der Wand, und er stand vor ihr.

Nach einem prüfenden Blick durch den Raum öffnete er seinen

Mantel und setzte sich an die Stirnseite des Tisches, so daß er den ganzen Raum im Auge hatte.

»Schön, daß Sie gekommen sind.« Sein Ausdruck war ernst.

»Und ich habe immer gedacht, die Deutschen seien die Pünktlichkeit in Person«, sagte sie mit einem Anflug von Hohn.

Wie sie bestellte auch er sich Tee mit Milch. Dann griff er ihren Vorwurf auf: »Ich war pünktlich. Ich habe gesehen, wie Ihr Taxi hielt, wie Sie ausstiegen und wie Sie am Kiosk gefragt haben.«

»Die Nachricht am Kiosk!« sagte sie abfällig. »Das reinste Indianerspiel!«

»Und auch der Tisch, an dem man abgeschirmt sitzt – sagen Sie es ruhig.«

»Sie haben mich warten lassen! Eine volle Viertelstunde.«

»Eine Sicherheitsmaßnahme.«

»Sicherheitsmaßnahme? Mir gegenüber?« Sie lachte kurz auf.

»Ich mußte warten, ob die Luft rein ist. Wenn ich Ihnen alles erzählt habe, werden Sie dafür Verständnis haben.«

Sie sah ihn mißtrauisch an. Er hielt ihrem Blick stand. Niemand sprach ein Wort. Stille lag über dem Raum, untermalt vom Heulen des Windes, das wie durch Watte von draußen hereindrang. Der Tee wurde serviert.

»Sie sind der widerlichste Mann, den ich kenne. Überheblich und wichtigtuerisch!« Sie sprühte vor Zorn.

Er schwieg. Er war in die Betrachtung ihrer Hände versunken. Schmale, feingliedrige, intelligente Hände. Eine weiße, samtweiche Haut. Am liebsten hätte er seine Hand darauf gelegt und sie behutsam gestreichelt.

Er hob den Kopf, und ihre Blicke trafen sich. Ihre Augen waren voller Abneigung. Für ihn aber waren es nach wie vor die faszinierendsten grünen Augen, die ihm jemals begegnet waren. Er lächelte sie an.

Sie glaubte, er mache sich über sie lustig, und sagte ärgerlich: »Sie können mich nicht verletzen. Sie nicht!«

»Natürlich steht es Ihnen zu, daß Sie mich als widerlich empfinden,

Diana«, entgegnete er gelassen, »nur bin ich weder überheblich noch wichtigtuerisch. Aber das wissen Sie ja selbst.«

Ihr Blick ging an ihm vorbei, und sie hatte sich kaum noch in der Gewalt. »Wissen Sie eigentlich, daß ich schon eine Nachmittagsvorstellung hinter mir habe und meine zwei Stunden Pause bis zur Abendvorstellung opfere?«

»Ich weiß es zu schätzen, Diana. Aber Sie bringen das Opfer nicht für mich, sondern für sich selbst«. Er trank einen Schluck Tee.

»An Ihre Übertreibungen habe ich mich fast schon gewöhnt.« Der Spott war nicht zu überhören.

»Ich kann nur hoffen«, sagte er ausdruckslos, »daß Ihnen meine Erzählung nicht auf den Magen schlägt.«

»Erzählen Sie.« Sie gab sich amüsiert, doch ihre Stimme zitterte.

Er erzählte ihr vom nächtlichen Überfall in seinem Hotelzimmer. Sie hörte ihm schweigend zu. Als er geendet hatte, war alles Blut aus ihrem Gesicht gewichen, und sie bemühte sich vergeblich, ihre Erregung zu verbergen.

»Sie sagen, es war kurz vor zwei Uhr morgens?« Sie schlug die Augen nieder.

»Ja. Warum fragen Sie?«

Sie zuckte ausweichend die Schultern. Ihr war klar, daß sie, ohne es zu wollen, den Überfall indirekt veranlaßt hatte. Den Überfall, der mit einem Mord hätte enden sollen! Sie schauderte.

»Ist Ihnen nicht gut, Diana?« Leise und einfühlsam.

»Doch.« Sie bewegte die Lippen kaum und hielt noch immer die Augen gesenkt.

»Verstehen Sie jetzt meine sogenannte Sicherheitsmaßnahme?«

Sie nickte.

Er gab ihr Zeit, sich zu beruhigen. Draußen tobte unaufhörlich der Wind.

Er nippte am Tee, doch der war inzwischen kalt geworden.

Nach einer Weile sah sie hoch und sagte beinahe unhörbar: »Vielleicht war es ein Racheakt gegen alles Deutsche?« Doch sie glaubte ihren eigenen Worten nicht.

»Nein«, antwortete er, »den Haß gegen Deutsche können wir hier getrost aus dem Spiel lassen. Das Motiv ist nicht wegzudiskutieren: Ich sollte ermordet werden, weil ich zuviel weiß. Weil ich ein paar Leuten unbequem geworden bin. Weil ich wahrscheinlich in ein Wespennest gefaßt habe. Mitten hinein.« Er sah sie prüfend an, als könne er ihre Gedanken ergründen.

»Warum eigentlich sollte man Sie nicht als Deutschen beseitigen wollen?« Es klang beleidigend. Sie wollte sich verteidigen.

»Nein, Diana. Da bin ich mir sicher.«

»Ach ja?« sagte sie kalt. »Sind Sie sicher, daß Sie nicht einer der Deutschen sind, auf die noch immer überall auf der Welt Jagd gemacht wird, ein Naziverbrecher? Sind Sie da wirklich so sicher?«

»Keine Angst, Diana, ich bin kein Naziverbrecher, das wissen Sie sehr gut.«

»Nein?« sagte sie sarkastisch. »Und woher soll ich es wissen? Nur, weil Sie es mir sagen?«

»Aber, Diana.« Er sagte es besänftigend.

»Nennen Sie mich nicht mehr ›Diana‹!«

»Allright«, entgegnete er nüchtern, »bleiben wir bei der Sache. Fest steht, daß zwei Killer mich töten wollten. Daran ist nicht zu rütteln. Fest steht außerdem, daß von ihnen der Name ›Evans‹ fiel. Und fest steht auch, daß die Namen ›Evans‹ und ›Diana Lester‹ in unmittelbaren Zusammenhang zu bringen sind. Das allein sind Tatsachen. Und nicht, daß ich ein Naziverbrecher bin.« Es war eine harte Zurechtweisung.

Diana wirkte nachdenklich, als sie sprach: »Sie haben vorhin gesagt, daß diese ... diese Killer ... Sie direkt auf Bob Kellermann angesprochen haben?« Sie lenkte ein.

»Ja.«

»Können Sie sich vielleicht noch an den genauen Wortlaut erinnern?«

»Warum?« Seine Gedanken arbeiteten schnell.

»Bitte.« Ein neuer Ton. Ernsthaft.

Er antwortete: »Ja, ich erinnere mich. Sie haben wörtlich gesagt:

›Wer hat dir die Sache mit dem Toten gesteckt?‹ Genügt Ihnen das?«

»Keinen Namen?«

»Ich weiß, worauf Sie hinaus wollen, Diana, aber es ist sinnlos.« Er hatte sie wieder bei ihrem Vornamen genannt, und sie ließ es geschehen.

»Warum sinnlos?« fragte sie. »Warum sollte es nicht eine Verwechslung gewesen sein?« Obwohl sie längst wußte, daß er die Wahrheit sprach, suchte sie nach dem rettenden Strohhalm.

»Nein, es war keine Verwechslung. Die beiden haben mich eindeutig mit meinem Namen angesprochen.«

Er merkte, wie es in ihr arbeitete. Nach einer Weile sagte sie: »Warum erzählen Sie die Sache eigentlich mir?«

»Weil ich glaube, daß Sie die Sache interessiert.«

»Nein, sie interessiert mich nicht.« Sie entschloß sich zu gehen. Es schien ihr der einzige Ausweg. Sie fühlte sich Peter Stolberg einfach nicht gewachsen. Sie schlug ihren Mantel zu und wollte gerade aufstehen, da hielt er sie mit einem einzigen Wort fest.

»Und Mord?« sagte er ruhig. »Interessiert Sie vielleicht Mord?«

Sie blieb sitzen und schwieg.

Er erzählte ihr die Geschichte von Lillie Flam.

»Und warum sollte es Mord gewesen sein?« fragte sie, nachdem er auch sein Verhör auf dem Vierundzwanzigsten Polizeirevier geschildert hatte.

»Weil Lillie meine Zeugin war.« Er verbesserte sich: »Eine meiner Zeuginnen.«

»Okay«, sagte sie und erhob sich, »aber ich habe mit der Sache nichts zu tun.« Doch ihre Stimme klang nicht mehr so bestimmt wie vor ein paar Minuten, als sie den ersten Versuch unternommen hatte, zu gehen

»Und warum sind Sie gekommen? Sogar zwischen zwei Vorstellungen?« Er erhob sich ebenfalls, und sie standen sich Auge in Auge gegenüber, und sein Blick wirkte streng. »Warum sind Sie gekommen, wenn nicht aus Angst? Aus Angst, ich könnte Sie in einen Skandal verwickeln? Und Sie haben richtig gehandelt, daß Sie gekommen sind, Diana. Denn ich kann Sie in einen Skandal verwickeln. In einen geradezu ungeheuren Skandal, Diana. Und ich werde es auch tun, wenn Sie glauben, noch weiter mit mir falsch spielen zu können. Sie sind die Frau, die Bobs Beisetzung im Krematorium Friedenspalme arrangiert hat. Sie sind die Frau, die das Büro der Firma Tönissen in New York von Bobs Tod verständigt hat, und Sie sind die Frau, die Bob zum letztenmal lebend gesehen hat. Und jetzt setzen Sie sich wieder, Diana, und dann geben Sie mir endlich zu diesen drei Punkten die erforderliche Erklärung. Bekennen Sie endlich die Wahrheit, oder ich werde Sie nicht mehr schonen.« Er hob seine Stimme an: »Setzen Sie sich schon!«

Er war erregt wie schon lange nicht mehr.

Sie spürte, daß es ihm ernst war. Sie setzte sich wieder.

»Also?« fragte er energisch und nahm auch wieder seinen Platz ein.

»Ich... ich kann nicht.« Ihre Stimme versagte.

»Spielen Sie kein Theater, Diana!« sagte er drohend, obwohl ihm nicht nach einem derartigen Dialog zumute war. Aber er erkannte, daß er sie jetzt endlich dort hatte, wo er sie schon vor ein paar Tagen hatte haben wollen: kurz vor dem Bekennen der Wahrheit. Es bedurfte nur noch eines winzigen Anstoßes.

»Es ist die letzte Warnung, Diana!« Er hob von neuem die Stimme an und setzte schneidend fort: »Ich gebe Ihnen zehn Sekunden!«

Als sie nicht reagierte, sondern nur bewegungslos vor sich hinstarrte, tat er, als wollte er aufstehen.

»Ja«, sagte sie da, »ich gebe zu, daß ich...« Sie brach ab.

»Daß Sie Bob gekannt haben? Daß Sie die Frau sind, die seine Beisetzung arrangiert hat? Daß Sie...« Er sprach drängend auf sie ein.

»Ja«, sagte sie leise, »ich habe Bob gekannt.«

In dem Augenblick erschien der Kellner am Tisch. Peters laute Stimme hatte ihn von der Küche angelockt. »Haben Sie mich gerufen, Sir?«

»Nein. Wir wollen allein sein«, sagte Peter hart und warf ihm einen ärgerlichen Blick zu. Der Kellner verstand und ging zurück in die Küche.

»Weiter!« Peter bedrängte Diana, in ihrem Geständnis fortzufahren.

»Ich gebe zu... nein, ich kann nicht.«

»Allright.« Er knöpfte seinen Mantel zu. »Es war unsere letzte Unterredung. Ab sofort nehme ich keine Rücksicht mehr!«

»Ja, ich war die Frau«, sagte sie schnell. Ihre Augen flackerten.

Abermals setzte er sich. »Sie waren die Frau, die bei Evans angerufen hat?«

»Ja.« Sie hatte sich wieder in der Hand.

»Und Sie haben die Leiche von Potter's Field zurückholen lassen?«

»Ja.«

»Und Sie haben die Totenfeier arrangiert?«

»Ja.«

»Und Sie haben bei Tönissens Büro angerufen?«

»Ja.«

»Und Sie haben Evans das Geld geschickt?«

»Ja.«

»Wieviel?«

»Ist es wichtig?«

»Wieviel!«

»Zweitausend.«

»Durch einen Boten?«

»Ja.«

»Durch welchen?«

»Durch einen Jungen. Einen vielleicht achtjährigen Jungen.«

»Wie heißt er?«

»Ich weiß es nicht. Ich habe ihn auf der Straße angesprochen.«

»Sie haben einem fremden Jungen zweitausend Dollar anvertraut?«

»Warum nicht? Ich war verzweifelt. Und ich habe ihn beobachtet, bis er im Haus war, und habe mich dann telefonisch vergewissert, daß er das Kuvert mit dem Geld abgegeben hat.«

»Durch wen haben Sie die Leiche von Potter's Field abholen lassen?«

»Ich weiß es nicht.«

»Sie haben eben gesagt, daß Sie die Leiche zurückholen haben lassen.«

»Ja.«

»Und auf einmal wissen Sie nicht mehr, durch wen?«

»Ich habe es nie gewußt. Ich habe einfach den Auftrag gegeben.«

»Wem?«

Sie war verwirrt. Sie erkannte, daß sie sich in einer Sackgasse befand, und sagte schnell: »Den Leuten von Potter's Field.«

»Nein, das haben Sie nicht. Die Leute von Potter's Field sagten, daß die Leiche durch ein privates Beerdigungsinstitut abgeholt...«

»Ach ja, Evans habe ich den Auftrag gegeben«, unterbrach sie ihn überstürzt.

»Auch Evans kennt die Männer nicht, die ihm die Leiche brachten«, log er, um sie herauszufordern, und sie ging darauf ein.

»Okay, dann war es eben nicht Evans«, sagte sie ärgerlich, und er merkte, daß sie nahe daran war, sich ihm wieder zu verschließen.

Er wechselte das Thema und fragte: »Warum haben Sie die Leiche verbrennen lassen, Diana?« Er öffnete seinen Mantel wieder.

»Ich weiß es nicht.« Sie griff nach der Tasse, um von dem kalten Tee zu trinken, doch ihre Hand zitterte. Sie hielt in der Bewegung inne und stellte die Tasse wieder auf den Tisch zurück, ohne getrunken zu haben.

»Diana!« Es klang beschwörend.

Sie schüttelte verneinend den Kopf. »Ich weiß es nicht.«

»Sie sagen nicht die Wahrheit, Diana, ich spüre es.«

»Lassen Sie mich endlich in Ruhe!« Ein Aufbäumen ihrer Stimme, die am Ende des Satzes neuerlich versagte.

Wenn er noch etwas aus ihr herausholen wollte, mußte er die Taktik ändern. »Sie sollten Vertrauen zu mir haben, Diana«, sagte er leise, »denn ich will Ihnen helfen. Helfen, aus dieser Sache herauszufinden.« Er meinte es aufrichtig, ohne zu wissen, ob er dieses Versprechen jemals würde halten können.

»Helfen!« Es klang abfällig. Ihr Blick war kühl.

»Ich bin ehrlich zu Ihnen, Diana.« Seine Stimme klang beinahe zärtlich. Er fühlte sich zu ihr hingezogen.

Sie hob kurz den Blick und sagte undeutlich: »Was wissen Sie schon!«

Und auf einmal sah er, daß in ihren Augen Tränen standen. Er hielt ihr sein Einstecktuch hin, und sie nahm es und wischte sich über die Augen.

Gedankenverloren behielt sie das Tuch in der Hand und sprach mehr zu sich selbst: »Ich kenne Ihren Namen. Weiß, daß Sie Deutscher sind. Daß Bob Ihr Freund war und Sie für ein Unternehmen arbeiten, das ›Tönissen‹ heißt. Ich weiß, daß Sie bei Ausbruch des Zweiten Weltkrieges gerade acht Jahre alt waren und daß Ihre Eltern bei einem amerikanischen Luftangriff auf Frankfurt umgekommen sind. Und ich weiß, daß Sie hochintelligent sind. Und verdammt ausgekocht.«

»Aber im guten Sinn ausgekocht, Diana«, warf er ein.

Sie überging es und setzte fort: »Ich kenne Sie also schon sehr gut. Und trotzdem tauchen Sie für mich wie aus der Versenkung auf.« Unwillkürlich benützte sie einen Vergleich aus der Welt des Theaters.

»Fragen Sie, Diana, und ich werde Ihnen alles sagen, was ich Ihnen sagen kann.«

Sie fragte ihn, wo er lebe, und als er ihr sagte, daß er eigentlich so eine Art ›Zigeunerleben‹ führe und jetzt seit einem Jahr in Heidelberg ›zu Hause‹ sei, wiederholte sie nachdenklich: »Heidelberg? Das ist in Deutschland, habe ich recht?«

»Ja. Kennen Sie es, Diana?«

»Nein. Das heißt, ich war noch nie dort. Ich war überhaupt noch nie in Deutschland. Nicht einmal in Europa. Aber ein guter Freund von mir war drüben. Bei der Army. Unter anderem auch in Heidelberg.«

»Und wie hat es ihm gefallen?«

»Ganz gut.« Sie schränkte sofort ein: »Aber das besagt nichts. Er hat sich drüben in ein Mädchen verliebt.«

Da merkte sie, daß sie noch immer das Einstecktuch in der Hand hielt. Ein Lächeln huschte über ihr Gesicht. Sie gab ihm das Tuch mit einem »Danke« zurück, und für einen Augenblick berührten sich ihre Hände.

»Weshalb sind Sie hier in New York?« fragte sie schnell, um die Berührung zu überspielen.

Er sagte es ihr, und er beantwortete auch ihre Fragen, ob er schon öfter hier gewesen war, welche Art von Unternehmen ›Tönissen‹ sei und welchen Job er bei Tönissen ausübe.

»Dann sind Sie ja einer der ganz großen Bosse«, sagte sie und setzte gleich erwartungsvoll die Frage hinterher: »Ihr Englisch ist perfekt – sind Sie etwa gar kein Deutscher, sondern englischer Abstammung?«

»Ich muß Sie enttäuschen, Diana, ich habe ausschließlich deutsche Vorfahren. Aber ich hatte das Glück, einen offenbar weitblickenden Vater zu haben. Und der hat mir schon als Zehnjährigem eingeprägt: ›Junge, du mußt die Welt kennenlernen. Nur wer die Welt kennt, kann es wirklich zu etwas bringen.‹ Und so habe ich eben später, als ich auf eigenen Beinen stehen mußte, in London bei Barclays Bank gelernt und bei Massey-Ferguson in Kanada, war hier bei Dow Chemical, Xerox und Firestone und dann drei Jahre lang Manager für General Motors bei Opel – na ja, und überall hat sich mein Englisch anscheinend abgeschliffen, das ist das ganze Geheimnis.«

Sie lächelte flüchtig und stellte die Frage, die ihn unvorbereitet traf: »Wo wohnen Sie hier?«

Argwohn stieg in ihm hoch. War die Frage nur beiläufig gestellt? Aus naivem Interesse? Oder bestand sein Argwohn zu Recht, und sie wollte ihn aushorchen?

Er versuchte ihr Gesicht zu ergründen. Doch es zeigte sich keinerlei Regung.

»He«, sagte sie, »habe ich etwas Falsches gefragt?«

»Wie? Nein, nein.«

»Na, Sie machen mir Spaß!« Es klang spöttisch. »Wenn Sie darauf bestehen, ziehe ich die Frage selbstverständlich zurück.«

»Es wäre mir lieber«, antwortete er verwirrt und ernsthaft. Gleichzeitig ärgerte er sich über sich selbst, weil er zugelassen hatte, daß sie ihn in die Enge trieb.

Einen Augenblick lang fühlte er sich ihr unterlegen. Sie bemerkte es, und es war ihr eine Genugtuung. Doch sie zeigte es nicht. Ihr Blick ruhte auf ihm, als wollte sie ihn einhüllen in ihre weibliche Wärme, und je länger sie ihn auf diese Weise ansah, um so mehr genoß er den Augenblick.

Er wünschte, sie wären unter anderen Umständen beisammen, unter unbeschwerten. Ja, sie säßen hier nur, weil sie sich zueinander hingezogen fühlten, und er würde sie behutsam in seine Arme nehmen, und sie würde es geschehen lassen und sich an ihn schmiegen, Wange an Wange, und sie wüßten beide, daß sie sich liebten. Sie würden sich tief in die Augen schauen, und um sie herum würde die Welt versinken, all das, was sich jetzt zwischen ihnen wie eine unüberwindliche Mauer auftürmte. Er wünschte, sie wären Menschen mit einem ganz gewöhnlichen Leben.

»Sagt Ihnen der Name ›Nemecek‹ etwas?« fragte er unvermittelt.

»Nemecek?« Sie überlegte. »Nein, nichts.«

»Frants Nemecek ist der alte Doorman im Parc Five.« Er beobachtete sie aus den Augenwinkeln heraus.

Sie tat, als verstehe sie nicht, was er meinte.

»Sie haben zugegeben, daß Sie Bob gekannt haben«, sagte er, ohne den Blick von ihr zu lassen, »und Bob wohnte im Parc Five.«

Sie schwieg.

»Machen Sie es mir nicht noch schwerer, Diana. Sie sind im Parc Five ein und aus gegangen.«

Sie wurde kalkweiß. Sie preßte ihren Mund zu einem Strich zusammen, und ihre Backenknochen zeichneten sich ab. Die Augen waren groß und spiegelten Angst und Haß wie am Anfang ihres Beisammenseins.

»Schnüffler!« stieß sie erregt hervor. »Sie sind nichts als ein drekkiger, mieser Schnüffler!«

»Bitte, Diana.« Es klang beschwörend. »Ich will Ihnen wirklich nur helfen.«

»Ein Schnüffler sind Sie! Ein dreckiger, mieser Schnüffler! Und ich habe sie als ›großen Boß‹ bezeichnet! Ich Idiotin! Und in Wirklichkeit sind Sie nichts als ein gottverdammter, kleiner Schnüffler!«

»Frants hat mir alles erzählt, was sich am Sonntagabend zugetragen hat. Muß ich es Ihnen schildern?« Er dämpfte die Stimme.

Sie gab keine Antwort und sah an ihm vorbei.

»Wollen Sie es wirklich hören?« Er beugte sich zu ihr.

»Machen Sie, was Sie wollen«, antwortete sie gereizt, ohne ihn anzuschauen.

Er erzählte sein Gespräch mit Frants Nemecek in allen Einzelheiten.

»Ist das alles?« fragte sie abfällig, nachdem er geendet hatte.

»Ja.«

»Oder wollen Sie mich schon wieder hereinlegen?« Sie zeigte offen ihre Abneigung.

»Sie sollten mir vertrauen, Diana. Aber ich kann Sie natürlich verstehen, daß Sie mir mit Skepsis begegnen. Wir sind uns eben immer noch fremd. Leider.«

»Wer will mich angeblich gesehen haben? Dieser... Frants?«

»Beide Doormen. Frants Nemecek und Hillary.« Er setzte gedankenversunken hinzu: »Ich muß Sie um etwas bitten, Diana. Sie dürfen diese Namen gegenüber niemandem erwähnen. Ich weiß, was Sie sagen wollen, Diana.« Er machte eine Geste der Abwehr. »Aber denken Sie an Lillie Flam. Auch sie war eine Zeugin.«

»Mister Stolberg!« Sie war außer sich vor Empörung.

»Sie können mich ruhig ›Peter‹ nennen.«

»Ts!«

»Allright. Aber vergessen Sie Lillie nicht. Und behalten Sie die Sache mit den Doormen für sich.«

Sie senkte den Blick und schwieg.

»Bitte versprechen Sie es mir, Diana.«

Sie nickte.

»Woher kamen Sie am frühen Sonntagabend mit Bob?« fragte er leise

»Aus dem Central Park. Wir waren ein wenig spazierengegangen.« Sie setzte wie für sich selbst hinzu: »Bob ging gern in den Central Park.«

»Seine einzige sportliche Betätigung, ich weiß.« Er mußte daran denken, wie er einmal an einem brütendheißen Sommertag den Freund dazu hatte bringen wollen, daß er zum Schwimmen mit nach Long Island kam. ›Keine zehn Pferde kriegen mich ins Meer‹, hatte Bob damals abgewehrt, ›ich bleibe sportlich dem Central Park treu.‹ Und er war all die Jahre stolz darauf, daß er einmal am Tag die paar Schritte hinüber zum Park ging und entweder in zehn Minuten bis zur Freilichtbühne oder den kürzeren Weg bis zur ›Wunderland-Gruppe‹ lief.

»Und wohin gingen Sie beide am Sonntag?« fragte er. »Richtung Freilichtbühne oder...«

»Zur ›Wunderland-Gruppe‹. Dort waren wir...« Sie brach mitten im Satz ab.

Er schwieg. Sein Blick aber forderte sie auf, weiterzusprechen.

»Dort waren wir verabredet«, vollendete sie, »mit zwei Geschäftsfreunden von ihm.«

Die ›Wunderland-Gruppe‹ bilden überlebensgroße, schaurig-schöne kitschige Skulpturen aus Bronze, die sich um einen riesigen Pilz aus dem gleichen Material scharen und Figuren aus ›Alice im Wunderland‹, dem Märchen von Lewis Caroll, darstellen: den Hutmacher, den Märzhasen und die Haselmaus.

Die Gruppe steht auf einer Art Plattform im Norden des Teiches, im Hintergrund umgeben von Bäumen, Hecken und Büschen.

»Wie spielte sich die Sache im einzelnen ab?« Sein Blick ruhte nachdenklich auf ihr.

»Ich... es war schrecklich...« Sie schüttelte kurz den Kopf. »Nein, ich kann nicht.«

»Sie kamen also zur ›Wunderland-Gruppe‹...« Er versuchte ihr zu helfen.

Sie nahm seinen Gedanken auf: »Ja, wir kamen zur Gruppe.« Und auf einmal brach es aus ihr heraus: »Wir waren pünktlich. Aber kein

Mensch war zu sehen. Nicht einmal Passanten. Das Wetter war wohl zu schlecht. Ein Nieselregen. Wir haben zehn Minuten gewartet. Und gerade als wir wieder zurückgehen wollten, sind wir von hinten angesprochen worden. Noch ehe Bob reagiert hat, habe ich mich umgedreht. Unmittelbar hinter uns stand ein Mann. Er hatte sich wohl durch die Büsche herangeschlichen. Jedenfalls hatten wir ihn nicht kommen hören. Wir hatten unser Augenmerk nur auf die Wege gerichtet. Ich habe gerade noch gesehen, wie er zum Schlag ausgeholt hat. Ich wollte schreien, um Bob noch zu warnen. Doch es war zu spät. Ein zweiter Mann hat mir den Mund zugehalten. Woher und auf welche Weise er aufgetaucht war, ist mir noch jetzt ein Rätsel. Eigentlich konnte er sich nur von der Seite angeschlichen haben. Aber wie auch immer, er hat mir brutal mit einer Hand von hinten den Mund zugehalten und mich mit der anderen gewürgt. Ich habe noch gespürt, wie ich nach hinten fiel, dann hatte ich einen Blackout.«

Sie atmete tief durch, wie um die Erinnerung abzuschütteln, und fuhr fort: »Und als ich wieder bei Bewußtsein war, habe ich Bob leise wimmern gehört. Er hat hinter einer der Hecken gelegen und war übel zugerichtet.«

»Und die zwei Männer waren weg?« fragte Peter, da sie nicht weitersprach.

»Ja.«

»Und Sie haben natürlich keinen der beiden genau gesehen?« Er tat, als spreche er mitfühlend, und legte ihr die Antwort bewußt in den Mund. Er wollte sich endlich darüber im klaren sein, woran er mit ihr war. Aber im selben Augenblick merkte er, daß er Angst hatte, sie könnte seine Vermutung bestätigen und ihn belügen.

Doch sie verblüffte ihn und sagte: »Einen der beiden könnte ich identifizieren. Würde das genügen?«

»Ja.« Er wäre ihr am liebsten um den Hals gefallen. Er konnte ihr vertrauen.

»Ist ihnen nicht gut?« Ihr Blick schien ihn zu streicheln.

»Doch. Warum?«

»Sie sind plötzlich sehr blaß.«

»Wirklich?« Er lächelte. Sie hatte zum erstenmal ein mitfühlendes Wort an ihn gerichtet.

Ein paar Sekunden ruhten ihre Blicke ineinander, jedoch ohne eine Regung erkennen zu lassen.

Auf einmal lag vollkommene Stille über dem Raum.

»Der Wind hat aufgehört.« Sie sprach mehr zu sich selbst. Ihr Blick ging zum Bullauge.

»Wie sah der Mann aus, Diana?«

»Wer? Oh, natürlich!« Sie war in Gedanken versunken gewesen, und an ihren Mundwinkeln hatte sich ein flüchtiges Lächeln gezeigt. »Sie haben vorhin erzählt«, sagte sie sachlich, »daß es sich bei den beiden Männern, die Sie überfallen haben, um einen Bulligen und einen Filipino gehandelt hat. Habe ich Sie da richtig verstanden?«

»Ja.«

»Der Mann, der Bob niedergeschlagen hat, war auch ein Filipino.«

Er nickte, als bestätige sie ihm nur das, was er schon geahnt hatte. »Danke, Diana. Mit dem Hinweis haben Sie mir sehr weitergeholfen.« Und wie selbstverständlich legte sich seine Hand auf ihre.

Sie zog ihre Hand weg und sagte: »Auf welche Weise hilft der Hinweis Ihnen weiter?«

»Sie haben mir indirekt bestätigt, daß ich mindestens drei Männer ausfindig machen muß. Einen Filipino und mindestens zwei Weiße. Einen davon mit einer platten Nase wie Sammy Davies. Drei Männer, Diana. Mindestens drei.« Und mit einem Achselzucken: »Vielleicht sogar mehr.«

»Muten Sie sich da nicht zuviel zu? Ist es nicht einfacher, wenn Sie zur Polizei gehn?« Sie beobachtete seine Reaktion.

Er blieb gelassen. »Ich brauche Beweise, Diana. Beweise und Zeugen. Würden zum Beispiel Sie als Zeugin vor der Polizei auftreten?«

»Ich?« Sie erschrak und sagte hastig: »Nein, den Gedanken können Sie sich aus dem Kopf schlagen.«

»Na, sehen Sie. Und so wie Sie denken fast alle.« Er setzte nachsichtig hinzu: »Das ist eine der New Yorker Krankheiten. Gegen sie ist man hilflos.«

Sie streifte den Ärmel ihres Luchsmantels zurück, warf einen Blick auf die Uhr und sagte: »In einer knappen Stunde beginnt meine Abendvorstellung. Das Taxi braucht fünfzehn Minuten. Ich habe also nicht mehr viel Zeit.«

»Ich will mich beeilen. Bob hatte also übel zugerichtet hinter einer Hecke gelegen.« Er benützte ihre Worte und setzte kurz hinzu: »Wie lange ungefähr?«

»Vielleicht fünf Minuten. Ich habe keine Ahnung. Vielleicht auch nur zwei. Oder nur eine.«

»War es noch hell?«

Sie war unschlüssig. »Nicht hell. Aber auch noch nicht dämmerig. Ein ganz unwirkliches Licht.«

»War Bob schwer verletzt?«

»Ich... habe da keine Erfahrung. Sein Gesicht war blutig. Eine klaffende Wunde zog sich quer über die Stirn. Er hatte Mühe, auf die Beine zu kommen.«

»Und die Zähne?«

»Was meinen Sie?«

»Waren sie okay?«

Sie war verwundert. »Ich glaube schon.«

»Nicht eingeschlagen?«

»Nein.« Sie sah ihn mit großen Augen an. »Nein, das auf keinen Fall.«

»Wie haben Sie gehandelt?«

»Ich habe ihn gestützt.«

»Ich meine, ob Sie zum Beispiel die Polizei verständigt haben?«

»Nein. Bob war dagegen.«

»Gegen die Verständigung der Polizei?« Er sah sie ungläubig an.

»Ja. Er war ausdrücklich dagegen.«

»Mit welcher Begründung?«

»Mit keiner.«

»Hm. Eigenartig. Finden Sie nicht auch?«

»Nein.«

»Kann es vielleicht sein, daß er die beiden Männer kannte? Oder einen der beiden? Und daß dieser Umstand ihn dazu gebracht hat, nicht die Polizei...«

»Nein, das glaube ich nicht. Jedenfalls hat er mir nichts darüber gesagt.«

»Allright. Und wie haben Sie ihn zum Parc Five geschafft? Unter Mithilfe von Passanten?«

»Nein, allein. Es war niemand vorbeigekommen. Ich habe doch schon gesagt, das Wetter war nicht...«

»Natürlich, entschuldigen Sie, ich hatte es vergessen.« Er fuhr in seinem Gedankengang fort: »Und dann brachten Sie ihn also nach oben?«

»Ja.«

»Und dort? Wollte er auch dort von der Polizei noch nichts wissen?«

»Er hat mich noch einmal eindringlich gebeten, die Polizei aus dem Spiel zu lassen.«

»Und Sie haben ihn auch dann noch nicht nach einer Erklärung gefragt?«

»Er war der Meinung, die Sache sei alltäglich gewesen. Im Central Park müsse man eben mit so etwas rechnen. Und die Polizei sei gegen die Schläger des Parks ohnedies machtlos.«

»Haben Sie sich wenigstens vergewissert, ob die Schläger es auf Geld abgesehen hatten?«

»Ich hatte kein Geld bei mir.«

»Und Bob?« Die Frage erübrigte sich. Er wußte es im Augenblick, als er sie stellte. Wie viele New Yorker hatte auch Bob immer einen Zwanzig-Dollar-Schein bei sich. Nie mehr und nie weniger. Bei einem Überfall hätte er sich mit dem Schein freikaufen können. Und bei einer Leibesvisitation hätte er kein weiteres Geld verloren.

»Er hat nichts vermißt«, antwortete sie.

»Wie lange waren Sie bei ihm oben?«

»Nur ein paar Minuten. Ich mußte ja ins Theater.«

»Bob hat eine klaffende Wunde über der Stirn, und sein Gesicht ist voll Blut. Und Sie müssen ins Theater!«

»Ja.« Sie sah ihn wütend an.

»Ach? Und Bob war zusammengebrochen.« Es war eine Feststellung.

»Er hat sich ins Bad geschleppt, und ich ... habe ihm das Gesicht notdürftig vom Blut gesäubert.«

»Und dann haben Sie ihn in den Wohnraum zurückgeführt.«

»Ja.«

»Dort hat er sich aufs Bett gelegt.«

»Nein, auf die Couch.«

»Und Sie haben einen Arzt gerufen.«

»Nein.«

»Nein? Aber das war doch unumgänglich.«

»Er war nicht der Ansicht.«

»Aber das war doch ...« Er wollte sagen: ›... im höchsten Grad fahrlässig‹, doch in der Erregung verschluckte er es und setzte hinterher: »Das hätten Sie niemals zulassen dürfen.«

»Er hat darauf bestanden.«

»Na und! Womöglich war er schon nicht mehr voll entscheidungsfähig. Sie hätten von sich aus handeln müssen.« Er hob die Stimme an.

»Er hat darauf bestanden, daß weder die Polizei noch ein Arzt hinzugezogen werden sollten.« Auch sie sprach lauter als vorher.

»Egal. Es lag nur an Ihnen, selbständig zu handeln.«

»Er hat darauf bestanden, mehr kann ich nicht sagen.«

»Und dann sind Sie ins Theater gefahren und haben ihn allein gelassen?«

»Mir war nichts anderes übriggeblieben.«

»Sie haben einen wahrscheinlich Schwerverletzten allein gelassen.«

»Er hat mich weggeschickt. Ausdrücklich weggeschickt.«

»Oh, ich kann mir Bob sehr gut vorstellen. Sein ganzes Leben bestand aus Rücksichtnahme.«

»Ich habe ihm zugesagt, daß ich sofort nach der Vorstellung ..., und als ich zurückgekommen bin, da war er ...«

»... da war er tot«, vollendete er kaum hörbar.

Sie nickte.

»Bevor Sie ihn verlassen haben, um ins Theater zu fahren – hat sich da noch irgend etwas ereignet, was jetzt nachträglich von Bedeutung sein könnte?«

Als sie angestrengt überlegte, setzte er hinzu: »Vielleicht hat er irgend etwas gesagt? Eine Vermutung ausgesprochen, in bezug auf die beiden Schläger? Einen Wunsch geäußert?«

»Er war zuversichtlich, daß es ihm bald besser gehen würde.«

»Wie hat er gesprochen? Normal?«

»Nein. Sehr... sehr langsam. So, als ob er nicht genug Luft bekommen würde.«

»Und in diesem Zustand haben Sie ihn zurückgelassen und sind ins Theater gefahren?«

»Ich... konnte nicht anders. Und er hat mich darin bestärkt.« Sie sah von neuem auf ihre Uhr. »Auch jetzt kann ich nicht anders. Ich muß gehn.«

»Hat er kein Wort darüber verloren, daß die beiden angeblichen ›Geschäftsfreunde‹ nicht erschienen waren oder aber sich als Schläger entpuppt hatten?«

»Nein. Aber es war ihm wohl klar, daß er in eine Falle gegangen war.«

»Auf welche Weise hatte er das Rendezvous mit diesen ›Geschäftsfreunden‹ abgesprochen? Hat er sich an sie gewandt, oder war es umgekehrt?«

»Ich weiß es nicht. Er hat mir darüber nichts erzählt.«

»Und welche Art von Geschäft sollte getätigt werden?«

»Auch darüber weiß ich nichts.«

»Aber Sie müssen sich doch darüber mit ihm unterhalten haben?«

»Ich war mit Bob privat zusammen. Nur privat!« Sie sagte es mit starkem Nachdruck.

»Und als Sie zurückkamen und er tot war... was haben Sie da getan? Haben Sie wenigstens dann endlich die Polizei und einen Arzt gerufen?«

»Nein.« Sie schlug den Blick nieder. »Ich war völlig verstört. Ich war zu nichts fähig. Ich wollte nur weg.« Sie sah ihn an. »Können Sie es verstehn?«

»Kann sein. Und dann sind Sie fortgegangen?«

»Ja.«

»Und haben die Leiche einfach liegengelassen?«

»Ja.«

»Und wo? Ich meine, wo hat die Leiche gelegen? Auf der Couch?«

»Nein. Auf dem Fußboden. Neben dem Telefon. Wahrscheinlich wollte er noch...« Sie brach vor Erschütterung ab.

»Wahrscheinlich wollte er doch noch einen Arzt herbeirufen«, nahm er ihre Worte auf, und ganz zu sich selbst: »Armer Bob.« Und auf einmal kam ihm ein Gedanke, und er fragte sie: »Kennen Sie vielleicht die Männer, die gegen drei Uhr morgens die Leiche abtransportierten?«

»Nein.«

»Sie können mir also nicht sagen, warum und wie seine Leiche nach Potter's Field kam?«

»Nein.«

»Wirklich nicht?« Er sah sie durchdringend an.

»Nein.« Sie schüttelte den Kopf.

»Wie kamen Sie dann dazu, sie von dort zurückholen zu lassen?« Er hatte sie bei einer Lüge ertappt, dessen war er sich sicher.

Doch sie antwortete ruhig: »Ich habe am darauffolgenden Morgen beim Parc Five angerufen, und ich habe die Auskunft erhalten, daß Bobs Leiche nach Potter's Field gebracht worden war. Ich glaube, ich habe mit einem der Doormen gesprochen.«

Abermals hatte sie ihn in Erstaunen versetzt.

Sie erhob sich und schlug ihren Mantel übereinander. »Ich hoffe, Sie verstehn, daß ich jetzt gehn muß.«

Er nickte, legte einen Schein auf den Tisch und verließ mit ihr die ›Robert Fulton‹.

Die Dämmerung war hereingebrochen und es regnete leicht. Auf dem Viereck der Planken befanden sich nur noch ein paar Menschen.

Er ging mit ihr bis vor das eiserne Gittertor und winkte ihr ein Taxi heran.

Als sie schon eingestiegen war, hielt er die Tür noch auf und sagte: »Ich danke Ihnen, Diana. Sie waren mir eine große Hilfe. Sie haben mir sehr viel Neues gesagt. Sehr viel. Aber trotzdem sind noch viele Fragen offen. Ich würde Sie gern noch einmal...«

»Allright. Heute abend«, unterbrach sie ihn ungeduldig. »Holen Sie mich im Theater ab.«

»Einverstanden. Nur müssen wir uns woanders verabreden.«

»Wieder mit Indianerspielen?« fragte sie mit einem Anflug von Spott.

»Es läßt sich leider nicht vermeiden. Ich hinterlasse nach der Vorstellung für Sie bei Sardi's eine Nachricht. An der Bar. Einverstanden?«

›Sardi's‹, das berühmte Künstlerrestaurant, liegt wie das Belasco Theater in der Vierundvierzigsten Straße, nur über den Broadway hinweg. Zu Fuß waren es für Diana ein paar Minuten. Fahren konnte sie nicht, denn in der Vierundvierzigsten verlief der Verkehr in die entgegengesetzte Richtung. Gleich neben dem Eingang von ›Sardi's‹ war die Bar. An ihr traf sich alles, was Rang und Namen hatte.

»Allright«, sagte sie, schlug die Tür zu, und das Taxi fuhr weg.

9

In der Pause kam sie, wie bei jeder Vorstellung, vollkommen ausgepumpt in die Garderobe zurück.

Das Finale des ersten Teiles hatte wie immer ihren ganzen Einsatz gefordert, und Rose, ihre Garderobiere, hatte sie schon auf der Seitenbühne mit dem angewärmten Bademantel in Empfang genommen.

In der Garderobe saß Diana dann im allgemeinen zwei, drei Minuten mit geschlossenen Augen in ihrem Sessel vor dem wandlangen Spiegel, bis ihr Atem wieder gleichmäßig ruhig ging. Währenddessen hängte Rose gewöhnlich im Hintergrund leise die Kostüme für den zweiten Teil bereit, immer auf dem Sprung, Diana jeden Wunsch zu erfüllen, den sie aussprach.

Heute aber hatte sich Diana gerade völlig erschöpft in ihren Sessel fallen lassen, da sagte sie, heftig atmend: »Rose, laß mich allein.«

»Habe ich etwas falsch gemacht?« fragte Rose dienstbeflissen. Sie konnte sich Dianas Verhalten nicht erklären.

»Nein. Aber bitte geh.«

Rose verließ kopfschüttelnd die Garderobe. Diana zog sich das Telefon heran und wählte die vier-sieben-acht-neun-neun-neun.

Nach mehrmaligem Läuten wurde abgenommen.

»Hello.« Die volle, männliche Stimme.

»Boy?« Noch immer ging ihr Atem stoßweise.

»Baby, du?«

»Ja.«

»Ist was? Du bist nicht okay, ich höre es genau.«

»Ich bin im Theater. Nur etwas mitgenommen.«

»Natürlich, du hast ja jetzt Pause.« Er war erleichtert.

»Du wolltest mich beschützen!«

»Es ist da eine kleine Panne passiert. Ich werde das wieder in Ordnung bringen. Du kannst dich auf mich verlassen.«

»Du hast mir geschworen, daß du ihn nicht...«

»Aber, Baby! Ich sage doch, es ist etwas schiefgelaufen.«

»Du wolltest ihn beseitigen, Boy. Gib es zu.« Sie dämpfte die Stimme.

»Nun hör mir mal zu, Baby! Wenn ich dir verspreche, daß ich dich beschütze, dann mußt du die Sache schon mir überlassen.«

»Aber du hast geschworen, Boy. Geschworen!«

»Ja! Ja! Ja! Aber ich habe auch nachgedacht. Nach unserem Gespräch. Die Sache ist ein verdammt heißes Eisen. Und dieser Stolberg ist ein gewaltiges Risiko. Eigentlich das einzige.«

»Du hättest mich für alle Zeiten unglücklich gemacht.«

»He, Baby, das sind ja schlimme Töne.«

»Glaub mir doch endlich, Boy.« Sie schluckte.

»Ja ja, ich glaub dir.« Er wollte sie beruhigen und gleichzeitig aushorchen. »Ist er wieder aufgetaucht?«

»Ja.«

»Hat er dir wieder Angst gemacht?« Aus ihm sprach ehrliches Mitgefühl, sie spürte es deutlich.

»Er hat... er weiß jetzt... ich habe ihm alles erzählt.«

»Waaas? Du hast ihm...? Sag sofort, daß es nicht wahr ist! Sag es sofort, Baby, los!«

»Es ist wahr, Boy.«

»Aber, Baby!« Seine Stimme klang beklommen und war kaum vernehmbar. Eine Weile war es still in der Leitung, dann hatte er sich gefangen und sprach ruhig: »Weißt du, was du damit sagst? Damit sagst du, daß es aus ist. Aus für mich und aus für dich.«

»Du mußt mich verstehn, Boy. Bitte.« Sie sprach leise und nachdenklich.

»Ich will es versuchen. Aber ich glaube nicht, daß ich es kann.«

»Ich habe den Druck nicht mehr ausgehalten. Es war für mich einfach zuviel. Du hättest von Anfang an damit rechnen müssen. Und deshalb mußt du mich verstehn.«

»Hm. Es war ein Tiefschlag, Baby. Mit einem Tiefschlag muß man nicht unbedingt rechnen.« Und dann wieder bestimmt: »Was hast du ihm genau erzählt?«

Sie schilderte ihm ihr Gespräch mit Peter. Doch sie erzählte ihm nichts von den beiden Doormen vom Parc Five.

»Laß dich umarmen, Baby«, klang es aufatmend an ihr Ohr, nachdem sie geendet hatte. »Mein Gott, was für einen Schrecken hast du mir eingejagt! Die Sache ist zwar nicht ausgestanden, aber immerhin noch nicht verloren. Und ich habe schon gedacht, du hast ihm von mir erzählt.«

»Nein, Boy, das würde ich nie tun. Nie! Hörst du! Ich bin nicht so schäbig, wie du vielleicht...« Sie brach ab.

»...wie ich vielleicht annehme – wolltest du das sagen?«

»Kann sein.«

Er wechselte den Ton und sagte sachlich: »Wo ist dieser Stolberg untergetaucht? Ich habe ihn aus den Augen verloren.«

»Er hat es mir nicht gesagt.«

»Okay. Du triffst ihn also später bei Sardi's?«

»Ich brauche keine Beschattung, Boy. Bitte.«

»Du wirst es gar nicht merken.«

»Ich flehe dich an, Boy, brich nicht noch einmal deinen Schwur.«

»Okay. Er soll nur einen Denkzettel bekommen.«

»Nein! Du sollst ihn in Ruhe lassen! Hast du noch immer nicht begriffen?«

»Doch. Ich lasse ihn in Ruhe, und du horchst ihn aus. Lückenlos.«

»Du verstehst mich wirklich nicht.«

»Du mußt mir alles berichten. Alles! Natürlich auch, wo er untergetaucht ist.«

»Ist das wirklich so wichtig?«

»Eine Ratte muß man ganz unter Kontrolle haben, sonst wird sie unter Umständen zur tödlichen Gefahr.«

»Allright, ich melde mich wieder.«

»Ich muß wissen, worauf er eigentlich hinaus will. Das ist deine Aufgabe, Baby. Hörst du! Versteht er sich als Rächer? Als Polizist? Oder will er vielleicht nur herausbekommen, wie die Sache mit diesem Kellermann wirklich war? Hörst du, Baby, das alles mußt du bedenken.«

Sie ging nicht darauf ein. »Dann ist da noch etwas, Boy. Die Sekretärin von Evans. Sie ist tot.« Sie sprach kaum hörbar und machte eine Pause, um ihm Gelegenheit zu einer Entgegnung zu geben, doch er schwieg.

»Sie wurde überfahren«, setzte sie hinzu.

Er schwieg noch immer.

»Von einem Transporter in Ossining. Sagt es dir nichts, Boy?«

»Warum fragst du?«

»Weil diese Sekretärin eine von Stolbergs Zeugen war.«

»He, noch mal! Eine von… soll das heißen, es gibt noch mehr?« fragte er aufmerksam.

»Ja, du sollst es ruhig wissen.«

»Dann mußt du auch diese Sache herausbekommen.«

»Nein.«

»He, was soll das?«

»Ich werde dir keine Namen mehr liefern. Ich werde dich wissen lassen, was Stolberg vorhat. Das ist alles, was ich für dich tun kann. Hast du mich jetzt endlich verstanden?«

»Ich vertraue dir, Baby.«

Sie überging es. »Und keine Beschattung bei Sardi's. Hörst du! Sonst kannst du nicht mehr auf mich zählen.«

»Behalte die Nerven, Baby.« Es klang drohend.

Doch sie hörte es nicht mehr. Sie hatte schon aufgelegt.

10

Der Schlußbeifall war noch nicht ganz verebbt, da lief sie in fliegender Hast von der Bühne, beachtete weder die Anordnung des Abendregisseurs, für einen ›letzten Vorhang‹ dazubleiben, noch Rose, die mit dem Bademantel bereitstand, lief die niedrigen Flure entlang in Richtung Garderobe, drängte sich vorbei an Bühnenarbeitern und allen möglichen anderen Leuten, die jetzt hinter der Bühne geschäftig wurden, und wäre beinahe in ein fahrbares Kostümgestell gelaufen, das einer der Helfer vor sich herschob.

Wenn sie sich beeilte, würde sie noch vor Boys Männern bei Sardi's sein. Denn sie kannte Boy nur zu gut. Er würde sein Versprechen nicht halten und sie doch beschatten lassen. Sie mußte ihn überlisten.

Die Tür fiel hinter ihr laut ins Schloß. So schnell sie konnte, streifte sie ihr Kostüm ab, setzte sich, nackt wie sie war, vor den Spiegel, schlug sich Fett ins Gesicht und begann hastig mit dem Abschminken.

Rose kam herein. Sie war hinter ihr hergerannt und außer Atem.

»Rose, schnell meine Sachen!« – »Rose, die Strümpfe, so mach schon!« – »Rose, Stiefel, Jacke und Mantel!«

Rose erfüllte ihre Wünsche, behend, unaufdringlich und schweigend. Diana hatte schon die Hand am Türgriff, da erst sagte Rose behutsam mahnend: »Die Wimpern, Diana.« Diana hatte vergessen, sich die falschen Wimpern abzuziehen.

»Danke, Rose. Aber jetzt bleiben sie dran. Hab keine Zeit mehr.«

»Ein Verehrer?« Rose konnte ihre Neugier nicht mehr länger unterdrücken.

»Quatsch! Ich wünsch dir 'n schönen Abend, Rose.«

Diana war aus der Tür und wollte den Flur vor zum Bühnenausgang laufen. Da prallte sie gegen Peter Stolberg.

»Sie?« Sie sah ihn entgeistert an.

»Ja. Warum nicht? Wenn es hart auf hart geht, muß man sich was einfallen lassen.« Er führte sie sanft, aber bestimmt in die Richtung zum Publikumsausgang. »Um die Ecke wartet ein Taxi. Auf der Sixth Avenue. Ich dachte, so sind wir wohl in Sicherheit.«

11

»Der Trick war gut. Ein Indianerspiel inszenieren, doch dann auf die Inszenierung verzichten und den Gegner ins Leere laufen lassen. Ein ausgebuffter Profi kann es nicht besser.« Sie sagte es ohne Hintergedanken.

»An einer Aufgabe wächst man«, schwächte er ab und stellte gleich darauf hart die Frage: »Was wissen Sie über meinen Gegner?«

»Ich? Nichts.« Ihre Hände spielten nervös mit der Serviette, die noch zusammengefaltet neben dem Besteck lag. »Ich wollte nur andeuten, daß ihr Trick einen Gegner ausmanövriert hätte. Der Kerl hätte natürlich seinen Posten in der Nähe von Sardi's bezogen.«

Sie saßen sich im ›Café des Artistes‹ gegenüber. Das Restaurant galt für Gourmets nach wie vor als Geheimtip. Peter hatte vorbestellen müssen, sonst hätten sie nicht einmal auf den Namen Diana Lester einen Tisch bekommen.

Ein dunkel getäfelter Raum mit wandhohen erotischen Jugendstilmotiven. Ihr Tisch stand in der hintersten Ecke. Hier waren sie ungestört.

»Wissen Sie, daß wir uns hier in einem begehrten Wohnhaus befinden? Daß in Nummer sieben der Siebenundsechzigsten West schon Greta Garbo, Gloria Swanson, Noël Coward, George Abbot und weiß Gott wer gewohnt haben und Lindsay, der frühere Bürgermeister von New York, noch heute hier wohnt?« Ihr Blick war offen.

»Was wissen Sie über meinen Gegner, Diana?« sagte er mit unbewegtem Gesichtsausdruck.

»Nichts. Auch nichts, wenn Sie noch so oft fragen.«

»Zwei Männer, angeblich vom Beerdigungs-Department, haben Bobs Leiche gegen drei Uhr morgens aus dem Parc Five abgeholt und nach Potter's Field gebracht«, sagte er, »aber weder Frants noch Sie, Diana, wollen die Polizei, einen Arzt oder das Beerdigungs-Department verständigt haben. Wie erklären Sie sich das?«

Ihre Hände nahmen das Spiel mit der Serviette wieder auf. »Vielleicht sagt der Doorman nicht die Wahrheit.«

»Oder vielleicht Sie, Diana?«

»Die Frage müssen Sie sich selbst beantworten.«

»Frants hat erst durch die Leichenträger von Bobs Tod erfahren. Sie, Diana, haben schon Stunden vorher davon gewußt.«

Sie sah an ihm vorbei und schwieg.

»Was Frants gesagt hat, nehme ich ihm ab«, sagte er, »warum sollte er es verschweigen, wenn er das Beerdigungs-Department angerufen hätte? Nein, es ergibt keinen Sinn. Und er hat auch mit niemand anderem über die Sache gesprochen. Nicht einmal mit seinem Kollegen Hillary.« Er setzte beschwörend hinzu: »Diana!«

Ihre Blicke trafen sich. »Sie trauen mir nicht«, sagte sie ausdruckslos.

»Ich kann nicht anders. Sie schulden mir einfach den Beweis Ihrer Aufrichtigkeit.«

»Ich habe Ihnen alles erzählt, was ich weiß. Was verlangen Sie denn noch von mir?«

»Sie haben mir sehr viel gesagt, Diana. Aber nicht alles. Zum Beispiel nicht, wer die beiden angeblichen Leichenträger bestellte.«

»Ich weiß es wirklich nicht.«

»Sie haben gesagt, daß Sie vor der Leiche sozusagen geflohen sind. Daß Sie vollkommen kopflos waren. Daß Sie deshalb auch keinen Arzt und keine Polizei verständigt haben. Der Schrecken saß Ihnen also in den Gliedern, habe ich recht?«

»Ja.«

»Kann es nicht sein, daß Sie sich in dieser Lage jemandem anvertraut haben, Diana? Jemandem, der dann an Ihrer Stelle das Beerdigungs-Department anrief? Es wäre doch verständlich.«

»Nein.«

»Ihre Aussagen wären für die Polizei natürlich ein gefundenes Fressen.«

»Ich habe alles nur Ihnen erzählt.«

»Und warum haben Sie es mir erzählt? Aus Menschenfreundlichkeit? Nein. Doch wohl nur aus Angst, ich könnte es zum Skandal kommen lassen? Aber das biegen Sie nicht mit ein paar unbedeutenden Angaben ab. Ein Skandal läßt sich nur vermeiden, wenn Sie mir alles sagen. Rückhaltlos.«

»Die perfekte Erpressung. Stück um Stück.«

»Für mich geht es um Bob. Da ist mir jedes Mittel recht.«

»Und für mich geht es um mich.«

»Ich gestehe Ihnen zu, daß Sie nicht gern als Zeugin auftreten Aber ich kann es nicht zulassen, daß Sie mir einen entscheidenden Hinweis verschweigen. Wer hat das Beerdigungs-Department verständigt, Diana?« Er sah sie durchdringend an.

Der Kellner trat heran und brachte die bestellten Sirloin Steaks und den Wein. Für ein paar Augenblicke konnte sie sich der Frage entziehen. Als der Kellner wieder verschwand und sie mit dem Essen begannen, stellte Peter die Frage noch mal: »Wer hat das Beerdigungs-Department angerufen, Diana?«

Sie lächelte flüchtig und sagte bittend: »Genügt es Ihnen denn nicht, daß ich heute mit Ihnen esse?«

Für einen Moment war er sprachlos. Dann lächelte er zurück. »All-right. Genießen wir die herrlichen Steaks.«

Sie unterhielten sich während des Essens nur über Belangloses. Sie erzählte von einer neuen Musicalproduktion, die am Broadway demnächst unter dem Titel ›Music is‹ herauskommen sollte und sich als Vorlage – zum wievielten Male schon? – ein Stück von Shakespeare nahm, und er erläuterte ihr, was ihn für New York besonders eingenommen sein ließ: die Menschen mit ihrem ausgeprägten Sinn für Individualismus.

Der Kellner hatte gerade abgeräumt und eine neue Karaffe mit Wein auf den Tisch gestellt, da nahm Peter sein Thema wieder auf. »Wer hat das Beerdigungs-Department verständigt, Diana?« Er schloß jeden Zweifel aus, daß er nicht mit sich spaßen ließ.

»Sie vertrauen den Doormen blind!« Sie gab nicht nach. Ihre Hand umschloß das Glas Wein.

»Nicht blind. Weder Frants noch Hillary wußten bis zum Eintreffen der Leichenträger, daß Bob tot war.«

»Und als Beweis für die Richtigkeit dieser Darstellung genügt Ihnen die Aussage des Doormans Frants Nemecek! Sie vertrauen ihm also mehr als mir. Sie messen mit zwei Maßstäben. Das ist nicht fair.«

»Nennen Sie mir einen ersichtlichen Grund, warum Frants verschweigen sollte, daß er es war, der das Beerdigungs-Department anrief.«

»Es ist nicht mein Fall. Es ist Ihrer.«

»Nein, Diana, es ist unserer. Der Fall verbindet uns unrettbar miteinander. Nennen Sie mir also einen Grund, warum Frants...«

»...und warum nicht dieser Hillary? Warum scheidet er für Sie von vornherein aus?«

»Und welchen Grund sollte Hillary gehabt haben...?«

»Den gleichen wie Frants.«

»Sie machen mich neugierig.« Er beugte sich über den Tisch, und ihre Gesichter waren einander nahe.

»Ja, es könnte Neugier gewesen sein«, sagte sie leise und hielt seinem Blick stand. »Ist ein Doorman denn nicht schon aufgrund seines Jobs neugieriger als andere Menschen? Und Frants... oder auch Hillary... könnte, von Neugier getrieben, hinauf ins siebente Stockwerk gefahren sein, um sich zu vergewissern, wie es Bob denn wohl gehe.« Plötzlich kam ihr ein neuer Einfall: »Vielleicht hat sie aber gar nicht die Neugier getrieben, sondern Bob.«

»Bob?«

»Ich habe ihn tot neben dem Telefon liegend aufgefunden.«

»Sie meinen, er hat..?«

»Es wäre wohl naheliegend gewesen. Oder wollen Sie es bestreiten?« sagte sie leidenschaftlich. »Er konnte gerade noch den Hausruf tippen. Und dann ist einer der Doormen erschienen. Und stand vor einer Leiche. Na, wenn das kein Grund ist, sich aus einer Sache herauszuhalten!«

»Und warum sollte er dann das Beerdigungs-Department verständigt haben?«

»Und warum sollte ich es verständigt haben?« Sie trank ihm herausfordernd zu. »Cheers!«

Unwillig hob er ihr sein Glas entgegen. Er dachte angestrengt nach. »Sie haben schon heute nachmittag einmal gesagt, Bob habe tot neben dem Telefon gelegen.«

»Ja. Und ich habe es eben noch mal wiederholt.« Sie verstand nicht, worauf er hinauswollte.

»Sie haben aber nicht davon gesprochen, daß der Hörer abgenommen und zum Beispiel das Freizeichen zu hören war.«

»Ach? Habe ich vergessen, es zu erwähnen?«

»Ja. Sie haben zweimal vergessen, etwas ganz Entscheidendes zu erwähnen. Zum Beispiel, daß Bob den Hörer vielleicht noch in der Hand liegen hatte oder wenig daneben. Oder daß der Hörer an der

Schnur herunterhing. Oder der Apparat vielleicht auf den Fußboden gefallen war. Sie haben zweimal lediglich davon gesprochen, daß Sie Bob tot in der Nähe des Telefons liegend angetroffen haben.«

»Neben dem Telefon. Neben!«

»Meinetwegen neben dem Telefon, darauf kommt es nicht an. Aber es kommt darauf an, daß Sie heute nachmittag den Ablauf der Ereignisse sehr ausführlich geschildert haben.«

»War das etwa falsch?« fragte sie streitbar.

Er überging ihre Frage. »Und bei dieser ausführlichen Schilderung fanden Sie es nicht nur nicht erwähnenswert, daß Bob offensichtlich mitten in einem Telefongespräch starb oder daß er zumindest den Hörer abgenommen hatte und im Begriff war, eine Nummer zu tippen. Nein, Sie haben sogar ausdrücklich davon gesprochen, daß er ›wahrscheinlich telefonieren wollte‹. ›Wahrscheinlich!‹ Das heißt soviel wie, er hat sich auf dem Weg zum Telefon befunden, als er starb.«

»Sind das nicht Spitzfindigkeiten?« Ihr Blick flackerte.

»Nein, das sind keine Spitzfindigkeiten. Das ist nur eine harte, aber klare Beurteilung Ihrer Schilderung.«

»Ich empfinde es als haarspalterisch.«

»Und ich denke, Sie haben sechs Tage lang Zeit gehabt, sich mit den Ereignissen vom Sonntagabend auseinanderzusetzen. Und gewiß haben Sie sich selbst die Schilderung schon mehrmals gegeben. Oder vielleicht auch schon anderen Menschen.«

»Verrückt!«

»Wenn Bob tatsächlich mitten in einem Telefongespräch oder beim Tippen einer Nummer gestorben wäre, hätten die Umstände, unter denen Sie ihn aufgefunden haben, unmißverständlich darauf hingewiesen, und Sie hätten diese Hinweise nie unerwähnt gelassen. Und mir gegenüber schon gar nicht.«

Sie preßte ihre Lippen zu einem dünnen Strich zusammen, wie um sich voll zu konzentrieren. Er ließ ihr Zeit, und nach einer Weile sagte sie: »Und wenn ich einfach vergessen habe, es gerade Ihnen gegenüber zu erwähnen?«

»Ich habe Ihnen schon gesagt: Sie haben es nicht nur einmal ›vergessen‹, sondern zweimal.« Es klang bitter. Er wechselte den Ton und sagte sehr bestimmt: »Nein, Diana, ich nehme es Ihnen nicht ab. Wenn Sie mir keine glaubwürdigere Erklärung geben können, stehen wir wieder am Anfang unseres Gesprächs.«

»Und das bedeutet?«

»Ich habe Sie schon heute nachmittag wissen lassen, daß mir dann nur die Flucht in die Öffentlichkeit bleibt. Der Skandal. Ohne Rücksicht.« Um seinen Worten Gewicht zu verleihen, log er: »Ich habe schon alles in die Wege geleitet. Ich brauche sozusagen nur noch auf den bewußten Knopf zu drücken.«

Unwillkürlich dachte er auf einmal an Albrecht Wellinghofen, den Schulfreund aus der Zeit in Hannover. Er war einer der ersten deutschen Journalisten gewesen, die nach dem Krieg einen Job in den USA angenommen hatten. Vor ein paar Jahren noch hatte er das New Yorker Büro einer deutschen Presseagentur geleitet. Peter war damals durch Zufall auf ihn gestoßen. Doch ihre Beziehung war auch früher nie sonderlich eng gewesen, und so hatten sie sich wieder aus den Augen verloren. Ob Wellinghofen noch den alten Job hatte? Ob er Peter helfen konnte, wenn es darauf ankommen sollte? Warum sollte er es nicht können? Als altgedienter New Yorker Pressemann hatte er gewiß Beziehungen.

»Und warum haben Sie noch nicht auf den ›bewußten Knopf‹ gedrückt?« fragte sie anzüglich.

»Auch das habe ich schon durchblicken lassen: Ich setze auf meine Menschenkenntnis und glaube an Sie. Aber dieser Glaube ist natürlich nicht unendlich strapazierbar.« Seine Stimme wurde streng: »Wer hat das Beerdigungs-Department verständigt, Diana?« Er beobachtete jede ihrer Regungen.

Sie stützte sich mit dem Ellenbogen auf den Tisch, verschränkte die Hände ineinander, schlug die Augen nieder und schwieg. Sie erkannte, daß es für sie keinen Ausweg mehr gab. Nach einiger Zeit sagte sie leise, als spreche sie nur zu sich selbst: »Ich. Ich habe es verständigt. Und ich kann mir selbst nicht erklären, warum ich es verschwiegen habe.«

Er sah sie gedankenverloren an. Doch sie lächelte. Es wirkte hilflos. Und ganz allmählich ging sein Ausdruck auch in ein Lächeln über, und sie schien sein Lächeln dankbar entgegenzunehmen. Für ein paar Sekunden wollte er glauben, zwischen ihnen stelle sich so etwas wie Vertrautheit ein.

Gleich darauf aber waren sie beide wieder Gegner.

»War es wirklich das Beerdigungs-Department, das Sie verständigt haben? Oder war es vielleicht nicht doch eine andere Nummer?«

»Auch jede Erpressung hat einmal ein Ende. Nämlich dann, wenn alles gesagt ist.«

»Aber es ist eben noch nicht alles gesagt. Sie erinnern sich also nicht an einen Mann, der in etwa wie Sammy Davies junior aussieht? Einen Mann, der einer der beiden Leichenträger gewesen sein könnte, die morgens gegen drei den Doorman Frants herausgeklingelt haben?«

»Nein.«

»Denken Sie doch bitte noch mal scharf nach. Es wäre Ihr erster Hinweis, der mir wirklich weiterhelfen könnte.«

»Der erste? Nachdem ich Ihnen alles gesagt habe, was ich weiß?«

»Ja. Erstaunlich, was? Sie sind sehr geschickt, Diana. Denn nichts von allem, was Sie mir bisher erzählt haben, war dazu angetan, mich auf eine Spur zu bringen. Wirklich äußerst geschickt. Vielleicht sollte ich sagen: genau nach Plan.«

»Und Sie haben Angst.« Ihre Stimme klang fest.

»Angst? Wovor? Vor den beiden Killern?«

»Angst vor sich selbst. Angst, Sie könnten mir Vertrauen entgegenbringen. Angst, Sie könnten mir offen entgegentreten. Angst, Sie könnten sich Ihrem Gefühl ergeben.«

»Meinem Gefühl?«

»Sie machen mir nichts vor. Ich bin eine Frau. Und eine Frau nimmt bei einem Partner die geringste Regung wahr. Auch wenn sich der Partner als Gegner gibt.«

Er sah sie durchdringend an. »Und Sie? Haben Sie nicht auch Angst?«

»Nein.«

»Nicht die Angst, die Sie mir nachsagen, Diana. Einfach Angst, ich könnte dahinterkommen, wie sehr Sie in die Sache mit Bobs Tod verwickelt sind.«

»Sie sind ja verrückt.«

Er überging es. »Es ist eine verständliche Angst, Diana. Eine Angst, die Ihnen manchmal fast die Kehle zuzuschnüren scheint. Und ich spüre die Angst ganz deutlich bei Ihnen.«

Sie schnitt ihm das Wort ab: »Ihre Überheblichkeit ist hier fehl am Platz. Mit ihr lassen sich vielleicht geschäftliche Erfolge erzielen. Aber keine menschlichen.« Sie machte eine Pause, um ihm Gelegenheit zu einer Erwiderung zu geben.

Doch er sagte nur: »Sprechen Sie weiter. Ich höre zu.« Er sah sie erwartungsvoll an.

»Sehr viel ist dazu nicht zu sagen.« Ihre Stimme klang auf einmal unsicher. »Sie tragen Ihr Gefühl mir gegenüber ja offen genug zur Schau.«

»Haben Sie nicht eben noch behauptet, ich habe Angst, Ihnen offen entgegenzutreten?«

»Das ist absolut kein Widerspruch. Ein Mann kann seine Gefühle nur sehr schwer verbergen. Und Sie zeigen mir rücksichtslos, daß Sie mir mißtrauen.«

»Urteilen Sie nicht allzu hart?«

»Die Wahrheit ist nie rosarot. Sie ist grell und taktlos. Und oft auch brutal. Aber man weiß, woran man ist.«

»Und Sie glauben jetzt zu wissen, woran Sie mit mir sind.« Er sah sie offen an.

»Ja.«

»Sind Sie sich da wirklich ganz sicher?«

»Ein Mann ist in seinen Gefühlen wie ein offenes Buch«, sagte sie, »er hat nur Angst, sich dazu zu bekennen. Ja, ich behaupte, er wehrt sich sogar gegen Gefühle, die ihm entgegengebracht werden. Gefühle sowohl seelischer als auch körperlicher Natur. Seine Selbstherrlichkeit als Mann läßt es zum Beispiel nicht einmal zu, einfach zu glauben, er könne ohne Hintergedanken gestreichelt werden. Er glaubt entweder an vorsätzliche Zärtlichkeit, oder aber er bezahlt dafür.«

»Ein vernichtendes Urteil.«

»Nicht unbedingt. Denn es könnte Ausnahmen geben. Sie zum Beispiel. Obwohl ich mich gerade vom Gegenteil überzeugen mußte.«

»Schade. Vielleicht wäre ich für Sie gern die Ausnahme gewesen.« Er lehnte sich erwartungsvoll zurück.

»Auch diese Äußerung bestätigt meine Meinung. Sie sagen ›vielleicht‹ und lassen sich auf die Weise eine Hintertür offen. Aus Angst vor Ihrem Gefühl?«

»Ich will nicht bestreiten, daß es so sein könnte«, sagte er nachdenklich. »Und die Frau? Ist sie anders?«

»Eine Frau ist für alle Gefühle, die man ihr entgegenbringt, empfänglich. Ja, sie badet sich geradezu in den ihr erwiesenen Gefühlen. In jeder Situation. Nicht nur beim Koitus. Und sie nimmt gern alle Zärtlichkeit als etwas vollkommen Normales und nur auf sie persönlich Bezogenes entgegen.«

»Und sie hat keine Angst, ihre Gefühle zu offenbaren?«

»Im Gegenteil. Und sie läßt alle Welt wissen, wenn sie unglücklich verliebt ist, und das geschieht nicht gerade selten. Ja, sie unternimmt nicht einmal den Versuch, ihre innere Regung zu verbergen.«

»Aber eine Frau kann sehr verschlossen sein.«

»Wenn sie es als notwendig erachtet, ja. Auch hier unterscheidet sie sich grundlegend vom Mann. Sie ist dann eine wahre Meisterin im Verbergen ihrer Gefühle. Eine Meisterin im Verbergen der Wahrheit.« Sie sah ihn abwartend an, ehe sie mit Nachdruck weitersprach: »Nehmen Sie zum Beispiel mich. Mir gelingt es, Ihnen die Wahrheit über mich und meine Gefühle derart gut zu verbergen, daß Sie mir nicht einmal vertrauen.« Als er ungläubig reagierte, setzte sie angriffslustig hinterher: »Und Sie berufen sich auf Ihre Menschenkenntnis.«

Er schwieg. Seine Menschenkenntnis hatte ihn in den letzten Tagen schon ein paarmal im Stich gelassen.

Sie spürte, daß ihre Worte ihn nachdenklich machten, und fuhr fort: »Am deutlichsten treten die Gefühle der Menschen in ihren Wünschen zutage.« Sie trank einen Schluck Wein und stellte das Glas versonnen auf den Tisch zurück. »Wünsche. Ein weites Feld, um einen Menschen kennenzulernen.«

»Die unerfüllten prägen den Menschen stärker als die erfüllten«, setzte er ihren Gedanken fort und schränkte gleich darauf ein: »Aber ein Mensch ohne Wunsch ist zu bedauern.«

»Wünsche«, sagte sie leise, »kleine und große, bescheidene und maßlose. Ich glaube, sie fressen sich alle gegenseitig auf.«

Er schwieg von neuem und dachte: Was für eine ungewöhnliche Frau ist sie doch. Schnell und klar in der Diskussion – und vollkommenes Weib, warm und empfindsam in ihrer Ausstrahlung.

Sie aber schien auf einmal in der Erinnerung versunken zu sein und sprach, als wollte sie das Thema abschließen: »Ich war zwanzig und hatte einen Vertrag ans Berkshire Lyric Theater. Eine Hauptrolle in ›Tausend Wünsche‹. Das Finale vor der Pause gehörte mir allein. Das Lied war vielleicht keine literarische Offenbarung. Aber es war mein erster großer Erfolg. Und der verdammte Refrain geht mir wahrscheinlich nie mehr aus dem Kopf.«

Leise sprach sie vor sich hin: »...schon als Kind hast du tausend Wünsche und einen – und erfüllen sich tausend, wirst um den einen du weinen – doch die Mutter sagt: nur so lernst du das Hoffen – denn ein Wunsch im Leben bleibt immer offen.«

Obwohl er spürte, daß sie ihn für einen Moment vergessen hatte, hatte er das Gefühl, daß sie mit diesen vier Zeilen allein ihn gemeint hatte. »Ein Wunsch bleibt immer offen«, wiederholte er den Gedanken der letzten Zeile.

Ruckartig warf sie den Kopf zurück. »Ich möchte gehn.«

»Aber...« Für einen Augenblick war er verwirrt. Er konnte sich ihren plötzlichen Entschluß kaum erklären. Wenn es nach ihm gegangen wäre, hätten sie noch stundenlang beisammenbleiben können.

»Entschuldigen Sie mich bitte vorher noch kurz.« Sie erhob sich, ging an den noch immer vollbesetzten Tischen vorbei und verschwand durch die Tür, die sich neben der kleinen Theke befand.

Eine beängstigende Ahnung befiel ihn. Was war, wenn sie zum Telefon ging und ihn an die beiden Killer verriet?

Er ging ihr nach. Der Apparat hing im schmalen Flur, der zu den Toiletten führte. Niemand war zu sehen. Er wartete. Nach einer Weile kam sie zurück.

Mit einem Blick auf den Apparat sagte sie anzüglich: »Trauen Sie mir auch jetzt noch nicht?«

Er zuckte bedauernd die Schultern.

Als sie wieder an ihrem Tisch saßen, sagte sie mitfühlend: »Sie tun mir leid. Sie tun mir wirklich leid, Peter.«

Er horchte auf. Sie hatte ihn ›Peter‹ genannt. Einfach so. Sie hatte seinen Vornamen nicht vergessen, obwohl er sich ihr nur einmal undeutlich mit vollem Namen vorgestellt hatte.

Nein, er mußte bei der Wahrheit bleiben: heute nachmittag auf der ›Robert Fulton‹ hatte er sie sogar angehalten, ihn Peter zu nennen. Es war also nichts Besonderes, daß sie noch wußte, wie er mit Vornamen hieß.

Die Fahrt zur Park Avenue verlief schweigend. Er hatte eingesehen, daß Diana abgespannt war und mit dem Schlaf kämpfte und kein Gespräch mehr führen wollte. Doch als das Taxi an der Vordachmarkise des Hullingford Appartementhauses hielt, da sagte er, was er ihr schon im Café des Artistes hatte sagen wollen: »Ich habe noch viele Fragen an Sie, Diana. Zum Beispiel die Frage, wie Sie Bob kennengelernt haben.«

»Morgen ist Sonntag«, antwortete sie mit schwacher Stimme, »da habe ich nur eine Abendvorstellung. Rufen Sie mich gegen Mittag an.«

Arthur, der weißhaarige Doorman, hielt ihr die Wagentür auf, und Diana stieg aus und ging ins Haus, ohne sich noch mal umzudrehen.

Peter betrat das Plaza durch den Kellereingang der Angestellten. Er hatte sich vorher überzeugt, daß ihm niemand gefolgt war.

Er zeigte dem Time Keeper seine Plakette ›Pass contractor‹, die ihm Loussier, der Resident Manager, »für alle Fälle« zur Verfügung gestellt hatte, und der Time Keeper tat durch ein freundliches Nicken und ein »Allright, Sir« kund, daß er durchgehen konnte.

Im Tiefgeschoß herrschte auch um diese späte Tageszeit noch hektische Betriebsamkeit. Er ging durch die unüberschaubar große Küche, vorbei an den chromblitzenden Theken für die Röstküche, die Fischküche, die Bratenküche, die Saucen- und Suppenküche, entlang an den in breiten Reihen bereitstehenden, frisch vorgedeckten Servicewagen und hinein in den schmalen, niedrigen Gang, der in Richtung Kantine führte.

Jetzt erst wurde ihm voll bewußt, welchen anstrengenden, nervenaufreibenden Tag er hinter sich hatte, und er dachte an Lillie Flam.

Er gab sich indirekt die Schuld an ihrem Tod. Er hatte Diana durch Lillies Hinweis ausfindig gemacht. Hätte er das Gespräch mit Frants Nemecek, dem Doorman vom Parc Five, schon geführt, noch ehe er Evans' Krematorium aufgesucht hatte, er wäre durch Frants auf Diana gestoßen und hätte Lillies Hilfe nicht in Anspruch genommen. Mit großer Wahrscheinlichkeit wäre Lillie aus der ganzen Angelegenheit herausgehalten worden und noch am Leben.

Hatte er aber ahnen können, daß ihn ein Gespräch mit Frants Nemecek zu der Frau führen würde, die Tönissens New Yorker Büro von Bobs Tod verständigt hatte? Nein, er durfte sich keine Vorwürfe machen, so nahe ihm Lillies Tod auch ging.

Vor ein paar Tagen hatte er die Hintergründe der verworrenen Geschichte unmöglich herausbekommen können. Er erahnte sie ja heute noch nicht einmal annähernd.

Er lag im Bett und knipste das Licht aus. Ehe er einschlief, beschäftigten sich seine Gedanken mit Diana. Nicht nur er hatte ihr gezeigt, daß er ihr so etwas wie Sympathie entgegenbrachte. Auch sie hatte ihm das gleiche bewiesen.

Morgen jedoch würde er von diesem Gefühl freikommen. Morgen wollte er sie zwingen, ihm die volle Wahrheit im Zusammenhang mit Bobs Tod zu sagen.

12

Das Telefon schrillte. Er fuhr aus tiefem Schlaf hoch und knipste das Licht an. Es blendete ihn, und er hielt sich unwillkürlich die Hand vor die Augen.

Das Telefon schrillte abermals. Er zog sich die Armbanduhr vom Nachttisch heran.

Es war kurz vor vier Uhr morgens.

Um diese Zeit galt der Anruf wohl kaum ihm. New York schlief. Und wahrscheinlich auch die Telefonzentrale.

Deutschland! Natürlich, Deutschland konnte es sein! Drüben war es jetzt kurz vor neun Uhr, und in den Büros lief der Betrieb schon auf Hochtouren.

Unsinn. Heute war Sonntag.

Er griff nach dem Hörer und hob ab.

»Herr Stolberg?« Eine weibliche Stimme, die ihm bekannt erschien.

Doch er brauchte ein paar Sekunden, bis er ganz zu sich kam. »Karin?« fragte er zögernd zurück.

»Ja«, antwortete Karin Mebius. »entschuldigen Sie bitte, wenn ich Sie um diese Zeit...«

»Es ist sicher dringend.« Er bemühte sich, freundlich zu klingen.

»Ja, es ist dringend. Ich habe gestern den ganzen Tag versucht, Sie zu erreichen...«

»Tönissen?«

»Ja. Er läßt sich nicht mehr länger hinhalten. Er besteht darauf, daß ich Sie bis heute früh erreiche, oder er kommt mit der Mittagsmaschine herüber. Ich war also einfach gezwungen, Sie so früh anzurufen.«

»Schon gut. Will er mich anrufen, oder soll ich ihn...«

»Ich habe ihm versprochen, daß Sie sich melden. Spätestens bis zehn.«

»Vielen Dank, Karin. Ah, noch etwas: Weiß er, wo ich jetzt wohne?«

»Nein, Herr Stolberg. Sie haben mir doch ausdrücklich gesagt, daß ich niemandem...«

»Sie haben richtig gehandelt, Karin. Niemand soll wissen, wo ich wohne. Auch Tönissen nicht. Das vereinfacht die Sache. Halt, noch etwas: Wo sind Sie jetzt? Zu Hause?«

»Ja.«

»Wie weit weg vom Büro?«

»Nicht viel mehr als zwanzig Minuten zu Fuß. Vierundfünfzigste West, beim De Witt Clinton Park.«

»Können wir jetzt schon ins Büro hinein? Ich würde das Gespräch gern von dort aus führen. Für den Fall, daß Tönissen zurückrufen muß.«

»Ja, ich habe die Schlüssel. Und ich kenne jeden Doorman vom Time and Life Building. Wir kommen hinein. Ich bin in fünfundzwanzig Minuten am Eingang an der Einundfünfzigsten.«

»Sagen wir in dreißig. Denn auch Sie liegen ja wohl noch im Bett.«

»Ja, natürlich«, sagte sie amüsiert und stellte sich für einen Augenblick vor, sie liege neben ihm. Ein Wunschtraum, der sie schon seit langem verfolgte.

13

»Nein, Tönissen, ich höre Sie sehr gut. Die Verbindung ist ausgezeichnet. Aber ich bin weder verschollen, noch mache ich Ferien. Ich habe hier einfach noch zu tun.«

»Mit Crawford?« Es klang interessiert.

»Vielleicht auch mit Crawford, wenn es sich ergibt. Im Moment aber nicht.«

»Sie geben sich ja ziemlich mysteriös.«

»Keineswegs. Ich gehe nur einer Sache nach, die...« Peter stockte.

Sollte er Tönissen andeuten, worum es sich handelte? Er entschloß sich zur Lüge: »...die für uns unter Umständen einmal von Vorteil sein könnte.«

»Altersmedizin?«

»Bitte, keine Fragen.«

»Und wann... ich meine, was glauben Sie, wie lange Sie noch drüben bleiben müssen? Mir brennt hier nämlich einiges unter den Nägeln.«

»Ich kann Ihnen leider keinen Endtermin nennen. Sollte es noch eine Woche sein, nehme ich gleich die Routinebesprechung mit Crawford mit.«

»Eine Woche!« Es klang leicht ungehalten. »Na, ich bin gespannt, was Sie mitbringen.« Und zaghaft: »Mittelstadt hat mich am Freitag alarmiert.« Er machte eine Pause, wie um Peters Reaktion abzuwarten.

Da Peter aber nichts entgegnete, fuhr Tönissen fort: »Sie erinnern sich an unser Gespräch vor etwa sechs Monaten?«

»Im Moment nicht.«

»Wir saßen auf einer der Bänke im Park vor dem Casino. Erinnern Sie sich?«

»Ja, jetzt erinnere ich mich«, sagte Peter sachlich.

»Nun haben wir die Klage am Hals. Fahrlässige Tötung. Einer von Mittelstadts Leuten hat anscheinend nicht dicht gehalten. Wer, ist nicht bekannt.« Wieder ließ Tönissen seinem Gesprächspartner Zeit für eine Antwort, aber Peter ging auch diesmal nicht darauf ein, und Tönissen sprach weiter: »Ich weiß nicht, wie ich mich verhalten soll«, und direkt: »Was ist Ihre Meinung, Stolberg?« Offenbar wollte er Peter unter Druck setzen, möglichst schnell zurückzukommen.

Aber Peter erwiderte unbeeindruckt: »Übergeben Sie die Sache Kabitzki.« Kabitzki war einer der Anwälte der Tönissen-Pharmacie und bekannt für sein Durchsetzungsvermögen.

»Das habe ich schon getan. Aber Kabitzki ist skeptisch.«

»Sagten Sie mir damals nicht, Sie haben eine Versicherung abgeschlossen?«

»Das ist jetzt zweitrangig...«

»Man könnte aber die Versicherung mit einbeziehen. Vielleicht hat sie einen Anwalt, der sich mehr zutraut als Kabitzki.«

»Und wenn es nicht zutrifft?«

»Mein Gott, dann nehmen Sie sich eben den besten, den Sie kriegen, oder zahlen der Familie ein ordentliches Schmerzensgeld!« Peter machte keinen Hehl daraus, daß ihn die Angelegenheit nicht sonderlich interessierte.

»Es geht nicht um mich, es geht um das Unternehmen.« Tönissen hob die Stimme an.

»Aber ich kann Ihnen nichts anderes raten. Auch nicht, wenn ich jetzt in Heidelberg wäre. Gibt es sonst noch etwas, was Sie mir sagen wollen?« Es klang kühl.

»Nein.« Tönissen gab sich gekränkt. »Ich wünsche Ihnen viel Glück für... Ihre Geschäfte.«

»Danke.« Peter legte auf. Er öffnete die Tür zum Nebenraum. Karin Mebius hatte sich taktvoll dorthin zurückgezogen. »Wir können gehen«, sagte er, und sie verließen das Büro.

Die Straßen um das Rockefeller Center waren nach wie vor noch fast menschenleer. Es war kurz vor fünf Uhr. Vom East River her zog die Morgendämmerung herauf.

Peter winkte ein Taxi und hielt Karin die Tür auf. »Ich bringe Sie nach Hause.«

Im Fond sagte er: »Kümmern Sie sich doch bei Gelegenheit mal um Sam. Und sollte er schon den gesunden Mann spielen, dann verordnen Sie ihm noch ein paar Tage Ferien. Natürlich bezahlte. Ich brauche ihn vorläufig nicht.« Und als persönliche Erklärung: »Ich möchte ihn keinem weiteren Risiko aussetzen.«

Das Taxi hielt vor ihrer Haustür, und Karin stieg aus. »Ach, noch etwas!« Peter beugte sich aus der offenen Tür. »Ich brauche die Adresse von Ric Lisciandrello. Er ist Funeral Manager bei Evans und steht in keinem der New Yorker Telefonbücher. Der Auftrag ist verschwiegen zu behandeln. Sie dürfen nur mit Lisciandrello selbst sprechen. Gebrauchen Sie irgendeinen Vorwand. Meinetwegen geben Sie sich als Angestellte eines Blumenladens aus, der Blumen an seine Privatadresse schicken soll«.

»Und wie schnell brauchen Sie die Adresse?«

»Eigentlich sollte ich sie schon vor ein paar Tagen gehabt haben.«

14

Er schlief noch bis in den späten Vormittag hinein. Dann rief er Diana an und verabredete sich mit ihr für drei Uhr nachmittag.

Er setzte sich in einen der Sessel, schloß die Augen und vergegenwärtigte sich ihre Schilderung des vergangenen Sonntagabends. Und unvermittelt kam ihm der Gedanke, noch einmal mit Hedgepeth zu reden.

Er verließ das Plaza wieder über den Transporteingang, und bei einem wolkenlosen Himmel schlug ihm beißende Kälte entgegen. Er stellte den Mantelkragen hoch und ging die Achtundfünfzigste Straße hinauf bis zur Avenue of the Americas.

Niemand war ihm gefolgt. Am Sonntagmittag war Midtown Manhattan wie ausgestorben. Mit schnellen Schritten verschwand er im Schacht der Subway.

Die langgestreckte, neu ausgebaute Station war menschenleer, und seine Schritte hallten von den Wänden. Das Kassenhäuschen. Er schob der Kassiererin unter dem Drahtgitter hindurch zwei Quarter zu und bekam einen Token und das ›Sonntagsticket‹ zurück. Er steckte den Schein achtlos in die Tasche, drückte die Marke in den Schlitz beim Drehkreuz, das Kreuz gab nach, und er konnte zum Bahnsteig durchgehen.

Am Sonntag fuhr die Subway zum halben Preis. Um sich aber die komplizierte Umstellung des Token-Systems zu ersparen, gaben die Subway-Gesellschaften einheitlich zu jedem am Sonntag gekauften

Token das ›Sonntagsticket‹ aus, das bis Mitternacht zu einer kostenlosen Fahrt berechtigte.

Das Haus an der Dritten Straße West. Die nur angelehnte Tür. Die schmale, hölzerne Stiege, die steil nach oben führte. Die Tür mit dem Schild ›Hedgepeth, M. D.‹ war verschlossen.

Nach fünfmaligem langem Läuten wurden hinter der Tür Schritte hörbar, und Hedgepeth rief unwirsch durch die geschlossene Tür: »Es ist Sonntag!«

»Aber wir kennen uns«, rief Peter zurück.

»Wer sind Sie?«

»Ein Bekannter von Evans«, erwiderte Peter.

»Einen Moment!« Hedgepeth öffnete die Tür, jedoch nur so weit, wie die Kette es zuließ, und sein Vogelgesicht wurde sichtbar. »Von Evans sagen Sie?« Er musterte Peter abschätzend, und schlagartig erinnerte er sich. »Sie haben mich schon einmal belogen!« Es klang wie eine Drohung.

»Und Sie haben mich auch belogen, Hedgepeth. Deshalb bin ich nämlich hier.«

»Ich habe Ihnen schon gesagt, es ist Sonntag!« Hedgepeth wollte die Tür zudrücken, doch Peter schob seinen Fuß dazwischen.

»Es dauert nicht lange, Hedgepeth. Aber abweisen lasse ich mich nicht«, sagte Peter unmißverständlich.

In Hedgepeth arbeitete es. Er wog die Möglichkeiten gegeneinander ab. Dann sagte er: »Solange Sie den Fuß in der Tür haben, kann ich nicht öffnen.«

Peter gab die Tür frei, und Hedgepeth ließ ihn ein. Er war noch im Morgenmantel, und seine nackten Füße steckten in Pantoffeln. »Kommen Sie zur Sache.« Er hielt sich den Mantel über der nackten Brust zusammen. Er war allein.

Sie standen sich im Vorzimmer gegenüber. In der Kiste lag faul die Katze, und auf dem Tisch stand nach wie vor das Mikroskop, nur jetzt umgeben von einem halbleer getrunkenen Glas mit Rotwein, einem Stapel medizinischer Fachbücher und einem aufgerissenen Paket voll frisch gebügelter Hemden.

»Sie haben mir neulich den Totenschein gezeigt«, begann Peter.

»Ich erinnere mich.« Hedgepeth war ungehalten.

»Und Sie haben behauptet, Mister Kellermanns Leiche sei im Central Park gefunden worden. In der Nähe des Zoos.«

»Das geht aus dem Totenschein hervor«, sagte Hedgepeth, als sei für ihn das Gespräch mit dieser Auskunft abgeschlossen.

»Und eben davon möchte ich mich noch mal überzeugen«, sagte Peter scharf.

»Hm.« Hedgepeth zuckte gleichgültig die Schultern. Er ließ Peter wortlos stehen, ging hinüber in den ›Behandlungsraum‹ und kam kurz darauf mit dem Totenschein in der Hand zurück.

Er warf einen flüchtigen Blick auf den Schein, murmelte, als bestätige er sich selbst: »Central Park Zoo«, und reichte Peter den Schein.

Peter überflog die Angaben und hob den Blick. »Die Angaben sind falsch.«

»Aber hören Sie!«

»Mister Kellermann ist in seinem Appartement gestorben.«

»Ich kann diesen Punkt auf dem Schein nur nach den Angaben ausfüllen, die man mir macht«, entgegnete Hedgepeth aufgebracht.

»Dann hat man Ihnen eben falsche Angaben gemacht.«

»Na und? Was wollen Sie mir anhängen? Nichts können Sie mir anhängen! Nichts! Zwei Männer schleppen mir einen Toten an, und ich fülle nach ihren Angaben den Totenschein aus. Was also wollen Sie mir anhängen?«

»Beihilfe zum Mord«, sagte Peter gelassen.

»Sie sind ja verrückt! Total verrückt! Mit Verrückten unterhalte ich mich nicht.« Hedgepeth ging zur Tür, wie um Peter zum Gehen zu veranlassen.

Aber Peter bewegte sich nicht von der Stelle. »Solange Sie störrisch sind, Hedgepeth, kriegen Sie mich nicht los. Sie dürfen ruhig die Polizei verständigen.«

»Was wollen Sie von mir?« Hedgepeth schien einzulenken.

»Daß Sie sich an die beiden Männer erinnern, die Ihnen die Leiche brachten. An Namen und Adressen. Nein, Hedgepeth, sagen Sie bloß nicht, Sie haben mit der Sache nichts zu tun. Sie haben sich vorhin verraten, als Sie spontan gesagt haben, daß ich Sie belogen habe. Natürlich habe ich Sie belogen. Natürlich bin ich neulich nicht als Abgesandter von Evans zu Ihnen gekommen. Und natürlich hatten Sie nichts Eiligeres zu tun, als sich mit Evans zu verständigen. Schweigen Sie, Hedgepeth! Woher wohl sonst wüßten Sie, daß ich Sie belogen habe? Oh, Sie stecken in der Sache ganz schön mit drin.«

»Quatsch! Alles Quatsch, was Sie da reden!«

»Namen und Adressen! Und zwar sofort!« Peter stand kurz vor einem Wutausbruch. Er hatte sich fest vorgenommen, sich von Hedgepeth nicht länger mit leeren Worten abspeisen zu lassen. Und jetzt versuchte Hedgepeth, ihn schon wieder für dumm zu verkaufen, Peter spürte es deutlich.

Unwillkürlich fiel ihm seine letzte Auseinandersetzung mit Evans ein. Gegen Evans hatte er zum erstenmal seine körperliche Überlegenheit ins Spiel gebracht und den anderen sichtbar eingeschüchtert. Warum sollte die Methode nicht auch bei Hedgepeth wirken?

Mit einem schnellen Griff packte er Hedgepeth in Brusthöhe am Morgenmantel, zog den verdutzten Arzt schonungslos zu sich heran und stieß ihn mit aller Kraft von sich, so daß er mit dem Rücken gegen das halbhohe Bücherregal prallte und zu Boden fiel.

»Ich gebe Ihnen zehn Sekunden, Hedgepeth! Dann breche ich Ihnen die Knochen!« Peter beugte sich drohend über den anderen, der wie ein Häufchen Elend vor ihm lag.

Doch noch ehe Peter ein zweitesmal auf ihn losging, jammerte Hedgepeth: »Ich will Ihnen alles sagen. Alles, was ich weiß.« Seine Worte überstürzten sich.

»Allright«, sagte Peter, packte den anderen erneut in Brusthöhe am Morgenmantel und zog ihn zu sich hoch, so daß sie sich Auge in Auge gegenüberstanden.

»Ich hatte die Männer vorher nie gesehn«, sagte Hedgepeth schnell und versuchte Peters Griff abzuschütteln, doch Peter hielt ihn fest wie in einem Schraubstock.

»Namen und Adressen!« sagte Peter unbeirrt und ließ keinen

Zweifel, daß es ihm mit der Drohung ernst war. Um seiner Forderung Nachdruck zu verleihen, schüttelte er den Arzt.

»Jar«, sagte Hedgepeth röchelnd, »Jar, sonst weiß ich nichts.« Seine breiige New Yorker Aussprache machte aus dem Namen ein ›Dschäa‹.

»Wirklich nichts?« Peter verstärkte den Griff, so daß Hedgepeths Gesicht rot anlief.

»Nein.« Aus Hedgepeth sprach offene Angst. Er rang nach Luft.

»Nur Jar?« Peter drückte ihn hoch, so daß Hedgepeth den Boden unter den Füßen zu verlieren drohte.

»Nur Jar.« Es war kaum noch vernehmlich.

Peter ließ von ihm ab, und Hedgepeth ordnete mit zitternden Händen seinen Morgenmantel.

»Jar? Was soll das heißen?« fragte Peter streng.

»Jar von Jarad.« Hedgepeth räusperte sich, um seine Stimme wiederzufinden.

»Ein Vorname?«

Hedgepeth räusperte sich von neuem, diesmal nachhaltiger, und sagte: »Einer der Männer hat den anderen so genannt.«

»Und wer von den beiden heißt Jar? Der mit der Sammy-Davies-Nase?«

Hedgepeth nickte.

»Und wo finde ich diesen Jar?«

»Keine Ahnung.«

»Hedgepeth!« Es klang drohend.

»Ich... Sie bringen mich... in eine verteufelte Lage.«

Hedgepeth fürchtete sich davor, zu deutlich zu werden, Peter sah es den verschreckten Augen an. »Ich kann keine Rücksicht auf Sie nehmen, Hedgepeth«, sagte er ruhig, »und ich schwöre, daß ich Sie zum Krüppel schlage, wenn Sie nicht endlich Farbe bekennen.«

»Zum Krüppel... oder tot... was ist besser?« Hedgepeth bewegte die Lippen kaum und hielt Peters durchbohrendem Blick stand.

»Ich werde Ihren Namen nie erwähnen, Hedgepeth. Das ist alles, was ich für Sie tun kann.« Peter packte den anderen von neuem am

Morgenmantel und zog ihn ruckartig zu sich heran. »Jetzt aber gebe ich Ihnen keine zehn Sekunden mehr!«

Hedgepeths Augen weiteten sich angsterfüllt.

»Los!« brüllte Peter.

»Brooklyn. Prospect Park.« Hedgepeth bekam kaum Luft.

Peter stieß ihn leicht von sich, so daß Hedgepeth sich gerade noch auf den Beinen halten konnte. »Alles, Hedgepeth!«

»Prospect Park bei Leffert's Homestead. Dort lungert er herum.«

»Woher wissen Sie es, wenn Sie ihm vorher noch nie begegnet waren?« fragte Peter scharf.

»Ich habe mich erkundigt. Hab so meine Beziehungen. Ich will immer wissen, mit wem ich es zu tun habe. Und die beiden habe ich eben noch nicht gekannt.«

»Und Leuten, die Sie nicht kennen, stellen Sie einen gefälschten Totenschein aus? Ach, lassen wir das!« Peter winkte ärgerlich ab. »Kennen Sie jetzt vielleicht auch seinen Nachnamen?«

»Nein. Er ist nur unter ›Jar‹ bekannt. Aber, Sir, Sie müssen mir unbedingt versprechen, daß Sie mich aus dem Spiel...«

»Ich habe es Ihnen schon versprochen«, schnitt Peter ihm das Wort ab. »Ist das wirklich alles, was Sie wissen?«

»Ja. Wirklich, Sir, Sie dürfen mir glauben.«

»Allright.« Peter gab sich mit Hedgepeths Beteuerung zufrieden, doch er setzte drohend hinterher: »Sollten Sie gelogen haben, sind Sie dran!«

15

Unter dem schwarzglänzenden dünnen Morgenmantel war sie nackt, und der Mantel zeichnete ihre gedrungene Figur in allen Einzelheiten nach: die großen, schweren Brüste mit den großen Knospen, die fülligen breiten Hüften, den Ansatz eines Bauches, den ausgeprägten Schoß.

Sie stand in der engen Diele vor dem hohen Spiegel und prüfte ihre Wirkung. Sie war bereit, ihre Chance zu nutzen. In ein paar Minuten würde es läuten, und er würde vor der Tür ihres Studios stehen. Sie lächelte erwartungsvoll in sich hinein.

Karin Mebius, die angehende Frau, die nie ein Mädchen war. In Gedanken sah sie schon die obszönsten Bilder vor sich, ungezügelt und pervers.

Sie hielt ihr Liebesleben für alle Zeiten verpfuscht. Schon mit noch nicht ganz elf Jahren, in den Wochen, in denen sich allmählich ihre Brüste abzuzeichnen begannen und ihr zum erstenmal siedend heiß vor sinnlicher Erregung wurde, hatte sie erkannt, daß die Natur mit ihr ein teuflisches Spiel getrieben hatte: Ihr Äußeres war unattraktiv, und alle Jungen lehnten sie ab.

Sie lebte damals bei ihren Eltern am Rand von Bremerhaven, wo auch ihr Vater seine Praxis als Arzt hatte. Das Haus aus leuchtendroten Backsteinen und mit den grellweißen Fensterläden umgab ein wild wuchernder Obstgarten.

In diesem Garten verlor sie ihre Unschuld. Es war kurz vor ihrem vierzehnten Geburtstag und der Anfang von vielen verworrenen Jahren.

Am Morgen ihres einundzwanzigsten Geburtstags wollte sie ihrem Leben ein Ende bereiten und nahm eine Handvoll Schlaftabletten ein. Ihr Vater konnte sie gerade noch retten.

Ein paar Tage später entdeckte sie in einer Broschüre einen ausführlichen Artikel über New York. New York – die Stadt des Völkergemischs, die Stadt der Namenlosen, der Freizügigkeit, des ganz persönlichen Lebens, der Schuttabladeplatz aller Sehnsüchte – es sollte ihre Stadt werden.

Ein Jahr lang sparte sie alles Geld zusammen, was sie von ihren Eltern bekam, und im Herbst 1964 hatte sie, einschließlich des Kontos, das die Eltern ihr schon als Kind eingerichtet und jährlich aufgestockt hatten, achttausenddreihundert Mark beisammen. Es entsprach zwar nur wenig mehr als zweitausend US-Dollar, aber sie verwirklichte ihren Entschluß.

Sie beschaffte sich ein Visum. Dann verließ sie Bremerhaven, ohne daß die Eltern es bemerkten, und fuhr auf einem Frachtdampfer nach New York, in ihre neue Heimat.

In New York genoß sie eine Weile das Alleinsein. Ihren Eltern teilte sie auf einer Postkarte in wenigen Worten mit, daß sie nicht mehr mit ihr rechnen sollten und sie sich endlich wohl fühle.

Als ihr Geld zu Ende ging, nahm sie einen Job als Kindermädchen bei einer deutschen Familie an. Ein Jahr später betreute sie einen Kindergarten in der Nähe der Sechsundachtzigsten Straße East, des deutschen Viertels. Im Lauf der Zeit war sie Sekretärin eines deutschen Wirtschaftsbüros, Schreibkraft für die Niederlassung von Daimler Benz, Übersetzerin für die deutschsprachige Korrespondenz des Hilton Konzerns und jetzt seit etwa zehn Monaten bei der Tönissen Company.

Ihre Eltern hatten sie mehrmals zu bewegen versucht, wieder nach Hause zu kommen, aber sie hatte jedesmal abgelehnt. Ihre Mutter kam sogar einmal selbst nach New York, um sie zurückzuholen, doch sie konnte sich nur überzeugen, daß ihre Tochter sich weigerte zurückzukehren.

Es vergingen ein paar Jahre, bis Karin erkannte, daß sie hier genauso einsam wie in Bremerhaven war. Sie glaubte sich vom Schicksal besonders bestraft. Erst aus der *Village Post* erfuhr sie, daß sie dieses Schicksal mit Zehntausenden anderer deutschen Mädchen teilte, die, wie sie, im Lauf der letzten Jahre von Deutschland nach New York ausgewandert waren, um hier ihr Glück zu suchen.

Als sie ihren Job bei der Tönissen Company antrat und Peter Stolberg begegnete, war ihre Schwermut auf einmal wie verflogen, und auch die unkontrollierbare Sucht nach dem erstbesten Mann schien sich zu legen. Peter wurde ihre heimliche große Liebe.

Sie lebte in den knapp drei Wochen, bis er von Heidelberg jedesmal wieder herüberkam, nur in Gedanken an ihn. Und wenn er ihr gegenübertrat oder, vor allem in letzter Zeit, wenn sie auch nur seine

Stimme am Telefon hörte, überstieg das für sie jede bisher gekannte körperliche Vereinigung mit einem Mann. Doch nie zeigte sie ihm, was er ihr bedeutete. Für ihn war sie nur die zuverlässige, perfekte Sekretärin mit der stets guten Laune.

Der heutige Sonntag aber hatte sich zu einem besonderen Tag entwickelt. Dank Tönissens dringendem Anruf war sie mit Peter auf eine ungewöhnliche Weise zusammengewesen. Früh um halb fünf, sozusagen mit ihm allein in der großen Stadt. Und jetzt erwartete sie ihn sogar bei sich zu Hause. Ihr war, als träume sie.

Peter Stolberg, Chef des Vorstandes eines der großen pharmazeutischen Unternehmen Europas – er wurde hier von Verbrechern gejagt und setzte sich gegen sie zur Wehr. Ein einzigartiger Mann.

Sie stellte sich vor dem Spiegel in Pose, lockerte ihre langen blonden Haare und öffnete den Morgenmantel um einen weiteren Knopf, so daß der Mantel bis kurz vor ihrer Scham auseinanderschlug. Nicht daß sie glaubte, Peter verführen zu können. Ihr genügte schon der ungewöhnliche Reiz, ihm so gegenüberzutreten.

Natürlich kam Peter nicht zu einem privaten Besuch, doch ihr war der Anlaß gleichgültig. Noch heute morgen hätte sie es nie für möglich gehalten, daß er überhaupt einmal den Fuß in ihre Wohnung setzen und sie ihn auf solche Weise für sich haben könnte.

Aber nun hatte er vor einer knappen halben Stunde angerufen und unter dunklen Andeutungen gefragt, ob er für ein paar Minuten vorbeikommen dürfe.

Es läutete. Unwillkürlich hielt sie den Atem an. Das Blut schoß ihr in den Kopf, und ihr Herz begann wie wild zu schlagen. Sie zwang sich zur Ruhe und wartete, bis ihr Atem wieder ein Gleichmaß erreichte. Dann öffnete sie.

Groß und jungenhaft stand er vor ihr. »Hallo, Karin, störe ich Sie also doch?« Mit einem flüchtigen Blick überschaute er die Situation.

»Nein, nein, überhaupt nicht. Ich hatte nur keine Zeit mehr, mich... entschuldigen Sie bitte meine Aufmachung.« Sie tat, als schäme sie sich, im Morgenmantel vor ihm zu stehen.

»Entschuldigen? Warum? Ihre Aufmachung ist doch sehr reizvoll.« Er ließ offen, wie er es meinte. »Darf ich?« Ohne ihre Antwort abzuwarten, zog er seinen Mantel aus und hängte ihn in die kleine Garderobe.

Das Zimmer war mit Mobiliar vollgestellt. Am kniehohen Tisch saßen sie sich auf engem Raum gegenüber, Karin auf der Bettcouch und er im einzigen Sessel.

»Ich will mich kurz fassen«, begann er und kreuzte die Arme vor der Brust.

Sie schlug provozierend die Beine übereinander, so daß der Morgenmantel ihre Oberschenkel freigab.

Er übersah es bewußt und sagte ihr in wenigen Worten, was ihn zu ihr führte.

»Wie heißt der Mann?« fragte sie zurück, nachdem er geendet hatte. Sie war nicht bei der Sache. Ihr war, als lägen sie jetzt zusammen im Bett.

»Jarad«, sagte er, »genannt ›Jar‹. Ein nicht ungefährlicher Auftrag, Karin. Sie dürfen ihn ohne Bedenken ablehnen.«

»Nein, ich helfe Ihnen.« Über ihr Gesicht huschte ein vertrauliches Lächeln.

»Es ist eigentlich kein Auftrag für eine Frau«, sagte er gedankenverloren, »und ich habe lange überlegt, ob ich Ihnen die Sache zumuten darf. Denn Sie können Schwierigkeiten bekommen. Sogar große Schwierigkeiten. Aber mir blieb keine andere Möglichkeit. Ich muß davon ausgehen, daß man mich erkennen würde. Sie sind meine einzige Vertraute. Und Sie sind den Leuten sicher nicht bekannt. Verstehen Sie also bitte, daß ich mit diesem Anliegen zu Ihnen komme.«

»Sie können sich auf mich verlassen, Herr Stolberg.« Beinahe wäre sie ihm um den Hals gefallen.

Er erhob sich, ging in die Diele und zog seinen Mantel an. »Ich danke Ihnen, daß Sie es für mich tun wollen.«

»Ich tue alles für Sie.« Es klang warmherzig. Sie kam heran und stellte sich so vor ihn, daß sich ihr Mantel öffnete und für einen Augenblick ihre Scham sichtbar wurde. Als Peter aufgestanden war, hatte sie schnell noch den nächsten Knopf geöffnet.

Er sah es und tat, als habe er es nicht bemerkt. Er wandte sich zur Tür. »Und nochmals, Karin: Diese Leute sind zu allem fähig. Seien Sie vorsichtig. Sie müssen es mir versprechen.«

»Ich verspreche es.«

»Danke.« Er schloß die Tür hinter sich, und sie war wieder allein.

Sie war überglücklich, daß sie ihm helfen durfte. Ja, sie würde für ihn alles tun. Und wenn sie ihm helfen konnte, dann würde sie sich auch in jede Gefahr begeben.

Sie legte sich auf die Bettcouch, nahm die Beine etwas auseinander und strich mit der Hand zärtlich über ihre Scham. Sie war in Gedanken bei ihm. Ein wohliger Schauder überfiel sie.

16

›Shakespeare Garden‹, die Freilichtbühne im Central Park, war wie ein Amphitheater angelegt. Die Ränge für die Zuschauer zogen sich steil in die Höhe, und abwechselnd rote und braune Plastikstühle, fest montiert, ergaben ein buntes Bild. Hinter dem letzten Rang türmte sich das eiserne Gestänge der Beleuchterbühne. Von hier aus gesehen lag die Bühne tief unten vor dem felsigen Klettergarten im Hintergrund, mit der kleinen nachgebauten Burg am Belvidere Lake. Das Theater war menschenleer.

Peter stand gedeckt hinter einem Gebüsch seitlich der Burg. Er konnte die Szene voll überschauen. Noch war niemand zu sehen. Seine Armbanduhr zeigte genau drei Uhr.

Der Himmel war nach wie vor wolkenlos, und die Sonne schien. Doch durch den Park blies ein kalter Wind. Peter hatte den Mantelkragen hochgeschlagen und stampfte mit den Füßen ab und zu auf, um sich warm zu halten.

Ruckartig hielt er in der Bewegung an. Diana hatte das Theater betreten. Sie ging die untere Stuhlreihe entlang, blieb in der Mitte vor der Bühne stehen, wandte sich um, und ihr Blick suchte die menschenleeren Ränge ab, als vermute sie, daß Peter von dort auftauchen würde.

Wie gestern trug sie den Luchsmantel, und ihre langen, rotblonden Haare bildeten zum Weiß des Mantels und zum tiefen Blau des Himmels einen reizvollen Kontrast.

Nach einer Weile schob sie den Ärmel zurück und sah auf die Uhr. Seit ihrem Erscheinen waren sieben Minuten verstrichen. Sie schien unschlüssig zu sein. Sie ging langsam die Stufen der Ränge hoch und dann hinüber bis zur seitlichen brusthohen Abdeckung. Abermals sah sie zur Uhr. Sie hatte einen Entschluß gefaßt. Mit ausholenden Schritten ging sie die Stufen neben den Stuhlreihen hinunter und verließ das Theater auf dem Weg, den sie gekommen war.

Peter trat aus seiner Deckung hervor und ging ihr nach. Ohne den Blick zu wenden, schlug sie den Weg nach Central Park West ein. Dort winkte sie sich ein Taxi. Niemand war ihr gefolgt.

Als sie einsteigen wollte, stand Peter plötzlich hinter ihr und sagte mit gedämpfter Stimme: »Mit der Zeit vertraue ich Ihnen.«

Sie fuhr herum. »Sie? Wo...?« Sie war verwirrt, doch sie setzte sofort mit einem Seufzer abschätzig hinzu: »Das Indianerspiel! Wie hatte ich es nur vergessen können!«

»Ich meine, wir nehmen das Taxi«, sagte er und hielt ihr die Tür auf. Sie stieg ein, und er nahm neben ihr Platz. »Wie wär's wieder mit Dorrian's?«

Sie sah geradeaus und nickte.

Das Lokal war um diese Zeit so gut wie leer. Als die Frau des Inhabers ihnen entgegenkam, fragte er sie, ob sie den Tisch vor dem Kamin wieder haben könnten, und als sie bejahte, fragte er Diana: »Ist es Ihnen recht so?«, und Diana nickte erneut, ohne ihn anzusehen.

Wie das letztemal legte er ihre Mäntel auf die Eckbank und gab Diana zu verstehen, daß sie ihren alten Platz einnehmen könne.

Noch während sie sich setzte, begann sie: »Ich bin von Ihnen enttäuscht. Maßlos enttäuscht.«

»Sie dürfen mich ruhig wieder Peter nennen.« Er bestellte eine Karaffe Wein und für Diana einen Kaffee. »Weil Sie ja noch Vorstellung haben.« Er meinte es rücksichtsvoll.

Sie überhörte es und fuhr fort: »Sie haben mich enttäuscht, weil Sie mir noch immer mit Mißtrauen begegnen.«

»Vertrauen muß wachsen, Diana. Besonders in unserer Situation. Und ich fühle mich von Mal zu Mal stärker zu Ihnen hingezogen. Ist das nicht schon mehr, als wir erwarten konnten?«

»Es interessiert mich nicht.«

»Wir kennen uns erst ein paar Tage, und ich weiß, daß unser Zusammensein für Sie eine Belastung ist. Dafür aber haben Sie mich schon ziemlich lange ertragen.«

Sie schwieg, und ihr Blick ging an ihm vorbei.

Die Getränke wurden gebracht, und er prostete ihr zu: »Cheers. Auf daß ich Sie nicht mehr enttäuschen muß.« Sein Lächeln wirkte auf sie ansteckend, und sie hob ihm ihre Tasse entgegen: »Cheers, Peter.«

Nachdem sie getrunken hatten, stellte er das Glas auf den Tisch zurück mit der Frage: »Können Sie sich vielleicht jetzt erinnern, warum Sie so hartnäckig geleugnet haben, daß Sie das Beerdigungs-Department verständigten?«

»Könnte es nicht sein, daß ich mit Ihnen spielen wollte?«

»Nein, Diana.«

»Es gibt aber keine andere Erklärung.«

»Doch. Nämlich die, daß Sie jemanden schützen wollen. Wer ist dieser Jemand, Diana?« Er beugte sich über den Tisch, und ihre Gesichter waren sich nahe.

»Es gibt ihn nicht. Haben Sie nicht eben gesagt, Sie wollen Ihr Mißtrauen begraben?«

»Tun Sie denn alles dazu, damit ich es kann?« Er lehnte sich zurück. »So kommen wir nicht voran. Sie wollten mir erzählen, wie Sie Bob kennengelernt haben.«

»Ach ja.« Sie strich sich nachdenklich eine Strähne ihrer rotblonden Haare von den Augen und holte weit aus: »Es war vor fast einem

Jahr. Ich spielte damals in ›East Side – West Side‹. Und obwohl die Produktion schon zwei Jahre lang lief, war das Majestic Theater nach wie vor auf Wochen hinaus ausverkauft. Da erhielt ich einen Brief, der sich von der üblichen Fanpost unterschied.«

»Bob?«

»Ja. Stilistisch sehr gekonnt, und doch rührend und kindlich naiv.«

»Gibt es den Brief noch?«

»Nein. Ist das ungewöhnlich?«

Seine Antwort war ein Achselzucken.

»Aber ich habe ihn noch im Kopf«, sagte sie, »wenigstens dem Sinn nach. Es war zwar eine der vielen Bitten um Tickets, aber es hieß da in etwa: ›...durch den Job, den ich ausübe, mache ich andere Menschen reich. Ich bin aber nicht imstande, mir selbst den größten Wunsch zu erfüllen, nämlich Sie, Diana, in Ihrer neuen Produktion zu bewundern.‹ So ähnlich war der ganze Brief abgefaßt. Eigenartig, finden Sie nicht auch?«

»Und Sie haben den Brief beantwortet.« Es war eine Feststellung.

»Nein. Ich habe das Office angewiesen, zwei Tickets zu schicken. Zum vollen Preis. Kommentarlos.«

»Und dann kam ein zweiter Brief.«

»Nein. Dann kam von ihm ein Ticket an mich zurück. Ebenfalls ohne Kommentar.«

»Und dann?«

»Dann habe ich eine Zeitlang nichts gehört. Und am Tag, nachdem er in der Vorstellung gewesen war, kamen Rosen. Langstielige rote Rosen. Fünfunddreißig Stück.«

»Wieder ohne Kommentar?«

»Nein, diesmal hatte er seine Karte mitgeschickt. Mit ein paar Zeilen.«

»Eine Einladung.«

»Nein. Nur ein Dankeschön. Die Einladung kam später.«

»Ein neuer Brief.«

»Nein, ein Telefonanruf.«

»Er hat Sie wissen lassen, wie sehr er Sie bewunderte und daß er es sich zur großen Ehre anrechnen würde, wenn Sie einer Einladung zum Dinner zustimmen könnten.« Es war, als wollte er die Geschichte vom Tisch wischen.

»Das mit dem Dinner stimmt. Sonst nichts.«

»Moment mal, er hat Ihnen nicht seine Bewunderung ausgesprochen?«

»Nein, er hat mit mir gar nicht telefoniert.«

»Natürlich, er hat anrufen lassen.«

»Nein. Ich war es.«

»Sie?« Er war sprachlos.

»Ja. Warum nicht?«

»Hm.«

»Es war nicht ladylike, ich verstehe.« Sie sagte es mehr zu sich.

»Darum geht es nicht. Ich versuche nur gerade, mich in Bob zu versetzen.«

»Und? Was stört Sie da?« Ihre Augen wurden schmal.

»Stören ist nicht das richtige Wort«, sagte er versonnen, und dann direkt: »Wie hat er reagiert?«

»Ich gäbe etwas darum, wenn ich jetzt hinter Ihre Stirn schauen könnte.«

»Sie wollten mir die Geschichte erzählen.«

»Warum sind Sie auf einmal so nachdenklich, Peter?« Sie legte ihre Hand auf seine, und er spürte, wie ihre Wärme auf ihn überströmte.

Im Dialog trat eine Pause ein, und sie sahen sich unbewegt in die Augen. Dann zerriß Peter das Schweigen mit der massiven Frage: »Sprechen Sie die Wahrheit, Diana?«

»Sie haben mir meine Frage noch nicht beantwortet, Peter«, entgegnete sie ruhig, und ihr Blick war voller Zärtlichkeit.

»Und Sie haben mir noch immer nicht gesagt, wie Bob auf Ihren Anruf reagiert hat.« Mit einer sanften Bewegung entzog er ihr seine Hand und legte sie nun seinerseits auf ihre Hand.

»Ich habe ihn nicht selbst angerufen. Ich habe ihn anrufen lassen.« Noch immer sahen sie sich unbewegt an.

»Mich interessiert nur seine Reaktion.«

»Er hat die Einladung angenommen.«

»Sie haben ihn eingeladen?« Er betonte nachdrücklich die Worte ›Sie‹ und ›ihn‹.

»Ja. Ich wollte ihn kennenlernen.«

Er schwieg und nahm seine Hand zurück.

»Sie glauben mir schon wieder nicht.« Sie war entmutigt.

»Wie gut haben Sie ihn gekannt, Diana?«

»Sicher haben Sie ihn besser gekannt.«

»Haben Sie ihn nie als... unbeholfen empfunden? Als... grobschlächtig?« Es fiel ihm sichtlich schwer, derart über Bob zu reden. Doch ihm blieb keine andere Wahl.

»Ich wollte ihn ja erst kennenlernen.«

»Warum? Wegen der Rosen? Wegen des nicht ganz üblichen Briefes?«

»Ich kann es Ihnen nicht sagen, Peter. Ich weiß es selbst nicht. Vielleicht habe ich mich gerade allein gefühlt? Vielleicht war es Langeweile?«

»Sie machen es mir wirklich schwer, Diana. Eine Frau wie Sie, umgeben von unzähligen interessanten Menschen, Kollegen, Zeitungsleuten, Produzenten, Politikern, Industriebossen, mit einem Terminkalender, der Ihnen kaum Luft zur Selbstbesinnung läßt – so eine Frau bittet aus Langeweile einen ihrer namenlosen Fans zum Dinner? Klingt das nicht äußerst unwahrscheinlich?«

»Besteht unser Leben denn nicht aus vielen solchen Unwahrscheinlichkeiten?«

»Das ist zu allgemein gesagt. Hier geht es um Diana Lester, einen weltberühmten Musicalstar. Diana Lester, der alle Welt zu Füßen liegt, die ungekrönte Königin vom Broadway. Nein, je länger ich darüber nachdenke, desto unvorstellbarer wird die Sache.«

»Hm.« Sie stieß einen nachdenklichen Seufzer aus und sagte zögernd: »Wollen Sie die Geschichte zu Ende hören?«

Er nickte, und sie erzählte weiter: »Ich habe ihn also zum Dinner getroffen. Es war zwar nicht unbedingt aufregend, aber auch nicht einschläfernd. Er hat amüsant sein Leben geschildert, seinen Beruf, seine Mißerfolge bei Frauen.«

»Und ausgerechnet bei einer der begehrtesten Frauen hatte er Erfolg.« Peter war verwundert.

»Nein, Erfolg kann man es nicht nennen. Ich habe ihm Mitgefühl entgegengebracht. Ist das so unverständlich?«

»Ich sehe Sie anders, Diana. Völlig anders.« Und betont: »Aus diesem Mitgefühl entwickelte sich also so etwas wie... na, sagen wir, Zuneigung.«

»Falsch. Es blieb beim Mitgefühl. Bis zuletzt.«

»Wie oft haben Sie ihn getroffen?«

»Es war unterschiedlich. Einmal sogar monatelang nicht.«

»Und zuletzt?«

»Zuletzt etwas häufiger.«

»Weil das Mitgefühl zunahm?« Es gelang ihm nur schwer, seinen Zynismus zu unterdrücken.

»Nein. Ohne direkten Anlaß. Es hat sich nur so ergeben.«

»Sie hatten aber die Schlüssel zu seiner Wohnung.«

»Er hat sie mir mehr oder weniger aufgedrängt.«

»Aber Sie haben sie angenommen. Aus purem Mitgefühl.«

»Ich glaube, Sie werden mein Verhalten nie begreifen.«

»Ich möchte noch einmal auf den Brief zu sprechen kommen, mit dem die Geschichte ihren Anfang nahm. Blieb er bis zuletzt der einzige, den er Ihnen schrieb?«

»Worauf wollen Sie hinaus?«

»Blieb er der einzige?«

»Nein. Es gab auch noch ein paar andere.«

»Und Sie haben keinen mehr davon.«

»Nein.«

»Haben auch Sie ihm geschrieben?«

»Was soll das?«

»Allright. Sie haben ihm also auch geschrieben. Ich nehme an, aus Mitgefühl.« Er ließ seinem Spott freien Lauf. »Und aus Mitgefühl haben Sie auch Evans angerufen und Bobs Leiche von Potter's Field zurückholen lassen und ihm eine standesgemäße Bestattung verschafft. Und auch der Anruf bei der Tönissen Company entsprang reinem Mitgefühl.«

»Vielleicht.«

»Aber das so überaus starke Mitgefühl ließ es dennoch zu, daß Sie klaren Kopf behielten und im Hintergrund blieben, um Ihren Namen aus der Sache herauszuhalten.«

»Hätten Sie an meiner Stelle anders gehandelt?«

Er überging es und überraschte sie mit der Bemerkung: »Bob hat Ihnen demnach erzählt, daß er für Tönissen tätig war.«

Sie preßte ihre Lippen zuammen. In ihr arbeitete es. Sie gab keine Antwort.

»Wußten Sie, daß es ein geheimer Auftrag war? Hat er es Ihnen gesagt?« Er beobachtete die Reaktion ihrer Augen.

Sie wich seinem Blick aus und schwieg.

»Wenn er Ihnen von seinem geheimen Auftrag erzählt hat, muß sein Verhältnis zu Ihnen schon einen gewissen Grad von Intimität erreicht haben, meinen Sie nicht auch?«

»Ja, er hat mir von Tönissen erzählt. Und von Crawford. Er hat aber nicht gesagt, daß es geheim sei.« Sie blickte auch jetzt noch an ihm vorbei.

Ihm war, als habe sie sich die Antwort erst aufgrund seiner Fragen zurechtgelegt. Er beugte sich vor und sagte eindringlich leise: »Habe ich etwas Falsches gefragt?« Und bitter: »Oder etwas Unangenehmes?«

»Sie hätten die Frage schon gestern stellen können.«

»Ja. Aber aus unerklärlichen Gründen ist sie mir erst eben eingefallen. Glück gehört nun mal zu jeder Nachforschung.«

»Sie tun mir leid, Peter. Aufrichtig leid.«

»Das haben Sie gestern auch schon gesagt.«

»Daran erkennen Sie, daß sich meine Meinung nicht geändert hat. Es ist schade.«

»Warum waren Sie so durcheinander, als ich von Tönissen gesprochen habe?«

»Ich nehme an, Bob hat Ihnen von unserer Bekanntschaft nichts erzählt.«

»Das stimmt.« Er horchte auf.

»Und warum wohl?«

»Ich kann es mir nicht erklären. Je länger ich darüber nachdenke.«

»Die Antwort ist sehr einfach. Das heißt, natürlich nur für einen, der sich die Frage unvoreingenommen stellt.«

»Was ich, Ihrer Meinung nach, nicht tue.«

»Ja, Peter. Sie sind geradezu verstrickt in Ihre Befangenheit. Und Sie geben sich wenig Mühe, es zu ändern.«

»Bleiben wir bei Bob.«

»Wir sind bei Bob. Offenbar waren Sie ihm gegenüber genauso befangen. Sie beurteilen einen Menschen, entwerfen sich ein Bild von ihm und halten an dem Urteil und dem Bild unverrückbar fest. Eine Veränderung lassen Sie nicht gelten. Ich glaube, Sie teilen Ihr Leben nach einem starren Grundriß ein. Und wehe, wenn es für Sie erforderlich wird, vom Grundriß abzuweichen. Dann weigern Sie sich strikt. Ihr Selbstbewußtsein könnte nämlich ins Wanken geraten. Und auf einmal wären Sie nicht mehr der große Unfehlbare, dessen Worte auf seine Umgebung wie der Weisheit letzter Schluß wirken.«

»Sie sehen mich falsch, Diana.«

»O nein. Zugegeben, ich übertreibe vielleicht. Aber ich treffe genau Ihre schwache Stelle. Und ich bleibe dabei: Ihre Befangenheit stellt Ihnen ein Bein.«

»Warum sollte ich Bob gegenüber befangen gewesen sein?«

»Sie haben mich vorhin gefragt, ob ich ihn nicht als grobschlächtig empfunden habe. Und meine Antwort lautet: Nein, Peter, ich habe Ihren Freund nie als grobschlächtig empfunden.« Sie tat, als überlege sie, und setzte hinterher: »Vermutlich habe ich einen anderen Bob Kellermann gekannt als Sie.«

»Und warum hat er mir nichts von Ihnen erzählt?«

»Weil er um Ihre Vorurteile wußte. Weil er Sie wahrscheinlich genauso gesehen hat wie ich. Und weil er Ihnen zugetan war und Ihr Weltbild nicht zerstören wollte.« Die nachfolgenden Sätze kamen zögernd und galten nur ihr selbst: »Natürlich war sein Verhältnis zu mir intim. Von seiner Seite aus. Ich war für ihn so etwas wie ein Beichtvater. Die große Schwester. Manchmal auch die Mutter oder sogar der Psychiater. Ich habe ihm zugehört. Das heißt, ich habe ihm auch oft nur die Illusion vermittelt, daß ich zuhöre. Es hat ihm genügt. Ich war für ihn eine Art Ruheplatz. Nie die Geliebte. Aber er hat mich verehrt. Vielleicht auch geliebt. Eine eigenartige Zeit. Man kann sie kaum erfassen.«

Es war, als tauche sie aus der Erinnerung auf, als sie die Frage stellte: »Waren Sie auch sein Beichtvater, Peter?«

»Ich nahm es all die Jahre über an. Aber jetzt glaube ich, daß ich es mir nur eingeredet habe.« Er war bedrückt.

»Ich habe es geahnt«, sagte sie leise, »verstehen Sie jetzt, warum ich ›durcheinander‹ war, als Sie von Tönissen anfingen? Ich habe die Frage schon gestern erwartet.« Fast melancholisch setzte sie hinzu: »Ich wußte, daß es Sie kränken würde, wenn Sie die Wahrheit erfahren.« Und voll Anteilnahme: »Verstehen Sie mich also?«

Er nickte.

Eine Weile schwiegen sie beide.

Schließlich fragte er ohne Übergang: »Was hat er Ihnen bedeutet?«

Bevor sie antwortete, trank sie mit einem Schluck den Rest ihres Kaffees. »Ich muß Sie schon wieder enttäuschen, Peter.« Und gedankenverloren: »Ja, was hat er mir bedeutet?« Ihr Blick wirkte offen. »Die Frage hat auch mich beschäftigt. Gerade in den letzten Tagen. Aber...«, sie deutete ein Achselzucken an, »...ich kam zu keiner überzeugenden Antwort.« Sie machte eine Pause, wie um ihm Gelegenheit zu einer Entgegnung zu geben. Als er schwieg, fuhr sie fort: »Wenn ich mich aber zu einer Antwort entschließen müßte, dann...« Sie stockte und vollendete gleich darauf überstürzt: »Ich glaube, er hat mir nichts bedeutet. Gar nichts.«

Abermals schwiegen sie beide. Dann fragte er: »Und wie haben Sie ihn gesehen?«

Es schien, als sei sie ihm für die Frage geradezu dankbar. Hatte sie ihm vorher manchmal nachdenklich oder bedrückt geantwortet, so sprach sie unvermittelt wie befreit: »Er war ein guter Mensch. Er war genügsam, geduldig, rücksichtsvoll und von seinem Job begeistert. Und er war selbstkritisch. Er war völlig anders als die Männer, die ich kenne. Gewiß, es fehlte ihm das gewisse Etwas, die Ausstrahlung. Aber er war ein Mann, den sich viele Frauen hätten wünschen können.«

Sie sah ihm tief in die Augen: »Und Sie, Peter. Was für ein Mensch sind Sie?« Ihre volle dunkle Stimme klang anschmiegsam.

»Sie haben sich Ihr Urteil sicher schon gebildet.«

Sie überhörte seinen Einwand. »Sind Sie genügsam oder ehrgeizig? Geduldig oder voll Feuer? Rücksichtsvoll oder nur auf Ihren Vorteil bedacht? Selbstkritisch oder selbstgefällig?«

»Mit Schwarzweißbildern ist nicht allen Menschen beizukommen.« Er lächelte in sich hinein.

Sie überlegte. »Allright. Haben Sie Freunde?«

»Die schwierigste Frage gleich am Anfang?«

»Also haben Sie keine Freunde.«

»Bob war mein Freund. Wenigstens nahm ich es an.«

»Natürlich war er Ihr Freund. Er hat es mir oft genug gesagt. Und jetzt?«

»Ich weiß keinen.«

»Bedrückt es Sie?«

»Nicht im Augenblick.«

»Hätten Sie gerne viele Freunde?«

»Als echter, aufrichtiger Freund würde mir einer genügen.« Er sah sie an.

»Und weil Sie diesen einen verloren haben, wollen Sie seinen Tod rächen?« Kaum vernehmbar wurde ihr Blick schärfer.

»Nicht weil ich ihn verloren habe. Seinetwegen.«

»Sie wollen ihm sozusagen nachträglich Sühne verschaffen?«

»Mir hat er einiges bedeutet.« Er betonte das erste Wort. »Seine Ermordung kann ich nicht einfach hinnehmen.«

»Also Sühne?«

»Nennen Sie es, wie Sie wollen. Ich bin es ihm schuldig, seine Ermordung aufzuklären. So wie er es im umgekehrten Fall vielleicht auch mir schuldig gewesen wäre.«

»Treibt Sie auch Ihr Gerechtigkeitsgefühl?«

»Was ist Gerechtigkeit? Wer bestimmt Recht und Unrecht? Der Staat? Die Menschen? Gott? Wie viele Staaten gibt es? Wie viele Götter? In Deutschland zum Beispiel ist die Todesstrafe abgeschafft. Den Indern zum Beispiel verbietet ihre Religion, eine Kuh zu töten. Wo ist die Grenze zwischen Recht und Unrecht?«

»Der Mensch. Die Grenze kann nur der jeweilig betroffene Mensch selbst bestimmen.«

»Das klingt im ersten Moment sehr verlockend. Und dann morden sie unschuldige Kinder und berufen sich auf ihr selbst geschaffenes Recht.«

»Auf welches Recht berufen Sie sich? Ich meine, wenn Sie den oder die Mörder ausfindig gemacht haben und der Justiz übergeben? Auf deutsches Recht? Oder auf das des Staates New York? Oder vielleicht doch auch auf Ihr selbstgeschaffenes?«

»Recht zu sprechen will ich den Richtern überlassen. In diesem Fall werden es wohl Richter des Staates New York sein.«

»Nein, so leicht können Sie es sich nicht machen. Wer sagt Ihnen denn, ob es vorbedachter Mord war oder nur ein Unfall? Ob Totschlag oder Notwehr?«

»Das wird der Richter entscheiden.«

»Falsch. Zuerst einmal entscheiden allein Sie es. Denn Sie suchen den oder die Menschen, die... na, sagen wir, Bobs Tod ausgelöst haben. Die Initiative dieser Suche geht allein von Ihnen aus. Der Richter ist sozusagen erst die zweite Instanz. Sie aber suchen schon nach ›Schuldigen‹. Sind Sie also noch objektiv? Nein.«

»Ich kam nur zur Beerdigung her. Ohne Vorurteil. Erst nach und nach drängte sich mir die Frage nach Schuldigen auf. Nicht ich erfinde Schuldige. Die Tatsachen sind es, die auf Schuldige hinweisen.«

»Aber Sie beurteilen diese sogenannten Tatsachen. Haben Sie dabei nicht Angst vor einer Fehlentscheidung? Bedrückt Sie nicht Ihr Gewissen?«

»Doch. Sehr. Ich weiß jetzt, daß ich niemals Kriminalbeamter sein könnte oder Detektiv.«

»Aber Sie sind es ja. Ob es nun Ihr Job ist oder Ihre ganz private Angelegenheit.«

»Ich kann nichts dafür. Ich bin hineingezogen worden.«

»Wie unter Umständen auch der oder die Menschen, die Sie für Bobs Tod verantwortlich machen.«

»Das wird sich erweisen.«

»Und die Entscheidung darüber wollen Sie dem Richter, einem fremden Menschen, überlassen.« Sie schob die leere Tasse von sich.

»So handelt jeder Kriminalbeamte.«

»Der Sie aber ja nicht sein wollen.«

»Wenn sich die Polizei des Falles angenommen hätte, wäre ich meiner Verantwortung entbunden.«

»Wenn Sie Ihre Verantwortung Bob gegenüber meinen, so können Sie sich davon nur selbst entbinden. Und wenn Sie sich einreden, daß Sie in die Sache hineingezogen wurden, dann bleibt es allein Ihnen überlassen, wieder auszusteigen.«

»Sinnlos, Diana. Wir bewegen uns im Kreis.«

»Wie viele Tage wollen Sie der Sache noch opfern?«

»Warum fragen Sie?« Er meinte es unverfänglich.

Sie aber horchte auf und tat, als verbessere sie sich: »Wie viele Tage lang wollen Sie mich mit Ihren Fragen noch quälen?«

»Sind es nicht zwei verschiedene Fragen?«

»Wollen Sie beide beantworten?«

»Ja.« Er legte seine Hand auf ihre, und sie ließ es geschehen. »Ich habe mir vorgenommen, Bobs Tod vollkommen aufzuklären. Gleichgültig, wieviel Zeit es mich kostet.«

»Und Ihr Job läßt es zu?«

»Der Job muß warten.«

»Auch für Wochen? Oder Monate?«

»Ich bin davon überzeugt, daß sich meine Chancen von Tag zu Tag verringern. Ich kann die Sache wahrscheinlich nur schnell aufklären oder gar nicht.«

»Und Sie fühlen sich dazu in der Lage?«

»Ich bin weiß Gott nicht überheblich. Aber ich habe mich noch nie mit einer Sache beschäftigt, die ich nicht auch zu Ende führen konnte.«

»Und die zweite Frage?« Sie entzog ihm ihre Hand.

»Ich hoffe, daß ich Bobs Tod bald vollkommen aufgeklärt habe. Und daß wir uns dann trotzdem noch sehen werden.«

»Da muß ich Ihnen widersprechen. Denn Sie trauen mir nicht.« Sie erhob sich abrupt. »Ich muß jetzt gehn. Haben Sie noch Fragen an mich?« Sie wirkte auf einmal kühl.

»Ja. Wann läßt es Ihre Zeit zu?«

»Heute abend. Holen Sie mich im Theater ab.« Sie sprach sehr bestimmt, als wollte sie von vornherein jeden Einwand ausschließen.

Er half ihr in den Mantel. »Soll ich Ihnen ein Taxi heranwinken?«

»Nein. Ich gehe allein.« Sie drehte sich schroff von ihm weg und ging mit weit ausholenden Schritten durch das Lokal und hinaus auf die Straße.

Er sah ihr unbeweglich nach, bis die Tür hinter ihr zufiel. Er fühlte sich wie vor den Kopf geschlagen und fand für ihre unerwartete Kühle keine Erklärung.

17

Am Abend dieses Sonntags schliefen sie miteinander.

Peter hatte Diana im Theater abgeholt.

»Kein Indianerspiel diesmal?« Sie war überrascht.

»Ich will Ihnen beweisen, daß ich Ihnen traue.«

»Allright. Dann fahren wir zu mir.«

»Zu Ihnen?« Jetzt war es an ihm, verblüfft zu sein.

»Ich habe einen kleinen Imbiß vorbereiten lassen.«

»Für mich?«

»Ich kann Gedanken lesen.« Sie lächelte.

Aus der offenen Tür hatte Rose ihr noch scherzhaft nachgerufen: »Paß auf dich auf, Diana«, und Diana hatte lachend geantwortet: »Laß dir den Abend nicht vermiesen, Rose«, und im Weggehen ausgelassen zurückgewinkt.

Sie hatten das Theater über den Bühnenausgang verlassen und sich ein Taxi genommen. Als das Taxi angefahren war, hatte er sie gefragt: »Ist Rose für Sie so etwas wie eine Vertraute?«, doch sie hatte seine Frage bewußt überhört und gesagt: »Zur Vorstellung fahre ich nie mit dem eigenen Wagen.«

Es waren die einzigen Worte, die sie bis zum Hullingford Appartementhaus miteinander wechselten. Beide hingen ihren eigenen Gedanken nach.

Er beschäftigte sich mit Dianas Verhalten gegenüber Rose. Da Diana auf seine Frage nicht eingegangen war, schien Rose für sie in der Tat so etwas wie eine Vertraute zu sein. Wahrscheinlich würde Rose ihm, wie kaum ein anderer Mensch, helfen können, Diana zu ergründen. Er nahm sich vor, bei nächster Gelegenheit mit ihr unter vier Augen zu sprechen.

Diana aber war mit ihren Gedanken woanders. Ihr Gesichtsausdruck wirkte mit einemmal verschlossen. Sie stand noch ganz unter dem Eindruck des Anrufes, der sie in der Pause erreicht hatte.

»Bist du es, Baby?«

»Boy?« Sie war erschrocken gewesen.

»Ja. Du hast nichts hören lassen. Und du warst nicht bei Sardi's.« Es hatte wie eine Drohung geklungen.

»Du sollst hier nicht anrufen. Das weißt du genau.«

Sie hatte Rose aus der Garderobe geschickt und das ganze Gespräch mit gedämpfter Stimme geführt.

»Ich muß wissen, woran ich bin. Hörst du, Baby? Wo habt ihr euch getroffen?«

»Das spielt keine Rolle, Boy. Ich habe dir gesagt: keine Beschattung.«

»Okay. Hast du was erreicht?«

»Ja.« Sie hatte ihm in wenigen Worten ihr Gespräch mit Peter Stolberg vom Nachmittag geschildert.

Als sie geendet hatte, war es ein paar Sekunden in der Leitung still. Dann hatte er unwillig gesagt: »Ob ihn sein Gewissen drückt, interessiert mich nicht. Ich muß wissen, wohin er sich verkrochen hat, wie viele Zeugen es gibt, ihre Namen, Adressen und so weiter. Und nicht, daß du ihm erzählt hast, wie du mit Kellermann zusammengekommen bist! Hörst du, Baby, du sollst ihm nichts erzählen – er soll dir erzählen!«

Sie hatte geschwiegen. Am liebsten hätte sie aufgelegt.

»He, Baby, bist du noch da?«

»Ja.«

»Hast du begriffen?«

»Ja.«

»Wann seht ihr euch wieder?«

»Er hat mich mit dem Beerdigungs-Department in die Enge getrieben.«

»Ich will wissen, wann ihr euch wiederseht.«

»Ich habe ihm gesagt, daß ich es war, die es verständigt hat. Ich! Hörst du, Boy? Ich!«

»Sehr gut, Baby. Ausgezeichnet. Und wann seht ihr euch wieder?«

»Ich bin mir nicht sicher, ob ich es dir sagen soll«.

»Okay, ich schwöre dir: keine Beschattung.«

»Dein Schwur nützt mir nichts.«

»Also wann? Nach der Vorstellung?«

»Nein, nicht nach der Vorstellung.« Es hatte hastig geklungen.

Er war hellhörig geworden. »Also doch nach der Vorstellung. Und wo?«

»Gib dir keine Mühe, Boy. Ich will mit ihm allein sein. Allein! Ohne Aufpasser.«

»Okay. Du wirst mir morgen früh alles berichten. Auch, wieviel er wirklich weiß. Oder ob er nur blufft. Hörst du?«

»Ja.«

»Wir müssen endlich wissen, woran wir sind, Baby. Wir! Wir beide! Ich, aber auch du. Denn du hängst ja auch mit drin.«

»Ja, ich hänge auch mit drin«, hatte sie nachdenklich geantwortet und dann wortlos den Hörer auf die Gabel gelegt. Sie hatte ihm verschwiegen, daß Peter ihr mit der Zeit immer mehr bedeutete.

Das Taxi hielt vor dem Hullingford Appartementhaus. Peter stieg aus und hielt ihr die Wagentür auf. Als sie unter der Vordachmarkise zur Haustür voranging, sah sie unwillkürlich die Park Avenue hinunter, um sich zu überzeugen, ob ihnen jemand gefolgt war. Der Gehsteig war menschenleer, mindestens fünf Blocks hinunter, und auf der Avenue floß der abendliche Verkehr im gewohnten dichten Gleichmaß.

18

Der Tisch im Eßzimmer war festlich gedeckt. Kalypsorote Decke und Servietten aus Damast. Wertvolles Sèvresporzellan und altes Silber aus Sheffield, rote Kerzenhalter mit roten Kerzen in weißen, papierenen Rüschen, Gläser im Jugendstil von Lachenal für den Aperitif, für den Wein, für den Champagner, und zwei große Vasen von Muller voll roter Rosen.

Naka, die Chinesin, im schneeweißen Arbeitskleid und mit einem weißen Häubchen im pechschwarzen Haar, trug schweigend den ›kleinen Imbiß‹ auf.

Gewürzte Gurke nach Art der chinesischen Provinz Szechuen als kalte Vorspeise. Anschließend Haifischflossensuppe. Dann Hummer nach Art des Mandarins: Würfel von frischem Hummerfleisch mit schwarzen Pilzen, Wasserkastanien, zarten Baumbusschößlingen, Schnee-Erbsen und Bokchoy, einem Chinakohl. Als zweiten Hauptgang: Ente mit Rauchgeschmack, nach Art der chinesischen Provinz

Hunan. Und als Nachspeise süße gebackene Bananen nach Szechuen Art.

Diana und Peter saßen sich gegenüber. Das flackernde Licht der Kerzen warf unruhige Schatten auf ihr Gesicht. Während des Essens unterhielten sie sich über allgemeine Themen.

Nachdem Naka aber Kaffee und Cognac auf dem Louis-Seize-Tisch im Salon serviert und sich dann zurückgezogen hatte, wurde das Gespräch sofort persönlich.

»Sie haben mir noch immer nicht gesagt, wo Sie zur Zeit in New York wohnen, Peter. Wo könnte ich Sie erreichen?«

»Ich wäre Ihnen dankbar, wenn Sie mir die Antwort erließen.«

»Also doch noch Mißtrauen?« Sie saßen in den tiefen Sesseln, und ihre Armlehnen berührten einander. Wie nebenbei legte Diana ihre Hand auf Peters Lehne, und nach einer Weile strich er mit den Kuppen seiner Finger behutsam über die grazile Frauenhand.

»Es ist kein Mißtrauen, Diana«, sagte er leise, »es ist nur eine Sicherheitsmaßnahme. Für uns beide. Anders kann ich es Ihnen nicht erklären.« Er überlegte, ob er ihr sagen sollte, daß sie ihn über Karin immer erreichen könne, doch er ließ es sein. Karin könnte womöglich erpreßt werden, ihn zu verraten, und sie könnten ihr Gewalt antun. Nein, es sollte besser niemand von seiner Verbindung zu Karin wissen, auch nicht Diana.

»Heute nachmittag haben Sie mir zu verstehen gegeben, Peter, daß Sie keine Freunde haben. Ich glaube, Sie sollten die Frage noch mal überdenken.«

»Danke, Diana«, sagte er aufrichtig.

»Ja, Sie haben in mir einen Freund, Peter. Und Sie sollen es wissen. Sicher einen ungewöhnlichen Freund. Einen, der zuerst absoluter Gegner war. Der Sie in Bausch und Bogen abgelehnt hat. Der das Deutsche in Ihnen gehaßt hat. Und den Sie allmählich auf Ihre Seite gezogen haben. Durch Ihre Beharrlichkeit.«

»Schön, daß Sie das sagen, Diana.« Er fühlte sich mit einemmal zu ihr hingezogen.

Sie schenkte den Kaffee ein und stellte ihm eine Tasse hin. »Der

Cognac ist Ihre Sache«, und er nickte und goß Cognac in die großen bauchigen Gläser.

Sie nahmen einen Schluck Kaffee und prosteten sich mit den Cognacgläsern zu. Sie unterhielten sich angeregt über alles mögliche, vom Klassizismus der russischen Ballettschule bis zur Beurteilung des US-Wirtschaftspotentials in bezug auf die Situation der Weltwirtschaft, von den neuen Bestsellern der großen zeitgenössischen amerikanischen Romanciers bis hin zur Einstellung der modernen Frau zur Liebe.

Es war, als fürchteten beide geradezu, das Thema ›Bob Kellermann‹ noch einmal zu berühren.

»Liebe«, sagte sie geringschätzig, »dieses Gefühl wird von Frauen gewöhnlich weit überschätzt.«

»Ist eine Frau denn nicht ganz und gar für die Liebe geschaffen, ja empfänglich?«

»Das ist ja das Übel«, entgegnete sie amüsiert. »Eine Frau sehnt sich nach Liebe. Sie hungert nach ihr. Mit jeder Faser. Sie glaubt in der Liebe die Erfüllung all ihrer Wunschträume zu finden. Aller! Und wenn die Liebe sie dann erfaßt, sie überfällt, schwebt die Frau im allgemeinen in einer derartigen Wolke von Glücklichsein, daß sie leicht den Kopf verliert.«

»Und wie macht sich dieses ›den Kopf verlieren‹ bemerkbar?«

»Eine Frau packt ihr Liebesgefühl voll mit Sehnsüchten, die der Liebe dann, wie eine schwere Last, den Atem nehmen.«

»Aber Sehnsüchte gehören doch zur Liebe?« Es war mehr eine Feststellung.

»Sie sollten eigentlich mehr die Vorstufe zu ihr sein.« Sie lehnte sich zurück, schlug die Beine übereinander und umschloß ihr Knie mit beiden Händen. »Vielleicht bin ich anders als andere Frauen – aber wenn mich die Liebe trifft, dann zittere ich nicht innerlich vor freudiger Erregung, dann sehe ich den Dingen, die auf mich zukommen, gefaßt entgegen.«

»Also keine Wolke von Glücklichsein?«

»Doch. Aber gepaart mit Übersicht.«

»Und die Dinge, die auf Sie zukommen? Sind es mehr oder weniger immer die gleichen?«

»Mehr oder weniger, ja. Würde ein Seismograph sie aufzeichnen, ergäben sie eine Art Fieberkurve, die am Anfang schrittweise ansteigt, dann jäh steil in ungeahnte Höhen emporschießt, danach von einem ungleichmäßigen Auf und Ab geschüttelt wird, noch mal ein oder mehrere kurze Hochs aufweist und schließlich der Eintönigkeit einer unveränderlichen mäßighohen Kurve erliegt oder im Lauf der Zeit versandet.«

»Was die Liebe betrifft, sind Sie demnach Pessimistin.«

»Realistin, Peter. Wenn eine Frau ehrlich zu sich selbst ist, muß sie einfach so denken. Das soll aber beileibe nicht heißen, daß sie nicht jedes neue Gefühl von Liebe dankbar in sich aufsaugt und von Mal zu Mal mit ganzem Herzen an das ganz große, das einmalige Gefühl glaubt.«»

»Und Sie, Diana? Glauben Sie noch an die große Liebe?«

»In der Beziehung bin ich wohl wie alle Frauen. Sobald man den Glauben an die große Liebe verliert, gibt man ein Stück von sich selbst auf. Wahrscheinlich ein entscheidendes Stück.« Sie warf den Kopf zurück und schüttelte eine Strähne ihrer langen Haare von den Augen. »Aber ich bin der Meinung, daß jede Frau, und sei sie noch so enttäuscht worden, immer wieder die Kraft aufbringen kann, an die große Liebe zu glauben.«

»Liebe und Enttäuschung gehen also Hand in Hand?«

»Einer Frau ist die Fähigkeit gegeben, tief zu lieben. Abgrundtief. Vielleicht tiefer, als ein Mann es je empfinden oder auch nur nachempfinden kann. Je stärker man aber liebt, um so höher stellt man unbewußt den geliebten Menschen. Um so höher sind die Erwartungen, die man in diesen Menschen setzt, und all die guten Eigenschaften, die man in ihm vereint sieht, wenn auch mehr oder weniger verblendet. Ob der auf solche Weise geliebte Mensch aber auf die Dauer die in ihn gesetzten Hoffnungen erfüllen kann, bleibt dahingestellt. Erfüllt er sie nicht, setzt unwillkürlich die Enttäuschung ein. Und je weniger seine Charaktereigenschaften diesem Bild entsprechen, desto maßloser wird die Enttäuschung, und die Liebe beginnt zu schwinden wie im Frühling der Schnee.«

Sie umschloß das Cognacglas mit beiden Händen, führte es bedächtig zum Mund, trank den Rest auf einen Zug aus und stellte das Glas nachdenklich zurück auf den Tisch. »Eine Frau liebt umfassender als ein Mann und auch detaillierter. Sie liebt ihn mit all seinen winzigen Eigenheiten, auch den weniger erfreulichen, die er womöglich selbst nicht kennt, und schenkt sich ihm bedingungslos jeden Tag neu. Sie liebt den Geruch seiner Haut, die Bewegung, mit der er eine Zigarette ausdrückt oder eine Zeitung umblättert, und sein jungenhaftes Lachen, selbst wenn es ihr zu laut in den Ohren dröhnt. So gesehen, gibt die Frau mehr Liebe als sie nimmt, da haben Sie vollkommen recht.« Sie lächelte ihn an und setzte hinterher: »Bei der körperlichen Liebe verhält es sich naturbedingt vielfach umgekehrt.«

Beide schwiegen eine Weile, als wollten sie, jeder für sich, das Thema noch mal durchdenken. Doch auf einmal sagte Diana: »Sie haben davon gesprochen, daß diese Lillie Flam eine Zeugin für sie war.«

»Ja. Und?« Er sah sie aufmerksam an.

»Und daß es noch andere Zeugen gibt. Die Doormen vom Parc Five.«

»Ich verstehe Ihre Frage nicht.« Er lehnte sich in den Sessel zurück, schlug die Beine übereinander und verschränkte die Arme vor der Brust.

»Rechnen Sie mich etwa auch zu Ihren Zeugen?«

»Moment mal, Diana. Von anderen Zeugen habe ich gestern nachmittag gesprochen. Gleich nachdem ich Ihnen die Sache mit Lillie erzählt habe. Da wußte ich noch gar nicht, daß Sie mir entscheidende Dinge erzählen würden. Was also soll Ihre Frage nach anderen Zeugen?«

»Allright. Ich will es Ihnen sagen, Peter.«

Sein Blick war voll Erwartung.

»Ich habe letzte Nacht noch lange wach gelegen. Ich habe über Sie nachgedacht, Peter. Nicht über Sie als Mensch. Auch über Ihre Angelegenheit hier. Vielleicht habe ich mir sogar Sorgen gemacht. Mir wollte einfach nicht in den Kopf, warum Sie die Sache allein erledigen wollen. Ohne Hilfe.«

»Weil auf die Polizei kein Verlaß ist.«

»Das haben Sie schon einmal angedeutet, und ich habe es akzeptiert. Aber ich bin zu dem Schluß gekommen, daß Sie es allein nicht schaffen. Nicht schaffen können. Peter! Ich will Ihnen helfen! Begreifen Sie endlich!«

»Und nur deswegen wollen Sie wissen, ob es noch andere Zeugen gibt?«

»Ja, nur deswegen. Wenn Sie mich als Ihre Hilfe nehmen, dann will ich mich auch voll und ganz für Sie einsetzen können.«

»Seien Sie vernünftig, Diana. Halten Sie sich aus der Sache heraus.«

»Peter!« Es war eine Bitte, gesprochen mit ihren Augen.

»Nein. Ich sehe immer wieder Lillie vor mir. Und ich habe mir geschworen, daß ich niemanden mehr in die Sache hineinziehe.« Er stockte. Unwillkürlich dachte er an Karin Mebius. Hatte er seinen Schwur nicht schon gebrochen?

»Erzählen Sie mir alles, was Sie wissen, Peter. Wie viele und welche Zeugen es gibt. Wo wir einen Ansatzpunkt, eine Spur haben. Wie wir, Ihrer Meinung nach, vorgehen könnten.«

Sie wartete, ob er etwas entgegnete, doch als er schwieg, fuhr sie fort: »Geben Sie mir eine Chance, Ihnen zu beweisen, daß ich auf Ihrer Seite stehe. Ja?« Sie beugte sich vor, als wollte sie ihm ganz nahe sein.

Er schwieg auch jetzt noch. Er schloß die Augen, um sich vollkommen konzentrieren zu können. Dann hob er den Blick und sagte mit leerer Stimme: »Allright, Diana. Sie können es beweisen.«

»Ja?« Ihr Gesicht glühte.

»Beweisen Sie es, indem Sie sich aus der Sache heraushalten.«

Sie schluckte. Sie brauchte ein paar Sekunden, bis sie seine Worte verarbeitet hatte. Dann stieß sie heftig den Sessel zurück, stand ruckartig auf, machte ein paar Schritte und trommelte verzweifelt mit erhobenen Fäusten bebend vor Zorn gegen die Wand. »Verdammt! Zur Hölle mit dir!« Ihre Stimme versagte.

Mit einem Satz war er bei ihr und nahm sie in seine Arme. Kraftlos ergab sie sich ihm und rang nach Luft. Ihre Augen waren voll Tränen.

Nachdem sie sich einigermaßen beruhigt hatte, schmiegte sie sich mit dem Kopf an seine Schulter. Ein letztes Schluchzen, ein tiefes Durchatmen. Er zog sein Einstecktuch aus der Reverstasche und wollte ihr die Tränen abtrocknen.

Ihre Blicke trafen sich. Und auf einmal nahm er ihr Gesicht in beide Hände, und ihre Lippen kamen einander näher und näher, bis sie schließlich ineinander zu verschmelzen schienen.

Sie küßten sich, als gelte es eine lange Zeit an Liebe nachzuholen.

»O Peter.« Sie vergrub ihr Gesicht an seiner Brust.

»Gibt es etwas Schöneres als salzige Küsse?« fragte er zärtlich leise und strich ihr mit der Hand behutsam übers Haar.

Sie hob ihm ihr Gesicht entgegen, und ihre Lippen vereinten sich wieder, diesmal verlangend und voll Leidenschaft.

Vom Salon führte eine Tür ins Badezimmer mit der großen, runden, rosafarben gekachelten Wanne, zu der zwei Stufen hochführten und deren Armaturen vergoldet waren, mit der indirekten mehrfarbigen Beleuchtung, dem flauschigen, rosafarbenen Fußbodenbelag und den Spiegeln an Decke und Wänden, die den Raum vielfältig reflektierten.

Und vom Badezimmer führte eine Tür in den Schlafraum, der vom breiten französischen Bett beherrscht wurde und von noch mehr Spiegeln als das Bad umhüllt war, denn auch die Türen der Schränke und die Innenläden vor dem Fenster waren von Spiegeln überzogen.

Sie hatten ihre Kleider im Badezimmer abgestreift, und er trug Diana auf seinen Armen in den gedämpft beleuchteten Schlafraum, drehte sich dabei wie im Tanz, ausgelassen und voll freudiger Erregung, drückte sie immer wieder an sich, küßte sie, wohin er gerade traf, und sie hielt seinen Hals umschlungen, hatte ihren Kopf zurückfallen lassen und die Augen vor Glückseligkeit geschlossen, und ihre Haare wehten aufgelöst und lang hinter ihr her.

Behutsam ließ er Diana von seinen Armen aufs Bett gleiten, und sie versanken in einen Sinnestaumel, der sie, einer mächtigen Flutwelle gleich, unaufhaltsam verschlang.

Sie preßte sich wie eine Ertrinkende an ihn, und er war sanft zu ihr und voller Zärtlichkeit, bis sie ganz von selbst dem Höhepunkt entgegentrieb und mit heiserer Stimme unartikuliert hervorstieß: »Jetzt! Jetzt nimm mich ganz fest!« Und er nahm sie, und sie schrie laut auf vor Erfüllung, immer wieder, und sie bedeckten sich gegenseitig mit stürmischen Küssen, und ihre Körper schienen ineinander aufzugehen.

Als sie sich erschöpft freigaben, schlossen sie beide die Augen. Stille breitete sich aus, und nur ihrer beider Atem war zu vernehmen. So lagen sie eine Weile reglos nebeneinander auf dem Rücken und hatten die Hände hinter dem Kopf verschränkt. Über dem Raum lag der Geruch von sinnlicher Erregung.

Peter fand als erster wieder zu sich. Er beugte sich über sie, küßte sie liebevoll auf die Stirn und schob ihr sacht seinen Arm als Stütze unter den Nacken.

»Danke.« Sie schlug die Augen auf und lächelte ermattet.

»Du bist wunderschön, Diana. Dein Hals. Deine Schultern mit ihren sanften Kuhlen. Deine samtene Haut. Ich liebe alles an dir.« Er sprach leise, als könne ein lautes Wort ihr Zusammensein stören.

Auch sie dämpfte die Stimme. »Und ich liebe deine endlos langen, sehnigen Beine, deine muskulösen Schenkel und deine...« Sie zögerte: »...deine ausgeprägte Männlichkeit.« Sie strich ihm dabei mit den Fingern liebkosend über die einzelnen Stellen des Körpers.

Er tat es ihr gleich, und sie streichelten einander mit einer Hingabe, bis sie aufs neue von einer ungezügelten Lust erfüllt waren und sich liebten.

Wieder dauerte es eine Zeitlang, bis sie nach dem Höhepunkt zu sich fanden.

»Woher weißt du, daß eine Frau das Nachspiel beinahe noch mehr als das Vorspiel braucht?« Sie küßte ihn flüchtig auf Brust und Bauch.

»Ich glaube, alle Männer wissen es.«

»Und warum beachten sie es dann nicht?«

»Ein Mann ist vielleicht manchmal egoistisch. Und die Frauen nehmen es hin, ohne ihre Ansprüche anzumelden.«

»Aber weiß ein Mann denn nicht, daß er viel mehr Liebe bekommen könnte, wenn er auf die Gefühle der Frau eingehen würde?«

»Offenbar bekommt er die Liebe auch, ohne daß er es tut.« Er zuckte unschlüssig die Schultern.

»Nein. Er wird befriedigt, das ist alles. Ganz nüchtern sehr oft. Manchmal sogar erschreckend nüchtern. Aber anscheinend genügt es ihm.«

»Und die Frau spielt ihm Leidenschaft vor.«

»Ja«, sagte sie. »Und oft ist ihm auch das gleichgültig. Die meisten Frauen kommen in ihrem ganzen Leben nicht zu einem einzigen wirklichen Höhepunkt.«

»Du hast recht. Und es trifft auch auf Frauen zu, die schon Kinder haben.«

»Glaubst du, es liegt ausschließlich an den Frauen selbst?«

»Zu einem großen Teil liegt es sicher an den Männern, da hast du recht.«

»Du bist eine Ausnahme, Peter.«

»Aber du bist ein Risiko eingegangen.«

»Man geht jedesmal ein Risiko ein. Aber was soll man machen?« Sie wurde nachdenklich. »Ich will ehrlich sein: Zu dir hatte ich kein Vertrauen. In dir habe ich nur den Deutschen gesehn.«

»Bis zuletzt?«

»Nein. Aber noch heute nachmittag. Ich hatte vor dir Angst. Große Angst. Und wenn du mich nicht einfach in deine Arme genommen hättest... ich war sehr weit von dir weg... daß wir miteinander schlafen werden, daran habe ich keine Sekunde gedacht... aber jetzt... jetzt bin ich dir ganz nahe... jetzt bist du für mich nicht der Deutsche... du bist einfach ein Mann.« Sie küßte ihn flüchtig auf den Mund und vollendete: »... ein sehr guter Mann sogar.«

19

Die schmale silberne Weckuhr auf dem Nachttisch zeigte die dritte Morgenstunde an. Sie lagen nebeneinander, so daß sich ihre nackten Körper berührten, er auf dem Rücken, sie auf dem Bauch, und sie hatten sich das breite, rosafarbene Leintuch über die Schultern gezogen.

Soeben hatten sie sich noch einmal geliebt, und ihr Atem ging stoßweise.

»Du bist nicht nur…« Sie rang nach Luft und fuhr fort: »…ein sehr guter Mann… du bist… ein Mann… wie ich nie einen… für möglich gehalten habe.«

Er schwieg.

»Und ich?« Sie drehte sich ihm kraftlos zu: »Wie bin ich?«

Er zog sie sanft an sich, und sie kuschelte sich an seine Brust. »Wie bin ich?« wiederholte sie die Frage leise.

»Du bist…«, begann er kaum hörbar, um die Stille, die sie umgab, nicht zu zerstören.

Das Läuten des Telefons schnitt ihm jäh das Wort ab. Geräuschvoll. Schrill. Gellend. Der schneeweiße Apparat mit den metallenen Beschlägen stand in Reichweite auf dem Telefontisch.

Diana erschrak und hielt den Atem an. Sie zitterte leicht und wagte sich nicht zu bewegen.

»Willst du nicht abnehmen?« Unwillkürlich drehte er sein Gesicht dem Apparat zu.

Sie lag starr in seinem Arm und war zu keiner Antwort fähig.

Von neuem das Läuten. Durchdringend und grell.

»Diana, was ist?«

Doch sie bewegte sich nicht. »Ich… ich will nicht.« Es war kaum vernehmlich.

»Dann heb wenigstens ab und leg gleich wieder auf.«

Sie gab keine Antwort und lag regungslos.

»Aber so…« Er wollte sagen: so werden wir den Anrufer nicht los.

Doch wieder schnitt ihm das Läuten das Wort ab. Und obwohl sie es jetzt schon erwartet hatten, schien es ohrenbetäubend die Stille im Raum zu zerreißen.

»Diana, so geh doch ran.«

»Nein.« Sie hatte sich gefangen und richtete sich auf. Wie hypnotisiert starrte sie den Apparat an.

»Aber warum denn nicht? Unterbrich doch die Verbindung.«

»Nein. Es hört schon von selbst auf.«

Wieder das Läuten. Wie ein Befehl, das Gespräch entgegenzunehmen.

»Du siehst, es hört nicht auf. Soll ich es...?« Er drehte sich dem Apparat zu, als wollte er nach dem Hörer greifen.

»Nein!« Sie hob die Stimme an. Mit einem Satz war sie über ihm und fiel ihm in den Arm. »Nein, laß das!«

Er sah sie verständnislos an. »Warum...?« Dann hatte er begriffen: »Ich kann solange ins Bad gehn, wenn du meinst.«

Sie schüttelte verneinend den Kopf.

»Allright. Du kannst natürlich machen, was du willst.« Er legte sich wieder auf den Rücken und zog sich das Laken über die Schulter.

»Verzeih, daß ich... daß ich so war.« Ihre Stimme klang tonlos.

»Schon gut.« Er nahm sie wieder in den Arm, und sie lagen wie vorher.

Das Läuten hatte aufgehört.

»Du wolltest eben mit mir allein bleiben«, sagte er zärtlich, »schau mich an.« Doch sie sah reglos geradeaus, und er gab ihr einen liebevollen Kuß auf die Wange.

Ihr war, als brenne der Kuß wie Feuer. Es konnte nur Boy gewesen sein, der angerufen hatte. Boy, der hinter ihr herspionieren und sie ausquetschen wollte! Und Peter hatte ihr Verhalten als rücksichtsvoll empfunden.

Sie schloß die Augen. Sie fühlte sich jetzt nicht in der Lage, ihn anzusehen.

Eine Weile schwiegen sie beide.

Dann sagte er in die Stille hinein ruhig: »Wie heißt er?«

»Wer?«

»Dein Freund. Oder dein Mann.«

»Es gibt keinen Freund. Und auch keinen Mann.«

»Diana!« Leise, beschwörend.

»Du mußt mir glauben, Peter. Einfach glauben.«

Von da an floß das Gespräch mit großen Pausen dahin.

»Du machst es mir nicht leicht.« Er wirkte nachdenklich. »Es war jemand, der dir nahesteht. Und der nicht wissen sollte, daß du Besuch hast.«

»Am besten, du vergißt den Anruf.«

»Es ist keine Eifersucht, Diana. Ich will nur nicht belogen werden.«

»Manchmal wird man zur Lüge gezwungen.«

»Auch zu einer Lüge zwischen uns?«

»Ich werde dir einmal alles erklären. Später. Jetzt kann ich dich nur bitten, mir zu vertrauen.«

»Allright. Es interessiert mich auch nicht weiter.«

»Wirklich nicht?«

»Du hast recht. Am besten, ich vergesse es.«

Wieder trat Stille ein.

»Diana?« Mit fast geschlossenen Lippen.

»Ja?«

»Du hast mich gestern nach meinem Leben gefragt.«

»Ja.«

»Heute frage ich dich nach deinem«.

»Okay. Ich erzähl dir alles. Bitte lösch das Licht.«

Er knipste die indirekte Beleuchtung und die Lampe auf dem Nachttisch aus. Dunkelheit erfüllte den Raum. Es dauerte einige Zeit, bis sich ihrer beider Augen daran gewöhnten.

Dann begann sie leise.: »Ich bin als viertes Kind armer Eltern geboren. Mein Vater hat sich um die Familie nie gekümmert, und meine Mutter hat mich abgelehnt. Sie hatte mich nicht gewollt und ließ es mich Tag für Tag spüren. Obwohl meine Eltern noch leben, sind sie für mich gestorben.« Es klang wie auswendig gelernt.

»Halt, Diana. Keinen Zeitungsreport. Ich möchte dich kennenlernen. An welchem Tag bist du geboren?«

Sie stutzte. »Genügt es dir nicht?«

»Nein. Also, an welchem Tag?«

»An einem... Sonntag.« Es war, als müsse sie sich überwinden.

»Es muß ein besonders lieblicher Sonntag gewesen sein«, sagte er versonnen, und seine Hände fanden zärtlich ihren Hals und den Ansatz ihrer Brüste. »Ein Sonntag, der ein solch liebliches Geschöpf wie dich hervorbringt. In welchem Monat?«

»Im Dezember.«

»Am wievielten?«

»Am dritten.«

»Und wo?«

»In... in Hyannis. Das ist ein Drecksnest in Nebraska. An der Straße von Mullen nach Alliance.«

»Wie heißt dein Vater?«

»Paul.«

»Paul Lester«, wiederholte er nachdenklich.

»Ja. Warum?«

»Was macht er?«

»Was er jetzt macht, interessiert mich nicht. Damals hat er nicht allzuviel gemacht. Er hat ein paar Schafe gehabt und ein paar Ziegen, drei Rinder und zwei Pferde. Ein kleiner Farmer. Ich habe ja schon gesagt, meine Eltern waren...«

»Arm, ich weiß«, unterbrach er sie und fragte: »Wie heißt deine Mutter?«

»Bess.«

»Wieviel Geschwister hast du? Drei?«

»Vier.«

»Und ihre Namen?«

»Ist das ein Verhör?«

»Nein.« Er lächelte. »Eher ein Interview. Wie heißen deine Geschwister?«

Sie dachte einen Augenblick nach und sagte dann schnell: »Patricia, Kathrynann, Timothy und Winston. Zufrieden?«

»Ja. Aber ich denke gerade an Hyannis.«

»Und?« Es klang befangen.

»Ist Hyannis nicht so etwas wie ein reines Industrienest? Ohne die geringste Spur von Landwirtschaft?« Er sagte es aufs Geratewohl. Er kannte Hyannis gar nicht. Es waren ihm nur Zweifel gekommen, ob sie die Wahrheit sagte, und er wollte sie auf die Probe stellen.

»Hyannis ein Industrienest?« Sie wurde verlegen und ärgerlich zugleich. Sie drehte sich von ihm weg. »Ich sage kein Wort mehr!«

»Aber, Diana«, sagte er zärtlich und küßte sie auf den Nacken, »wir wollen doch zueinanderkommen. Nicht nur im Bett. Willst du mir nicht die Wahrheit über dich erzählen?«

Sie schwieg. Nach einer Weile wandte sie sich ihm wieder zu und schmiegte sich an seine Schulter. »Allright«, sagte sie leise, »ich will es dir anders erzählen, als ich es den Journalisten erzähle.« Mit ihren Fingern suchte sie in der Dunkelheit sein Gesicht und fuhr ihm weich über die Lippen. Zögernd begann sie zu sprechen: »Das Geburtsdatum stimmt. Sonst nichts.«

Sie dämpfte die Stimme noch mehr, so daß sie kaum zu hören war. »Ich habe meinen Vater nie gekannt. Es kann sein, daß sein Name Edward...« Sie zögerte. «...Edward Norton war. Es kann aber auch sein, daß er anders geheißen hat. Vielleicht war er Norweger, ich weiß es nicht. Sein Job könnte Bäcker gewesen sein oder so etwas Ähnliches. Man nimmt an, daß er bei einem Verkehrsunfall ums Leben kam. Irgendwo auf einer Straße nach Ohio.«

Sie machte eine Pause, und nach einiger Zeit fragte er: »Und deine Mutter? Hat sie auch nicht gewußt, wer dein Vater war?«

»Man sagt, daß meine Mutter eine miserable Ausgangsposition gehabt hat. Sowohl ihre Eltern als auch ihre Großeltern sind in Heilanstalten gestorben. In Nervenheilanstalten. Und sie hatte sich anscheinend von dem Fluch nie lösen können. Sie hat unter Verfolgungswahn gelitten und fühlte sich ständig von ihrer besten Freundin bedroht. Eines Tages ging sie auf die Freundin mit dem Küchenmesser los. Nachbarn holten die Polizei. Mutter kam in eine Anstalt. Wurde dann später als geheilt entlassen. Kam wieder in eine Anstalt. Und so fort. Ich kann mich an sie nur noch schwach erinnern. Ich sehe nur noch ihren Mund vor mir. Es war ein sehr schöner Mund. Volle Lippen, schön geschwungen. Ein Mund, den ich gemocht habe.« Sie seufzte bedrückt. »Mein Gott, sie muß jämmerlich zugrunde gegangen sein.« Und erleichtert: »Wie gut, daß ich ihr später nicht mehr begegnet bin. So habe ich wenigstens die Erinnerung an ihren schönen Mund.«

»Ist es dir denn nie gelungen, das Leben deiner Eltern ganz und gar aufzuspüren?« fragte er leise in die Dunkelheit hinein.

»Meine Eltern, das waren für mich zwölf verschiedene Pflegeeltern, denen ich im Laufe meiner Kindheit zugeteilt wurde.«

»Wo bist du geboren, Diana?« Die Frage sollte eine gewisse Ordnung in ihre Erzählung bringen.

»In Los Angeles. Im General Hospital.«

»Also hättest du dort mit deinen Nachforschungen beginnen können.«

»Ich habe es getan. Aber dort sind nur Namen registriert. Ob die Namen aber stimmen?«

»Warum sollten sie nicht stimmen? Warum sollte ein Mann die Entbindung eines Kindes und das Wochenbett einer Mutter bezahlen, wenn er sich als völlig Unbeteiligter fühlt?«

»Das ist sehr deutsch gedacht. Bei uns gibt es viele Mäzene. Für alles gibt es Mäzene. Für Football und Hochschulen. Viele der Mäzene spenden anonym. Und sicher auch für Hospitals. Der Mann, der mein Vater war, hat jedenfalls nicht bezahlt. Für die Kosten des Hospitals und des Wochenbetts meiner Mutter sind Mutters Arbeitskollegen aufgekommen.«

»Also müßte man bei den Arbeitskollegen ansetzen?«

»Meine Mutter war damals als Cutterin bei der Columbia Film. Aber auch ihre Kollegen haben meinen Vater nicht gekannt.« Es klang ungehalten.

Für ein paar Augenblicke lagen sie schweigend und regungslos nebeneinander.

Dann nahm er das Gespräch wieder auf: »Wie alt warst du, als du deine Mutter zum letztenmal gesehen hast?«

»Vier vielleicht. Oder fünf.«

»Und wo warst du da?«

»In Los Angeles. Bei der Freundin, gegen die Mutter mit dem Küchenmesser losgegangen war. Aber nicht lange. Dann hat sie mich dem Fürsorgeamt von Los Angeles County übergeben. Ich habe später erfahren, daß die Pflegeeltern mich nicht aus Nächstenliebe genommen haben, sondern wegen der zwanzig Dollar im Monat, die das Fürsorgeamt gezahlt hat. Ich denke nur mit Widerwillen an diese Zeit zurück. Bei einer Familie, die einer religiösen Sekte angehört hat, habe ich zum Beispiel täglich beten müssen: ›Mit Gottes Hilfe will ich niemals trinken, kaufen, nehmen oder geben alkoholische Getränke mein ganzes Leben. Ich gelobe fest, niemals Tabak zu rauchen noch Gottes Namen je vergeblich zu gebrauchen.‹ Ich verfluche meine Kindheit.«

Er wurde hellhörig. »Und wie ging es mit dir weiter?«

»Einmal war ich einem Artisten-Ehepaar aus England zugewiesen. Sie haben die zwanzig Dollar Kostgeld in Schnaps umgesetzt. Die leeren Flaschen waren mein einziges Spielzeug. Mit neun Jahren wurde ich, bei einer anderen Familie, vom Untermieter vergewaltigt. Noch mehr?« Sie schien aufgewühlt.

»Wann war die Zeit mit den Pflegeeltern zu Ende?«

»Mit elf habe ich endlich einen Platz im städtischen Waisenhaus erhalten. Dort habe ich auch mein erstes Geld verdient. Im Monat einen Nickel fürs Geschirrwaschen. Davon kam jeden Sonntag ein Penny in den Klingelbeutel der Waisenhauskirche.«

»Wie lange warst du im Waisenhaus?«

»Zwei Jahre. Dann kam ich zu einer Tante der ehemaligen Freundin meiner Mutter. Die Tante war zweiundsechzig und Anhängerin der Christian Science. Für sie lösten Gebet und Glauben alle Probleme. Auch bei Krankheit. Ein Arzt galt nichts. Aber ich habe es überstanden.«

»Und dann?« Es klang skeptisch.

»Du glaubst mir nicht?«

»Erzähl weiter.«

»Die Tante hat mich auf die Schule geschickt. Auf die Emerson Junior High School. Es waren gemischte Klassen. Die Jungen haben mir zu verstehen gegeben, daß sie mich aufregend fanden.«

»In welcher Form aufregend?«

»Sexy. Ich hab die Jungen kaum noch losbekommen.«

»Ist daraus etwas entstanden?«

»Ein Wechsel der Schule. Van Nuys High School. Eine schlimme Sache. Dort wurde ich als Waisenkind gedemütigt. Ich konnte mich der unsittlichen Anträge und der Nachstellungen nicht mehr erwehren. Da habe ich an einem Zeitungskiosk Geld geklaut, um mir einen der städtischen Schüler als eine Art Leibwächter halten zu können. Das ging zwei Jahre gut, dann wurde ich endgültig von der Schule genommen.«

»Eine tolle Geschichte.« Er bemühte sich, den Spott zu unterdrükken, doch sie hörte ihn heraus.

Sie war erbost. »Sei froh, daß du eine bessere Jugend hattest.«

»Die Schule war also zu Ende«, sagte er ungerührt, um das Gespräch weiterzuführen.

»Ja, sie war zu Ende.« Sie ließ ihn ihre Verstimmung spüren. »Sie war zu Ende, und ich habe mir ein schlaues Leben gemacht. Jeden Tag einen anderen Jungen. Strandpartys bei Nacht. Hemmungslos und wüst. Na ja, und dann der erste Selbstmordversuch.« Sie machte eine Pause, wie um ihrer Erzählung zu stärkerer Wirkung zu verhelfen.

Er war sich jetzt seiner Sache sicher und tat, als erzähle er ihre Geschichte weiter: »Und der Grund des Selbstmordversuchs hieß Jim Dougherty oder so ähnlich. Wenn ich nicht irre, war er kaum einundzwanzig Jahre alt und Mechaniker bei Lockheed Aircraft. Du hast ihn ›Daddy‹ genannt. Er hat behauptet, du hättest ihm nie ein Steak gemacht, sondern immer nur Erbsen und Karotten.«

»Was soll das?« Sie löste sich mit dem Kopf von seiner Schulter, verschränkte die Hände im Nacken und starrte in die Dunkelheit.

»Jim ging zur Handelsmarine nach Catalina Island«, fuhr er fort, »und du gingst mit ihm. Aber er wurde wütend, wenn du dich vor den Mannschaften im aufreizenden Badeanzug gezeigt und jede Einladung zum Tanzen angenommen hast. Vier Jahre Ehe mit dir waren ihm schließlich genug. Er suchte sein Heil in Übersee, und du hast dich von ihm scheiden lassen. Ja, und dann traten ein Mann namens Josef Schenck oder so ähnlich, seines Zeichens Aufsichtsratsvorsitzender der Twentieth Century-Fox, und ein Harry Cohn, Präsident der Columbia, in dein Leben.«

»Du bist verrückt!« Ärgerlich drehte sie ihm ihren Rücken zu.

»Nein«, sagte er ruhig, »ich bin nicht verrückt. Ich habe nur ein gutes Gedächtnis. Ein verdammt gutes. Ich gebe zu, daß ich über Showbusiness mäßig informiert bin. Aber auf dem Herflug fiel mir eine Biographie in die Hände. Eine Biographie über eine deiner Kolleginnen. Sie ist inzwischen schon ein paar Jahre tot. Wenn ich mich nicht täusche, sind es genau vierzehn Jahre her, seit sie Selbstmord beging. Ihr Name ist aber nach wie vor noch im Gespräch.«

»Hör auf! Hör sofort auf!«

»Du hast ihre Geschichte wunderbar nacherzählt. Fast Wort für Wort.«

»Du sollst aufhören!« Sie vergrub ihr Gesicht in den Kissen.

»Du hast mich unterschätzt, Diana. Du hast in mir nur den trockenen Industriemanager gesehen und angenommen, ich wüßte nichts über Marilyn Monroe.«

»Hör auf, sag ich!«

»Die Monroe zählte doch zu den ganz Großen ihres Fachs? Nicht nur als Schauspielerin, meine ich. Auch als Geschichtenerzählerin. Habe ich recht?«

Sie schwieg.

»Ich bin dir nicht böse, Diana. Im Gegenteil, ich bin amüsiert. Die Lebensgeschichte der Monroe steht dir gut an. Aber hast du denn nicht damit gerechnet, daß ich dich durchschaue? So wie jeder kleinste Provinzjournalist dein Leben durchleuchten kann, wenn es ihm darauf ankommt?«

»Ach was. Nicht mal die Topschreiber können es.«

»Du erzählst ihnen natürlich nicht die Monroe-Story, das ist mir schon klar. Aber du kannst sie auch nicht mit der Hyannis-Story abspeisen, ohne daß sie dir auf die Schliche kommen und dein Leben aufblättern wie ein dickes Buch.«

»Nein.« Sie drehte sich ihm zu und lehnte sich mit ihrem Kopf wieder an seine Schulter. »Du irrst, Peter. Bleiben wir doch mal bei Marilyn. Auf ihre Lebensgeschichte waren gut und gerne ein paar hundert Rechercheure und Reporter angesetzt. Und? Haben sie etwas aufklären können? Völlig aufklären? Nein.«

»Zugegeben. Aber seit ihrem Selbstmord sind vierzehn Jahre vergangen. Ich bin der Meinung, es gibt heute keinen Menschen, dessen Leben man nicht vollkommen durchleuchten kann.«

»Du irrst, Peter, glaub mir. Denk doch nur an Truman Capote. Er hatte schon immer den Standpunkt vertreten: ›Es ist mir gleichgültig, was über mich in der Zeitung steht – solange es nicht der Wahrheit entspricht.‹ Gerade bei uns in Amerika machen sich Prominente oft direkt einen Spaß daraus, ihr Leben zu verschleiern. Nicht nur Prominente aus dem Showgeschäft. Warum also sollte mir das nicht auch gelingen?«

»Allright. Ich gebe mich geschlagen. Aber ich bin kein Reporter.« Er machte eine lange Pause und sagte leise: »Ich mag dich, Diana. Vielleicht mag ich dich sogar sehr.«

»Ich mag dich auch, Peter. Mehr als du ahnst.«

Sie bewegten beide kaum die Lippen, und ihre Worte schienen im Raum zu stehen.

20

Es war eine Weile vergangen, und ihre Blicke waren ins Dunkel gerichtet gewesen.

»Wie wär's mit einem Frühstück?« Der Einfall kam ihm plötzlich.

»Jetzt um vier Uhr früh?«

»Bist du denn müde?«

»Nein.«

Sie machte Licht, und sie blickten einander an. Mit schnellen Bewegungen waren sie aus dem Bett und liefen, nackt wie sie waren, in die Küche, Diana voran.

Sie brachten sich gegenseitig das Frühstück ans Bett. Kaffee, Rühreier und Toast mit Marmelade.

»Nun weiß ich noch immer nichts von deinem Leben.« Er schenkte ihr Kaffee ein.

»Doch, das Entscheidende weißt du. Nur nicht die Einzelheiten. Können wir es nicht dabei belassen? Wenigstens vorläufig? Meine Eltern sind für mich gestorben, und meine Jugend hätte ich mir gern erfreulicher gewünscht. Genügt es nicht?«

»Wenn du meinst.« Er häufte sich Rührei auf die Gabel und schob es sich in den Mund.

»Von dir weiß ich schließlich auch nicht gerade viel«, sagte sie kauend.

»Was willst du noch wissen?«

»Frauen.« Sie schluckte einen Bissen Toast hinunter. »Wie war's bei dir mit Frauen?«

»Nicht aufregend. Ganz normal.« Er trank langsam einen Schluck Kaffee.

»Warst du nie verliebt? Richtig verliebt?«

»Doch. Einmal.«

»Genau das interessiert mich.«

Er ließ sich mit einer Antwort Zeit. Er aß zwei Gabeln voll Rührei, als müsse er sich zuerst an seine Liebe erinnern. Dann erzählte er nach und nach, während er weiter frühstückte, und begann mit einem Namen: »Adriane.«

»War sie hübsch?«

»Ja. Sehr.«

»Rotblond wie ich?«

»Nein. Sie kam aus Ägypten.«

»Mit dem Namen Adriane?«

»Es war sozusagen ihr Pariser Name. In Wirklichkeit hieß sie Ashra. Sie hat in Paris Philosophie studiert. Dort habe ich sie kennengelernt.«

»Wie lange ist es her?«

»Laß mich überlegen. Ich war damals für General Motors bei Opel. Während des Autosalons habe ich sie kennengelernt. Das sind jetzt mehr als sechs Jahre her.«

»Wie hast du sie kennengelernt?«

»Der Autosalon ist in Paris. Jedes Jahr. Sie hat auf dem Salon gejobt. Wir prallten direkt gegeneinander.«

»War sie... natürlich war sie intelligent.«

»Ja, sie war ein ausgesprochen kluges Mädschen. Sehr hübsch und sehr klug.«

»Gibt es denn etwas Besseres? Für einen Mann wie dich?«

»Das ist zu einfach gesagt. Außer Klugheit und Schönheit gibt es auch noch andere Eigenschaften.«

»Sie war sicher auch reich. Ich meine, wenn eine Ägypterin in Paris studiert...«

»Ja, ihr Vater war reich. Sehr reich sogar. Yassir Ilhami Pascha war einer der engsten Freunde des verstorbenen Aga Khan, des dritten. In seiner dritten Ehe war er mit eurer Erdölkönigin Thelma Harwell verheiratet. Sie starb sehr früh an Krebs und hat ihm ihr gesamtes Vermögen hinterlassen.«

»Und Adriane war ihre Tochter?«

»Nein. Adrianes Mutter stammte aus einer reichen Kairoer Familie.«

»Warum habt ihr euch getrennt?«

Er überging die Frage. »Oh, Adriane war lustig und amüsant. Wir haben eine schöne Zeit in Paris verlebt. Theater. Oper. Crazy Horse Saloon. Jardin du Luxembourg. Bois de Bologne. Und die schmale Rue Fontaine.«

»Was war... in der Rue Fontaine?«

»Dort hatte sie ihr Studio. Romantik hoch zehn. Ein kleiner, verwunschener Dachgarten über den Dächern von Montmartre.«

»Was hat dich an ihr gestört?«

»Wir waren ein Vierteljahr beisammen. Jedes Wochenende flog ich nach Paris. Wir sind zum Pferderennen nach Auteuil gefahren, und wenn sich Adriane einen bestimmten Knopf für ihre Bluse eingebildet hat, konnten wir auch einen ganzen Nachmittag bei Lafayette vertrödeln. Sie hat sich manche Sachen selbst genäht, mußt du wissen.«

»Also auch noch praktisch obendrein. Und vielleicht auch sparsam? Was wolltest du denn mehr?« Aus ihr sprach die Rivalin.

»Sie hat mich ihrem Vater vorgestellt. Er wohnte schon seit Jahren an der Riviera. ›Baie de Soleil‹, sein Schlößchen in Le Cannet, lag in der Nähe von ›Yakimour‹, dem Besitz der Begum.«

»Klingt wie ein Märchen.« Sie sagte es spöttisch.

»Auch bei einem Märchen muß man ruhiges Blut bewahren.«

»Geht das gegen mich?«

»Nein, es betraf mich. Damals in Le Cannet. Ich behielt ruhiges Blut.«

»Mit welchem Erfolg?«

»Adriane war auf einmal wie ausgewechselt. Sie war plötzlich nur noch die Tochter des reichen Paschas. Die Dienstboten haben es zu spüren bekommen. Ich bin am Tag darauf weggefahren. Ohne langen Abschied.« Er trank einen Schluck Kaffee.

»Hm.« Sie überlegte. »Manche Menschen haben eben zwei Gesichter. Und nur selten lernt man beide auf einmal kennen.« Sie fragte direkt: »Sonst hast du nichts zu bieten?«

»Nur Flirts. Kleine und größere.«

»Aber ein Mann wie du...«

»Ein Mann wie ich«, unterbrach er sie, »ist oft anders, als man annimmt. Natürlich gibt es auch in meiner Branche Männer, die an jedem Finger zehn Frauen haben. Aber ich bin nun mal ein harter Arbeiter.«

»Sieh mal an, der harte Arbeiter geht an der Liebe vorbei«, sagte sie mit gespieltem Mitleid.

»Es muß nicht immer so sein«, entgegnete er ernsthaft, »aber manchmal fehlt mir vielleicht im entscheidenden Augenblick die Ruhe, eine Liebe wahrzunehmen.« Er stellte die leere Tasse, die er noch in der Hand hielt, zurück auf den Nachttisch. Dann legte er seinen Arm behutsam um Diana und zog sie sanft zu sich heran.

»Und du?« fragte er leise. »Wie ist es mit dir? Hast du sie schon kennengelernt, die wahre... aber natürlich! Es wäre ja auch gelacht! Bei deinem Beruf! Erzähl.«

»Wie genau willst du es wissen?«

»Genauer jedenfalls, als du mir deine Jugend geschildert hast.«

»Und warum? Aus reiner Neugier?«

»Wollen wir uns nicht kennenlernen?«

»Allright. Eigentlich hat es nur einen gegeben.« Sie löste sich mit sanftem Nachdruck aus seinem Arm, als müsse sie allein liegen, um unbefangen erzählen zu können. »Nennen wir ihn Norman«, begann sie gedankenverloren, »das klingt unverfänglich.«

»Ein Geheimnis?«

»Wenn du so willst, ja.«

»War er aus der Branche?«

»Nein. Premierminister.«

»Premierminister?« Er glaubte, sich verhört zu haben.

»Ja, Premierminister eines großen Landes. Deshalb wollen wir ihn ja auch Norman nennen.«

»Unverheiratet?«

»Ja.«

»Ein seltener Fall.«

»Absolut. Ein einmaliger. Ein Vollblutpolitiker. Erfolgreich und umschwärmt. Blendendes Aussehen. Ein junger Gott.«

»Neuseeland? Australien?«

»Lassen wir es bei ›Norman‹. Es war vor drei Jahren.« Sie machte eine Pause, als müsse sie sich die Liebe ins Gedächtnis zurückrufen.

»Und wie... hast du ihn kennengelernt, deinen... Premierminister?«

»Indirekt durch die englische Königin.«

»Eine gute Geschichte.«

»Sie wird noch besser. Vor allem weil sie wahr ist.«

»Queen Elisabeth hat also Diana Lester angerufen...«

»Sie ist wahr, Peter, glaub mir. Die englische Königin hat ihre alljährliche Gala gegeben. Mit Vorstellen und Knicks und so. Wir waren aufgereiht wie die Hühner auf der Stange. Noch mal würde ich den Zirkus nicht mitmachen. Ich stand zwischen Dustin und David.«

»Dustin?«

»Dustin Hoffman und David Niven. Und die Queen kam mit einem ganzen Schwanz von Leuten. Prinz Philip. Prinzessin Anne mit dem ihren. Prinzessin Alexandra. Lord Astor. Marquis von Blandford. Es war ein ziemliches Gedränge. Und in dem Gedränge war auch Norman. Er hatte nur Augen für mich. Er stolperte deshalb sogar über den Teppich.«

»Aber die Begegnung blieb stumm.«

»Ja. Aber ich habe im Claridge's gewohnt. Und er auch. Und nach der Premiere war dort der private Empfang.«

»Nach welcher Premiere?«

»Ach so, nach ›Little Season‹. Für den ich den ›Oscar‹ bekommen habe.«

»Ein Film?«

»Ja. Ein Welterfolg. Hast du ihn nie gesehn? Ach, du bist ja Arbeiter, ich habe es ganz vergessen.«

»Und auf dem Empfang seid ihr euch allmählich nähergekommen.«

»Allmählich? Norman hat das Protokoll einfach über den Haufen geworfen und sich neben mich gezwängt. Und da blieb er den ganzen Abend. Wie festgenagelt.«

»Und dann hat er dich noch an die Bar eingeladen.«

»Nein. Dann hat er sich verabschiedet. In der Hotelhalle. Einfach mit einem Kuß. Ich konnte gar nichts dagegen machen. Er hat nach einem Wiedersehen gefragt. Aber ich habe die Sache nicht ernst genommen. Hab nur so dahingesagt: ›Rufen Sie mich doch mal an, wenn Sie in New York sind.‹ Das war in London alles.«

»Und hier ging's weiter.«

»Ja. Keine vier Wochen später hatte er bei den Vereinten Nationen zu tun und rief mich an. Aber ich habe mir noch immer nichts dabei gedacht. Mein Terminkalender war voll mit Interviews, Fernsehen und der täglichen Vorstellung von ›New Girl in Town‹. Ich habe ihn also abblitzen lassen.«

»Aber er blieb hartnäckig.«

»Und wie! Acht Monate lang hat er mir Blumenarrangements ins Haus geschickt. Blumen und Telefongespräche. Acht Monate lang!«

»Und das war alles?«

»Wo denkst du hin! Dann hat es erst begonnen.«

»Du machst mich gespannt.«

»Der UNO-Generalsekretär hatte ein Arbeitsessen für Norman arrangiert. Es sollte dabei um die Verschmutzung der arktischen Gewässer und um die politische Situation in Südafrika gehn.«

»Norman mußte also wieder nach New York.«

»Ja. Das Essen war für Dienstag angesetzt. Norman kam aber schon am Freitag vorher. Er hatte sich also vier Tage von seinem Job abgesetzt. War untergetaucht und hatte inkognito eine Suite im Waldorf bezogen. Na ja, und er hatte gerade einen Termin frei. Komisch...« Sie lächelte in sich hinein. »Ich hatte Norman bis dahin nur für einen Fan von mir gehalten.«

»Gehst du immer so naiv an die Liebe heran?«

»Nein, jetzt nicht mehr. Aber welche Schauspielerin denkt schon, daß es ein Premierminister auf sie abgesehen hat?«

»Und welcher Premierminister glaubt schon, daß er bei einer weltberühmten Schauspielerin landen kann?«

»Du hast recht. Genauso war es. Wir gingen in eines der kleinen Lokale an der Second Avenue bei der Vierundachtzigsten, und er gestand mir seine Liebe. Wie ein Primaner. Er war noch naiver als ich. Es hat mich beeindruckt.«

»Und ihr bliebt bis Dienstag beisammen.«

»Bis Mittwoch. Denn das Essen mit dem UNO-Generalsekretär fiel ins Wasser. Norman hatte es glatt vergessen.«

»Und dann?«

»Dann kam er an jedem Wochenende mit dem zweistrahligen Jet seines Transportministeriums angerauscht, und wir haben es uns entweder hier gemütlich gemacht oder sind nach Miami oder auf die Bahamas geflogen. Das ging so ein paar Monate. Dann kam sein Staatsfeiertag, und er hat mich dazu eingeladen. Warum ich hingeflogen bin, weiß ich heute noch nicht. Aber es war sehr lustig.«

Sie kuschelte sich an ihn, ehe sie fortfuhr: »Tausende von Menschen standen bei der Auffahrt der Gäste Spalier. Offiziere haben den Wagenschlag des schwarzen Cadillacs geöffnet, in dem wir vorgefahren sind. Es war beißend kalt, und ich hatte Gott sei Dank meinen Hermelinmuff dabei, sonst wären mir wahrscheinlich auf dem Weg vom Wagen zum Saal des National Centers die Finger abgefroren.«

»Und er? Wie hat er sich verhalten? Seinem Volk gegenüber, mit dir an seiner Seite, meine ich?«

»Wie ein König. Anders kann ich es nicht ausdrücken. Die Menschen schrien immer wieder wie verrückt meinen Namen. Diana! Diana! Und er hat mir seinen Arm angeboten, und ich habe mich bei ihm untergehakt. So sind wir die schier endlose Freitreppe zum National Center hinaufgegangen, und ich habe mich in den Kragen meines Pelzes und in Normans Schulter verkrochen vor Kälte.«

»Und das Fest?«

»Es war kein Fest. Nur die festliche Vorführung des Royal National Balletts. Wir saßen in der Ehrenloge. Und selbst die Ehrengäste haben vor Beginn des Balletts und hinterher im Chor immer wieder ›Diana! Diana!‹ gerufen. Und Norman hat sich darüber gefreut wie ein kleiner Junge.«

»Und nach der Veranstaltung? Ich nehme doch an, daß der Clou noch kommt, nachdem du so ausführlich erzählst?«

»Natürlich. Als wir ins Freie hinausgetreten sind, hatte es sich inzwischen offenbar herumgesprochen, daß der Premierminister zusammen mit mir die Feier besucht hatte. Aus den Tausenden von Menschen waren mittlerweile gut an die Hunderttausend geworden. Und alle schrien immer wieder ›Di-a-na! Di-a-na!‹ Ich habe eine solche Begeisterung nie mehr erlebt.«

»Es ist wirklich eine schöne Geschichte, Diana.«

»Dann stimmten die Hunderttausend die Nationalhymne an, und ich habe sie am Mikrofon mitgesungen. Was dann geschah, kannst du dir nicht vorstellen. Die Menschen waren außer Rand und Band. Norman und ich mußten von Hunderten von Polizisten geschützt werden, sonst hätte uns die Masse erdrückt. Am nächsten Tag aber gab es die Attraktion.«

»Noch eine Steigerung?« fragte er gutgelaunt.

»In anderer Hinsicht. Das Parlament hatte eine Sondersitzung angesetzt, und Norman hatte mich eingeladen, der Sitzung beizuwohnen. Ich saß also in der ersten Reihe oben auf der Besuchergalerie, und Norman saß unten auf der Regierungsbank. Er war mit einemmal wie ausgewechselt. Er gab sich albern. Er fiel den anderen Politikern ins Wort. Er spielte Theater und winkte zu mir herauf. Es war äußerst komisch. Und einer seiner Kollegen hat ihn dann auch öffentlich zur Rede gestellt und gefragt, warum er denn ständig zur Besuchergalerie hinaufwinke, und das ganze Parlament hat sich vor Lachen gebogen.«

»Und ... ›Norman‹?«

»Hat mitgelacht. Wie befreit. Das war's.«

»Wie ging's weiter?«

»Wir haben noch ein verlängertes Wochenende in der Karibik verbracht – aus.« Sie stockte und setzte hinterher: »Politiker sind eben doch andere Menschen. Sie liegen mir offenbar nicht sonderlich. Norman hat sich noch ein paarmal gemeldet, aber ich habe mich jedesmal verleugnen lassen.«

Es entstand eine Pause. Beide schwiegen und waren in ihre Gedanken versunken, bis er das Gespräch wieder aufnahm mit einem knappen: »Und jetzt?«

»Jetzt gibt es ihn nicht mehr in meinem Leben«, sagte sie wie zu sich selbst.

»Nein, ich meine, wen gibt es jetzt?«

»Jetzt?«

»Ja.«

»Nicht eben eine leichte Frage. Ich kann sie mir kaum selbst beantworten.«

»Also gibt es jemanden?«

»Sagen wir, es gab jemanden. Bis vor kurzem. Ob es ihn jetzt noch gibt, ist offen.«

»Möchtest du lieber nicht darüber sprechen?«

»Es ist Brendan. Brendan Donahue. Vielleicht kennst du den Namen.«

»Nein.«

»Brendan ist einer der größten Agenten der Branche. Wenn nicht der größte überhaupt. Er vertritt auch mich.«

»Wie lange schon vertritt er dich?«

»Am Anfang hatte mich Chuck Feldman geschnappt. Unerfahren wie ich war, bin ich ihm ins Netz gegangen. Aber Chuck war ein Hochstapler. Unseriös bis auf die Knochen. Ich glaube, er hätte genausogut Mädchen in den Orient verkaufen können.«

»Warst du damals hier in New York?«

»Ja. Nach Chuck ist Dimitri gekommen. Dimitri Galitzer. Aus Krakau. Darauf war er besonders stolz. Er war wie ein Opa zu mir. Seine Agentur war Mittelklasse. Vom Starlet bis zum gehobenen Provinzschauspieler. Aber er hat mir immerhin meine erste Rolle am Broadway verschafft. Nichts Großes, aber immerhin. Die Agatha in ›Guys and Dolls‹. Und anschließend den Kontrakt beim Santa Fe Theater und beim Berkshire Lyric Theater. Ach, Dimitri war lieb. Wir freuen uns noch heute, wenn wir uns sehn.«

»Wann kam Brendan Donahue?«

»Brendan nimmt nur fertige Schauspieler. Wenn du so willst, nur Stars. Bei ihm bin ich jetzt fast schon fünf Jahre. Er hat mich in ›Sweet Charity‹ hineingehievt und mir die Hauptrolle in ›Can Can‹ verschafft. Und dann in ›New Girl in Town‹ und so weiter.«

»Er hat also Norman erlebt.«

»Ja, das hat er. Zur Genüge. Ich glaube, er war eifersüchtig, wie man es schlimmer nicht sein kann. Aber er hat es mich nicht spüren lassen. Er hat es mir nur hinterher gestanden, als wir uns privat näher… na, sagen wir, als es angefangen hat mit ihm und mir.«

»Ihr seid nicht von Anfang an beisammen gewesen?«

»Keine Spur. Er hat mich schon mehr als zwei Jahre vertreten, da haben wir immer noch sehr auf Distanz miteinander verkehrt.«

»Und wie hat es… angefangen?«

»Eigenartig. In Saint Patrick.«

»In der Kirche?« Erstaunt drehte er sich ihr zu.

»Ja. Am Weihnachtsabend vierundsiebzig.«

»Da seid ihr zusammen in die Christmette gegangen.«

»Nein. Ich bin allein gegangen. Ich hatte damals ein seelisches Tief. Ein schreckliches. Es war ein schlimmer Abend. Das heißt, nur der erste Teil. Ich war zu Hause. Allein. Naka war bei ihren Eltern. Ich habe geglaubt, die Decke fällt mir auf den Kopf. Da bin ich losgezogen. Zu Fuß in die Fifth Avenue.«

»Zu Fuß? Am Weihnachtsabend?«

»Ja. Es war schauerlich kalt. Midtown war wie leergefegt. Nur ein paar Taxis waren unterwegs. Und ich. Der Wind hat vom PAN AM Building heraufgeblasen. Als ich die Neunundfünfzigste erreicht hatte, ging's einigermaßen. Dummerweise hatte ich nichts im Magen. In meinem Kummer hatte ich vergessen, mir Ham-and-eggs oder sonstwas zu machen. Ich war schon fast bei Cartier, da wollte ich mir ein Taxi nehmen und wieder nach Hause fahren vor Hunger. Aber dann habe ich die paar Schritte noch durchgehalten.«

»Und Brendan?«

»Der hat um die Zeit noch zu Hause im Warmen gesessen. Bei seiner Familie.«

»Ach, er ist verheiratet?«

»Habe ich es nicht erwähnt?«

»Nein.«

»Er hat eine Frau, drei Kinder, seine Mutter, die bei ihnen wohnt, und einen Kanarienvogel.«

»Und er war allein in der Christmette?«

»Seine Frau ist Griechin. Sie geht höchstens in die Saint George Tropeforos.«

»Und wie habt ihr euch getroffen?«

»Vor der Kirche war es schwarz vor Menschen. Die Cops hatten ihre Absperrung errichtet, und ich habe mit all den anderen Menschen geduldig auf die Kartenausgabe gewartet. Länger als eine Stunde. Gott sei Dank kam einer mit seinem Frankswagen durch, und ich habe Franks mit Sauerkraut ergattert. Sonst wäre ich wohl vor Hunger zusammengebrochen. Nach etwa einer Stunde haben sie die Türen geöffnet, und zwanzig Minuten später war ich drin. Hineingeschoben, gestoßen, gedrückt. Halleluja!« Sie schlenkerte abfällig mit ihrer Hand, um anzudeuten, wie sehr ihr das Gedränge mißfallen hatte.

»Ich kann es mir sehr gut vorstellen.«

»Nichts kannst du dir vorstellen. Gar nichts. Oder warst du schon jemals zur Christmette in Saint Patrick?«

»Nein. Leider nicht.« Er schmunzelte.

»Dann hast du auch nie einen Sitzplatz direkt über der Heizung gehabt. Zuerst sehr angenehm. Aber nach einer Viertelstunde nicht mehr auszuhalten. Dann hast du auch nie versucht, einen der Jünglinge, die dir den Platz angewiesen haben, zu becircen, damit er dich vom Rost des Fegefeuers erlöst und dir einen anderen Platz zuweist.«

»Welche Jünglinge?«

»Irgendwelche Jünglinge des Pfarrbezirks. In schwarzen Gehröcken und weißen Handschuhen und mit einer weißen Nelke im Knopfloch. Dann hast du auch nie den jauchzenden Chor über dich ergehen lassen. Die Tenöre, die es sich in den Kopf setzen, die Soprane zu übertrumpfen. Der Dirigent, der vor lauter Eifer ein paar Takte voraus ist. Dann hast du die Predigt nie mitbekommen, während der in deinem Rücken das Gedränge aber auch nicht eine Sekunde nachläßt und die Cops, unbeeindruckt von den salbungsvollen Worten des Kardinals, mit milder Strenge die Menge in Schach halten.«

»Ich scheine ja wirklich was versäumt zu haben.«

»Absolut. Ich habe es jedenfalls nicht länger als eine halbe Stunde ertragen. Dann habe ich mich wieder zum Ausgang durchgekämpft. Und kurz vor der Tür hat er mich umarmt. Er hatte gerade die Kirche betreten. Ich kann dir gar nicht sagen, wie froh ich war, ihn zu sehen. Er war für mich der Weihnachtsmann persönlich. Er hat mich bei der Hand genommen und ins Freie gezogen. ›Jetzt gehn wir fürstlich essen, ja?‹ hat er als erstes gesagt, nachdem wir wieder durchatmen konnten. Es war, als hätte er meine Gedanken erraten. Ich bin ihm noch auf den Stufen vor dem Portal um den Hals gefallen. Ich war gerettet. Mein Tief war mit einemmal wie weggeflogen.«

Sie drehte ihm ihr Gesicht zu, und ihre Blicke gingen zärtlich ineinander über.

»Du siehst«, sagte sie mit gedämpfter Stimme, »es ist nicht immer nur entscheidend, daß die richtigen Menschen aufeinandertreffen. Sie müssen sich auch zum richtigen Zeitpunkt begegnen. Ob es mit Brendan ohne diese Ausnahmesituation etwas geworden wäre, wage ich nicht zu behaupten. Ich glaube eher, nein. Aber dieser Weihnachtsabend hatte es einfach in sich. Er hat uns sozusagen rettungslos aufeinander zugetrieben. Natürlich haben wir uns auch gut verstanden. An Gesprächsthemen hat es uns ja nie gefehlt. Theater. Film. Die Kollegen. Und Brendan ist nicht anstrengend, das muß ich zugeben.«

»Bin ich anstrengend?«

»Manchmal, ja. Sehr sogar. Dann muß ich meine ganze Kraft dagegensetzen. Wahrscheinlich spürst du es gar nicht.«

»Nein.«

»Du bist dann so bestimmend. Einfach durch deine Anwesenheit. Und ich muß mich aufs äußerste konzentrieren. Deine ständigen Fragen. Deine Unerbittlichkeit. Manchmal ist es ja ganz schön. Aber auf die Dauer kostet es Nerven. Verdammt viel Nerven.«

»Und Brendan ist anders?«

»Brendan kann auch viel belangloses Zeug quatschen. Oder blödeln.« Sie beugte sich zu ihm und küßte ihn auf die Wange. »Du wirst es noch lernen, und wir werden eine schöne Zeit haben, ja?«

»Ich wünsche es mir.« Er strich ihr mit den Fingern über den Unterarm. »Wie lange gibst du uns?«

»So etwas würde Brendan nie fragen.«

»Allright. Vergiß es.« Er küßte sie aufs Ohr. »Wann hast du ihn zuletzt gesehn?«

»Gestern. Während der Vorstellung. Er hat kurz in die Garderobe geschaut.«

»Und wann habt ihr ausführlich miteinander gesprochen?«

»Schon seit einer Woche nicht mehr.« Sie strich sich eine Strähne von den Augen. »Mein Gott, wenn Brendan gewußt hätte, wie du mich erpreßt hast! Er wäre losgegangen wie ein Stier.« Und sachlich: »Eigentlich hätte ich dich nur über ihn als meinen Agenten an mich herankommen lassen dürfen. So ist es jedenfalls üblich. Aber ich habe ihn hintergangen.«

»Ich habe dich erpreßt?«

»Die Frage ist überflüssig. Brendan würde mich jedenfalls verteidigen, und wenn er um sich schlagen müßte.«

»Also liebt er dich.«

»Mag sein.« Kaum hörbar.

»Und du? Liebst du ihn auch?«

»Vor ein paar Tagen habe ich mir die Frage selbst gestellt. Aber ich bin zu keiner Antwort gekommen. Weil plötzlich du dich in mein Leben gedrängt hast.«

Eine Weile lagen sie stumm nebeneinander. Dann fragte er: »Glaubst du, daß Brendan es war, der vorhin angerufen hat?«

»Vielleicht.« Sie ließ die Frage offen, obwohl sie genau wußte, daß nur Boy angerufen haben konnte. Brendan würde sie nie mitten in der Nacht aus dem Schlaf läuten.

»Und was ist es zwischen uns? Zuneigung? Sympathie? Verliebtheit?« Es war, als spreche er nur zu sich selbst.

»Irgendwas«, sagte sie leidenschaftslos, »ich will es gar nicht wissen.«

21

Sie war eingeschlafen. Als sie erwachte, schob er seinen Arm unter ihre Schulter und zog sie ein wenig zu sich heran, und die Wärme ihrer nackten Körper strömte ineinander über. Sie begannen sich zu streicheln.

Sie gerieten schon allmählich in Erregung, da schob sie seine Hand zurück. »Ich möchte jetzt nicht mehr.«

»Hast du was?«

»Nein. Nur so. Es ist schon spät. Fast sechs.«

»Muß ich gehn?«

»Nein, bitte bleib. Es ist schön, daß du da bist. Ich mache noch etwas Kaffee, okay?«

Er nickte, und sie glitt aus dem Bett. Vom Badezimmer her fragte sie: »Bist du nicht müde?«

»Nein. Du?«

»Überhaupt nicht.«

Sie kam zurück und gab ihm im Vorbeigehen einen Kuß auf die Stirn. Sie ließ die Türen in den Vorraum und in die Küche offen, und er rief ihr nach: »Dein Schlafzimmer ist eine wunderhübsche Höhle. Aber man verliert hier jegliches Zeitgefühl.«

Sie lachte und rief zurück: »Das ist Absicht.«

»Gibt es hier nur Air-Conditioning?«

»Warum?«

»Weil es draußen sicher schon dämmert.«

»Das Fenster ist hinter den beiden Klappspiegeln. Es führt auf einen Schacht.«

Er stand auf, klappte den Spiegel auseinander und öffnete das Fenster. Der Schacht war sehr hoch. Vom Himmel war nichts zu sehen.

Er schloß das Fenster und legte sich wieder hin.

Sie brachte den dampfenden Kaffee und glitt zu ihm ins Bett zurück. Sie tranken und schwiegen.

»Peter?«

»Der Wunsch ist schon erfüllt.«

»Dann erzähl mir von deinem Job. Mich interessiert, wie du deine Zeit verbringst.«

Er erzählte ihr von seinen verschiedenen Aufgaben bei Tönissen. Von Verkaufsstrategie, Produktbetreuung, Marktanalyse, Organisation, Finanzierung. Von Konferenzen, Reisen, Repräsentation und auch vom nüchternen Alltag im Büro.

Sie hörte ihm aufmerksam zu. »Und warum habt ihr ein Büro in New York?«

Er erklärte es ihr.

»Von der Erforschung der Verlängerung des Lebens habe ich schon gehört«, sagte sie, »und auch von den Geriatrica.«

Nach ein paar Sätzen waren sie mitten in der Diskussion.

»Ist es überhaupt ratsam, den Menschen die Möglichkeit für ein längeres Leben zu vermitteln?« Sie schloß für einen Moment die Augen.

»Die Frage zielt in die richtige Richtung. Aber sie ist nicht korrekt, soweit sie die pharmazeutische Forschung betrifft. Die Forschung nämlich muß grundsätzlich den Fortschritt suchen. Sie setzt alles daran, dem Menschen das Leben lebenswerter zu machen. Und lebenswert bedeutet in unserem Fall Gesundheit. Und ein gesunder Mensch würde unter Umständen länger leben. Ob es aber ratsam ist, in sozialer Hinsicht ratsam, meine ich, das Leben des Menschen zu verlängern, diese Frage wirft viele neue, sehr ernste Fragen auf.«

»Bestreitet etwa jemand, daß ein längeres Leben erstrebenswert ist?«

»Ja, Diana. Viele sogar. Nicht nur Fachleute. Nach den neuesten Umfragen wohl die überwiegende Mehrheit der Menschen.«

»Worauf führst du es zurück?«

»Die Mehrheit der Menschen ist nicht ausreichend informiert. Sie steht auf dem unlogischen Standpunkt: ›Ich will nicht älter werden, als mir vorgeschrieben ist, und nicht altersschwach meiner Umwelt zur Last fallen.‹ Das eine kann doch das andere ausschließen. Genau an diesem Punkt setzt ja heute unsere Forschung an.«

»Welche Fragen wirft dieser Punkt zum Beispiel auf?«

»Gehen wir der Reihe nach vor: Die Umwelt, in der sich der Mensch heute bewegt, gefährdet die Lebenserwartung eher als sie ihr nützt. Elektronisch aufgeladene moderne Büros. Überstunden. Schwerarbeit. Chemisch verseuchte Eßwaren. Alkohol. Nikotin. Plastik. Ehekräche. Berufliche Sorgen. Leistungsstreß. Das bandscheibenfeindliche Auto. Die Abgase, die unsere Straßen beherrschen. Die Liste läßt sich beliebig verlängern.«

Er machte eine Pause und fuhr fort: »Zuerst einmal sollte der einzelne Mensch alles daransetzen, die ihm vorprogrammierte Lebenserwartung gesund und bei bester Kraft zu überstehen. Mit anderen Worten, er sollte von sich aus gesünder leben.«

»Aber seiner Umwelt kann sich doch niemand entziehen?«

»Nicht völlig, da hast du recht. Aber kann man nicht zum Beispiel weniger Auto fahren? Kann man nicht manchen Ehekrach vermeiden? Kann man den Genuß von Alkohol und Nikotin nicht einschränken? Kann man nicht gesünder essen, auch was die Menge betrifft?«

»Du wolltest mir von eurer pharmazeutischen Forschung erzählen.«

»Das tu ich ja. Egal, wie erfolgreich sie ist und wie erfolgreich sie in Zukunft noch sein wird, Medikamente können immer nur Hilfestellung leisten. Den Grundstock für seine Gesundheit im Alter muß der Mensch selbst legen. Diese Erkenntnis ist wichtig. Lebenswichtig. Sie hört sich vielleicht wie selbstverständlich an, ist es aber nicht. Nur ein Beispiel: Die Schädlichkeit von Nikotin und Alkohol wurde erst in allerjüngster Zeit deutlich nachgewiesen. Die Erkenntnis, daß der Mensch den Grundstock für seine Gesundheit im Alter schon vorher selbst legen muß, ist also nicht selbstverständlich, ich betone es ausdrücklich noch mal. Denn die meisten Menschen sind sich darüber auch heute noch nicht im klaren. Oder sie verschließen davor bewußt die Augen.«

»Wie kann ein Mensch bewußt die Augen verschließen, wenn es um sein Leben geht?«

»Der Mensch ist träge. Träge und feige. Er geht zum großen Teil den im Augenblick leichteren Weg und will seine Gewohnheiten nicht aufgeben. Er will sich zu nichts zwingen und handelt sehr oft kurzsichtig.«

»Und die Medizin kommt ihm nicht entgegen?«

»Die Medizin, ja. Aber er nicht der Medizin. Die Aufklärung ist der entscheidende Punkt. Wer klärt den Menschen in einer Form auf, daß er zur Besinnung kommt? Die Privatindustrie? Der Staat?«

»Natürlich der Staat. Er hat ja die viel größeren Möglichkeiten. Schulen. Parteien. Gesetze.« Sie nahm am Gespräch leidenschaftlich Anteil.

»Ja, der Staat. Es läge ja auch in seinem eigenen Interesse. Je gesünder der Bürger ist, um so leistungsfähiger ist er. Je leistungsfähiger er ist, um so mehr Steuern bringt er dem Staat und um so weniger fällt er krank dem Staat zur Last. Aber die Sache hat einen Haken. Leider.«

»Ich kann es mir nicht vorstellen.«

»So absurd es klingt, aber es ist so: die pharmazeutische, oder sagen wir allgemein, die medizinische Forschung. Sie ist der Haken.«

»Das verstehe ich nicht, Peter.«

»Entschuldige, ich habe einen großen Gedankensprung getan. Ich will dir die von der medizinischen Forschung angestrebte sogenannte ›Verjüngung des Menschen‹ und die mit ihr verbundene Verlängerung der Lebensdauer zuerst genau erklären. Sie ist mindestens ebenso vielschichtig, wie es die Verhaltensweise des einzelnen Menschen sein müßte, wollte er wirklich den Grundstock für seine Gesundheit im Alter legen. Und die erste Frage, die in dem Zusammenhang auftaucht, heißt: Was ist überhaupt Altern?«

»Ist die Antwort denn nicht ganz einfach?«

»Nein. Es gibt darüber nur Behauptungen. Ungefähr hundert verschiedene. Aber es gibt für die Medizin keine einzige verbindliche Antwort. Bedenke doch, daß man heute noch nicht einmal erklären kann, was Leben ist.«

»Eines steht doch fest: Ein Mensch wird alt und dadurch immer anfälliger für Krankheiten.«

»Das ist zu ungenau. Höchstens fünfzehn Prozent aller Menschen erreichen ein ›normales‹ Altern, ein sogenanntes physiologisches. Das heißt, die Organe lassen allmählich in ihren Leistungen nach, aber bei voller Gesundheit.«

»Aber die meisten alten Menschen sind krank.«

»Bei den meisten Menschen gibt es sogar ein Voraltern durch Krankheiten.«

»Ist es nicht dasselbe?«

»Nein. Es gibt da das Beispiel der zuckerkranken Maus.«

»Ich kenne es nicht. Magst du noch Kaffee?«

»Ja.«

Sie schenkte ihm ein und reichte ihm die Tasse.

»Danke. Und du?« fragte er liebevoll.

»Im Augenblick nicht.«

Er trank. Sie nahm die leere Tasse von ihm entgegen und stellte sie zurück auf den Nachttisch. »Wie war das mit der Maus?«

»Eine erbkranke Maus wird nach Wunsch ernährt. Sehr schnell erreicht sie nicht nur das normale, ideale Körpergewicht einer Maus, nämlich von fünfunddreißig Gramm, sondern sogar das doppelte Körpergewicht, also ungefähr siebzig Gramm. Schon nach ein paar Wochen ist die Maus zuckerkrank. Nach ein paar Monaten tritt bei ihr eine Gefäßerkrankung auf, wie sie nur Zuckerkranke haben. Und während eine erbgesunde Maus gewöhnlich etwa siebenhundertneunzig Tage alt wird, stirbt die zuckerkranke Maus bereits mit vierhundert Tagen.«

»Auch zuckerkranke Menschen können unter Umständen früher als gesunde Menschen sterben«, sagte sie mehr zu sich selbst.

»Zugegeben«, antwortete er, »aber die entscheidende Erkenntnis aus dem Experiment kommt noch: Gibt man der erbkranken Maus nur soviel zu fressen, daß sie ihr normales Körpergewicht, also fünfunddreißig Gramm, nicht überschreitet, wird sie nicht zuckerkrank und auch nicht gefäßkrank und lebt genauso lange wie eine erbgesunde Maus, also ungefähr siebenhundertneunzig Tage.«

»Verblüffend.«

»Das ist auch meine Meinung.«

»Ein anschauliches Beispiel, wie Krankheiten das Leben verkürzen.«

»Aber auch ein Beispiel dafür, wie die Verhütung von Krankheiten das Leben wieder verlängert.« Er schränkte ein: »Verständlicherweise nicht über die für den einzelnen Menschen vorprogrammierte natürliche Lebenserwartung hinaus.«

»Du meinst, unsere Lebenserwartung ist vorprogrammiert?«

»Ja. Für jeden einzelnen Menschen verschieden«, antwortete er unmißverständlich und setzte am Beispiel der Maus erklärend hinzu: »Durch die Verhütung von Krankheiten, die eine Voralterung hervorrufen, kann die Voralterung verhindert oder hinausgeschoben werden, wie in diesem Fall durch die Verhütung der Zuckerkrankheit. Auf diese Weise wird das Leben länger, als es ohne die Verhütung einer Krankheit geworden wäre, die eine Voralterung hervorruft. Aber es wird deshalb sicher nicht länger, als es ohnehin geworden wäre, das heißt, als es für den einzelnen Menschen von der Natur vorprogrammiert war.«

»Ich verstehe.«

»Um dennoch keine Unklarheit aufkommen zu lassen, denn die Forschung nach der Verlängerung des Lebens ist, wie schon gesagt, vielschichtig: Durch die Verhütung zum Beispiel einer Zuckerkrankheit tritt also keine Verjüngung ein, sondern es wird nur die von der Natur vorprogrammierte, vorgeschriebene Lebenserwartung erreicht. Verjüngung ist etwas anderes. Aber darauf komme ich noch zurück.«

»Wodurch wird unsere Lebenserwartung vorprogrammiert?«

»Durch unsere Erbanlagen. Sie sind bei jedem Menschen anders.«

»Wer aus einer langlebigen Familie stammt, bringt demnach die beste Voraussetzung für eine hohe Lebenserwartung mit?«

»Ja. Genauer gesagt, wer sowohl von der Mutterseite als auch von der Vaterseite her aus einer langlebigen Familie stammt.«

»Dann habe ich ja Glück«, sagte sie lebhaft, »in meiner Familie drängen sich buchstäblich die Achtzigjährigen.«

»Gratuliere«, entgegnete er amüsiert, und ernsthaft: »Auch Bob hatte Glück mit seinen Vorfahren.«

Unvermittelt brach ihr Dialog ab. Stille trat ein. Es war, als hielten sie beide den Atem an. Sie lagen beide auf dem Rücken, hatten die Hände im Nacken verschränkt, und ihr Blick ging zur Decke.

Dann sagte sie kaum vernehmlich: »Er hat mir nie von seinen Eltern erzählt.«

»Sie sind vor zwei Jahren bei einem Autounfall ums Leben gekommen. In Manila.«

Wieder schwiegen sie und hingen, jeder für sich, ihren Gedanken über Bob nach.

Dann nahm sie das Gespräch abermals auf und sprach gegen die Decke: »Er hatte Pech. Verdammtes Pech.«

»Ich muß heute fit sein.« Es galt nur ihm selbst. Er hatte die ganze Nacht über nicht mehr an den toten Freund gedacht.

»Hast du... Termine?« Sie stellte die Frage zögernd.

»Ja. So kann man es nennen.«

Pause.

»Im... Zusammenhang... mit Bob?«

»Ja.«

Pause.

»Schwierige... Termine?«

»Ja.«

Pause.

»Heißt das, du hast eine... Spur?«

»Ja.«

»Eine aussichtsreiche?«

»Ich hoffe.«

Pause.

»Willst du sie mir sagen?«

»Nein.«

»Auch nicht... wodurch du auf sie gestoßen bist?«

»Nein.«

»Durch Evans?«

»Bitte frag nicht mehr.«

Wieder trat eine Pause ein.

»Ist die... Spur... nicht gefährlich für dich?«

»Diana, bitte.«

»Hast du... die Polizei eingeschaltet?«

»Bitte frag nicht.«

»Bitte, Peter, sag es mir. Hast du die Polizei...?«

»Nein.«

»Kann ich nicht mitkommen?«

»Nein.«

»Ich möchte dir helfen.«

»Es ist ganz allein meine Sache.«

»Aber ich mache mir Sorgen um dich.«

»Ich werde auf mich aufpassen.« Es klang, als wolle er das Gespräch beenden.

Seit ihn gestern früh gegen fünf Uhr der Anruf von Karin Mebius aus dem Schlaf gerissen hatte, waren jetzt beinahe siebenundzwanzig Stunden vergangen.

Mein Gott, was hatte er in der Zeit alles erlebt! Das idiotische Gespräch mit Tönissen. Den im Nachhinein direkt unwirklichen Besuch bei Hedgepeth. Das von ihm erpreßte Geständnis, mit dem Hedgepeth den Namen ›Jar‹ preisgegeben hatte. Karin Mebius in ihrem Studio, geil und exhibitionistisch, wie er es niemals von ihr vermutet hatte. Und, mit der kurzen Unterbrechung durch die Vorstellung, mehr als zehn Stunden Diana. Ihr unaufhörlicher, nervenzehrender Kampf um Vertrauen. Und schließlich die Erfüllung in vertrauter körperlicher Liebe, wie er sie niemals vorher erfahren hatte, nicht einmal in der schönsten Zeit mit Adriane.

Diana drehte sich ihm zu und fragte mitfühlend: »Willst du nicht schlafen?«

»Ich glaube, ich kann nicht.«

Ihre Blicke trafen sich.

»Aber du hast dann heute nacht nicht eine Minute geschlafen«, sagte sie besorgt.

»Ich bin hart im Nehmen. Wenn du mir noch mal Kaffee machst, bin ich topfit.«

»Gern.« Sie beugte sich über ihn und küßte ihn liebevoll auf den Mund.

22

Der frische, heiße Kaffee hatte ihn gestärkt. Er fühlte sich in bester körperlicher Verfassung, obwohl er, nach menschlichem Ermessen, hundemüde hätte sein müssen.

»Komm her«, sagte er leise.

Sie legte sich in seinen Arm. Nach einer Weile sagte sie versonnen: »Ich kann mir nicht denken, wann ich zuletzt eine so lange Nacht verbracht habe.«

»Nicht mit Brendan?«

»O nein, Brendan ist ja schließlich auch mein Agent. Und als Agent achtet er darauf, daß ich genug Schlaf bekomme. Schlaf ist das beste Schönheitsmittel, sagt er.«

»Das stimmt nur bedingt. Wer ab der Mitte des Lebens länger als sieben Stunden am Tag schläft, verkürzt seine Lebenserwartung erheblich.«

»Womit wir wieder beim Thema wären, das mich interessiert. Du hast vorhin gesagt, die amerikanische Pharmazie sei der europäischen um Jahre voraus. Was die Erforschung der Verlängerung des Lebens betrifft, meine ich.«

»Absolut.« Er erzählte ihr von Crawfords Erfolgen bei der Erforschung von Antioxydantien für Gehirnzellen.

»Crawford?« fragte sie. »Ist das ein Trust?«

»Nein, ein für amerikanische Verhältnisse ziemlich kleiner Betrieb. Eine Art Familienbetrieb auf Basis einer Aktiengesellschaft.«

»Und warum kann dieser kleine Betrieb den anderen, den Giganten, voraus sein?«

»Weil es Crawford selbst noch gibt. Er ist ein ausgezeichneter Chemiker.« Er schränkte ein: »Vielleicht hat er auch nur besonderes Glück« und setzte anerkennend hinzu: »Aber ein Forscher ohne Glück ist eben nur die Hälfte wert.«

»Du bist dir also völlig sicher, daß dieser Crawford das Leben der Menschen eines Tages wirklich entscheidend verlängern kann?« fragte sie nachdenklich.

»Ja. Soweit man in der Forschung überhaupt absolut sicher sein kann.« Er zog sie sanft an sich und gab ihr einen Kuß aufs Ohr. »Zuerst einmal geht es bei der Altersforschung ja darum, die Leistungskraft des Menschen, die im Alter bekanntlich zunehmend nachläßt, günstig zu beeinflussen. Das heißt, entweder das Nachlassen der Leistungskraft aufzuhalten oder – und damit sind wir wieder bei Crawford – womöglich gar neu zu beleben.«

»Das wird wirklich möglich sein?«

»Es sieht so aus. Aber der Mensch selbst muß eben auch seinen Teil dazu beitragen.«

»Sich gesünder ernähren.«

»Zum Beispiel, ja. Am besten wäre es, er würde zwei Tage in der Woche überhaupt nichts zu sich nehmen. Aber auch das allein genügt nicht.«

»Sondern?«

»Viel Bewegung. Laufen. Im Naturheilkunde-Institut der Universität Wien zum Beispiel, hat ein Versuch mit über tausend Ratten ergeben, daß die körperliche Bewegung unerläßlich ist, wenn man sich die Grundlage für seine Leistungskraft im Alter schaffen will. Aber auch die körperliche Bewegung allein genügt nicht. Ich habe ja schon gesagt, entscheidend ist letztlich die Beeinflussung der Gehirnzellen.«

»Und das kann nur durch irgendwelche Medikamente geschehen, die diese...« Sie suchte nach dem Begriff: »...diese Antioxydantien enthalten?«

»Nicht nur. Auch hier muß der Mensch selbst mitarbeiten. Geistige Tätigkeit beeinflußt die Gehirnzellen günstig. Geistige Untätigkeit ist schädlich. Man kann also das Gehirn trainieren wie den Körper. Gerade geistig angestrengte Menschen behalten auch im hohen Alter noch ihre Leistungskraft. Jaspers, der Philosoph, oder Adenauer, der Staatsmann, waren dafür herausragende Beispiele. Ich weiß nicht, ob du die Namen kennst?«

»Nein. Aber diese Beispiele gibt es auch in Amerika. Henry Miller fällt mir im Moment ein.« Sie setzte nachdenklich hinzu: »Wie ist das mit der Verjüngung?«

»Wie gesagt, wenn es gelingt, durch vorbeugende Maßnahmen den natürlichen Abbau der Leistungskraft aufzuhalten oder die Leistungskraft sogar neu anzukurbeln, so kommt der Vorgang ja einer Art Verjüngung gleich. Natürlich darf mit den vorbeugenden Maßnahmen nicht zu spät begonnen werden. Am besten ist, man berücksichtigt sein ganzes Leben lang diese vorbeugenden Maßnahmen – also wenig Alkohol, nicht Rauchen, viel körperliche Bewegung, Maßhalten bei der Nahrungsaufnahme und viel Gehirntraining – und unterstützt dann etwa ab dem fünfundvierzigsten Jahr diese ständigen vorbeugenden Maßnahmen mit den entsprechenden Medikamenten, die Antioxydantien enthalten.«

»Hm.« In ihr arbeitete es.

Nach einer Pause fragte sie: »Eine echte, sichtbare Verjüngung gibt es also nicht?«

»Wenn du eine Verjüngung meinst, die aus einem Sechzigjährigen einen Zwanzigjährigen macht, dann muß ich dich enttäuschen. Vielleicht gibt es sie irgendwann einmal. Heute deutet jedenfalls noch nichts darauf hin.«

Es dauerte eine Weile, bis sie das Gespräch fortsetzte: »Stimmt es, daß die Lebensdauer der Frauen im allgemeinen länger als die der Männer ist?«

»Statistiken versuchen es zu beweisen, ja. Aber die Medizin hat für die Behauptung keine einleuchtende Erklärung. Vielleicht ist die Lebensdauer der Frauen länger, weil Frauen gewöhnlich ein anderes Leben führen als Männer. Für sie gibt es nicht die gefährliche einsame Zeit der Pensionierung. Selbst für berufstätige Frauen nicht. Denn ihr Leben ist, neben dem Beruf, auch noch mit anderen wichtigen Dingen ausgefüllt. Kinder. Enkelkinder. Haushalt. Aber es gibt keine absolut verbindliche Erklärung.«

»Entschuldige, wenn ich etwas sprunghaft frage. Aber es ist ein Gebiet, das mich fasziniert.«

Er sah sie zärtlich an. »Soweit ich dazu imstande bin, beantworte ich dir gern jede Frage.«

»Du hast eben gesagt, es gibt keine sichtbare Verjüngung um viele Jahre.«

»Richtig.«

»Und wenn ich dich richtig verstanden habe, gibt es auch keine Verlängerung des vorprogrammierten Lebens an Jahren.«

»Im Augenblick noch nicht. Aber die weltweite Forschung zielt darauf hin.«

»Könnte es einmal das sogenannte ›ewige Leben‹ geben?«

»Möglich ist natürlich grundsätzlich alles. Aber ich persönlich glaube nicht daran.«

»Weil du natürlich von den bisherigen Forschungsergebnissen ausgehst?«

»Nein, nicht nur. Eher, weil ich mir auf einer übervölkerten Erde keine geordnete Zukunft vorstellen kann.«

»Es gibt Mittel, die erstaunlich schnelle Erfolge an der Psyche hervorrufen«, unterbrach sie ihn angriffslustig.

»Ich weiß, worauf du hinauswillst. Aber manche Geriatrie-Präparate sind mehr oder weniger nur Aufputschmittel.«

»Erklär es mir.«

»In der Gehirnzelle kann nur die Energie freigemacht werden, die schon in der Zelle vorhanden ist. Ein Aufputschmittel ruft aber nur vorübergehende Leistungen hervor. Es ist dadurch die Gefahr gegeben, daß halbleere Energielager sich gänzlich entleeren.«

»Widersprichst du mit alldem nicht deiner Beteiligung bei Crawford?«

»Nein.«

»Aber wenn es, deiner Meinung nach, keine Verlängerung des Lebens an Jahren gibt?«

»Es gibt sie noch nicht, habe ich gesagt. Aber Crawford, zum Beispiel, forscht mit großem Erfolg in diese Richtung.«

»Und wenn die Sozialstaaten Crawford ein Bein stellen?« fragte sie interessiert.

»Die Welt ist nicht unter einen Hut zu bringen. Wenigstens vorläufig nicht. So brutal es auch klingt. Aber solange es extreme politische Richtungen gibt, eine Unzahl verschiedener Religionen...«

»Allright. Du setzt also auf Crawford?«

»Ja.«

»Und wenn er... nicht zum Ziel kommt?«

»Jede Forschung birgt ein Risiko in sich. Und besonders die pharmazeutische Forschung. Neben der Weltraumforschung ist sie die komplizierteste, die langwierigste und deshalb auch die risikoreichste.«

»Neben der Weltraumforschung?«

»Absolut.« Er schilderte ihr den langwierigen Weg, den ein pharmazeutisches Forschungsobjekt zurückzulegen hat, und ergänzte: »Die Erfolgsquote bei der Entwicklung eines neuen Medikaments beträgt in etwa eins zu zehntausend. Das heißt, von ungefähr zehntausend neusynthetisierten Substanzen entspricht in bezug auf Wirksamkeit und Sicherheit nur eine einzige den Anforderungen, die an ein neues Arzneimittel gestellt werden müssen.«

»Eins zu zehntausend?« Sie war beeindruckt.

»Ja«, sagte er. »Abgesehen davon verschlingt die pharmazeutische Forschung Unsummen. Allein Tönissen steckt in die Forschung im Jahr etwa einhundertfünfzig Millionen D-Mark. Das sind immerhin sechzig Millionen Dollar. Aber natürlich stecken die Amerikaner noch viel mehr hinein, und wahrscheinlich sind sie deshalb auch führend.«

Sie schwieg eine Weile. Dann nahm sie ihren Gedanken von vorhin noch mal auf: »Und wenn Crawford aber nicht zum Ziel kommt?«

»Auch wenn er nicht das Ziel erreicht, das er sich gesteckt hat, ich meine die Verlängerung des Lebens an Jahren, wird er in den nächsten Jahren führend sein.«

»Wegen der Erforschung der Antioxydantien?«

»Ja. Denn das Nahziel heißt: Es gilt nicht nur, dem Leben mehr Jahre hinzuzugewinnen, sondern vor allem den Jahren mehr Leben. Und dieses Nahziel hat er ja fast schon erreicht.«

Wieder schwiegen beide, und mit einemmal war es, als wiege die Stille, die sich ausbreitete, sie behutsam in den Schlaf.

»Diana?« Kaum hörbar.

»Ja, Peter?«

»Frag mich, ob ich glücklich bin.«

»Bist du glücklich, Peter?«

»Ja.« Und dann: »Frag mich, warum.«

»Warum bist du glücklich, Peter?«

»Weil du mir begegnet bist.«

Pause.

»Wie spät ist es, Diana?«

»Gleich halb acht.«

»Es war eine wunderschöne Nacht.«

»Ja.«

»Laß dir dafür danken.« Er beugte sich über sie und küßte sie zärtlich auf die beiden Nasenflügel.

Sie schloß ihre Arme um seinen Nacken und gab ihm durch einen sanften Druck zu verstehen, daß auch sie ihn küssen wolle, und ihre Lippen vereinten sich voll Leidenschaft.

»Diana?«

»Ja?«

»Es fällt mir verdammt schwer, aber ich muß jetzt gehn.«

»Die... Termine, ich weiß.«

»Ja.« Er erhob sich.

Nachdem er sich angezogen hatte, trat er noch mal ans Bett, beugte sich zu ihr hinunter und küßte sie auf den Mund. »Ich wünsch dir einen schönen Tag.«

»Ich dir auch.« Ihre Stimme klang auf einmal wie ausgedörrt. »Ich lass' dich hinaus.«

Sie stand auf und zog sich den Morgenmantel an.

Sie waren schon an der Wohnungstür, da sagte er leise: »Ich weiß jetzt, was mir mein ganzes Leben lang gefehlt hat: du.«

Drittes Buch

Der Verrat

Wenn man an dir Verrat geübt,
sei du um so treuer.

Heine, Romanzero

1

Samuel B. Ruggles hatte die Idee. Er verkaufte Anteile seines Grundstücks an Mitbürger, um einen Park mit umliegenden Wohnhäusern zu schaffen. Es war im Jahr achtzehnhunderteinunddreißig. Ein paar Bürger der Stadt griffen damals Samuels Idee freudig auf. So entstand New Yorks einziger Privatpark, der Gramercy Park.

Er liegt zwischen der South Park Avenue und der Third Avenue auf der Höhe der Zwanzigsten und Einundzwanzigsten Straße. Ein hohes eisernes Gitter umschließt ihn, und die Eingangstore sind ständig verschlossen. Nur die Bewohner der umliegenden Häuser, durchweg Häuser im europäischen Stil, haben Schlüssel zum Park und können ihn benützen. So wollte es Samuel B. Ruggles, und so ist es noch heute.

Peter Stolberg ging auf dem Gehsteig am Gitter entlang dem Haupteingang zu, der zum Irving Place hin lag. Von innen schob sich, im Schutz eines Gebüschs, eine Frauenhand durchs Gitter und steckte ihm verstohlen einen Schlüssel zu.

Er vergewisserte sich, daß niemand ihn beobachtete, nahm den Schlüssel an sich, ging zum Tor, schloß auf, trat ein und schloß hinter sich wieder ab.

Um diese frühe Vormittagsstunde war der Park nur mäßig besucht. Ein paar alte Damen auf den Bänken entlang des Kiesweges, strickend oder lesend, ein paar noch nicht schulpflichtige Kinder, die in ihrer Nähe in der warmen Oktobersonne spielten.

Auf der Bank inmitten des Parks, neben dem kleinen Gartenhäuschen, saß Karin Mebius.

Er setzte sich neben sie.

»Sie haben recht, hier haben wir keine Zuhörer.« Er sprach mit gedämpfter Stimme, und sein Blick ging geradeaus.

»Haben Sie es gleich gefunden?« Auch sie sprach halblaut, ohne sich ihm zuzuwenden. Sie war aufgeregt. Ihr großer Busen hob und senkte sich mit jedem Atemzug Auf ihren langen blonden Haaren lag die Sonne

»Ja. Woher haben Sie den Schlüssel?« Ihm war warm. Er öffnete den Mantel.

»Von einer Bekannten, die hier wohnt.«

»Haben Sie Sam angetroffen?«

»Ja. Er ist wieder zu Hause. Es geht ihm gut. Und es paßt ihm gar nicht, daß er noch Ferien haben soll. Aber er wird sich daran halten.«

»Und Lisciandrello?«

»Vierhunderteinundachtzig Mountain Hope Boulevard, Hastings on Hudson.«

»Telefon?«

»Neun-eins-vier-vier-sieben-acht-acht-zwei-null-eins.«

Er wiederholte die Nummer, und sie nickte zustimmend.

»Weiß er, worum es geht, Karin?«

»Nein. Ich habe den Trick mit dem Blumenladen angewandt.«

Er hatte die Augen geschlossen und tat, als sonne er sein Gesicht. Ausdruckslos fragte er: »Und... Jar.?«

»Das war ein harter Brocken.«

»Haben Sie ihn erreicht?«

»Nein. Nicht ihn selbst. Nur seine... ›Freunde‹.«

»Haben sie Verdacht geschöpft?«

»Schwer zu sagen. Auf jeden Fall war mein Auftauchen ungewöhnlich. Ich bekam richtig Angst. Der Prospect Park ist nicht mit der Idylle des Gramercy Parks zu vergleichen. Zumindest nicht die Ecke bei Leffert's Homestead.«

»Warum sind Sie nicht einfach weggelaufen?«

»Es ging nicht. Ich war im Nu eingekreist von wüsten Typen. Sie haben mich angeglotzt, als sei ich ein Weltwunder. Die paar Mädchen, die dort waren, haben sich eben zu stark von mir unterschieden.« Sie lächelte vielsagend.

»Haben Sie denn einfach nach Jar gefragt?«

»Mir fiel nichts Besseres ein. Ich wollte nur möglichst schnell wieder weg.«

»Als was haben Sie sich ausgegeben?«

»Als Kundin, der man Jar genannt hatte. Als Kundin für Stoff.«

»Hat man Ihnen geglaubt?«

»Ich weiß es nicht. Ein paar von den Typen wollten sich das Geschäft gleich selbst unter den Nagel reißen.«

»Das Ergebnis?«

»Ich habe eine Adresse. Ein Gerümpelladen. Nennt sich großspurig ›Hobby House‹. War schon dort. Vierundvierzigste West Ecke Sixth Avenue.«

»Avenue of the Americas?« fragte er beiläufig.

»Ja. Für die Typen ist es natürlich immer noch die Sechste. Jar hat dort eine Art Verbindungsmann. Raymond. Ein Mexikaner.«

»Verbindungsmann? Ich dachte, Jar sei meistens bei Leffert's Homestead anzutreffen?«

»Anscheinend nur selten. Raymond ist regelmäßiger Kunde des Gerümpelladens. Wie gesagt, ich war schon dort.«

»Haben Sie diesen Raymond gesprochen?«

»Nicht dort. Da habe ich nur seine Adresse bekommen. Heute früh.«

»Sie haben ja in der kurzen Zeit eine Menge erlebt.«

»Ich habe es gern getan.« Sie drehte ihm ihr Gesicht zu. Ihre Augen leuchteten.

Er hielt sein Gesicht nach wie vor der Sonne entgegen und fragte sachlich: »Was haben Sie in Erfahrung gebracht?«

»Raymond hat seine Bude in der Jane Street. Unten am Anfang von Greenwich Village. In der Nähe der Docks.«

»Sie haben Mut, Karin.«

»Ich habe noch nicht darüber nachgedacht.« Von neuem leuchteten ihre Augen auf.

»Wann fahren Sie in die Jane Street?«

»Ich komme gerade von dort.«

»Sie waren schon ...?« Er sah sie anerkennend an.

»Ich hatte Glück«, antwortete sie. »Raymond war noch zu Hause.«

»Gratuliere.« Er meinte es ehrlich.

Sie errötete leicht und fuhr fort: »Gewöhnlich ist er spätestens ab neun Uhr morgens unterwegs. Aber heute... na ja, jedenfalls habe ich ihn erreicht.« Und wie zu sich selbst: »Eine finstere Type. Zum Fürchten.« Und zu Peter: »Ich nehme an, er ist Zwischenträger… was den Stoff anbelangt.«

»Hat er nicht versucht, Sie auszuhorchen?«

»Und wie! Ein Verhör mit Haken und Ösen. Aber ich habe ihm standgehalten, glaube ich.«

»Und… wenn Sie sich irren?«

»Haben Sie Angst um mich?« Die Frage kam voll Erwartung.

»Ja«, sagte er offen, »ich habe wirklich ein schlechtes Gewissen, daß ich Sie…«

»Nein, Herr Stolberg. Sie brauchen sich keine Sorgen zu machen. Ich habe die Sache aus freien Stücken übernommen. Ganz und gar aus freien Stücken.« Sie setzte kaum vernehmlich hinzu: »Ich will Ihnen doch helfen.«

»Aber Sie verstehn, Karin, daß ich Ihnen gegenüber eine gewisse Verantwortung…«

»Ich verstehe Sie vollkommen.« Und wieder leise: »Deshalb will ich Ihnen ja helfen.«

»Hm.« Er schwieg, als müsse er seine Gedanken ordnen. Dann sagte er: »Was hat dieser Raymond gewußt?«

»Er hat mir einen Treffpunkt genannt.«

»Einen Treffpunkt mit Jar?«

»Ja. Raymond wird ihn verständigen.«

»Und Sie glauben ihm?«

»Ich sehe keine andere Möglichkeit.«

»Und… wo?«

»In der Seilbahn nach Roosevelt Island. Mit der Halb-ein-Uhr-Fahrt.«

2

Sie hätte ebensogut Skifahrer von Val d'Isere auf den Belvarde oder von Sankt Moritz auf den Piz Nair befördern können. Die Gondel, wuchtig und rechteckig, in glänzendem Karminrot, an die hundert Personen fassend, die von der sogenannten ›Talstation‹, dem klobigen Zementbau an der First Avenue, hinüber nach Roosevelt Island fuhr.

Unter sich den nie abreißenden Autostrom der Avenue, vorbei an Häuserschluchten und Industriegelände und über den Schiffahrtsverkehr des East Rivers hinweg, brachte sie, im Viertelstundenabstand, Menschen von Manhattan auf die kleine Insel oder zurück.

Die Bewohner der neuen Hochhaussiedlung auf Roosevelt Island hatten vor nicht allzulanger Zeit durchgesetzt, daß sie eine zügigere Verbindung mit Manhattan erhielten als die schwerfällige Fähre.

Peter hatte mit Karin Mebius alles genau durchgesprochen. Sie würden die Gondel gemeinsam benützen, aber ohne zu erkennen zu geben, daß sie zusammengehörten. Er sollte mit Karin nur Blickverbindung halten, um Jar nach der Fahrt beschatten zu können.

Die Fahrt um halb ein Uhr fiel in den dichten Mittagsverkehr. Die Gondel war überfüllt. Peter mußte angestrengt achtgeben, daß er Karin nicht aus den Augen verlor.

Sie drängte sich an den Menschen vorbei und versuchte Jar zu finden. Ein Hüne von einem Mann verdeckte Peter für einen Moment die Sicht. Die Gondel fuhr an.

Als Peter Karin wieder im Blick hatte, stand sie, hoffnungslos zwischen fremden Menschen eingekeilt, mit dem Rücken an die Tür gepreßt.

Jar war offenbar nicht in der Gondel.

Auf Roosevelt Island konnte Karin die Gondel als eine der ersten Passagiere verlassen. Sie blieb auf dem Steg ein paar Schritte neben der Tür stehen und beobachtete, wie sich die Gondel leerte. Jar war nicht unter den Passagieren.

Peter trat als letzter durch die eiserne Schiebetür auf den Steg hinaus. Er überblickte die Situation sofort. Sollten sie warten, ob Jar mit der nächsten Gondel kam? Oder sollten sie zurückfahren und das Unternehmen als gescheitert betrachten?

Der uniformierte Kontrolleur nahm ihm die Entscheidung ab. Durch eine unmißverständliche Geste gab er sowohl ihm als auch Karin zu verstehen, daß sie die Station verlassen müßten.

Sie gingen durch das Drehkreuz und hintereinander unschlüssig die zementierten Stufen hinunter.

Plötzlich schoß Peter ein Gedanke durch den Kopf. Warum hatte Jar die Gondel als Treffpunkt gewählt? Doch nur aus einem Grund: Er wollte bei der Begegnung mit Karin kein Risiko eingehen. Benützte er aber die Gondel, die von Manhattan nach Roosevelt Island fuhr, konnte er womöglich in eine Falle geraten. Denn auf der schmalen Insel würde er der Polizei ausgeliefert sein wie auf einem Präsentierteller. Die Insel war abzuriegeln. Sie war zu durchkämmen.

Peter drehte sich flüchtig zu Karin um. Ein Blick, und sie verstand. Er rannte, so schnell er konnte, die Stufen hinunter, um die Station herum und auf der gegenüberliegenden Seite die Stufen hinauf. Karin blieb hinter ihm.

Er löste zwei Token, drückte einen davon in den Schlitz des Drehkreuzes und ließ den zweiten, wie unbeabsichtigt, neben dem Schlitz liegen. Karin nahm ihn an sich, drückte ihn in den Schlitz, und sie erreichten die Gondel gerade noch, bevor sie abfuhr.

Auch bei dieser Fahrt drängten sich die Menschen. Doch Jar hatte den Platz neben der Tür behauptet. Für Karin war es verhältnismäßig leicht, sich zu ihm durchzukämpfen, bis sie direkt vor ihm stand. Peter war durch vier Menschen von ihr getrennt, hatte Jar aber im Blickfeld.

»Ich komme von Raymond.« Sie sprach so leise, daß nur Jar sie verstehen konnte.

»Wieviel?« stieß Jar kaum hörbar zwischen den Zähnen hervor, und sie spürte seinen Atem. Er roch nach Bier.

»Es geht nicht darum.«

»Wieviel, hab ich gesagt! Wieviel Gramm?«

»Es geht um den Transport aus dem Parc Five.«

»Um was?« Jar kniff die Augen zusammen.
»Gestern nacht vor einer Woche.«
»Hör mal, du Kröte ...!«
»Ich will nur den Namen des Auftraggebers. Sonst nichts.«
»Leck mich am Arsch!«
»Es gibt Zeugen.«
»Fick dich selbst!«
»Entweder den Namen oder ... die Polizei.«
Die Antwort war ein grimmiges Brummen.
»Wir haben noch ungefähr eine Minute«, sagte sie kühl, »dann gibt es keinen Ausweg mehr.« Sie bluffte.
»Scheiß!«
»Den Namen oder die Polizei.«
Wieder das Brummen.
»Namen oder Polizei. Noch dreißig Sekunden.«
»Okay.« Er hatte das Wort noch nicht ganz ausgesprochen, da weiteten sich seine Augen angsterfüllt, und er riß röchelnd den Mund auf, als ringe er nach Luft.
Dann sackte er zusammen, soweit das im Gedränge überhaupt möglich war. Es schien, als säße er in der Hocke, und sein Kopf lehnte, vornübergefallen, an der Kniekehle des Nebenmannes.
Karin wagte nicht zu atmen. Ihr Gesicht war von einer Sekunde zur anderen kalkweiß. Sie glaubte, ihr Herz setze aus.
In Jars Rücken steckte ein Messer.

3

»Der nächste!« Mit rauchiger Kehle.
Peter war gemeint. Er trat aus der Reihe heraus an den Tisch, hinter dem der Sergeant saß.

»Arme heben!«

Peter tat, wie ihm geheißen, und ein anderer Polizist tastete ihn schnell und routiniert nach Waffen ab. Doch Peter hatte die Webley rechtzeitig und unbeobachtet im Abfallkorb am Ende des Steges versenkt. Er wollte sie sich später wieder holen.

Nachdem die Gondel in die Station eingefahren war und sich die Tür automatisch geöffnet hatte, war den Menschen, die direkt neben dem am Boden liegenden Jar standen, auf einmal bewußt geworden, was geschehen war.

Jar war tot.

Ein Mann mit Brille rief lauthals nach dem Kontrolleur, eine alte Frau schrie: »Das ist Sache der Polizei«, ein paar Fahrgäste aber taten, als ginge sie der Vorfall nichts an, und verließen wortlos und eilig die Gondel und die Station. Doch dann war der Aufsichtsbeamte da, der seinen Platz in der Gondel neben der kleinen Schalttafel hatte. Er überblickte das Geschehen und drückte den roten Knopf, so daß sich die Tür wieder schloß.

Ein Kontrolleur aus dem Büro kam auf den Steg, um nachzusehen, warum der Aufsichtsbeamte des Wagens die Tür wieder geschlossen hatte, und der Aufsichtsbeamte drückte noch zweimal kurz hintereinander den roten Knopf, damit sich die Tür einen Spalt öffnete.

Durch den Spalt verständigte er sich mit dem Kontrolleur aus dem Büro.

»Ein Unfall.«

»Was ist los?«

»Ein Mann.«

»Schlimm?«

»Wahrscheinlich tot.«

»Was schlägst du vor?«

»Polizei.«

»Warum?«

»Er hat ein Messer im Rücken.«

Der Kontrolleur ging mit schnellen Schritten ins Büro zurück und verständigte das Polizeirevier.

Wenige Minuten später waren fünf Polizeibeamte erschienen, ein Tisch hatte mit einemmal vor dem Drehkreuz gestanden, ein Stuhl war herangebracht worden, und der Sergeant hatte mit der Registrierung der Fahrgäste begonnen.

»Name?«

»Peter Stolberg.«

»Paß?«

»Leider nein.«

»Wo wohnen Sie?«

»Im Hotel.«

»In welchem?« Der Sergeant wurde ärgerlich, seine Stimme klang noch rauchiger als vorher, und er mußte husten.

Peter sah um sich, ob ihn einer der Fahrgäste hören konnte, dann beugte er sich zum Sergeant hinunter und sagte leise: »Im Plaza.«

»Was haben Sie auf Roosevelt Island gemacht?«

»Nichts. Ich bin Tourist.«

»Amerikaner?«

»Nein. Deutscher.«

»Kennen Sie den Mann, der erstochen wurde?«

»Nein.«

»Wo standen Sie, als es passiert ist?«

»Ungefähr zwei Schritte von ihm weg.«

»Haben Sie gesehen, wie es geschah?«

»Nein.«

»Können Sie mir sagen, wer in direkter Nähe des Erstochenen gestanden hat?«

»Nein.«

»He, Sie waren nur zwei Schritte entfernt! Haben Sie keine Augen im Kopf?«

»Ich sagte nein.«

»Überlegen Sie es sich genau. Ich hab Zeit. Wir können uns auch in meinem Büro weiter unterhalten. Na?«

»Was Sie hier tun, ist doch sinnlos. Mindestens vier Fahrgäste sind schon weg.«

»He, sind Sie verrückt! Beantworten Sie meine Frage und halten Sie im übrigen die Schnauze!«

»Mir ist, als sei ein Filipino in der Nähe des Erstochenen gestanden.«

»Ein Filipino? Ist ja was ganz Neues! Wir haben bisher...« Der Sergeant durchblätterte seine Notizen. »...einen Mann, der mit dem Rücken zu ihm stand und angeblich dunkelfarbig war und Hut und Sonnenbrille getragen hat... dann eine Mrs. Anne Copley, eine alte kurzsichtige Frau mit Brille, die sich sofort gemeldet hat... dann einen Yoshiko Sito, einen Japaner, der sich auch gemeldet und ausgewiesen hat... dann einen Elpidio Valenzuela, auch er hat sich sofort ausgewiesen, und jetzt kommen Sie auch noch mit einem Filipino! Von einem Filipino hat bis jetzt noch niemand gesprochen!«

»Sie haben mich gefragt, und ich habe geantwortet.«

»Okay, ich notiere. Besondere Kennzeichen des Filipino?«

Peter überlegte, ehe er antwortete: »Jung. Schlank. Kräftig.«

»Ah, ja« sagte der Sergeant als erinnere er sich, und hustete von neuem, »dann haben wir ja auch noch die junge Frau...« Er blätterte erneut in den Aufzeichnungen: »...Karin Mebius... eine Deutsche...« Auf einmal kam ihm ein Gedanke: »He, Mann, sie ist aus Deutschland, wie Sie! Ist das ein Zufall! Gleich zwei Deutsche in einer Gondel von Roosevelt Island, in der ein Mann erstochen wird!« Er hob den Blick zu Peter: »Und beide standen in der Nähe des Erstochenen... die Frau sogar direkt neben ihm... und beide wollen nichts gesehen haben!« Und mit plötzlicher Strenge: »Kennen Sie die junge Frau?«

»Nein.«

»Ich habe es mir gedacht.« Der Sergeant rief einen der Polizisten heran: »Bill!«

»Sergeant?« Bill kam heran.

»Du fährst mit dem Mister in sein Hotel und läßt dir den Paß zeigen.« Und zu Peter: »Das wär's für jetzt.«

4

Im Washington Square Park spielten auch heute die Schachspieler an den steinernen Tischen. Auf einer Bank saß ein langhaariger Jüngling in Jeans und klimperte verträumt auf einer Gitarre.

Peter überquerte den Park und ging den Laguardia Platz hinunter. Er hatte sich inzwischen die Webley aus dem Abfallkorb der Seilbahnstation zurückgeholt. Sie steckte jetzt in der Innentasche seines Jacketts.

Er blieb stehen, schaute um sich, ging weiter, wechselte die Straßenseite, blieb wieder stehen, schaute um sich, setzte seinen Weg fort, betrat einen kleinen Antiquitätenladen, spähte durch die gläserne Tür hinaus auf die Straße, verließ den Laden, ging mit schnellen Schritten hinein in die Bleecker Street, blieb von neuem stehen, schaute um sich, änderte die Richtung und ging zurück zum Laguardia Platz, überquerte die Houston Street, änderte erneut die Richtung und bog links zum Broadway ab, ging zurück und den West Broadway hinunter, kurzum, er tat alles, um sich zu vergewissern, daß ihm niemand folgte.

In dieser Gegend zeigte sich ihm Greenwich Village, wie seit jeher, von der schlechtesten Seite. Die ehemals blauen und roten Plastikwimpel, die seit Monaten wie Girlanden die kleinen Straßen in kurzen Abständen überspannten, flatterten verschmutzt und zerrissen freudlos zwischen den niedrigen, schmalen Häusern. Vor den Geschäften und Toreinfahrten türmten sich schon wochenlang die schwarzen Plastiksäcke voll Abfall. Die Fassaden waren heruntergekommen, und die Menschen, die ihm begegneten, sahen durchweg müde und abgestumpft aus.

Ein trostloses Bild. Nicht der geringste Hauch vom vielgepriesenen ›Künstlerviertel mit den anheimelnd alten Häusern‹.

An der Ecke West Broadway und Prince Street stand das zwei Stockwerke hohe, würfelartige alte Haus, dessen Ziegelfassade mit rotem Sand verputzt schien. Verblaßte grüne Fensterrahmen mit Schiebefenster. Zu ebener Erde eine Grocery, ein Kolonialwarenladen, in dem es auch fertige Sandwiches gab. Auf dem Gehsteig die eiserne Klapptür, die zum winzigen Vorratslager des Ladens unter der Erde führte. An der Fassade ein paar Kästen aus Plastik, die Air-Conditioning.

Unmittelbar anschließend, an der Prince Street, der Hof, auf dem Gebrauchtwagen zum Verkauf standen. Eine Backsteinmauer, ein zweigeteiltes Gittertor. Daneben das schmale dreistöckige Haus mit den bizarren eisernen Balkons und der eisernen Feuerleiter zur Straße hin.

Peter wußte, daß er am Ziel war. Er überzeugte sich noch mal, daß niemand ihn beobachtete. Dann ging er schnell die paar Stufen zum Eingang hinauf und verschwand im Haus. Karin hatte richtig vorausgesagt. Die Tür war offen.

Die steile Stiege hoch. Erste Tür rechts. Klopfen. Zweimal lang, zweimal kurz.

Karin öffnete ihm und versperrte hinter ihm die Tür sofort wieder mit der Kette, zwei Riegeln und der eisernen Stange.

Er hing seinen Mantel an den Garderobehaken und trat ins Zimmer. Es war klein. Die Einrichtung war verspielt und ließ auf ein Mädchen mit Geschmack schließen.

Sie saßen sich am kniehohen länglichen weißen Tisch gegenüber, und Karin eröffnete das Gespräch.

»Unsere Kontaktaufnahme klappt ausgezeichnet.«

»Es war gut, daß Sie die Nachricht direkt an Loussier gaben und nicht an die Zentrale.« Er öffnete sich den Hemdkragen und atmete tief durch. Er war froh, daß er saß. »Loussier ist sicherer«, setzte er hinterher, und dann: »Haben Sie zufällig etwas zum Trinken?«

»Ich weiß nicht. Ich bin selbst erst kurz vor Ihnen hergekommen. Es ist das Studio meiner Freundin Lena.«

»Die vom Gramercy Park?«

»Nein. Eine andere.«

»Eine Deutsche?«

»Ja. Aus Freiburg. Ein nettes Mädchen. Designerin. Ich kenne sie schon drei Jahre.«

»Und wo ist sie jetzt?« Er sah zur Tür, als erwarte er, daß die Freundin jeden Augenblick erscheinen müsse.

»Sie wohnt die nächsten acht Tage bei ihrem Freund.« Karin erhob sich, ging in die winzige Küche, holte eine Flasche Sodawasser aus dem Kühlschrank und ein Glas und sprach währenddessen weiter: »Sie ist wirklich sehr hilfsbereit. Ich mußte es ihr gar nicht lange erklären.«

»Eine vernünftige Entscheidung«, rief er ihr in die Küche nach, »ich hätte Ihnen sowieso vorgeschlagen, daß Sie eine Zeitlang die Wohnung wechseln.«

Sie kam zurück und stellte das Glas und die Flasche vor ihn auf den Tisch. »Mehr ist leider nicht im Kühlschrank.« Sie setzte sich.

»Sie sind in Lebensgefahr. Und schuld daran bin ich.«

»Nein, Herr Stolberg. Ich habe es Ihnen doch schon gesagt: meine Entscheidung war absolut freiwillig.«

»Aber ich hätte Ihre Entscheidung nicht akzeptieren dürfen.« Er schenkte sich Wasser ins Glas und trank.

»Ich bin froh, daß ich Ihnen helfen darf.« Ihre Augen strahlten.

»Mit den Leuten ist nicht zu spaßen, Karin.« Er trank den Rest, der noch im Glas war, und stellte das Glas zurück auf den Tisch. »Ich kann nur hoffen, daß wir aus der Sache gut herauskommen.«

»Ich war auf dem Weg hierher sehr vorsichtig. Ich glaube, hier sind wir sicher.«

»Wie lange hat man Sie noch festgehalten, Karin?«

»Ich mußte zum Revier mitkommen.«

»Ein zusätzliches Verhör?«

»Die Frau mit der Brille hat angegeben, daß ich mich mit Jar unterhalten habe. Aber ich habe es abgestritten.«

»Hat man Ihnen geglaubt?«

Sie zuckte die Achseln. »Sicher nicht sofort. Das Verhör ging mehr oder weniger nur um diesen Punkt.« Sie verbesserte sich: »Und um die Frage, ob wir uns kennen.« Sie meinte Peter und sich.

»Und?«

»Ich bin doch nicht von gestern.«

»Haben Sie Ihre richtige Adresse angegeben?« Er gähnte verhalten.

»Ja. Sollte ich nicht?«

»Doch. Auch die hiesige?«

»Nein. Wäre es gut gewesen?«

»Nein. Wir wollen niemanden mehr mit hineinziehen.« Er lehnte sich erschöpft in den Sessel zurück. »Außerdem sind wir so sicherer.«

Sie nickte zustimmend, und es verstrich eine Weile, ehe sie fragte: »Sind Sie müde?«

Er nickte.

»Sie können gern schlafen. Hier auf der Couch. Ich hole Ihnen eine Decke.« Sie machte Anstalten, aufzustehen, doch er hielt sie mit einer verneinenden Geste zurück.

»Aber Sie sind müde«, sagte sie einfühlsam. »Sie sollten sich ausruhen.«

»Zugegeben, ich habe heute nacht so gut wie kein Auge zugetan. Das ist aber für mich nichts Neues.«

»Sie schlafen ein wenig, und ich nehme mir inzwischen ein Buch vor. Ja?«

Er nickte wie abwesend.

5

Nach ein paar Atemzügen war er eingeschlafen.

Er sah die Gondel der Seilbahn vor sich. Das Gedränge. Den Mann, den sie Jar nannten. Seine vor Schreck geweiteten Augen. Sein Zusammensacken. Das Messer im Rücken.

Immer wieder das Messer.

Überdimensional und von Blut verschmiert.

›Arme heben!‹ Die Stimme des Sergeants, wie über Hall

›Beantworten Sie meine Frage und halten Sie im übrigen die Schnauze! Die Schnauze! Die Schnauze!‹

Der Sergeant kam drohend auf ihn zu. In der Hand hielt er das blutverschmierte Messer.

Auf einmal war Tönissen da, stellte sich schützend vor Peter und brüllte den Sergeant an: ›Was erlauben Sie sich, das ist der Chef unseres Vorstands!‹

Der Sergeant brüllte zurück: ›Meinetwegen ist er Jesus persönlich. Er pfuscht der Polizei ins Handwerk! Das muß er büßen!‹

Peter wollte sich verteidigen, wollte zurückbrüllen, doch er brachte keinen Ton heraus. Da trommelte er mit beiden Fäusten, ohnmächtig vor Wut, auf den Sergeant ein, dann auch auf Hedgepeth, auf Evans und auf den Filipino, die plötzlich alle da waren.

Wieder trat Tönissen dazwischen. ›Das ist nicht Ihre Aufgabe, Stolberg! Wir sind ein Weltunternehmen der Pharmazie! Kommen Sie sofort mit nach Monte Carlo!‹

›Ich will nicht nach Monte Carlooo!‹ Ein Hilfeschrei, der sich ins Unendliche fortsetzte.

›Aber in Monte Carlo ist es schön, sehr, sehr schööön...‹ Tönissens Worte hallten echogleich zurück. Er nahm Peter beim Arm.

Der Kongreß der europäischen Pharmazie im Hotel de Paris.

Peter wurde ruhiger und ruhiger, und schließlich fühlte er sich umhüllt von Wohlergehen und befand sich mit Tönissen auf dem märchenhaft schönen Platz des Mont Agel Golfclubs, fast eintausend Meter über dem steil unter ihnen liegenden, grünblauen Meer.

Durch die flimmernde Sonne drang das Weiß der Häuser, des Casinos, des Sporting Clubs d'hiver, des Musée océanographique und das Grün der Gärten und Parks.

Peter war gerade vor einer Stunde von seinem ersten Besuch bei Crawford zurückgekommen, und Tönissen hatte vorgeschlagen, daß sie ein paar Löcher Golf spielen sollten.

Sie waren auf dem Weg zum ersten Abschlag.

Zwei Caddies, Jungen von fünfzehn Jahren, zogen die Wagen mit der Tasche und den Schlägern hinter ihnen her.

Tönissen streifte sich den Handschuh über, legte sich einen Ball zurecht und griff sich einen Driver.

Er fixierte die Richtung an, stellte die Füße parallel zueinander, umschloß den Schläger im Vardon Griff, konzentrierte sich, fixierte von neuem die Richtung an, holte aus und drosch den Ball weit hinaus auf das Grün.

Peter tat es ihm nach.

Dann übergaben sie ihren Schläger den Caddies und gingen nebeneinander den Fairway entlang.

Es war Tönissen, der das Gespräch begann: »Sie hatten also Erfolg?« Die Frage bezog sich auf den knappen Bericht, den Peter ihm von seinem Flug nach New York und Wilmington gegeben hatte.

»Ich glaube, ja«, antwortete Peter, »die Antioxydantien scheinen in der Tat der Schlüssel für die Gehirn-Geriatrie zu sein.«

»Crawford ist also weiter als wir?«

»Zweifellos. Obendrein arbeitet er stark mit den maßgeblichen Physiologen und Neurologen zusammen. Einen habe ich kennengelernt. John Vukovich. Physiologe. Eine Koryphäe.«

»Hat er Ihnen neue Erkenntnisse vermittelt?«

»Sagen wir genauer: Er hat bisherige Erkenntnisse entscheidend vertieft.«

»Zum Beispiel?« Tönissen war von Neugierde getrieben.

»Die vorbeugende Medizin, die Prophylaxe, steht drüben in der Geriatrie absolut im Vordergrund.«

»Und bei uns?« Tönissen blieb stehen, um seinem Einwand Nachdruck zu verleihen, winkte geringschätzig ab und gab sich die Antwort selbst: »Bei uns ist die Prophylaxe gleich Null. Ein Jammer!«

»Die Amerikaner gehen viel stärker ins Detail als wir«, sagte Peter. »Man weiß jetzt, daß wohl nie ein Geriatricum allein das Leben verlängern kann.«

»Konzentrieren wir uns aufs Gehirn. Das Gehirn scheint mir für die Geriatrie der besondere Risikofaktor zu sein. Konzentrieren wir uns auf die Antioxydantien.«

»Die Antioxydantien und ihre Anwendung sind das beste Beispiel für das, was ich meinte.« Peter hatte den Blick auf den Rasen gesenkt. Er setzte versonnen hinzu: »Darf ich ausführlich werden?«

»Aber warum denn nicht?«

»Weil wir Golf spielen wollen.«

»Das Golf kann warten. Meinetwegen können wir auch abbrechen.«

Peter nickte gedankenversunken. Das Thema ›Antioxydantien‹ hatte ihn nicht mehr losgelassen, seit er Crawford verlassen hatte.

Er begann: »Unser Gehirn wird im Lauf eines Lebens strapaziert wie kaum ein anderes Organ. Aber die Verminderung der Durchblutung des Gehirns, als Folge der Hypertension und der Lipidablagerungen in den Gehirngefäßen, führt allmählich zu einer Abnahme der Funktion der Gehirnnervenzellen.«

Er machte eine Pause, um Tönissen Gelegenheit zu einem Einwand zu geben. Doch Tönissen schwieg.

Peter fuhr fort: »Hinzu kommen Stoffwechselstörungen, wie Verminderung des Glukosestoffwechsels. Daran kann zum Beispiel die Leber schuld sein. Überlastet oder nicht mehr voll funktionsfähig durch Alkohol oder ähnliche schädigende Einflüsse. Man weiß nun, daß wahrscheinlich Ginseng die Funktion der Nervenzellen fördert. Aber Ginseng allein genügt nicht, sagt Vukovich. Man muß gleichzeitig auch die Ursachen der Schädigung ausschalten. Also zum Beispiel die Ursachen der Leberschädigung, wie Alkohol und ähnliches.«

»Diese Meinung setzt sich auch schon bei uns langsam durch.«

»Gewiß. Aber Vukovichs Theorie zielt genau auf den Punkt.«

»Wie meinen Sie das?«

»Ich will es Ihnen erklären.«

Sie waren am Grün angelangt.

Tönissens Ball lag in einem Bunker. Tönissen nahm sich den Sand Wedge. Mit einem gekonnten Schlag schlenzte er den Ball in die Nähe des Lochs.

Peters Ball lag auf dem Grün. Peter griff sich vom Wagen ein Putt-Eisen. Ein Schlag. Der Ball rollte über das Grün auf das Loch zu, berührte es und rollte seitwärts weg.

»Die Anwendung der Antioxydantien«, sagte Tönissen. Es klang fordernd.

»Beim Putten?« Peter war erstaunt. Beim Putten sollte nicht gesprochen werden.

»Ich habe schon gesagt, meinetwegen können wir abbrechen«, entgegnete Tönissen und fügte scherzhaft hinzu: »Ich bin heute sowieso nicht in Form.«

»Die Altersveränderungen spielen sich mit Sicherheit zum großen Teil an den Zellen ab«, fuhr Peter wieder in seinen Ausführungen fort.

Die beiden Männer standen sich auf dem Grün auf ein paar Schritt Entfernung gegenüber. Sie hatten ihr Spiel, die Caddies und die berauschend schöne Landschaft um sich herum vergessen.

»Die alternde Zelle verlangt nach vermehrter Sauerstoffzufuhr«, sagte Tönissen.

»Eben. Die Sauerstoffmessung steht deshalb bei der Therapie an erster Stelle.«

»Ein Test?«

»Ja. Ein regelmäßig durchgeführter Test. Möglichst alle vier bis sechs Wochen. Die Leistungsfähigkeit des Gehirns muß so gut wie möglich erfaßt werden. Der Test wird vor einer künstlichen Sauerstoffzufuhr und danach angewandt. Natürlich ein Test mit geeichten Normwerten. Trennscharf und objektiv.«

»So wird der Sauerstoffverbrauch festgestellt«, sagte Tönissen trocken.

»Ja. Je stärker der Mensch den in der sogenannten ›Erholungsphase‹ zugeführten Sauerstoff aufnimmt, desto besser ist das Ergebnis des Tests.«

»Und das Präparat wird dann je nach dem Ergebnis der Messung angewendet?« Tönissen war ungläubig.

»Genau gesagt«, antwortete Peter, »die Zusammensetzung und die Dosierung des Präparats werden jeweils nach dem Ergebnis der einzelnen Sauerstoffmessungen vorgenommen.«

»Aber das ist doch reine Idiotie!« sagte Tönissen aufgebracht.

»Nicht Idiotie. Nur die Idealform. Natürlich kann dieser Idealform vorläufig nicht voll Rechnung getragen werden. Vorläufig! Man kann natürlich noch nicht für jeden Meßwert eine spezielle Zusammensetzung der Antioxydantien berücksichtigen. Es ist eben nur die Idealform.«

»Man wird in Kategorien ausweichen.« Aus Tönissen sprach der Fachmann. Er hatte sich wieder beruhigt.

»Wahrscheinlich wird es vorläufig die einzige Möglichkeit sein. Wichtig aber für den Gesamterfolg, also für das Ausschöpfen und die Verlängerung der Lebenserwartung, wird die Vorsorge sein.«

»Die Prophylaxe, ja«, sagte Tönissen, »da drückt uns der Schuh.«

»Die Amerikaner fordern, daß diese Vorsorge schon im Kindes- und Jugendalter beginnen sollte. Wenn man überlegt, daß bei uns mehr als ein Drittel aller Jugendlichen fettsüchtig und dadurch geradezu vorbestimmt sind für das Einsetzen von schwersten Kreislaufschäden und Stoffwechselstörungen, dann ist mit dieser Forderung wohl alles gesagt.«

»Ich bin ganz Ihrer Meinung. Von den Amerikanern können wir nur lernen. Schneller aber kommen wir zum Erfolg, wenn wir uns an ihre Erfolge anhängen. Crawford ist also einverstanden, daß wir weiterkaufen?«

»Ja. Bis fünf Prozent.«

»Also gut. Dann geben Sie Ihrem Freund Kellermann grünes Licht.« Tönissen atmete auf, als sei eine Last von ihm genommen. »Ist es mein Schlag?«

»Ja.«

»Ich glaube, ich werde es schaffen.« Er nahm sich einen Putter.

Dann nahm er den Schläger in beide Hände, fixierte das Loch an, konzentrierte sich, holte ganz kurz zum Schlag aus und traf den Ball millimetergenau.

Der Ball rollte ins Loch.

»Na?« Tönissen hob selbstbewußt den Blick.

»Ein idealer Schlag«, sagte Peter anerkennend.

»Ideal wie eine spezielle Zusammensetzung von Antioxydantien«, sagte Tönissen im Spaß und fügte ernsthaft hinzu: »Aber das Ideal gibt es fast nie.«

›Das Ideal fast nie...‹, hallte es durch Peters Traum, ›Ideal nie... Ideal nie...‹

Unwillkürlich war Peter bei Diana.

Ihm wurde heiß, immer heißer, bis er schließlich innerlich zu verglühen drohte.

6

»Wie lange habe ich geschlafen?« Er lag auf der Couch, war gerade erwacht, gähnte und rieb sich verschlafen die Augen. Der Traum hatte ihn in Schweiß gebadet.

»Nicht mal eine Stunde.« Karin saß im Sessel, hielt ein aufgeschlagenes Buch auf ihren Knien und sah ihn an.

Noch bevor er eingeschlafen war, hatte sie sich mit dem Buch in den Sessel gesetzt. Doch jetzt, nach einer Stunde, hatte sie noch keine Zeile gelesen. Während er geschlafen hatte, war ihr Blick unaufhörlich auf ihn gerichtet gewesen. Sie hatte sich wieder einmal vorgestellt – zum wievielten Male schon? –, daß sie neben ihm liegen würde, daß sie beide nackt wären und es miteinander trieben.

Er schlug die wollene Decke zurück, erhob sich, reckte sich in seiner ganzen Länge und fuhr sich mit gespreizten Fingern durch seine vollen, dunklen Haare.

»Wie spät ist es?«

»Kurz nach halb fünf.«

»Gibt es hier ein Bad?«

»Die Tür rechts vom Eingang.«

»Danke.«

Er ging hinaus und machte sich frisch.

Als er zurück ins Zimmer kam, stand eine Kanne mit dampfendem Kaffee auf dem Tisch.

»Darf ich Ihnen einschenken?« Ihr Blick war vertraulich.

»Gern.« Er zog sich einen Sessel an den kniehohen Tisch, setzte sich und schloß kurz die Augen, um sich zu konzentrieren. Dann sagte er ohne Übergang: »Der Filipino stand hinter ihm.«

»Hinter Jar?« Sie reichte ihm die Tasse.

»Ja. Haben Sie ihn nicht gesehn?«

»Nein. Ich habe nur auf Jar geachtet.«

»Der Mann mit Hut und Sonnenbrille. Den andere Fahrgäste als ›dunkelhäutig‹ bezeichnet haben. Er hat die Gondel als erster verlassen.«

»Woher wissen Sie...?«

»Mir ist jetzt auf einmal alles ganz deutlich geworden. Die Fahrgäste haben sich geirrt. Er hat nur am Anfang mit dem Rücken zu Jar gestanden. Im Lauf Ihres Gesprächs hat er sich dann umgedreht.« Und wie zu sich selbst: »Ein eigenartiges Gefühl.«

»Was?« Ihr Ausdruck war voll Erwartung.

»Die Vorstellung, daß der Killer, der es auf mich abgesehen hat, nur ein, zwei Schritte von mir entfernt gestanden hat. Womöglich hat er mich sogar beobachtet.« Er hob die Tasse zum Mund, ohne zu trinken. »Es ist, als ob einem der Magen durchsackt.«

Sie schwieg.

»Aber die Frage ist müßig«, fuhr er fort, »ihm war Jar im Augenblick zweifellos wichtiger. Vielleicht stand ich auch zu weit von ihm weg, damit er auch mich hätte erledigen können. Vielleicht aber hat er mich auch gar nicht bemerkt. Oder mich nicht erkannt. Tatsache ist, daß er Sie gesehen hat. Offenbar hat er Ihr Gespräch mitgehört. Denn er hat im entscheidenden Moment zugestochen.«

»Aber wir haben ganz leise gesprochen.«

»Das unterstreicht meine Vermutung. Es kann nur der Mann mit der Sonnenbrille gewesen sein. Und je länger ich ihn mir vorstelle, um so sicherer bin ich, daß es der Filipino war. Nein, es gibt keinen Zweifel.« Er trank einen Schluck Kaffee und behielt die Tasse versonnen in der Hand. »Mein Gott, warum habe ich ihn nur nicht vorher erkannt.«

»Vorher? Bevor er zugestochen hat?« Ihr Blick stellte seine Überlegung in Frage.

»Ja.« Er deutete ihren Blick richtig. »Aber vielleicht haben Sie recht. Vielleicht hätte es nichts geändert. Wahrscheinlich nicht. Ja, ich bin mir sicher. Ich hätte mich wohl ruhig verhalten. Ich wäre nur darauf bedacht gewesen, daß er mich nicht erkennt.« Er dachte einen Augenblick nach und setzte hinzu: »Sicher hätte ich Sie gewarnt. Irgendwie.« Er merkte, daß er die Tasse noch in der Hand hielt, und stellte sie zurück auf den Tisch.

»Aber wir hätten nicht mehr aussteigen können. Die Tür hat sich unmittelbar hinter mir geschlossen.« Sie schenkte Kaffee nach.

»Sie können also acht Tage hier wohnen?« Er wollte verhindern, daß sich das Gespräch unnötig ausweitete.

»Ja. Wenn es sein muß, sicher auch länger.«

»Kennen Sie jemanden im Haus?«

»Nein. Warum?«

»Wenn Sie mal Hilfe brauchen, meine ich. Haben Sie keinen Freund, der mit Ihnen hier wohnen...?«

»Nein.« Sie fiel ihm ins Wort. Es klang fast schroff.

Er horchte auf. »Es kann für Sie hier gefährlich werden, Karin.«

»Ich werde jedes Risiko vermeiden.« Trotzig. Und verschwörerisch: »Hat man Ihnen auch vorgeworfen, daß mit uns beiden ausgerechnet zwei Deutsche in der Gondel waren, in der Jar erstochen wurde?«

»Daran müssen Sie sich hier gewöhnen, Karin.«

»Oh, ich bin daran gewöhnt.« Sie winkte ab. »Aber in diesem Fall ist der Deutschenhaß doch wirklich an den Haaren herbeigezogen.«

»Woher hat der Filipino den Tip bekommen?« Er versuchte, das Gespräch zu verkürzen.

»Von einem der Typen von Leffert's Homestead?«

»Oder von Raymond«, sagte er nachdenklich und setzte entschlossen hinzu: »Ich werde ihn mir vornehmen.«

»Soll nicht lieber ich ihn...?«

»Nein, Karin. Sie sollen nichts mehr. Wenigstens vorläufig nicht. Sie sollen sich nur hier verbarrikadieren und die Verbindung zu mir halten. Ich fühle mich für Sie verantwortlich.«

»Und das Büro?«

»Es war ja schon heute nicht besetzt. Warten wir den morgigen Tag ab. Irgend etwas muß geschehn. Entweder...« Er versank in Gedanken.

Er machte eine Bestandsaufnahme. Sie war wie eine schwierige Gleichung mit mehreren Unbekannten.

Der tote Bob. Die tote Lillie Flam. Der tote Jar. Als Gegenspieler der Killer mit der bellenden Stimme und der Filipino. Dann der Mexikaner Raymond und die unbekannten ›Typen‹ (wie Karin sie nannte) von Leffert's Homestead. Vincent Evans und Jerome Hedgepeth, die mutmaßlichen Handlanger, die wohl nicht mehr sehr ergiebig sein würden. Die Polizei, die ihr eigenes Süppchen kochte und sich nicht in den Topf schauen lassen wollte. Als winzige Hoffnung Ric Lisciandrello, Evans rechte Hand.

Ja, und schließlich Diana, die unter Umständen doch noch mehr wußte, als sie bisher zugegeben hatte.

Schlagartig durchzuckte es ihn. Die Briefe! Sie hatte ihm gestern nachmittag bei ›Dorrian's‹ bestätigt, daß Bob ihr mehrere Briefe geschrieben hatte. Er glaubte ihr nicht, daß sie keinen mehr davon besaß. Aber an die Briefe heranzukommen war so gut wie aussichtslos. Darüber war er sich im klaren. Könnten sie irgendwelche Aufschlüsse vermitteln, würde Diana wohl behaupten, die Briefe gebe es nicht mehr. Würde sie die Briefe aber herausrücken, waren sie ganz gewiß unergiebig.

War er denn immer noch voll Mißtrauen ihr gegenüber? Nein, aber er hatte das unbestimmte Gefühl, daß sie aus irgendeinem noch nicht ersichtlichen Grund bis jetzt nicht die volle Wahrheit sagen wollte. Oder konnte. Er gestand es ihr zu.

Doch sie hatte ihm nicht nur bestätigt, daß Bob ihr geschrieben hatte. Sie hatte auch indirekt zugegeben, daß es mindestens einen

Brief von ihr an Bob gab. Und Bob war äußerst ordnungsliebend gewesen. Er hatte den oder die Briefe sicherlich aufgehoben. Es war nicht auszuschließen, daß sie den einen oder anderen Hinweis enthielten, der Peter weiterbrachte.

Peter nahm sich vor, den Briefen noch heute nachzuspüren.

»Haben Sie eine Idee?« Karin riß ihn aus seinen Gedanken. Sie war voll gespannter Erwartung.

»Wie? Ja, vielleicht.« Er fuhr sich ein weiteres Mal wie abwesend durchs Haar. »Raymond. Und dann Lisciandrello.« Und ganz zu sich selbst: »Aber zuerst die Briefe.«

7

Frants Nemecek saß am Empfangstisch, hatte die Mütze abgenommen und vor sich hingelegt und sich mit dem Taschentuch über den Nacken gewischt. Er hatte gerade nichts zu tun.

Er beugte sich zur untersten Schublade hinunter und holte die *New York Post* heraus. Genießerisch lehnte er sich in den breiten Stuhl zurück und schlug die Zeitung auf. Ihn interessierten nur die World Series zwischen den New York Yankees und den Cincinnati Red's. Die Yanks hatten das erste Spiel in Cincinnati eins zu fünf verloren. Daran hatte auch die gute Form von Piniella, Chambliss und Nettles nichts ändern können.

»Guten Abend, Frants.«

Frants hob den Blick. Vor ihm stand Peter Stolberg.

»Guten Abend, Sir.« Frants faltete die Zeitung zusammen, erhob sich und sah Peter fragend an.

»Ich hoffe, ich störe Sie nicht, Frants.«

»Nein, ganz und gar nicht, Sir.«

»Ich habe nur eine Bitte.«

»Ja, Sir?«

»Was ist mit Mister Kellermanns Appartement bisher geschehen?«

»Nichts, Sir. Ich warte noch auf den Bescheid der Hausverwaltung.«

»Und der Nachlaß?«

»Mir ist nichts bekannt, Sir.«

»Ich habe Mister Kellermann vor langer Zeit meinen Safeschlüssel zur Aufbewahrung übergeben.«

»Ich verstehe, Sir. Sie können selbstverständlich nach ihm suchen. Ich gebe Ihnen den Wohnungsschlüssel.« Frants zog am Empfangstisch die obere Schublade auf. Eine Handvoll Schlüssel wurde sichtbar. Mit sicherem Griff holte Frants den richtigen heraus. Ein kurzer prüfender Blick auf die Nummer, ein bestätigendes »Sieben D, stimmt«, und er reichte Peter den Schlüssel zu Bobs Appartement.

»Danke, Frants.« Peter legte wie nebenbei einen Zehn-Dollar-Schein auf den Empfangstisch.«

Frants nahm den Schein gelassen an sich. »Danke, Sir. Wenn Sie mir den Schlüssel nur wieder zurückgeben, sobald Sie oben fertig sind.«

8

Der viktorianische Stuhl aus Mahagoni, den Bob einmal in Ohio erstanden hatte. Die persische Miniatur, deren Schriftzeichen die Geschichte von Khusraw und Shirin, der beiden Gegner beim Reiterspiel, erzählte. Chagalls Zeichnung ›Der Wachtposten‹, an der Bob besonders gehangen hatte.

Peter stand in der kleinen, engen Diele. Er hatte die Wohnungstür hinter sich ins Schloß fallen lassen. Die Erinnerung an den Freund überkam ihn mit Macht.

Wie oft wohl hatten sie beide hier gestanden? Sicher zuletzt, als Bob ihm voll Stolz die neu erworbene persische Miniatur gezeigt hatte.

Die nächtlichen Diskussionen kamen Peter wieder in den Sinn, wenn sie beide beim Abschied kein Ende hatten finden können. Bob hatte sich dann meistens gegen den Türrahmen des Wohnraums gelehnt, und sie hatten geredet und geredet, bis ihnen vor Müdigkeit die Augen zuzufallen drohten.

Die zum großen Teil nervenaufreibenden Partys mit Mädchen und auch verheirateten Frauen, Partys, die oftmals in der Diele jäh und unschön endeten, weil Bob, seiner linkischen, rüden Art wegen, wieder einmal abgelehnt worden war.

Der Abend mit der Chilenin und der Mulattin, der hier seinen peinlichen dramatischen Abschluß gefunden hatte. Die Mulattin, die neben dem viktorianischen Stuhl Bob den freiwillig gezahlten Hunderter vor die Füße geworfen hatte.

Mein Gott, Bob. Sein gestörtes Verhältnis zum anderen Geschlecht hatte ihn sein Leben lang belastet.

Und ausgerechnet an ihm sollte Diana Interesse gefunden haben? Nein, je länger sich Peter diese Beziehung vor Augen führte, desto unglaubwürdiger erschien sie ihm.

Was aber hatte sie zu Bob hingezogen?

Die Briefe würden ihm vielleicht auch darüber Aufklärung bringen. Hoffentlich.

Entschlossen drehte er den Türgriff zum Wohnraum und öffnete.

Er prallte zurück.

Sein Gesicht wurde kalkweiß. Unwillkürlich hielt er den Atem an.

Als er bei Karin Mebius den Entschluß gefaßt hatte, den Briefen nachzuspüren, hatte er mit mancherlei Schwierigkeiten gerechnet. Aber gewiß nicht mit der Situation, der er jetzt gegenüberstand.

9

Wie zuvor saß Frants Nemecek am Empfangstisch und war in die *New York Post* vertieft.

Gerade machten die Cincinnati Red's ihren entscheidenden dritten Punkt durch Griffley, der mit Perez wunderbar zusammengespielt hatte.

»Hier ist der Schlüssel zurück, Frants.«

»Oh, Sir, das ging ja wirklich schnell.« Diesmal schob Frants die Zeitung einfach aufgeschlagen auf den Tisch, ehe er sich erhob. Wenn Peter Stolberg weg war, wollte er gleich weiterlesen können.

»Wie lange sind Sie heute schon im Dienst, Frants?«

»Heute?« Frants wußte mit der Frage nichts anzufangen. Zögernd sagte er: »Wie an jedem Tag dieser Woche, seit neun Uhr.« Und setzte befangen hinzu: »Warum fragen Sie, Sir?«

»Ich bin zwar kein Kriminalist, aber mein gesunder Menschenverstand sagt mir, daß innerhalb der vergangenen halben Stunde ein Mann in Mister Kellermanns Appartement gewesen sein muß.«

»In der vergangenen halben Stunde? Ein Mann? In Sieben D? Warum, Sir?«

»Das Appartement ist verwüstet.«

»Verwüstet?« fragte Frants mit unsicherer Stimme.

»Ja, verwüstet. Schubladen aus den Kommoden gezogen und der Inhalt auf dem Boden verstreut. Aktenordner durchwühlt. Wäsche aus den Schränken gezerrt. Necessaires aufgerissen. Mantel- und Jackentaschen umgestülpt. Koffer geöffnet. Es sieht schlimm aus. Wenn Sie wollen, fahre ich noch mal mit Ihnen hinauf.«

»Nein, Sir, ich glaube Ihnen. Sie brauchen sich nicht zu bemühen. Ich überzeuge mich gleich davon. Aber ich bin völlig außer mir.«

»Es muß ein Mann gewesen sein. Innerhalb der letzten Minuten.«

»Woraus schließen Sie das, Sir?« Frants war ganz durcheinander.

»In einem Aschenbecher liegt eine Zigarette. Ohne die geringste Spur von Lippenstift. Halb geraucht. Sie hat noch geglimmt.« Und mit einer plötzlichen Eingebung: »Vielleicht ist der Mann noch im Haus!« Peter schöpfte Hoffnung.

»Sinnlos, Sir. Das Haus ist zu groß. Wenn er zum Beispiel aus einem...« Frants stockte, als scheue er sich, den Gedanken auszusprechen.

»Ja?« Peter veranlaßte ihn, weiterzusprechen.

»Wenn er zum Beispiel aus einem anderen Appartement gekommen war, können wir ihn nie finden.«

Peter war entmutigt und im selben Atemzug wieder zuversichtlich. »Aber vielleicht war es doch ein Fremder. Einer, der an Ihnen vorbei ins Haus gegangen ist und innerhalb der letzten halben Stunde wieder hinausging. Denken Sie doch noch mal nach, Frants.«

Frants überlegte kurz. »Nein. Es war zwar heute schon ziemlich viel los, aber ich kann mich an keinen Fremden erinnern.«

»Vielleicht hat er unter irgendeinem glaubwürdigen Vorwand das Haus betreten? Als Handwerker zum Beispiel? Oder in einer Uniform? Polizei vielleicht?«

»Nein, gewiß nicht, Sir, das müßte ich wissen.«

»Oder in Begleitung einer Person, die Sie kannten? So daß er Ihnen gar nicht auffiel?«

»Nein, Sir.«

»Zum Beispiel in Begleitung einer Frau, die hier wohnt? Vielleicht von einer Frau, die dafür bekannt... na, sagen wir, bei der Sie es gewöhnt sind, daß sie viel Besuch mitbringt? Oder zusammen mit einem Mann, der hier wohnt, vertieft in ein Gespräch?« Peter war bemüht, den anderen zum Nachdenken anzuregen.

Doch Frants hörte nicht hin. Er war in seine eigenen Überlegungen vertieft. Und mit einemmal brach es aus ihm heraus: »Ich Idiot!« Er schlug seine Faust ärgerlich in die offene Handfläche. »Der Mann mit dem Bärtchen! Natürlich!«

»Einer mit Bärtchen? Einem schmalen Oberlippenbärtchen? Einem schwarzen?« Peter dachte sofort an Evans.

»Ja.« Frants sah Peter entgeistert an.

»Ein kleiner? Blasser?«

»Nein. Ein großer. Fast so groß wie Sie, Sir. Groß und breit.«

»Groß und breit?« Peter stand die Enttäuschung im Gesicht.

»Ja, Sir. Er hat das Haus zusammen mit Mister Geffner betreten. Mister Geffner bewohnt Drei C. Mister Geffner ist an meinen Tisch gekommen und hat mich in ein kurzes Gespräch verwickelt. Er fragt jedesmal, wenn er ins Haus kommt, ganz von selbst, ob ich Nachricht für ihn habe. Und währenddessen ist der Mann mit dem Bärtchen einfach weitergegangen. Zum Lift.«

»Ist er zusammen mit Mister Geffner hochgefahren?«

»Lassen Sie mich nachdenken, Sir. Nein. Mister Geffner ist allein im Lift gefahren. Ich weiß es genau, weil er den Lift schon heruntergeholt hatte und dann noch mal zurückgekommen ist, um mir seine Wettschuld zu bezahlen.«

»Wettschuld?« Es klang unbeteiligt.

»Zwei Dollar. Er hatte auf die Yankees gesetzt.«

»Ein Amateur.« Peter sagte es scherzhaft, und Frants lachte erleichtert. »Und dann?« fragte Peter.

»Dann bin ich mit ihm noch ein paar Schritte in Richtung Lift gegangen. Der Lift war leer. Einwandfrei.«

»Dann hat also der Mann mit dem Bärtchen gar nicht zu Mister Geffner gehört?«

»Nein, Sir, sicher nicht. Zu dumm, daß er mir nicht gleich eingefallen ist!«

»Nehmen wir einmal an, der Mann mit dem Bärtchen hat in der Tat die Verwüstung von Mister Kellermanns Appartement auf dem Gewissen. Können Sie mir noch irgendeinen Fingerzeig geben?«

»Nein, Sir. Er war groß und breit und hatte, wie gesagt, ein schmales Oberlippenbärtchen. Mehr weiß ich nicht.«

»Volles Haar?«

»Ja, volles Haar.«

»Dunkel? Hell?«

»Mehr dunkel, Sir.«

»Schmales Gesicht?«

»Mehr kräftiges Gesicht, Sir.«

»Stimme?«

»Er hat nicht gesprochen, Sir.«

»Sonst irgendwas?«

»Nein, Sir. Halt, ja! Ich glaube, er hatte eine Narbe über dem Auge.«

»Eine Narbe?«

»Ja. Beschwören aber könnte ich es nicht.«

»Über dem rechten oder dem linken?«

»Wenn ich mich entscheiden muß...« Frants zuckte zögernd die Schultern, »...dann über dem linken.«

»Hm. Vielleicht wissen Sie auch sonst noch etwas über den Mann, Frants? Kam er im Taxi? Im eigenen Wagen? In Begleitung? Irgendeinen Anhaltspunkt, durch den man ihn ausfindig machen könnte.«

»Nein, Sir, das ist wirklich alles, was ich Ihnen sagen kann.«

»Well.« Peter war unschlüssig, ob er noch stärker in Frants dringen sollte. Er ließ es sein. Zu seiner schwierigen Gleichung mit mehreren Unbekannten hatte sich noch eine weitere Unbekannte gesellt: der Mann mit Bärtchen und Narbe. Es war schier aussichtslos, seine Spur aufzunehmen.

»Danke, Frants. Sie waren sehr zuvorkommend.« Es hörte sich gedrückt an.

10

Ein steinerner Bierkrug mit deutschem Reichsadler, Hakenkreuz und der Aufschrift: ›Stabsfw. Werner Steinhoff‹. Ein Exemplar von *Harper's Weekly* aus dem Jahr 1864. Ein Stoß unterschriebener alter Autogrammkarten von Buster Keaton. Zwei handliche Paprika- und Zimtstreuer in der Form von Negerköpfen. Eine goldbronzierte Lincoln-Büste aus Gips.

Die zwei Schaufenster waren klein, ihre Scheiben dick verstaubt. Über der niedrigen Eingangstür hing ein Schild ›Hobby House‹. Das Haus, in dem sich der winzige Laden befand, war nur drei Stockwerke hoch und unbewohnt. Es hatte eine Fassade aus beinahe schwarz verfärbten, ehemals roten Backsteinen und eiserne Feuerleitern, die an den dunklen Fensterhöhlen der drei verlassenen Stockwerke vorbeiführten.

Im Inneren des Ladens ließen zwei lange Reihen von Tischen einen schmalen Durchgang frei, der nach hinten zu einem fensterlosen Büro führte. Auf den Tischen, zu beiden Seiten des Durchgangs, türmte sich das Angebot: Stöße von alten Zeitungen, Kartons voll alter, zum Teil verrosteter Gewehre und Schwerter, schaurige Masken aus Blech und vieles mehr.

Die drei Glühbirnen, die an der niedrigen Decke hingen, brannten auch am hellichten Tag.

Als Peter den Laden betrat, schien niemand da zu sein. Es dauerte eine Weile, bis durch die offene Tür des Büros eine junge Frau auf ihn zukam, eine Japanerin.

»Sie wünschen, Sir?« fragte sie mit zarter, heller Stimme.

»Ich bin ein Freund von Raymond.«

»Von wem, Sir?«

»Von Raymond, dem Mexikaner. Einem Ihrer Stammkunden.« Er versuchte, ihren Blick zu ergründen. Sie war seine letzte Hoffnung. Half sie ihm nicht weiter, war die Spur, die ihn zu dem Filipino hatte führen sollen, endgültig versiegt.

Peter war gerade in der Jane Street gewesen. Raymond wohnte nicht mehr dort. Seine Bude war leer, vollkommen ausgeräumt. Ein Nachbar hatte Peter gesagt, Raymond sei mit seinen paar Habseligkeiten Hals über Kopf verschwunden.

»Ein Mexikaner?« Die Japanerin machte große Augen, als sei ihr noch nie ein Mexikaner begegnet.

»Ja, Raymond. Eine Bekannte von mir hat noch heute früh hier seine Adresse bekommen.«

»Heute früh? Von mir?«

»Ob von Ihnen persönlich oder von einem Ihrer Angestellten, kann ich nicht sagen.«

»Oh, ich habe keine Angestellten, Sir. Ich arbeite nur mit meinem Vater zusammen. Aber er ist schon seit ein paar Wochen krank zu Hause.«

»Es war eine blonde junge Frau. Heute früh.«

»Nein, Sie irren sich, Sir. Außerdem schließe ich jetzt gerade.« Es kam ein wenig zu hastig. Sie ging voraus zur Tür.

Sinnlos, dachte Peter. Ihm war klar, daß er sogar mit einer Gegenüberstellung von Karin und der Japanerin nichts erreichen würde. Die Quelle war versiegt.

Er verließ den Laden.

Über die Avenue of the Americas brandete der abendliche Berufsverkehr. Die Ampel zeigte auf ›Don't walk‹. Sein Blick fiel aufs Pflaster. Ein Aufdruck warb für ein Stripteaselokal. Peter nahm es flüchtig wahr.

Seine Schläfen hämmerten wie wild. Aus. Zu Ende. Die Jagd war abgeblasen. Bobs Mörder würden wahrscheinlich nie zur Rechenschaft gezogen. Peter fühlte sich auf einmal niedergeschlagen und kraftlos.

Ihm schien, als sei er seit seiner Ankunft gegen lauter unüberwindbare Mauern geprallt: Evans. Hedgepeth. Lieutenant Sanabria. Lieutenant Pringle. Jar. Dann der Unbekannte mit dem Bärtchen und der Narbe. Raymond. Und jetzt die Japanerin.

Er war müde.

Heute abend würde er versuchen, noch einmal mit Diana zusammen zu sein, und morgen früh dann, nur um sein Gewissen zu beruhigen, ein Gespräch mit Lisciandrello suchen. Daß Lisciandrello ihm entscheidend weiterhelfen könnte, glaubte er nicht.

Wahrscheinlich konnte er morgen die Abendmaschine nehmen. Übermorgen früh würde er dann wieder in Frankfurt sein.

Die Ampel sprang auf ›Walk‹, und er ließ sich im Strom der Fußgänger über die Avenue treiben, ohne ein direktes Ziel zu haben.

11

Der Anruf kam, als sie sich gerade fertigmachte, um zum Theater zu fahren. Sie hatte ihn schon den ganzen Tag über erwartet.

»Baby?«

»Du meldest dich im ungünstigsten Moment, Boy. Ich muß zur Vorstellung.«

»In unserem Fall gibt es keinen günstigen oder weniger günstigen Moment mehr. Außerdem hast du noch Zeit. Du mußt dich nur mal etwas schneller schminken.« Seine Stimme klang kühl.

»Was gibt's?« Sie sagte es ebenso kühl.

»Verdammt viel. Und verdammt Unangenehmes. Ich kann auf deine Gefühle nicht mehr länger Rücksicht nehmen.«

Sie wurde hellhörig. Ihm war es ernst, sie kannte ihn nur zu gut. Sie änderte ihren Ton und sagte bittend: »Du mußt mir glauben, Boy, ich habe wirklich versucht, ihn auszuhorchen. Aber er hat mich abblitzen lassen. Ich konnte weder herausbringen, wo er untergetaucht ist, noch wieviel er weiß und auch keine Namen von irgendwelchen Zeugen.«

»Das ist jetzt unwichtig. Er weiß verdammt viel. Jedenfalls genug, um uns den Hahn zuzudrehen. Endgültig.«

»Machst du etwa mich dafür verantwortlich?« Sie begehrte auf.

»Spielt das noch eine Rolle?«

»Für mich, ja.«

»Wenn der Sturm schon durchs Haus fegt, nützt es nichts, festzustellen, wer ihm die Tür geöffnet hat.«

»Eines deiner idiotischen Sprichwörter.«

Er ging nicht darauf ein und fuhr fort: »Es nützt nur, ihn nicht weiter vordringen zu lassen, damit er das Haus nicht zum Einsturz bringt.« Und hart: »Genau dazu sehe ich mich seit heute gezwungen.«

»Warum seit heute?«

»Weil dein Freund das Schnüffeln einfach nicht läßt«, sagte er voll Zorn.

»Weißt du denn mehr als ich?«

»Hast du von der Sache in der Seilbahn nach Roosevelt Island gehört?«

»Nein.«

Er weihte sie mit wenigen Worten ein.

Sie war sprachlos.

»Er ist wie eine Wühlmaus«, fuhr er fort, »eine verdammte Ratte. Oh, hätte ich nur nicht auf dich gehört, Baby. Ich hätte einfach handeln sollen. Dann hätten wir nämlich das Problem schon längst vom Hals.«

»Warum hast du mich eigentlich angerufen?«

»Eine berechtigte Frage. Eine berechtigte Frage an einen hirnverbrannten Idioten.« Es klang gallig gegen sich selbst. Er dämpfte die Stimme: »Gefühlsduselei, idiotischer Schwachsinn, ich wollte dir eine allerletzte Chance lassen.« Er wartete auf eine Entgegnung, doch als Diana schwieg, setzte er hinzu: »Sie hätten ihn heute schon erledigen können. An der Seilbahn. Er hat nur Glück gehabt. Glück, daß alles für ihn gelaufen ist. Aber noch einmal kann er nicht soviel Glück haben. Vor allem nicht, wenn ich die Jagd freigebe. Und die Jagd wird gnadenlos, das nimmst du mir doch ab?«

»Ja, Boy, das nehme ich dir ab.«

»Allright. Dann hör mir mal gut zu: Du veranlaßt ihn, sofort seine Schnüffelei einzustellen. Sofort! Hörst du?«

»Ich habe keine Verbindung zu ihm. Ich bin darauf angewiesen, daß er mich anruft.«

»Oh, er wird dich schon anrufen.« Er sprach voller Zynismus. »Du warst ja sogar die halbe Nacht mit ihm zusammen.«

Da er von der ›halben‹ Nacht sprach, wußte sie, daß er sich nur in einer Vermutung erging, und antwortete: »Ich habe ihn nur eine Stunde lang gesehen, Boy, keine Minute länger. Und wenn du es warst, der mitten in der Nacht bei mir angeläutet hat, dann sollst du ruhig wissen, daß du um diese Zeit keine Chance hast. Auch du nicht, Boy.«

»Okay, ich war's. Aber ich kann dir nicht helfen. Entweder meldet sich dein Freund bei dir, oder er läßt es bleiben. Solche Kleinigkeiten spielen jetzt keine Rolle mehr. Wenn er nicht sofort aufgibt, ist er ein toter Mann. Das wollte ich dir nur sagen.«

Ohne eine Antwort abzuwarten, legte er auf.

12

»Zu Miß Lester.«

»Okay, Sir.« Der Pförtner am Bühneneingang kannte Peter schon und ließ ihn vorbei.

Die kahlen Gänge mit den Wänden aus rotem, verwittertem Backstein, die nackten Glühbirnen, die den Weg erhellten, die Rohre und Leitungen, die sich an der schmutziggrauen Decke entlangzogen, die Anschlagtafel, übersät von Zetteln, die fahrbaren eisernen Gestelle für die Kostüme, die Menschen, die hier hinten ihrer Arbeit möglichst lautlos nachgingen, während auf der Bühne die Vorstellung lief. Peter fühlte sich schon beinahe wie zu Hause.

Je näher er der Bühne kam, um so deutlicher hörte er, welche Nummer gerade gesungen wurde. Es war ›Sag mir, wer du bist, und ich sag dir, wen du küßt‹, einer von Dianas großen Erfolgen, ein Solo mit Chor.

Die eiserne Bühnentür, die offenstand, ein Blick auf die Seitenbühne. Rose war nicht da.

Er ging die Gänge zurück und klopfte leise an Dianas Garderobe. Rose öffnete ihm und bat ihn, einzutreten.

»Diana hat noch zwanzig Minuten«, sagte sie wie zur Erklärung, »dann kommt der rasche Umzug. Den machen wir vorn.« Sie meinte die Seitenbühne.

»Störe ich Sie, Rose?«

»Nein, keineswegs. Ich habe es nur gesagt, weil ich Sie gleich wegen des Umzugs allein lassen muß. Nehmen Sie bitte Platz, Mister...« Sie schob ihm einen Stuhl hin.

»Nennen Sie mich ruhig Peter.« Er setzte sich und ergriff die Gelegenheit, mit Rose ungestört reden zu können. »Wie lange arbeiten Sie schon mit Diana zusammen, Rose?«

»Die vierte Produktion hintereinander.« Sie hatte gerade begonnen, die Kostümteile, die zum nächsten Auftritt gehörten, auf Bügel und auf das Gestell zu hängen, und fuhr während des Gesprächs mit Peter in ihrer Arbeit fort.

»Schon die vierte Produktion?« sagte er anerkennend. »Dann gibt Diana also etwas auf Treue?«

»Das kann man wohl sagen. Sehr viel sogar.«

»Und ich glaube, sie ist auch ein wirklich guter Mensch?« Es klang wie nebenbei. Er hatte für Rose den richtigen Ton gefunden.

»Ein guter Mensch, ja. Oftmals ein viel zu guter.«

»Und alles andere als einer der üblichen, hochnäsigen Stars.«

»Da haben Sie recht, Peter.« Sie setzte schwärmerisch hinzu: »Sie ist einmalig.«

»Und bis auf die Knochen ehrlich.«

»Naiv ehrlich sogar, möchte ich sagen. Selbst gegenüber Leuten, zu denen sie ruhig ein wenig diplomatisch sein könnte.«

»Welche Leute meinen Sie, Rose?«

»Na, zum Beispiel gegenüber der Presse. Sie zieht bei den Heinis doch fast ihr Hemd aus. Natürlich nicht wörtlich.«

»Ich stimme Ihnen zu, Rose. Sie könnte ruhig etwas diplomatischer sein.«

Als Rose nichts erwiderte, setzte er fort: »Aber ich glaube, sie hat einfach kein Talent zur Lüge?« Er tat, als stelle er die Frage sich selbst.

»Damit haben Sie ins Schwarze getroffen, Peter. Sie ist viel zu ehrlich. Auch dann, wenn es ihr Schaden ist.«

»Haben Sie es denn schon einmal so kraß erlebt, Rose?«

»Und wie! Kollegen gegenüber zum Beispiel. Na, ich könnte Ihnen da Dinge erzählen!« Sie warf einen Blick zur Uhr, die auf dem wandlangen Schminktisch stand. »Oh, ich muß mich beeilen.« Sie fuhr das

Gestell, auf das sie inzwischen auch ein angewärmtes Handtuch und ein paar silberne hohe Stiefel gehängt hatte, zur Tür. »Die Vorstellung läuft zwar präzise, aber natürlich nicht auf die Minute genau. In zehn Minuten bin ich wieder zurück.«

Sie war mit dem Gestell schon draußen, da steckte sie noch mal den Kopf durch den Türspalt. »Sind Sie so nett, Peter, und ziehen Sie bitte den Stecker vom Bügeleisen aus der Dose?« Die Tür fiel zu.

Er erhob sich. Die Steckdose war neben dem Waschbecken. Er zog den Stecker heraus.

Er stand hinter dem Gestell, das voller Kostüme hing, und war gerade in die Betrachtung eines atemberaubend tief ausgeschnittenen feuerroten Abendkleides versunken, als die Tür einen Spalt aufgestoßen wurde.

»Rose!« Die Stimme eines Mannes.

Sein Gesicht wurde sichtbar. Der Mann schien groß zu sein, seine Augen suchten den Raum ab. »Rose!« Dann zu sich selbst: »Sie ist schon vorne.« Er zog die Tür laut ins Schloß.

Peter war wieder allein. Der Mann hatte ihn gar nicht bemerkt. Wohl aber hatte Peter den Mann im Blick gehabt, zwischen den Kostümen hindurch.

Ein kantiges Gesicht. Volle dunkle Haare. Über der Oberlippe ein schmales dunkles Bärtchen. Und an der linken Schläfe eine kaum zu übersehende Narbe.

13

Ein sichernder Blick die Achtundfünfzigste hinauf und ein zweiter vor in Richtung Pulitzer Fountain. Mit einer schnellen Bewegung verschwand Peter in der Tür des Transporteingangs.

Die Küche. Der niedrige Gang. Vorbei an der Kantine. Die steile hölzerne Treppe, das braune Geländer, hastig die Stufen hoch. Der Treppenabsatz auf der Höhe der ›Terrace‹. Niemand war ihm gefolgt.

Er lief weiter, bis er das Stockwerk erreichte, auf dem sein Zimmer lag. Der Schlüssel ins Schloß, eine Drehung, die Tür war einen Spalt offen. Der Griff zum Lichtschalter, und er war im Zimmer und stieß die Tür zu.

Ein Blick unters Bett. Ein Blick ins Badezimmer. Ein Blick in den Ankleideraum. Zurück zur Tür und die Kette eingehakt.

Er ließ sich aufs Bett fallen, drehte sich auf den Rücken und verschränkte die Hände im Nacken.

In Ruhe ordnete er seine Gedanken.

Er fühlte sich nicht mehr niedergeschlagen und nicht mehr kraftlos. Er war voll neuem Tatendrang, und Frankfurt lag für ihn wieder in weiter Ferne.

Das Geheimnis um den Mann, der Bobs Appartement durchsucht hatte, war gelöst. Der Zufall hatte ihm eine neue Spur gewiesen.

Gewiß, es war eine Spur, die Diana belastete. Obwohl er überzeugt war, daß Rose die Wahrheit über Diana gesprochen hatte. Aber natürlich nur die Wahrheit, wie sie sich Rose aus ihrer Sicht bot. Von den Hintergründen um Bobs Tod hatte Rose sicherlich keine Ahnung.

Diana war in die Angelegenheit gegen ihren Willen verwickelt worden, soviel stand für ihn jetzt fest. Doch trotzdem durfte er sie nicht schonen. So sehr er sich auch zu ihr hingezogen fühlte. Nur sie allein konnte ihm den Weg zeigen, der zu Bobs Mördern führte.

Gleich nachdem der Mann mit dem Bärtchen und der Narbe die Tür von Dianas Garderobe wieder hinter sich geschlossen hatte, war sich Peter im klaren gewesen, wie er sich verhalten mußte.

Sein Wissen um diesen Mann war für ihn eine absolute Trumpfkarte. Damit wollte er Diana dazu bringen, endlich rückhaltlos offen zu ihm zu sein. Das Gespräch darüber aber konnte er mit ihr nur unter vier Augen führen. Sie durften durch nichts und niemanden abgelenkt werden. Nur so würde er den Überraschungseffekt ausnützen können.

Er hatte einen der Lippenstifte genommen, die auf dem Schminktisch lagen, und hatte quer über den wandlangen Spiegel geschrieben: ›Mußte weg. Melde mich. P.‹

Dann hatte er das Theater schnell verlassen.

Hätte er es nicht getan, dann hätte er sich der Gefahr ausgesetzt, dem Mann in die Arme zu laufen, vielleicht sogar in Roses und Dianas Beisein, und der Überraschungseffekt wäre dann verpufft.

Nein, er würde sie anrufen, sobald die Vorstellung zu Ende war, und ihr vorschlagen, daß er sie bei ihr zu Hause treffen wollte.

Mit einemmal fühlte er sich dicht vor dem Ziel, Bobs Mörder entlarven zu können.

Er erhob sich, ging ins Bad und ließ sich kaltes Wasser über den Nacken laufen.

Für das Gespräch mit ihr mußte er hellwach sein.

14

Als er an der weißen, messingbeschlagenen Tür des Hullingford Appartementhauses läutete, war es kurz nach Mitternacht.

Es dauerte gut eine Minute, bis ihm Arthur, der weißhaarige Doorman, öffnete.

»Verzeihung, Sir, ich mußte erst mein Jackett anziehen.« Er schloß noch schnell den Knopf am Kragen der hellblauen Uniform. »Sie wollen zu Miß Lester, Sir?«

»Ja. Sie erwartet mich.«

»Man hat mich informiert, Sir.« Arthur sperrte die Haustür ab und bat Peter mit einer Geste zu den Lifts.

Bis der Lift mit Peter im neunzehnten Stockwerk hielt, hatte Arthur den Besuch schon über das Haustelefon angekündigt.

Peter trat aus dem Lift, ging die paar Schritte auf die Tür des Appartements zu, die Tür wurde von innen wie durch Geisterhand geöffnet, Peter trat ein und – erstarrte.

Der Mann stand im Halbdunkel neben der chinesischen Vasenlampe. Er schien in etwa Peters Statur zu haben.

Es war der Mann, der den Blick in Dianas Garderobe geworfen hatte. Er blieb unbeweglich stehen und verzog das Gesicht zu einem spöttischen Lächeln. »Guten Abend, Mister Stolberg.«

Diana war nirgends zu sehen. Ringsum war Stille. Peter und der Mann schienen allein zu sein.

Peter hatte die Verblüffung überwunden. Von oben herab antwortete er: »Guten Abend, Mister Donahue.«

Dann zog er die Wohnungstür hinter sich zu.

»Sie kennen mich, Stolberg?« Es klang geringschätzig. Brendan Donahue trat aus dem Halbdunkel ins Licht.

Jetzt erkannte Peter, daß der andere ein gutes Stück kleiner als er war, daß seine Haare kurz geschoren und fast völlig grau waren und er einwandfrei den Ansatz eines Bauches hatte. Alles in allem aber hatte Frants Nemecek ihn gut beschrieben, schoß es Peter durch den Kopf.

»Sie wissen sicher, daß ich mit Diana verabredet bin«, sagte Peter, zog sich den Mantel aus und hängte ihn an die Garderobe.

»Diana läßt sich entschuldigen. Aber ich muß mit Ihnen reden, Stolberg.« Brendan ging voran zum Salon. »Wir sind allein. Naka ist nicht da.«

Einen Augenblick lang überkam Peter das Gefühl, in eine Falle geraten zu sein. Zu leichtfertig hatte er sich mit Diana wieder hier verabredet, zu unvorsichtig hatte er die Fahrt hierher angetreten.

Was war, wenn plötzlich aus den Türen Killer traten, der Untersetzte mit der bellenden Stimme zum Beispiel oder der Filipino?

Unwillkürlich griff er in die Innentasche seines Jacketts. Der Griff der Webley fühlte sich beruhigend an.

»Wo bleiben Sie denn, Stolberg?« Brendan stand in der Tür des Salons, hatte zwei leere Gläser in der Hand und hielt eins davon Peter entgegen.

Peter nahm die Hand aus der Jackentasche und ergriff das Glas. Auf dem Louis-Seize-Tisch stand eine Flasche Chivas Regal.

»Bedienen Sie sich, Stolberg. Eis? Soda?«

»Pur.« Peter schenkte sich ein, und Brendan Donahue tat es ihm gleich, warf sich aber drei große Eiswürfel ins Glas und füllte den Whisky mit Soda auf, bis das Glas bis zum Rand voll war.

Als Brendan das Gespräch eröffnete, standen sie sich in ein paar Schritt Entfernung gegenüber.

»Diana hat mir alles erzählt.«

»Wie schön für Sie.« Peter spürte, daß er dem anderen überlegen war. Seinen Trumpf aber sparte er sich auf.

»Hätte sie mich von Anfang an eingeweiht, hätten Sie keine Chance gehabt, Stolberg, Diana überhaupt zu sprechen.«

»Aber sie hat Sie nun mal nicht eingeweiht. Darüber müssen Sie hinwegkommen, Donahue.«

»Ich verlange, daß Sie Diana in Ruhe lassen, Stolberg!« Es klang wie eine Drohung.

»Verlangt es denn Diana auch?«

»Ich bin ihr Agent und nicht nur für ihre Abschlüsse verantwortlich.«

»Sie vergeuden Ihre Zeit, Donahue.«

»Ich habe die Anweisung gegeben, Sie nicht mehr ins Theater zu lassen.«

»Weiß Diana davon?«

»Ich habe es ihr gesagt.«

»Und wie hat sie es aufgenommen?«

»Das geht Sie einen Dreck an.«

»Sie irren sich, Donahue. Offenbar hat Ihnen Diana doch nicht alles erzählt.«

»Okay, sie hat sich ein paarmal von Ihnen zum Essen einladen lassen.« Er winkte geringschätzig ab.

»Ich glaube, wir überlassen die Sache am besten Diana selbst.«

»Sie sind störrisch, Stolberg. Aber bei mir haben Sie mit der Tour kein Glück. Sie werden Diana in Ruhe lassen!«

»Oder?«

»Oder Sie haben sich die Konsequenzen selbst zuzuschreiben.« Brendan hob die Stimme an.

»Eifersucht?« Peter blieb gelassen.

»Störrisch und anmaßend, Stolberg.«

»... und außerdem nervenstark, schnell und ziemlich kräftig.«

»Ihre Witze sind billig.»

»Aber Sie, Donahue, Sie sprühen ja geradezu von schillernden Scherzen.«

»Das Gespräch ist für mich zu Ende.«

»Aber nicht für mich, Donahue. Denn ich werde Sie der Polizei übergeben.«

»Was?« Brendan kniff die Augen zusammen.

»Sie haben richtig gehört, Donahue.«

»Sie sind ja verrückt!«

»Verrückt, störrisch, anmaßend und unbarmherzig.« Peter trat an den Tisch und schenkte sich Whisky nach. Wie nebenbei sagte er: »Sie werden einen guten Anwalt brauchen. Aber auch er wird Sie nicht herauspauken können.«

»Es wird Zeit, daß Sie gehen, Stolberg. Ich könnte mich sonst vergessen.«

»Ich denke, Sie sind Dianas Agent und rundum auf ihr Wohl bedacht?«

»Verschwinden Sie, Stolberg! Und zwar auf der Stelle!« Brendan machte einen drohenden Schritt auf Peter zu.

»Vielleicht ist Ihnen bekannt, daß Bob Kellermann mich als seinen Erben eingesetzt hat? Sie haben also bei mir eingebrochen.« Peter entschloß sich zur Lüge, um Brendan noch stärker zu verunsichern, als er es ohnehin schon war.

»Sie sollen verschwinden, Stolberg!« Brendans Stimme überschlug sich. Er hatte sich kaum noch in der Gewalt.

»Okay, ich verschwinde, Donahue.« Peter trank gelassen einen Schluck Whisky und stellte das Glas zurück auf den Tisch. »Aber ich verschwinde nur unter zwei Bedingungen.«

»Sie verschwinden ohne Bedingung, Stolberg. Sonst werfe ich Sie hinaus.« Brendans Hand näherte sich seiner Jackentasche.

Doch noch bevor Brendan in die Tasche greifen konnte, hatte Peter blitzschnell die Webley gezogen und auf ihn gerichtet. »Keine falsche Bewegung!«

Brendan stand bewegungslos. In seinem Gesicht spiegelte sich ohnmächtige Wut. »Das ist Wahnsinn, Stolberg! Ich warne Sie!« Seine Stimme klang belegt.

»Umdrehen! Hände gegen die Wand!«

Brendan gehorchte, und Peter zog ihm einen Browning aus der Außentasche des Jacketts.

»Es genügt, Donahue. Drehen Sie sich wieder um.« Peter ließ das Magazin aus der Pistole springen, nahm es an sich und gab Brendan die entleerte Waffe zurück.

»Ich mache Sie fertig, Stolberg. Darauf können Sie sich verlassen.« Brendan versenkte den Browning in seinem Jackett.

»Und ich zerschieße Ihnen Ihr Knie, wenn Sie mir jetzt meine Fragen nicht wahrheitsgemäß beantworten.«

»Ich werde Diana rufen.«

»Wonach haben Sie in Bobs Appartement gesucht?«

»Sie sind unzurechnungsfähig, Stolberg. Ja, das ist es! Unzurechnungsfähig! Sie gehören in eine Anstalt!«

»Ich gebe Ihnen drei Sekunden. Eins... zwei...« Peter trat ganz nahe an Brendan heran. Die Webley zielte genau auf sein Knie.

»Sie können mich am Arsch lecken, Stolberg!« Brendan schrie es Peter voll Haß ins Gesicht, doch er hatte den Satz gerade ausgesprochen, da peitschte ihm Peters Handrücken gegen die Wange, daß er zurücktaumelte.

»Wonach haben Sie gesucht, Donahue? Mit dem nächsten Schlag zertrümmere ich Ihren Kiefer!«

Brendan schwieg verbissen. In seinen Augen standen Haß und Angst zugleich.

»Wonach, Donahue? Ich zähle noch einmal bis drei. Eins... zwei...«

»Woher wollen Sie wissen, daß ich in Bobs Appartement war?« Brendan versuchte, Zeit zu gewinnen.

»Sie sollen mir meine Frage beantworten, Donahue!«

»Und wenn ich gar nicht in Bobs Appartement war?«

»Sie sind gesehen worden!«

»In Bobs Appartement? Sie machen sich ja lächerlich!«

»Sie rauchen Chesterfield. Und Ihre Fingerabdrücke überführen Sie.« Peter sagte es aufs Geratewohl.

»Okay, Stolberg. Nehmen wir an, ich habe ein Dokument gesucht, das mir gehört.«

»Drücken Sie sich genauer aus!«

»Nehmen wir an, einen Vertrag.« Brendan beobachtete jede Regung von Peter. Er wartete auf seine Chance.

»Welchen Vertrag?« Für den Bruchteil einer Sekunde schlug Peter in Gedanken die Augen nieder.

Brendan schnellte vor und traf Peter mit einer rechten Geraden genau auf den Punkt. Peter riß es den Kopf nach hinten, er konnte sich nicht mehr auf den Beinen halten und fiel rückwärts auf den Teppich, prallte beim Fallen mit der Schulter gegen die Kante des Sessels, daß es krachte, und die Webley lag auf einmal am Fuß des Sekretärs, für ihn außer Reichweite.

Doch als Brendan sich nach der Pistole bückte, warf sich Peter herum und stieß Brendan den Absatz seines Schuhs in den Magen, und Brendan schrie auf vor Schmerz, sackte vornüber auf die Knie, und Peter stieß noch einmal nach ihm und noch mal und noch mal, gegen den Magen, den Rücken, ins Gesicht, wohin er eben traf, bis Brendan kampfunfähig mit dem Gesicht nach unten auf dem Teppich lag.

Dann zog sich Peter mit letzter Kraft am Tischbein hoch und zum Sekretär hin und richtete die Webley von neuem auf Brendan.

»Los, Donahue, antworten Sie! Wonach haben Sie gesucht?« Es war mehr ein Keuchen.

»Lecken Sie mich am...« Brendan war nicht mehr fähig, den Satz zu vollenden. Er fiel in Ohnmacht.

»Nach Briefen. Er hat nach Briefen gesucht.« Eine Stimme in Peters Rücken.

In der Tür zur Diele stand Diana im langen chinesischen Morgenmantel aus Ailanthusseide.

15

Spiegel, wohin er blickte, waren Spiegel. Das gedämpfte Licht gaukelte ihm Wolkenberge vor, über denen er schwebte, tausendfach reflektiert von Spiegeln.

Doch dann nahmen allmählich die schmale silberne Weckuhr, der breite Lampenschirm, das weiße Telefon mit den metallenen Beschlägen, das große Bett Gestalt an.

Er war nackt und lag in Dianas Arm.

»Hab ich geschlafen?« Er sprach schleppend und sah sie aus den Augenwinkeln heraus an.

»Ja, Liebling. Tief und friedlich.«

»Wie lange?«

»Fast fünf Stunden.«

»Hm.« Er kämpfte mit dem Aufwachen.

»Soll ich Kaffee machen?«

»Kaffee?« Es schien, als müsse er sich erst darauf besinnen, was sie meinte.

»Ja, Kaffee. Starken New Yorker Kaffee.«

»Haha!« Aus tiefem Inneren. »Oh, das tut weh. Jetzt hast du mich doch tatsächlich zum Lachen gebracht und aufgeweckt. Starken New Yorker Kaffee!«

»Schlaf ruhig noch weiter.« Sie zog behutsam ihren Arm unter seinem Nacken hervor, gab ihm einen gefühlvollen Kuß auf die Schulter und glitt aus dem Bett.

Wenig später kam sie mit einem Tablett zurück, auf dem eine Kanne mit heißem Kaffee, zwei Tassen, ein Kännchen Milch und eine silberne Zuckerdose standen, stellte es auf dem Nachttisch ab und legte sich wieder neben ihn.

Nachdem er einen Schluck getrunken hatte, sah er sie fragend an: »Wo ist Brendan?«

»Zu Hause.«

»War er nicht weggetreten?«

»Nur kurz.«

»Und ich?«

»Kannst du dich denn nicht erinnern?«

»Laß mir Zeit.« Wie zu sich selbst: »Ich hab ihn fertiggemacht. Dann bist du aufgetaucht. Dann hast du mich ins Bad geführt und meine Schulter...« Und auf einmal hellwach: »Was ist mit der Schulter?« Ein kontrollierender Griff.

»Nichts ist. Vielleicht ein bißchen geprellt. Tut sie noch weh?«

Er bewegte die Schulter vorsichtig. »Kaum. Jedenfalls nicht, wenn ich hier neben dir liege. Die Stolbergs sind zäh, mußt du wissen.«

»Ich habe es mir schon gedacht.«

»Und dann? Im Bad?« Schlagartig setzte seine Erinnerung ein. »Natürlich, ich hab mich ausgezogen.«

»Ganz vorsichtig, wegen der Schulter.«

»Du hast daneben gestanden und hast dich ausgeschüttet vor Lachen.«

»Ich habe still in mich hineingelacht, meinst du. Still und bewundernd. Deinen nackten Körper bewundernd.«

»Du hast mich ausgelacht, gib es zu.«

»Jedenfalls habe ich dich ins Bett gebracht.«

»Haben wir zusammen...?«

»Du meinst, geschlafen?«

»Haben wir es getan?«

»Nein. Obwohl ich große Lust dazu hatte. Aber du warst sofort weg.«

»Kein Wunder. Immerhin war ich fast sechsunddreißig Stunden

auf den Beinen.« Bis auf die eine Stunde, die ich bei Karin Mebius auf der Couch geschlafen habe, dachte er, doch er verschwieg es. Er wollte Karin aus dem Spiel lassen. Aus dem gleichen Grund, aus dem er Diana auch jetzt noch nicht gesagt hatte, daß er nach wie vor im Plaza wohnte.

Er sagte: »Und Brendan?«

»Er kam schnell wieder zu sich. Ich habe ihm einen Kaffee gemacht und mir seine Litanei angehört. Dann ist er nach Hause gefahren.«

»Weiß er, daß ich hier...?«

»Ja. Ich habe es ihm gesagt.«

»Einfach so?«

»Ja, einfach so.«

»Aber er liebt dich, Diana.«

»Ich weiß. Aber es war schon Schluß, bevor du aufgetaucht bist, Peter. Ich hatte es mir nur nicht eingestanden.«

»Er liebt dich wie ein Vater sein Junges. Er ist ein prima Kerl. Es hat mir richtig leid getan, daß ich ihn so hart anpacken mußte.«

»Du brauchst dich nicht zu entschuldigen. Ich habe eure Auseinandersetzung ganz mitgehört.«

»Ich will mich nicht entschuldigen. Aber er tut mir trotzdem leid.«

»Er hat darauf bestanden, daß er mit dir allein sprechen könne.«

»An seiner Stelle hätte ich wahrscheinlich genauso gehandelt. Da kommt ein wildfremder deutscher Industrieheini daher und macht mir mein bestes Pferd scheu. Der Grund spielt keine Rolle. Ein Star wie du muß gegen Leute wie mich abgeschirmt sein und braucht absolute Ruhe. Ja, ich hätte dir sogar wie er den Weg zum Parc Five abgenommen.«

»Und warum warst du dort?« Sie betonte das ›du‹.

»Unsere Interessen überschneiden sich eben.«

»Weich mir nicht aus, Peter. Daß ich die Briefe haben wollte, ist einleuchtend. Wenigstens einigermaßen. Aber daß du... ich meine, nach unserer gestrigen Nacht... ich kann dir gar nicht sagen, wie weh du mir damit getan hast.«

»Kannst du mich denn nicht verstehen?«

»Nein. Ich hatte jetzt fünf Stunden Zeit, darüber nachzudenken. Aber ich habe keine Entschuldigung für dich gefunden. Ich glaube, du wirst mir nie trauen, Peter. Egal, wie lange Zeit wir beisammenbleiben würden.«

»Mir blieb keine andere Wahl.«

»Es gibt keine Entschuldigung, Peter.«

»Ich hatte nur die Wahl aufzugeben.«

»Ich kann dich nicht verstehen.«

»Mir sind alle Spuren unter den Händen zerronnen. Ich habe plötzlich wieder vor dem Nichts gestanden. Wie am Anfang. Wie vor einer Woche, als ich hier angekommen bin. Kannst du mich wirklich nicht verstehen, Diana?«

Sie schwieg, und er wiederholte seine Frage.

Ohne ihn anzusehen, sagte sie: »Der Kaffee ist inzwischen sicher kalt geworden.«

»Ich wollte nicht auch noch dich verlieren.«

»Und deshalb hast du versucht, an die Briefe heranzukommen?« Es klang bitter.

»Ich habe dir schon ein paarmal gesagt, ich brauche einfach noch den Beweis, daß du... daß ich dir...«

»...daß du mir vertrauen kannst.«

»Ja.«

»Du wirst ihn nie bekommen, Peter. Nie. Aber es liegt an dir. Ganz allein an dir. Außerdem...« Sie stockte.

»Außerdem...?«

»Außerdem hast du eben gelogen. Du hast gesagt, dir ist keine andere Wahl geblieben, weil du alle Spuren verloren hast.«

»Du mußt es im Zusammenhang sehen. Nicht einzeln.«

»Gut. Ich will dir glauben. Aber trotzdem gibt es keine Entschuldigung. Es sei denn...« Sie stockte von neuem.

»Sprich weiter.«

»...du hast dein Abenteuer gehabt. Ein kurzes Abenteuer ohne innere Anteilnahme.«

»Du machst es mir schwer, Diana.«

»Ich weiß. Weil ich die Wahrheit ausspreche.«

»Nein. Weil du mir keine Zeit läßt.«

»Vielleicht hast du recht. Es wird wohl immer so sein. Gegenseitige Gefühle halten sich nie genau die Waage.«

Eine Zeitlang breitete sich Stille aus.

Dann sagte er leise: »Magst du in meinen Arm kommen?«

Sie nickte und schmiegte sich an ihn.

16

Der Höhepunkt kam bald. Diana schien es, als sitze sie allein mit Peter in einem gläsernen Zug, der von Sekunde zu Sekunde schneller fuhr, durch eine Landschaft, die einer Märchenwelt glich, und Peters Augen waren ihr ganz nahe.

Das Crescendo, ohrenbetäubend und schrill, ausklingend in einen unkontrollierten Schrei, der einem hundertfachen Echo glich.

Stille, unendliche Stille.

Das Rascheln der Bettdecke. Der stoßweise Atem. Peters Gesicht über dem ihren.

»Bist du glücklich?« Seine Frage, leise, um nichts zu zerstören.

Sie nickte.

»Und du?«

»Ich auch«, sagte er und küßte ihre Augenlider.

Sie umschlangen einander und hatten die Augen geschlossen.

Nach einer Weile löste er sich von ihr mit sanftem Nachdruck und fragte kaum vernehmlich: »Seit wann weiß Brendan, daß es mich gibt?«

»Seitdem du dich mit Lippenstift auf dem Schminkspiegel meiner Garderobe verewigt hast.«

»Dann hat er nachgebohrt.« Es war eine Behauptung.

»Ja.«

»Dann hat er darauf bestanden, daß ich dir nicht mehr zu nahe kommen soll.«

»Ja.«

»Und daß du das abschließende Gespräch mit mir ihm überläßt.«

»Ja.«

»Und du warst einverstanden.«

»Brendans Überredungskünste sind berühmt.«

»Warst du davon überzeugt, daß er auch mich überreden kann?«

»Nein.«

»Gummiwand.«

»Verstehe ich nicht.«

»Du hast ihn gegen eine Gummiwand laufen lassen.«

»Mag sein.«

»Die Taktik des Weibes.«

»Schlimm?«

»Nur bei geschlossenen Augen.« Das Gespräch nahm zusehends einen heiteren Ton an.

»Auch der Mann hat seine Taktik«, sagte sie.

»Kann ich etwas lernen?«

»Kaum. Du bist ein Champion im Taktieren.«

»Aber nicht ›Gummiwand‹.«

»Nein. ›Verwirrung‹.«

»Sag bloß, ich gehe nicht logisch vor.« Mit einem Ruck setzte er sich aufrecht.

»Doch, Logik ist deine Stärke. Aber sobald du taktierst, wirst du zum Jongleur. Zum meisterhaften Jongleur. Du schneidest deine logischen Gedanken in kleine Teile und servierst sie wie scheinbar wild aneinandergeklebte Filmschnitte. Nur du als Jongleur überschaust noch den Zusammenhang. Der Partner aber ist restlos verwirrt und verfängt sich im Netz deiner Logik. Brendan hatte mein Mitgefühl. Habe ich mich klar ausgedrückt?«

»Nein. Nur, daß du auf Brendans Seite stehst.«

»Du bist dumm.«

»Auf welcher Seite stehst du dann?«

»Du weißt es genau.«

»Allright.« Er beugte sich zu ihr hinunter und küßte ausgiebig ihren Mund.

Sie machte sich von ihm frei. »Du hast ihm zwei Bedingungen angedroht.«

»Aber ich konnte ihm nur eine verdeutlichen: Daß er meine Fragen beantworten sollte.«

»Was wäre die zweite gewesen?«

»Daß ich dich hätte sprechen wollen, bevor ich verschwunden wäre.«

»Okay.« Jetzt küßte sie ihn, und sie tat es noch anhaltender, als er sie geküßt hatte.

Als sie voneinander ließen, sagte er: »Nun wird der Kaffee wirklich kalt sein.«

»Soll ich frischen machen?«

»Nein. Ich will ihn so, wie er ist. Du auch?«

Sie nickte, und er beugte sich zum Nachttisch hinüber und schenkte ihre Tassen voll und reichte ihr eine davon über die Kissen hinweg. »Cheers!«.

Sie stellte ihre leergetrunkene Tasse neben das Bett, auf den Teppich. »Warum hat es nur eine Adriane gegeben?«

»Ich habe es dir doch schon gesagt: Vielleicht hat mir die Zeit gefehlt.« Er legte sich wieder auf den Rücken, und sein Blick ging gegen die Spiegeldecke.

»Das ist ein Argument. Aber ein schwaches.« Ihr Blick suchte seinen.

»Vielleicht sind meine Ansprüche zu hoch.«

»Oh, es gibt viele begehrenswerte Frauen. Nicht nur hier in New York.«

»Vielleicht liegt es auch an mir, und meine Traumfrau hat einfach noch nicht angebissen. Vielleicht habe ich entscheidende Fehler an mir.«

»Du hast natürlich viele Fehler. Aber trotzdem müßte man dich anbringen können. Wie sollte sie denn sein, die Traumfrau? Hast du überhaupt eine klare Vorstellung?«

»Eine ganz klare sogar.« Er geriet ins Schwärmen: »Die Traumfrau ist absolut kein Fabelwesen. Sie steht mit beiden Beinen im Leben. Sie ist warmherzig und hat Humor. Sie ist intelligent, ohne verstiegen intellektuell zu sein. Und sie sieht gut aus, das heißt, sie macht etwas aus sich und ist gepflegt.« Er schaute sie von der Seite an. »Verlange ich zu viel?«

»Nein. Aus welcher Ecke kommst du eigentlich? Erzähl mir von deinen Eltern.« Sie gab sich sachlich.

»Ist es wichtig?«

»Vielleicht erklärt es dich. Deine Traumfrau ist guter Durchschnitt.«

»Das Leben meiner Eltern bewegte sich weit über dem Durchschnitt. Mein Vater war schon mit vierundvierzig Jahren Vorsitzender des Vorstands einer der größten deutschen Banken. Und das in der damaligen Zeit, mußt du bedenken. Seine Kollegen waren durchweg älter als sechzig. Er galt innerhalb der Branche als Genie. Das heißt, wenn für den nüchternen Beruf ein solcher Begriff überhaupt angebracht ist. In seinen freien Stunden aber hat er sich ausschließlich mit Kunst und Philosophie befaßt. Es gab kaum ein philosophisches Kolloquium, zu dem er nicht eingeladen war. Die Universitäten Berlin, Rom, Paris, alle haben ihn gekannt. Ja, ich glaube, er hat sogar einmal in Harvard gesprochen. Ein ausgesprochen barocker Mensch. Er hat Kunstausstellungen ins Leben gerufen, er hat Maler und Bildhauer gefördert. Er war eine Persönlichkeit, die alles überrollte.«

»Du hast Glück gehabt, Peter, riesiges Glück.«

»Nein. Es hat mich belastet. Je älter ich wurde. Das Denkmal ›Vater‹ war einfach übermächtig.«

»Und deine Mutter?«

»Sie stammte aus einer sehr wohlhabenden Familie und war bildschön und hochgebildet.«

»Intellektuell?«

»Mag sein.«

»War sie... warmherzig?»

»Auf mich wirkte sie eher unnahbar.«

»Hatte sie Humor?«

»Eigenartig. Ich habe über den Charakter meiner Mutter noch nie nachgedacht. Nein, ich glaube, sie hatte mehr Witz als Humor. Scharfen Witz.«

»Aber sie hat ›mit beiden Beinen im Leben‹ gestanden?«

»Genaugenommen, erst in ihren letzten Jahren. In den letzten Kriegsjahren. Da hat sie sich freiwillig zum Roten Kreuz gemeldet.« Erklärend fügte er hinzu: »Eine Hilfsorganisation für Hospitals und so weiter.«

Es verging eine Weile, ehe sie das Gespräch fortsetzte: »Aber deine Eltern konnten dir dein Leben ebnen.«

»Wenn du Schulen, Internate und Privatlehrer meinst, hast du recht. Aber das Leben stellt sich bekanntlich anders dar. Ihm ist doch mit Schulbildung allein nicht beizukommen.« Er schränkte ein: »Jedenfalls nicht in meiner Situation als junger Mensch.« Und gedankenversunken: »Mein Gott, die Nachkriegszeit. Alles zerstört. Eltern tot. Ich war vierzehn und mußte mich ganz allein durchbeißen.«

»Aber mit dem Geld deiner Eltern.«

»Neunzehnhundertachtundvierzig gab es bei uns eine sogenannte ›Währungsreform‹. Das Geld war über Nacht fast nichts mehr wert. Okay, ein Freund meines Vaters hat mir ein paar Mark gerettet. Aber für einen jungen Menschen ist Geld nicht das Entscheidende. Mit Geld kann er sich nicht aufs Leben vorbereiten. Er braucht Menschen, die sich um ihn bemühen. An die er sich anlehnen kann. Menschen, die ihn führen.«

»Wo hast du damals gelebt?«

»In der Nähe von Hannover, im Norden Deutschlands. Bei der Familie des Freundes meines Vaters. Aber innerlich war ich allein. Und wenn ich es recht bedenke, mein ganzes Leben lang.«

Sie hingen beide ihren Gedanken nach.

Er sah sich in den Jahren 1946 bis 1949 bei den Nienstedts, dem Freund seines Vaters, wohnen. In Immensen, einem verträumten

Nest zwischen Hannover und Peine. Am Morgen die Fahrt mit Nienstedt nach Hannover, wo Nienstedt Direktor der Sparkasse war und wo Peter sein Abitur nachholte. Nienstedt, der von Eiseskälte umgeben war, und Peter, der sich zu seinen Eltern zurückgesehnt hatte. Eine Zeit, an die er selbst heute noch mit Frösteln dachte.

Auch Diana dachte an ihre Kindheit, und auch sie wollte die Zeit nie mehr erleben.

Sie wandte ihr Gesicht Peter zu und sagte wie beiläufig: »Wie sieht dein Tagesablauf aus, Peter?«

»In Deutschland?«

»Ja.«

»Warum fragst du?«

»Weil ich dich ergründen möchte. Dich als Mensch, der sich sein Leben lang innerlich allein fühlt.«

»Eine viel zu nüchterne Sache. Uninteressant.«

»Aber mich interessiert es.« Sie versuchte nachzuhelfen: »Du stehst also morgens auf. Sagen wir, gegen halb acht Uhr. Und dann...?«

»Mein Tag beginnt um sechs. Außer am Sonntag. Da gönne ich mir zwei Stunden mehr Schlaf.«

»Was machst du um sechs schon?« Sie sah ihn erstaunt an.

»Trainingsanzug, Sportschuhe, Handtuch um den Hals, und los geht's.«

»Auf den Hometrainer?«

»Ans Neckarufer. Der Neckar ist ein Fluß. Mein Haus ist nicht weit davon entfernt. Ein paar Kilometer außerhalb von Heidelberg.«

»Jeden Tag?«

»Ja. Jeden Tag sechs Kilometer.«

»Auch sonntags?«

»Auch am Sonntag, ja. Nur eben etwas später.«

»Gegen sieben gibt's also Frühstück.«

»Was man so Frühstück nennt«, sagte er wegwerfend. »Eine Tasse Kaffee ohne Milch und Zucker. Und am Sonntag zusätzlich eine Scheibe Knäckebrot, ohne alles.«

»Und davon kannst du dich auf den Beinen halten?« Sie wartete seine Antwort nicht ab. »Stimmt, am besten zwei Tage in der Woche überhaupt nichts zu sich nehmen! Ist das auch dein persönlicher Grundsatz?«

»Das bleibt wohl Utopie.«

»Du hast also gefrühstückt...«

»Na ja, danach das Übliche. Badezimmer. Anziehen. Um Viertel nach sieben fährt Wilhelm vor.«

»Wer ist Wilhelm?«

»Der Chauffeur mit dem Dienstwagen. Er kommt täglich aus Heidelberg.«

»Dann bist du verdammt früh im Büro.«

»Der Berufsverkehr bremst gewaltig. Wir sind fast immer an die vierzig Minuten unterwegs.«

»Während der Fahrt ruhst du dich aus.«

»Während der Fahrt schaue ich die wichtigsten Morgenzeitungen durch, die mir Wilhelm auf meinen Sitz gelegt hat.«

»Wieviel sind es?«

»Du interviewst gekonnt. Gewöhnlich sind es drei. Am Donnerstag, wenn das *Handelsblatt* erscheint, vier.«

»Um acht kommst du also an.«

»Da steht Frau Hermann schon vor meinem Schreibtisch.«

»Gefällt dir dein Büro?«

»Es geht. Es ist ein bißchen zu groß. Aber freundlich.«

»Frau Hermann steht mit der Post bereit.«

»Sie legt mir die Post vor, ja. Und sie betet die Termine herunter.«

»Betet sie wenigstens hübsch?«

»Im allgemeinen bis neun.«

»Eine ganze Stunde?« Sie war ungläubig.

»Zu jedem Termin wird Stellung bezogen. Die Gesprächspartner bis ins Detail erklärt. Ihre Eigenschaften, Anschauungen, Gewohnheiten. Zum Beispiel: Mister Brown kommt aus Liverpool, ist ein zäher Verhandlungspartner, konservativ und nur durch Zahlen zu beeindrucken. Aber aufgeschlossen für allen menschlichen Kontakt, der ja oft den Ausschlag bei der Verhandlung gibt. Brown ist Fan des F.C.Liverpool, hat als junger Mann mit Begeisterung im Kirchenchor gesungen und trinkt am liebsten schottischen Whisky im Bierglas. Und so weiter und so weiter.«

»Ihr geht ja vor wie ein Geheimdienst.«

»Der Aufwand steht immer im Verhältnis zum möglichen Gewinn.«

»Was geschieht ab neun?«

»Telefonate und Überfliegen des Pressedienstes.«

»Noch mal Zeitungen?«

»Der vorbereitete Extrakt aus allen großen internationalen Blättern.«

»Und dann die Verhandlungen?«

»Ja. Bis zum frühen Abend. Auch mittags. Arbeitsessen heißt es dann. Manchmal bin ich ja auch unterwegs.«

»In New York zum Beispiel.« Sie beugte sich zu ihm und gab ihm einen Kuß auf die Schläfe.

Er ging nicht darauf ein und fuhr sachlich fort: »In New York, in London, auch schon mal in Kairo oder Zentralafrika und natürlich in regelmäßigen Abständen in Berlin, bei unserem Zweigwerk.«

»Aber in New York entspannst du dich.« Sie küßte ihn mehrmals auf die Wange.

Er ließ es geschehen und antwortete: »Ja, in New York hole ich tief Luft. Aber kaum vor sieben Uhr abends. Na ja, und diesmal...« Er zuckte mit den Schultern, als habe New York für ihn jede Bedeutung verloren.

»Und abends in Heidelberg?«

»Gegen acht bin ich meistens zu Hause. Dann esse ich.«

»Natürlich schnell.«

»Eine Scheibe Brot. Etwas Käse oder Fleisch. Ein Glas Wein.«

»Und dann?«

»Montagabends kommen die Abteilungsleiter vom Verkauf zu mir. Am Dienstag die von der Fertigung. Jeden zweiten Mittwoch spiele ich eine Stunde Tennis in der Halle. Der Donnerstag ist für eine Freundesrunde belegt. Wir besuchen uns abwechselnd gegenseitig. Am Freitag kommen meine vier Sekretärinnen, und wir arbeiten die restliche Post auf und besprechen das Programm für die kommende Woche vor.« Als sie ihn erstaunt ansah, setzte er erklärend hinzu: »Wilhelm fährt sie natürlich von Heidelberg herüber und auch wieder zurück.«

»Und am Wochenende?«

»Am Sonnabend genieße ich es, daß ich im Büro allein bin und mich endlich in Ruhe mit allem befassen kann.«

»Und am Sonntag arbeitest du die Akten, die du am Sonnabend aufgearbeitet hast, als Fingerübung noch mal durch.«

»Nein«, entgegnete er ungerührt, »am Sonntag erledige ich meinen ganzen persönlichen Kleinkram. Post, Telefongespräche. Ab und zu mal einen Besuch. Was eben alles ansteht.«

»Ein wirklich traumhaft amüsantes Leben.« Sie machte sich über ihn lustig. Als er nichts erwiderte, setzte sie ernsthaft hinzu: »Jetzt sehe ich natürlich klar: für die Liebe bleiben dir nicht einmal Minuten.«

17

Die Uhr auf dem Nachttisch zeigte schon längst die sechste Morgenstunde, aber sie unterhielten sich noch immer angeregt.

Er strich ihr mit den Fingerkuppen liebevoll über ihre Armbeuge. Sie stöhnte genüßlich. Er beugte sich über sie und küßte behutsam ihre Brüste und den Ansatz des Halses.

»Ich denke, du willst hören, warum ich mich noch nicht gebunden habe?« Sie lag reglos und bewegte kaum die Lippen, als wollte sie sein zärtliches Tun nicht stören.

»Sprich«, sagte er und küßte ihren Bauch.

»Ich war damals an der ›Brooklyn Academy of Music‹. Nebenher ging ich auf eine Fechtschule. Zusammen mit vier Mädchen und fünf Jungen. Wir haben uns beim Training jedesmal bis zum letzten verausgabt. Die Duschen waren für Mädchen und Jungen getrennt. Die Verbindungstür sollte immer abgesperrt sein. Einer der Jungen hatte sich den Schlüssel für die Verbindungstür besorgt. Du kannst dir denken, was geschehen ist.«

»Die nackten Jungen sind über euch nackte Mädchen hergefallen.« Er küßte ihren Schenkel.

»Die fünf nackten Jungen sind nur über ein nacktes Mädchen hergefallen«, ahmte sie seinen Ton nach und vollendete nüchtern: »Und das eine Mädchen war ich.«

»Nicht unbedingt angenehm.« Er hob den Kopf.

»Gewiß nicht. Bevor sie mich vergewaltigen konnten, habe ich im letzten Moment Leine ziehen können.« Sie schaute ihn an, und ihre Blicke gingen ineinander, ernst und nachdenklich.

»Das war nur der Anfang«, sagte sie und sah ihn unverwandt an. »Als nächster kam Chuck Feldman. Er war der Meinung, weil er mir eine winzige stumme Rolle an einem Dinner-Theater verschafft hat, müßte ich mich für ihn hinlegen. Nach Chuck kam Dimitri, der auf die Mitleidstour machte. ›Diana, vielleicht ist es für mich das letztemal, hab mit mir Erbarmen!‹ Es war jedesmal ein hartes Stück Arbeit, bis ich ihnen klargemacht habe, daß sie bei mir an der falschen Adresse waren. Nach Dimitri war es ein freier Fotograf, der unter anderem für *Cue* und *Glamour* arbeitete. Dann Ed O'Malley, ein Regisseur. Dann der Kritiker Scaison. Dann Pellegrini, der Produzent, und Gould, der ein Stück finanziert hat, und Higginson, der Drehbuchschreiber, Cadpack, der Songkomponist, DeNicola, der Kameramann, es war zum Kotzen. Alle haben sie ihre Macht ins Spiel gebracht, und alle wollten nur meinen Körper. Nur den Körper, Peter, nicht mich.« Sie setzte für sich selbst hinterher: »Nein, ich hab von diesen Typen genug.« Und aufgebracht zu ihm: »Sie widern mich an!«

»Das ist der Grund, weshalb du noch immer solo bist?« Er tat erstaunt.

»Zum großen Teil, ja. Norman und Brendan waren absolute Ausnahmen.«

»Und zum kleineren Teil?«

»So meine ich es nicht. Früher hatten es alle nur auf meinen Körper abgesehen. Jetzt, seitdem ich bekannt bin, sind sie nur scharf auf den Namen. Kannst du es nicht verstehen, daß es mir schwerfällt, an die Liebe zu glauben?«

»Ich kann dich verstehn.« Er nahm sie in den Arm, und sie ließ es willig geschehen.

So lagen sie eine Weile schweigend eng zusammen, und die Wärme ihrer Körper ging ineinander über.

»Noch Kaffee?« Sie blieb reglos.

»Danke, nein.«

»Frühstück?«

»Nein.«

»Sonst etwas?«

»Nein.«

»Wo bist du?«

»Bei Bob.«

Sie antwortete nicht sofort. Dann fragte sie nur kurz: »Welches Problem?«

»Das Motiv. Ich finde einfach kein Motiv. Warum wurde er ermordet? Warum? Es geht mir einfach nicht in den Kopf. Und seit unserem Gespräch auf der ›Fulton‹ schon gar nicht. Seitdem du mir den Ablauf eures Sonntagabends geschildert hast.«

»New York ist die Stadt mit der höchsten Verbrechensquote der Welt, Peter. Und rund ein Viertel davon wird aufgeklärt.«

»Nein, Diana, du verschließt die Augen. Bobs Fall gehört nicht zur Kategorie der Zufallsverbrechen, der mehr oder weniger motivlosen, sieht man von Geld für Drogen ab.«

»Ich weiß keine andere Erklärung.«

»Er war angeblich mit zwei Geschäftsfreunden verabredet. Und es sind auch tatsächlich zwei Männer aufgetaucht. Einer davon war der Filipino, der auch mich erledigen wollte. Zufall? Schwer zu glauben.«

»Aber er hat doch selbst gesagt...«

»...daß es ein alltäglicher Überfall war, meinst du?«

»Ja. Im Central Park muß man bei Dunkelheit mit so etwas rechnen.«

»Aber es war noch nicht dunkel. War Bob jemals bei Dunkelheit im Central Park?« Als sie schwieg, gab er sich die Antwort selbst: »Nein. Ich jedenfalls kenne ihn anders. Vorsichtig, beinahe ängstlich.«

»Aber warum sollten die beiden ihm aufgelauert haben? Noch dazu in meiner Gegenwart?«

»Mit dir haben sie vielleicht nicht gerechnet. Warum sie ihn im Park fertiggemacht haben, kann ich dir wahrscheinlich sagen.«

»Damit man es für einen alltäglichen Überfall halten sollte.«

»Genau. Aber das Motiv, Diana. Sie haben ihn fertiggemacht. Kein Geld genommen. Nicht einmal den Zwanzig-Dollar-Schein. Bist du jetzt immer noch davon überzeugt, daß sie kein Motiv hatten?«

»Ich war davon nie überzeugt, Peter. Ich habe es dir nur nicht gesagt, weil ich dich nicht belasten wollte. Ich will es auch jetzt noch nicht. Ich möchte etwas anderes.«

Er sah sie fragend an.

»Ich möchte, daß du aufgibst. Daß du dich nicht noch länger in Gefahr bringst. Ich möchte keine Angst mehr um dich haben müssen.« Sie schmiegte sich noch enger an ihn.

»Es ist schön, daß du das sagst, Diana. Aber...«

»Die gottverdammte Treue, ich weiß. Ich bin auf Bob eifersüchtig.« Sie sagte es bitter.

»Heißt das... du liebst mich?« Seine Worte kamen voll Zärtlichkeit.

Sie gab keine Antwort.

»Also liebst du mich.« Ohne sie aus dem Arm zu lassen, wandte er sich ihr zu und küßte sie behutsam auf den Hals, das Kinn, die Wange.

Wie unbeteiligt ließ sie es über sich ergehen.

»Brendan war nicht der einzige.« Ihr Blick ging gegen die Spiegeldecke.

»Was heißt, nicht der einzige?« Er hielt mitten in der Bewegung inne.

»Nicht der einzige, der Bobs Appartement durchsucht hat. Vor ihm war jemand anderer da. Er hat es mir gesagt, bevor er gegangen ist.«

»Vor ihm? Das ist ja geradezu… stimmt das?«

»Ja.«

»Warum sagst du das erst jetzt?«

»Ich habe mir überlegt, ob ich es dir überhaupt sagen soll. Aber jetzt, nachdem du meine Bitte abgeschlagen hast…«

»Was hat er im einzelnen gesagt?«

»Er hat nur gesagt, daß er für die Verwüstung nicht allein verantwortlich ist.«

»Dann hast du gefragt: ›Warum?‹ «

»Ja. Und er hat gesagt: ›Einer muß vor mir dagewesen sein. Der größte Teil der Verwüstung geht auf die Kappe des anderen.‹ So ähnlich jedenfalls.«

»Noch irgendwas?«

»Daß der andere nach etwas Ähnlichem gesucht haben mußte.«

»Woraus hat er es geschlossen?«

»Alle Wertsachen waren unberührt. Geld, Scheckbücher, Kassettenrecorder, Schmuck und so weiter. Ist es dir nicht auch aufgefallen?«

»Ich habe gar nicht gesucht.« Er schilderte ihr in wenigen Worten seinen Besuch im Parc Five, das Gespräch mit dem Doorman Frants und den kurzen Aufenthalt in Bobs Appartement. Als er geendet hatte, wurde er nachdenklich.

»Hast du einen Verdacht, wer es gewesen sein könnte?« Sie riß ihn aus seinen Gedanken.

»Nein. Du?«

Sie schüttelte verneinend den Kopf.

Er sagte: »Was könnte der andere gesucht haben?«

»Fotos. Zeitungsausschnitte. Akten.« Sie zuckte unschlüssig die Achseln.

»Ich werde mir das Appartement heute noch mal vornehmen.«

»Suchst du dann nicht die Stecknadel im Heuhaufen?«

»Und wenn auch. Ich tu es. Ist es schon sieben?«

»Noch nicht. Mußt du gehn?«

Er nickte.

»Frühstückst du noch mit mir?«

Er nickte abermals, und sie glitt aus dem Bett, um das Frühstück zu machen.

18

Morgenfrische lag über Midtown Manhattan.

Am hinteren Eingang des Plaza, in der Achtundfünfzigsten, war die tägliche Kolonne der riesigen Müllwagen aufgefahren. Vor dem unscheinbaren eisernen Tor, hinter dem sich der Schacht in den Keller verbarg, stand hart am Bordstein der zehn Meter lange, hohe, offene Container, in dem der Abfall bereitgestellt war.

Über die Achtundfünfzigste rollte der frühe Berufsverkehr zur Fifth Avenue hin.

Peter hatte das Taxi wie immer weit vor dem Plaza verlassen, vor Valentino's Boutique in der Siebenundfünfzigsten. Schon auf der Fifth Avenue hatte er sich den Mantelkragen hochgeschlagen. Es wehte eine kühle Brise.

Ihm war noch einmal sein Gespräch mit Diana durch den Kopf gegangen. Wer konnte vor Brendan in ›Sieben D‹ gewesen sein? Ja, vor allem: Wonach konnte der andere gesucht haben? Er hatte sich nichts vorgemacht: Den anderen aufzuspüren war so gut wie aussichtslos.

Dennoch, er würde noch am Vormittag hinüber zum Parc Five gehen und ›Sieben D‹ genau inspizieren. Zuvor aber wollte er Verbindung mit Ric Lisciandrello aufnehmen. Er wich den Müllmännern aus, die gerade einen Rollwagen voll Abfall vom Hotelschacht über den Gehsteig zum Container schoben.

Er vergewisserte sich, daß ihm niemand gefolgt war, eine rasche Drehung, und er war durch die Tür für den Wareneingang verschwunden.

Mit schnellen Schritten war er im Keller. In der Kantine vor der Küche frühstückten die Angestellten, die Nachtdienst gehabt hatten. Als er den weiß gekachelten Flur zum Treppenhaus vorging, kam ihm Raoul Loussier, der Resident Manager, entgegen.

Nachdem sie sich flüchtig begrüßt hatten, sagte Loussier: »Es waren Anrufe für Sie, Sir.«

»Mehrere?«

»Ja. Von verschiedenen Leuten. Ich habe die Anrufe nicht nach unten geben lassen. Sie verstehn?« Loussier meinte den ›Operator‹, über den alle Nachrichten für die Hotelgäste liefen.

»Allright. Und wo...?«

»Meine Sekretärin hat die Namen notiert. Miß Giardino. Zweizwei-eins-neun.«

»Ah, Miß Paula.«

»Sie kennen sie?«

»Vom Telefon und von meinem Bett.« Da Loussier ihn verwirrt ansah, setzte Peter hinzu: »Sie stand neben Ihnen, als ich aus meiner Ohnmacht erwachte«, und beide begannen zu lachen.

Ein paar Minuten danach war Peter in seinem Zimmer. Er ließ sich ein Bad einlaufen, zur Erfrischung mit Zitronenzusatz, zog sich aus, rasierte sich und stellte zwischendurch das Fernsehen an, Kanal vier, die Today-Show mit Jane Pauley. Im Augenblick interviewte Jane gerade Jimmy Carter.

Peter hörte vom Bad aus zu. Wie schön, dachte er, nicht nur nach Killern herumschnüffelnde deutsche Industriemanager sind Frühaufsteher, nein, auch amerikanische Präsidentschaftskandidaten.

Außerdem: Was haben die Leute nur? Jane Pauley ist kaum

schlechter als ihre Vorgängerin Barbara Walters, die jetzt von der Konkurrenz für eine Million Dollar im Jahr eingekauft wurde. Eine Million Dollar, zweieinhalb Millionen D-Mark, als Jahresgehalt für eine Journalistin, wo gibt es das sonst noch außer in Amerika?

Zugegeben, die Walters und auch die Pauley leisten schon rein physisch mehr als ihre europäischen Kolleginnen und Kollegen.

Jeden Morgen, außer am Wochenende, um fünf Uhr früh im Studio, frisch und in Top-Form, sich kurz schminken lassen, noch kürzer die Vorbesprechung mit dem jeweiligen Interviewpartner führen, die inzwischen ausgewählten Tagesnachrichten aus aller Welt Wort für Wort laut vor sich hin lesen, um eine gewisse Zungenfertigkeit für die Nachrichtenübermittlung in der Art einer Doppelconference mit einem männlichen Partner zu erreichen, dann noch schnell einen Becher Kaffee und eine hastig gerauchte Zigarette, Scheinwerfer an, Kamera läuft, der Sekundenzeiger der Studiouhr nähert sich unerbittlich der siebenten Stunde, die Maskenbildnerin läßt noch einen schnellen prüfenden Blick in ihren Spiegel zu, und die Sendung beginnt.

Immerhin eine Sendung, die beinahe zwei Stunden dauert und Tag für Tag von annähernd achtzig Millionen Menschen gesehen wird.

Da heißt es wirklich Nerven bewahren. Und das fünfmal in der Woche, zweihundertfünfzigmal im Jahr, die Ferien schon abgerechnet. Eine wirklich erstaunliche Leistung.

Natürlich erhält Barbara die Million nicht für die physische Leistung. Entscheidend sind die Einschaltquoten während der Werbung, und Barbara ist nun einmal die populärste unter ihren Kollegen. Die Einschaltquoten zwischen ihren Auftritten sind die höchsten aller aktuellen Sendungen.

Im letzten Jahrzehnt hat Amerika in der Tat eine Reihe von großen weiblichen Persönlichkeiten hervorgebracht. In der Industrie, in der Politik, im Fernsehen, in der Presse, im Entertainment. Mehr oder weniger gut aussehende, ja hübsche und ausgesprochen weibliche Persönlichkeiten.

Zwangsläufig dachte er an Diana. Ob sie ihn wirklich liebte? Ob sie ihm tatsächlich die Wahrheit gesagt hatte? Die Wahrheit über sich, die Wahrheit über Bobs Tod?

Er wünschte von ganzem Herzen, daß sie es getan hatte. Doch er wollte alle Zweifel ausschalten. Er würde Karin Mebius einen neuen Auftrag geben. Den für ihn persönlich entscheidenden Auftrag.

Er stieg aus der Wanne, hüllte sich in das dicke weiße Badetuch mit dem eingewebten großen ›P‹ für ›Plaza‹, ging hinüber zum Telefon und tippte die zwei-zwei-eins-neun.

Die Anrufe waren von Karin und von Nelson Largever gekommen.

Was der Börsenmakler von ihm wollte, konnte er sich nicht erklären. Um diese frühe Zeit aber konnte Peter ihn nicht anrufen.

Also tippte er die Nummer, die er sich auf einem Zettel notiert hatte.

Karin meldete sich sofort. Ihre Stimme klang verschlafen. Nach ein paar einleitenden Sätzen kam sie zur Sache.

»Heidelberg hat wieder angerufen«, sagte sie, »dreimal. Tönissen will Sie dringend sprechen.«

»Sie waren doch nicht etwa im Büro?« fragte er ungehalten.

»Nein, keine Angst. Ich halte mich streng an Ihre Weisung. Ich habe das Studio bis jetzt nur einmal verlassen. Der Kühlschrank mußte aufgefüllt werden. Nein, im Büro hat mich meine Freundin Lena vertreten. Sie war hier und hat sich die Schlüssel geholt.«

»Hm.«

»War es falsch?« Es kam kleinlaut.

»Ich weiß es nicht.« Er zögerte. »Angenommen, die Kerle haben es auf Sie abgesehen. Weil Sie ihrer Meinung nach zuviel wissen, oder aus welchem Grund auch immer. Und sie geben den Auftrag, daß Sie beseitigt werden sollen. Was ist, wenn sie sich statt Ihnen versehentlich Ihre Freundin greifen?«

»Daran habe ich... das wollte ich nicht... das habe ich gar nicht bedacht, entschuldigen Sie«, sagte sie tonlos, und mehr zu sich: »Ich werde es nicht mehr tun.«

»In Ordnung.« Für ihn war die Angelegenheit erledigt. »Was will Tönissen?«

»Er erwartet Ihren Rückruf. Dringend. Es war nur Frau Scherer am Apparat.« Frau Scherer war eine von Tönissens drei Sekretärinnen.

»Gut. Ich will es diesmal riskieren und von hier aus anrufen. Wie spät ist es jetzt in Deutschland?«

»Halb ein Uhr mittags.«

»Dann habe ich noch gut zwei Stunden Zeit.« Er sagte es sich selbst. Er konnte sich mindestens zwei Stunden Ruhe gönnen. Denn nach zwei Stunden würde er sicher auch Largever und Lisciandrello erreichen.

»Ich habe Arbeit für Sie, Karin. Allerdings weiß ich nicht, wie Sie die Sache ausführen können. Ich brauche alle Presseartikel, die jemals über oder im Zusammenhang mit Diana Lester in Amerika erschienen sind. Können Sie notieren?«

»Moment.« Papier und Kugelschreiber lagen griffbereit neben dem Apparat. »Ja?«

»Berkshire Lyric Theater, Brooklyn Academy of Music. Chuck Feldman. Dimitri Galitzer. Brendan Donahue. Haben Sie es?«

»Ja.«

»Also alles, was unter diesen Bezeichnungen und Namen erschienen ist, und alles, was unter Diana Lester zu finden ist. Klar?«

»Absolut.«

»Am liebsten wäre es mir, Sie könnten es telefonisch erledigen.«

»Ich werde es versuchen.«

19

Er hatte zwei Stunden geschlafen wie ein Stein, und das schrille Läuten des Reiseweckers hatte ihn unbarmherzig wachgerüttelt. Er fühlte sich zwar noch leicht erschlagen, doch um eine Spur frischer als vorher.

Er stellte sich unter die Dusche und ließ den Strahl des eiskalten Wassers gegen seinen Körper peitschen. Dann hüllte er sich in ein trockenes Badetuch und zog sich das Telefon an einen der Sessel heran.

Er tippte die sechs-zwei-drei-fünf-null-null-null, die Nummer der Mitglieder der New York Stock Exchange.

Bis er Nelson Ronald Largever am Apparat hatte, dauerte es ein wenig.

»Largever.« Außer Atem, als habe er auch nicht eine Sekunde Zeit.

Peter meldete sich. »Sie haben bei mir angerufen.« Er stellte sich den anderen vor, wie er sich abgehetzt den Hörer ans Ohr hielt, mit seinen Gedanken bei den heutigen Aktienkursen war und wie er, gedrungen und kräftig, voller Tatendrang, die Nähte seiner Weste zu sprengen drohte.

Denn daß der korrekt gekleidete Largever auch heute eine Weste trug, dessen war sich Peter sicher.

»Ich habe Sie ein paarmal angerufen, Peter. Es ist ein Brief gekommen. Für Bob.«

»Für Bob?«

»Ist das so ungewöhnlich?«

»Nein, gewiß nicht.«

»Wollen Sie den Brief haben, Peter? Oder soll ich ihn zurückgehen lassen?«

»Hm. Bin ich dazu berechtigt?«

»Nach dem Gesetz natürlich nicht.«

»Was kann passieren?«

»Keine Ahnung. Ich muß wieder zurück in den ›Trading floor‹. Können Sie es mich in den nächsten Tagen wissen lassen?«

»Können Sie ihn mir zuschicken?«

»Haben Sie sich entschieden?«

»Ja. Adresse über Raoul Loussier, Resident Manager.«

»Sie bekommen ihn noch heute.« Largever wollte schon auflegen, da fragte er noch schnell: »Hatten Sie schon Erfolg?«

»Ich bin weitergekommen, mehr aber nicht.«

»Dann viel Glück, Peter.« Es klang eilig, und das Gespräch war zu Ende.

Ein Brief an Bob, dachte Peter. Ein Geschäftsbrief? Ein persönlicher Brief? Eine Rechnung? Eine Mahnung? Eine Einladung? Ein Werbebrief? Eine Geburts- oder Todesanzeige?

Mit Nelson Ronald Largever hatte er tatsächlich nicht mehr gerechnet. Die Begegnung mit ihm schien Peter eine Ewigkeit her zu sein. Nelson aber war nicht nur im Äußeren Bob ähnlich, sondern anscheinend auch im Charakter. Ein gewissenhafter Geschäftsmann mit einem Gehirn wie ein Computer.

Der Brief. Peter rieb sich das Kinn. Glaubte er wirklich, daß er ihm weiterhelfen könnte? Unsinn. Warum aber hatte er ihn angefordert? Nur um alle Möglichkeiten auszuschöpfen? Er wußte keine Antwort. Gleichgültigkeit überkam ihn.

Im nächsten Augenblick war er jedoch hellwach. Ein Gedanke schoß ihm durch den Kopf.

Die Verwüstung in ›Sieben D‹. Die Begegnung mit Brendan Donahue. Dianas Hinweis, daß vor Brendan jemand anderer in Bobs Appartement gewesen sein mußte. Peter war seit gestern keinen Schritt vorangekommen.

Und gestern hatte für ihn festgestanden, daß es sinnlos war, was er hier trieb, daß es wohl das beste sein würde, wenn er aufgab.

Er befand sich in einer ausweglosen Sackgasse, das war unbestreitbar. Er würde Bobs Tod nie aufklären können. Seine Mörder würden wahrscheinlich für immer im dunkeln bleiben.

Aber mußte es so sein? War er denn nicht in der Lage, sie herauszufordern? Natürlich, das war es! Er mußte sich ihnen stellen. Sozusagen als Lockvogel. Er mußte sie aus ihrem Hinterhalt locken. Sie veranlassen, aus dem Dunkel ins Licht zu kommen.

Diana! So schmerzlich für ihn der Gedanke auch war: Vielleicht war sie seine letzte Chance.

Er hatte den Gedanken noch nicht zu Ende gedacht, da kam er sich niederträchtig und schäbig vor. Er war im Begriff, seine Liebe zu verraten.

Er zwang sich zu nüchternem Denken. Heute vor sieben Tagen war er nach New York gekommen, um Bob zu beerdigen. Nur sieben Tage waren seither vergangen. Aber sieben verdammt lange Tage. Dennoch: Er war hiergeblieben, um den Tod des Freundes aufzuklären und wenn nötig, ihn zu rächen. Das wollte er sich nur noch mal vor Augen führen.

Aber war nicht eine neue Situation eingetreten? Hatte er denn nach wie vor nur die eine Verpflichtung, nämlich Bobs Mörder ihrer gerechten Strafe zuzuführen? Galt es inzwischen nicht auch, eine Liebe sich entwickeln zu lassen?

Auf der einen Seite Bob, auf der anderen Diana. Er fühlte sich mit einemmal zerrissen. War es nicht möglich, beiden Seiten gerecht zu werden? Würde denn Diana überhaupt jemals erfahren müssen, welche Rolle er bei dem Coup gespielt hatte? Konnte seine Liebe zu ihr die Sache denn nicht unbeschadet überstehen?

Es würde ganz allein in seiner Hand liegen.

Er war bereit, das Wagnis einzugehen.

Den Brief, den Largever schicken wollte, hatte er vergessen.

20

Er griff in die Außentasche seines Jacketts und holte einen Zettel hervor. Auf ihm hatte er sich die Nummer von Ric Lisciandrello notiert, die Karin ihm angegeben hatte. Eine Nummer in Hastings on Hudson. Er tippte sie.

Lisciandrello war nicht mehr zu Hause. Eine weibliche Stimme sagte, er sei schon im Krematorium anzutreffen.

Peter warf einen Blick auf seine Armbanduhr. Natürlich, Lisciandrello mußte schon vor fast zwei Stunden von zu Hause weggefahren sein.

Was war zu tun? Sollte er doch versuchen, ihn im Krematorium zu erreichen, auf die Gefahr hin, daß Evans von dem Anruf erfuhr? Oder sollte er bis zum Abend warten, bis er Lisciandrello zu Hause antreffen konnte, und das Risiko eingehen, einen womöglich entscheidenden ganzen Tag zu verlieren?

Er tippte die Nummer des Krematoriums.

Wenig später hatte er Ric Lisciandrello am Apparat.

»Sind Sie allein? Können Sie reden?« Peter begann das Gespräch, ohne seinen Namen zu nennen.

»Wer spricht?«

»Das tut nichts zur Sache.«

»Worum geht es?« Lisciandrello hatte die Stimme eines Laientenors. Er war voll Mißtrauen.

»Ich muß Sie sprechen. Allein. Noch heute.«

»Ich frage, worum es geht.« Es klang unwillig.

»Das sage ich Ihnen, wenn wir uns sehn.«

»Ich gehe nicht blind zu einem date. Wer sind Sie, und was wollen Sie von mir?«

»Ich haben Ihren Namen von Lillie Flam.«

»Sie ist nicht mehr hier.«

»Ich weiß. Sie wurde ermordet.«

»Was sagen Sie da?« Lisciandrellos Mißtrauen verstärkte sich spürbar.

»Sie haben richtig gehört. Es war Mord.«

»Und was wollen Sie von mir?«

»Sie sprechen. Vielleicht können Sie mir helfen.«

»Helfen?«

»Lillie hat von Ihnen in den höchsten Tönen geschwärmt.« Peter übertrieb absichtlich, um Lisciandrello die Entscheidung zu erleichtern.

»Steht Ihr Anruf im Zusammenhang mit dem ... mit Lillies Tod?«

»Nein. Nicht direkt.«

Lisciandrello schwieg. Dann sagte er: »Waren Sie der Mann, der vorhin bei meiner Frau in Hastings angerufen hat?«

»Ich habe nicht daran gedacht, daß Sie schon so früh ins Geschäft fahren.«

Lisciandrello schwieg abermals, ehe er sagte: »Geben Sie mir noch einen Hinweis.«

Peter wußte, daß er gewonnen hatte. Er sagte: »Lillie war der Meinung, Sie stehen nicht auf der Seite von Evans.«

»Mit so was kann ich nichts anfangen.«

»Okay. Gestern vor einer Woche wurde bei Ihnen die Leiche meines Freundes verbrannt. Er hieß Bob Kellermann. Genug?«

Lisciandrello antwortete nicht sofort. Dann gab er sich einen Ruck. »Sagen Sie mir Ihren Namen und die Sache läuft über die Bühne.«

Peter hatte den anderen jetzt genau dort, wo er ihn hatte haben wollen. Lisciandrellos Neugierde war geweckt.

»Ihren Namen«, sagte Lisciandrello hart, »sonst lege ich auf.«

Peter nannte ihn.

Wieder machte Lisciandrello eine Pause, ehe er weitersprach: »Ich bin ein Bildernarr. Und fast jede Woche im Guggenheim. Heute ist langer Abend. Um fünf liegt eine Nachricht an der Kasse.«

»Allright.«

21

Peter legte den Hörer zurück auf die Gabel und ließ seine Hand noch auf ihm ruhen. Natürlich war ihm nicht entgangen, daß Ric Lisciandrellos Verhalten nicht das eines seriösen Geschäftsmannes gewesen war. Seine routiniert verschlüsselte Vereinbarung eines Treffpunktes hatte es deutlich gezeigt.

Aber Peter war so froh darüber, die erste Stufe zu seinem Coup erfolgreich genommen zu haben, daß er Lisciandrellos Verhalten keine besondere Bedeutung beimaß.

Die Hand auf dem Hörer, überlegte er, ob er zunächst Tönissen, Diana oder das Office des achtzehnten Polizeibezirks anrufen sollte. Er entschied sich für Diana, um nicht das Risiko einzugehen, sie zu spät zu erreichen.

Naka nahm das Gespräch an und verband ihn weiter.

»Hi, Liebling, was gibt's?« Ihre Stimme klang frisch, als hätte sie eine geruhsame Nacht hinter sich.

»Nichts Besonderes. Ich hab dich doch nicht geweckt?«

»Ich bin gerade bei der Morgengymnastik. Danach allerdings schlafe ich noch eine Stunde. Wolltest du nur meine Stimme hören?« In ihrer Frage schwang Zärtlichkeit mit.

»Ich hatte Erfolg, Diana. Endlich Erfolg. Und du sollst es als einzige erfahren.«

»Erfolg?« Es war, als wisse sie nicht, wovon er sprach.

»Ich habe eine Spur. Eine todsichere Spur.«

»Eine Spur?«

»Ja. Um fünf werde ich meinen großen Coup landen. Und dann wird der Spuk vorbei sein. Den Rest überlasse ich der Polizei.«

»Peter!« Es klang besorgt.

»Keine Angst. Mein Informant ist absolut zuverlässig. Er gehört zur Gegenseite.« Die erfundene Behauptung sollte seiner Schilderung nachhelfen.

»Peter!« Ihre Stimme war auf einmal klein.

»Und unser Treffpunkt ist geradezu ideal gewählt. Das Guggenheim Museum.« Er tat, als sei ihm in seiner Euphorie der Name herausgerutscht.

»Peter, ich habe Angst.«

»Nein, ich bin mir meiner Sache sicher. Vollkommen sicher. Um fünf werde ich die Männer kennen, die Bob auf dem Gewissen haben.« Er sagte es aufs Geratewohl, aus dem gleichen Grund, aus dem er einfach behauptet hatte, daß Lisciandrello zur Gegenseite gehöre.

»Und die... Polizei?«

»Zur Polizei gehe ich anschließend. Auf dem kürzesten Weg. Wenn deine Vorstellung zu Ende sein wird, ist die Sache gelaufen.

Wir gehn dann zusammen zum Essen, ja? In aller Ruhe. Zum erstenmal in aller Ruhe. Wenn du willst, zu Dorrian's. Wir können aber auch zu Sardi's gehn. Jetzt können wir ja dann überall hingehn. Allright?«

»Peter! Ich habe ein ungutes Gefühl!« Wie ein plötzlicher Einfall: »Wollen wir uns nicht noch vorher sehen? Vor fünf? Wenn du willst, kann ich mir den ganzen Nachmittag freimachen. Ich sage alles ab. Die Friseuse. Die Besprechung mit dem Fernsehproduzenten. Die Gesangstunde. Willst du?« Ihr war, als könne sie ihn, wenn sie ihm Auge in Auge gegenüberstehen würde, noch umstimmen.

»Es geht nicht, Diana. Leider.« Eine Ausrede. Er wollte sie vorher nicht mehr sehen. Sie sollte denken, er bereite wirklich einen umfassenden Coup vor. Außerdem wollte er ihr ausgiebig Zeit für ihre Entscheidung lassen. »Also nach der Vorstellung. Allright?«

»Viel Glück.« Es klang kaum hörbar. Dann legte sie auf.

22

Das nächste Gespräch führte er mit Heidelberg. Tönissen war verhältnismäßig schnell am Apparat. Offenbar hatte er auf den Anruf gewartet.

»Frau Scherer hat gestern dreimal versucht, Sie zu erreichen.« Tönissen gab sich Mühe, seine Verstimmung zu unterdrücken.

Peter überging den leichten Vorwurf. Er sagte kühl: »Ich nehme an, Sie bringen mir wichtige Neuigkeiten.«

»Ich habe mich für Klinger entschieden.«

»Ich kenne ihn nicht.«

»Klinger in Frankfurt. Einer der besten Fachanwälte. Kabitzki hat ihn mir genannt.«

»Dann sind Sie ja gut aufgehoben.«

»Darum geht es nicht.« Tönissen hoffte, mit der unbestimmten Andeutung Peters Interesse wecken zu können.

Doch Peter schwieg. Er hatte Tönissens Gesicht vor sich. Das lederne, ständig sonnengebräunte Gesicht umrahmt von den silbergrauen Haaren, dessen Ausstrahlungskraft alle Menschen, die mit Tönissen zu tun hatten, beeindruckte.

Peter war vielleicht der einzige, der Tönissen durchschaut hatte. Tönissen hatte gewiß seine Qualitäten. Aber er war eben ein reiner Verwaltungsmensch. Den großen pharmazeutischen Fachmann, den andere in ihm sahen, diesen Tönissen gab es nicht. Und auch als Verwaltungsmann hatte er in letzter Zeit sehr nachgelassen.

Nein, wenn Tönissen den Anruf nur herbeigeführt hatte, um ihn mit seinem Kleinkram zu behelligen, wollte Peter das Gespräch möglichst gleich beenden. Seine Zeit war ihm zu kostbar.

»Ich wünsche Ihnen Glück«, sagte er. Es klang wie eine Verabschiedung.

»Es geht um den Termin mit Crawford«, sagte Tönissen hastig, als wollte er verhindern, daß Peter auflegte.

»Crawford?«

»Um den Routinetermin.«

»Mittwoch ist erst morgen.«

»Crawford hat gestern anrufen lassen.«

»Und?« Wie unbeteiligt.

»Er hat gebeten, den Termin zu verschieben. Ausnahmsweise. Ich wollte es Sie nur wissen lassen, damit Sie morgen nicht vergeblich nach Wilmington fliegen.«

»Danke.« Peter war verstimmt. Die Angelegenheit mit Crawford hätte ihm ebensogut Frau Scherer in einem Telex durchgeben können. Tönissen nahm Crawfords Absage nur als Vorwand. Er wollte Peter einfach zwingen, mit ihm zu sprechen. Es ärgerte Tönissen, daß Peter jetzt schon eine Woche in New York war, ohne daß er wußte, was Peter hier tat. Peter spürte es deutlich.

»Sind Sie weitergekommen?« Tönissens Frage kam lauernd.

»Womit?« Peter gab sich unwissend sachlich.

»Mit Ihrem Vorhaben.«

»Vielleicht.« Peter wußte, daß er Tönissen mit der nichtssagenden Antwort noch mehr verärgerte. Es bereitete ihm Genugtuung.

»Wollen Sie nicht wissen, welchen Termin Crawford vorgeschlagen hat?« Tönissen ließ seinem Unmut freien Lauf.

»Ja.«

»Übermorgen. Donnerstag. Wann können wir also mit Ihnen rechnen?«

»Ich gebe rechtzeitig Bescheid. Noch was?«

»Nein.«

»Dann machen Sie's gut.« Unverbindlich, kühl.

23

Er ließ sich in einen der Sessel fallen, streckte die langen Beine von sich, wischte sich mit dem Handrücken über die Stirn, als könne er dadurch die Gedanken an Heidelberg vertreiben, und schloß für ein paar Atemzüge die Augen.

Die Routinebesprechung mit Crawford lag ihm im Magen. Aber er war entschlossen, sie hinter sich zu bringen, auch wenn sie nichts Neues ergeben sollte. Er wollte sich eine zusätzliche Flugreise über den Atlantik ersparen.

Außerdem erfüllten die Routinebesprechungen mit Crawford ja auch noch andere Aufgaben. Einmal sollten sie Crawford immer wieder vor Augen führen, wie stark ihr Interesse an jedem seiner Schritte war, und zum anderen sollte er nach und nach die Angst verlieren, ihr Ziel könnte ein Sitz im Aufsichtsrat sein.

Crawford stand ihnen nach wie vor ablehnend gegenüber, es war nicht zu bestreiten. Peter hatte es gerade bei den letzten Besprechungen wieder deutlich gespürt.

Er strebte eine enge Zusammenarbeit an, gewiß, darüber hatte er Crawford nie im unklaren gelassen. Aber eine Zusammenarbeit auf freundschaftlicher Basis.

Diese Basis aber galt es erst zu schaffen. Schon allein deshalb wollte er jeden Termin für eine Routinebesprechung wahrnehmen.

Es hatte ohnehin lange gedauert, bis er Tönissen endlich von dieser Überlegung überzeugt hatte.

Er erinnerte sich nur allzugut an das Gespräch vor noch nicht einmal ganz sieben Wochen.

Es war Tönissens fünfundsechzigster Geburtstag, Anfang September.

Ein Gartenfest großen Stils.

Mit einem Rundzelt, blumengeschmückt, in dem das Buffet aufgebaut war, mit offenem Grill für ein ganzes Schwein, mit Lampions, Fackeln, Scheinwerfern, Schießbude, sogar einem kleinen Karussell und einer Sechs-Mann-Top-Band, die bis in die frühen Morgenstunden zum Tanz spielte.

Und das Wetter hielt. Es war eine der letzten Nächte des Jahres, in denen man sich, entsprechend angezogen, im Freien aufhalten konnte.

Gegen Mitternacht nahm Tönissen ihn beiseite, und sie traten in den Schatten einer hohen Hecke. Von weitem drang die Musik zu ihnen herüber.

»Ich wollte Sie schon seit Tagen zu fassen kriegen«, rückte Tönissen mit der Sprache heraus, »aber Sie sind ja nie da.«

»Ich war zuerst in Stockholm«, sagte Peter, »und habe einen Abschluß für unsere Veterinär-Antiinfektiosa unter Dach und Fach gebracht. Dann in London. Dort war ein Symposium der englischen Pharmazie. Und dann war ich noch in Teheran und habe dem Schah für etwa vierzig Millionen unser Gesamtprogramm verkauft. Herz-Kreislauf-Mittel. Schmerzmittel. Spasmolytika. Antiasthmatika. Laxantia. Antiinfektiosa. Einfach alles.«

»Gut. Es geht mir um Crawford. Wann waren Sie zuletzt drüben?«

»Vor zehn Tagen.«

»Sind Sie nach wie vor der Meinung, daß wir richtig liegen?« Tönissen dämpfte die Stimme verschwörerisch.

»Ich verstehe Ihre Frage nicht«, sagte Peter kühl.

»Ich beziehe mich auf die letzte Vorstandssitzung.« Tönissen machte eine Pause. Er wartete ab, ob Peter verstand.

»Tut mir leid.« Peter wurde aus Tönissens Anspielung nicht klug. Tönissen setzte hinzu: »Auf Ihren Bericht, daß Crawford ein neues Geriatricum auf den Markt bringen will. Das C Zweitausend.«

»Und?« Es klang befremdet.

»Wenn ich Sie richtig verstanden habe, soll es das CC Eintausend ablösen. Ein neues Mittel aber ist immer ein geschäftliches Risiko. Das wissen Sie so gut wie ich. Wir haben bei Crawford mehr als zwölf Millionen D-Mark auf Eis. Wenn sie uns über den Jordan gehn...«

»Irrtum.« Peter unterbrach Tönissen ungehalten. »Ein totaler Irrtum. Das C Zweitausend ergänzt es nur in bezug auf die geriatrische Unterstützung der Gehirnzellen. Nur in bezug auf die Gehirnzellen! Und auf diesem Gebiet wird Crawford für lange Zeit führend sein.«

»Aber das CC Eintausend war sozusagen die Garantie für die Anlage unserer zwölf Millionen.« Tönissen blieb hartnäckig.

»Falsch. Die Garantie für uns ist nach wie vor dasselbe: nämlich Crawfords Vorsprung in der geriatrischen Forschung vor der ganzen Weltkonkurrenz. Und diesen Vorsprung baut er mit dem C Zweitausend weiter aus.« Peter konnte seinen Unmut über Tönissens Einfalt kaum noch verbergen.

Ein Lachen klang auf. Auf der anderen Seite der Hecke ging ein beschwipstes Pärchen vorüber.

Tönissen nahm Peters Unmut nicht wahr. Er entgegnete leidenschaftlich: »Aber die Anwendung des C Zweitausend ist doch viel zu kompliziert. Die langwierigen Sauerstoffmessungen und der ganze Kram.«

»Die Sauerstofftests bleiben jedem Kunden selbst überlassen«, sagte Peter kurz angebunden.

»Aber wenn sich einer den Tests nicht unterzieht, ist das C Zweitausend ohne Wirkung.«

»Das ist zu einseitig gesehen. Die volle Wirkung, also der Idealfall, kann ohne Zweifel nur mit ständigen Tests erreicht werden. Besser gesagt, mit ständigen Vortests und Tests ab dem Beginn der Kur, in regelmäßigem Rhythmus, bis zu einem gewissen Zeitpunkt. Von da an können längere Zeiträume zwischen den Tests liegen, vielleicht sogar Jahre. Aber das wird erst die Zukunft erweisen.«

»Trotzdem: Sobald das C Zweitausend angekündigt wird, gerät der Markt in Unruhe«, sagte Tönissen unnachgiebig.

»Aber doch in positive Unruhe! Die Welt wird erkennen, daß die Geriatrie einen gewaltigen Sprung nach vorn macht. Wenn die durchschnittliche Lebenserwartung in den letzten hundert Jahren von fünfundvierzig Jahren bei Männern und achtundvierzig Jahren bei Frauen auf heute siebzig Jahre bei Männern und fünfundsiebzig Jahre bei Frauen angestiegen ist, so wird sie sich jetzt mit einem einzigen Sprung vielleicht auf achtzig oder sogar fünfundachtzig Jahre bei Männern und auf über neunzig Jahre bei Frauen erhöhen. Das heißt natürlich, wenn der Vorsprung, den die Frauen gegenüber den Männern haben, überhaupt noch gegeben sein wird.«

Peter mußte an sich halten, daß er Tönissen nicht spüren ließ, für wie schwer von Begriff er ihn hielt.

»Also weiterkaufen?« fragte Tönissen arglos.

»Weiterkaufen können wir nicht«, entgegnete Peter ungeduldig, »wir können nur die Verbindung zu Crawford besser ausbauen. Auf persönlicher Basis. Vielleicht läßt er uns dann eines Tages stärker rein.«

»Also, jedenfalls nicht abstoßen«, sagte Tönissen.

»Nein, weiß Gott nicht«, sagte Peter, »wir brauchen nur eins zu tun: abwarten. Die Zeit läuft einfach für Crawford, und somit auch für uns.«

»Sind Sie wirklich der Meinung, daß er uns eines Tages stärker reinläßt?«

»Das kommt ganz auf uns an. Wir müssen etwas bieten.«

»Hunderte von Millionen.« Tönissen schien vom Ergebnis des Gesprächs enttäuscht zu sein.

»Nein«, sagte Peter, »wir müssen ihm den Beweis unserer Freundschaft bieten. Und dann natürlich auch eine für ihn lohnende Mitarbeit. Vorschläge auf dem Gebiet der Forschung, der Herstellung und – warum auch nicht? – sogar auf dem Gebiet des Verkaufs.«

Das Gespräch war zu Ende gewesen, und sie waren wieder zurück zur Geburtstagsgesellschaft gegangen.

Peter erhob sich aus dem Sessel, fuhr sich mit der Hand durch das volle, dunkle Haar, wie um die Erinnerung an das Fest abzuschließen, trat ans Fenster und warf einen Blick hinunter auf den brodelnden, lauten Verkehr der Fifth Avenue.

Jetzt, nach dem Telefongespräch, das er eben mit Tönissen geführt hatte, sah er sich wieder einmal in seiner Meinung über ihn bestätigt: Tönissen fehlte der Weitblick.

24

Noch während des Gesprächs mit Tönissen hatte er sich entschlossen, die Unterredung mit der Polizei besser persönlich und nicht übers Telefon zu führen.

Die einsatzbereiten blauweißen Plymouth-Polizeiwagen standen aufgereiht schräg nebeneinander. Die grau verwaschene Fassade des kastenartigen Hauses mit den drei Stockwerken und den zwei Eingängen. Die großen Löwentatzen aus Eisen, auf denen die kitschigen grünen Kandelaber standen. Peter war die Umgebung vertraut.

Auch Lieutenant Sanabria war unverändert. Er saß behäbig an seinem Tisch, als hätte er sich seit vergangenem Donnerstag nicht von ihm fortbewegt. Ein leeres Blatt vor sich, einen Bleistift, bereit, Kringel zu malen.

Er sah Peter freundlich entgegen. »Waren Sie nicht schon mal bei uns, Sir?«

»Stimmt. Aber heute...«

»Letzte Woche?« unterbrach Sanabria lächelnd.

»Ja, letzte Woche. Am Donnerstag.«

»Hat es sich nicht um eine Leiche gehandelt, die versehentlich verbrannt worden war?« Sanabria suchte unbeteiligt seine Erinnerung zusammen.

»Nicht ganz, Lieutenant. Um einen Mord«, verbesserte Peter ihn.

»Richtig. Jetzt kommt's mir wieder. Und heute?«

»Heute steht fest, daß es tatsächlich Mord war.« Peter sprach voll Leidenschaft.

»Zeugen?« Sanabria blieb gelassen. Er wischte sich mit einem Kleenex den Schweiß vom fleischigen Nacken.

»Die Schwierigkeiten mit den Zeugen hier in New York sind Ihnen sicher bekannt«, sagte Peter.

»Eben. Deshalb frage ich ja.«

Peter merkte, daß er so nicht vorankam. »Darf ich Ihnen zuerst einmal erzählen, was mich zu Ihnen führt? Ich meine, ehe Sie Ihre Fragen stellen?«

»Bitte.« Es war eine Aufforderung. Sanabria lehnte sich in seinen Drehsessel zurück, schlug die Beine übereinander, zog sich das leere Blatt Papier mitsamt einer Unterlage aufs Knie und begann Kringel zu malen.

Peter schilderte ihm in kurzen klaren Sätzen die Vorfälle der vergangenen Tage – den Überfall auf sich, den Mord an Lillie Flam, den Mord an Jar und die ungewöhnlichen Begegnungen bei seinen Nachforschungen – und dann den Plan, den er sich für sein Treffen mit Lisciandrello zurechtgelegt hatte.

Sanabria verzog keine Miene. Sein Blick war auf das Blatt Papier gerichtet, das sich zusehends mit phantasielosen Ornamenten füllte. Es schien, als höre er Peter aufmerksam zu.

Als Peter geendet hatte, schaute Sanabria hoch.

»Sie glauben also, daß ein Zusammenhang zwischen diesen Dingen besteht?« Sanabria schob den Bleistift von sich.

»Absolut. Wie gesagt, Ihr Kollege Pringle vom vierzehnten...«

»Schon klar«, unterbrach ihn Sanabria. Er war kein Freund langer Reden. Seine Zeit war knapp. Er zog sich das Telefon heran und tippte eine Nummer. »Eine Sekunde.«

Dann führte er ein kurzes Gespräch mit Lieutenant Pringle vom vierzehnten Polizeibezirk.

Nachdem er aufgelegt hatte, sagte er zu Peter sachlich: »Pringle hat den Fall nicht als Mord registriert.« Und einem Polizeibeamten, der gerade einen flüchtigen Blick durch die Klapptür warf, rief er zu: »Bring mir doch mal 'nen Becher Kaffee.« Und zu Peter: »Auch einen, Sir?« Peter verneinte.

Als wollte er Peter ein Beispiel geben, begann er weit ausholend: »Gehn wir die Sache doch mal der Reihe nach durch: Sie haben vor, Sir, uns einen oder meinetwegen auch zwei angebliche Mörder sozusagen auf dem Tablett zu überreichen, habe ich recht?«

»Ja. Ich sehe keine andere Möglichkeit, Ihnen einen Beweis zu liefern.«

»Okay. Sie sind um fünf im Guggenheim verabredet. Mit einem Mann namens Lisciandrello. Er hat aber mit der Sache nichts zu tun. Richtig?«

»Ja.«

»Das Treffen mit ihm ist nur ein Vorwand, wenn ich Sie richtig verstehe.«

»Ja. Das Treffen soll nur meine Gegner aus dem Hinterhalt locken. Ich bin davon überzeugt, daß es gelingt.«

Der Beamte, der den Kaffee brachte, stieß die Klapptür mit dem Ellenbogen auf, gab Sanabria den Becher wortlos in die Hand und verschwand wieder.

Sanabria trank einen Schluck und behielt den Becher in der Hand. Er hob den Blick zu Peter und führte seine Überlegungen weiter: »Sie haben also den Treffpunkt einen Mittelsmann wissen lassen. Richtig?«

»Ja.«

»Unter dem Siegel der Verschwiegenheit. Habe ich recht?«

»Ja.«

»Und Sie sind davon überzeugt, daß der Mittelsmann die Gelegenheit wahrnehmen und Sie verraten wird. Genauso wie Sie es beabsichtigt haben. Stimmt's?«

»Ja.«

»Sein Name?« Sanabria zog sich mit der freien Hand wieder Papier und Bleistift heran.

»Ich sagte Ihnen doch schon...«

»...Sie möchten ihn nicht nennen, okay. Sie sind also mit diesem Lisciandrello im Guggenheim. Nehmen wir an, die Killer kommen auch. Und?«

»Ich werde sie Ihren Männern, na, sagen wir, in die Arme treiben.«

»Wie?«

»Ich verstehe nicht, was Sie meinen, Lieutenant.«

»Ich meine, wie wollen Sie das machen, Sir? Das ›In-die-Arme-Treiben‹ meine ich?«

»Mit wieviel Männern können Sie da sein?«

»Wir sind beweglich, Sir. Mit zehn. Mit fünfzig. Mit hundert.« Sanabria lächelte in sich hinein.

»Allright, Lieutenant. Ich werde so tun, als wolle ich weglaufen. Die Killer werden mich verfolgen. Und Ihre Leute werden einschreiten.«

»Okay.« Sanabria schüttete den noch verbliebenen Kaffee in sich hinein und stellte den Becher hart auf den Tisch. »Ich sehe so gut wie keine Chance, Sir.«

»Aber...!« Peter war aufgebracht.

»Nehmen wir an, Ihre angeblichen Killer kommen nicht. Nehmen wir nur mal diese läppische Möglichkeit an. Dann hätten zehn oder zwanzig oder vielleicht sogar dreißig meiner Leute sich einen geruhsamen Nachmittag gemacht. Und hier brennt es uns unterm Hintern. Nein, Sir, das können Sie nicht von mir verlangen. Nur auf unbestimmte Vermutungen hin. Sie vermuten, daß es Mord an dieser Sekretärin war, Sie vermuten einen Zusammenhang mit dem Vorfall in der Seilbahn nach Roosevelt Island, Sie vermuten, daß Ihr ungenannt bleibender Mittelsmann die angeblichen Killer zu Ihrem Treffpunkt lockt, Sie vermuten, daß diese angeblichen Killer auch aufkreuzen, und Sie vermuten, daß sie sich auch als solche zu erkennen geben.« Sanabria hatte sich auf einmal in eine Erregung hineingesteigert, die ihm das Blut in den Kopf trieb.

Doch er fing sich sofort wieder und setzte ruhig hinterher: »Außerdem gehört das Guggenheim zum Dreiundzwanzigsten.« Er meinte den dreiundzwanzigsten Polizeibezirk an der Hundertundzweiten Straße East.

»Lieutenant, Sie sind verpflichtet, die Bürger hier in New York zu schützen.«

»Nicht in ganz New York.«

»Well. Nur in Ihrem Bezirk. Mein Fall gehört aber hierher.«

»Sie irren sich, Sir. Es gehört nicht zu meinen Pflichten, irgendwelche, von einem Amateur inszenierten Detektivspielchen mitzumachen. Im Gegenteil, ich bin verpflichtet, solchen Scherzen so weit wie möglich aus dem Weg zu gehn.«

»Es ist kein Detektivspielchen, Lieutenant. In dem Fall hat es schon einen Überfall und drei Morde gegeben.«

»Ein Krimineller ist von einem anderen Kriminellen umgelegt worden, okay. Das reißt mich nicht vom Stuhl. So eine Meldung gehört für mich zum täglichen Frühstück. Und was den Überfall auf Sie betrifft, Sir, erinnere ich mich jetzt dunkel. Einer der Hausdetektive des Plaza hat die Sache hier gemeldet. Eine sehr zweideutige Sache. Soll ich die Meldung heraussuchen lassen?«

Peter wehrte ab. Er hatte Barry Icking schon nicht getraut, als er mit Loussier und dem Arzt zusammen an seinem Bett gestanden hatte, wie er aus der Ohnmacht erwacht war.

»Was ist, wenn ich eine Anzeige mache?« sagte Peter beherrscht.

»Okay, es bleibt Ihnen überlassen.«

»Bekomme ich dann den Schutz?«

»Sie machen die Anzeige, und wir werden ihr nachgehen.« Sanabria schien mit seinen Gedanken schon woanders zu sein.

»Ich mache die Anzeige nur, wenn Sie mir den Schutz garantieren. Den Schutz um fünf im Guggenheim.«

»Hören Sie, Sir, meine Zeit ist bemessen. Sie machen Ihre Anzeige, und wir sehen weiter.« Sanabria erhob sich träge, stieß mit einem Fußtritt die Klapptür auf und rief hinaus: »Johnny, nimm 'ne Anzeige auf.« Er wandte sich an Peter: »Dritter Tisch rechts, Sir.«

Peter sah ihn durchdringend an. Mit fester Stimme sagte er: »Ich bestehe darauf, daß Sie die Sache ernstnehmen.«

»Sie können sich darauf verlassen, Sir. Wir nehmen jede Anzeige ernst.« Es klang nach dem Gegenteil.

Peter spürte, daß Sanabria ihn nur los werden wollte. »Ich habe hier schon einmal eine Anzeige gemacht, Lieutenant. Was ist aus ihr geworden?«

»Hören Sie, Sir, gehen Sie zum dritten Tisch rechts. Dort sitzt Johnny, unser Schnellschreiber, er wird Sie zu Ihrer Zufriedenheit bedienen.«

»Was ist aus meiner Anzeige geworden?« Peter stand unbeweglich vor Sanabria. Ihre Blicke schienen sich ineinander festzubeißen.

Eine kurze Pause entstand. Es glich einem stummen Kräftemessen.

»Okay.« Sanabria gab nach. »Ich spreche mit dem Dreiundzwanzigsten. In Ihrer Gegenwart. Wenn sie die Sache übernehmen wollen, soll's mir recht sein. Zufrieden?«

Peter nickte.

Sanabria bedeutete Peter mit einer Geste, Platz zu nehmen, setzte sich, zog sich den Apparat heran und tippte eine Nummer. Das Gespräch dauerte nicht lange. Er schilderte seinem Kollegen vom dreiundzwanzigsten Polizeibezirk die Angelegenheit stichwortartig.

Peter hatte sich auf den einzigen Stuhl gesetzt, der im Raum war, und das Gespräch mit angehört, ohne jedoch das Ergebnis zu kennen. Als Sanabria auflegte, sah er ihn gespannt an.

»Die Sache ist okay«, sagte Sanabria wortkarg. Für ihn war die Unterredung beendet.

»Ihre Kollegen vom Dreiundzwanzigsten übernehmen meinen Schutz?« Peter blieb ungerührt.

»Ich sage doch, okay.« Sanabria erhob sich schwerfällig und hielt die Tür auf. »Viel Glück, Sir.«

25

Die Chinesen gelten im allgemeinen als besonders einfühlsam. Ohne auch nur die geringste äußere Regung zu zeigen, entgeht ihnen nicht die winzigste innere Regung des anderen.

Naka, hager, unauffällig und in der Regel mit unbewegtem Gesichtsausdruck, entwickelte diese Eigenschaft geradezu zur Kunst. Ihr gelang es sogar am Telefon, Stimmungen des Partners allein nach unmerklichen Schwankungen seiner Stimme zu ergründen.

Bei Diana aber spürte sie selbst schon den Ansatz einer Stimmungsveränderung. Diana war ihr ein offenes Buch.

An diesem Dienstagnachmittag sagte sie ihr auf den Kopf zu, daß sie todunglücklich sei.

Die Masseuse hatte gerade ihre Arbeit beendet und war gegangen. Diana lag noch auf dem Massagebett. Sie war nackt und hatte ihre Blößen mit einem flauschigen, weißen Handtuch verdeckt. Sie lag auf dem Rücken, erschöpft, und hatte die Augen geschlossen.

Wie immer nach der Massage, hatte Naka lautlos den Raum betreten und brachte den angewärmten Bademantel. »Ma'm, ich mache mir Sorgen um Sie.« Leise, aber eindringlich.

»Unsinn. Ich fühle mich blendend«, antwortete Diana mit geschlossenen Augen.

»Nein, Ma'm, Sie können mich nicht täuschen. Sie sind innerlich zerrissen. Sie wissen weder ein noch aus. Sie brauchen Ruhe. Ferien. Entspannung.«

»Laß mir ein Erdbeerbad ein, und alles ist gut.« Diana hielt auch weiterhin die Augen geschlossen.

»Sehr wohl, Ma'm. Ein Erdbeerbad wird Ihnen guttun. Aber es ist nicht die Lösung. Sie brauchen Schlaf. Viel Schlaf. Und andere Gedanken. Seit heute mittag ist es besonders schlimm. Verzeihen Sie, Ma'm, wenn ich mir erlaube, so zu sprechen.«

»Schon gut, Naka. Mach mir das Erdbeerbad und laß es gut sein.«

Die große runde Wanne mit den rosafarbenen Kacheln, zu der die zwei Stufen hochführten. Die vergoldeten Armaturen. Der flauschige rosafarbene Teppich. Ringsum die Spiegel an Wänden und Decke. Der Duft nach frischen Erdbeeren.

Diana nahm nichts davon wahr. Sie dachte ununterbrochen an Peter. Vorhin am Telefon war er ihr auf einmal fremd erschienen. Und doch hatte sie sich besonders stark zu ihm hingezogen gefühlt.

Warum nur hatte er ihr von seinem bevorstehenden Zusammentreffen mit dem angeblich glaubwürdigen Informanten erzählt? In einem Ton, den sie an ihm noch nicht kannte?

Kam es wirklich nur aus dem Überschwang seiner Gefühle? Oder stand er im Begriff, vorsätzlich ein tödliches Wagnis einzugehen, und wollte sie davon in Kenntnis setzen, für den Fall, daß es mißlingen würde?

Sie hätte etwas darum gegeben, wenn sie jetzt bei ihm hätte sein können.

Naka klopfte und rief durch die geschlossene Tür: »Ma'm?«

»Was gibt's?«

»Telefon. Es ist dringend. Wollen Sie zurückrufen?«

»Wer ist es?«

»Ein Mann. Er hat seinen Namen nicht genannt.«

»Presse?«

»Ich glaube nicht.«

Diana überlegte kurz und sagte: »Stellen Sie durch.«

Sie stieg aus der Wanne, hüllte sich ins Badetuch, trocknete sich flüchtig die Hände ab und nahm den Hörer auf.

Nachdem Naka durchgestellt hatte, meldete sie sich mit einem unbestimmten »Ja?«. Sie hoffte, daß es Peter war.

»Was ist, Baby? Bist du okay?«

»Ja, ich bin okay, Boy«, sagte sie unbeteiligt. Sie verspürte keine Lust, mit ihm zu sprechen.

»Gut, daß du da bist, Baby.«

»Ich will nicht mehr, daß du anrufst.«

»He, was hast du? Drehst du etwa durch?«

»Unsinn. Ich will nur nicht mehr, daß du anrufst.«

»Ich hätte es nicht getan, wenn es nicht dringend wäre.«

»Ich kann nicht mehr, Boy. Hörst du? Ich kann einfach nicht mehr.« Wie nur für sich bestimmt, setzte sie hinzu: »Und ich will auch nicht mehr.«

»Wir haben es bald geschafft. Du mußt nur durchhalten. Hast du mich verstanden?« Es klang wie ein Befehl.

Sie gab keine Antwort.

»He, Baby, ich frage dich, ob du mich verstanden hast?«

»Ja.« Es war kaum hörbar.

»Hast du verstanden, daß du durchhalten mußt?«

»Ja.«

»Wenn wir jetzt keinen Fehler machen, haben wir es geschafft. Gut, was?«

Sie schwieg.

»Hörst du, Baby?«

»Ja, ich höre.« Sie war nahe daran, aufzulegen. Aber ihr war klar, daß sie so nichts erreichen würde. Höchstens das Gegenteil. Boy würde sie mit Anrufen bombardieren, würde alles daran setzen, daß sie sich seinem Einfluß nicht entzog.

»Bist du nicht froh, wenn alles vorbei ist?«

»Doch.«

»Hast du ihn noch mal gesehn?«

»Wen?«

»Stell dich nicht so an. Stolberg. Hast du ihn noch mal gesehn?«

»Heute mittag etwa?« Es klang ärgerlich.

»Ja, heute mittag! Glaubst du vielleicht, ich frage in den Wind? Also antworte!«

»Nein. Nein, ich habe ihn nicht mehr gesehn. Genug?«

»He, bleib dran. Sonst gibt es Ärger.«

»In dem Ton lasse ich nicht mit mir sprechen, Boy. Du verspielst den letzten Funken Gemeinsamkeit, der uns noch verbindet.«

»Baby! Was redest du da?« Er sprach auf einmal einschmeichelnd weich. Er hatte Angst, sie könnte sich von ihm entfernen.

»Ich sage nur, was ich fühle. Und wenn du in dem rüden Ton mit mir sprichst, empfinde ich für dich so gut wie nichts mehr.«

»So darfst du nicht sprechen, Baby. Du versündigst dich.«

»Es ist die Wahrheit.«

»Nein, es ist nicht die Wahrheit, Baby. Wir gehören doch zusammen. Das weißt du genau. Jetzt stärker als je zuvor. Denk doch an unseren Schwur. Er gilt fürs ganze Leben. Ich werde immer nur dein Bestes wollen. Ich werde immer für dich da sein. Immer. Und weißt du warum, Baby?« Seine Stimme klang mit einemmal zartfühlend. Er gab sich selbst die Antwort: »Weil ich dich liebe, Baby.« Und wie um es sich selbst zu bekräftigen: »Ja, ich liebe dich. Ich habe dich immer geliebt und werde dich immer lieben.« Und gedankenversunken: »Du solltest es nie vergessen.«

»Ich vergesse es nicht, Boy.«

»Dann sag, daß ich immer gut zu dir war. Daß ich immer für dich da war. Daß ich immer nur dein Bestes gewollt habe.«

Er kämpfte um sie. Sie spürte es. Und nachgiebig sagte sie: »Ja, du hast immer nur mein Bestes gewollt.«

»Allright.« Er schien zufrieden zu sein. »Du mußt nur noch etwas durchhalten, Baby. Nerven bewahren. Einfach deinem Alltag nachgehen. Deinem Job. Ja, konzentrier dich ab jetzt ganz auf deinen Job, Baby. Hörst du?«

»Ich muß jetzt auflegen, Boy. Die Vorstellung.«

»Du hast noch Zeit.« Es kam sachlich. Gleich darauf wurde seine Stimme wieder weich: »Ich fühle mich für dich verantwortlich, Baby. Und mir setzt die Sache ganz schön zu. Die Sache mit dir. Du bist nahe daran, die Nerven zu verlieren. Ich mache dir einen Vorschlag: Komm her. Hier bist du aus allem raus. Auf einen Schlag. Hier kann dir niemand was wollen. Was hältst du davon?«

»Das ist doch nicht dein Ernst, Boy?«

»Doch, Baby, komm her. Die Vorstellung abends kannst du ja spielen. Aber die übrige Zeit bist du hier. Hier in Sicherheit. In absoluter Ruhe.« Als habe sie seinem Vorschlag schon zugestimmt, setzte er hinzu: »Ich schick dir einen Wagen.«

Sie ging nicht darauf ein und sagte: »Warum hast du angerufen?«

»Weil ich mir Sorgen um dich mache.«

»Keine Ausflüchte, Boy.«

»Das sind keine Ausflüchte. Du hast wohl vergessen, worum es für uns geht. Für dich. Und für mich. Hast du es vergessen, Baby?«

»Du hast es mir oft genug gesagt.«

»Aber du hast es anscheinend noch immer nicht begriffen. Für dich geht es um alles. Einfach um alles. Um dein ganzes Leben. Um deinen Namen. Deine Karriere. Um alles, was du dir aufgebaut hast. Wenn du nicht auf mich hörst, gibt es einen Knall, und alles ist weg. Dein Name. Deine Karriere. Dein Leben. Alles.«

»Okay. Sag, was du von mir verlangst.«

Er schwieg. Für eine Weile war es still in der Leitung. Nur sein Atmen war für Diana zu hören.

Dann stellte er, wie nebenbei, die Frage, auf die sie nicht vorbereitet war. Er fragte: »Liebst du ihn?«

»Wen?« Sie versuchte, Zeit zu gewinnen.

»Du weißt es genau. Liebst du ihn?«

»Was soll die Frage?«

»Ich habe gefragt, ob du diesen Stolberg liebst.«

»Hast du wirklich angenommen, daß du darauf eine Antwort bekommst?«

»Soll das heißen, daß du ihn liebst?«

»Das soll heißen, daß du mich offenbar doch viel weniger kennst, als du glaubst.«

»Also liebst du ihn?«

»Denk, was du willst.«

»Ich brauche deine Antwort, Baby. Deine klare Antwort.«

»Nein, Boy.«

»Doch. Es ist wichtig für mich, Baby, glaub mir. Ganz wichtig. Liebst du ihn?«

Eine Pause trat ein. Dann sagte sie kaum hörbar: »Ich weiß es nicht…«

»Ich hab es nicht verstanden, Baby. Sag es noch mal.«

»Ich liebe ihn nicht.«

»Danke, Baby. Danke, daß du es mir gesagt hast. Ich hoffe, daß es die Wahrheit war. Ich hoffe es für dich. War es die Wahrheit, Baby?«

Sie schwieg.

Er wiederholte die Frage, doch sie gab ihm keine Antwort.

»Allright«, sagte er. Es klang wie ein Entschluß.

»Warum hast du angerufen, Boy? Ich will es wissen.«

»Du sollst es auch wissen. Wie sieht dein heutiger Tag aus?«

»Was hat das mit meiner Frage zu tun?«

»Es war der Grund meines Anrufs. Ich will von dir hören, wie dein heutiger Tag aussieht.«

»Ich verstehe nicht...« Sie war verwirrt.

»Du brauchst es auch nicht zu verstehen. Aber ich will es wissen. Also?«

Sie sagte zögernd: »Erst die Friseuse. Dann eine Besprechung mit Adams.«

»Wer ist Adams?«

»Ein Produzent. Fernsehen.«

»Und dann?«

»Dann die Gesangstunde.«

»Wann?«

»Warum?«

»Ich frage, wann!«

»Gegen fünf.«

»Allright. Ich melde mich wieder.«

26

Der moderne spiralförmige Rundbau, klotzig und mit cremefarbener Fassade, unterbricht auffällig die eintönige Reihe von stattlichen Wohnhäusern. Es scheint, als habe sich das Salomon R.Guggenheim Museum mit Gewalt zwischen die Wohnblocks gedrängt.

Die Fifth Avenue, die schon ab der Sechzigsten Straße, am Anfang des Central Parks, unvermittelt von der Büro- und Ladenstraße in eine reine Wohngegend übergeht, läßt hier oben, auf der Höhe der achtziger Straßen, die Hektik und Geschäftigkeit von Midtown endgültig vergessen.

Es war kurz vor fünf Uhr. Der abendliche Berufsverkehr hatte schon eingesetzt.

Peter hatte das Taxi an der Ecke der Vierundachtzigsten verlassen und ging die letzten vier Blocks zu Fuß. Er hatte den Kragen hochgeschlagen und eine Hand in der Manteltasche. Je mehr er sich dem Museum näherte, um so stärker spürte er, daß er Nerven hatte. Wie um sich zu beruhigen, umfaßte er in der Tasche die Webley.

Kurz bevor er das Plaza verlassen hatte, war ein Anruf Loussiers, des Resident Managers, gekommen, daß in seinem Büro ein Brief für ihn liege. Es war der Brief, den Nelson Largever ihm noch für heute versprochen hatte. Der Brief, der an Bob adressiert war. Er kam aus Buffalo, von einer Mrs. Martha M. Chechanester.

Peter hatte ihn nur überflogen. Mrs. Chechanester erklärte sich in dem Schreiben mit Bobs ›Spezialangebot‹ einverstanden.

Er hatte mit dem Inhalt des Briefes nichts anzufangen gewußt und den Brief beiseite gelegt.

Jetzt, als er die breite Sechsundachtzigste überquerte, hatte er ihn vergessen. Seine Gedanken beschäftigten sich nur noch mit der Frage, was ihn wohl im Guggenheim erwarten würde. Tauchte der Filipino auf? Oder dessen Partner, der Bullige mit der bellenden Stimme? Oder sogar beide?

Wie würden die Verantwortlichen vom dreiundzwanzigsten Polizeibezirk ihre Männer postiert haben? Nur an den Ausgängen? Oder auch im Inneren des Museums? Womöglich sogar auf jeder Galerie? Und auch auf der Straße? Auf der gegenüberliegenden Seite, am Central Park? Auf jeden Fall wohl in Zivil.

Seine Hand umklammerte die Webley noch fester. Er spürte, wie die Hand nach und nach feucht wurde.

Die Siebenundachtzigste. Keine fünfzig Meter mehr.

Was aber war, wenn sein Plan nicht funktioniert hatte? Wenn Diana den Treffpunkt nicht weitergegeben hatte? Wenn die Polizei vergebens erschienen war? Er zwang sich, daran nicht zu denken.

Das gläserne Portal.

Aus den Augenwinkeln heraus suchte Peter schnell die Umgebung ab. Er konnte nichts Verdächtiges erkennen. Auf dem mit großen Steinplatten belegten Vorplatz standen nur ein paar Jugendliche herum, vielleicht Schüler mit zwei Lehrern, die sich offenbar hier zum Museumsbesuch verabredet hatten, und dann drei weißhaarige alte Damen, die sich angeregt miteinander unterhielten. Der übliche Fußgängerverkehr, der am Gehsteig vorüberfloß, war spärlich.

Peter ging durch die gläserne Drehtür. Als er einen Ein-Dollar-Schein aus seiner Tasche zog, um eine Eintrittskarte zu lösen, winkte der uniformierte Wärter ab. Am Dienstag war von fünf Uhr bis acht Uhr abends der Eintritt frei.

»Für mich liegt eine Nachricht bei Ihnen.« Peter nannte dem Wärter seinen Namen.

»Stolberg? Ja. Hier.« Der Wärter händigte ihm einen Zettel aus, auf dem in steiler Handschrift der Name eines Bildes angegeben war.

Peter hielt dem Wärter den Zettel hin. »Wo finde ich das Bild?«

»Auf der sechsten.« Der Wärter meinte die oberste Galerie.

Mit ein paar Blicken überschaute Peter die Situation. Er war schon mehrmals hier gewesen. Auch mit Bob. Mit ihm zusammen hatte er zum Beispiel die herrlichen Miros gesehen und die jungen Amerikaner, wie Cunning, Kauffman und Smith.

Der Rundbau war nur ein einziger, sechs Stockwerke hoher, cremefarbener heller Raum mit einer gläsernen Kuppel. Einer Spirale gleich zog sich eine schiefe Ebene von Stockwerk zu Stockwerk, von Galerie zu Galerie, herunter bis neben das kleine blaue Bassin im Parterre, zum Innenraum hin offen.

Im Bassin lagen Hunderte von Münzen, Pennys, Nickels, Dimes und auch ein paar Quarters, die im Lauf der Zeit von Besuchern als Glücksbringer hineingeworfen waren.

Im Parterre standen im Innenraum nur zwei junge Mädchen, die gemeinsam in einen Katalog vertieft waren, und zwei uniformierte Wärter, die gelangweilt zum Eingang schauten.

Ob die Wärter verkleidete Polizisten waren? Peter wischte den Gedanken beiseite. Er mußte sich jetzt voll und ganz darauf konzentrieren, ob er irgendwo einen der Killer entdeckte.

Unbemerkt ließ er die Webley aus der Manteltasche in der rechten Außentasche seines Jacketts verschwinden und gab den Mantel, der Vorschrift des Museums entsprechend, an der Garderobe ab.

Er ging zum Lift und tippte gegen die Lichtscheibe. Der Lift kam und öffnete sich. Er war leer. Peter betrat ihn und tippte das fünfte Stockwerk, da der Lift nicht höher fuhr.

Im fünften Stock stand auf der kleinen Plattform vor dem Lift ein Mann in einer Sportjacke auf die Brüstung gelehnt und schaute gedankenversunken hinunter in den fünf Stockwerke tiefer liegenden Innenraum. Ob der Mann einer der Männer vom dreiundzwanzigsten Polizeirevier war?

Peter ging die sanft ansteigende Ebene hinauf, die zur Galerie im sechsten Stockwerk und dann unmerklich wieder abwärts führte.

In der dritten Nische hing ›Dune VI‹. Drei Farben, ein sattes Gelb, ein dunkles und ein helles Blau, graphisch gegeneinandergesetzt, etwa eineinhalb mal ein Meter groß, ein Piet Mondrian. Es war eine Leihgabe des Gemeentemuseum Den Haag.

Peter stellte sich in ein paar Schritt Entfernung vor das Bild und tat, als sei er in dessen Betrachtung versunken.

Gewiß, es gefiel ihm auf Anhieb. Seine Sinne aber waren darauf ausgerichtet, die nähere Umgebung zu beobachten: ein junges Pärchen vor dem nebenan hängenden Mondrian, eng aneinandergeschmiegt, eine alte Dame mit einem Ungetüm von einem Hut, die sich verträumt auf einem der spärlichen kleinen Hocker niedergelassen hatte, und zwei Mädchen, die vor einem Bild der nächsten Nische standen, leise in sich hineinkicherten und sich dabei verschämt die Hand vor den Mund hielten.

Peter stand schon gut fünf Minuten vor ›Dune VI‹, als er aus den Augenwinkeln sah, wie ein kahlköpfiger untersetzter Mann den Lift im fünften Stockwerk verließ, die Ebene herauf zum sechsten kam und dann direkt auf die dritte Nische zuging. Unwillkürlich griff Peter in die rechte Außentasche seines Jacketts, umfaßte die Webley und schob mit dem Daumen den Sicherungshebel nach vorne.

Der Kahlköpfige stellte sich unmittelbar neben ihn und schien das Bild zu betrachten.

Peter stand einen Augenblick unbeweglich. Sein Puls ging schneller. Er beobachtete den anderen aus den Augenwinkeln heraus. Der Mann wirkte in sich gekehrt. Sein Blick ging zum Bild.

Eine Weile geschah nichts. Für Peter wurde die Spannung fast unerträglich. Er spürte, wie sein Rücken schweißnaß wurde.

Plötzlich steckte der Kahlköpfige mit einer schnellen Bewegung seine Hand in die Jackentasche. Peter war schon gewillt, die Webley zu ziehen, da holte der andere ein Taschentuch heraus und tupfte sich damit über die Stirn.

Peter atmete tief durch.

»Ich bin Lisciandrello«, sagte da der Kahlköpfige leise, »sind Sie Stolberg?«

»Ja«, sagte Peter, und seine Stimme hörte sich auf einmal brüchig an.

»Ich höre«, sagte Ric Lisciandrello. Es war eine Aufforderung.

»Erinnern Sie sich an gestern vor einer Woche? An den Montag, als Evans Sie überraschend weggeschickt hat?« Auch Peter sprach leise.

»Montag vor einer Woche, sagen Sie?«

Wollte Lisciandrello Zeit gewinnen? Er wußte doch schon, daß es um Bob ging und daß Bob am Montag vor einer Woche bei ihnen eingeliefert worden war. Peter konnte sich Lisciandrellos Verhalten nicht erklären.

»Ja«, sagte er, »Montag vor einer Woche. Kellermanns Leiche wurde von zwei Trägern gebracht. Können Sie mir sagen...« Er wollte Lisciandrello fragen, ob er ihm Namen nennen könne, den Namen des einen Trägers neben Jar oder die Namen der Leute, durch die Männer wie Jar und der andere gewöhnlich vermittelt wurden.

Doch er sprach nicht weiter. Sein Blick ging die schiefe Ebene hoch. Sein Herz klopfte wie wild. Er zwang sich zur Ruhe. Der entscheidende Augenblick war eingetreten. Der Augenblick, den er erhofft hatte.

27

Der Filipino. Blauschwarzes, glattes Haar, peinlich genau gescheitelt. Dunkle Sonnenbrille. Hand in der Jackentasche. Gespannte Aufmerksamkeit. Er stand am oberen Absatz der schiefen Ebene, keine zehn Schritt von Peter entfernt.

Obwohl Peter seinen Plan bis in alle Einzelheiten durchdacht hatte, war ihm auf einmal, als wisse er nicht, wie er sich verhalten sollte. Seine Hand, die noch immer in der Tasche die Webley umfaßt hielt, begann zu zittern. Doch gleich darauf hatte er sich gefangen.

»Moment«, zischte er Lisciandrello hastig zu, wandte sich von ihm ab und ging mit schnellen Schritten die schiefe Ebene abwärts. Er ging schneller und schneller, warf über die Schulter ab und zu kurz einen Blick zurück, darauf bedacht, daß der Filipino ihm folgte, und als er sah, daß der Filipino sein Tempo mithielt, begann er zu laufen.

Die weite, sanft abfallende Spirale hinunter, in ständiger Rechtskurve, vorbei an erstaunten Besuchern, am hohen Wandgemälde von Adolph Gottlieb mit dem Titel ›Nebel‹, grau in grau mit dem Schimmer einer grellweißen Sonne, fünftes Stockwerk, viertes, immerzu in unrhythmischer Bewegung, um dem Filipino kein Ziel zu bieten, vorbei an Willem de Koonigs ›Sitzender Frau‹, der die Knospe einer Brust aus der Bluse sah, einen Haken um den Wärter, der sich ihm in den Weg stellte, und weiter in der Gewißheit, daß sich spätestens im Parterre die Männer des dreiundzwanzigsten Polizeibezirks zu erkennen geben und den Filipino ergreifen würden.

Nein! Er schrie innerlich auf. Seine Augen weiteten sich erschreckt, und er glaubte, er stürze unaufhaltsam in eine unendliche Tiefe, aus der es kein Entrinnen geben konnte. Seine Kehle schnürte sich zusammen. Die Adern seiner Schläfen drohten zu platzen. Er wußte nicht mehr, ob er lief oder fiel oder ob er, starr vor Panik, zu keinem Schritt mehr fähig war.

Weiter unten stand der bullige Kerl mit der bellenden Stimme, der Komplize des Filipino, hielt die Hand in der Jackentasche, keine zwanzig Schritt von ihm entfernt, und schaute ihm entgegen, als erwarte er, daß Peter direkt auf ihn zu und in sein Mündungsfeuer laufen würde.

Peter blieb keine andere Wahl. Wie von einem inneren Zwang getrieben, lief er genau auf den anderen zu.

Aus! schoß es ihm durch den Kopf, es ist aus! In ein, zwei Sekunden würde der andere womöglich abdrücken und seinen Körper mit Kugeln durchsieben.

Sie hatten ihn überlistet. Er war überzeugt gewesen, daß er mit allen Möglichkeiten gerechnet hatte, einmal mit nur einem von ihnen, dann aber auch mit beiden, er hatte damit gerechnet, daß sie versuchen würden, ihn unten im Innenraum abzuknallen oder am Eingang oder draußen auf dem Vorplatz, auf jeden Fall an einer Stelle, von der aus sie ungehindert würden fliehen können. Aber er hätte niemals angenommen, daß sie ihn hier oben auf der nicht sehr breiten schiefen Ebene in die Zange nehmen würden, ausgerechnet hier oben zwischen all den Besuchern, von wo aus es nur einen einzigen Fluchtweg gab, den Weg nach unten, der sie unweigerlich in die Arme der Männer vom dreiundzwanzigsten Polizeibezirk treiben würde.

Ja, es gab für sie nur einen Fluchtweg. Aber es gab auch nur einen für ihn. Die Falle hatte zugeschnappt.

Seine Muskeln waren zum Zerreißen gespannt. Sein Gehirn hämmerte. Sollte er um Hilfe schreien? Laut, ohrenbetäubend laut um Hilfe schreien? Konnte er aber gewiß sein, daß die Polizisten einschreiten und ihn retten würden? Mußte er nicht erwarten, daß sie auf ihren Posten bleiben würden, in Deckung, um die Killer von dort aus zu erledigen? Wo aber waren ihre Posten, wo waren sie in Dekkung? Hier oben, so daß sie ihn herausschießen konnten? Oder nur unten im Innenraum und draußen auf der Straße?

Nein, er wollte sich nicht auf ihre Hilfe verlassen. Er mußte sich selbst retten, das wurde ihm blitzartig bewußt.

Er erhöhte sein Tempo, lief unbeirrt auf den Bulligen zu, an dessen Jackentasche er jetzt die Ausbeulung eines Pistolenlaufs erkennen konnte, schlug plötzlich einen Haken, tat, als fiele er zu Boden, schnellte jedoch im letzten Augenblick hoch, schlug wieder einen Haken und hatte das geradezu unwahrscheinliche Glück, daß im gleichen Atemzug ein Besucher die Ebene heraufkam und den Killer von der Seite anrempelte, so daß er für den Bruchteil einer Sekunde abgelenkt war und Peter, hinter einer der Stellwände entlang, an ihm vorbeijagen konnte.Der andere nahm die Verfolgung auf.

Drittes Stockwerk. Die Abstrakten der Gegenwart. Das Bild von Ad Reinhardt: eine gleichmäßig gestrichene schwarze Fläche. Peter überlegte in fliegender Hast, ob er den Weg über das enge Treppenhaus nehmen sollte, entschied sich aber einen Schritt davor anders und rannte weiter, wie in einem Karussell, die Ebene hinunter.

Zweites Stockwerk. Besucher und Wärter waren längst aufmerksam geworden und verfolgten die Jagd der drei Männer mit unterschiedlichem Interesse.

Die Besucher blieben zum Teil stehen, waren verwundert oder leicht amüsiert, die Wärter versuchten ein ums andere Mal, sich einem der drei Männer in den Weg zu stellen, wurden aber jedesmal zur Seite gestoßen, von Peter und auch von seinen beiden Verfolgern.

Der Filipino lief jetzt über die schiefe Ebene in der Höhe des dritten Stockwerks. Auf einmal bremste er ab, lief an die bauchhohe Brüstung, zog seine Smith-and-Wesson und hatte Peter genau im Visier.

Peter, der im Laufen kurz den Blick wandte, um zu sehen, wo seine Verfolger waren, entdeckte den Filipino im letzten Moment. Er schlug einen Haken, duckte sich im Weiterlaufen, so daß ihm die Brüstung Deckung bot, und war ein paar Meter danach für den Filipino in einem toten Winkel.

Die Spitzkurve zum Parterre. Das blaue Bassin. Die Kasse. Der Ausgang. Peter rannte und rang nach Luft.

Wo blieben die Männer vom dreiundzwanzigsten Polizeibezirk? Warum griffen sie nicht ein? Hatten sie etwa Anweisung, bis zum wirklich allerletzten Moment zu warten? Lautete ihr Befehl, im Museum möglichst keine Schießerei herbeizuführen? Oder...?

Peter überkam ein bestürzender Gedanke: Oder waren sie gar nicht erschienen? Hatte Sanabria ihn hereingelegt? Er oder sein Kollege vom Dreiundzwanzigsten? Hatten sie ihn mit einem Versprechen besänftigt, obwohl sie von vornherein wußten, daß sie es nicht einhalten würden? Hatten sie in ihm falsche Hoffnungen erweckt, nur um ihn loszuwerden? Hatten sie für ihn ein Spiel um Leben und Tod heraufbeschworen, bloß weil sie vor ihm nicht eingestehen wollten, daß ihre Machtbefugnis beschränkt war?

Obwohl ihm der Schweiß auf der Stirn stand, lief ihm mit einemmal ein kalter Schauder den Rücken hinunter.

Die gläserne Drehtür. Ein Wärter wollte sich ihm entgegenstellen, doch er schob ihn im Laufen beiseite. Der Vorplatz. Luft. Menschen. Autoverkehr.

Peter rannte in Richtung der Sechsundachtzigsten Straße. Er mußte fliehen, das war ihm klar. Auf offener Straße konnte er sich auf keine Schießerei einlassen. Da waren sie zu zweit ihm überlegen.

Auf der Sechsundachtzigsten würde er einigermaßen in Sicherheit sein. Allein schon der Gegenverkehr würde ihm zugute kommen.

Er rannte, was Lunge und Beine hergaben, vorbei an Menschen, die zum großen Teil von ihrem Job nach Hause gingen. Niemand beachtete ihn. Alle schienen sie mit sich selbst beschäftigt zu sein.

Auf der Sechsundachtzigsten winkte er sich ein Taxi heran, das aus der Richtung der Fifth Avenue kam. Auf diese Weise würde er die beiden Killer wohl endgültig abhängen.

28

»Dreiundfünfzigste Ecke Fifth Avenue«, wies er mit keuchender Stimme den Fahrer an, nachdem er sich erschöpft in den Fond hatte fallen lassen.

Von dort aus würde er die Fifth Avenue hinauflaufen, wenn die Ampel gerade auf ›Walk‹ stand, drüben auf der Seite von Saint Thomas, und spätestens fünf Blocks weiter, an der Ecke zum Plaza, würde er endgültig wissen, ob er in Sicherheit war.

Sein Plan war gescheitert. Soviel stand fest.

Der Plan, auf den er alle Hoffnung gesetzt hatte.

Gescheitert, weil er sich darauf verlassen hatte, daß die Killer nichts riskieren würden, was sie selbst in Gefahr brachte. Weil er nicht mit ihrer brutalen Rücksichtslosigkeit gegen sich selbst gerechnet hatte.

Gescheitert, weil die Polizei ihn im Stich gelassen hatte.

Wieder einmal.

Gescheitert, weil er New York anscheinend noch immer nicht gut genug kannte.

Er hatte seine letzte Chance verspielt.

Er gab auf.

Er hatte nur noch einen Gedanken: sich in Sicherheit zu bringen.

Morgen würde er dann nach Hause fliegen.

Dabei war der Plan wirklich vielversprechend gewesen.

Noch vor ein paar Stunden...

Unwillkürlich war er bei Diana. Ihm krampfte sich das Herz zusammen. Sie hatte ihn verraten. Verraten, wie er es vorausgeahnt hatte. Und er hatte sie zu dem Verrat verführt. Hatte sich schurkisch und hundsgemein benommen.

Er hätte sich am liebsten selber ins Gesicht gespuckt. Trotz allem: Hatte er sich durch ihre Bloßstellung denn nicht auch einen Dienst erwiesen? Sah er ihre ›Liebe‹ jetzt nicht im richtigen Licht? Hätte es für sie beide überhaupt eine gemeinsame Zukunft gegeben? Wenn ja, womöglich nur, weil sie ihm weiterhin ein Gefühl vorgaukeln würde, das sie für ihn gar nicht empfand?

Nein, so schmerzlich es auch war, er hatte richtig gehandelt.

Er hatte sich in eine Liebe verrannt, die es gar nicht gab.

In eine verzeihliche Liebe, gewiß.

Er wollte die Tage mit Diana nicht ungeschehen machen. Er hatte sie viel zu sehr in sich aufgesogen. Und er würde sie niemals vergessen.

Er nahm sich vor, Diana nach der Vorstellung noch einmal aufzusuchen. Wenn schon ihre Liebe nicht mehr zu retten war, so wollte er wenigstens einen letzten Versuch unternehmen, die volle Wahrheit über Bobs Tod herauszubekommen. Er war sich darüber im klaren, daß er sie nur von Diana erfahren konnte.

Er würde es mit einem Schock versuchen. Er wollte ihr auf den Kopf zusagen, daß sie ihn verraten hatte.

Dreiundfünfzigste Ecke Fifth Avenue. Die Ampel stand auf Rot. Das Taxi hielt.

»Wieviel?« Er beugte sich zum Spalt der vergilbten Plastikscheiben.

»Zwei Dollar fünfzehn«, las der Fahrer phlegmatisch von der Uhr ab.

Peter holte zwei Dollar und zwei Quarter aus seiner Jackentasche. In diesem Augenblick fiel sein Blick durch das geschlossene Fenster auf den Wagen neben ihnen. Ein roter Chevrolet. Am Steuer der Filipino. Daneben sein Komplize, der Bullige. Sie sahen beide zu ihm herüber.

In der Hand des Bulligen wurde plötzlich eine Pistole sichtbar. Sie zielte auf Peter.

Peter warf sich auf den Boden, ließ das Geld fallen, öffnete die Wagentür auf der vom roten Chevrolet abgekehrten Seite, ließ sich auf den Asphalt rollen, hörte, wie der Fahrer seine Tür aufstieß und, weil er Angst um das Fahrgeld hatte, eine wüste Beschimpfung begann, sprang auf, darauf bedacht, daß die anderen Wagen ihm Deckung gegen den roten Chevrolet gaben, rannte über die Avenue, obwohl die Ampel für Fußgänger inzwischen auf ›Don't walk‹ geschaltet hatte, wich geschickt den anfahrenden Autos aus, erreichte die Seite, auf der

Saint Thomas lag, hörte die wütenden Pfiffe eines Verkehrspolizisten und war völlig außer Atem.

Eingekeilt in einen Pulk von Fußgängern, warf er einen Blick zurück. Der rote Chevrolet schoß an ihm vorbei. Jetzt war Donaldson am Steuer. Er hatte Peter nicht gesehen.

Über die Straße aber kam der Filipino gehastet. Genau auf Peter zu.

Peter entschied sich sekundenschnell.

Zum Plaza war ihm der nächste Weg abgeschnitten. Wählte er aber einen oder auch mehrere Umwege, würde er nicht sicher sein, ob der Filipino ihn nicht einholte oder zumindest entdeckte, daß das Plaza nach wie vor sein Unterschlupf war.

Nein, er mußte in die entgegengesetzte Richtung.

Wellinghofen!

Wenn ihm hier in der Gegend einer helfen konnte, war es Albrecht Wellinghofen, der Schulfreund aus Hannover.

Sein Büro war im Associated Press Building.

Rockefeller Plaza.

Keine zwei Blocks von hier entfernt.

Das hieß, wenn er den alten Job noch hatte. Als Leiter der ›International German Press‹-Agentur.

Peter mußte es darauf ankommen lassen.

Wenn er Pech hatte und es Wellinghofen nicht mehr im Associated Press Buildung gab, konnte Peter dort gewiß auch in einem der anderen Pressebüros untertauchen.

Entscheidend für seinen Entschluß war nicht zuletzt, daß er den sogenannten Schleichweg von hier zum Associated Building ›so gut wie seine Westentasche‹ kannte, wie er es Bob gegenüber einmal formuliert hatte. Den Weg, der für einen cleveren New Yorker eine Teilstrecke auf seinem Fußmarsch zwischen Grand Central Station und dem Büroviertel um die Fifth Avenue und die Avenue of the Americas war, vor allem bei Regen oder Sturm, wenn er sein Ziel möglichst unbeschadet erreichen wollte.

Ein Blick zurück auf den Filipino.

Er war jetzt schon an der Ecke, von ihm nur durch den an der Ampel wartenden großen Pulk von Fußgängern getrennt.

Peter stürmte los. Er würde Haken schlagen und den Filipino verwirren, daß der nicht mehr aus noch ein wußte.

Autoreifen quietschten, erboste Fahrer hupten und schimpften hinter ihm her. Peter hatte die Dreiundfünfzigste bei schnellfließendem Verkehr hastig überquert

Am weißen Kellereingang vom ›Taverne Restaurant Nr. 34‹ vorbei, dann am schwarzen, niederen Vordach des China Restaurants ›Keewah-Yen‹, am Office von Crafts Council, in dessen Schaufenster die überdimensionale bunte Torte zum zweihundertsten Jahrestag der USA prangte.

Als er auf den Parkplatz von ›Kinney-Parking‹ stürmte, der schmal und finster zwischen der Dreiundfünfzigsten und Zweiundfünfzigsten lag, auf der einen Seite begrenzt von einer sieben Stockwerke hohen, glatten schwarzen Mauer und auf der anderen von der Rückwand des Hauses, in dessen Souterrain sich das ›Keewah-Yen‹ befand, warf er einen Blick auf seinen Verfolger zurück.

Ihm stockte der Atem.

Todesangst überfiel ihn.

Seine Beine schienen auf einmal wie gelähmt, seine Glieder bleiern schwer zu sein.

Nicht nur der Filipino war hinter ihm. Auch sein Komplize, der Bullige, hastete auf der anderen Straßenseite heran.

Offenbar hatte er seinen Wagen kurzerhand auf dem Parkplatz gegenüber abgestellt und vom Filipino ein Zeichen bekommen.

Peter sah keine Chance mehr.

Er wollte sich fallen lassen. Einfach fallen lassen und liegenbleiben.

Doch er bäumte sich dagegen auf.

Mit all seiner Kraft und dem Mut der Verzweiflung.

Er lief weiter. Schneller und schneller. Er lief um sein Leben.

Mitten im abendlichen Berufsverkehr, im Herzen von Manhattan, kaum beachtet von den Menschen, deren Weg er kreuzte, vollkommen auf sich allein gestellt.

Er überquerte die Zweiundfünfzigste. Wieder hupten die Autofahrer wütend, wieder quietschten Reifen, doch Peter hörte nichts. Er hatte all seine Sinne nur auf ein Ziel gerichtet, er mußte den Killern entfliehen.

Das Sperry Rand Building. Die linke der beiden Drehtüren zu ›Warner Communication‹. Im Inneren am Zeitungskiosk vorbei und durch die hohe, in hellem Marmor gehaltene Halle bis zum Ausgang auf die Einundfünfzigste.

Wieder an fahrenden Autos vorbeispringen, wieder das empörte Hupen und das grelle Quietschen von Reifen.

Ein kurzer Blick zurück.

Der Filipino und der Bullige waren noch nicht zu sehen.

Peter lief jetzt mitten in den Schluchten des Rockefeller Centers, ließ das Associated Press Building rechts liegen, um die Verfolger zu täuschen und ihnen vielleicht in den unterirdischen Gängen des Centers endgültig zu entkommen.

Auf der Fünfzigsten war gerade ein Stau. Peter schlängelte sich behend an Kühlern und Autohecks vorüber und hastete die Stufen zum Eislaufplatz hinunter.

Die Killer hatten ihn entdeckt und stürmten ihm nach.

Peter drängte sich durch die Zuschauerreihen hinter der Balustrade und jagte auf der anderen Seite die Stufen hinauf, hetzte über den Platz und verschwand durch eine der acht aneinandergereihten Drehtüren des RCA Building.

Er lief über den dunklen Marmorboden mit den eingelegten Ornamenten aus Messing rechts durch die Säulenhalle, vorbei an den dekkenhohen Reproduktionen alter Gemälde, die in Brauntönen gehalten waren, vorbei am Pförtnertisch des NBC Radio Studios, in Richtung der Treppe mit dem breiten Messinggeländer, die zur Subway hinunterführte.

Auf einmal dachte er an Diana. Was sie wohl gerade machte? Ob es ihr schwergefallen war, ihn zu verraten? Oder ob sie es leichten oder sogar freudigen Herzens getan hatte? Ob sie es bereute? Oder ob sie an ihn keinen Gedanken mehr verschwendete?

Er stürmte die Treppe hinunter, hätte beinahe eine Frau umgerannt, die ein Kind an der Hand führte und ihm entgegenkam, und wich im letzten Moment zwei Arbeitern im Overall aus, die eine schwere Eisenstange trugen. Er lief linker Hand die unterirdische Einkaufsstraße vor, und sein Atem ging heftig.

Die vierzig Telefonzellen und Boxen. Die Andenkenläden. Der Fotoladen. Die Ausstellungsfenster der Librairie de France und der Libreria Hispania. Die kleine Filiale der Chase Manhattan Bank. Die Läden für elegante Damenmoden. Der Juwelierladen ›Seki Inc.‹.

Um den Party Bazaar mit seinem farblich bunten Angebot herum.

Vorbei am Eingang zum Promenade Café, das direkt am Eislaufplatz lag.

Ob Diana jetzt an ihn dachte? Ob sie annahm, daß er schon tot sei? Ob sie ein paar Tränen um ihn vergoß?

Der unterirdische Vorplatz mit den dicken Messingsäulen. Die fünf breiten Stufen hoch und rechts durch die Drehtür, die ins Tiefgeschoß des International Building führte.

Das Bücher-Antiquariat. Der internationale Blumenladen. Die Reinigung von Charles Valet.

Links um die Ecke. Die Ausstellungsfenster von Bancroft's Herrenmoden. Die ganz in Messing gefaßten, offenen Telefonkabinen.

Endlich die messingbeschlagene Drehtür zum Associated Press Buildung.

Mandaya und Donaldson hasteten gerade am Party Bazaar vorbei. Sie hielten an. Sie hatten ihr Opfer verloren.

»Er kann nur nach rechts sein.« Mandaya war sich seiner Sache sicher. Er war außer Atem.

»Quatsch. Er kann auch nach links sein«, sagte Donaldson wutentbrannt. »Los, wir trennen uns. Ich lauf hier lang.« Er stürmte an den dicken Messingsäulen vorbei auf die fünf breiten Stufen zu.

»Verdammt!« Mandaya machte seinem Ärger Luft. Dann lief er geradeaus die Passage vor, die zum Ausgang auf die Fußgängerpromenade zwischen dem Maison Française und dem British Empire Building führte.

Peter aber stürmte durch die Drehtür ins Tiefgeschoß des Associated Press Building und die steilen Stufen neben der abwärts laufenden Rolltreppe hoch.

Er dachte: Mein Gott, hoffentlich habe ich die Killer abgehängt! Wenn nicht, bin ich jetzt verloren.

Er lief am Zeitungsstand vorbei und konnte sich im letzten Moment durch die sich gerade automatisch schließende Tür eines der acht Lifte zwängen.

Eine junge Frau und zwei Japaner waren im Lift. Peter drückte das achte Stockwerk. Er keuchte. Jetzt erst wurde ihm bewußt, daß er seinen Mantel nicht mehr hatte. Er hing sicher noch in der Garderobe des Guggenheim Museums.

Das Guggenheim! Es war keine halbe Stunde her, daß er noch geglaubt hatte, sein Plan würde gelingen. Und es war auch keine halbe Stunde her, daß er sich plötzlich dem Komplizen des Filipino gegenübergesehen hatte und die schlimmste Situation seines Lebens ihren Anfang nahm.

Eine Situation, die er selbst heraufbeschworen hatte. Durch einen Plan, der auf einem Verrat aufgebaut war.

Von neuem war er bei Diana. Der Gedanke an sie gab seinem Herzen einen Stich. Ob er ihr wohl jemals würde verzeihen können? Nein. Niemals. Und er wollte es auch nicht.

Das achte Stockwerk.

Er ging den fensterlosen, hellen Flur entlang bis zur letzten Tür. Das kleine Schild aus Messing: ›International German Press‹.

Peter atmete erleichtert durch.

Er war in Sicherheit.

Er würde an Albrecht Wellinghofen zwei Bitten haben.

Einmal konnte Albrecht ihm vielleicht helfen, unerkannt zurück zum Plaza zu kommen.

Und dann würde er ihn bitten, die Geschichte um Bobs Tod in einer Agentur seiner amerikanischen Kollegen unterzubringen.

Wenn Peter Glück hatte, konnte die Story in fast zweihundert amerikanischen Blättern veröffentlicht werden, vor allem aber in allen hier in New York gelesenen. Ja, unter Umständen würde sich dann auch die eine oder andere Radio- oder Fernsehstation der Sache annehmen.

Und dann würde vielleicht endlich auch die Polizei den Fall ernst nehmen.

Er drehte den Türknopf und trat ein, ohne anzuklopfen.

29

Albrecht Wellinghofen war genauso alt wie Peter und hatte in etwa auch dessen Statur.

Nur hatte er schmale, hängende Schultern und einen leicht gekrümmten Rücken, so daß der Kopf etwas vorstand, was ihm das Aussehen eines kränklichen Mannes verlieh. In Wirklichkeit war er jedoch kerngesund, lief jeden Morgen zum Frühsport seine vier Kilometer, spielte Tennis und gehörte einer Basketball-Seniorenmannschaft an.

Seine auffällige Behendigkeit schlug sich auch in der beruflichen Arbeit nieder. Er entwickelte eine geradezu hektische Aktivität, und kaum jemand sah ihn einmal in sich gekehrt an seinem Schreibtisch sitzen, auch nicht, wenn er einen Artikel verfaßte.

Er lebte jetzt seit siebenundzwanzig Jahren in den USA und seit zweiundzwanzig in New York. Er war mit einer Amerikanerin verheiratet, mit der Tochter eines evangelischen Pfarrers aus Milwaukee, hatte mit ihr drei erwachsene Söhne und war mit ihr glücklich.

Unter den Journalisten in New York kannte er jeden, der zu den führenden Leuten der Branche zählte.

Im New Yorker Büro der ›International German Press‹ war er schon seit vierzehn Jahren tätig, und vor nunmehr fünf Jahren hatte ihn die Zentrale in Deutschland zu dessen Leiter bestimmt.

Das Büro bestand nur aus einem einzigen großen Raum. Brusthohe Aktenschränke unterteilten ihn in einzelne Boxen. In einigen Boxen waren die Schreibtische für Albrecht Wellinghofen und seine vier Mitarbeiter, zwei Frauen und zwei junge Männer, untergebracht, in den anderen der Telexschreiber, der Kopierapparat, das Archiv und die Telefonanlage mit drei verschiedenen Anschlüssen.

Als Peter das Büro betrat, führte Wellinghofen gerade ein Gespräch mit der französischen Pressestelle bei den Vereinten Nationen. Über den Aktenschrank hinweg sah Wellinghofen den ehemaligen Schulfreund. Er stutzte kurz, erkannte ihn dann und winkte ihm erfreut zu, ohne das Gespräch zu unterbrechen.

Wenig später kam er ihm mit ausgebreiteten Armen entgegen. »Peter, wie schön, dich wieder mal zu sehen! Wie geht es dir? Was treibst du? Wie lange bist du schon hier? Und wie lange bleibst du?«

Er ließ Peter, der zu einer Antwort ansetzte, nicht zu Wort kommen und fuhr gleich angeregt fort: »Wann haben wir uns zum letztenmal gesehn? War es nicht vor ein paar Jahren bei Clarke's? Nein, bei Sardi's! Mann, Peter, du hast dich überhaupt nicht verändert! Trinkst du 'n Bourbon mit? Bist du noch immer für General Motors bei Opel? Mann, hast du 'n Job! Ich beneide dich, Peter. Ich bin ewig in der alten Tretmühle. Den Bourbon mit Soda? Eis haben wir keins.« Und in die Runde zu seinen Kollegen: »Hab'n wir denn noch Soda?«, und nachdem eine der Frauen antwortete: »Noch eine Flasche, neben dem Kopiergerät«, sprach er gleich wieder zu Peter: »Du nimmst ihn doch mit Soda?«, und ohne Peters Antwort abzuwarten: »Sekunde, ich hol nur die Flasche.«

Während er zur Box ging, in der das Kopiergerät stand, die Flasche Sodawasser holte und den Whisky in die Gläser goß, sprach er unentwegt weiter: »Du mußt mir ja verdammt viel erzählen, Peter! Ich weiß nicht mal, ob du inzwischen verheiratet bist. Du wohnst doch noch in Frankfurt? Mann, war das eine Zeit damals in Hannover, was?! Wir zwei als Pennäler! Man wird alt, Peter, glaub's mir. Aber du hast dich ja seit dem letztenmal überhaupt nicht verändert. Du bleibst anscheinend ewig jung. Mann, du müßtest mal in unserer

Tretmühle sein. Aber ich kann mich nicht beklagen, Frau und Kinder gesund, und ich noch immer im Basketballteam, was will der Mensch mehr? Und du, Peter? Erzähl mir, wie es dir geht. Bist du nun inzwischen verheiratet oder nicht? Im vorigen Jahr war ich in Deutschland. Achtzigster Geburtstag meines Vaters. War auch in Frankfurt. Aber nur für eine Nacht. Wollte dich anrufen, aber dann kam irgendwas dazwischen. Was, weiß ich leider nicht mehr. Irgendwas Berufliches. Ein Scheißberuf! Er drückt einem die Luft ab. So, und jetzt setzen wir uns gemütlich zusammen und lassen die alten Zeiten hochleben.« Er schob Peter einen Stuhl hin, drückte ihm ein Glas Whisky in die Hand, setzte sich halb auf den Rand seines Schreibtischs und prostete Peter zu: »Cheers! Willkommen in New York!«

»Albrecht, ich brauche deine Hilfe.« Peter hielt das Glas in der Hand, ohne zu trinken.

»Schon gewährt.« Wellinghofen stürzte einen großen Schluck Whisky in sich hinein.

»Deine Hilfe als Journalist.«

»Du kannst mit mir rechnen. Erzähl.« Wellinghofen zog sein Jakkett aus, hängte es über den Stuhl und setzte sich wieder halb auf die Schreibtischkante.

»Es ist eine ungeheuerliche Geschichte«, begann Peter mit ernstem Gesichtsausdruck.

»Die ungeheuerlichen sind die besten.« Wellinghofen hielt Peter eine Packung Zigaretten hin.

Peter wehrte stumm ab. Dann sagte er eindringlich leise, denn er wollte Wellinghofen zum Zuhören zwingen: »Es ist eine wahre Geschichte. Und ich steh gerade mittendrin.«

»Sehr gut. Ungeheuerlich und wahr ist die beste Kombination.«

»Nein, Albrecht, du verstehst mich falsch. Es ist eine verdammt ernste Geschichte. Eine Sache auf Leben und Tod.«

»Ich versteh dich nicht falsch, Peter. Ich spreche als Journalist. Du willst doch, daß ich die Story irgendwie verbrate, hab ich recht?«

»Ja.«

»Okay, dann erzähl.«

»Hab ich dir jemals von Bob Kellermann erzählt?«

»Kellermann? Bob Kellermann? Nein, ich glaub nicht. Oder doch! Hat er nicht mit der Börse zu tun? Ihr seid schon viele Jahre befreundet, stimmt's? Mann, Peter, ich bin ja behämmert! Ihr kennt euch aus Frankfurt! Habt zusammen studiert! Natürlich! Du hast mich sogar mal mit ihm bekannt gemacht. War's nicht bei P. J. Clarke's? Nein, im ›Danderline‹. Ich erinnere mich jetzt genau. Ein kleiner Untersetzter, ja? Äußerst sympathischer Typ. Wenn du ihn siehst, grüß ihn von mir. Was ist mit ihm!«

»Er wurde ermordet.«

»Ermordet?« Wellinghofen sagte es sachlich und nahm einen weiteren Schluck aus seinem Glas.

»Ja. Und ich will die Sache aufklären, und den oder die Mörder ...«

»Langsam, Peter. Du willst die Sache aufklären? Du? Bist du denn nicht mehr für General Motors bei Opel?« Wellinghofen sah Peter ungläubig an.

»Schon lange nicht mehr.«

»Schon lange nicht? Aber hast du nicht vorhin noch gesagt...?«

»Nein, du hast es gesagt, Albrecht, das heißt, du hast mich danach gefragt.«

»Und warum bist du weg? Geld?«

»Das erzähl ich dir ein anderes Mal. Jetzt bin ich hier, um Bobs Mörder zu finden.«

»Bob? Ach so, Bob Kellermann! Hast du denn keinen Job? Oder doch?«

»Bei Tönissen in Heidelberg.« Peter wurde nervös, weil Wellinghofen ihm offenbar nicht richtig zuhörte.

»Tönissen? Der macht sich, was?«

»Ja. Und ich bin heute vor einer Woche herübergeflogen, um...«

»Habt ihr nicht sogar 'n Office hier?« unterbrach Wellinghofen. »Irgendwie hab ich davon gehört.«

»Ja, wir haben hier ein kleines Büro«, sagte Peter wie nebenbei und begann von neuem: »Ich bin also heute vor einer Woche herübergeflogen, um Bob zu beerdigen.«

»Warum wurde er ermordet? Geld für Drogen?«

»Als ich ankam, wußte ich noch gar nicht, daß es Mord war.«

»Also kein offener Mord?«

»Doch. Das heißt, es hat sich erst nachträglich herausgestellt.«

Die Frau, die Wellinghofen den Tip mit der Flasche Sodawasser gegeben hatte, rief ihm jetzt über zwei Aktenschränke hinweg zu: »Sekunde, Albrecht! Telex aus Hamburg.«

Wellinghofen rief zurück: »Danke, Klara«, und sagte zu Peter flüchtig: »Sekunde«, glitt von der Kante des Schreibtischs und ging in die Box, in der das Telexgerät stand.

Nach einer Weile kam er wieder zurück, nahm sein noch halbvolles Glas Whisky, trank einen Schluck und sagte zu Peter: »Wenn die in Hamburg uns nicht mindestens zehnmal am Tag belästigen können, sind sie nicht glücklich. New Stanton! Zum hundertstenmal New Stanton!« Er war wie abwesend.

New Stanton, ein kleiner Ort in Pennsylvania, war in den letzten Monaten für Albrecht Wellinghofen zum Alptraum geworden. In New Stanton sollte ein Montagewerk der Deutschen Volkswagen AG Wolfsburg erstellt werden. Und Wellinghofens Hamburger Zentrale forderte von jedem Schritt der Entwicklung des Projekts einen neuen Artikel an. Heute nun sollte Wellinghofen dem Gerücht nachgehen, daß die Wolfsburger auch ein Karosseriewerk in den USA bauen würden.

»Wenn ich störe, Albrecht...«

»Nein, du störst überhaupt nicht, Peter. Erzähl weiter.«

»Um es kurz zu machen: Es steht jetzt fest, daß mit dem Mord an Bob auch zwei andere Morde zusammenhängen.«

»Sehr gut. Ein fabelhafter Aufhänger. Wer wurde noch ermordet?«

»Ein Mädchen und ein Junge, offenbar ein Dealer.«

»Hübsches Mädchen?«

»Ja. Sehr. Dunkelhäutig.«

»Rassenproblem?«

»Nein. Sie wußte einfach zu viel.«

»Gibt's ein Foto von ihr?«

»Ich weiß nicht…« Peter zuckte die Schultern.

»Kanntest du sie nicht?«

»Doch.« Peter senkte für einen Moment den Blick. Er dachte an die Nacht, in der Lillie zu ihm ins Hotel gekommen war. Es schien eine Ewigkeit her zu sein. Lillie. Sie hatte sich seinetwegen selbst überwunden.

Und jetzt saß er hier in einem freudlosen Pressebüro und sprach von ihr nüchtern wie von einer Fremden.

»Wie kriegen wir ein Foto von ihr?« Wellinghofen hielt Peter die Flasche Whisky entgegen: »Noch einen? Ach, du hast ja noch.«

Peter hatte noch immer sein Glas in der Hand, ohne getrunken zu haben. Er sagte: »Fünfundvierzig West, Hundertzweite Straße. Lillie Flam.«

»Kein Problem. Und der Junge?«

»Sammy Davies junior in Weiß.«

»Eine tolle Geschichte. Erzähl weiter.« Wellinghofen schenkte sich Whisky nach und setzte sich.

»Na ja, vor ein paar Tagen wollte man mich killen.«

»Dich? Warum denn dich? Sekunde, Peter.« Wellinghofen machte zu Peter eine abwehrende Geste und rief über die Aktenschränke hinweg einem seiner Mitarbeiter zu: »Ralf, vergiß nicht die Vereinten Nationen«, und Ralf rief zurück: »Die zwanzig Minuten sind noch nicht um.«

»Weiter, Peter.« Wellinghofen hob Peter sein Glas entgegen: »Cheers. Auf unsere Jugendzeit.«

Peter hob sein Glas stumm, und sie tranken einander zu. Dann fuhr Peter fort: »Ich war schon so gut wie tot. Ein Hausdetektiv des Hotels hat mich im letzten Moment gerettet.«

»Im Hotel?«

»Nein, auf der Subwaystation.«

»Ah, auf der Subwaystation«, sagte Wellinghofen irritiert und rief zu Ralf hinüber: »Du mußt die zwanzig Minuten nicht exakt einhalten. Je eher wir es wissen, um so besser.«

Er wandte sich wieder Peter zu: »Also, auf der Subwaystation?«

»Ja. Und heute nachmittag bin ich ihnen wieder entkommen.«

»Ach, heute nachmittag?« Wellinghofen war in Gedanken bei den Vereinten Nationen.

»Ja. Ich wollte sie aus dem Hinterhalt locken.«

»Eine tolle Geschichte, Peter. Du erzählst sie auch brillant. Wie 'n Profi. Sekunde.« Und wieder zu Ralf, über die Aktenschränke hinweg: »Hast du sie endlich dran?«

»Bin grad dabei«, rief Ralf.

»Sag ihnen, daß sie die Hosen runterlassen sollen«, rief Wellinghofen zurück, und sagte zu Peter in normalem Ton: »Du willst die Mörder aus dem Hinterhalt locken? Gute Idee. Wird 'ne phantastische Story. Wir brauchen nur ein, zwei Fotos von dem Mädchen.« Er setzte trocken hinzu: »Natürlich nicht als Leiche.« Er lachte, als habe er einen besonders guten Witz von sich gegeben.

»Ich hatte sie ins Guggenheim gelockt«, sagte Peter, um seine Schilderung voranzutreiben.

»Das Mädchen?«

»Nein, die zwei Killer.«

»Ach so, natürlich«, sagte Wellinghofen und rief Ralf zu: »Kannst du heute noch ein paar Fotos aus der Hundertzweiten holen?«

Ralf rief: »Mann, was soll ich denn noch alles machen!«

Wellinghofen sagte zu Peter: »Na, das kriegen wir schon. Fotos von Schwarzen sind natürlich oft problematisch. Ohne hellen Hintergrund kann man sie vergessen. Deine Story ist wirklich Klasse. Wenn du mich noch mal für 'ne Sekunde entschuldigst.« Er erhob sich und ging hinüber zur Box, in der Klara arbeitete.

Als er zurückkam, sagte er erklärend zu Peter: »New Stanton blokkiert uns sicher wieder einen ganzen Tag.« Und aufgeräumt: »Also, wie war das mit dem Guggenheim? Die Killer haben dich hingelockt.«

»Nein, umgekehrt. Ich habe die Killer...«

»Sekunde«, unterbrach Wellinghofen und rief in die Richtung von Klaras Box: »Du mußt dich direkt an McLernon wenden.«

»An wen?« rief Klara zurück.

»McLernon, den Präsidenten der Volkswagen Manufacturing Corporation«, rief Wellinghofen.

»Na, du bist vielleicht 'n Witzbold!« rief Klara und setzte einlenkend hinterher: »Okay, ich werd's mit seinem Office versuchen.«

»Du hast also die Killer ins Guggenheim gelockt«, nahm Wellinghofen Peters Erzählung wieder auf.

»Albrecht, ich muß leider gehn. Meine Zeit ist knapp.« Peter hatte erkannt, daß er hier fehl am Platz war.

»Nein, bleib ruhig. Ich bin ganz Ohr. Eine tolle Geschichte. Wirklich eine tolle Geschichte.« Wellinghofen wollte Peter aufmuntern, in der Erzählung fortzufahren.

»Sinnlos, Albrecht. Ich muß gehn.«

»Eine tolle Geschichte. Und mit dem Foto des Mädchens ein fabelhafter Aufhänger.« Wellinghofen sagte es wie eine Verabschiedung.

»Die Sache ist geritzt«, rief Ralf über die Aktenschränke hinweg Wellinghofen zu.

Wellinghofen rief zurück: »Okay, dann fahr ich hin.« Und sagte zu Peter entschuldigend: »Ich muß schnell zu den Vereinten Nationen. Ein Scheißjob. Ich ruf dich an, ja? Wo bist du zu erreichen? In welchem Hotel?«

»Es ist besser, ich melde mich wieder.«

»Wie du meinst. Aber du kannst dich auf mich verlassen. Wenn ich sage, ich ruf dich an, dann ruf ich dich an. Hundertprozentig.«

»Nein, ich melde mich.«

»Du bist aber nicht enttäuscht?«

»Nein, ich bin nicht enttäuscht, Albrecht.«

»Das wär ja auch noch schöner.« Wellinghofen meinte es in aller Freundschaft und setzte herzlich hinterher: »Du meldest dich. Kommst vorbei. Und ich freue mich, wenn ich dich sehe.« Da kam ihm ein Einfall: »Am besten ist, du schreibst die Geschichte auf. Nicht perfekt. Nur in erweiterten Stichworten. Nicht mehr als zwei Seiten.« Und routinegewohnt sagte er: »Hundertfünfzig Worte pro Seite, mehr nicht. Das sind dreißig Zeilen zu vierzig Anschlägen.«

Er zog sich sein Jackett an. »Peter, ich hab mich wahnsinnig gefreut, daß wir uns wiedergesehen haben. Wenn ich dir wieder mal helfen kann...« Er schlug sich mit der flachen Hand gegen die Stirn: »Quatsch! Du bringst ja die Story.« Sein Lächeln wirkte verlegen. »Kommst du mit nach unten? Ich kann dich in meinem Wagen mitnehmen, wenn du willst.«

»Wo steht er? Im Parkhaus?« Peter witterte eine Chance.

»Ja. Im Keller.«

»Dann komm ich mit.«

30

›Sie ist die Lady von Colorado und wurde Liebling eines ganzen Landes...‹

Das Orchester setzte zum Finale an. Die Bläser. Die Geigen. Die Rhythmusinstrumente. Der Chor, und nach und nach alle Solisten stimmten kanonartig in Dianas abgewandeltes Auftrittslied ein.

Zuletzt trat Diana auf und sang das Lied in der Ich-Form.

Das Publikum raste vor Begeisterung.

»Jeden Abend das gleiche.« Rose stand zusammen mit Peter in der Seitenkulisse, hatte den angewärmten Bademantel für Diana über dem Arm und war gegen das Publikum eingenommen. »Durch den Beifall zerstören sie ihren Text«, zischte sie Peter zu, doch er nahm ihre Worte nicht auf.

Er war bei Diana. Er kostete jede ihrer anmutigen Bewegungen aus, jeden Tanzschritt, jede Geste, ihren Charme, ihre Schönheit und den Wohlklang ihrer Stimme.

Für ihn war es ein Abschied für immer.

Er versuchte, ihr Bild für alle Zeit in sich aufzunehmen.

»Achtung, das hohe C«, flüsterte Rose ihm zu und stieß ihn an, und er nickte lächelnd zurück, ohne sie verstanden zu haben.

Diana Lester. Die Frau, die ihm gefährlich hätte werden können. Und die er im letzten Augenblick durchschaut hatte.

Wenn er in drei Wochen das nächstemal nach New York kommen würde, gab es sie für ihn nicht mehr. Mag sein, daß er sich dann noch einmal ›Die Lady von Colorado‹ ansehen würde, aber nicht mehr Diana, wie er sie kannte.

»Nur noch das Crescendo«, flüsterte Rose, »wir müssen Platz machen.« Sie zupfte Peter am Ärmel, und sie traten in das Halbdunkel der Hinterbühne zurück.

»Danke, Rose, daß ich mitkommen durfte.« Er beugte sich zu ihr hinunter und sagte es ihr leise ins Ohr.

Vor einer halben Stunde war er in Dianas Garderobe erschienen und hatte sich mit Rose belanglos unterhalten. Als sich Rose dann angeschickt hatte, zum Finale zur Bühne zu gehen, hatte sie ihn gefragt, ob er Lust habe, mitzukommen, und er hatte das Angebot freudig angenommen.

Seit heute mittag war er nicht mehr im Hotel gewesen. Ahnungslos hatte Albrecht Wellinghofen ihn mit dem Wagen aus der Gegend des Rockefeller Centers in Sicherheit gebracht. Peter hatte sich davon überzeugt, daß ihnen keiner der Killer und auch nicht der rote Chevrolet gefolgt waren.

Wellinghofen hatte Peter schließlich auf der Second Avenue in der Nähe einer Telefonzelle abgesetzt. Sie hatten sich nur noch über Nichtigkeiten unterhalten und Peters Problem nicht einmal mehr gestreift.

Es war schon dunkel.

Aus der Telefonzelle rief Peter dann Loussier im Plaza an. Es lag nur die Nachricht von Karin Mebius vor, daß sie Peters Rückruf erwarte. Er bat Loussier, morgen seinen Mantel aus dem Guggenheim Museum holen zu lassen, und sagte ihm, daß morgen sein Zimmer frei würde.

Danach rief er Karin an. Das Gespräch war kurz.

Sie sagte: »Bis morgen abend habe ich alle Unterlagen, die jemals im Zusammenhang mit Diana Lester erschienen sind.«

»Blasen Sie es ab, ich brauch das Material nicht mehr.«

»Das geht nicht. Ich mußte einen festen Auftrag geben.«

»Nicht weiter schlimm. Buchen Sie mich morgen bitte für die Abendmaschine nach Frankfurt.«

»In Ordnung. Ich lasse das Ticket ins Plaza schicken. Und das Material über Diana Lester?«

»Verbrennen Sie es.«

»Noch eine Frage: Ich kann also ab sofort wieder ins Büro?«

»Ja.«

Nach dem Gespräch mit Karin Mebius aß er in irgendeinem Schnellimbiß einen Hamburger mit viel Ketchup und trank dazu eine Tasse Kaffee.

Dann machte er sich auf den Weg zum Belasco Theater. Seine Armbanduhr zeigte kurz nach neun. Er ließ sich Zeit und achtete darauf, daß ihm niemand folgte.

Eine halbe Stunde vor dem Ende der Vorstellung hatte er dann den Bühneneingang erreicht.

Jetzt, nachdem das Finale vorbei war und die Schauspieler den Beifall entgegennahmen, ging er voraus in Dianas Garderobe.

Wie nach jeder Vorstellung kam sie atemlos an und ließ sich erschöpft in ihren Sessel vor dem wandlangen Schminktisch fallen.

Peter stand hinter dem fahrbaren Kleidergestell in der Nähe des Waschbeckens. Als sie nach einer Weile den Blick hob und ihn sah, leuchteten ihre Augen auf. »Hi!« Es hörte sich wie eine Liebkosung an.

Peter trat auf sie zu und gab ihr wortlos einen Kuß auf die Stirn.

»Schön.« Sie sprach leise, und ihr Atem ging nach wie vor schwer.

Sie streckte ihm ihre Hand entgegen, und er nahm sie und küßte zärtlich ihre Fingerkuppen.

»Schön, daß du da bist«, sagte sie ausgepumpt, und über ihr Gesicht huschte ein mattes Lächeln.

Er zog einen Stuhl zu ihr hin und wollte sich setzen.

»Nein. Bitte geh. Du sollst mich nicht so sehn. In zehn Minuten, ja?« Sie schloß abgespannt die Augen.

Daß sich ihre weibliche Eitelkeit zu regen beginnt, dachte er, zeigt, wie sie allmählich wieder zu sich kommt. Er respektierte ihren Wunsch und verließ die Garderobe.

Zehn Minuten später winkte Rose ihn wieder herein.

Diana war jetzt abgeschminkt und begann sich hinter dem graugrünen Paravent anzuziehen. Im Spiegel sah er, daß sie noch halbnackt war.

Unwillkürlich gingen seine Gedanken zurück zum vergangenen Mittwoch. Damals hatte er zum erstenmal hier gestanden. Und auch damals hatte er im Spiegel ihre betörende Figur bewundert.

»Ich bin glücklich«, sagte sie hinter dem Paravent, während sie sich einen schwarzen Seidenpullover über den Kopf zog, »vollkommen glücklich.« Es galt Peter.

Dann kam sie hervor und legte ihm ihre Arme um den Hals. »Hast du einen besonderen Wunsch für heute abend?« Sie sprach zärtlich leise und hauchte ihm einen Kuß auf die Wange.

Er ließ es unbeweglich über sich ergehen.

»Wo wollen wir essen?« fragte sie ausgelassen, trat vor den wandlangen Spiegel und schminkte sich mit schnellen Bewegungen die Lippen. »Café des Artistes? Bei Sardi's? Bei Dorrian's? Oder bei Naka?«

»Bei Naka«, hörte er sich antworten, als habe sein zweites Ich gesprochen.

Er war also bereit, sogar noch beim Abschied ein Risiko einzugehen.

Das Risiko, daß sie ihn zum zweitenmal verraten könnte.

Dann aber ohne Ausweg für ihn.

Er verstand sich selbst nicht mehr.

31

Wie schon am Sonntagabend war der Tisch im Eßzimmer festlich gedeckt. Nur war die Farbe Rot durch die Farbe Grün ersetzt. Die Decke und die Servietten waren apfelgrün, die Kerzenhalter apfelgrün, mit apfelgrünen Kerzen in weißen papierenen Rüschen, und statt der zwei großen Vasen voll roter Rosen standen zwei hohe grüne Vasen mit je einem bunten Strauß verschiedener Blumen neben dem Tisch.

Naka trug das Essen auf.

Geröstetes Schweinefleisch nach Hunan Art als warme Vorspeise. Als erste Hauptspeise Krabben nach Szechuen Art, das hieß mit Würfeln von Bambusschößlingen und Scallions, gemischt in Szechuen-Soße. Als zweite Hauptspeise Peking-Ente mit Crêpes, Frühlingszwiebeln und Hoisin-Soße. Und danach, auf Peters Wunsch, wie am Sonntag, süße gebackene Bananen nach Szechuen Art.

Und wie am Sonntag unterhielten sie sich während des Essens nur über allgemeine Dinge.

Den Kaffee servierte Naka wie gewöhnlich auf dem Louis-Seize-Tisch im Salon.

Nachdem Naka gegangen war, legte Diana ihre Hand auf die von Peter und sagte leise: »Der Nachmittag war schlimm für mich. Genaugenommen, bis ich dich in der Garderobe gesehen habe. Ich habe Angst um dich gehabt, Peter, furchtbare Angst.«

Er schwieg, und sein Blick ruhte nachdenklich auf ihr.

»Ich kann mir meine Angst nicht erklären«, fuhr sie fort und wußte, daß sie nicht die Wahrheit sprach. Sie konnte sich ihre Angst sehr wohl erklären. Boys Anruf hatte sie ausgelöst.

Seine plötzliche angebliche Gleichgültigkeit gegenüber Peter, dann das hoffnungsvolle ›Wir haben es bald geschafft‹ und die eigenartige Bitte, sie möge ihm ihren heutigen Tagesablauf schildern, das war es, was ihr Angst gemacht hatte. Sie kannte Boy nur zu gut. Er vertrat seine Interessen erbarmungslos.

»Es war furchtbar. Glaub mir, Peter.« Sie sprach leise und strich liebevoll über seine Hand. »Kannst du es mir nachfühlen?«

Er gab keine Antwort.

»Die Friseuse hat mir den Kopf geknetet, und ich habe an dich gedacht. Der Fernsehproduzent hat mir eine Rolle in den schillerndsten Farben geschildert, und meine Gedanken waren bei dir. Die Gesangstunde habe ich abgesagt, mich ins Bett gelegt und hatte immerzu nur dich vor mir. Es hat weh getan. Sehr weh. Kennst du das?«

Als er noch immer schwieg, nahm sie ihn an der Hand und sagte, während sie sich erhob: »Laß uns ins Bett gehn«, und setzte für sich hinterher: »Ich brauche jetzt deine Nähe.«

Er sagte nichts. Er fühlte sich wie in Trance.

Wenig später lagen sie zusammen im Bett.

32

Am Anfang war ein großer dunkler Wald, der sich nach und nach lichtete, bis schließlich der Himmel wie ein weitgespanntes, riesiges Zeltdach zu sehen war, ein blauer Himmel mit bauschigen, turmhohen weißen Wolken, und auf einmal standen sie Hand in Hand vor einer steilen Treppe, die im Nichts zu enden schien.

Die ersten Stufen nahmen sie beschwingt und voll Tatendrang. Allmählich aber wurden ihnen die Beine schwer und ihre Schritte von Stufe zu Stufe mühsamer. Ihre Kräfte verließen sie, und sie schoben und zogen sich gegenseitig weiter nach oben, mit dem festen Willen, das Ende der Treppe, den höchsten Punkt, zu erreichen, doch noch kurz vor dem Ende waren sie der Verzweiflung nahe, da sie spürten, daß der höchste Punkt in immer weitere Ferne rückte, aber sie nahmen all ihre Kraft zusammen und bewältigten die letzten Stufen.

Das Glück, ganz oben zu sein, währte allerdings nur kurze Zeit, und sie stürzten hinunter in die Tiefe, endlos in einen dunklen Schacht.

In Schweiß gebadet lagen sie nebeneinander. Sie schwiegen.

Sie waren sich beide darüber im klaren, daß sie diesmal nur mit ungeheurer Anstrengung zum Höhepunkt hatten gelangen können.

Es verging eine Weile, ehe Diana zu sprechen begann. »Ich war nahe daran, zum Guggenheim zu kommen. Ich habe es zu Hause allein nicht mehr ausgehalten. Meine Angst um dich hat mich fast verrückt gemacht. Ich bin nur nicht gekommen, weil ...« Sie zögerte, als scheue sie davor zurück, etwas Falsches zu sagen.

Da er aber nicht darauf einging, setzte sie den Gedanken fort: »Vielleicht hätte mein Kommen alles nur verdorben. Ich war mir nicht sicher.«

Er sagte nichts.

Sie fragte ihn direkt: »Hätte ich etwas verdorben, wenn ich gekommen wäre?«

Er lag unbeweglich, und sein Blick ging zur Spiegeldecke hoch. Er schwieg.

»Was ist?« Sie drehte ihr Gesicht zu ihm hin.

»Nichts.«

»Doch. Ich spüre es. Du hast etwas. Ich spüre es schon den ganzen Abend. Ich habe es mir nur nicht zugegeben. Was ist es? Bedrückt dich was? Ist etwas schiefgegangen?«

»Nein, es ist nichts schiefgegangen. Es lief alles nach Plan.« Es klang gallig.

»Mach mir nichts vor, Peter. Du hast doch etwas.«

»Es lief alles nach Plan. Sogar der Verrat.« Er sah nach wie vor zur Decke hoch.

»Was heißt, Verrat?«

»Verrat heißt Verrat.«

»Sag schon endlich, Peter, was meinst du?«

Er erzählte ihr, wie er um sein Leben gerannt war.

Eine Pause trat ein. Jeder hing seinen Gedanken nach.

Dann sagte sie: »Jetzt versteh ich dich. Du glaubst, daß ich ... aber das ist ja ungeheuerlich.«

Es war kaum zu hören.

Auch sie lag jetzt regungslos und hatte den Blick zur Decke gewandt.

Es war still im Raum.

Nach geraumer Zeit sagte sie wie zu sich selbst: »Ich hätte mit so etwas rechnen müssen.«

Wieder trat eine Pause ein.

Dann fragte er mit belegter Stimme: »Womit hättest du rechnen müssen?«

»Mit deinem Mißtrauen mir gegenüber.«

»Es hat sich bestätigt. Leider.«

Sie tat, als habe sie den Vorwurf überhört, und sagte: »Du wirst dich davon nie freimachen können. So traurig es für uns ist. Ich habe es von Anfang an gespürt.«

»Ich möchte nicht mehr darüber sprechen.«

Sie schwiegen beide, bis sie fragte: »Wie soll es weitergehn?«

»Du weißt es.«

»Also Abschied.«

Er nickte unmerklich.

Von neuem breitete sich Stille aus. Noch immer lagen sie reglos auf dem Rücken nebeneinander und starrten gegen die Decke, die ihr Spiegelbild reflektierte, doch sie nahmen es nicht wahr.

Dann stellte sie mit fester Stimme die Frage: »Gibt es so etwas wie Glück?«

»Nein«, sagte er ruhig. »Alles im Leben kommt aus dem Leben selbst.«

»Auch ein Einfluß von außen?«

»Auch ein äußerer Einfluß steht im ursächlichen Zusammenhang mit dem Leben.«

»Aber ich bleibe dabei«, sagte sie ungerührt, »wir beide hatten Glück.«

»Wie meinst du das?«

»Das wir uns begegnet sind.« Sie verbesserte sich: »Aber wir sind keine Ausnahmeerscheinungen. Wir zerstören unser Glück selbst.«

Er sagte darauf nichts.

Es verging eine Weile, dann sprach sie mitfühlend leise: »Du tust mir leid, Peter. Unendlich leid.«

Da er auch darauf nichts entgegnete, sagte sie mit verhaltener Stimme: »Wir hatten unser Glück nicht verdient. Es ist wirklich besser, es bleibt beim Abschied.«

»Es gibt keinen anderen Weg.«

Wieder trat eine Pause ein, diesmal eine schier endlose.

Dann drehte sie sich auf einmal ruckartig zur Seite, löschte das Licht aus und sagte in die Dunkelheit hinein: »Der Schlüssel für den Lift hängt neben der Garderobe. Gib ihn bitte Arthur.« Es war wie eine Verabschiedung.

Er aber blieb bewegungslos liegen. Er hatte die Augen geöffnet und starrte ins Dunkel. Es fiel ihm schwer, den Abschied für immer endgültig herbeizuführen. Doch er war sich bewußt, daß es für ihn kein Zurück geben durfte.

Er horchte, wie sie gleichmäßig atmete.

Nach einiger Zeit fielen ihm die Augen zu.

Als er erwachte, zeigte seine Armbanduhr kurz vor vier Uhr früh. Diana lag neben ihm und schlief.

Er glitt lautlos aus dem Bett, ohne Licht zu machen, zog sich an und verließ die Wohnung.

Er fuhr mit dem Lift nach unten. Arthur, der Doorman, war in Hemdsärmeln in einem Sessel der Halle kurz eingenickt. Als er den Lift hörte, stand er auf.

»Guten Morgen, Sir.«

»Guten Morgen, Arthur. Miß Lester hat mich gebeten, Ihnen den Schlüssel zu geben.«

»Danke, Sir.« Arthur nahm den Schlüssel entgegen. Da sah er, daß Peter ihm mit dem Schlüssel auch einen Fünf-Dollar-Schein in die Hand gedrückt hatte. »Oh, danke, Sir, besten Dank, Sir.« Bereitwillig schloß er die Haustür auf.

Über der Park Avenue lag der erste Hauch der Morgendämmerung.

Viertes Buch

Der Wunsch

Besäße der Mensch die Beharrlichkeit,
so wäre ihm fast nichts unmöglich.

Aus China

1

Nachdem Arthur die Haustür hinter ihm geschlossen hatte, blieb Peter einen Augenblick stehen und sah unschlüssig in das Halbdunkel der beginnenden Morgendämmerung.

In Gedanken lag er noch neben Diana. ›Der Schlüssel für den Lift hängt neben der Garderobe. Gib ihn bitte Arthur.‹ Das waren ihre letzten Worte gewesen. Er lächelte bitter in sich hinein.

Ein Traum war zerronnen. Es tat weh. Ihm war, als sacke sein Magen durch.

Wie um sich abzulenken, warf er einen neuerlichen Blick auf die Armbanduhr. Es blieb dabei, es war vier Uhr morgens.

Die Park Avenue war wie ausgestorben. Weit unten kam auf der anderen Straßenseite ein Taxi herauf. Sein Schild war beleuchtet. Peter winkte. Aber der Fahrer hielt nicht. Entweder fuhr er schwarz oder nach Hause.

Peter ging in Richtung Midtown. Wo bekam er um diese Zeit ein Taxi? Auf der Park? Auf der Madison? Oder auf der Fifth Avenue?

Er entschloß sich für die Fifth Avenue und bog in die Dreiundachtzigste Straße ein.

Er hatte sich kaum ein paar Schritte von der Park Avenue entfernt, da peitschte ein Schuß durch die Dämmerung.

Peter handelte blitzartig. Der kleine Eingang zum Souterrain eines schmalen, dreistöckigen Hauses. Daneben die eiserne Wendeltreppe zum Haupteingang hoch. Peter suchte Deckung und hielt den Atem an.

Wieder ein Schuß.

Dröhnend gegen die Wendeltreppe.

Er mußte von der Park Avenue her gekommen sein. Wenn Peter noch eine Sekunde hier stehenblieb, war er verloren.

Er rannte los in Richtung Madison Avenue. So weit wie möglich, hielt er sich in der Nähe der Häuser und schlug Haken, um dem Schützen kein genaues Ziel zu bieten.

Es waren zwei, der Filipino und sein Komplize. Peter erkannte sie, als er im Laufen über die Schulter einen Blick zurückwarf. Sie trieben ihn vor sich her.

Ihm war, als gerinne ihm das Blut in den Adern.

Er sprang hinter einen Mauervorsprung und schoß zurück.

Die beiden Verfolger schienen auf einmal verschwunden zu sein.

Er hastete zur Madison vor. Wenn er Glück hatte, kam dort ein Taxi vorbei.

Aber er hatte kein Glück. Die Madison war genauso ausgestorben wie die ganze Gegend.

Er lief weiter in Richtung Fifth Avenue. Als er sie erreichte, fuhr gerade ein Taxi heran. Erleichtert winkte er es sich, und der Fahrer bremste.

Peter hatte die Tür schon aufgemacht und war eben im Begriff einzusteigen, da schoß einer der Killer von neuem.

Pfeifend prallte die Kugel an der hinteren Stoßstange ab.

Der Fahrer gab Vollgas, ohne sich darum zu kümmern, ob sein Fahrgast schon eingestiegen war oder nicht, und der Wagen schlingerte quietschend mit schlagender Tür über den Asphalt und verschwand im Dunst der Dämmerung.

Peter hatte im letzten Augenblick einen Satz zurück gemacht, sonst hätte der Wagen ihn umgerissen.

Deckungslos stand er auf dem Gehsteig, seinen Verfolgern als lebende Zielscheibe preisgegeben.

Ihm stockte der Herzschlag. Seine Situation war so gut wie aussichtslos.

Der Schütze mußte von der Ecke der Dreiundachtzigsten aus gefeuert haben. Wo der andere Verfolger war, konnte Peter nicht ausmachen.

Er mußte von hier weg, das war klar. Mit weit ausholenden Schritten stürmte er hinüber auf die andere Seite der Avenue, direkt auf den breiten Bau des Metropolitan Museum of Art zu, dann rechts hoch am Parkplatz vorbei, in den Central Park und in die Transverse Road Two hinein.

Er lief, was die Beine hergaben, die Straße entlang, dann durch das kurze Gewölbe der Unterführung vom East Drive, schließlich weit hinein über den Rasen und ließ sich erschöpft hinter einen der herbstlichen Büsche fallen.

Das Gras war feucht.

Niemand war zu sehen.

Ihm war, als befände er sich in einer Oase der Ruhe. Das Zwitschern einer Meise verstärkte den Eindruck.

Die Morgendämmerung gab nur nach und nach die Umrisse der Umgebung frei. In den Kandelabern vorne an der Transverse brannte noch Licht. Milchig schien es herüber.

Ihm fiel ein, daß der Park zwischen Mitternacht und Sonnenaufgang offiziell geschlossen war und nur von Polizeistreifen betreten werden durfte. Eine gewiß lobenswerte Verordnung, die jedoch Nacht für Nacht vielfach durchbrochen wurde, denn die Polizei konnte den Park nie vollkommen unter Kontrolle bringen.

Dazu war er einfach zu groß. Doppelt so groß wie der ganze Staat Monaco, hatte Peter irgendwo einmal gelesen.

Vor etwas mehr als hundert Jahren war er errichtet worden. Bis dahin war das Gelände kahl, felsig und durchzogen von glitzernd dunklem Glimmerschiefer und erdiger Weide, auf der ab und zu die armseligen Hütten von neuen, meistens deutschen und irischen Einwanderern standen, und zwei große Wasserbecken fingen die Wasserreserven für die Stadt auf, die aus den Hudson-Bergen hierhergeleitet wurden.

Rund fünf Millionen Bäume hat man damals gepflanzt, und bei den Arbeiten stieß man auf ein gewaltiges Lager von gelbem, durchscheinendem Goldberyll, für dessen Gegenwert damals ein Vermögen gezahlt wurde.

Heute ist der Central Park eine blühende Parklandschaft von Baumgruppen, Büschen, Rasenflächen, Hügeln, Tälern, Wegen, Pfaden, Felsen, Teichen, Seen, Wasserfällen, Brücken und kleinen Tunnels.

Ein Landschaftspark mit Szenen wie auf Gemälden von Lorrain oder Poussin.

Sportplätze gibt es hier, einen Zoo, Karussells, eine Eisbahn, Schwimmbecken und mehr als zwei Dutzend Kinderspielplätze.

Tagsüber wird hier radgefahren, spazierengegangen, Dauerlauf gemacht, Picknick veranstaltet, Gitarre gespielt, und Schulklassen halten hier manchmal ihren Turnunterricht ab.

Tausende von Menschen sind tagsüber im Park.

Jetzt aber, zu dieser frühen Morgenstunde, sah Peter nicht einmal einen Streifenwagen der Polizei.

Er fühlte sich geborgen allein.

Plötzlich hielt er den Atem an.

Keine zwanzig Schritt von ihm entfernt stand, mit dem Rücken zu ihm, der Komplize des Filipinos.

Donaldson stand hinter einem Baum und spähte zur Transverse vor. Offenbar hatte er Peter aus den Augen verloren und suchte nach ihm. In seiner Hand blitzte eine Pistole.

Peter erkannte, daß er verloren war, wenn er sich nicht selbst half.

Er schob sich lautlos Meter um Meter von hinten an Donaldson heran, die Webley im Anschlag. Noch fünf Schritte. Noch vier. Noch drei. Noch zwei.

Ein Sprung, und er hatte einen Arm kraftvoll um Donaldsons Hals gepreßt, riß dessen Kopf nach hinten, daß die Wirbel krachten, und schlug ihm mit dem Knie blitzartig die Waffe aus der Hand. Sie fiel ins taufeuchte Gras.

Doch Donaldson war bärenstark. Mit dem ganzen Gewicht seines stämmigen Körpers ließ er sich zur Seite fallen, so daß Peter das Gleichgewicht verlor und mit dem Hinterkopf auf eine Baumwurzel schlug.

Für den Bruchteil einer Sekunde lockerte sich sein Griff um Donaldsons Hals, und Donaldson schnellte herum, konnte sich befreien, warf sich auf den hilflos am Boden liegenden Peter und drosch ihm seine Faust mitten ins Gesicht.

Peter spürte, wie ihm die Sinne zu schwinden drohten. Von der Augenbraue lief ihm Blut über die Wange. Da besann er sich, daß er noch immer die Webley in der Hand hielt. Er hob sie, zielte auf Donaldson, doch der hieb sie ihm mit einem Faustschlag zur Seite und setzte sofort zum nächsten Schlag gegen sein Gesicht an.

Peter riß den Kopf herum, Donaldsons Schlag ging ins Leere. Peter zog die Knie an und rammte sie Donaldson in den Unterleib, daß der aufschrie vor Schmerz und Peter die Oberhand gewann und nun seinerseits über Donaldson lag und ihn an den Haaren packte und dessen Hinterkopf mehrmals gegen den harten Boden schlug.

Dann beugte er sich behend zurück, holte zu einem rechten Haken aus, legte seine ganze Kraft in den Schlag und traf Donaldson genau auf den Punkt. Donaldson war angeschlagen.

Doch er gab nicht auf.

Eine gekonnte schnelle Bewegung, eine Drehung seines Körpers, und ehe sich Peter versah, war Donaldson wieder auf den Beinen. Schleppend zwar, aber mit dem unbeugsamen Willen, um sein Leben zu kämpfen, und stürzte sich mit haßverzerrtem Gesicht auf Peter. Er setzte zu einer rechten Geraden auf dessen Kinn an, schlug sie nach vorn, kräftig wie ein Dampfhammer. Doch Peter sah sie rechtzeitig kommen, wich mit dem Kopf gerade soweit zurück, daß Donaldson in einen glasharten Konter hineinfiel, der ihm das Kinn zu zertrümmern schien.

Donaldson sackte nach vorne weg. Peter fing ihn auf und umfaßte mit dem Arm wieder von hinten Donaldsons Hals und legte alle Kraft in den Druck, so daß Donaldson nach Luft rang.

In dem Augenblick war der Filipino heran.

Der Lauf seiner Smith-and-Wesson richtete sich auf Peter.

»Stop!« Ruckartig schnell schob Peter den Körper von Donaldson, der ihm kraftlos im Arm hing, zwischen sich und den Filipino. »Stop, Filipino! Waffe weg! Ich zähl bis drei. Dann breche ich deinem Mann das Genick.«

»Nein!« Donaldson wollte aufschreien, doch es kam nur ein tonloses Röcheln. Seine Augen weiteten sich vor Todesangst.

Er hatte den Filipino Mandaya von Anfang an gehaßt. Mandaya war für ihn ein Außenseiter. Er gab sich nicht nur aufgeblasen wie ein Pfau, er war auch dummdreist wie sonst keiner aus ihren Kreisen.

Und sein Vorgehen war selbstmörderisch, nicht nur allein für ihn, sondern auch für seine Partner. Er war unberechenbar. Ein Verrückter.

Als Paolucci ihm gesagt hatte, daß Mandaya sein Partner sein würde, hatte Donaldson sofort ein mulmiges Gefühl gehabt. Und das Gefühl hatte die ganzen Tage angehalten.

Mandaya ging auch über die Leichen seiner Freunde, das hatte Donaldson ihm sofort an den Augen angesehen.

Jetzt war es soweit. Jetzt sollte Donaldson recht behalten.

»Eins.« In die Stille hinein begann Peter mit dem Zählen.

Auf einem Baum in der Nähe ließen sich schwirrend ein paar Häher nieder und flogen gleich darauf wieder weiter.

Mandaya richtete unbewegt den Lauf seiner Smith-and-Wesson auf Donaldson, den Peter als Kugelfang vor sich hielt, und seine Augen waren nur noch zwei schmale Schlitze.

Donaldson war auf einmal in Gedanken in Santa Monica. Mary würde das Kind nun ohne ihn bekommen. Und er wäre so gerne Vater geworden.

»Zwei.« Peter zählte mit fester Stimme.

Mandaya stand reglos. In seinem Gesicht zeichneten sich seine angespannten Muskeln hell über den dunklen Backenknochen ab. Sein Finger lag am Abzug.

Am Baumstamm, hinter dem Donaldson gestanden hatte, huschte eines der zutraulichen, grauen Eichhörnchen hoch und schien die Szene gelassen zu betrachten.

In der Ferne auf der Transverse fuhr ein Wagen mit hohem Tempo vorbei.

Das Singen seiner Reifen in der Kurve zur Fifth Avenue drang durch die Stille herüber.

Jetzt erst bemerkte Peter, daß auf den Lauf der Smith-and-Wesson ein Schalldämpfer aufgeschraubt war. Also hatte vorhin nicht der Filipino auf ihn geschossen, sondern sein Komplize, den Peter jetzt vor sich hielt. Das Magazin der Smith-and-Wesson war demnach noch voll.

Wenn der Filipino die Waffe nicht wegwarf, hatte Peter so gut wie keine Chance. Schon gar nicht, wenn er seine Drohung wahrmachen, den Druck seines Armes ruckartig verstärken und so seiner Geisel das Genick brechen würde.

Und es sah nicht so aus, als ob der Filipino Peters Ultimatum nachkommen und seine Waffe von sich werfen wollte.

Eine Situation ohne Ausweg.

Es blieben Peter nur noch Bruchteile von Sekunden, darüber war er sich klar.

Er mußte die Initiative ergreifen. Er mußte den Filipino verwirren und ihn dazu bringen, überstürzt zu handeln.

Sein Blick war starr auf ihn gerichtet.

Plötzlich sah er an ihm vorbei, als nehme er Verbindung mit einer Person hinter ihm auf, und rief laut, wie außer sich vor Angst: »Los, Lieutenant, knallen Sie ihn endlich ab!«, und im gleichen Augenblick stieß er den Bulligen von sich zu dem Filipino hin.

Es ging alles blitzschnell.

Mandaya schnellte herum, um sich nach hinten zu verteidigen, erkannte, daß sein Gegner ihn hereingelegt hatte, sah plötzlich von vorne einen Körper auf sich zufallen und drückte blindwütig ab.

Drei-, vier-, fünf-, sechsmal, er schoß das ganze Magazin leer.

Donaldson sackte vornüber. Er war tot.

Peter stürzte sich auf den Filipino, schlug ihm die Faust ins Gesicht, daß er nach hinten torkelte, schlug noch mal und noch mal, bis der andere zu Boden fiel.

Mandaya aber war zäh und schnell.

Er ließ sich zur Seite rollen, sprang mit einer flinken Bewegung hoch und hieb Peter die Smith-and-Wesson über den Kopf.

Peter taumelte. Er wollte brüllen vor Schmerz. Doch er biß die Zähne zusammen und schlug zurück. Einmal, zweimal, dreimal. Mit all seiner Kraft, die noch in ihm steckte.

Mandaya riß es den Kopf nach hinten. Aus seinem Mund quoll Blut. Peter schlug weiter auf ihn ein. Noch mal und noch mal.

In den Magen. Aufs Kinn. Auf die Leber. In die Augen. An die

Schläfen. So lange, bis der Filipino zusammensackte und mit dem Gesicht nach unten wie tot liegenblieb.

Doch unerwartet hob er den Kopf und sah aus blutunterlaufenen Augen um sich, entdeckte Peters Webley vor sich im Gras, hechtete nach ihr, umfaßte sie, wollte sie auf Peter richten, aber Peter war schneller, packte mit einem eisernen Griff den Unterarm des Filipino, drehte ihn zur Seite, und es kam zu einem kurzen Handgemenge.

Plock. Ein dumpfer Knall. Ein Schuß hatte sich gelöst.

Mandayas Kopf sackte nach vorn.

Seine Hand öffnete sich, und die Webley fiel Peter vor die Füße.

Peter stand einen Augenblick wie gelähmt.

Er war dem Tod entgangen. Um Haaresbreite.

Gleichgültig ließ er den leblosen Körper des Filipinos ins Gras gleiten. Er schaute um sich und horchte, ob der Kampf jemanden angelockt hatte. Es war still. Niemand war zu sehen.

Schweratmend nahm er die Webley an sich und ging mit schleppenden Schritten in Richtung des Sees davon. Er fühlte sich wie zerschlagen.

Nach ein paar Metern blieb er stehen. Neben der von Kugeln durchsiebten Leiche des Bulligen war ihm etwas Weißes aufgefallen.

Er ging zurück und hob es auf.

Es war die Werbekarte einer Peep-Show. Vermutlich war sie dem Bulligen aus der Tasche gerutscht.

Mitten auf ihr war ein frischer Blutfleck.

2

Wie er bis zum Hotel gekommen war, wußte er selbst nicht zu sagen. Er erinnerte sich nur, daß er im See sein Gesicht notdürftig vom Blut gesäubert hatte, daß er über den Rasen hinweg in Richtung Zoo aufgebrochen war, daß er sich dabei in der Nähe des East Drive gehalten hatte und daß ihm keine Polizei begegnet war.

Mit müden Beinen stieg er die teppichbespannten Stufen hoch und schob sich durch die Drehtür.

Auf einmal sah er, daß er noch immer die Werbekarte für die Peep-Show in der Hand hielt. Er versenkte sie in seiner Jackentasche.

Am Palm Court kam ihm Raoul Loussier entgegen.

»Guten Morgen, Sir.«

»Guten Morgen. Sind Resident Manager immer so früh auf den Beinen?« Peter konnte kaum noch die Augen offenhalten.

»Sie meinen wegen gestern?« entgegnete Loussier leicht amüsiert. »Gestern habe ich eine Frühkontrolle gemacht.« Er strahlte Frische und Eleganz aus.

»Ich meine, jetzt. Wie spät ist es?« Peter tat, als wollte er seine Manschette zurückschieben, ließ es dann aber sein. Es interessierte ihn nicht, wie spät es war.

Er war einfach bettreif.

»Es ist immerhin schon fast halb neun«, sagte Loussier. »Zeit fürs Frühstück.«

»Halb neun?« Peter sprach mehr zu sich selbst. Er rechnete mit schwerem Kopf: Wenn es halb neun war, dann hatte er für den Weg von der Transverse Road Two bis hierher beinahe dreieinhalb Stunden gebraucht. Das war undenkbar. Doch auf einmal besann er sich. Er hatte sich irgendwo im Park auf eine Bank gesetzt und war eingenickt.

»Ehe ich es vergesse, Sir, ich habe Ihre Nachricht bekommen. Danke, Sir.«

»Welche Nachricht?«

»Daß Ihr Zimmer heute frei wird, Sir. Das haben Sie mir doch sagen lassen?«

»Sagen lassen? Ach so, ja. Ich...« Peter holte tief Luft. Er war zu müde zum Reden. »... ich glaube, ich muß es widerrufen. Ich muß mich ausschlafen.« In Gedanken setzte er hinzu: und ich muß noch einiges erledigen.

»Wie Sie meinen. Ich wünsche Ihnen angenehme Ruhe, Sir.« Loussier verbeugte sich unmerklich.

Peter nickte müde.

Er war schon ein paar Schritte weiter, da kam Loussier hinterher. »Soll ich Ihnen Gwynne schicken, Sir?« Es klang mitfühlend.

»Gwynne?« Peter sah ihn verständnislos an.

»Den Hausarzt, Sir«, setzte Loussier wie als Erklärung hinzu.

»Warum?«

»Ich dachte nur.« Es hieß soviel wie: Man sieht Ihnen an, daß Sie so etwas wie einen Unfall hatten.

Peter schüttelte verneinend den Kopf und setzte langsam seinen Weg fort.

Sobald er sich auf seinem Zimmer befand, ließ er sich, so, wie er war, ermattet aufs Bett fallen und schlief sofort ein.

3

Als er erwachte, war es Mittag.

Er ging ins Badezimmer und prüfte im Spiegel sein mitgenommenes Gesicht. Er konnte zwar keine Schönheitskonkurrenz bestreiten, aber es war nicht weiter schlimm. Er ließ Wasser auf einen Lappen laufen und kühlte die Wunden.

Er zog sich aus, rasierte sich und drehte den großen Hahn aus Messing auf. Das Wasser schoß in die Wanne, und er schüttete Zitronenzusatz nach. Es ging nichts über die Behaglichkeit eines Schaumbades.

Inzwischen hatte wohl die Polizei die zwei toten Killer abtransportiert.

Sanabria würde jetzt nicht mehr umhinkönnen, den Fall ernst zu nehmen, und mußte ihn an die Mordkommission weiterleiten.

Wann sie wohl hier aufkreuzen und seine Aussage zu Protokoll nehmen würden?

Ohne Zweifel mußte er dann Dianas Namen preisgeben.

Wo sie jetzt wohl gerade war? Zu Hause? Beim Tanztraining? Irgendwo unterwegs?

Ob sie heute früh wohl gewußt hatte, daß ihn unten auf der Straße die Killer erwarten würden? Der Gedanke versetzte ihm einen Stich.

Er liebte sie nach wie vor, er spürte es deutlich, aber sein Verstand sträubte sich dagegen.

Aber gab es denn nicht auch die unerwiderte Liebe? Würde er nicht auch glücklich sein, wenn nur er sie liebte, ohne daß er von ihr Liebe bekam? Empfand er denn nicht schon Zufriedenheit, wenn er nur in ihrer Nähe sein durfte?

Könnte sich aus einer einseitigen Liebe denn nicht im Lauf der Zeit eine Liebe auf Gegenseitigkeit entwickeln?

Er litt, es war unbestreitbar.

Er nahm sich vor, Diana zu vergessen. Er würde sich in Heidelberg in die Arbeit stürzen und seine Besuche im New Yorker Büro so weit wie möglich einschränken, zumindest in den nächsten Monaten.

Er stieg aus der Wanne und rieb sich trocken.

Er freute sich auf ein großes, saftiges Sirloin Steak und ein kühles Bier. Er wollte hier im Hotel essen, unten im Edwardian Room, um Zeit zu sparen.

Unten im Edwardian Room? Auf einmal wurde ihm bewußt, daß er heute früh alle Vorsicht außer acht gelassen und das Hotel durch den Haupteingang betreten hatte.

Er hatte den Fehler unbewußt begangen. Aber mußte er denn noch immer seinen Aufenthaltsort geheimhalten, auch jetzt, nachdem die Killer ausgeschaltet waren?

Er war entschlossen, im Edwardian Room zu essen.

Der Brief! Bevor er zum Essen gehen würde, wollte er die Sache mit dem Brief aus der Welt schaffen, den Largever ihm weitergegeben hatte.

Er tippte die Nummer, die auf dem Briefbogen stand.

Mrs. Martha Chechanester in Buffalo meldete sich. Er nannte seinen Namen.

»Ich rufe im Auftrag von Mister Kellermann an«, log er, »Sie erinnern sich an das Spezialangebot, das wir Ihnen gemacht haben, Madam?«

»Kellermann?« Es war eine dünne, alte Stimme.

»Kellermann, New York Stock Exchange.«

»Ah, jetzt weiß ich. Und worum geht es? Ich habe gedacht, die Angelegenheit sei in Ordnung?«

»Eigentlich ja.« Er zögerte. Wenn er von ihr etwas erfahren wollte, mußte er geschickt vorgehen, denn für Einzelheiten fehlte ihm jeder Anhaltspunkt. Um sie auszuhorchen, sagte er aufs Geratewohl: »Es handelt sich doch um das Stahlangebot, Madam?«

»Stahl? Aber nein. Mister Kellermann hat mir das Angebot für die Crawford-Aktien unterbreitet.« Es klang beinahe wie eine Rüge.

»Ach ja, Crawford«, entgegnete er schnell und spürte, wie ihm heiß wurde.

Er hatte sich von dem Anruf nichts versprochen. Er hatte die Nummer nur gewählt, um den Brief ablegen zu können. Und nun betraf der Brief eine Angelegenheit, die ihn in seiner Eigenschaft als Vorstandschef bei Tönissen zu interessieren hatte.

Er entschloß sich, der Sache auf den Grund zu gehen.

Er log weiter: »Ich bin heute nachmittag in Buffalo, Madam. Ich soll Ihnen das Angebot im einzelnen erklären. Wann darf ich vorbeikommen?«

»Heute? Oh, heute bin ich beim Bridge. Geht es nicht nächste Woche, Mister…?«

»Stolberg. Leider nein, Madam. Es ist dringend. Aber ich garantiere Ihnen, daß ich nicht mehr als eine halbe Stunde von Ihrer Zeit in Anspruch nehme.«

»Well. Sagen wir, gegen vier, ist Ihnen das recht?«

»Gegen vier, Madam.« Er legte auf.

Auch wenn es ihn den Nachmittag kostete, er war gespannt, was er über Bobs ›Spezialangebot‹ hören würde.

Er rief Karin Mebius an und bat sie, seine Buchung nach Frankfurt ein weiteres Mal abzubestellen.

Über das Hotel ließ er sich ein Ticket nach Buffalo besorgen, für die Maschine um vierzehn Uhr dreißig.

Für sein Steak mit Bier blieb ihm noch eine Stunde Zeit.

Er nahm sich das Jackett vom Stuhl. Aus der Tasche schaute die Werbekarte für die Peep-Show. Er nahm sie in die Hand. In der Ecke war mit dünnem Bleistift eine siebenstellige Nummer notiert. Eine ›Sechs-drei-drei‹-Nummer. Offenbar eine Nummer in Brooklyn.

Mag sein, daß der Komplize des Filipino sie sich aufgeschrieben hatte. Ob sie womöglich in Zusammenhang mit Bobs Tod stand?

Er tippte die Nummer.

Eine weibliche Stimme meldete sich schrill: »Paolucci Company.«

Company? schoß es ihm durch den Kopf, dann sagte er: »Brown Transports. Ich hab hier eine Lieferung für Sie.«

»Wofür, für das Dancing, für den Club, für das Strip oder für die Peep-Show?« Es klang ungehalten.

»Für die Peep-Show.«

»Wenden Sie sich an Jim Yankowitz.«

»Und wo erreiche ich ihn?«

»Mann, in der Peep-Show!« Sie legte auf.

4

Die Maschine landete pünktlich auf dem Greater Buffalo Airport, und Peter nahm sich ein Taxi. Eine halbe Stunde später war er an der Nummer zweitausendzweihundert des Grand Island Boulevard.

Es war ein zweistöckiges, weißes Haus im nachempfundenen Stil der Gründerjahre, in einem großen gepflegten Park gelegen, der von einer hohen Mauer umgeben war.

Ein puertoricanisches Hausmädchen in hellblauer Tracht öffnete ihm und wies ihn an einen alten irischen Butler in dunkler Livree weiter.

»Mrs. Chechanester erwartet Sie, Sir.« Der Butler hüstelte und ging voran.

Martha Chechanester war eine alte Dame mit beinahe jugendlichem Aussehen. Sie war von kleinem Wuchs, trug ihre bläulichgrau getönten Haare hochtoupiert, und ihr Gesicht strömte Gutmütigkeit aus.

Sie ging Peter ein paar Schritte entgegen und sagte mit dünner Stimme: »Ich freue mich, Sie kennenzulernen, Mister Stolberg. Ich habe Tee vorbereiten lassen und hoffe, daß er Ihnen zusagt.«

Sie saßen in einem empireartigen Salon, tranken Tee aus chinesischem Porzellan und tauschten die üblichen Freundlichkeiten aus, bis Peter zum Thema kam.

»Mister Kellermann hat mich gebeten, das Angebot mit Ihnen noch einmal zu besprechen, Madam.«

»Warum? Will Mister Kellermann plötzlich nicht mehr kaufen?« Sie sah ihn offen und freundlich an.

»Im Gegenteil, Madam. Wir würden unter Umständen noch mehr kaufen.« Er sagte es, nur weil er das Gespräch weiterführen und seine Unkenntnis der Sachlage überdecken wollte.

»Noch mehr? Nein, Mister Stolberg, mehr verkaufe ich nicht. Nein, den Rest werde ich behalten. Das bin ich schon allein meinem Mann schuldig.«

»Ihrem Mann? Ist er ...?« Er ließ die Frage offen. Er stellte sie nur, um Martha Chechanester zum Erzählen zu veranlassen.

»Mein Mann ist vor zwei Jahren gestorben. Abgestürzt mit einer Privatmaschine.« Ihr Ausdruck blieb freundlich.

»Oh, das tut mir leid, Madam.«

»Er war ein großartiger Mann, Sie können es mir glauben.«

»Ich nehme an, daß er es war, der die Aktien erstanden hat?« führte er das Gespräch fort, nur um irgend etwas zu sagen.

»Aber nein.« Sie lächelte in der Erinnerung an ihren Mann und fügte stolz hinzu: »Mein Mann hat sie nicht gekauft, sondern er bekam sie anteilig.«

»Ihr Mann gehörte der Crawford Pharmacie an?«

»Na ja«, antwortete sie zögernd, als suche sie nach der passenden Formulierung. »Mein Mann war sozusagen Crawfords Kompagnon.«

»Crawfords Kompagnon?« Peter war ehrlich überrascht. Er hatte den Namen Chechanester vorher nie gehört.

»Mein Mann war sehr bekannt als Mediziner. Hier in Buffalo weiß in den einschlägigen Kreisen jeder, wer Nicolaus Emanuel Chechanester war.« Sie sprach den Namen geradezu respektvoll aus.

»Chechanester? Kommt der Name aus England?«

»Soviel mir bekannt ist, gibt es ihn ein paarmal in Toronto. Die Vorfahren meines Mannes stammten aus Frankreich und auch aus England, ja.« Sie sprach im charmanten Erzählton, und das Gespräch schien ihr zu gefallen.

»Ist es sehr unhöflich, wenn ich Sie frage, Madam, ob Ihr Mann bis zu seinem Tod Crawfords Kompagnon war?« Er wollte ergründen, warum Crawford ihm gegenüber nie den Namen Chechanester erwähnt hatte.

»Nein, es ist nicht unhöflich, Mister Stolberg. Ich spreche gern über meinen Mann. Es ist jetzt schon fast fünf Jahre her, seit er bei Crawford ausgestiegen ist. Aber die Entwicklung des ›CC Eintausend‹ hat Crawford zum großen Teil ihm zu verdanken.«

»Des ›CC Eintausend‹?«

»Ja. Das eine C steht für Crawford, das andere für Chechanester. Oder umgekehrt, wie Sie wollen.«

»Ich bin wirklich verblüfft, Madam. Ihre Erzählung ist für mich hochinteressant.« Er war voll Aufmerksamkeit.

»Sie handeln zwar mit Crawford-Aktien, das müßte aber noch lange nicht bedeuten, daß Sie sich auch für die Crawford-Produkte interessieren.«

»Sie haben recht. Aber ich interessiere mich dafür.«

»Well.« Es war wie ein Entschluß. »Wenn ich Sie nicht langweile, will ich Ihnen gerne etwas zeigen.« Sie erhob sich und trat an einen wandhohen Sekretär, schloß eines der unteren Fächer auf und holte ein dickes Album heraus.

Sie legte es vor Peter auf den Tisch, nahm ihm gegenüber wieder Platz und schlug das Album auf.

Das leicht vergilbte Foto eines buddhistischen Wohnhauses wurde sichtbar. Vor dem Haus standen eine Frau und ein Mann. Über den Gesichtern lag der Schatten breitkrempiger Strohhüte. Sie trugen beide helle Kleidung, die Frau eine weite Bluse, einen kurzen Ober- und einen faltenreichen weiten Unterrock, der Mann ein weitärmeliges Oberteil und eine weite Hose.

Martha Chechanester begann zu erzählen: »In dem Haus haben wir vor rund dreißig Jahren gelebt, mein Mann und ich. In Seoul. In Korea.« Als müsse sie es erklären, setzte sie hinzu: »Seoul war damals die Hauptstadt von Korea.«

»Ein hübsches Haus«, sagte er, weil er bemerkte, daß sie das Bild mit Wohlgefallen betrachtete und er ihr eine Freude machen wollte.

»Ein wunderschönes Haus«, sagte sie und zeigte offen, wie sehr die Erinnerung an das Haus und an die Vergangenheit sie berührte.

Sie machte eine Pause und fuhr dann fort: »Es lag im Süden der Stadt. Im japanischen Viertel. In der Nähe des Kunstmuseums des Prinzen Li.« Sie seufzte: »Mein Gott, waren wir damals jung.«

»Sind das auf dem Bild Sie und Ihr Mann, Madam?«

»Aber nein.« Sie lächelte sanft. »Das war unser Dienerpaar. Man erkennt es an der hellen Kleidung. Die unteren Standesgruppen trugen in Korea damals Weiß. Leinen oder Baumwolle. Heute ist es natürlich anders. Ich glaube, heute tragen alle einheitlich Blau, wie es früher nur die Beamten getragen haben.«

Von neuem machte sie eine Pause und schien noch einmal vergangene Tage zu durchleben. Als runde sie ihren Gedankengang ab, sagte sie dann mit fester Stimme: »Über das Haus ist natürlich inzwischen der Krieg hinweggegangen.« Verträumt setzte sie hinterher: »Oh, es war ein wunderschönes Land. Und die Menschen waren von einer Höflichkeit und Hilfsbereitschaft, wie ich es danach nirgendwo mehr angetroffen habe.«

»War Ihr Mann in Seoul als Arzt tätig, Madam?«

»Nein. Er hat dort nur seine Studien getrieben. Seine Studien über die Bekämpfung der Abnutzungserscheinungen des menschlichen Körpers und dessen Organe. Heute heißt es wohl ›Erforschung der Altersmedizin‹ oder so ähnlich.« Ihre Formulierung ließ Peter erkennen, daß ihr das Fachgebiet nicht fremd war.

Er wollte ihre Schilderung unterstützen und sagte: »Bei der Erforschung der Altersmedizin, oder sagen wir besser, der Geriatrie, können wir auch heute noch von der alten chinesischen und koreanischen Volksmedizin lernen.«

»Und warum tut man es nicht, Mister Stolberg?« In ihren Worten schwang Resignation mit.

»Man tut es, Madam. Von Jahr zu Jahr in verstärktem Maß. Von überallher kommen Fachleute der Pharmazie und der Medizin nach China und Korea, um dort ihre Erfahrungen zu sammeln. Aus Amerika, Kanada, aus Europa und auch aus der Sowjetunion. Und sogar in China selbst geht man jetzt daran und wertet die jahrhundertealten medizinischen Erfahrungen für die neuzeitliche Medizin aus. Man setzt die zum Teil nur mündlichen oder nicht belegbaren schriftlichen Überlieferungen in heutige Tests um. Man öffnet sozusagen die Tore der Labors und der pharmazeutischen Fabriken für die Erkenntnisse der Vorfahren und erzielt verblüffende Ergebnisse.«

Es war sein Thema, und er steigerte sich hinein.

Als habe sie ihm gar nicht zugehört, sagte sie versonnen: »Es war ein wunderschönes Land, glauben Sie mir. Die Tempel. Die Pagoden. Das milde Klima. Das manchmal unüberschaubare Meer von Rhododendronbüschen. Nicht von ungefähr heißt Korea auf koreanisch ›Tschosen‹, was soviel wie ›Morgenfrische‹ bedeutet. Oh, ich gäbe etwas darum, wenn ich die Zeit noch einmal erleben könnte.«

Es war, als tauche sie aus einem tiefen Traum auf. Sie lächelte Peter an. »Aber ich will Ihnen von meinem Mann erzählen.«

Sie nippte an ihrem Tee, wie um sich zu sammeln. Dann holte sie aus wie zu einem Kolleg: »Die Pharmazie hat damals die Heilwirkung von Ginseng noch geringschätzig als minderwertig abgetan.«

»Das kann ich unterstreichen«, pflichtete er ihr bei.

»Sie, Mister Stolberg? Was wissen denn Sie über Ginseng?« Sie war erstaunt und erfreut zugleich.

»Einiges Madam.« Er weidete sich an ihrer Verblüffung und ergänzte: »Zugegeben, ich bin kein Fachmann. Aber ich bin an der Geriatrie sehr interessiert.« Er mußte über seine verschlüsselten Worte lächeln, doch genaugenommen sagte er die Wahrheit.

»Das freut mich. Wenn alle Menschen etwas mehr Interesse an diesen Dingen hätten, wäre es sicher um ihre Gesundheit besser bestellt.«

»Ihr Mann hat also die Heilwirkung von Ginseng an Ort und Stelle kennengelernt.« Er wollte sie zu ihrer Erzählung zurückführen.

»Ja. Wir hatten Glück.« Es klang versonnen.

Er sah sie fragend an.

»Glück«, sagte sie erklärend, »weil wir mitkommen durften.« Sie schien in Gedanken in Korea zu sein.

»Mitkommen? Wohin, Madam?« Er sprach leise, um ihre Erinnerung nicht zu zerstören.

»Hinauf in die Berge von Shohaku. Auf der Suche nach Ginseng. Es war fast eine kleine Expedition. Fremde sind dabei gewöhnlich unerwünscht. Wir waren uns der Ehre der Einladung bewußt.« Sie hob den Blick. »Wir waren zehn Tage unterwegs. Haben Sie schon einmal in einer einsam gelegenen Bambushütte übernachtet?«

»Nein, Madam.« Er hörte sie gern erzählen.

»Die wilde Ginseng stirbt leider langsam aus. Sie wächst nur noch an ganz entlegenen Stellen, fern der Zivilisation. Im Schatten von Bäumen oder Sträuchern. Es gehört Erfahrung dazu, wenn man sie aufspüren will. Erfahrung, die eigentlich nur die Einheimischen haben. Haben Sie schon einmal eine Ginsengwurzel gesehen?«

Er nickte.

Doch sie hatte die Frage nicht gestellt, damit sie darauf eine Antwort bekam, und fuhr fort: »Sie hat tatsächlich Ähnlichkeit mit der Form eines menschlichen Körpers. Der Rumpf. Zwei Arme. Zwei Beine. Man sagt, daß die Form die Menschen beeindruckt hat. Und nicht zuletzt der Form ihrer Wurzel wegen wird Ginseng von den Einheimischen als heilige Pflanze angesehen. Wissen Sie, daß Ginseng auf koreanisch ›Sam‹ heißt, Mister Stolberg?«

»Nein, Madam.«

»Und es gibt auch einen ›Sam Gott‹. Sagt das nicht alles?«

Er nickte.

»Wir haben in den Shohaku Bergen nicht sehr viel Ginseng gefunden. Nicht einmal einen kleinen Beutel voll. Aber die Panax Ginseng wird ja längst schon in Kulturen angepflanzt. In großen Kulturen. Mit Bambus zugedeckt. Wenn es diese Kulturen nicht gäbe, könnte Ginseng nicht für die Pharmazie verwertet werden.«

Sie nahm erneut einen Schluck Tee, behielt die Tasse eine Weile in der Hand, als hänge sie ihren Erinnerungen nach, und war dann wieder in der Gegenwart: »Die Panax Ginseng ist eine wunderschöne Blume. Eine Araliazeenart. Nicht besonders groß. Ungefähr wie Klee. Aber wunderschön. Und sie war damals schon sehr teuer. Ich glaube, für eine wildgewachsene Wurzel gab es bis zu einhundertfünfzig Dollar.«

Sie blätterte im Album weiter. Eine Aufnahme zeigte ein paar Bambushütten inmitten einer urwaldähnlichen Schlucht. Vor der größten Hütte hatten sich ein paar Eingeborene aufgereiht. Mitten unter ihnen stand ein weißer Mann.

»Das ist mein Mann«, sagte sie, »die Siedlung nannte sich großspurig Ni Tatscho, nach dem General, der zum König ausgerufen worden war und die Ni-Dynastie begründet hatte. Dort in der Nähe haben wir Ginseng gefunden.«

Sie war in das Foto vertieft. »Eine verrückte Zeit. Nicolaus und ich waren so glücklich wie nie.« Sie hob den Blick: »Aber für einen Mediziner war es zum Teil auch eine hemmende Zeit. Heute würde man sagen, eine frustrierende. Wenigstens für einen Mediziner, der sich dem Fortschritt verschrieben hatte. Ich meine, wenn man bedenkt, daß man sowohl in Amerika wie auch in Europa von der Heilwirkung des Ginsengs zwar schon vor mehr als zweihundert Jahren gehört, aber sie noch vor wenigen Jahren heftig bestritten hat.«

Sie lächelte ihn an. »Noch etwas Tee?«

»Danke, ja.« Er lächelte zurück.

Es war, als wollten sie sich gegenseitig zeigen, daß es ihnen Freude bereitete, miteinander zu reden.

Er hielt ihr seine Tasse hin, und sie schenkte ihm Tee nach.

Dann war sie wieder in ihren Erinnerungen an Korea und sprach leise, wie durch Peter hindurch: »Nicolaus war störrisch. Er hat an die Ginsengwurzel geglaubt. Und ich war sein Diskussionspartner. Er hat mich in die Opposition gedrängt, ohne daß ich es wollte. Tagelang. Nächtelang. Er hat genau gewußt, daß er bei mir offene Türen einrennt, aber er hat mir seine Theorien immer wieder eingehämmert. Eine herrliche Zeit.« Sie war verzückt.

Eine kleine Pause entstand, und sie sah ihn nachdenklich an. »Natürlich gibt es die Ginsengblume auch bei uns und in Rußland. Auch sie ist künstlich angepflanzt, kultiviert. Aber es ist nicht die Panax Ginseng, sondern Panax quinquefolius. Eine Schwesternart.«

»Ich weiß«, sagte er leise. Er wollte ihren Gedankengang nicht stören.

Selbstvergessen fuhr sie fort: »Oh, wie oft hat Nicolaus mir klargemacht, daß Panax quinquefolius kaum die Hälfte der Heilkraft der Panax Ginseng aufbringt. Ja, daß sie vielleicht das entscheidende Sekret sogar überhaupt nicht hat.«

Er nickte zustimmend.

Dann wandte sie sich unmittelbar an ihn: »Ist Ihnen bekannt, daß die Sekrete der Panax Ginseng in Korea und China schon vor Hunderten von Jahren als lebensverlängerndes Mittel gegolten haben?« Um ihren Worten Gewicht zu verleihen, wiederholte sie: »Als lebensverlängernd, Mister Stolberg.«

Als er abermals nickte, ergänzte sie: »Aber auch als Mittel gegen Nervenleiden, zur Erleichterung der Geburt, gegen Alterskrankheiten, gegen Syphilis und als Aphrodisiakum, also als Mittel zur Steigerung des Geschlechtstriebs. Ist Ihnen das bekannt?« Sie schaute ihn offen an.

»Ja, Madam.« Er hielt ihrem Blick stand und lächelte stillvergnügt in sich hinein. Sie hatte keine Scheu, die Dinge beim Namen zu nennen. Sie war eine starke Persönlichkeit.

»Ihnen ist das wirklich alles bekannt?« Es klang ungläubig.

»Nicht alles, Madam. Ich befasse mich erst seit etwa einem Jahr nachhaltiger mit der Geriatrie. Ich lerne also noch.«

»Man lernt bis an das Ende seines Lebens, junger Mann. Ich darf Sie doch so nennen? Im Vergleich zu mir, meine ich.«

»Sie fordern mich zu einem Kompliment direkt heraus, Madam.«

Sie lächelte. »Ich weiß. Ich verrate Ihnen auch mein Geheimnis: Ich lebe schon seit vielen Jahren nach der Weitsicht meines Mannes.«

»Ginseng?«

»Ja.«

»Sie handeln richtig, Madam.«

»Ich glaube auch.«

»Nehmen Sie es regelmäßig?«

»Ja. Einmal am Tag.«

»Nach dem Frühstück.«

»Sie wissen sehr viel darüber, Mister Stolberg.«

»Es geht.«

»Damals in Korea haben wir die Wurzeln gebrüht. Oder in Zuckersaft getränkt. Oder einfach an der Sonne getrocknet.«

»Und jetzt nehmen Sie Ginseng in Form des ›CC Eintausend‹?«

»Ja.«

»So einfach ist das.« Es galt mehr ihm selbst. Es unterstrich seine Theorie, daß Crawford auf dem richtigen Weg war.

»Nicht ganz. Das ›CC Eintausend‹ kann Wunder nicht allein vollbringen. Und meine Konstitution betrachte ich täglich aufs neue als Wunder. Zwei Drittel dieses ›Wunders‹ beruhen aber auf eiserner Selbstdisziplin. Viel laufen. Viel frische Luft. Wenig essen. Nicht zuviel Schlaf. Nicht rauchen. Na, Sie kennen das ja sicher alles.«

Er nickte.

»Und das Entscheidende«, vervollständigte sie ihre Aufzählung, »ein ständiges geistiges Training. Möglichst von Jugend an.«

Sie trank einen Schluck Tee und sagte, als setze sie einen Schlußpunkt: »Die Gehirnzellen sind es, die uns zu schaffen machen. Wissen Sie das auch?«

Er nickte von neuem.

»Sie wissen wirklich sehr viel, junger Mann.«

»Ich kenne auch die Theorie mit den Antioxydantien, und ich bejahe sie vollauf.«

«Oh, Mister Stolberg, Sie verblüffen mich ja immer mehr. Sind Sie wirklich Broker?«

»Nein, Madam. Ich habe es auch nie behauptet. Ich bin ... ich fühle mich Mister Kellermann nur sehr verbunden.«

»Ich verstehe. Eine Art Freundschaftsdienst.«

»Ja, Madam.«

»Dann haben Sie also mit der Geriatrie zu tun? Mediziner?«

»Nein. Ich... ich versuche nur, die Sachen zu verkaufen.«

»Vertreter?« Sie lächelte verschwörerisch.

»So etwas Ähnliches.«

»Sie wollen es mir nicht sagen?« Das Lächeln wurde verständnisvoll.

»Es ist nichts Geheimnisvolles, Madam.«

»Well. Ich frage auch nicht mehr.« Ein vertrauliches Augenzwinkern.

Dann nahm sie ihre Erzählung wieder auf: »Mein Mann war es, der für Ginseng hier in den Vereinigten Staaten den Boden bereitet hat. Oh, es hat Jahre gedauert, bis er endlich ein paar führende Köpfe der medizinischen Forschung überzeugt hat. Genauer gesagt, bis er mit Crawford zusammengetroffen ist. Crawford war der erste, der die Chance erkannt hat.«

»Sie meinen, kaufmännisch, Madam?«

»Nein, Crawford als Chemiker.« Es klang gütig, aber so, als gebe es für sie keine andere Antwort.

»Crawford ist auch ein guter Kaufmann«, entgegnete er wie nebenbei. Er wollte seine Frage rechtfertigen.

»Das bezweifle ich, Miltons Leben gehört nur der Chemie.« Sie verbesserte sich: »Milton Crawfords Leben.«

Dann erzählte sie weiter: »Na, jedenfalls hat er meinen Mann dazu überredet, daß er mit ihm zusammenarbeitete. Langweile ich Sie auch nicht, Mister Stolberg? Noch etwas Tee?«

»Sie langweilen mich keineswegs, Madam. Im Gegenteil. Nein, keinen Tee mehr, danke. Wann war das ungefähr, Madam, als Ihr Mann mit Crawford zusammenkam?« Er stellte die Frage, weil ihn die Verbindung Crawfords mit Nicolaus Chechanester interessierte.

»Es sind jetzt elf Jahre her«, sagte sie leise, und wie um es sich zu bestätigen: »Ja, sechs Jahre lang waren sie Kompagnons, dann ist mein Mann ausgestiegen.«

Sie blätterte weiter im Album. Nicolaus Emanuel Chechanester und Milton Werrick Crawford reichten einander die Hand.

»Das war damals am Columbus Day«, sagte sie erklärend.

»Ist Ihr Mann ausgestiegen, weil er an Crawford nicht mehr geglaubt hat?«

»O nein, das war es nicht. Mein Mann hat bis zum Schluß sehr viel von ihm gehalten. Sehr, sehr viel. Auf dem Gebiet der geriatrischen Forschung gab es für ihn keinen besseren Mann als Milton Crawford. Nicht einmal einen der Russen. Nicht einmal Professor Brekhman vom Institut für biologisch aktive Substanzen in Wladiwostok. Auch nicht den bulgarischen Pharmakologen Professor Petkov. Und auch nicht die Professorin Aslan in Rumänien.«

»Aslan arbeitet nicht mit Ginseng«, warf er ein.

»Nein, Aslan schwört auf Novocain«, sagte sie bestätigend, »Novocain gemischt mit Vitaminen. Es bewirkt eine Verzögerung des Alterns der Arterienwand. Wenn man so will, ist es mehr eine vorbeugende Behandlung gegen Herzinfarkt.«

»Aber es bewirkt doch auch eine gewisse Gesamtaktivierung im Alter?« Er widersprach ihr, um sie herauszufordern. Ihm gefielen ihre gescheiten Gedanken, und er hörte ihr gerne zu.

»Nicht in der Weise, wie es mein Mann und Crawford angestrebt haben und wie es Crawford heute fortsetzt. Crawford greift vorbeugend und stützend gegen das Altern ein. Und im weitesten Sinn strebt er eine Verlängerung der Lebenserwartung an.«

»Die Aslan propagiert es ähnlich.«

»Aber sie propagiert es nur. Ihre Heilmethode bewirkt jedoch anderes. Nämlich mehr oder weniger eine zeitlich begrenzte größere Leistungsfähigkeit. Außerdem wird der Erfolg erst nach Monaten sichtbar, manchmal auch erst nach Jahren. Wer aber läßt sich über Monate hinweg dreimal wöchentlich intramuskulär spritzen? Freiwillig! Na, ich bitte Sie.« Sie sprach leidenschaftslos.

»Aber die Aslan verschreibt auch Kapseln zum Einnehmen.«

»Mag sein. Bekannt ist, daß sie selbst sich jahrelang regelmäßig spritzt. Und das ist eben einem Patienten auf freiwilliger Basis kaum zumutbar. Bei einem Zuckerkranken zum Beispiel sind andere Voraussetzungen gegeben. Der spritzt sich angesichts der drohenden Gefahr. Darf ich Ihnen außer dem Tee noch etwas anderes anbieten? Wie wäre es mit einem Glas Sherry?«

»Gerne, Madam.«

»Trocken? Mittel?«

Sie ging wieder zum Sekretär.

»Wenn es keine Umstände macht, dann trocken.«

»Es macht keine Umstände.« Sie kam mit einer Flasche Sherry und zwei Sherrygläsern zurück und gab ihm die Flasche in die Hand: »Es ist schön, einen Mann zu Besuch zu haben.«

Er schenkte die Gläser voll, und sie prosteten sich zu.

»Dann wollen wir zum eigentlichen Anlaß Ihres Besuchs kommen.« Sie schloß das Album.

»Mich würde noch interessieren, warum Ihr Mann bei Crawford ausgestiegen ist.«

»Eine ganz normale Geschichte. Zwei Männer finden zusammen. Ergänzen sich in der gemeinsamen Arbeit. Haben zusammen Erfolg.« Sie machte eine Pause und schob ein: »Mein Mann hat mit Crawford zusammen die Antioxydantien als entscheidende Faktoren für eine Verlängerung der Lebenserwartung erkannt. Wissen Sie davon?«

»Nicht, daß Ihr Mann dabei mitgewirkt hat.«

»Mein Mann hat den Anstoß gegeben, die Wirkung der Ginsengwurzel als Psychotonikum prüfen zu lassen.«

»Die naheliegendsten Dinge werden oft als letzte bemerkt.«

»Dazu müssen Sie wissen, Mister Stolberg, daß die intellektuelle Schicht in Seoul, die Mönche, Gelehrten, die reichen Kaufleute und vor allem die Angehörigen der Dynastie die Heilwirkung der Ginsengwurzel vor allem als positiv für das Denken gepriesen haben. Es hat nur Jahre gedauert, bis mein Mann mit dieser Anschauung hier durchkam. Na ja, und seitdem weiß nun auch die heutige medizinische Forschung bei uns, daß die Hauptwirkung von Ginseng in der Stützung der Gehirnzellen liegt.«

»Es ist wohl eine der größten Revolutionen innerhalb der pharmazeutischen Forschung. Wenn nicht die größte überhaupt.« Peter trank noch einen Schluck.

»Die womögliche Verlängerung des Lebens«. Es war, als sei sie für einen Augenblick bei ihrem Mann.

Dann nahm sie ihren Gedankengang von vorhin wieder auf: »Zwei Männer haben also Erfolg. Sie scheinen miteinander eins zu sein. Doch der Schein trügt. Der eine ist etwas zu selbstbezogen. Und der andere ist etwas zu bescheiden. Der eine will den Erfolg ganz allein für sich in Anspruch nehmen, vor allem nach außen hin. Der andere lehnt jede Art von Selbstdarstellung ab und gibt sich mit der Gewißheit zufrieden, daß er der Menschheit dient. Und so trennen sich eben die beiden Partner. Gibt es das nicht öfter?«

»Doch. Sie haben recht, Madam. Das gibt es leider nur viel zu oft.«

»Also kommen wir zur Sache, Mister Stolberg. Wie Sie sagen, sollen Sie mir Mister Kellermanns Angebot neu unterbreiten. Habe ich Sie richtig verstanden?«

»In etwa, Madam. Ich soll Sie vor allem noch einmal fragen, wieviel Sie tatsächlich verkaufen wollen.«

»Wie ich es schon Mister Kellermann gesagt habe: nicht mehr als sechzigtausend.«

»Sechzigtausend Stück?« Er glaubte, sich verhört zu haben.

»Ja. Ist es ihm etwa plötzlich nicht genug?« Es klang amüsiert.

»Doch, schon, Madam.« Er fühlte sich wie vor den Kopf geschlagen.

»Oder geht es um den Preis? Sie wissen, wie Crawford mittlerweile gehandelt wird?«

»Zur Zeit hat sich Crawford bei zwölf eingependelt, Madam.«

»An der Börse, ja. Aber ich gehe natürlich vom Buchwert aus.«

Der Buchwert errechnet sich in den USA nach der Bilanz der Gesellschaft. Er kann den Börsenkurs bei weitem übersteigen, bis zu zweihundert und dreihundert Prozent, manchmal auch noch höher. Peter kannte die Regeln.

»Allright«, antwortete er, »der Buchwert von Crawford liegt meines Wissens gar nicht um sehr viel höher. In etwa bei fünfundzwanzig.«

»Nur bekommen Sie eben auch für fünfundzwanzig keine einzige Aktie. Das wissen Sie so gut wie ich, Mister Stolberg. Das Crawford-Papier wird allein vom ideellen Wert bestimmt.« Liebenswürdig fügte sie hinzu: »Crawfords große Stunde kommt eben erst. Und ich wünsche sie ihm.«

»Wir haben vor nicht allzu langer Zeit für fünfundzwanzig gekauft, Madam.«

»Es fragt sich nur, wieviel.«

»Sie sind bestens informiert, Madam. Bei einem größeren Paket gibt es natürlich in der ganzen Welt Ausnahmen.«

»Eben. Und Sie wissen sehr gut, daß Mister Kellermann mir zu Recht das Zehnfache des Buchwerts geboten hat.«

»Ja, Madam«, log er und schluckte.

»Und ich gebe nicht einen Cent nach.«

»Allright, Madam.«

»Also?«

»Ich glaube, die Angelegenheit geht in Ordnung, Madam«, antwortete er mit rauher Stimme.

»Warum aber sind Sie dann ... Sie hätten sich den Flug sparen können, Mister Stolberg.«

»Nein, Madam. Bei einem Geschäft von diesem Ausmaß halte ich es für angebracht, mich persönlich davon zu überzeugen, daß die Sache in Ordnung geht.«

»Noch einen Sherry?«

»Nein, danke, Madam.« Er wollte sich in keine weiteren Erklärungen einlassen und erhob sich. »Der Nachmittag hat sich für mich absolut gelohnt. Nicht zuletzt wegen Ihrer Erzählung über Korea, Madam.«

Ihre Augen strahlten.

5

Die Maschine stieg steil hoch und zog dann die übliche weite Schleife. Unten lag Buffalo. Der breite Kensington Expressway war deutlich auszumachen, der New-York-State-Thruway und schließlich die Niagarafälle, grellweiß sprudelnd wie ein gigantisches Schaumbad.

Peter nahm von alldem nichts wahr.

Er hatte sich den Gurt umgelegt, saß unbeweglich, und sein Blick schien sich an der Rückenlehne des Vordermannes festzukrallen.

Seine Schläfen pochten unaufhörlich. Es war, als zerspringe ihm der Schädel.

Seine Gedanken drangen dröhnend auf ihn ein.

Die Eröffnung, die Martha Chechanester ihm gemacht hatte.

Unvorstellbar. Erschreckend.

Gewiß, die Crawford-Aktie war zur Zeit begehrenswert wie keine zweite. Sie wurde zwar an der Börse notiert, aber nicht ein einziges Stück wurde offiziell gehandelt.

Wenn überhaupt gekauft werden konnte, dann nur außerhalb der Börse, mehr oder weniger im geheimen, unter der Hand.

Die Block Traders, die Händler, die ihre Geschäfte ausschließlich mit großen Paketen tätigten, waren hinter Crawford-Papieren her, als gelte es, den Goldboom des vorigen Jahrhunderts wiederaufleben zu lassen.

Doch die Block Traders taten sich schwer. Crawford-Pakete gab es so gut wie keine.

Und jetzt auf einmal gab es Martha Chechanester. Mit all den Unwahrscheinlichkeiten einer für ihn beklemmenden Geschichte.

Sobald das Licht für FASTEN SEAT BELT verlosch, winkte er eine Stewardeß heran.

Er brauchte jetzt einen Whisky, einen doppelten.

Sechzigtausend Aktien der Crawford Pharmacie Company.

Zum zehnfachen Preis des Buchwertes.

Das waren mehr als zweitausend Prozent über dem Börsenkurs.

Das waren fünfzehn Millionen Dollar.

Das waren vierzehn Millionen zweihundertachtzigtausend Dollar mehr, als die Börse notierte.

Fünfzehn Millionen Dollar.

Das waren, nach dem heutigen Kurs, sechsunddreißig Millionen sechshunderttausend D-Mark.

Auch wenn er den ungeheuren Run nach Crawford-Aktien bedachte und die Größe des Pakets in Rechnung stellte, blieb es eine durch nichts gerechtfertigte hohe Summe.

Er knöpfte sich den Hemdkragen auf und lockerte die Krawatte. Ihm war heiß.

Nicht wegen der Höhe der Endsumme. Nein, da war er ganz andere Zahlen gewöhnt. Was ihm unbegreiflich erschien, war Bobs Geschäftsgebaren.

Hundert Prozent über dem Börsenkurs, auch zweihundert, ja vielleicht auch dreihundert und in einem Ausnahmefall wie bei Crawford sogar vierhundert, das würden Zahlen sein, die begreifbar waren. Aber mehr als zweitausend Prozent über dem offiziellen Kurs?

Nein, so ein Angebot drückt jede Konkurrenz erbarmungslos an die Wand, das schafft Neider und Feinde.

Zugegeben, Bob war Block Trader und Jobber zugleich gewesen.

Aber ein Geschäft über fünfzehn Millionen Dollar hätte er unmöglich auf eigene Faust finanzieren können. Diese Transaktion wäre nur im Einvernehmen mit Tönissen möglich gewesen.

Und zwar mit Tönissen als Privatmann. Mit der Firma hätte die Sache nur über Peter abgeschlossen werden können.

Hätte Tönissen aber wirklich mehr als sechsunddreißig Millionen D-Mark aufbringen können, persönlich oder über seine Bankverbindungen? Und wenn, hätte er mit so einem Geschäft nicht Kopf und Kragen riskiert? Zum Beispiel, wenn Crawford die Pille für die Lebensverlängerung doch nicht gelingen würde?

Plötzlich ein neuer Gedanke: Sollte Tönissen vielleicht vorläufig von der möglichen Transaktion nichts gewußt haben?

Hatte Bob bei Martha Chechanester vielleicht nur eine Hinhaltetaktik verfolgt? Mit einem astronomischen Angebot, um die Konkurrenz der anderen Block Traders von vornherein abzuschrecken?

Hatte Bob sich etwa erhofft, daß ihm, wenn er erst einmal die Konkurrenz vom Hals hatte, das Paket dann weit billiger als für fünfzehn Millionen in den Schoß fallen würde? Hatte er Martha Chechanester wirklich für beeinflußbar gehalten?

Peter winkte sich noch mal eine Stewardeß für einen neuen Whisky heran.

Er stürzte ihn auf einen Schluck in sich hinein.

Die Geschichte war dunkel.

Was ihm aber überhaupt nicht in den Kopf wollte, war Bobs Geheimnistuerei ihm gegenüber.

Es hatte für die Tönissen Pharmacie im letzten Jahr kein amerikanisches Aktiengeschäft gegeben, das Bob und er nicht vorher miteinander durchgesprochen hatten. Abgesehen davon hätte ja, wie gesagt, sowieso keine finanzielle Transaktion dieses Ausmaßes ohne Peters Unterschrift vorgenommen werden können.

Warum also hatte Bob ihn in dieser Sache nicht eingeweiht?

Peter schloß die Augen. Er zwang sich zur vollen Konzentration.

Er wollte es einfach nicht wahrhaben, daß Bob hinter seinem Rükken mit Tönissen gemeinsame Sache machen wollte.

Er atmete tief durch. Die Freundschaft mit Bob hatte nachträglich einen Riß bekommen.

Auf einmal sah er auch Bobs sonstiges Verhalten in einem anderen

Licht. Er dachte an Diana. An das Gespräch mit ihr am Sonntagnachmittag im fast leeren ›Dorrian's‹ und an ihre Worte: ›Vermutlich habe ich einen anderen Bob Kellermann gekannt als Sie.‹

Sie hatte die Wahrheit gesprochen. Sie hatte tatsächlich einen anderen Bob gekannt als er. Einen, der zu ihr ehrlich war. Einen, der von der Verbindung zu ihr seinem angeblich besten Freund nichts erzählt hatte.

Peter überkam eine tiefe Traurigkeit.

Ihm war, als habe man ihm den Boden unter den Füßen weggezogen.

Ob Bob wohl schon mehr Geschäfte dieser Art getätigt hatte? Es war anzunehmen. Jedenfalls nicht auszuschließen.

Er hatte also nicht allein ihn hintergangen.

Nein, auch seine Kollegen von der Börse, seine Kollegen unter den Block Traders. Er hatte sich durch derartige Manipulationen klar gegen sie gestellt und sie sich zu erbitterten Feinden gemacht.

Zu Todfeinden?

Sie hatten allen Grund, ihn sich vom Leib zu halten. Ihn auszuschalten.

Was, wenn einer von ihnen von Martha Chechanesters Verkaufsabsicht erfahren hatte? Wenn er dann seinerseits mit einem Angebot an sie herangetreten war? Und wenn er sich von ihr eine, ihn bis zur Lächerlichkeit bloßstellende Abfuhr geholt hatte? Wie es ihm womöglich ähnlich schon bei anderen Pakethaltern ergangen war, die Bob durch seine Manipulationen auch gegen jede Konkurrenz beeinflußt hatte?

Largever!

Nelson Ronald Largever war Block Trader wie Bob und als solcher dessen Konkurrent.

Warum wohl war Largever zu Peter beide Male so kurz angebunden, ja fast eisig gewesen? Warum hatte er, obwohl er angeblich unter Arbeitsdruck stand, dann auf einmal doch Zeit gefunden und Peter gefragt, ob er schon Erfolg gehabt habe mit den Nachforschungen über Bobs Tod?

Largever als der Mann im Hintergrund?

Mit einemmal fiel Peter auch wieder ein, wie Largever ihm in der New Yorker Stock Exchange von dem Brief erzählt hatte, der Bob angeblich aus dem Mantel gerutscht war.

Der Brief von Tönissen an Bob.

Der Brief, der womöglich im Zusammenhang mit Bobs geheimem Sonderangebot an Martha Chechanester gestanden hatte.

Der Brief, den Largever vom Boden aufgehoben und Bob überreicht haben wollte.

War es nicht möglich, daß Largever den Brief einfach aus Bobs Box gestohlen hatte, weil er Bob schon seit langem in Verdacht hatte, durch Manipulationen die Konkurrenz ausschalten zu wollen und deshalb in Bobs Box nach Beweismaterial gesucht hatte?

Largever und Tönissen.

Zwei Namen, die auf einmal unübersehbar in den Vordergrund getreten waren.

Largever, Tönissen und Bob.

Keiner ohne Schuld.

Ein Teufelskreis.

Peter schloß die Augen, als könnte er so alles vergessen.

6

›Very young chick is seduced by psychopath, and another woman shows up. This woman starts beating them both with a whip. She strips to her stockings and garters and gets fucked up the ass like a horse. Loads of come all over the body and face. For a finale the older woman and the man brutally murder the young girl after hanging her by the ankles.‹

Darunter stand: ›2,5 minutes‹.

Der Text war mit der Hand auf einen postkartengroßen Karton geschrieben, und der Karton war neben dem Spion befestigt, der, wie auch die anderen Spione, in Augenhöhe in der langen Bretterwand angebracht war.

Es war eine der vielen ›Peep-shows‹ in der Gegend des Broadways. Sie lag an der Eighth Avenue, zwischen der Fünfzigsten und Einundfünfzigsten Straße, in unmittelbarer Nachbarschaft eines jüdischen Fruchtmarktes und eines Optikerladens.

Die schmale Fassade sah heruntergekommen aus. Die handgepinselten Plakate versprachen erotische Sensationen gepaart mit ungeahnter Brutalität und, entsprechend der Bezeichnung des ›Etablissements‹, einen ›verstohlenen Blick‹ in die Abgründe dieser Welt. Die Farben auf den Plakaten waren ausgeblichen.

Quer über der Fassade leuchteten als Reklame in wechselndem Gleichmaß gelbe und rote Lämpchen auf, deren Schein sich auf dem abendlich dunklen Asphalt spiegelte.

Durch den ständig offenen, ausgesprochen schmalen Eingang gelangte Peter in den Vorraum und an einer erhöhten Kasse vorbei, hinter der ein bulliger, breit grinsender Chinese saß. Er verkaufte erotische Lektüre und Pornofotos, die im Vorraum auslagen.

Vom Vorraum kam Peter in den schlauchartigen, schmucklosen Vorführraum, an dessen beiden Längsseiten sich eine Bretterwand hinzog, hinter der sich die einzelnen winzigen Boxen befanden, im ganzen zweiundzwanzig.

Zu jeder Box gehörte in der Bretterwand ein Spion, ein Geldschlitz für das In-Gang-Setzen der automatischen Vorführung sowie eine Textankündigung des ›Films‹, der ablief.

Warum Peter hergekommen war, wußte er selbst nicht recht zu sagen. Vor allem nicht nach seinem Besuch in Buffalo. Die Enttäuschung über Bob hatte ihn zutiefst getroffen. Er war kaum fähig, an etwas anderes zu denken.

Vielleicht war er hier, weil er Ablenkung suchte. Natürlich nicht Ablenkung durch das ›Peep‹-Angebot. Ablenkung durch die Möglichkeit, hier auf einen Hinweis zu stoßen, der die Spur verstärkte, die ihn zu den Hintermännern des Mordes an Bob führen sollte.

Die Spur, die auf Nelson Ronald Largever wies.

Gleich nach der Ankunft am Kennedy Airport hatte er Buffalo angerufen. Martha Chechanester hatte tatsächlich zu zwei anderen Brokern über ihre Verkaufsabsicht gesprochen. Und einer davon war Largever.

Peter sah sich im Raum um. Ein paar Spione waren besetzt. Aus der hinteren Tür trat ein Mann, untersetzt, mit schwarzen, buschigen Augenbrauen und abstehenden Ohren. Er herrschte einen anderen an, einen Jungen, der offenbar zum Personal gehörte. Es sah aus, als sei der mit den abstehenden Ohren der Boß. War das Jim Yankowitz?

Um nicht durch unschlüssiges Herumstehen unnötig aufzufallen, stellte sich Peter an einen der freien Spione und warf einen Quarter in den Geldschlitz. Es war der Streifen mit dem ›very young chick‹.

Aber während er so tat, als betrachte er den Film, beobachtete er aus den Augenwinkeln heraus, ob sich im Laden etwas ereignete, was für ihn von Interesse sein konnte.

Er wunderte sich über sich selbst. Heute vor einer Woche erst hatten die Schwierigkeiten für ihn ihren Anfang genommen, hatte er sich zum erstenmal als eine Art Detektiv betätigt. Jetzt, nach kaum acht Tagen, bewegte er sich längst wie ein Profi.

Den Manager Peter Stolberg, den Chef des Vorstandes der Tönissen Pharmacie Heidelberg, eines der großen Pharmazie-Unternehmen Europas, den Mann, dessen Leben sich nach einem prallgefüllten Terminkalender abspulte, auf Konferenzen, Empfängen und in einer Flucht von Büros, den Herrn über mehr als fünfzehntausend Angestellte, diesen Peter Stolberg hatte er schon lange verdrängt.

Ein Mensch wächst verdammt schnell in eine andere Rolle hinein. Vor allem, wenn ihn die Umstände dazu zwingen.

Die zweieinhalb Minuten waren zu Ende. Von dem Film hatte er kaum etwas wahrgenommen. In seiner Umgebung hatte sich nichts ereignet, was er für sich auswerten konnte.

War es vielleicht doch nur eine ganz gewöhnliche Peep-Show? Warum aber hatte sich dann der Komplize des Filipino auf der Werbekarte die Telefonnummer des Besitzers notiert? Hatte er es wirklich getan? Konnte er die Werbekarte mitsamt der Nummer nicht irgendwo aufgelesen und mitgenommen haben? Als Adresse für seine Unterhaltung?

Peter entschloß sich zu gehen.

Er würde endlich einmal wieder früh schlafen. Morgen wollte er sich Largever vornehmen, mit Tönissen telefonieren und, wenn ihm noch Zeit blieb, die Routinebesprechung mit Crawford hinter sich bringen. Wenn er Glück hatte, erreichte er dann noch die Abendmaschine nach Frankfurt.

Er hatte von New York genug.

Er war schon am Ausgang. Da fiel in seinem Rücken der Name Raymond. Eine helle Stimme.

Peter drehte sich um. Von der hinteren Tür des Vorführraumes kam ein schmaler, junger Mann nach vorn. Offenbar hatte der Chinese an der Kasse nach ihm gerufen. Der Schmale konnte Mexikaner sein. Und auf ihn traf Karins Bezeichnung ›finstere Type‹ voll und ganz zu.

Auf einmal wußte Peter, daß er hier auf der richtigen Fährte war.

Er trat auf Raymond zu: »Wo finde ich Jim Yankowitz?«

»Hinten im Office.« Raymond deutete mit einer Kopfbewegung die Richtung an.

7

Das Büro war winzig und glich einem Lager. Kartons mit Filmen, offen und geschlossen, türmten sich an den Wänden und auf dem Tisch und ließen kaum Platz für den Telefonapparat.

Jim Yankowitz war der Mann mit den buschigen schwarzen Augenbrauen und den abstehenden Ohren.

Er telefonierte mit dem Rücken zur Tür und hörte Peter nicht hereinkommen. Er sprach gerade in die Muschel: »Okay, Mister Paolucci. Nein, wir haben noch rund vierzig neue. Okay, Mister Paolucci.« Es klang ergeben.

Als ahnte er, daß jemand im Raum war, warf er einen Blick über die Schulter und sah Peter.

Er sprach in die Muschel: »Einen Moment, Mister Paolucci«, deckte die Muschel mit der Hand ab, wandte sich Peter zu und polterte cholerisch los: »Was wollen Sie? Sehen Sie nicht, daß ich telefoniere! Warten Sie draußen!« Und Peter ging wieder hinaus.

Nach einiger Zeit kam Yankowitz heraus und fragte Peter: »Was gibt's?« Seine Laune hatte sich noch nicht gebessert.

»Mich schickt ein Freund«, sagte Peter.

»Ach?« Es klang abfällig.

»Ich habe ein Problem.«

»Und?«

»Ich weiß nicht, ob ich es Ihnen hier vor all den Leuten ...« Peter zögerte.

»Kommen Sie rein.«

Im Büro standen sie sich auf nur einen Schritt gegenüber. Jim Yankowitz steckte sich eine Zigarette an. »Ihr Name?«

»Mein Name tut nichts zur Sache.«

Yankowitz überlegte kurz, dann gab er sich mit Peters Antwort zufrieden. »Also?« Er blies ihm den Rauch ins Gesicht.

»Einer steht mir auf den Zehen«, sagte Peter, »und das paßt mir nicht.«

»Was geht das mich an?« Yankowitz war ungehalten.

»Er muß weg.«

»You got to be kidding!«

»Nein, ich mache keine Witze.« Peter blieb ruhig.

»Sie verschwenden Ihre Zeit.« Yankowitz tat, als wollte er den Raum verlassen.

»Interessiert es Sie auch nicht, wenn ich Ihnen die Höhe des Honorars nenne?«

»Raus.« Yankowitz hielt die Tür auf.

»Vielleicht interessiert es aber Mister Paolucci.«

»Paolucci?« Im Gesicht des anderen arbeitete es. »Wie kommen Sie auf Paolucci?« Es sollte wie nebenbei klingen.

Peter aber hörte die Neugier heraus. Er antwortete: »Weil mein Freund mir nicht nur diese Adresse, sondern auch Paoluccis Namen genannt hat.«

»Name?«

»Largever.«

»Nie gehört.« Yankowitz spuckte verächtlich aus.

»Mag sein. Vielleicht hat er mit Paolucci unter anderem Namen verhandelt.«

Einen Augenblick lang war Yankowitz unentschlossen. Dann sagte er scharf: »Sie sind hier falsch. Haben Sie 'ne Telefonnummer?«

»Ja.« Peter gab irgendeine Nummer an.

Er hatte genug erfahren.

8

Er stellte Raymond kurz nach ein Uhr nachts. In Greenwich Village, Bedford Ecke Downing Street. Vor dem zwei Stockwerke hohen Maschendrahtzaun, der den zementierten, trübseligen Spielplatz umgab, auf dem tagsüber, inmitten des Verkehrs, wilde Straßenmannschaften Basketball spielten.

Die Gegend war so gut wie menschenleer. Ecke Bleecker Street torkelte ein Penner gegen ein Eisengitter, daß es schepperte. Von der Verrazano Street herüber drang das Kreischen einer Frauenstimme, die nach ihrem Mann schrie.

Als Peter die Peep-Show verlassen hatte, war es ihm klar, daß Jim Yankowitz ihm einen Verfolger hinterherschicken würde.

Es war der Junge, den Yankowitz vorher im Vorführraum angeherrscht hatte. Peter hatte keine Mühe, ihn schon am Broadway abzuschütteln.

Wenig später bezog Peter einen Beobachtungsposten schräg gegenüber der Peep-Show, in sicherer Deckung an der Ecke der Einundfünfzigsten Straße.

Er stand beinahe zwei Stunden, bis Raymond endlich Schluß machte und herauskam.

Peter folgte ihm unbemerkt.

Drugstore Ecke Neunundvierzigste. Raymond kaufte sich eine Packung Zigaretten und steckte sich auf der Straße eine an. Snackbar Ecke Broadway. Er aß ein Pastrami mit Senf. Vor Loew's State Theater. Eine Zigarette. Er traf auf eine Horde Jugendlicher, die er kannte. Er zog mit ihr gemeinsam die Fünfundvierzigste hinüber in Richtung Eighth Avenue. In Höhe des Parkplatzes ließ er die anderen allein weiterziehen und ging zurück zum Broadway. Eine weitere Zigarette. Beim Criterion betrachtete er die Filmbilder von ›Norman... Is That You?‹

Es war schon weit nach Mitternacht, da verschwand er kurzentschlossen in einem der Subway-Eingänge am Times Square. Die steile Treppe hinunter. Ein paar Penner, die es sich auf den Stufen bequem gemacht hatten. Verdreckte Marmorwände. Gestank nach Urin. Das Gitter zum Bahnsteig. Eine Zigarette. Den ›Local‹ bis zur West Houston Street.

Die Treppe hinauf zur Seventh Avenue. Wieder eine Zigarette. An einer fahrbaren Bar eine Cola. Die Carmine Street entlang.

Vor dem Spielplatz hatte Peter ihn dann endlich für sich allein. Er beschleunigte seine Schritte. Dann war er hinter ihm. Und ehe Raymond sich umdrehen konnte, drückte Peter ihm die Webley in den Rücken.

»Ans Gitter und keine falsche Bewegung!«

Raymond gehorchte wortlos.

Peter zog ihm ein Messer aus der Tasche und warf es durch den Maschendraht.

»Du hast zehn Sekunden! Dann schieß ich dir ins Steißbein! Dann bis du dein Leben lang ein Krüppel.« Und dann die Frage: »Wer hat den Auftrag für den Filipino gegeben?«

»Ich kenn keinen Filipino.« Mit unsicherer Stimme.

Peter zog ihm die Webley mit Wucht über den Hinterkopf.

Raymond ging leicht in die Knie. Er wimmerte vor Schmerz.

»Noch fünf Sekunden!« Peter ließ keinen Zweifel, daß er es ernst meinte.

»Ich kenn seinen Namen nicht.«

»Wie sieht er aus? Klein? Gedrungen?«

»Ich hab nur seinen Wagen gesehen.«

»Welche Marke?«

»Buick. Aber ich weiß es nicht genau.«

»Farbe?«

»Dunkel.«

»Genauer!«

»Vielleicht rot.«

»Nummer?«

»Mehr weiß ich nicht.«

»Woher kam die Nummer? Manhattan? Brooklyn? Nassau?«

»Nein.«

»Ich geb dir noch mal fünf Sekunden!« Drohend.

»Southern Westchester.«

»Bist du sicher?«

»Ich glaube.«

»Und woher weißt du, daß es der Wagen des Auftraggebers war?«

»Weil Mandaya so 'ne Andeutung gemacht hat.«

»Mandaya?«

»Der Filipino.«

»Was für eine Andeutung? Los, beeil dich, sonst passiert's!«

»Na ja, die Reichen wären ohne uns aufgeschmissen. Sie müßten sich ihre Kerle selber vom Hals halten.«

Von der Seventh Avenue bogen zwei Männer in die Bedfort Street ein. Ihre Schritte hallten durch die Nacht.

»Du drehst dich nicht um! Hörst du? Sonst knallt's!« Peters Stimme klang gefährlich leise.

Raymond nickte.

Doch Peter war schon weg. Er lief so schnell er konnte in die Downing Street hinein, zur Avenue of the Americas vor, winkte sich ein Taxi, das gerade aus der Bleecker Street kam, heran, riß die Tür zum Fond auf, stieg hastig ein: »Die Avenue hinunter. Schnell.« Und der Fahrer fuhr an.

Peter lehnte sich aufatmend in die Polster zurück. Er hatte aufs Geratewohl auf den jungen Mexikaner Raymond gesetzt. Und er hatte Erfolg gehabt.

9

»Ich habe ein Haus für uns gefunden.« Brendan Donahue tat, als spreche er mehr zu sich als zu Diana.

Er ging neben ihr her über den Kiesweg des Riverside Parks. Sie hatten beide den Kragen ihres Mantels hochgeschlagen. Der frühe Morgen war kühl.

Auf dem Hudson war schon reger Verkehr. Tanker, Lastschiffe, dazwischen die Lotsenboote. Von der New Jersey Seite leuchtete das von der Sonne beschienene Weiß einzelner Häuser in Edgewater und North Bergen herüber.

»Willst du gar nicht wissen, wo ich das Haus gefunden habe?« Im Gehen warf er ihr einen Blick zu.

»Welcher Tag ist heute?« Sie war wie abwesend.

»Donnerstag. Massage.«

»Die Massage ist täglich.«

»Woran denkst du, Baby?«

»Nenn mich nicht Baby. Du weißt, ich mag es nicht.«

»Also, woran denkst du?«

»Daß ich die Massage habe ausfallen lassen. Deinetwegen. Weil du mit mir spazieren gehen wolltest.«

»Und mit dir reden. Willst du wirklich nicht wissen, wo ich das Haus für uns gefunden habe?«

»Es ist doch sinnlos.«

»In Beverly Hills. In der besten Straße. North Canon Drive. Kennst du die Gegend?«

»Flüchtig.«

»Palmen. Blumen. Englischer Rasen. Wirklich schön. Und das Haus ist nicht zu übertreffen. Soll ich es dir schildern?«

Sie gab keine Antwort.

Eine Weile gingen sie schweigend nebeneinander her.

Dann sagte er: »Das Haus ist ein Märchen. Von außen ein Palast aus dem Orient. Zur Straße hin fensterlos. Eine große Auffahrt. Parkplatz für gut zwanzig Wagen. Orangenbäume. Bambus. Eukalyptus. Sykomoren. Mimosen. Fächerpalmen. Was dein Herz begehrt. Wie gesagt, ein Märchen. Zufrieden?«

»Wie? Ach so, das Haus.«

»Neunzehn Räume. Sieben Badezimmer. Eins davon noch schöner als deines. Versenkbare Wanne. Die Wohnhalle groß wie die Vorhalle in der Radio City Music Hall. Eine Fensterfront mit Ausgang zum Park. Terrassen auf unterschiedlichen Ebenen. Ein Teich. Ein kleiner Wasserfall. Ein Bach. Eine Brücke. Eine Tennishalle mit versenkbaren Außenwänden. Natürlich zwei Swimmingpools, einer außen, einer innen. Sauna, Solarium, zwölf eingebaute Fernsehapparate, eine Bar mit Tanzfläche und kleiner Bühne, Friseurraum und ein Kino mit Cinemascope-Leinwand. Hörst du mir überhaupt zu?«

»Ja. Ist das alles, was du mit mir bereden wolltest?«

»Nein. Ich kann dir noch eine erfreuliche Mitteilung machen. Errätst du sie?«

»Nein.«

»Fairchild hat gestern angerufen.«

»Deine Scheidung?«

»Ja. Er ist wirklich ein guter Anwalt. In vier Wochen bin ich frei.«

»Willst du es nicht noch einmal überdenken?«

»Ich stehe zu meinem Wort, Diana. Und ich hoffe, du tust es auch.«

»Sei gescheit, Brendan. Das Gespräch liegt ein halbes Jahr zurück. Und wir haben es unter besonderen Umständen geführt.«

»Ein hart erkämpftes Wochenende auf den Bermudas.«

»Wir waren beide verwirrt, gib es zu. Die Ferien waren schuld.«

»Aber du hast gewußt, daß ich mit Fairchild gesprochen habe.«

»Ja, Brendan, ich habe es gewußt. Aber ich habe nicht geglaubt, daß es dir ernst ist.«

»Jetzt freust du dich gar nicht?«

»Nein. Ich denke an Toula und die Kinder.«

»Das ist nur mein Problem.«

»Nein, Brendan. Es kann auch meines werden. Drei Kinder sind eine Hypothek.«

»Worauf willst du hinaus?«

»Du sollst es dir...« Sie verbesserte sich: »Ich meine, wir sollten es uns noch einmal in Ruhe überlegen.«

»Es gibt nichts mehr zu überlegen. Die Sache läuft.«

»Und wenn ich nein sage?«

»Diana! Du mußt hier raus. Weg von New York. Weg vom Musical. Ich habe schon alles arrangiert. Der erste Film steht. Ich brauche nur noch deine Unterschrift.«

»Und wenn ich nicht unterschreibe?«

»Laß die Witze, Diana. Mir ist es ernst.«

»Es sind keine Witze, Brendan. Auch mir ist es ernst.«

»Aber du mußt weg. Weg aus dem verrückten New York. Du brauchst Sonne. Sonne und Ruhe. Der erste Film spielt in Europa. In Spanien. Du wirst sehen, der Klimawechsel wird dir guttun.«

»Du tust gerade so, als ob ich krank sei.«

»Seelisch, Diana. Du bist seelisch krank. Du bist zuviel allein, glaub mir. Das tut keiner Frau gut. Und schon gar nicht einer Frau wie dir.«

»Unsinn. Ich bin nicht allein. Ich habe meinen Job. Habe die Kollegen. Habe Naka, und wenn ich will, auch dich.«

»In Hollywood hast du auch Kollegen. Mehr als genug. Und auch einen Job. Und auch Naka. Und auch mich.«

»Du willst mich nicht verstehn, Brendan.«

Sie waren jetzt schon auf der Höhe der Riverside Church. Am gegenüberliegenden Ufer konnte man, weit oben, den hinter der George-Washington-Brücke beginnenden Palisades Interstate Park erkennen. Er lag im Morgendunst.

»Kehren wir um?« Ihr Blick ging hinüber nach New Jersey.

»Es ist wohl das beste. Der Weg durch die Unterführungen ist nicht schön.«

Sie kehrten um, und er nahm das Gespräch wieder auf: »Ich verstehe dich sehr gut, Diana. Wenn ein Mensch dich versteht, dann bin ich es. Du brauchst einen Halt. Für eine Frau wie dich bedeutet es soviel wie: du brauchst einen Mann. Nicht einen fürs Wochenende. Einen, der ständig für dich da ist. Auch an Thanksgiving und am Neujahrstag.«

»Ich fühle mich ganz wohl in meiner Haut.«

Er überging ihren Einwand. »Vielleicht brauchst du auch eine Familie. Kinder. Du bist noch nicht mal neunundzwanzig.«

»Ich habe meinen Job.«

»Auch ein Job ist ohne weiteres zu arrangieren. Wie wäre es denn, wenn wir in den nächsten Jahren uns abwechselnd mit Filmen und Kindern beschäftigen würden? Ein Jahr einen Film. Ein Jahr ein Baby.«

»Mein Job gefällt mir so, wie er ist.«

»Auf die Dauer ist er zu anstrengend. Jeden Abend eine volle Leistung bringen, das hält kein Mensch lange durch. Du wirst einen Film im Jahr drehen. Du wirst deinen eigenen Autor haben. Du wirst nur in Weltproduktionen spielen. In für dich maßgeschneiderten Weltproduktionen.«

»Ich muß unabhängig sein. In jeder Beziehung. Nur so kann ich eine Leistung bringen.«

»Ist Leistung denn alles im Leben?«

»Das fragst ausgerechnet du. Aber wenn du meine Antwort hören willst: Nein, Leistung ist nicht alles. Aber Unabhängigkeit ist alles. Wenigstens für mich.«

»Du brauchst also keinen Halt?«

»Nicht, wenn du ›Halt‹ mit ›Mann‹ gleichsetzt. Aber wenn ich wirklich einen Mann brauche, habe ich eine verdammt große Auswahl.«

»Und Liebe? Brauchst du keine Liebe?«

»Oh, ab und zu verliebe ich mich auch. Öfter als mir guttut.«

»Ich meine nicht Verliebtheit. Ich meine, Liebe.«

»Kannst du mir denn verbindlich sagen, was das ist, Liebe?«

Er gab keine Antwort.

Bis sie wieder die Höhe der Sechsundneunzigsten Straße erreichten, wo Brendan seinen Wagen geparkt hatte, gingen sie schweigend nebeneinander her.

Erst als sie schon im Wagen saßen, fragte er: »Liebst du mich, Diana?«

»Nein, Brendan.«

»Bist du dir sicher?«

»Ja. Ich habe deine Frage schon seit langem erwartet und mich mit ihr auseinandergesetzt. Nein, ich liebe dich nicht. Bitte sei nicht traurig. Ich kann nichts dafür.«

»Aber... hast du mir nicht mal gesagt, daß du mich liebst?«

»Mag sein. Nur... wenn ich es mir im nachhinein überlege, dann glaube ich, daß ich damals gelogen habe.« Sie sprach kaum hörbar, als könnte sie dadurch ihre Antwort mildern.

Er betätigte den Anlasser, und sein Blick war geradeaus auf den Asphalt gerichtet. »Du kommst also nicht mit nach Beverly Hills?«

»Nein.«

»Bleibst du hier?«

»Ja.«

»Warum?«

»Weil ich hier zu Hause bin. Weil ich diese Stadt brauche. Sie läßt mich leben. Und... ich liebe sie.«

»Ist es nicht...weil Stolberg ab und zu herüberkommt?«

Sie schwieg.
Doch er wiederholte: »Ist es das?«
»Nein. Ich habe ihn schon vergessen.«

10

Peter schüttete den Kaffee hastig in sich hinein. Eine Tasse. Zwei. Drei. Er lag im Bett.

In dieser Nacht hatte er kaum ein Auge zugetan. Abwechselnd hatte er am Anfang immer wieder Martha Chechanester und Raymond, den Mexikaner, vor sich gesehen.

Das gestrafft jugendliche Gesicht der alten Dame. Sechzigtausend Stück Crawford-Aktien. Sechzigtausend! Und die bösartigen Augen des jungen schmalen Mexikaners. Dunkelroter Buick. Southern Westchester.

Sechzigtausend. Chechanester. Raymond. Filipino. Southern Westchester. Crawford-Aktien. Dunkelroter Buick. Sechzigtausend. Dunkelroter Buick. Doctor Hedgepeth. Schüsse im Central Park. Jim Yankowitz. Lillie Flam, tot auf einer einsamen Straße. Das lederne Gesicht Tönissens. Die Gondel nach Roosevelt Island. Lieutenant Sanabria, der Kringel malt. Die Peep Show. Frants Nemecek, der sich die Uniformmütze aus der Stirn schiebt. Der tote Jar, der plötzlich tanzt wie Sammy Davies junior. Vincent Evans im schwarzen Talar. Das Guggenheim Museum. Die dicken Brillengläser von Barry Ikking, dem Hausdetektiv. Die gesperrte Subway Station. Die Schüsse im Central Park. Sechzigtausend Schüsse. Sechzigtausend blutrote Buicks.

Als er endlich erwacht war, hatte er sich wie gerädert gefühlt.

Dennoch war ihm, als sei eine schwere Last von ihm gefallen.

Er ahnte, daß er am Ziel war.

Jetzt, nachdem er die dritte Tasse Kaffee mit einem Zug leergetrunken hatte, fühlte er sich besser. Er würde den Tag durchstehen.

Nackt wie er war, ließ er sich übermütig aus dem Bett rollen und vollführte auf dem Teppich dreißig Liegestütze. Dann rollte er sich auf den Rücken. Zwanzig Beinscheren, eine Handspanne über dem Boden, für die Bauchmuskeln.

Eiskalte Dusche. Rasieren. Schläfenmassage. Eine vierte Tasse Kaffee. Anziehen.

Es war kurz nach sieben Uhr früh. In Deutschland war es jetzt kurz nach zwölf Uhr mittag.

Er tippte die neun und meldete ein Gespräch nach Heidelberg an.

Wenig später war Frau Scherer in der Leitung.

»Es ist dringend, Frau Scherer.«

»Dann hole ich ihn aus der Sitzung.«

Ein Rumoren. Eine Tür. Schritte. Ein Knacken.

Die Stimme Tönissens.

»Ich habe gerade die Vertreter der Versicherung hier. Sie wissen, die Geschichte in Berlin.« Es klang wichtigtuerisch.

Peter überging es. »Von wo aus sprechen Sie?«

»Ich bin in meinem Büro. Aber drüben im Sitzungsraum habe ich die Vertreter der Versicherung wegen...«

»Sagt Ihnen der Name Chechanester etwas? Chechanester in Buffalo?« Die Fragen kamen sachlich.

Tönissen schwieg.

Eine Weile war es still in der Leitung.

Peter wiederholte: »Chechanester in Buffalo.«

Dann sagte Tönissen kaum hörbar: »Waren Sie bei ihr?«

»Ja. Seit wann wissen Sie von ihr?«

»Seit ein paar Wochen.«

»Genauer.«

»Ist es ein Verhör?« Tönissen war ungehalten.

»Ja«, antwortete Peter kurz angebunden, »und ich würde Sie bitten, keiner meiner Fragen auszuweichen. Es hätte keinen Sinn. Also, seit wann?«

»Vielleicht vier Wochen. Ich müßte erst nachsehen.« Tönissen lenkte ein.

»Und von wieviel hat Mister Kellermann gesprochen?«

»Soll ich nachsehen?«

»Sie wissen es auch so, Tönissen. Waren es sechzigtausend?«

»Ja.«

Eine Pause trat ein.

Peter dachte fieberhaft nach. Wie weit sollte er gehen? Sollte er Tönissen alles wissen lassen? Oder sollte er die große Aussprache auf morgen, auf ihr Zusammentreffen in Heidelberg verschieben? Er entschloß sich für das letztere.

Er drückte den Hörer ans Ohr und fragte mit fester Stimme: »Kannten Sie auch den Preis?«

»Sie meinen, den offiziellen Kurs?«

»Ich meine, den Preis.«

»Den Buchwert?«

»Den Preis, Tönissen. Den Preis, den Mister Kellermann Ihnen genannt hat.«

»Ich kann nachsehen.«

»Nein, Sie können sich erinnern. Wieviel Millionen waren es?«

»D-Mark?«

»Ja, D-Mark. Waren es sechsunddreißig komma sechs Millionen?«

»Ja.«

»Und wieviel Prozent halten wir zur Zeit von Crawford?«

»Das wissen Sie sehr gut selbst.«

»Aber ich will es von Ihnen hören. Halten wir genau fünf Prozent?«

»Sie wissen es sehr gut.«

»Halten wir fünf Prozent?«

»Die Frage ist nicht realistisch.«

»O doch. Sie ist ganz realistisch. Halten wir fünf Prozent?«

»Wenn Crawford seine Aktien aufstockt…« Tönissen versuchte sich herauszureden.

»Dazu muß er zuerst einmal eine Kapitalerhöhung vornehmen

dürfen. Und davon werden wir vorher in Kenntnis gesetzt.« Es klang verärgert. Tönissen argumentierte einfältig. Peter hob die Stimme an: »Halten wir fünf Prozent?«

»Er hat ein fließendes Kapitalkonto. Es ist drüben anders als bei uns. Er kann Kapital einziehen und ausgeben, wie er will.« Tönissen sprach belehrend.

Peters Verärgerung nahm zu. Er konnte kaum noch an sich halten, als er entgegnete: »Er kann sich selbst aufkaufen, ja. Ohne Rücksicht auf den Buchwert.« Er hob die Stimme von neuem an: »Und auch ohne Rücksicht auf den ideellen Wert.«

»Ich habe nie behauptet...«

»Wenn er aufkauft, dann sind von ihm weniger Aktien auf dem offenen Markt. Das ist aber auch alles. Aber er kann keine Kapitalerhöhung vornehmen, solange sie ihm von der Behörde nicht genehmigt ist. Und von einem Antrag auf Genehmigung müssen wir in Kenntnis gesetzt werden. Es läuft aber kein Antrag. Folglich kann er seine Aktien auch nicht aufstocken. Ich wiederhole meine Frage: Halten wir zur Zeit fünf Prozent?«

»Ja.« Tönissen zögerte. »Konkret beantwortet, ja.«

»Und wieviel halten Sie selbst?«

»Ich?« Tönissen tat überrascht. »Wie kommen Sie zu der Annahme, daß ich...?«

»Wir sehn uns morgen.« Peter legte auf.

Tönissen und Bob! trommelte Peters Gehirn. Tönissen hatte hinter seinem Rücken versucht, sich die Mehrheit an der Crawford Company zu verschaffen!

Und Bob hatte mitgemacht. Hatte sich mißbrauchen lassen für betrügerische Manipulationen. Hatte seinen Namen als Broker aufs Spiel gesetzt.

Für Peter brach eine Welt zusammen.

Bob! Warum wohl hatte er es getan? Doch gewiß nicht aus persönlicher Sympathie zu Tönissen oder irgendwelchen moralischen Grundsätzen.

Geld. Es konnte nur Geld gewesen sein, was ihn dazu getrieben hatte. Tönissen hatte ihm mehr Provision geboten als das übliche eine Prozent, nur das konnte es gewesen sein.

Peter machte eine Rechnung auf.

Rund zweihunderttausend Crawford-Aktien hatte die Tönissen Pharmacie bisher auf legalem Weg erstanden. Zum Preis des Buchwertes von fünfundzwanzig Dollar das Stück.

Der Gesamtabschluß betrug demnach etwa fünf Millionen Dollar. Davon hatte Bob ein Prozent erhalten, das waren fünfzigtausend Dollar.

Angenommen, Tönissen als Privatmann hatte ihm ein Prozent mehr Provision geboten, nur ein einziges Prozent mehr, dann hätte Bob allein am Abschluß mit Martha Chechanester dreihunderttausend Dollar verdient, also das Sechsfache, was er bisher auf legalem Weg hatte verdienen können.

An die siebenhundertdreißigtausend D-Mark für einen einzigen Abschluß! Ein gewiß lohnender Betrag.

Der Antreiber aber war Tönissen gewesen.

Auf einmal erhellten sich für Peter ein paar Geschehnisse. Tönissens geheimer Brief an Bob. Seine Gefühlskälte, mit der er Peter von dem Toten berichtet hatte, den es bei den Versuchen im Berliner Labor gegeben hatte. Der Schluß ihres Gesprächs in Wien, bei ihrer ersten Begegnung. Ja, sogar seine ablehnende Haltung, als es darum gegangen war, daß bei Bobs Beerdigung jedes Mitglied des Vorstandes durch einen persönlichen Kranz vertreten sein sollte.

Nein, Tönissen war nicht nur unberechenbar und kleinlich, wie Peter bisher angenommen hatte. Tönissen war auch eiskalt, herzlos und herrschsüchtig und ohne eine Spur von Skrupel.

Tönissen hatte Bob auf dem Gewissen.

11

Das nächste Telefongespräch führte er mit Karin Mebius. Sie wohnte wieder zu Hause.

»Habe ich Sie geweckt?« Er zeigte Mitgefühl.

»Ich war schon aufgewacht.«

»Also hab ich Sie geweckt. Es tut mir leid. Aber meine Zeit drängt. Gibt es etwas Neues?«

»Nein. Nur das Pressematerial. Ich habe es jetzt im Büro. Wollen Sie nicht doch noch Einsicht nehmen?«

»Ich komme kurz vorbei. In einer halben Stunde. Geht es?«

»Ich beeile mich.« Und als habe sie Angst, es zu vergessen: »Ich soll Sie an den Termin mit Crawford erinnern. Um zehn.«

Er verließ das Hotel durch die Lobby am Zigarren- und Bücherstand. Er überquerte die Straße, ging in den Central Park und machte einen ausgedehnten Spaziergang rund um den See, der allmählich zuzufrieren begann.

Largever? Er mußte in Erfahrung bringen, welchen Wagen Largever fuhr.

Wenig später war er im Büro und beauftragte Karin mit den Nachforschungen über Largever.

Auf dem Schreibmaschinentisch lag, gebündelt, ein hoher Stapel von fotokopierten Zeitungsausschnitten. Das angeforderte Pressematerial. Peter brauchte beinahe eine Stunde, dann hatte er gefunden, wonach er suchte.

Es war ein unbedeutender Artikel, fast nur eine Notiz. In *Variety*, der Fachzeitschrift für das Showgeschäft, mit dem Datum vom September 1965. Der Agent Chuck Feldman stellte die neuen Mitglieder seines ›Stalls‹ vor. Hinter jedem Namen stand eine stichwortartige Ein-Satz-Charakteristik. An fünfter Stelle wurde nur ein Vorname erwähnt.

Der Zusatz hinter dem Namen verstärkte Peters Vermutung.

»Ich habe Pech.« Karin unterbrach seinen Gedankengang.

Er blickte sie wie abwesend an.

»Ich bekomme nicht heraus, welchen Wagen Largever fährt«, fuhr sie fort, »und Largever selbst ist heute nicht in der New York Stock Exchange. Ungewöhnlicherweise nicht, wie einer seiner Kollegen sagt. Gibt es noch einen anderen Weg?« Es klang nahezu sinnlich.

Er antwortete nicht. Sein Blick ging nach wie vor ins Leere.

12

Es war wenige Minuten vor halb zehn Uhr.

Peter stand am Fenster seines Hotelzimmers. Der morgendliche Berufsverkehr hatte etwas nachgelassen. Die Straßen gehörten wieder den Taxis. Die Fifth Avenue schien mit gelben Autodächern gepflastert zu sein.

Vom Büro aus war er zurück ins Hotel gegangen. Er hatte noch einmal Diana anrufen, noch einmal ihre Stimme hören wollen. Doch als Naka am Apparat war, hatte er wortlos aufgelegt.

Er warf einen flüchtigen Blick auf die Armbanduhr. Es wurde Zeit für ihn. Es würde sicher nicht leicht sein, ein Taxi zu bekommen.

Er hatte die Hand schon um den Türknopf, da schrillte das Telefon. Er ging zurück und meldete sich.

Es war Paula, die Sekretärin von Loussier. »Sie werden in der Lobby erwartet, Sir.«

»Ich?« Er konnte sich nicht denken, von wem.

»Ja, Sir.«

»Von wem?«

»Ich weiß es nicht, Sir.«

»Von einer Frau oder einem Mann?«

»Ich werde mich erkundigen, Sir. Einen Moment.« Ein Knacken in der Leitung. Pause. Ein erneutes Knacken. Paula war wieder da: »Es ist ein Mann, Sir. An die Fünfzig.«

»Sein Name?«

»Tut mir leid, Sir. Meine Kollegin weiß den Namen nicht. Soll ich nachfragen lassen?«

»Nein.« In ihm erwachte wieder die Vorsicht. Vielleicht war es eine Falle? Wenn ja, sollte der Mann nicht hellhörig gemacht werden. Peter wollte ihn sich zunächst einmal ansehen, von weitem, aus einer sicheren Deckung heraus.

Er fragte: »In welcher Lobby wartet er?«

»In der Central Park South Lobby. Haben Sie noch einen Wunsch, Sir?«

»Nein, danke, Paula.« Nachdenklich legte er den Hörer auf.

Ein Mann an die Fünfzig? Eine etwas eigenartige Auskunft für eine Telefonvermittlung. Aber er tat Paula unrecht. Sie war keine Telefonistin und hatte wohl gewöhnlich auch nichts mit der Vermittlung zu tun.

Wer aber war der Mann? Ein Fremder? Ein unerwarteter Besucher aus Heidelberg? Beim besten Willen, er konnte es sich nicht erklären.

Ein Besuch aus Heidelberg wohl kaum. Er hätte spätestens gestern morgen von drüben abgeflogen sein müssen. Und gestern morgen konnte niemand wissen, daß er heute noch in New York sein würde.

Daß er noch hier im Plaza war, wußte ohnehin niemand.

Wirklich niemand?

Largever! Nelson Ronald Largever war der einzige, der wußte, daß er nach wie vor hier wohnte.

Peter fuhr hinunter in die Halle, in der Gewißheit, daß es nur ein Fremder oder Largever sein konnte, der ihn erwartete.

Aber es war weder ein Fremder, noch war es Largever.

Der Mann, der auf Peter wartete, stand neben der Treppe an der Rezeption, von wo aus er die Halle gut überschauen konnte. Seine Augen strahlten Vorfreude aus.

Als Peter ihn sah, wurde es ihm warm ums Herz.

Es war Sam.

13

Sam hatte den schwarzen Continental Mark V um die Ecke, vor dem Pulitzer Memorial Fountain, abgestellt.

Er öffnete zuvorkommend die Wagentür, und Peter stieg ein. Sam fuhr ganz behutsam an, wie es seit jeher seine Art war. Peter saß neben ihm und lehnte sich entspannt in die Polster zurück. Mit einemmal war ihm, als habe es die vergangenen acht Tage nie gegeben.

»In Kuba ist es jetzt um einige Grad wärmer, Sam.«

»Ja, Sir. Ich habe oft Heimweh. Aber ich danke Gott jeden Tag, daß ich hier sein kann.«

Sam bog in die Fifth Avenue ein.

Gegenüber, vor dem Schaufenster von FAO-Schwarz, drängten sich auch um die Vormittagsstunden die Neugierigen. Der Spielzeugladen hatte schon seine Weihnachtsattraktion ausgestellt: ein tischhohes Rokokoschlößchen für den Preis von zehntausend Dollar.

»Hast du es von Karin gewußt, daß ich noch da bin?«

»Ja, Sir. Ich habe sie angerufen, und sie hat mir den Termin mit Mister Crawford gesagt.«

Sie fuhren an Tiffany vorbei und am Buchladen von Doubleday, an Fred Astaires Tanzschule, am Juwelierladen von Harry Winston und bei Rizzoli.

»Wie geht es deiner Frau, Sam? Hat sie den Schock überwunden?«

»Ja, Sir. Es geht ihr wieder gut.«

»Sie liebt dich, Sam. Weißt du es?«

»Ja, Sir. Wir lieben uns beide sehr. Schon immer.«

»Wie lange schon?«

»Im Januar werden es einunddreißig Jahre, Sir.«

Die Parfümerie von Elisabeth Arden. Der Gucci Laden. Die Saint Thomas Church. Der Juwelierladen von Cartier. Saint Patrick's Cathedral. Das elegante Kaufhaus Saks. Das Rockefeller Center.

»Hat es für eure Liebe nie eine Krise gegeben?«

»Nein, Sir, nie.«

»Gab es zwischen euch nie Mißtrauen?«

»Nein, Sir. Wir hatten keinen Grund dazu.«

»Und wenn du einen gehabt hättest, Sam?«

»Ich glaube, auch dann wäre ich nicht mißtrauisch gewesen.«

»Auch nicht, wenn es ein schwerwiegender Grund gewesen wäre?«

»Sie meinen, ein anderer Mann?« Sam lächelte verzeihend.

»Ich meine Verrat. Tödlichen Verrat.«

Sam dachte kurz nach und antwortete dann bestimmt: »Nein, auch dann nicht, Sir. Denn meine Frau hätte mich sicher nur verraten, wenn man sie dazu erpreßt hätte. Von ihrer Liebe hätte das nichts genommen. Im Gegenteil. Meine Frau hätte um mich gelitten.«

Brentano's riesiger Buchladen. Das Kaufhaus Korvette. Florsheim's mondäne Schuhe.

»Ich nehme den Eingang an der Dreiundvierzigsten, Sam.«

»Allright, Sir.« Sam bog nach rechts ab und hielt vor dem Grace Building.

14

Das vierzigste Stockwerk. Die Büroflucht des Crawford Imperiums. Die Vorzimmer. Die gutaussehenden, immer freundlichen Chefsekretärinnen. Die hohe Flügeltür aus Mahagoni.

Schon seit Monaten war Milton Werrick Crawford ihm jedesmal an der Tür mit ausgebreiteten Armen entgegengekommen, als wollte er ihn an seine hünenhafte Brust drücken.

Heute aber stand er hinter seinem zwei Meter tiefen und fünf Meter breiten weißen Schreibtisch. Unbeweglich, abwartend, eisig, die Arme vor der Brust verschränkt. Der mächtige Schädel, der Ruhe ausstrahlte. Das graumelierte Bürstenhaar, auf dem ein Schimmer der Deckenbeleuchtung lag. Ähnlich wie bei Peters allererstem Besuch.

Auch Peter verhielt sich annähernd gleich wie damals.

Er blieb mitten im Raum stehen und sah Crawford schweigend an.

Zwei Gegner.

Und wie damals war Peter es, der den Dialog eröffnete: »Wir können es kurz machen, Crawford.« Seine Miene blieb ausdruckslos.

»Ich bin anderer Meinung. Und ich schlage vor, daß wir das Gespräch bei mir zu Hause führen.« Crawford nahm die Arme herunter und bewegte sich nicht von der Stelle.

»Warum?«

»Weil ich Ihnen etwas zu erklären habe, was ich Ihnen nur dort erklären kann.«

»Allright. Aber meine Zeit ist knapp.« Peter dachte an Largever. Warum war Largever heute nicht in der New York Stock Exchange? Hatte er etwa gegen ihn Verdacht geschöpft und war untergetaucht? Peter mußte ihn finden. So schnell wie möglich.

»Gehn wir.« Crawfords Stimme holte ihn in die Wirklichkeit zurück. Die Vorzimmer. Der Eingang. Der Lift.

»Haben Sie einen Wagen?« fragte Crawford, als sie das Haus verließen.

Peter nickte. Er war in Gedanken bei Largever.

»Es ist besser, wenn Sie mit mir fahren. Dann sparen wir Zeit. Einverstanden?«

Peter nickte. Er sagte Sam Bescheid und folgte danach Crawford in die Tiefgarage. Crawford fuhr einen weißen Chrysler Cordoba.

Sie waren schon in Höhe von Riverdale, da fragte Peter: »Ist es Ihr einziger Wagen?«

Crawford fragte zurück: »Fahren Sie denn nur einen?« Er lächelte herablassend.

Eine Weile verlief die Fahrt schweigend.

Dann sagte Peter: »Sie wissen, daß meine Zeit knapp ist.«

»Es ist nicht mehr weit. Höchstens noch eine Viertelstunde. Tarrytown. Sie waren noch nie bei mir?«

»Nein«, sagte Peter tonlos. Crawfords Antwort erschreckte ihn.

15

Der Besitz lag außerhalb von Tarrytown.

Ein schier endlos langer Drahtzaun. Ein großes, zweiteiliges eisernes Gittertor. Ein weitläufiger Park mit gepflegtem Rasen. Eine Art Schlößchen mit runden Türmen, ineinandergeschachtelten Giebeln und einer prunkvollen Auffahrt, an der sie ein Diener in Livree empfing.

Inmitten des viktorianischen Salons stand ein langer, schwerer Tisch aus Eiche. An dessen beiden Enden saßen sie sich gegenüber.

»Beginnen Sie«, sagte Peter mit steinernem Gesichtsausdruck, »erklären Sie mir, was Sie mir nur hier erklären können.«

»Darf ich Ihnen eine Erfrischung anbieten?« Crawford ergriff eine Glocke, die vor ihm auf dem Tisch stand.

»Nein.«

»Allright.« Crawford stellte die Glocke wieder auf den Tisch und lehnte sich in den hohen Stuhl zurück. »Worüber sollen wir reden? Über Abschlüsse? Marktanalysen? Forschungsergebnisse? Oder...« Er zögerte.

»Sie wollten mir etwas erklären«, entgegnete Peter hart.

»...oder über Aktien?«

»Ich warte auf Ihre Erklärung.« Peter sah Crawford durchdringend and.

»Oder über die allgemeine europäische Herausforderung?« Es klang anzüglich.

»Beginnen Sie endlich.« Peter kochte innerlich, aber er zwang sich zur Ruhe.

»Allright. Wir haben Abschlüsse mit elf Ländern getätigt. Elf, die wir noch nicht hatten. Unter anderem mit Tansania und Tristan da Cunha. Interessieren Sie auch die anderen?«

»Weiter.«

»Wir werden unseren Buchwert erhöhen. Wir haben vor Jahren einmal einen Streifen Land gekauft. Einen ziemlich großen Streifen. Aber einen toten. Preisgünstig. Sehr preisgünstig. Dreißig Meilen von Wilmington weg. Wir haben ihn die ganzen Jahre in der Bilanz nur als unbedeutende Investition mitgeschleppt. Jetzt aber wird in seiner unmittelbaren Nähe ein Highway vorbeigeführt, und der Wertzuwachs des Streifens beträgt schon heute über vierhundert Prozent. Es schlägt sich auf den Buchwert mit zwei bis drei Punkten nieder.«

Crawford machte eine Pause, als wollte er seine Worte wirken lassen. Dann fragte er zynisch: »Zufrieden?«

»Kommen Sie zur Sache«, antwortete Peter streng.

»Der Markt ist in Bewegung geraten. Ich meine, in Nord- und Südamerika und auch im Fernen Osten. Wir werden Mühe haben, unsere Anteile zu halten. Die Japaner machen uns zu schaffen. Takeda und Konsorten. Wollen Sie es im einzelnen hören?«

»Kommen Sie endlich zur Sache.«

»Die Ergebnisse unserer ›C Zweitausend‹-Reihe können sich sehen lassen. Wir haben einen gewaltigen Sprung nach vorn gemacht. Wenn es weiterhin so gut läuft, kann der Medical Director in spätestens einem Jahr sein Okay geben. Noch mehr?«

Peter gab keine Antwort. Aber er ließ Crawford nicht aus den Augen.

Crawford fuhr fort: »Wir haben Ginseng neu analysiert. Vor allem die Saponine. Hinsichtlich ihrer Wirkung auf die Gehirnzellen. Und hier besonders in bezug auf die im Alter stark fortschreitende Verarmung von Dopamin. Die Verarmung von Dopamin bedingt eine Verlangsamung der motorischen Leistungen des Instinkts. Genug?«

Peter schwieg.

Crawford sprach weiter: »Well, die Wissenschaft sagt zwar, daß es im Alter keinen geistigen Abbau gibt. Und daß ein altes Gehirn genauso leistungsfähig wie ein junges ist. Aber dennoch steht auch fest, daß mit dem beginnenden Alter die Engramme des Langzeitgedächtnisses allmählich den Zukunftsbezug überwuchern. Natürlich bleibt die Lernfähigkeit eines Menschen bis ins hohe Alter erhalten. Aber mit zunehmendem Alter braucht der Mensch etwas länger, um Neues aufzunehmen, zu lernen. Und die Verlangsamung der motorischen

Instinktleistung ist ebenfalls eine Tatsache. Alte Menschen weichen einer Gefahr nicht so schnell aus wie junge. Ihre Reflexe lassen nach. Und die Saponine nun... hören Sie eigentlich zu, Stolberg?«

»Ich warte darauf, daß Sie zur Sache kommen.«

»Allright. Die Konkurrenz aus Europa!« setzte Crawford streitbar fort. »Der französische Franc, der Schweizer Franken, die D-Mark, die unser Land überschwemmen! Das Volkswagenwerk in New Stanton! Henkel bei Clorox and Company! Fiat Agnelli aus Turin bei Bantam Books! Die Rothschild Gruppe bei Copperweld Steel!«

Er steigerte sich in eine haßerfüllte Erregung hinein: »Oder Michelin, der die Frechheit besessen hat, seine Reifen ausgerechnet in Akron zu produzieren. Mitten im Zentrum unserer Reifenindustrie. Mit einem Aufwand von dreihundert Millionen Dollar. Und dessen Zentrale Clermont-Ferrand jetzt weitere dreihundert Millionen Dollar für Akron genehmigt hat. Für den Aufbau einer Fabrik für Lastwagenreifen. Und das alles lassen wir Amerikaner uns gefallen! Begreifen Sie das, Stolberg?«

Peter schwieg nach wie vor. Er fühlte sich nicht angesprochen. Sein Blick war stechend auf Crawford gerichtet.

Crawford hob die Stimme an: »Sie sind Deutscher, Stolberg! Deutscher wie die Bosse einer deutschen Vertriebsgesellschaft im deutschen Köln, die sich Europäische Treuhand nennt und die im letzten Jahr bei uns für mehr als vierzig Millionen Dollar Farmland angekauft haben. Bei uns! Und die jetzt sogar Mitbesitzer eines Bürohauses in Houston sind! Und wir, die idiotischen Amerikaner, lassen uns das bieten! Lachen Sie nicht schon längst über uns, Stolberg?«

Er gab sich die Antwort selbst: »Natürlich lachen Sie über uns! Natürlich fühlen Sie sich uns überlegen! Natürlich glauben Sie, daß nichts Ihren Expansionsdrang aufhalten kann! Geben Sie es zu, Stolberg, los!«

Die Blicke der beiden Männer schienen sich ineinander festzubeißen.

Doch Peter sagte kein Wort.

»Geben Sie es zu, Stolberg! Geben Sie zu, daß wir es euch verflucht leicht machen! Daß Sie unser Land systematisch ausrauben! Geben Sie es endlich zu!« Crawford konnte seinen Haß kaum noch zügeln.

Als Peter noch immer nicht antwortete, erhob sich Crawford, während er weitersprach, und beugte sich über den Tisch, um seinen Worten Nachdruck zu verleihen. »Die Deutschen sind es, genau! Die deutsche Dampfwalze mit ihren Millionen Dollars! Und wir Idioten öffnen ihnen unsere Fabriktore!«

Er holte tief Luft und steigerte seine Lautstärke: »Und die Idioten von unserer chemischen Industrie haben den Anfang gemacht! Und die Deutschen haben sie überrollt! Die Deutschen von der Badischen Anilin, von Hoechst, von Bayer mit ihren Hunderten von Millionen Dollars! Der Deutsche Flick, der seine Millionen in Grace and Company gepumpt hat! Und der Deutsche Tönissen, der...«

Er griff sich ans Herz, wie um einen drohenden Anfall abzuwehren.

Doch er gönnte sich keine Pause.

Es war, als folge er einem inneren Zwang.

Er sprach weiter, noch lauter als bisher: »Und Sie, Stolberg, gehören auch dazu! Zu den deutschen Ratten, die unser Land unterwandern und sich festfressen in unserem Boden! Ein hundsgemeines Geschäft! Und es sind hundsgemeine Yankees, die an dem Geschäft sogar mitverdienen!«

Seine Augen wurden schmal, und seine Stimme klang auf einmal gefährlich leise: »Wissen Sie, wie hoch die Deutschen in den letzten zwölf Monaten an der Wallstreet eingestiegen sind? Wissen Sie es, Stolberg? Mit über einer Milliarde D-Mark! Und bei der Milliarde sind die großen Pakete noch gar nicht berücksichtigt.«

Sein Blick schien Peter vernichten zu wollen. »Die großen Aktienpakete wechseln nämlich außerhalb der Wallstreet ihren Besitzer. Die Pakete, die unserer Wirtschaft das Grab schaufeln.«

Er rang nach Luft.

»Und die Totengräber sind amerikanische Broker.« Seine Stimme war kaum noch zu hören. Er griff sich erneut ans Herz. »Broker, wie Wicksall and Company oder Auterbridge oder...«

Seine Stimme versagte.

Eine Weile war es still im Raum.

Die Blicke der beiden Männer gingen nach wie vor ineinander über. Doch nicht mehr stechend oder herausfordernd. Es war, als ruhten sie ineinander.

Dann sagte Peter leise: »Warum haben Sie es getan, Crawford?«

Wieder verstrich eine Weile.

Dann antwortete Crawford mit der Gegenfrage: »Seit wann haben Sie es gewußt?«

Er hatte noch immer die Hand am Herz. Aus seinem Gesicht war alles Blut gewichen. Seine Stimme war kaum vernehmlich.

»Vermutet habe ich es schon lange.« Peters Stimme klang rauh.

»Seit wann haben Sie es vermutet?« Crawford rang erneut nach Luft.

»Es war nur eine unbestimmte Vermutung. Schon in den ersten Tagen nach meinem Eintreffen. Ich habe sie verworfen. Ich wollte es einfach nicht glauben.«

»Und seit wann waren Sie sicher?« Crawfords Stimme klang müde.

»Haben Sie in Ihrem Wagenpark nicht auch einen Buick?«

»Doch. Warum?«

»Einen dunkelroten?«

»Ja. Was soll die Frage?«

»Weil Sie in Tarrytown wohnen und Tarrytown zu Southern Westchester gehört«, sagte Peter.

Crawford sah ihn sprachlos an.

»Der Chrysler hat mich irritiert.« Peter hob sein Kinn an. Er fühlte sich Crawford überlegen.

Da Crawford weiterhin konsterniert war, ergänzte Peter: »Ich wußte, daß der Mann im Hintergrund einen dunkelroten Buick fährt.«

»Von wem wußten Sie es?« In Crawford kam wieder Leben.

»Nein, Crawford. Ich stelle hier die Fragen«, sagte Peter mit fester Stimme und fragte eindringlich leise: »Warum haben Sie es getan, Crawford?«

»Habe ich es Ihnen nicht schon längst beantwortet?« Crawford stützte sich mit beiden Händen kampfbereit auf den Tisch.

»Dennoch ist es für mich unfaßbar.«

»Kellermann war das Krebsgeschwür an der Crawford Pharmacie.«

»Aber es gibt noch viele andere Broker. Hunderte. Tausende.« Peter war bestürzt.

»Aber für uns gab es Kellermann. Und ihn gab es nur einmal. Kein anderer hätte Ihnen von mir soviel heranschaffen können wie er. Mit seiner Beseitigung war das Krebsgeschwür von uns entfernt.«

»Nein, Crawford, mir will es einfach nicht in den Kopf. Ihnen wären viele andere Wege geblieben.«

»Mir blieb nur dieser eine.« Crawford hob die Stimme an. Es war, als wollte er sich vor sich selbst rechtfertigen.

»Das amerikanische Aktienrecht unterliegt strengen Gesetzen«, sagte Peter hart.

»Das Aktienrecht hätte mir nicht helfen können!«

»Doch, Crawford«, entgegnete Peter nüchtern, »hier bei euch ist es anders als bei uns. Hier sind die Unternehmen geschützt. Die Unternehmen und mit ihnen die Aktionäre.«

»Sinnlos, Stolberg!«

»Hier gibt es zum Beispiel ausschließlich Namensaktien.« Peter blieb beharrlich.

»Na und?« fragte Crawford feindselig. Sein wuchtiger Schädel mit dem Bürstenhaarschnitt wirkte gespenstisch.

»Jeder Inhaber einer Aktie ist bekannt. Mit Namen, Adresse und seinem Anteil. Sie hatten es in der Hand, Crawford. Sie konnten jede Bewegung des Marktes kontrollieren.«

»Ich?« Es klang aggressiv.

»Ja, Sie als Aktienhalter, Crawford. So will es Ihr Aktiengesetz. Aber ich muß es Ihnen sicher nicht erklären. Sie wissen darüber besser Bescheid als ich.«

»Unsinn. Kellermann war eine Ratte. Eine ganz miese Ratte.«

»Sie werden unsachlich, Crawford.«

»Ich sage die Wahrheit, nichts weiter!«

»Die Wahrheit ist, daß Ihr Unternehmen im Staat Delaware liegt. Und die Wahrheit ist sicher auch, daß es nicht ohne Absicht dort liegt.«

»Idiotie!«

»Natürlich nicht nur wegen der in Delaware besonders günstigen Steuergesetze.«

»Ich habe Idiotie gesagt!«

»Sondern doch wohl auch, weil dort das Aktienrecht gegenüber dem Management als besonders aufgeschlossen gilt.«

»Aber doch dem angestrebten Management gegenüber, Stolberg! Dem angestrebten! Sie trommeln eine Gruppe von Aktionären zusammen, die miteinander einundfünfzig Prozent halten. Dann lassen Sie sich Ihre Manipulation von der Bank durch einen Nachweisbrief bestätigen. Dann halten Sie mir den Brief unter die Nase, und ich bin abgewählt! So ist es doch, Ihr gottverdammt aufgeschlossenes Recht! Stimmt es etwa nicht?« Crawford war außer sich vor Erregung. Auf seiner Stirn zeichneten sich Schweißperlen ab.

»Sie können es auch anders sehen« entgegnete Peter ruhig. »Ihr Board beschließt einfach, daß der Aktienkäufer Mister X für Ihr Unternehmen eine Gefahr bedeutet. Begründung ist unwichtig. Vielleicht weil er das Unternehmen an sich reißen will. Weil er den Kurs drücken will, um die anderen Aktionäre in die Knie zu zwingen. Vielleicht aber auch nur, weil Sie fürchten, daß er klüger sein könnte als Sie. Jedenfalls geben Sie den Beschluß des Boards an alle Aktionäre weiter. Durch Rundschreiben und Zeitungsanzeigen. Und Mister X ist so gut wie ausgeschaltet.«

»Lächerlich! Der Board!«

»Allein über den Board können Sie es, Crawford.«

»Der Board ist weder ein Vorstand noch ein Aufsichtsrat, Stolberg. Auch wenn er vielleicht einem Vorstand ähnelt. Aber einen wirklichen Vorstand und Aufsichtsrat gibt es bei uns nicht. Bei uns gibt es nur den ›Board of directors‹.« Er sagte es gallig.

»Es geht um die Möglichkeit, daß Sie einen Aktionär ausschalten können, Crawford.«

»Es geht um den Board! Sie setzen einfach Ihre Leute in die Positionen der Abteilungsdirektoren, und Sie haben den Board in der Hand! Nein, Stolberg, auf so ein Wagnis konnte ich mich nicht einlassen.« Crawford wischte sich mit dem Handrücken über die schweißnasse Stirn.

»Sie hätten die Security Exchange Commission einschalten können.«

»Die Aufsichtsbehörde!« Crawford winkte angewidert ab.

»Ja, die Börsenaufsichtsbehörde, Crawford.«

»Die Behörde für die Vollidioten!« Crawford ließ sich ermattet zurück in den Stuhl fallen.

»Immerhin überwacht sie die Einhaltung der Fünf-Prozent-Klausel.«

»Ts!«

»Die Fünf-Prozent-Klausel ist einer der wesentlichsten Unternehmervorteile in eurem Aktiengesetz, das ist unbestreitbar. Die Fünf-Prozent-Klausel und die Zehn-Prozent-Klausel.«

»Ab zehn Prozent sind Sie Insider«, sagte Crawford anzüglich, »dann können Sie nicht mehr frei verkaufen. Nur mit Meldung. Oder innerhalb von sechs Monaten nur ein halbes Prozent des Gesamtkapitals. Und? Schreckt es etwa die Ratten ab?«

»In unserem Fall geht es um die Fünf-Prozent-Klausel«, sagte Peter ruhig.

»Ja! Ja! Ja!« Crawford hieb mit der flachen Hand auf den Tisch, und sein Gesicht war von Zorn gezeichnet.

Er leierte herunter: »Jeder Aktienkauf, der zum erstenmal einen fünfprozentigen Anteil am gesamten Aktienkapital eines Unternehmens überschreitet, ist nicht nur meldepflichtig, sondern es muß sogar der Kapitalnachweis erbracht werden.« Wutentbrannt fügte er hinzu: »Sonst leuchtet Washington dem Käufer in den Arsch!«

»Das Management ist geschützt, Crawford. Das Management und die anderen Aktionäre. Das kann niemand bezweifeln. Wer über fünf Prozent hinaus kauft, muß verdammt viele Fragen über sich ergehen lassen.«

»Fragen!« sagte Crawfort abfällig und zählte höhnisch auf: »Lassen Sie es bei diesem einen Kauf bewenden, oder haben Sie die Absicht, sich noch tiefer in das Fleisch des Unternehmens einzukrallen? Kaufen Sie, um das Unternehmen irgendwann an sich zu raffen? Wenn ja, wollen Sie ihm das Rückgrat brechen? Es in alle Winde zerstreuen? Anderen zum Fraß vorwerfen? In ungeahnte Höhen führen? Oder in die Hölle verdammen?«

Er schlug sich mit der Faust an die Stirn, und seine Stimme klang gepreßt: »Lauter furchtbar intelligente Fragen! Lauter Fragen an Vollidioten!«

»Es sind Fragen, die den übrigen Aktionären Aufschluß über die Zukunft des Unternehmens geben sollen«, sagte Peter. »Klare, berechtigte und demokratische Fragen.«

»Fragen an Vollidioten!« schrie Crawford. »An Vollidioten, die hirnrissig genug sind und ihre Käufe anmelden, anstatt einfach über Street-names zu kaufen!«

»Ein Deckname verschleiert zwar manches, aber weiß Gott nicht alles«, sagte Peter und hatte sich kaum noch in der Gewalt. Er wäre Crawford für dessen unsachliche Rechtfertigung am liebsten an die Kehle gesprungen.

»Ein Street-name verschleiert genug, um ein Unternehmen in den Ruin peitschen zu können!« Crawford war kalkweiß vor Zorn.

»Kommen Sie endlich zu sich, Crawford!«

»Oh, ich weiß nur zu gut, was ich sage!«

»Dann wissen Sie auch, daß niemand die Macht der Security Exchange Commission bestreiten kann. Und mit dieser Macht kann sie jedem, der die Fünf-Prozent-Klausel verletzt, die Aktien sperren, ihn zum Verkauf zwingen, ihm auf fünf Jahre das Stimmrecht entziehen oder ihm die Aktien sogar einfach beschlagnahmen. Oder wollen Sie es etwa bestreiten, Crawford?«

»Nur Vollidioten lassen sich auf dieses Risiko ein. Der clevere Börsenhai kauft auf den Namen seines Brokers oder seines Anwalts. Wer das in Zweifel stellt, ist verrückt! Total verrückt!«

Crawford atmete schwer. Nach einer Weile beruhigte er sich und sagte in normalem Ton, als wollte er alle seine Einwände zusammenfassen: »Nein, Stolberg, mir blieb kein Ausweg.«

»Aber Mord?« Peter lehnte sich in den Tisch hinein und ließ Crawford nicht aus den Augen.

»Es war kein Mord«, entgegnete Crawford leise, »es war ein Versehen.«

»Die Polizei und der Staatsanwalt werden darüber entscheiden, Crawford.«

»Die Polizei und der Staatsanwalt!« sagte Crawford mir voller, dröhnender Stimme. Aus ihm sprach der blanke Hohn.

Beide Männer waren vornübergebeugt und hatten alle ihre Sinne und Muskeln angespannt.

Zwei Raubtiere, zum Sprung bereit, einander zu zerfleischen.

Durch die Fenster drang auf einmal Sonnenlicht. Es fiel fast über die ganze Länge des Tisches und blendete Peter.

Crawfords Gesicht aber lag im Schatten einer mannshohen Skulptur, und Peter sah Crawfords Augen nicht mehr.

»Sie haben richtig gehört, Crawford«, sagte Peter, »ich werde Sie der Polizei übergeben.« Er zwang sich zur Ruhe.

»Sie werden gar nichts, Stolberg. Sie würden vor der Polizei mit leeren Händen stehen.«

»Sie haben zwei Killer gekauft und wollten mich töten lassen.«

»Ach? Haben Sie Beweise?«

»Es gibt Zeugen, die bereit sind, es vor Gericht zu beschwören«, log Peter, um den anderen zu verunsichern.

»Zeugen! Daran glauben Sie doch selbst nicht!«

»Und es gibt Zeugen, die beschwören, daß Bob Kellermann in Ihrem Auftrag ermordet wurde.«

»Ich habe immer gedacht, Sie seien hochintelligent, Stolberg. Aber in Wirklichkeit sind Sie reif für einen Psychiater.« Crawford legte seine ganze Verachtung in die Worte. Dann hob er die Stimme an: »Es war kein Mord! Hören Sie? Es war ein Versehen!«

»Sein Rückgrat war gebrochen, und seine Zähne waren eingeschlagen.«

Crawford schwieg. In ihm arbeitete es.

»Wollen Sie etwa auch das gebrochene Rückgrat und die eingeschlagenen Zähne bestreiten?« setzte Peter hinterher.

»Haben Sie nicht gesagt, Ihre Zeit sei knapp?«

»Ich hatte einen anderen in Verdacht. Als Auftraggeber für den Mord an Bob Kellermann. Aber jetzt habe ich Zeit für Sie, Crawford. Und im Augenblick geht es um das gebrochene Rückgrat und die eingeschlagenen Zähne.«

»Okay, ich will es Ihnen erklären.«

»Ich bin gespannt, was Sie mir zu sagen haben.«

»Ich muß etwas ausholen.« Crawford lehnte sich zurück.

»Tun Sie es.«

Crawford machte eine Pause, um sich zu sammeln, und begann: »Es ist jetzt etwa drei Monate her. Der Sales Executive Club hatte einen Empfang für den brasilianischen Außenminister gegeben. Bei der Gelegenheit habe ich Stewart Salomon wiedergetroffen. Stewart ist ein alter Freund von mir. Hat seine Finger in allem, was mit dem großen Geld zu tun hat. Und hat deshalb die besten Tips. Na ja, und von Stewart habe ich erfahren, daß Cornmaker sein Paket verkauft hat. An wen, das allerdings hat Stewart nicht gewußt. Cornmakers Paket an Crawford-Aktien war zwar nicht allzu groß. Immerhin aber an die zwanzigtausend Stück. Ich bin der Sache nachgegangen. Habe Cornmaker zur Rede gestellt. Der war verschlossen wie eine faule Auster. Die zwanzigtausend Aktien hatten sich in Luft aufgelöst. Waren weggezaubert. Zaubern ist ja ganz schön. Aber nicht mit mir. Nicht mit mir, Stolberg! Können Sie mir folgen?«

»Weiter.«

»Na ja, ich habe so meine Beziehungen. Und wer wohl hat sich als Zauberer betätigt? Na, Sie wissen es schon. Die Ratte Kellermann. Und für wen hat er dieses Kunststück vollführt? Für die Tönissen Pharmacie in Deutschland! Die Tönissen Pharmacie, die schon etwa vier Wochen vorher die zulässigen fünf Prozent erreicht hatte! Muß ich Ihnen auch noch sagen, daß die Tönissen Pharmacie Cornmakers Paket nicht angemeldet hat? Muß ich das wirklich?«

»Ich jedenfalls habe nichts davon gewußt.«

»Seien Sie nicht albern, Stolberg! Sie als Präsident des Vorstands, und keine Ahnung, was bei Ihnen vorgeht!«

»Bleiben Sie bei Ihrer Story«, sagte Peter scharf.

»Die Story ist abgelaufen, wie sie ablaufen mußte. Ich habe mir Kellermann vorgenommen. Er hat mir nur ins Gesicht gelacht. ›Cornmakers Paket ist nur ein kleiner Fisch, ich habe Sie schon verdammt unterhöhlt, Crawford‹, hat er mir lachend ins Gesicht gesagt, ›Sie waren die längste Zeit Präsident Ihrer Company.‹ Ein ganz mieser Gnom, der Kellermann! Einer von den Hartgesottenen! Wollen Sie noch mehr hören?«

»Ja.«

»Ich habe es auf alle Arten versucht. Mit gutem Zureden. Mit Geld. Mit dem Druckmittel Security Exchange Commission. Er hat nur gelacht.« Crawford zögerte.

»War das alles?« fragte Peter.

»Nein.«

»Dann weiter.«

»Als alles nichts genützt hat, habe ich ihm persönliche Konsequenzen angedroht.«

»Drücken Sie sich genauer aus!«

»Ich habe ihm Prügel angedroht. Prügel, daß er reif fürs Hospital sein würde.«

»Hat er dazu ... auch gelacht?«

»Ich weiß es nicht. Ich hatte einen Fehler begangen. Ich hatte geglaubt, wenn ich ihm die Drohung schriftlich zukommen lasse, würde sie mehr Gewicht haben.«

»Sie haben ihm einen Brief geschrieben«, stellte Peter fest. Schlagartig klärte sich für ihn die verworrene Geschichte, die Brendan Donahue vorgebracht hatte.

»Ich habe ihm mehrere geschrieben«, sagte Crawford, »von Mal zu Mal deutlichere, da er nicht reagiert hat.«

»Und diese Briefe haben Sie nachher in seinem Appartement suchen lassen?«

»Woher wissen Sie...?« Crawford war für einen Moment sprachlos.

»Weiter!«

»Es gibt nicht mehr viel zu sagen. Ich habe meine Drohung wahrgemacht, das ist alles.«

»Sie haben sich zwei Killer engagiert.«

»Zwei Schläger.«

»Keine Wortklaubereien, Crawford!« sagte Peter unzugänglich und schoß gleich darauf die für Crawford unerwartete Frage ab: »Woher hatten Sie Paoluccis Adresse?«

»Paolucci?« sagte Crawford überrascht und dann beinahe respektvoll: »Sie haben ja ganze Arbeit geleistet.«

»Also woher?«

»Sie kennen anscheinend New York nicht, Stolberg. Hier können Sie alles kaufen. Alles innerhalb weniger Stunden. Gehn Sie zum Broadway. Oder ins Village. In die Madison. In die Chambers Street. Sie haben die Auswahl.«

»Und wohin sind Sie gegangen?«

»In die Chambers Street. Von dort habe ich mich durchgefragt. Das ist alles.«

»Allright, dann werde ich Ihnen die Story zu Ende erzählen«, sagte Peter mit schneidender Stimme. »Die beiden Killer haben Bob Kellermann in Ihrem Auftrag im Central Park überfallen.«

»Ich muß Sie korrigieren. Central Park war nicht Bestandteil meines Auftrags. Die beiden hatten freie Hand.«

»Auch freie Hand für einen Mord?«

»Ich habe Ihnen schon einmal gesagt, es war kein...«

»Hören Sie auf! Sie können mich nicht für dumm verkaufen!« Peter schrie, daß seine Stimme umzukippen drohte.

Crawford schwieg. Es schien, als weide er sich an Peters Erregung. Ein paar Augenblicke lang lag Stille über dem Raum.

Dann hatte Peter sich wieder gefangen und vervollständigte die Schilderung des Tatablaufes aus seiner Sicht: »Bob Kellermann wurde also zusammengeschlagen. Brutal und unbarmherzig. Nicht nur reif fürs Hospital. Reif für den Sarg. Er lag dann in seinem Appartement, hilflos und sich selbst überlassen. Aber die Killer hatten noch nicht genug. Sie kamen noch mal und machten ihn endgültig fertig. Sie ermordeten ihn.«

»Nein.«

»Wollen Sie es wirklich leugnen, Crawford?«

»Die beiden waren nicht in seinem Appartement.«

»Und das gebrochene Rückgrat?«

»Ich konnte es nicht verhindern.«

»Erzählen Sie es endlich!« Peter schlug mit der flachen Hand auf den Tisch, daß Crawford zusammenzuckte.

»Sie haben recht, Stolberg. Es waren die beiden. Aber sie haben es nicht in Kellermanns Appartement getan. Erst nachdem seine Leiche weggeschafft war. Sie wollten die Spur zu sich verwischen. Deshalb haben sie ihm das Rückgrat gebrochen und die Zähne eingetreten. Glauben Sie wirklich, daß ich zu so einem Auftrag fähig sein könnte?«

»Ja.«

Das Wort stand im Raum.

Die Blicke der beiden Männer schienen sich erneut ineinander zu verkrallen.

»Ich glaube, Sie sind zu allem fähig, Crawford. Sie haben auch Chechanester auf dem Gewissen.«

Crawford war einen Atemzug lang verblüfft. Dann fragte er: »Sie waren bei ihr?« Und plötzlich ahnungsvoll: »Hat Kellermann etwa auch Chechanesters Paket...?«

»Nein.«

Eine Pause trat ein.

Dann sagte Peter: »Tönissen hat offenbar auf eigene Faust gekauft. Ich werde die Aufsichtsbehörde davon in Kenntnis setzen. Sie soll entscheiden. Allright?«

Crawford gab keine Antwort.

Er überlegte angestrengt. Er wollte das Gespräch beenden.

Der Himmel hatte sich inzwischen bewölkt.

Der Raum lag wieder in normalem Licht, und Crawfords Augen waren für Peter wieder zu erkennen.

Peter lehnte sich zurück wie Crawford. »Was hat Diana mit der Sache zu tun?«

»Ich habe die Frage schon lange erwartet. Diana hat mit der Sache nichts zu tun.«

»Crawford!«

»Okay, sie hat Kellermann gekannt, das ist alles.«

»Nein, Crawford, ich weiß zuviel.«

»Sie hat ihn gut gekannt. Zufrieden?«

»Sie war im Central Park bei ihm, als er überfallen wurde.«

»Na und? Was wollen Sie damit sagen?«

»Bob Kellermann hatte eine Verabredung. Angeblich mit zwei Geschäftsfreunden. Bei der Wunderland-Gruppe.«

»Ich verstehe nicht, worauf Sie hinauswollen.«

»Die ›Geschäftsfreunde‹ haben sich aber als die beiden Killer entpuppt.«

»Sprechen Sie sich endlich aus.«

»Irgend jemand muß die Verabredung arrangiert haben.«

»Wenn Sie Diana meinen, liegen Sie falsch.«

»Wissen Sie eine glaubhaftere Antwort?«

»Mandaya und Donaldson haben es allein gemacht.«

»Mandaya und Donaldson?«

»Die beiden, die mir Paolucci vermittelt hat.«

»Sie wollen mir wirklich einreden, die beiden haben Bob Kellermann dazu gebracht, daß er eine Verabredung im Central Park einging? Ausgerechnet Bob, den Übervorsichtigen? Den alten New Yorker? Der die Gefährlichkeit des Parks aber nun wirklich gekannt hat? Ausgerechnet Bob. Und ausgerechnet in der Abenddämmerung? Sie unterschätzen mich sehr, Crawford.«

»Vielleicht hatte Kellermann die Verbindung von sich aus aufgenommen?«

»Was hat Diana mit der Sache zu tun?« Peter wiederholte seine Frage, diesmal schärfer.

»Sie fragen gegen die Wand, Stolberg.«

Pause.

Von draußen war das Kreischen von Krähen zu hören.

Peter fragte kaum vernehmlich: »Lieben Sie sie?«

»Ja.«

»Und Diana?«

»Ich glaube, ja. Ich glaube sogar, daß sie mich sehr liebt.« Crawford ergänzte zögernd: »Und ich glaube, daß sich niemand zwischen uns stellen kann. Auch Sie nicht, Stolberg.«

Crawfords Worte wirkten auf Peter wie Keulenschläge.

Milton Werrick Crawford und Diana.

Er wollte es einfach nicht glauben. Er versuchte, das Bild zu verdrängen, doch es kam immer wieder zu ihm zurück.

Er hörte ihre Worte: ›Ich habe Angst um dich gehabt, Peter. Furchtbare Angst.‹ Und: ›Wir beide hatten Glück, daß wir uns begegnet sind.‹ Doch als er sie gefragt hatte, ob sie ihn liebe, hatte sie nicht geantwortet.

Schlagartig erinnerte er sich an das Gespräch, das sie in der Nacht vom Sonntag auf Montag geführt hatten. In der Nacht, in der sie zum erstenmal miteinander geschlafen hatten. Es war schon gegen Morgen, und er hatte ihr in kurzen Worten von den neuesten Ergebnissen der geriatrischen Forschung und von seiner geschäftlichen Verbindung zu Crawford erzählt.

Hatte Diana da nicht ihr besonderes Interesse für Crawford durchblicken lassen?

Jetzt, da er von ihrer Verbindung mit Crawford wußte, wurde aus der Frage absolute Gewißheit.

»Ich habe auch eine Frage, Stolberg.« Crawford riß Peter in die Gegenwart zurück.

»Fragen Sie.« Peters Stimme klang auf einmal müde.

»Lieben Sie Diana?« Crawford betonte das ›Sie‹.

»Ich...« Peter stockte. Er wollte eine ehrliche Antwort geben und sagen: ›Ich bin mir darüber nicht klar.‹ Doch er sagte: »Ich verweigere die Antwort.«

»Aber ich habe noch eine zweite Frage«, sagte Crawford und fuhr sich nachdenklich durch sein kurz geschnittenes graumeliertes Haar, als wollte er sich die Frage erst zurechtlegen. Peter schwieg.

Crawford fragte leise, als spreche er zu sich selbst: »Glauben Sie, daß Diana Sie liebt?« Er setzte direkt für Peter hinzu: »Können Sie mir wenigstens diese Frage beantworten?«

Peter nickte. Dann sagte er: »Ich kann Sie beruhigen. Ich weiß es sogar, daß sie mich nicht liebt.«

Wieder das Kreischen der Krähen. Dann eine Weile Stille.

Peter erhob sich. »Das war's, Crawford. Ich werde jetzt die Polizei verständigen.« Er ging auf die Tür zu, durch die sie gekommen waren.

Doch ein paar Schritte davor blieb er stehen und wandte sich zu Crawford um. »Ach, noch etwas. Eine Belanglosigkeit. Sie haben in Ihrem Büro gesagt, Sie wollten mir etwas erklären, was Sie nur hier erklären können. War es etwa dieses Gespräch?«

»Nein.« Crawford stand neben seinem Stuhl. Er hatte sich erhoben, während Peter auf die Tür zugegangen war.

»Was ist es dann?« fragte Peter.

»Das da.«

Ehe Peter die Webley ziehen konnte, hielt Crawford plötzlich eine Pistole in der Hand.

»Heben Sie die Hände, Stolberg!«

Peter gehorchte.

»An die Wand! Ich nehme an, Sie kennen die Zeremonie.«

Peter lehnte sich mit erhobenen Händen gegen die Wand, und Crawford zog ihm die Webley aus der Tasche.

»Umdrehen, Stolberg. Ich will Sie nicht von hinten abknallen.«

Peter drehte sich wieder um. »Sie sind verrückt, Crawford.«

»Ich weiß, was ich tue.« Crawford versenkte die Webley in der Außentasche seines Jacketts.

»Kann ich die Arme herunternehmen?«

»Nein.« Es klang gefährlich ruhig.

Peter stand unbeweglich mit erhobenen Händen. Sein Blick fiel auf Crawfords Pistole.

»Machen Sie sich keine Hoffnung«, sagte Crawford, »ich habe das Gehäuse schon vorher zurückgezogen, die Waffe ist entsichert.«

»Eine Mauser«, sagte Peter, »eine HSC sieben Komma fünfundsiebzig, eine häßliche, kleine Mauser.« Er wollte Zeit gewinnen.

»Ja. Es ist mir eine besondere Genugtuung, Sie mit einer deutschen Pistole zu töten.« Crawford hob unmerklich den Lauf an. Er zeigte auf Peters Herz.

»Sie zerstören Ihr Leben, Crawford.« Peter schluckte. Auf seine Stirn trat Angstschweiß.

»Machen Sie sich über mein Leben keine unnötigen Gedanken.«

»Sie zerstören nicht nur Ihr Leben, Crawford. Sie zerstören auch Ihr Lebenswerk, Ihren Erfolg.« Peter kämpfte um sein Leben.

»Es wird Selbstmord sein. Die Polizei wird Ihre Fingerabdrücke auf der Waffe finden. Fingerabdrücke eines Deutschen auf einer deutschen Waffe. Ein deutscher Industrieboß hat sich in New York erschossen. Schlimm? Nein. Die New York Times bringt es höchstens auf der fünften Seite. Als Drei-Zeilen-Meldung. Wenn überhaupt.«

»Sie begehen einen Fehler, Crawford. Einen grundlegenden Fehler.«

»Ach?« Es klang zynisch.

»Ich habe kein Motiv. Nicht das kleinste.«

»Sie täuschen sich, Stolberg. Sie haben sogar ein ganz starkes Motiv. Sie haben innerhalb weniger Tage die einzigen zwei Menschen verloren, die Ihnen etwas bedeutet haben. Ihr Leben war leer. Sie haben in ihm keinen Sinn mehr gesehen.«

»Ich habe...?«

»Diana und die Ratte Kellermann. Die Frau, die Sie geliebt haben, hat Sie verlassen. Und Kellermann, Ihr einziger Freund, hat sich als Schwein erwiesen. Na, wenn das kein Motiv ist! Zumindest für unsere Polizei, die ja nicht allzuviel Zeit zu verschwenden hat.«

Crawfords Finger berührte den Abzug.

Peter hielt den Atem an und starrte wie gebannt auf die Mauser.

Noch Sekunden.

Vielleicht auch nur noch Bruchteile von Sekunden.

Dann würde er tot sein.

Crawfords Gesichtsausdruck verzerrte sich zu einem zynischen Grinsen.

Dann zog er den Abzug immer mehr durch.

Peter war auf einmal in Gedanken bei seiner Großmutter in Hannover. Er war fünf Jahre alt und saß auf ihrem Schoß. Durch ein großes Fenster sah er hinaus in den parkartigen Welfengarten: Vater war da, groß und stattlich, und strich ihm mit der Hand behutsam übers Haar. Mutter, wunderschön, näherte sich mit ihren weichen Lippen seiner Wange. Dann die Schule und Nienstedt. Dann Frankfurt. Der Bombenangriff. Die Beerdigung. Die Straße nach Bad Homburg. Die Frau mit dem Kinderwagen.

Crawford.

»Neiiiin!« Schrilles, markerschütterndes Entsetzen.

16

Ein erregtes Aufkreischen von Krähen, das nach und nach erstarb. Die Vögel hatten sich offenbar auf einem Baum in der Nähe des Salons niedergelassen.

Das Sonnenlicht drang von neuem durch die hohen Fenster. Diesmal aber nur für kurze Zeit, wie im Rhythmus einer vorbeiziehenden Wolke.

Die Skulptur, die vorher Crawfords Gesicht im Schatten überzogen hatte, lag jetzt selbst im Halbdunkel.

Über die ganze Länge der Tischplatte spiegelte sich für Sekunden ornamenthaft das Gitter eines Oberlichtes.

Behäbig stand die Glocke auf ihrem Platz.

Der gellende, durchdringende Schrei, das langgezogene, von Todesangst geformte »Neiiiin!« schwang noch durch den Raum.

In Peters Ohren dröhnte es. Aber es war nicht seine Stimme gewesen. Es war nicht er, der geschrien hatte.

Der Schrei war auf einmal da gewesen. Von irgendwoher. Mitten im Raum.

Peter hob den Blick. Crawford hielt noch immer die Mauser auf ihn gerichtet. Das Grinsen in seinem Gesicht aber war verschwunden. Seine Augen hatten sich geweitet.

»Stop!« Ein schneidender Befehlston.

Wieder die Stimme. Doch jetzt erkannte Peter sie. Es war die Stimme Dianas. In seinem Rücken.

Er wagte nicht, sich zu bewegen.

Crawford wendete sich flüchtig Diana zu. »Du?«

»Gib auf, Boy. Leg die Pistole weg.«

»Nein.« Crawford ließ Peter nicht aus den Augen. Er sprach zu Diana, ohne sie anzusehen.

»Du hast keine Chance, Boy.«

»Willst du etwa auf mich schießen?«

»Nein. Ich habe ja nicht einmal eine Waffe. Aber du hast trotzdem keine Chance, Boy.«

»Geh weg, Baby. Geh sofort weg.«

»Nein, Boy. Wenn du ihn tötest, mußt du auch mich töten.«

»Bist du wahnsinnig, Baby? Geh! Geh sofort!«

»Du hast keine Chance. Leg die Waffe weg.«

»Wenn du nicht sofort verschwindest, drücke ich ab!«

»Dann tu's doch. Töte mich. Los, Boy, töte mich.«

»Du bist wahnsinnig. Was geht dich der Kerl an?«

»Leg die Waffe weg.«

»Ich frage, was dich der Kerl angeht!« Crawfords Stimme überschlug sich.

»Du kannst auch fragen, was du mich angehst. Ich will nicht, daß du zum Mörder wirst, Boy. Bitte, leg die Waffe weg.«

»Ich will nicht ins Gefängnis. Hörst du!«

»Und ich will nicht, daß du zum Mörder wirst. Komm zu dir, Boy!«

Sie ging, an Peter vorbei, Schritt für Schritt auf Crawford zu. Sie war in ihren hellen, langen Luchsmantel gehüllt, und die Sonnenstrahlen ließen die rotblonden Haare kupfern leuchten.

»Stop, Baby! Keinen Schritt weiter!« Crawford richtete die Mauser gegen sie.

»Drück ab, Boy. Vernichte alles. Los!« Schritt für Schritt ging sie weiter.

»Gott steh mir bei, Baby. Ich drück' jetzt ab.«

»Nein, Boy. Du tust es nicht. Denn du liebst mich.« Es klang beruhigend.

Sie machte den letzten Schritt auf ihn zu.

Der Lauf der Mauser zeigte genau auf ihre Brust.

»Baby, nicht!« Es war wie ein Hilfeschrei.

Peter erkannte, daß Crawford jetzt abdrücken würde.

Ein Satz nach vorne, Peter bekam Crawford an den Beinen zu fassen, riß sie ihm zur Seite weg, Crawford schlug mit dem Ellenbogen gegen die Tischkante, ein Schuß löste sich mit ohrenbetäubendem Knall, Crawford sackte auf die Knie, und Peter wand ihm mit einer schnellen Bewegung die Mauser aus der Hand.

Diana stand starr vor Schrecken.

Ihr Gesicht war wachsbleich. Ihre Augen flackerten.

Sie sah auf den am Boden liegenden Crawford hinunter, löste ganz allmählich ihren Blick von ihm und drehte sich zu Peter hin.

Sie öffnete die Lippen, wie um zu sprechen, doch sie brachte keinen Ton heraus.

Sie schluckte.

Dann sagte sie tonlos: »Danke.« Es war kaum hörbar.

Der Schuß hatte die Skulptur getroffen.

Peter trat auf Crawford zu und nahm seine Webley an sich. »Los, stehn Sie auf!«

Crawford gehorchte. Schwerfällig stemmte er seinen hünenhaften Körper hoch. Er hielt sich die Schulter.

Sie standen sich alle drei in weitem Abstand gegenüber.

Crawford fand zu seiner Selbstherrlichkeit zurück. Er herrschte Diana an: »Warum bist du hergekommen? Um mich zu demütigen?«

»Nein, Boy. Nur um einen Mord zu verhindern. Einen weiteren, sinnlosen Mord.«

Es klopfte an die Tür.

»Schick ihn weg, Boy. Es ist dein Diener. Er hat wahrscheinlich den Schuß gehört.« Sie dämpfte die Stimme.

Crawford rief in Richtung der Tür: »Sind Sie es, Gordon?«

»Ja, Sir, ich dachte, es sei etwas passiert.« Gordon rief es durch die geschlossene Tür.

»Nein, es ist nichts, Gordon. Ich brauche Sie nicht«, entgegnete Crawford.

»Danke, Sir.« Gordon zog sich zurück.

Crawford wandte sich von neuem an Diana: »Woher hast du gewußt, daß wir hier...?«

»Es tut nichts zur Sache«, sagte sie kurz angebunden.

»Aber mich interessiert es«, sagte Peter.

»Gib dich mit meiner Antwort zufrieden.« Sie vermied es, ihn anzusehen.

»Warst du im Grace Building?« fragte Crawford streng.

»Hast du Angst, daß ich dort gewesen sein könnte?« fragte sie zurück.

»Ich habe nur Angst um dich, Baby«, sagte Crawford, und seine Stimme klang mit einemmal zartfühlend, »wenn ich jetzt einige Tage nicht für dich da sein kann.«

»Wo ist ein Telefon?« Peter sah von Diana zu Crawford.

Crawford schwieg.

Diana sah ihn fragend an: »Ist es noch immer im Schrank?«

Crawford nickte, und sie machte für Peter eine unmerkliche Kopfbewegung und sagte: »Dort, der Renaissanceschrank.«

Peter öffnete die Doppeltür des Schrankes, schwenkte den Apparat heraus, nahm das Telefonbuch, das neben dem Apparat lag, blätterte nach der Nummer und tippte sie.

Nachdem er sich zum zuständigen Lieutenant durchgefragt hatte, erklärte er ihm in wenigen Worten die Sachlage und nannte ihm Crawfords Adresse.

Dann legte er auf und sagte zu Crawford: »Die Polizei wird gleich hier sein.«

Diana und Crawford hatten das Gespräch schweigend mit angehört.

»Ist Ihr Gewissen jetzt beruhigt?« fragte Crawford sarkastisch.

Peter beachtete ihn nicht. Er sagte zu Diana: »Ich danke dir. Du hast mir das Leben gerettet.«

»Ohne, daß sie es wollte, Stolberg!« rief Crawford gehässig und zu Diana: »Los, Baby, sag ihm, daß es dir nur um mich gegangen ist!«

Diana schwieg. Sie hatte den Blick gesenkt.

Über ihre langen, rotblonden Haare huschte ein Sonnenstrahl.

Wie schön sie ist, dachte Peter, betörend schön. Unwillkürlich kam ihm die Notiz von *Variety* in den Sinn.

»Los, sag ihm die Wahrheit, Baby!« Crawford fühlte sich ihm mit einemmal wieder überlegen, Peter spürte es deutlich.

Diana schwieg weiterhin.

»Du kannst ruhig zugeben, was er meint«, sagte Peter leise, »du tust mir nicht weh.«

»Los, Baby, sag ihm, wie sehr wir zusammengehören.«

»Ich bin traurig, Boy. Unendlich traurig.« Ihr Blick war auf den Teppich gerichtet.

»Es wird alles gut werden, Baby. Du mußt nur ein paar Tage Geduld haben. Sie können mir nichts nachweisen.«

»Nein, Boy. Es ist da drin.« Sie klopfte mit der Faust leicht gegen ihre Brust.

»Du bist nur durcheinander«, sagte er, »das ist verständlich. Es wird sich geben.«

»Nein, Boy, das ist es nicht. Mir ist es ernst. Du hast mir weh getan. Sehr weh.«

»Aber ich liebe dich, Baby. Ich liebe dich, wie dich kein Mensch je lieben wird. Hast du es vergessen?«

»Nein, Boy.« Sie hob den Blick und sah ihm offen in die Augen. Es war, als fühlte sie sich zu ihm hingezogen.

»Also sag ihm, daß du nur meinetwegen gekommen bist.« Crawford machte eine abfällige Kopfbewegung zu Peter hin. Er wollte ihn verletzen.

Sie überging es. »Ich spreche jetzt nur zu dir, Boy. Bitte hör mir zu. Egal, wie lange du weg sein... wie lange wir uns nicht sehen... ich meine, wenn jetzt gleich die Polizei kommt und dich...«

»Du brauchst keine Angst um mich zu haben, Baby. Sie können mir nichts nachweisen.«

Sie schluchzte und wischte sich mit dem Handrücken über die Augen. »Egal, wie lange wir uns nicht sehen werden, Boy. Du sollst wissen, daß ich für dich da bin. Immer. Daß wir zusammengehören. Wie wir es uns einmal geschworen haben.«

Sie machte eine Pause und wischte sich wieder über die Augen, ehe sie weitersprach: »Aber du sollst auch wissen, daß ich dir nicht mehr blindlings folgen kann. Daß es für mich jetzt einfach Grenzen gibt. Und nur, wenn du diese Grenzen einhältst...«

Sie schluchzte von neuem. Peter hielt ihr sein Einstecktuch hin. Sie nahm es, ohne den Blick zu heben, und wischte sich die Tränen von den Wangen.

»Bitte versprich mir, Boy, daß du in Zukunft...«

»Ich verspreche es dir, Baby. Und ich danke dir, daß du gekommen bist.« Crawford trat zu ihr und küßte sie auf das rotblonde Haar.

Er war jetzt ruhig, als hätte es die Ereignisse der vergangenen Tage nie gegeben. Er setzte hinzu: »Sobald ich kann, lasse ich von mir hören. Du brauchst keine Angst um mich zu haben, Baby. Sie können mir nichts nachweisen.«

»Versteh mich doch, Boy. Jeder, der Schuld auf sich geladen hat, muß sich dazu bekennen und dafür verantworten. Jeder. Auch ich. Und auch du.«

»Sie können mir nichts nachweisen, glaub mir, Baby. Du brauchst keine Angst zu haben.«

»Das ist es nicht, Boy«, sagte sie eindringlich, »es geht um deine Verantwortung. Du hast dich schuldig gemacht.«

»Aber Baby! Donaldson und Mandaya sind tot. Und auch dieser Jarad. Auch die Sekretärin aus dem Krematorium. Sie können nicht mehr gegen mich auftreten. Und Paolucci hält dicht. Hundertprozentig. Mir kann nichts passieren. Sie werden mich spätestens nach ein paar Tagen freilassen müssen. Und dann wirst du hier sein.«

»So begreif doch endlich, Boy. Es geht darum, daß du dich zu deiner Schuld bekennst.«

»Ich habe nichts zu bekennen. Ich fühle mich frei von jeder Schuld. Und glaube mir, es gibt keinen Zeugen. Nicht einen einzigen. Glaubst du mir?«

Sie schwieg und wich seinem Blick aus.

»Nicht einen einzigen«, wiederholte er und warf Peter einen triumphierenden Blick zu.

»Doch«, sagte sie, »es gibt einen.«

»Nein, Baby, es gibt keinen, du kannst beruhigt sein. Es gibt keinen, der aussagt.«

»Doch, es gibt einen, der aussagt, Boy.«

Er horchte auf. Seine Gesichtszüge wurden schlaff. Er begann zu ahnen. »Du?« Seine Stimme war belegt.

»Ja.«

Es klopfte an der Tür.

Peter ging durch den Raum und öffnete.

Es war Gordon. An Peter vorbei wandte er sich an Crawford: »Entschuldigung, Sir. Es sind zwei Polizisten da. Sie sagen, man hat sie hierhergerufen.«

»Allright«, sagte Crawford leise, »lassen Sie sie eintreten.«

17

Die Geiger spielten hingebungsvoll die Barcarole aus Jacques Offenbachs ›Hoffmanns Erzählungen‹. Die Ober, in der engen weißen Weste mit den grünen Aufsätzen und Schulterklappen, bedienten geschäftig, aber unauffällig. Die jungen, adretten Serviererinnen, im schwarzen Kostüm und duftiger, rosafarbener Bluse, bewegten sich graziös zwischen den Tischen.

In den hohen Spiegeln reflektierten die zwölfarmigen Kerzenleuchter, die Balustrade, die kleinen Palmen, die goldenen Ornamente an der Stuckdecke, die wuchtigen Säulen aus Marmor und die beinahe deckenhohen Rundbogen zur Lobby an der Seite zur Fifth Avenue.

Der Palm Court war, wie immer um die Nachmittagszeit, vollbesetzt.

Diana und Peter hatten einen Tisch in der Ecke, hinter der die breite Freitreppe zum ›Terrace Room‹ hinaufführte.

Schon vor dem Hotel war Diana von einer Gruppe junger Mädchen erkannt worden und hatte Autogramme geben müssen.

Jetzt, im ›Palm Court‹, hielt das Bitten um Autogramme an. Frauen, Männer, junge Mädchen, verlegen, offen, zum Teil mit großen Augen, in der Hand eine Postkarte, ein Blatt Papier oder auch einfach nur einen Zettel vom Rechnungsblock eines der Ober, kamen an den Tisch und baten um Dianas Unterschrift.

Als die Angelegenheit jedoch zu einer Autogrammstunde auszuarten drohte, unterband sie der Geschäftsführer, mit Dianas Einverständnis, höflich, aber bestimmt.

Diana und Peter konnten in Ruhe ihren Tee trinken und sich unterhalten.

»Hat es noch lange gedauert?« Sie setzte die Tasse ab und hob fragend den Blick.

»Nein», sagte Peter, »sie haben mich bald gehen lassen. Ich habe meine Aussage zu Protokoll gegeben und ihnen meine Adresse in Heidelberg und die des hiesigen Büros gegeben. In drei Wochen werde ich womöglich wieder hier sein. Dann stehe ich der Staatsanwaltschaft zu einer ausführlichen Aussage zur Verfügung.«

»Und Milton?« Es klang sorgenvoll.

»Er hat gestanden«, sagte er mit gedämpfter Stimme.

»Haben sie ihn dortbehalten?«

Er nickte.

»Hast du eine Ahnung, wie lange sie ihn...?« Ihre Augen füllten sich mit Tränen.

Er zuckte die Schultern.

Sie entnahm ihrem Mantel, der über eine Stuhllehne hing, ein Taschentuch und tupfte sich über die Augen. Dann setzte sie ihre dunkle Sonnenbrille auf. Es sollte niemand sehen, daß sie weinte.

»Wie war es wirklich, Diana? Woher hast du gewußt, daß wir in Tarrytown waren?« Er wollte dem Gespräch eine andere Wendung geben. Ihn interessierte Milton Werrick Crawford nicht mehr. Machte er sich nichts vor? Interessierte Crawford ihn wirklich nicht mehr?

»Ich hatte einfach Verlangen nach dir, Peter. Da hab ich dein Büro angerufen. Dort habe ich erfahren, daß du in Tarrytown bist.«

»Dort?« Er sah sie ungläubig an.

»Ja. Deine Sekretärin hat mir gesagt, daß sie es von deinem Chauffeur erfahren hatte.«

»Sam«, sagte er erleichtert. Auf Sam konnte er sich verlassen.

Diana trank einen Schluck Tee. Peter ertappte sich dabei, daß er nervös mit der Serviette spielte.

Es wollte kein rechtes Gespräch aufkommen.

Da begann Diana: »Ich habe dich belogen.«

»Ich weiß.« Er meinte ihr Verhältnis mit Crawford.

»Nicht Bob hat die Initiative ergriffen.«

Er sah sie verständnislos an.

Sie fuhr fort: »Er hat mir keinen Brief geschrieben. Und auch nicht um Tickets gebeten. Er hat mir auch keine Rosen geschickt. Auch nicht seine Karte. Ich habe ihn auch nicht anrufen lassen. Ihn nicht zum Dinner eingeladen. Und es hat auch nicht schon vor einem Jahr begonnen.«

Sie machte eine Pause und war auf eine entrüstete Reaktion gefaßt.

Doch er sagte kaum hörbar: »Ich habe es mir fast gedacht.«

»Es hat erst vor nicht ganz sechs Wochen angefangen. Milton hat mich angefleht, ihm zu helfen.«

»Er hat dich auf Bob angesetzt?«

»Ja. Das ist wohl die fachmännische Bezeichnung.«

»Und wie hat er es dir beigebracht?«

»Ich habe keine Fragen gestellt.«

»Du hast nicht einmal...? Aber das ist ja ungeheuerlich.«

Es verging eine Weile, bis er ihr Bekenntnis verarbeitet hatte. Dann fragte er: »Liebst du ihn so sehr?«

Sie überging die Frage und begann noch einmal: »Ich habe Bob also kennengelernt...«

»Auf welche Weise?« Er war mißtrauisch.

»Über seinen Job. Ich habe ihn angerufen und ihm gesagt, daß er mir als einer der besten Broker der New York Stock Exchange empfohlen wurde. Es war ganz einfach. Wir haben eine Verabredung vereinbart. Aus der einen wurden zwei, dann drei. Und dann ging es weiter.«

»Wie hat Miltons Auftrag gelautet? Daß du Bob den Killern in die Hände spielen sollst?« Es klang hart.

»Du mußt mir endlich vertrauen, Peter«, sagte sie wehmütig, »ich wußte nur, daß ich ihn kennenlernen sollte. Daß ich mich mit ihm anfreunden sollte.«

»Und dann?«

»Dann erst hat Milton gesagt, worauf es ankam.«

»Du solltest Bob beeinflussen, daß er seine Aufkäufe für die Tönissen Pharmacie einstellt.«

Sie nickte.

Er ergänzte: »Aber als er auf dem Ohr nicht gehört hat, solltest du die Beeinflussung, oder besser gesagt, den Druck verstärken.«

Sie nickte abermals.

»In welcher Form?«

»Ich habe ihm gesagt, daß ich Milton kenne.« Sie verbesserte sich: »Flüchtig kenne. Und daß ich von Milton weiß, daß er gegen ihn vorgehen wird, wenn er die Aufkäufe nicht einstellt.«

»Aber auch das hat nichts genützt.«

Sie nickte ein weiteres Mal.

»Was war die nächste Stufe?« Es klang kühl.

»Meine Mission war beendet. Gescheitert. Ich habe Bob eine Zeitlang nicht gesehen.«

»Das heißt, du hast ihn erst wieder gesehen, als du ihn den Killern...«

»Milton hatte ihm Briefe geschrieben«, unterbrach sie ihn, »aber auch darauf hat er nicht reagiert.«

»Verschlüsselte Drohbriefe«, berichtigte er.

»Ihr Inhalt war mir nicht bekannt. Milton wollte nicht aufgeben. Sein Ziel war, die Crawford Company vor dem Einfluß der Deutschen zu retten. Er hat es mir immer wieder vor Augen geführt. Und er hat nur noch einen Weg gesehen, um Bob umzustimmen. Die persönliche Aussprache zwischen Bob und ihm.«

»Milton hat dir nicht gesagt, daß er ihm Prügel angedroht hat? Prügel, bis Bob reif fürs Hospital sein würde?« Er benützte Miltons Worte.

»Nein.« Sie sah ihn offen an.

»Erzähl weiter.«

»Milton hat mich gebeten, eine Verabredung zwischen ihm und Bob zu arrangieren.«

»Die Verabredung im Central Park«, sagte er bitter.

»Ja. Bob hat darauf bestanden, daß ich mitkam.«

»Und Milton hat die zwei Killer geschickt.«

Sie nickte.

»Hm. Und die zwei angeblichen Geschäftsfreunde?«

»Ich habe sie erfunden. Bitte verzeih mir.« Sie schaute unsicher zu ihm hin.

Er wich ihrem Blick aus. »Fertig?«

»Nicht ganz. Ich habe sofort erkannt, daß Milton mich hintergangen hatte. Ich war verzweifelt. Aber ich mußte ja ins Theater. Als ich zurückkam und Bob tot war, habe ich nicht mehr ein noch aus gewußt. Ich hatte Angst vor einem Skandal. Ich habe in Bobs Appartement alle Spuren verwischt, die auf mich hätten zeigen können. Dann hat Milton mich angerufen. Offenbar hatte er ein schlechtes Gewissen. Ich habe ihm auf den Kopf zugesagt, daß er schuld an Bobs Tod sei. Aber er hat mir geschworen, daß er mit der Sache nichts zu tun habe. Daß er sich nur verspätet und uns nicht mehr angetroffen habe. Und er hat es tatsächlich geschafft und konnte mich besänftigen.«

»Aber da war noch immer der tote Bob.«

Sie nickte. »Milton hat mir versprochen, alles zu regeln.«

»Also war er es, der die Leiche nach Potter's Field hatte bringen lassen.«

Sie nickte von neuem. »Ich habe es am Montag früh von ihm erfahren. Ich habe auf einer ordnungsgemäßen Bestattung bestanden. Etwa eine halbe Stunde später hat Milton mich erneut angerufen und mir das Krematorium ›Friedenspalme‹ genannt. Dort habe ich dann die Sache geregelt. Aber das weißt du ja.« Sie sagte es wie zum Abschluß.

»Hat Bob gewußt, daß er durch sein Vertrauen zu dir in die Falle geraten ist?« Er sah sie durchdringend an.

»Er hat nichts gesagt. Aber ich glaube, er hat es geahnt.« Sie hielt seinem Blick stand.

»Hast du mir sonst noch etwas zu sagen?« Von ihm ging Ablehnung aus.

Sie gab keine Antwort. Es war, als sehe sie durch ihn hindurch.

Sie schüttelte unmerklich den Kopf.

»Hast du keine Lüge mehr zu beichten?« Er spielte wieder mit der Serviette.

Ein neuerliches unmerkliches Kopfschütteln.

Für ein paar Augenblicke saßen sie schweigend. Sie tranken Tee, und ihre Blicke gingen aneinander vorbei.

Die Geiger spielten gerade ein Potpourri aus ›My Fair Lady‹.

Das Gespräch schien zu enden.

Da sagte er verschlossen: »Du hast mich in noch einem Punkt belogen.«

Sie sah ihn schweigend an, als warte sie auf eine Erklärung.

»Ich habe Nachforschungen über dich anstellen lassen.« Es galt mehr ihm selbst.

Sie saß unbeweglich.

»Ich habe alles Pressematerial, das es über dich gibt, zusammenholen lassen. Alles.«

Er machte eine Pause, um ihr Zeit für eine Entgegnung zu geben, doch sie saß nur da, sah ihn an und schwieg.

»Ich bin da auf eine winzige Notiz gestoßen. Vielleicht ist sie dir bekannt. In *Variety*.«

Sie zeigte keine Reaktion.

»Es stand da zwar nur ein Vorname, ›Diana‹. Und dahinter die übliche Ein-Satz-Charakteristik. Aber ich habe grob nachgerechnet. Nach deiner Erzählung über deine Zeit mit Chuck Feldman konntest mit ›Diana‹ nur du gemeint sein. Habe ich recht?«

Sie nickte.

»Soll ich dir die Ein-Satz-Charakteristik sagen? Ich kenne sie auswendig.« Es klang kühl.

Sie schwieg.

»Willst du sie nicht hören?«

Sie gab keine Antwort.

»›Star of upper ten family‹, stand da«, sagte er zynisch, »und wenn ich den ungelenken Satz richtig übersetze, heißt das doch, daß du aus einer Familie der oberen Zehntausend stammst. Oder täusche ich mich?«

Sie schwieg. Ihr Blick war unbewegt auf ihn gerichtet.

»Willst du mir eine Erklärung geben? Oder willst du es bei der Lüge bewenden lassen?«

Sie sagte kaum hörbar: »Du hast mir gesagt, daß du mich magst. Sehr magst. Dann hast du mir gesagt, daß du glücklich bist, weil wir uns begegnet sind. Und dann, daß ich dir dein Leben lang gefehlt habe.«

»Was hat es mit der Notiz in *Variety* zu tun?« Er sagte es argwöhnisch.

Sie antwortete leise und ohne sich zu bewegen: »Du hast dich schändlich benommen.« Es klang niedergeschlagen.

»Ich?« Er fühlte sich keiner Schuld bewußt.

»Du hast mir nachspionieren lassen. Dein Mißtrauen ist grenzenlos. Ich hasse dich.«

»Ist das alles, was du mir zu sagen hast?«

Sie lehnte sich in den Sessel zurück und begann zu erzählen, mit steinerner Miene: »Im Januar neunzehnhundertachtundvierzig, am dritten, wurde in Pittsburgh, Pennsylvania, ein Mädchen geboren und auf die Namen Patricia, Kathrynann und Diana getauft.«

»Die Namen Patricia und Kathrynann hast du schon als Namen deiner ›Geschwister‹ bei der Erzählung über deine ›armen‹ Eltern in Hyannis benützt«, warf er ein.

Sie beachtete es nicht. »Das Geburtshaus war eine große hellgrüne Villa mit weißen Fenstern und lag außerhalb der Stadt. In der Nähe des Alleghany.«

Als müsse sie es erkären, fügte sie an: »Der Alleghany und der Monongahela vereinigen sich in Pittsburgh zum Ohio.«

Da er nichts erwiderte, fuhr sie fort: »Das Mädchen wurde allgemein Pat genannt. Pats Eltern waren reich. Sehr reich. Ihr Vater hatte mit Erdöl und Stahl zu tun. Er war Multimillionär. Das heißt, er ist es noch heute. Ich weiß nicht, ob du jemals eine der schwerreichen amerikanischen Familien kennengelernt hast?«

»Die Rockefellers zum Beispiel«, entgegnete er sachlich, «oder die Du Ponts.«

»Allright. Aber die Rockefeller-Brüder haben sich alle irgendwelche sozialen Ziele gesetzt. Zum Wohl des Staates und der Stadt New York. Und auch die Du Ponts betätigen sich für ihr Land. Für Delaware. Der einzige Abgeordnete, den Delaware in Washington stellt, ist schon seit Jahrzehnten ein Du Pont.«

Sie hob den Blick. Ihr Gesichtsausdruck war nach wie vor undurchdringlich: »Nein, ich meine eine der stinkreichen Familien, die sozusagen im eigenen Saft kochen. Kennst du das?«

»Nein.«

»Eine Familie, die einen mit all ihrem Geld nicht nur behütet, sondern vergewaltigt. In der man nicht die mindeste eigene Initiative entwickeln darf. Eine Familie, in der man ständig die Luft anhält. Kein falscher Schritt in der Öffentlichkeit, kein falsches Wort, kein falscher Augenaufschlag, um die Familie nicht in ›Mißkredit zu bringen‹. Man benimmt sich ständig ›familiengerecht‹. Am Morgen. Am Mittag. Am Abend. Bei Tisch. In der Kirche. Im Park. Beim Choral. Beim Schwimmen. Beim Beten. Gegenüber dem Personal, der Verwandtschaft und den sogenannten Freunden. Kannst du es dir vorstellen?«

»Ja.«

»Pat hat sehr bald zu denken begonnen. Mit vier, fünf und vor allem ab sechs, als sie schon gekleidet wurde wie eine junge Dame. Rüschen. Hut. Schirm. Weiße Handschuhe.»

Sie machte eine Pause und war in Gedanken in Pittsburgh. »Pat war nie glücklich. Ihr Leben hing ihr zum Hals heraus. Die Nurse. Der Butler. Der Diener, der ausschließlich für sie da war. Der Chauffeur und der Chevrolet, die nur ihr allein zur Verfügung standen. Die bezahlte Spielkameradin. Der Reitlehrer. Der Tennislehrer. Der Klavierlehrer. Der Gesangslehrer. Der Französischlehrer. Der Ballettmeister.« Sie leierte es ärgerlich und schnell herunter.

Sie holte Luft. »Wenn da nicht ein Junge gewesen wäre, hätte Pat nicht mehr leben wollen. Der Junge war wesentlich älter als sie. Er war der einzige Mensch, der sie verstand. Sie wanderten miteinander. Sie haben Fische gefangen. Tauben geschossen. Höhlen entdeckt. Sie waren schon sehr bald unzertrennlich. Er hat sie beschützt, sich ihre Probleme angehört und Pat gegen ihre Eltern verteidigt.«

»Milton Werrick Crawford«, stellte er nüchtern fest.

Sie überging es. »Er war für sie alles. Sie war ihm hörig. Sie hatten einen Unterschlupf beim Kohlenlager. Geheim. Nur für sich allein. Und dort haben sie eines Tages Blutsbrüderschaft geschlossen. Mit dem ganzen Zeremoniell. Mit dem Messer in den Finger ritzen und das Blut des anderen trinken. Und dem Schwur, auf ewig miteinander verbunden zu sein.«

Sie brach ab, als suche sie nach einem Übergang. Doch dann sagte sie nur: »Sie war siebzehn, und sie fuhren miteinander heimlich nach New York. Als sie wieder zu Hause war, stand ihr Entschluß fest.«

»Der Entschluß, zum Theater zu gehen«, sagte er.

»Sie bat ihre Eltern um Erlaubnis, Schauspielerin werden zu dürfen. Doch sie lehnten ab. Entrüstet, höhnisch und demütigend. Sie packte heimlich ihre Koffer, verließ ihr Elternhaus und fuhr zurück nach New York. Sie schrieb ihren Eltern einen Brief, der in dem Schwur gipfelte, daß sie sich für alle Zeiten von ihnen losgesagt habe und mit der Familie nie mehr etwas zu tun haben wolle. Sie nahm ihren dritten Vornamen und den Namen einer schon lange verstorbenen Tante an, die bei der Familie als einzige ›Künstlerin‹ innerhalb der Verwandtschaft verschrien war, weil sie einmal ein öffentliches Klavierkonzert gegeben hatte.«

Sie vollendete: »So wurde Diana Lester geboren. Chuck Feldman aber überredete mich dazu, nur den Vornamen ankündigen zu lassen. Er versprach sich davon eine geheimnisumwitterte Werbung. Ich habe meine Zustimmung dazu bald widerrufen. Ich wollte nicht das Mädchen aus einer Familie der oberen Zehntausend sein. Ich wollte ich selber sein.«

»Hast du sie durchgehalten, die Trennung von der Familie?«

»Ja. Und ich glaube, sie sind mir dankbar. Sie leben immer noch wie im vorigen Jahrhundert.«

Eine Pause trat ein, und beide hingen ihren Gedanken nach.

Sie war bei den Anfängen ihrer Karriere.

Er war sich auf einmal im klaren, daß er sie nie mehr verlieren wollte. Daß sie die Frau war, nach der er sich sein Leben lang gesehnt hatte. Daß er um sie kämpfen wollte, wenn es sein mußte, mit der ganzen Welt. Daß er sie liebte.

»Verzeih mir, Diana.«

Sie schwieg. Ihr Ausdruck wirkte verhalten.

»Ich habe mich häßlich benommen.«

Sie zeigte keine Reaktion.

»Ich habe dir zugetraut, daß du mich verraten hast. Daß du es warst, die den zwei Killern den Hinweis auf mein Treffen im Guggenheim gegeben hat.«

Er wartete darauf, daß sie eine Antwort gab.

Da sie nichts sagte, fuhr er weiter fort: »Ich hatte mich in diesen Gedanken regelrecht verrannt. Ich war nicht mehr fähig, geradeaus zu denken. Ich war blind und nicht mehr ich selbst.«

Wieder wartete er auf eine Entgegnung, und wieder schwieg sie.

Eine Serviererin kam und räumte das leere Geschirr ab.

Diana nahm es nicht wahr.

Ihr Blick blieb auf Peter gerichtet, maskenhaft starr und distanziert.

»Ich habe mir eingeredet«, sprach er weiter, »daß nur du es gewesen sein konntest, ja, daß du es gewesen sein mußtest.«

Er dämpfte die Stimme, daß er kaum noch zu verstehen war: »Ich weiß nicht, ob es dich interessiert. Du warst nicht die einzige, die es gewesen sein konnte. Ich habe einen unverzeihlichen Fehler begangen. Der Verräter war Lisciandrello. Ich weiß es jetzt. Sein Verhalten hat es verdeutlicht. Schon als ich ihn angerufen habe. Allein die Sprache, in der er die Verabredung eingegangen war, hätte mich hellhörig machen müssen. Die Sprache eines routinierten Kriminellen.«

Seine Augen ruhten auf ihr. »Es interessiert dich sicher nicht.«

Sie gab keine Antwort.

»Ich habe unsere Liebe zerstört. Eine Liebe, die noch jung gewesen ist und zart und trotzdem wahr.« Seine Stimme klang belegt.

Sie senkte den Blick.

Er sprach leise: »Ich weiß, daß ich mich schändlich benommen habe. Einen Mann, der so wenig an einen glaubt, den kann man nicht lieben. Ich habe für unsere Liebe keinen anderen Weg mehr gesehen als den Abschied. Ich weiß das alles, Diana. Ich schäme mich dafür.« Und leise: »Ich wollte, ich könnte es ungeschehen machen.«

Er beugte sich vor und legte seine Hand auf die ihre, doch sie entzog sie ihm.

»Kann es nicht noch einmal einen Anfang geben?« Er sprach eindringlich. Es kam einer Bitte gleich.

Sie sah ihn an, stumm und als nehme sie ihn nicht wahr.

»Gib uns noch eine Chance, Diana.«

Sie blieb reglos.

»Meine Maschine fliegt in drei Stunden. In zwei, drei Wochen aber bin ich wieder da. Können wir uns dann wiedersehen?«

Sie schüttelte unmerklich den Kopf.

»Nur wiedersehen, um unsere Gefühle füreinander zu prüfen, Diana.«

»Nein, Peter.« Es war, als tauche sie aus tiefen Gedanken auf.

»Ich weiß, wie häßlich ich mich benommen habe. Ich möchte es wiedergutmachen.«

»Es ist sinnlos.«

»Gib uns eine Chance, Diana.«

»Es hat keinen Sinn, daß wir uns wiedersehen, Peter. Es ist zuviel zwischen uns zerbrochen.«

»Brüche lassen sich beheben.«

»Nicht alle.«

»Diana!« Leise und empfindsam.

»Du hast dich nicht nur häßlich benommen, Peter. Du warst nicht nur blind. Du hast dich wie ein Fremder benommen.« Sie zögerte und fügte hinzu: »Du hast dich von mir entfernt. Ganz weit entfernt.«

Er senkte flüchtig den Blick.

Er wußte, es war der Abschied für immer.

Sie wollte sich erheben, da legte er seine Hand mit sanftem Druck auf ihren Unterarm und hielt sie zurück.

»Nur noch eine Frage, Diana.«

Ihr Blick war leer.

»Du machst dir um Milton Sorgen, Diana. Du weinst um ihn. Du gehörst zu ihm. Und du sagst im gleichen Atemzug, daß du Verlangen nach mir gehabt hast.«

»Nimm es, wie du es sagst.«

»Ich verstehe es nicht.« Er kniff die Augen zusammen. Über seiner Nasenwurzel zeichnete sich eine Stirnfalte ab.

»Ich trauere unserer Liebe genauso nach wie du. Das war mein ›Verlangen‹. Aber ich bin nicht mehr bei dir.«

»Aber du hast in meinem Büro angerufen. Und in Miltons Büro. Du wolltest mich sehen.«

»Ich wollte mich vergewissern, daß zwischen uns noch...« Sie stockte und verbesserte sich: »...daß zwischen uns nichts mehr da ist.«

»Und du bist hierher ins Plaza gekommen.«

»Du hast mich darum gebeten.«

»Kann ich dich nicht noch einmal bitten?«

»Nein.« Und leise für sich selbst: »Ich weiß jetzt, daß ich nicht zu dir gehöre.«

»Sondern zu Milton.«

Sie gab keine Antwort und erhob sich.

»Seid ihr glücklich miteinander?«

»Mach's gut, Peter.« Ausdruckslos.

»Seid ihr glücklich?«

»Ja.« Sie lächelte in sich hinein.

»Dann hast du mich sogar noch einmal belogen. Du hast nur von Brendan und ›Norman‹ gesprochen. Habe ich recht, Diana.«

»Mein voller Name ist Patricia Kathrynann Diana Crawford.«

»Crawford?« Er war wie vor den Kopf geschlagen. »Dann ist Milton mit dir verwandt?«

»Er ist mein Bruder. Mein leiblicher Bruder.« Es klang wie nebenbei.

Dann drehte sie sich von ihm weg und ging, an den vollbesetzten Tischen vorbei, dem Ausgang zu.

18

Sam hatte das Gepäck schon im Wagen verstaut. Der Continental Mark V stand abfahrbereit vor dem Ausgang zur Fifth Avenue.

Peter kam durch die Drehtür und die paar Stufen herunter. Sam hielt ihm die Wagentür auf.

Peter hatte sich von Karin Mebius telefonisch verabschiedet und sich bei ihr für die freiwillige Mitarbeit bei der Aufklärung der Hintergründe von Bobs Ermordung bedankt. Er hatte den Blumenladen in der Sechsundfünfzigsten angewiesen, ihr für fünfzig Dollar einen großen bunten Strauß zu schicken.

Oben an der Drehtür erschien auf einmal die gedrungene Gestalt von Raoul Loussier, dem Resident Manager. Er gestikulierte aufgeregt. »Einen Augenblick, Sir.« Es galt Peter.

Peter drehte sich um. Loussier kam eilig heran. Seine Hängebacken schienen zu hüpfen. Er dämpfte die Stimme geheimnisvoll: »Sie werden in der Halle erwartet, Sir.«

»Miß Lester?« Peter nannte Dianas Namen, ohne daß er es wollte. Sein Herz schlug schneller.

»Nein, Sir. Ein Mann.«

Peter war ernüchtert. »Ich fliege in eineinhalb Stunden.«

»Der Mann ist von der Polizei, Sir. Er sagt, es dauert nicht lange. Nur ein paar Minuten.« Loussier machte eine einladende Geste.

»Allright.« Peter ging zurück ins Hotel.

Loussier ging voran zur Lobby auf der Central Park South Seite und zog sich dann zurück.

Aus einem der Sessel erhob sich ein fülliger Mann. Er trug einen Trenchcoat.

»Lieutenant?« Peter war überrascht.

»Mein Weg hat mich zufällig hier vorbeigeführt, Sir«, sagte Sanabria und fuhr sich mit gespielter Verlegenheit durch das schüttere dunkle Haar.

Peter spürte, daß Sanabria nicht die Wahrheit sprach. Doch er überging es. Er fragte sachlich: »Worum handelt es sich, Lieutenant?«

»Um Ihre Anzeige vom...« Sanabria zog einen Zettel aus seiner Manteltasche und warf einen flüchtigen Blick darauf. »...vom sechzehnten, Sir. Sonnabend, den sechzehnten. Erinnern Sie sich?«

»Der Überfall hier im Hotel«, sagte Peter geringschätzig. Für ihn war die Angelegenheit erledigt.

»Ja, Sir. Der Kollege, der Ihre Anzeige bearbeitet hat, konnte noch mal mit...« Sanabria nahm erneut den Zettel zu Hilfe. »...mit Barry Icking, einem der Hausdetektive hier, sprechen. Icking hat den Überfall voll und ganz bestätigt. Er hat Ihnen ja sozusagen das Leben gerettet, da der eine der beiden Männer noch nicht heran war. Der mit der Schußwaffe. So war es doch wohl, Sir?«

Peter nickte gedankenverloren. Er wollte zum Flughafen.

»Ich muß mich bei Ihnen entschuldigen, Sir. Ich haben Ihnen damals nicht geglaubt.«

»Schon gut, Lieutenant.«

»Wir werden die Sache jetzt weiter verfolgen.«

»Nicht mehr notwendig. Ich ziehe die Anzeige zurück.«

»Aber, Sir...?« Sanabria war verwundert.

»Es hat sich erledigt. Das ist alles. Und jetzt entschuldigen Sie mich, Lieutenant. Ich bin auf dem Weg zum Flughafen.«

»Aber wir sind verpflichtet, Sir, daß wir die Sache...«

»Tut mir leid, Lieutenant. Aber ohne mich.« Peter nickte Sanabria unmerklich zu, ließ ihn stehen und verschwand durch die Drehtür.

Um seine Mundwinkel spielte ein unmerkliches Lächeln.

19

Hinter dem Japan Trade Center bogen sie von der Fifth Avenue ab, hinein in die Sechsunddreißigste Straße, fuhren vorbei an der Pierpont Morgan Library und überquerten die Park Avenue.

Peter warf einen Blick die Avenue hoch auf die Kulisse des PAN AM Buildings, die wie ein Wall von unzähligen Stockwerken die Straße abzusperren schien, beeindruckend und beängstigend zugleich.

Er tat es jedesmal, wenn er diese Strecke zum Flughafen fuhr, um nach Deutschland zurückzufliegen. Es war immer eine Art Abschiedsblick auf Manhattan.

Für einen Abschied, der regelmäßig drei Wochen später ein Wiedersehen nach sich gezogen hatte.

Diesmal aber war es ein Abschied auf lange Zeit.

Peter drehte sein Gesicht Sam zu. »Du fühlst dich doch längst als New Yorker, Sam?«

»Ja, Sir.« Sam ließ die Augen nicht von der Straße. Er fuhr hinein in den Queens Midtown Tunnel.

»Und du möchtest doch nicht mehr hier weg?« Peter hob die Stimme an, um das Dröhnen im Tunnel zu übertönen.

»Nein, Sir.«

»Was hält dich hier? Was hat dich zum New Yorker gemacht?«

»Hm.« Sam überlegte. Dann sagte er: »Ich habe eigentlich noch nie darüber nachgedacht, Sir. Ich fühle mich einfach hier wohl.«

»Auch jetzt noch, nach dem Überfall?«

»So was passiert eben, Sir. Das darf einen nicht umwerfen. Die Stadt bleibt die gleiche.«

Nein, dachte Peter, Sam hat nicht recht, die Stadt bleibt nicht die gleiche, sie wird in der Hauptsache von den Menschen bestimmt, die in ihr leben.

Und New York war für ihn bisher Bob gewesen. Und in den letzten neun Tagen Diana.

Sie verließen den Tunnel.

Der Stop zur Entrichtung der Straßengebühr.

Zehn Tage waren jetzt vergangen, seit Peter herübergeflogen war, um Bob die letzte Ehre zu erweisen. Zehn Tage, die ihm wie ein aufregender, ruheloser Traum erschienen.

Und vor neun Tagen hatte er sich in ein Abenteuer eingelassen, das für ihn um ein Haar tödlich geendet hätte.

Neun Tage Leben, wie er es nie gekannt hatte.

Peter Stolberg, der Chef des Vorstandes der Tönissen Pharmacie Heidelberg, der nach *Newsweek* und *Time Magazine* als der zur Zeit erfolgreichste Industrieboß des europäischen Kontinents galt und den die pharmazeutische Fachpresse einstimmig zum ›Mann des Jahres‹ gewählt hatte, diesen Peter Stolberg hatte es neun Tage nicht gegeben.

An seine Stelle war ein Peter Stolberg getreten, der mit dem Spürsinn eines mit allen Hunden gehetzten Detektivs in die New Yorker Unterwelt eindrang, der der Polizei die Stirn bot, der Killer jagte und zur Strecke brachte, der dunkle Machenschaften des alten Tönissen ans Licht der Öffentlichkeit zerrte, der dem ehrenwerten Milton Werrick Crawford die Schuld an einem Mord nachwies und über den die vollkommene Erfüllung der großen Liebe hereinbrach.

Neun Tage Scheußlichkeiten, Qualen, Verfolgung, Untergrund, Flucht, Todesangst und neun Tage Diana.

Neun Tage eine Stadt, die ihn in Atem gehalten hatte.

Und die Endabrechnung:

Er fühlte sich allein. Unendlich allein.

New York war ihm fremd.

Er nahm sich vor, seine berufliche Tätigkeit in New York in Zukunft an eines der Vorstandsmitglieder abzugeben. Dr. Veit von Benthaus kam dafür in Frage, der Leiter des Werkes Mannheim, oder notfalls auch Dr. Konrad Hiss, der Leiter der Forschungsabteilung.

Sie fuhren schon auf der Höhe von Woodhaven.

»Wen hast du vor mir gefahren, Sam?«

»Einen Direktor von Macy's«

»Und davor?«

»Den Delegierten von Nicaragua. Für das Hauptquartier der Vereinten Nationen.«

»Und davor?«

»Da war ich bei der Financial Computer Corporation. Da hab ich meistens den General Manager gefahren.«

»Gewöhnst du dich schnell an einen neuen Menschen?«

»Ja, Sir. Sehr schnell.« Sam fuhr schon eine gute Meile weiter, da setzte er seinen Gedankengang fort: »Nur an eine andere Frau würde ich mich nie mehr gewöhnen.« Er lächelte in sich hinein. »Meine gibt es nämlich nur einmal.«

Peter dachte: Ist nicht die Liebe, in welcher Form auch immer, der Mittelpunkt unseres Lebens?

Unwillkürlich war er wieder bei Diana.

Ihr Bild wurde für ihn von Mal zu Mal klarer.

Sie war die Frau, die es für ihn nur einmal geben würde.

Der Ausgleich für seine hektische Tätigkeit.

Der ruhende Pol. Das seelische Gleichmaß.

Die Frau, die ihm auf ihre Weise ebenbürtig war.

Er hatte sie über Nacht gefunden.

Im gleichen Augenblick aber, als er ihr begegnet war, hatte er sie in Frage gestellt.

Er hatte seinen dreimal verfluchten Verstand über sein Gefühl triumphieren lassen.

Er hatte den Mord an Bob aufgeklärt und Diana verspielt.

Sam steuerte den Wagen auf den Sunrise Highway. Die Aqueduct Rennbahn.

Der John F. Kennedy International Airport.

»Ich weiß es jetzt, Sir.« Sam warf Peter einen flüchtigen Blick zu.

»Was?« Peter war noch in Gedanken bei Diana.

»Das, was mich hier hält. Was mich zum New Yorker gemacht hat.«

Peter schwieg abwesend.

»Es ist, weil hier jeder jeden leben läßt, wie er will. Und weil jeder seine Chance hat, Sir. Seine ganz große Chance.« Sam strahlte Zufriedenheit aus.

Das International Arrivals Building. Der Ostflügel. Sam hielt. Peter stieg aus, und Sam nahm den Koffer und die Tasche aus dem Kofferraum an sich.

Der gläserne Windfang.

Die gläserne Tür zur Halle, in der sich die Theke der LUFTHANSA befand.

Eine Traube von Menschen drängte sich rechts vom Eingang um einen Mittelpunkt, rufend, lachend und über die Köpfe hinweg gestikulierend.

Sam und Peter kämpften sich zur Theke vor. Dort war es leer. Peter reichte der Stewardeß sein Ticket.

Sam stellte den Koffer auf die Waage und sagte zum Mann im Overall: »Was is'n hier los?« Er machte eine Kopfbewegung zu der drängenden Menschentraube hin. »Gibt's dort was geschenkt?«

»Quatsch«, sagte der im Overall abfällig, »irgend 'ne Filmmieze. Wollte jemanden verabschieden. Und is' jetzt blockiert von Autogrammjägern. Lauter Verrückte.«

Peter drückte Sam einen Hundert-Dollar-Schein in die Hand. »Für Thanksgiving.«

»Danke, Sir. Guten Flug.«

Peter ergriff Sams Hand, hielt sie einen Augenblick, als suche er nach Worten, und klopfte ihm dann mit der anderen Hand freundschaftlich gegen die Schulter. »Mach's gut, Sam. Grüß deine Frau von mir. Ich hatte mich ...« Er stockte und vollendete kaum vernehmlich: »... ich hatte mich an dich gewöhnt.« Sein Ausdruck war ernst. Für ihn war der Abschied endgültig. Es ging ihm ein wenig nahe.

Wie um eine mögliche Rührung nicht aufkommen zu lassen, nahm er schnell die Tasche an sich und ging davon, in Richtung der Rolltreppe, die nach oben führte.

Die Menschen, die sich neben dem Eingang drängten, begannen zu johlen.

Er stieg auf die Rolltreppe.

Plötzlich rief jemand lautstark seinen Namen: »Peter! He, Peter!

Peter reagierte nicht. Er war wie in Trance.

Nochmal: »He, Peter!«

Es war Albrecht Wellinghofen. Er stand neben der Theke, schwenkte seine langen Arme in der Luft und rief ausgelassen zu Peter hin: »Peter, die Story! Schick sie mir zu!«

Als Peter immer noch nicht reagierte, schrie Wellinghofen, so laut er konnte: »Peter – die Story! Nicht vergessen!«

Doch Peter nahm ihn nicht wahr. Die Rolltreppe brachte ihn höher und höher.

Er war jetzt über den Köpfen der sich drängenden Menschen.

Und auf einmal entdeckte er sie. Er glaubte, sein Herz stehe still. Sie stand eingekeilt in der johlenden Menge, umringt von Menschen, die sich nach einem Autogramm von ihr drängten, und versuchte sich freizukämpfen.

Sie war gekommen, um ihm Lebewohl zu sagen!

Ihm wurde heiß und kalt zugleich.

»Diana! Diana!« Er schrie gegen das Johlen an.

Kurz bevor er das obere Stockwerk erreichte, sah sie ihn, gestikulierte wie wild und schrie zurück: »Peter! Peter! Melde dich!«

Er wollte ihr zurufen, daß er sie verstanden hatte, doch da war er schon oben, abgeschnitten von der Halle, weggedrängt von der Rolltreppe durch nachfolgende Passagiere, geschoben den fensterlosen Flur entlang, zum Tisch, an dem das Handgepäck geprüft wurde, weitergedrängt in die schlauchartige Gangway, die vom Gebäude direkt in die Maschine führte.

Die Erste Klasse. Sein Platz. Der weiß gedeckte Tisch.

»Darf ich Ihnen gleich eine Erfrischung bringen?« fragte eine freundlich lächelnde Stewardeß. »Juice? Martini? Champagner?«

»Champagner«, sagte er, setzte sich in den Sessel und streckte seine langen Beine weit von sich.

Wie hieß es noch mal im Lied, das sie am ›Berkshire Lyrik Theater‹ gesungen hatte? ›... schon als Kind hast du tausend Wünsche und einen – und erfüllen sich tausend, wirst um den einen du weinen...‹

Bob.

Das Glücklichsein liegt wirklich der Trauer sehr nahe.

Ob es so ist, damit die Menschen hin und wieder zu sich selbst finden? Damit sie die guten Seiten, die das Leben für sie bereithält, um so stärker erfassen? Denn wer keine Tränen der Trauer vergießen kann, der kann auch keine Freuden voll auskosten. Er geht am Leben vorbei.

»Ihr Champagner.« Die Stewardeß stellte das Glas auf den Tisch.